« i grandi » tea

Donato Carrisi

Il suggeritore

Romanzo

Per informazioni sulle novità
del Gruppo editoriale Mauri Spagnol visita:
www.illibraio.it
www.infinitestorie.it

TEA - Tascabili degli Editori Associati S.p.A., Milano
Gruppo editoriale Mauri Spagnol
www.tealibri.it

© 2009 Longanesi & C., Milano
Edizione su licenza della Longanesi & C.

Prima edizione «I Grandi» TEA maggio 2011
Terza ristampa «I Grandi» TEA ottobre 2011

IL SUGGERITORE

Carcere di ▮▮▮▮▮
Distretto Penitenziario nº45.

Report del Direttore, dr Alphonse Bérenger.
23 nov. c.a.

All'attenzione dell'Ufficio del
Procuratore Generale
J.B. Marin

Oggetto: <u>CONFIDENZIALE</u>

Gentile signor Marin,

mi permetto di scriverLe per segnalare lo strano caso
di un detenuto.

Il soggetto in questione è il numero di matricola
RK-357/9. Ormai ci riferiamo a lui solo in questo modo,
visto che non ha mai voluto fornire le proprie generalità.
Il fermo di polizia è avvenuto il 22 ottobre. L'uomo
vagava di notte - solo e senza vestiti - in una strada
di campagna nella regione di ▮▮▮▮▮.
Il confronto delle impronte digitali con quelle contenute negli archivi ha escluso il suo coinvolgimento in
precedenti reati o in crimini rimasti irrisolti. Tuttavia il reiterato rifiuto a rivelare la propria identità, anche davanti a un Giudice, gli è valso una condanna a quattro mesi e diciotto giorni di reclusione.

Dal momento in cui ha messo piede al Penitenziario, il
detenuto RK-357/9 non ha mai dato segni d'indisciplina, dimostrandosi sempre rispettoso del regolamento
carcerario. Inoltre l'individuo è di indole solitaria
e poco incline a socializzare.
Forse anche per questo nessuno si è mai accorto del
particolare comportamento, notato solo di recente da
uno dei nostri secondini.
Il detenuto RK-357/9 deterge e ripassa con un panno di
feltro ogni oggetto con cui entra in contatto, raccoglie tutti i peli e i capelli che perde quotidianamen-

te, lustra alla perfezione le posate e il water ogni volta che li usa.

Siamo dunque di fronte a un maniaco igienista o, molto più verosimilmente, a un individuo che vuole a tutti i costi evitare di lasciare «materiale organico».

Nutriamo, di conseguenza, il serio sospetto che il detenuto RK-357/9 abbia commesso qualche crimine di particolare gravità e voglia impedirci di prelevare il suo DNA per identificarlo.

Fino a oggi il soggetto ha potuto condividere la cella con un altro recluso, il che l'ha certamente favorito nell'opera di confondere le proprie tracce biologiche. Però La informo che come prima misura lo abbiamo tolto da tale condizione di promiscuità, mettendolo in isolamento.

Segnalo quanto sopra al Suo Ufficio per avviare apposita indagine e richiedere, se necessario, un provvedimento d'urgenza del Tribunale che costringa il detenuto RK-357/9 a effettuare la prova del DNA.

Il tutto tenuto conto anche del fatto che fra esattamente 109 giorni (il 12 marzo) il soggetto finirà di scontare la pena.

Con osservanza.

Direttore
dr Alphonse Bérenger

1

Un posto nei pressi di W.
5 febbraio.

La grande falena lo portava, muovendosi a memoria nella notte. Vibrava le sue ali polverose, schivando l'agguato delle montagne, quiete come giganti addormentati spalla a spalla.

Sopra di loro, un cielo di velluto. Sotto, il bosco. Fittissimo.

Il pilota si voltò verso il passeggero e indicò davanti a sé un enorme buco bianco al suolo simile alla gola luminosa di un vulcano.

L'elicottero virò in quella direzione.

Atterrarono dopo sette minuti in una banchina della statale. La strada era chiusa e l'area presidiata dalla polizia. Un uomo dal vestito blu andò ad accogliere il passeggero fin sotto le eliche, trattenendo a stento un'imbizzarrita cravatta.

«Benvenuto dottore, la stavamo aspettando», ad alta voce, per sovrastare il rumore dei rotori.

Goran Gavila non rispose.

L'agente speciale Stern continuò: «Venga, le spiegherò strada facendo».

S'incamminarono per un sentiero accidentato, lasciandosi alle spalle il rumore dell'elicottero che riprendeva quota, risucchiato da un cielo d'inchiostro.

La bruma scivolava come un sudario, spogliando i profili delle colline. Intorno, i profumi del bosco, mischiati e addolciti dall'umidità della notte che risaliva lungo gli abiti, striscianto fredda sulla pelle.

«Non è stato semplice, gliel'assicuro: deve proprio vederlo con i suoi occhi.»

L'agente Stern precedeva Goran di qualche passo, facendosi

strada con le mani fra gli arbusti, e intanto gli parlava senza guardarlo.

«È cominciato tutto stamattina, intorno alle undici. Due ragazzini che stanno percorrendo il sentiero con il loro cane. Entrano nel bosco, salgono la collina e sbucano nella radura. Il cane è un Labrador e, sa, a quelli piace scavare... Insomma l'animale quasi impazzisce perché ha fiutato qualcosa. Scava una buca. E salta fuori il primo.»

Goran cercava di tenere il passo mentre si addentravano nella vegetazione sempre più fitta lungo il pendio che si faceva via via più ripido. Notò che Stern aveva un piccolo strappo nei pantaloni, all'altezza del ginocchio, segno che quella notte aveva già percorso più volte quel tragitto.

«Ovviamente i ragazzini scappano via subito, e avvertono la polizia locale», proseguì l'agente. «Quelli vengono, fanno un esame del luogo, i rilievi, cercano indizi. Insomma: tutta l'attività di routine. Poi a qualcuno viene in mente di scavare ancora per vedere se c'è dell'altro... e sbuca fuori il secondo! A questo punto hanno chiamato noi: siamo qui dalle tre ormai. Non sappiamo ancora quanta roba c'è là sotto. Ecco, siamo arrivati...»

Davanti a loro si aprì una piccola radura illuminata dalle fotoelettriche – la bocca di luce del vulcano. Improvvisamente i profumi del bosco svanirono e i due furono investiti da un inconfondibile afrore. Goran alzò il capo, lasciandosi pervadere. "Acido fenico", si disse.

E vide.

Un cerchio di piccole fosse. E una trentina di uomini in tuta bianca che scavavano in quella luce alogena e marziana, muniti di piccole pale e di pennelli per rimuovere delicatamente la terra. Alcuni setacciavano l'erba, altri fotografavano e catalogavano con cura ogni reperto. Si muovevano al rallentatore. I loro gesti erano precisi, calibrati, ipnotici, avvolti da un silenzio sacrale, violato di tanto in tanto solo dalle piccole esplosioni dei flash.

Goran individuò gli agenti speciali Sarah Rosa e Klaus Boris. E c'era Roche, l'ispettore capo, che lo riconobbe e si avviò subito a grandi falcate verso di lui. Prima che potesse aprir bocca, il dottore lo precedette con una domanda.

«Quante?»

«Cinque. Ciascuna è lunga cinquanta centimetri, per venti di larghezza e altri cinquanta di profondità... Secondo te, cosa ci si seppellisce in delle buche così?»

In tutte una cosa. La stessa cosa.

Il criminologo lo fissò, in attesa.

La risposta arrivò: «Un braccio sinistro».

Goran girò lo sguardo sugli uomini in tuta bianca impegnati in quell'assurdo cimitero a cielo aperto. La terra restituiva solo resti in decomposizione, ma l'origine di quel male doveva essere collocata prima di quel tempo sospeso e irreale.

«Sono loro?» domandò Goran. Ma, stavolta, conosceva già la risposta.

«Secondo l'analisi di PCR sono femmine. Inoltre caucasiche e fra i sette e i tredici anni d'età...»

Bambine.

Roche aveva pronunciato la frase senza alcuna inflessione nella voce. Come uno sputo, che se lo tieni dentro ancora un po' ti amara la bocca.

Debby. Anneke. Sabine. Melissa. Caroline.

Era iniziata venticinque giorni prima, come una piccola storia da rotocalco di provincia: la sparizione di una giovane studentessa di un prestigioso collegio per i figli dei ricchi. Tutti avevano immaginato una fuga. La protagonista aveva dodici anni e si chiamava Debby. I suoi compagni ricordavano di averla vista uscire al termine delle lezioni. Al dormitorio femminile si erano accorti della sua assenza solo durante l'appello serale. Aveva tutta l'aria di essere una di quelle vicende che si guadagnano un mezzo articolo in terza pagina, e che poi languiscono in un trafiletto in attesa di uno scontato lieto fine.

Poi invece era scomparsa Anneke.

Era avvenuto in un piccolo borgo con le case in legno e la chiesa bianca. Anneke aveva dieci anni. All'inizio avevano pensato che si fosse persa nei boschi, dove si avventurava spesso con la sua mountain bike. Ai gruppi di ricerca aveva partecipato tutta la popolazione locale. Ma senza esito.

Prima che potessero rendersi conto di ciò che stava realmente accadendo, era successo di nuovo.

La terza si chiamava Sabine, era la più piccola. Sette anni. Era successo in città, di sabato sera. Era andata coi suoi al luna park, come tante altre famiglie con figli. Lì era salita su un cavallo della giostra, che era piena di bambini. Sua madre l'aveva vista passare la prima volta, e l'aveva salutata con la mano. La seconda, e lei aveva ripetuto il saluto. La terza volta, Sabine non c'era più.

Solo allora qualcuno aveva iniziato a pensare che tre bambine scomparse nell'arco di soli tre giorni costituissero un'anomalia.

Le ricerche erano scattate in grande stile. C'erano stati appelli televisivi. Si parlò subito di uno o più maniaci, forse di una banda. In realtà non c'erano elementi per formulare una più accurata ipotesi investigativa. La polizia aveva istituito una linea telefonica dedicata per raccogliere informazioni, anche in forma anonima. Le segnalazioni erano state centinaia, per verificarle tutte ci sarebbero voluti mesi. Ma delle bambine nessuna traccia. Per di più, essendo le sparizioni avvenute in posti diversi, le polizie locali non riuscivano a mettersi d'accordo sulla giurisdizione.

L'unità investigativa per i crimini violenti, diretta dall'ispettore capo Roche, era intervenuta soltanto allora. I casi di scomparsa non rientravano nella sua competenza, ma la psicosi montante aveva indotto all'eccezione.

Roche e i suoi erano sul caso già caldo quando era scomparsa la bambina numero quattro.

Melissa era la più grande: tredici anni. Come a tutte le ragazzine della sua età, anche a lei era stato imposto il coprifuoco dai genitori che temevano potesse diventare vittima del maniaco che stava terrorizzando il paese. Ma la clausura forzata era coincisa con il giorno del suo compleanno, e Melissa aveva altri programmi per quella sera. Con le sue amiche aveva escogitato un piccolo piano di fuga per andare a festeggiare in una sala da bowling. Le compagne ci arrivarono tutte. Melissa fu l'unica a non presentarsi.

Da lì aveva preso inizio una caccia al mostro spesso confusa e improvvisata. I cittadini si erano mobilitati, pronti anche a farsi giustizia da sé. La polizia aveva disseminato le strade di posti di blocco. I controlli nei confronti di soggetti già condannati o sospettati di crimini contro minori si erano fatti più stringenti. I genitori non si fidavano a far uscire di casa i figli neanche per mandarli a scuola. Molti istituti erano stati chiusi per mancanza di alunni. La gente lasciava le abitazioni solo se strettamente necessario. Dopo una certa ora, i paesi e le città diventavano deserti.

Per un paio di giorni non si erano avute notizie di nuove scomparse. In parecchi avevano cominciato a pensare che tutte le misure e le precauzioni adottate avessero sortito l'effetto sperato, scoraggiando il maniaco. Ma si sbagliavano.

Il sequestro della quinta bambina fu il più clamoroso.

Si chiamava Caroline, undici anni. Era stata presa dal suo letto, mentre dormiva nella camera accanto a quella dei genitori, che non si erano accorti di nulla.

Cinque ragazzine rapite nel giro di una settimana. Poi, diciassette lunghissimi giorni di silenzio.

Fino a quel momento.

Fino a quelle cinque braccia sepolte.

Debby. Anneke. Sabine. Melissa. Caroline.

Goran rivolse lo sguardo al cerchio di piccole fosse. Un macabro girotondo di mani. Pareva quasi di sentirle cantare una filastrocca.

«Da questo momento è chiaro che non si tratta più di casi di scomparsa», stava dicendo Roche mentre con un gesto convocava tutti intorno a sé per un breve discorso.

Era una consuetudine. Rosa, Boris e Stern lo raggiunsero e si misero in ascolto, con lo sguardo fisso per terra e le mani intrecciate dietro la schiena.

Roche cominciò: «Penso a chi ci ha portati fin qui, questa sera. A chi ha previsto che tutto questo accadesse. Noi siamo qui perché *lui* lo ha voluto, perché *lui* lo ha immaginato. E ha costruito tutto questo per noi. Perché lo spettacolo è per noi, signori. Solo per noi. L'ha preparato con cura. Pregustan-

14

do il momento, la nostra reazione. Per stupirci. Per farci sapere che è grande, e potente».

Annuirono.

Chiunque fosse l'artefice, aveva agito indisturbato.

Roche, che aveva da tempo incluso Gavila nella squadra a tutti gli effetti, si accorse che il criminologo era distratto, gli occhi immobili a inseguire un pensiero.

«E tu, dottore, che ne pensi?»

Allora Goran emerse dal silenzio che s'era imposto, e disse soltanto: «Gli uccelli».

Nessuno, sulle prime, sembrò capire.

Lui proseguì, impassibile: «Non me n'ero accorto arrivando, l'ho notato soltanto adesso. È strano. Ascoltate...»

Dal buio bosco si levava la voce di migliaia di uccelli.

«Cantano», disse Rosa, stupita.

Goran si voltò verso di lei e le fece un cenno di assenso.

«Sono le fotoelettriche... Hanno scambiato questa luce per l'alba. E cantano», commentò Boris.

«Vi sembra che abbia senso?» riprese Goran, guardandoli stavolta. «Eppure ce l'ha... Cinque braccia sepolte. Pezzi. Senza i corpi. Se vogliamo, nessuna vera crudeltà in tutto questo. Senza i corpi niente volti. Senza i volti niente individui, niente persone. Dobbiamo chiederci solo 'dove sono quelle bambine?' Perché non sono lì, in quelle fosse. Non possiamo guardarle negli occhi. Non possiamo percepire che sono come noi. Perché, in realtà, non c'è nulla di umano in questo. Sono solo *parti*... Nessuna compassione. Lui non ce l'ha concessa. Ci ha lasciato solo la paura. Non si può provare pietà per quelle piccole vittime. Vuole farci sapere *solo* che sono morte... Vi sembra che abbia un senso? Migliaia di uccelli nel buio costretti a gridare intorno a una luce impossibile. Noi non riusciamo a vederli ma loro ci osservano – migliaia di uccelli. Cosa sono? Una cosa semplice. Ma anche il frutto di un'illusione. E bisogna fare attenzione agli illusionisti: il male a volte ci inganna assumendo la forma più *semplice* delle cose.»

Silenzio. Ancora una volta il criminologo aveva colto un piccolo e pregnante significato simbolico. Ciò che gli altri spesso non riuscivano a vedere o – come in questo caso – a sentire. I dettagli, i contorni, le sfumature. L'ombra intorno alle cose, l'aura buia in cui si nasconde il male.

Ogni assassino ha un «disegno», una forma precisa che gli procura soddisfazione, orgoglio. Il compito più difficile è capire quale sia la sua visione. Per questo Goran era lì. Per questo l'avevano chiamato. Perché ricacciasse quel male inspiegabile fra le rassicuranti nozioni della sua scienza.

In quell'istante un tecnico in tuta bianca si avvicinò a loro e si rivolse direttamente all'ispettore capo con un'espressione confusa sul volto.

«Signor Roche, ci sarebbe un problema... *le braccia ora sono sei.*»

2

Il maestro di musica aveva parlato.

Ma non fu quello a colpirla. Non era la prima volta. Molti individui solitari danno voce ai propri pensieri quando sono custoditi fra le mura domestiche. Anche a Mila capitava di parlare da sola quando era in casa.

No. La novità era un'altra. Ed era quella che la ripagava di un'intera settimana di appostamenti, trascorsa al gelo nella propria auto, stazionata costantemente di fronte alla casa marrone, a scrutare con un piccolo binocolo l'interno, gli spostamenti di quell'uomo sulla quarantina, grasso e lattiginoso, che si muoveva tranquillo nel suo piccolo, ordinato universo, ripetendo sempre gli stessi gesti, come fossero la trama di una ragnatela che, però, conosceva soltanto lui.

Il maestro di musica aveva parlato. Ma la novità era che, stavolta, *aveva detto un nome.*

Mila l'aveva visto affiorare, lettera per lettera, sulle sue labbra. Pablo. Era la conferma, la chiave per accedere a quel mondo misterioso. Ora lo sapeva.

Il maestro di musica aveva un ospite.

Fino ad appena dieci giorni prima, Pablo era solo un bambino di otto anni, dai capelli castani e dagli occhi vispi, che amava scorrazzare per il quartiere con il suo skateboard. E una cosa era certa: se Pablo doveva andare a fare una commissione per sua madre o per sua nonna, ci andava con lo skate. Ci trascorreva le ore su quel coso, su e giù lungo la strada. Per i vicini che lo vedevano passare davanti alle loro finestre, il piccolo *Pablito* – come lo chiamavano tutti – era come una di quelle immagini ormai acquisite dal paesaggio.

Forse anche per questo nessuno aveva visto niente in quella mattina di febbraio nel piccolo quartiere residenziale dove tutti si conoscevano per nome e le case e le vite si assomigliavano. Una Volvo verde station-wagon – il maestro di musica doveva averla scelta apposta perché era simile a tante altre familiari parcheggiate nei vialetti – apparve sulla strada deserta. Il silenzio di un normalissimo sabato mattina fu rotto soltanto dal lento sfrigolare dell'asfalto sotto gli pneumatici e dal graffio grigio di uno skateboard che guadagnava progressivamente velocità... Ci vollero sei lunghe ore prima che qualcuno si accorgesse che fra i suoni di quel sabato mancava qualcosa. Quel graffio. E che il piccolo Pablo, in una mattina di gelido sole, era stato ingoiato da un'ombra strisciante che non voleva più restituirlo, separandolo dall'amatissimo skate.

Quella tavola con quattro ruote era finita a giacere immobile in mezzo al formicolare degli agenti di polizia che, subito dopo la denuncia, avevano preso possesso del quartiere.

Questo accadeva appena dieci giorni prima.

E poteva essere già troppo tardi per Pablo. Tardi per la sua fragile psiche di bambino. Tardi per svegliarsi senza traumi dal suo brutto sogno.

Adesso lo skate era nel bagagliaio dell'auto della poliziotta, insieme ad altri oggetti, giochi, vestiti. Reperti che Mila aveva fiutato in cerca di una pista da seguire, e che l'avevano condotta a quella tana marrone. Fino al maestro di musica, che insegnava in un istituto superiore e suonava l'organo in chiesa la domenica mattina. Il vicepresidente dell'associazione musicale che tutti gli anni organizzava un piccolo festival mozartiano. L'anonimo e timido single con gli occhiali, la calvizie incipiente e le mani sudate e mollicce.

Mila l'aveva osservato bene. Perché questo era il suo *talento*.

Era entrata in polizia con uno scopo preciso e, uscita dall'accademia, vi si era dedicata con tutta se stessa. Non le interessavano i criminali e tanto meno la legge. Non era per quello che batteva incessantemente ogni angolo dove si annida l'ombra, dove marcisce indisturbata l'esistenza.

Quando lesse il nome di Pablo sulle labbra del suo carceriere, Mila avvertì una fitta alla gamba destra. Forse era per le troppe ore trascorse in auto, ad aspettare quel segno. Forse anche per via della ferita alla coscia, a cui aveva dato un paio di punti di sutura.

"Dopo la medicherò ancora", si ripromise. Dopo, però. E in quel momento, formulando quel pensiero, Mila aveva già deciso che sarebbe entrata subito in quella casa, per spezzare l'incantesimo e far cessare l'incubo.

«Agente Mila Vasquez alla Centrale: individuato sospetto rapitore del piccolo Pablo Ramos. L'edificio è una casa marrone al numero 27 di Viale Alberas. Possibile situazione di pericolo.»

«Va bene, agente Vasquez, stiamo dirottando un paio di pattuglie verso la tua posizione, ci vorranno almeno trenta minuti.»

Troppi.

Mila non li aveva. *Pablo* non li aveva.

Il terrore di dover fare i conti con le parole «era già tardi» la spinse a muovere verso la casa.

La voce alla radio era un'eco lontana e lei – pistola in pugno, arma bassa sul baricentro del corpo, sguardo vigile, passi brevi e veloci – raggiunse rapidamente la palizzata color crema che cingeva solo il lato posteriore della villetta.

Un enorme platano bianco si stagliava sulla casa. Le foglie cambiavano colore a seconda del vento, mostrando il loro profilo argenteo. Mila giunse al cancello di legno sul retro. Si appiattì contro lo steccato e si mise in ascolto. Di tanto in tanto, le arrivavano folate di note di una canzone rock, portate dal vento da chissà dove nel vicinato. Mila si sporse oltre il cancello e vide un giardino ben curato, col capanno degli attrezzi e un tubo di gomma rossa che serpeggiava nell'erba fino a uno spruzzatore. Mobili in plastica e un barbecue a gas. Tutto tranquillo. Una porta a vetri smerigliati color malva. Mila allungò un braccio oltre il cancelletto e sollevò delicatamente il fermo. I cardini cigolavano e lei aprì quel tanto che bastava per varcare la soglia del giardino.

Richiuse, perché nessuno all'interno, guardando fuori, si accorgesse di un cambiamento. Tutto doveva rimanere com'era. Poi s'incamminò come le avevano insegnato in accademia, pesando attentamente i passi sull'erba – solo con le punte, in modo da non lasciare orme – pronta a scattare se si fosse presentata la necessità. In pochi istanti si ritrovò a fianco della porta di servizio, dal lato da cui era impossibile fare ombra se si fosse sporta per guardare all'interno della casa. E così fece. I vetri smerigliati non le permettevano di distinguere l'ambiente ma, dal profilo dei mobili, intuì che doveva trattarsi di un tinello. Mila fece scorrere la mano verso la maniglia che si trovava dal lato opposto della porta. L'afferrò e la spinse verso il basso. La serratura scattò.

Era aperta.

Il maestro di musica doveva sentirsi al sicuro nella tana che aveva apprestato per sé e per il suo prigioniero. Di lì a poco, Mila avrebbe scoperto anche il perché.

Il pavimento in linoleum gemeva a ogni passo sotto la gomma delle suole. Lei si sforzò di controllare l'andatura per non fare troppo rumore, ma poi decise di sfilarsi le scarpe da ginnastica e di lasciarle accanto a un mobile. Scalza arrivò sulla soglia del corridoio, e lo sentì parlare...

«Avrei bisogno anche di una confezione di carta da cucina. E di quel prodotto per lucidare la ceramica... Sì, proprio quello... Poi mi porti anche sei scatole di zuppa di pollo, dello zucchero, una copia della guida TV e un paio di pacchetti di sigarette light, la solita marca...»

La voce proveniva dal soggiorno. Il maestro di musica stava facendo la spesa per telefono. Troppo occupato per uscire di casa? Oppure non voleva allontanarsi, voleva restare a controllare ogni movimento del suo ospite?

«Sì, numero 27 di Viale Alberas, grazie. E porti il resto di cinquanta, perché ho solo quelli in casa.»

Mila inseguì la voce, passando davanti a uno specchio che le restituì la sua immagine deformata. Come quelli che ci sono nei luna park. Quando arrivò accanto all'entrata della stanza, tese le braccia con la pistola, prese fiato e irruppe sulla soglia. Si aspettava di sorprenderlo, magari di spalle, con la cornetta ancora in mano e accanto alla finestra. Un perfetto bersaglio di carne.

Che non c'era.

Il soggiorno era vuoto, il ricevitore regolarmente poggiato sull'apparecchio.

Capì che nessuno aveva telefonato da quella stanza quando sentì le fredde labbra di una pistola appoggiarsi come un bacio dietro la nuca.

Era alle sue spalle.

Mila imprecò fra sé, dandosi dell'imbecille. Il maestro di musica aveva preparato bene la sua tana. Il cancelletto del giardino che *cigolava* e il pavimento in linoleum che *gemeva* erano gli allarmi per segnalare la presenza di intrusi. Quindi la falsa telefonata, come un'esca per attirare la preda. Lo specchio *deformante* per posizionarsi alle sue spalle senza essere visto. Tutto faceva parte della trappola.

Sentì solo che allungava il braccio oltre lei, fino a prenderle la pistola. Mila la lasciò andare.

«Puoi spararmi, ma ormai non hai scampo. Tra poco i miei colleghi saranno qui. Non puoi cavartela, ti conviene arrenderti.»

Lui non rispose. Con la coda dell'occhio, le sembrò quasi di vederlo. Possibile che il suo fosse un sorriso?

Il maestro di musica indietreggiò. La canna dell'arma si staccò da Mila, ma lei poteva ancora sentire quel prolungamento di attrazione magnetica fra la sua testa e la pallottola nell'otturatore. Poi l'uomo le girò intorno ed entrò finalmente nella sua visuale. La fissò per un lungo momento. Senza guardarla, però. C'era qualcosa in fondo ai suoi occhi, che parvero a Mila l'anticamera delle tenebre.

Il maestro di musica si voltò, dandole le spalle senza alcun timore. Mila lo vide dirigersi sicuro verso il pianoforte addossato alla parete. Giunto di fronte allo strumento, l'uomo si sedette sullo sgabello a osservare la tastiera. Vi appoggiò entrambe le pistole, all'estremità del lato sinistro.

Sollevò le mani e, dopo un istante, le fece ricadere sui tasti.

Mentre il *Notturno op. 20 in Do# minore* di Chopin si diffondeva nella stanza, Mila respirava forte, la tensione si diramava attraverso i tendini e i muscoli del collo. Le dita del maestro di musica scivolavano con grazia e leggerezza sulla tastiera. La dolcezza delle note costringeva Mila a essere spettatrice di quell'esecuzione, come se ne fosse ipnotizzata.

Si sforzò di ritornare lucida e lasciò scivolare indietro i calcagni scalzi, lentamente, fino a ritrovarsi di nuovo in corridoio. Riprese fiato, provando a rallentare i battiti del cuore. Quindi si mise a cercare velocemente fra le stanze, inseguita dalla melodia. Le passò in rassegna, una per una. Uno studio. Un bagno. Una dispensa.

Fino alla porta chiusa.

Spinse il battente con la spalla. La ferita alla coscia le faceva male e concentrò il peso sul deltoide. Il legno cedette.

La fioca luce del corridoio irruppe per prima nella camera le cui finestre sembravano murate. Mila seguì il riflesso nell'oscurità, fino a incrociare due occhi liquidi che le restituivano lo sguardo, impietriti. Pablito era lì, sul letto, le gambe rannicchiate contro il magro torace. Indossava solo un paio di slip e una canottiera. Stava cercando di capire se ci fosse qualcosa di cui aver paura, se Mila facesse o meno parte del suo brutto sogno. Lei disse quello che diceva sempre quando ritrovava un bambino.

«Dobbiamo andare.»

Lui annuì, tese le braccia e si arrampicò su di lei. Mila teneva l'orecchio teso alla musica, che intanto proseguiva e la incalzava. Temeva che quel brano non durasse abbastanza e che non ci fosse tempo per uscire da quella casa. Una nuova ansia si impossessò di lei. Aveva messo a rischio la sua vita e quella dell'ostaggio. E adesso aveva paura. Paura di sbagliare ancora. Paura d'inciampare sull'ultimo passo, quello che l'avrebbe portata fuori da quella maledetta tana. O di scoprire che la casa non l'avrebbe mai lasciata uscire, che si sarebbe richiusa su di lei come un nido di bava, tenendola prigioniera per sempre.

E invece la porta si aprì, e furono fuori, alla luce pallida ma rassicurante del giorno.

Quando già i battiti del cuore rallentavano, e lei poteva disinteressarsi della pistola che aveva lasciato là dentro, e stringere a sé Pablo, facendogli scudo col corpo caldo per togliergli tutta la paura, il bambino si protese verso il suo orecchio e le sussurrò...

«E lei non viene?»

I piedi di Mila si piantarono nel terreno, improvvisamente appesantiti. Ondeggiò, ma non perse l'equilibrio.

Lo domandò senza sapere il perché, con la sola forza di una terrificante consapevolezza.

«Dove sta *lei*?»

Il bambino sollevò il braccio e con un dito indicò il secondo piano. La casa li guardava dalle sue finestre e rideva, beffarda, dalla stessa porta spalancata che poco prima li aveva lasciati andare.

Fu allora che la paura svanì del tutto. Mila colmò gli ultimi metri che la separavano dalla sua macchina. Adagiò il piccolo Pablo sul sedile, e gli disse col tono solenne di una promessa: «Arrivo subito».

Poi tornò a farsi ingoiare dalla casa.

Si ritrovò alla base delle scale. Guardava in alto, senza sapere cosa avrebbe trovato lassù. Iniziò a salire, afferrandosi al corrimano. Le note di Chopin continuavano imperterrite a seguirla anche in quell'esplorazione. I piedi affondavano nei gradini, le mani incollate alla balaustra che a ogni passo sembrava volerla trattenere.

La musica cessò di colpo.

Mila si bloccò, i sensi allertati. Poi la secca percussione di uno sparo, un tonfo sordo e le note disarticolate del pianoforte, sotto il peso del corpo del maestro di musica che crollava sulla tastiera. Mila proseguì più velocemente fino al piano di sopra. Non poteva essere sicura che non si trattasse di un altro inganno. La scala curvava e il pianerottolo si prolungava in uno stretto corridoio ricoperto da una spessa moquette. In fondo, una finestra. Davanti a essa, un corpo umano. Fragile, sottile, in controluce: coi piedi sollevati su una sedia, il collo e le braccia protesi verso un cappio che pendeva dal soffitto. Mila la vide mentre cercava di infilare la testa in quella corda e urlò. Anche lei la vide, e cercò di accelerare l'operazione. Perché è così che lui le aveva detto, è così che le era stato insegnato.

«Se loro arrivano, tu devi ucciderti.»

«Loro» erano gli altri, il mondo là fuori, quelli che non potevano capire, che non avrebbero mai perdonato.

Mila si lanciò verso la ragazza nel disperato tentativo di fermarla. E più si avvicinava, più le sembrava di correre indietro nel tempo.

Molti anni prima, in un'altra vita, quella ragazza era stata una bambina.

Mila se la ricordava alla perfezione, la sua foto. L'aveva studiata per bene, tratto per tratto, percorrendo con la mente ogni piega, ogni ruga d'espressione, catalogando e ripetendo ogni segno particolare, anche la più piccola imperfezione della pelle.

E quegli occhi. Di un azzurro screziato, vivace. Capaci di conservare intatta la luce del flash. Gli occhi di una bambina di dieci anni, Elisa Gomes. La foto gliel'aveva scattata il padre. Un'immagine rubata in un giorno di festa, mentre lei era intenta ad aprire un regalo e non se l'aspettava. Mila aveva anche immaginato la scena, con il padre che la chiamava per farla voltare e scattarle così la foto a sorpresa. Ed Elisa che si girava verso di lui e non faceva in tempo a sorprendersi. Nella sua espressione era immortalato un istante, qualcosa che a occhio nudo è impercettibile. L'origine miracolosa di un sorriso, prima che si apra e sbocci sulle labbra o s'illumini nello sguardo come una stella nascente.

Perciò la poliziotta non si era stupita quando i genitori di Elisa Gomes le avevano dato proprio quella foto quando lei aveva chiesto un'immagine recente. Non era certo la foto più adatta, perché l'espressione di Elisa era innaturale e questo la rendeva quasi inutilizzabile per ricavare delle modulazioni su come sarebbe potuto cambiare il suo viso nel corso del tempo. Gli altri colleghi preposti all'indagine si erano lamentati. Ma a Mila non era importato perché c'era qualcosa in quella foto, un'energia. Ed era quella che avrebbero dovuto cercare. Non un volto fra i volti, una bambina fra tante. Bensì *quella* bambina, con *quella* luce negli occhi. Sempre che qualcuno nel frattempo non fosse riuscito a spegnerla...

Mila l'afferrò appena in tempo, abbracciandole le gambe prima che si lasciasse andare col peso sulla corda. Lei scalciò, si dimenò, provò a urlare. Finché Mila la chiamò per nome.

«Elisa», disse con infinita dolcezza.

E lei si riconobbe.

Aveva dimenticato chi fosse. Anni di prigionia le avevano estirpato l'identità, un pezzetto ogni giorno. Finché non si era convinta che quell'uomo era la sua famiglia, perché il resto del mondo l'aveva dimenticata. Il resto del mondo non l'avrebbe mai salvata.

Elisa guardò Mila negli occhi, con stupore. Si placò, e si lasciò salvare.

Sei braccia. Cinque nomi.

Con quell'enigma la squadra aveva lasciato la radura in mezzo al bosco e si era trasferita nell'unità mobile piazzata sulla statale. La presenza di caffè fresco e tramezzini sembrava stonare con quella situazione, ma serviva a fornire una parvenza di controllo. Comunque nessuno in quella fredda mattina di febbraio avrebbe messo mano al buffet.

Stern tirò fuori dal taschino una scatola di mentine. La agitò e se ne fece scivolare un paio in una mano, lanciandosele poi direttamente in bocca. Diceva che lo aiutavano a pensare. « Com'è possibile? » chiese poi, più a se stesso che agli altri.

« Cazzo... » si lasciò scappare Boris. Ma lo pronunciò così piano che nessuno lo sentì.

Rosa cercava un punto all'interno del camper in cui concentrare la propria attenzione. Goran se ne accorse. La capiva, lei aveva una figlia dell'età di quelle bambine. È la prima cosa che pensi quando ti trovi al cospetto di un crimine contro minori. I tuoi figli. E ti domandi cosa sarebbe successo se... Ma non riesci a finire la frase, perché anche solo il pensiero fa male.

« Ce le farà ritrovare a pezzi », disse l'ispettore capo Roche.

« Allora è questo il nostro compito? Raccogliere cadaveri? » chiese Boris con un tono di stizza. Lui, che era un uomo d'azione, non ci stava a vedersi relegato al ruolo di necroforo. Pretendeva un colpevole. E anche gli altri, che infatti non tardarono ad annuire alle sue parole.

Roche li tranquillizzò. « La priorità è sempre quella di un arresto. Ma non possiamo sottrarci alla straziante ricerca dei resti. »

« È stato intenzionale. »

Tutti fissarono Goran, in bilico su quell'ultima frase.

«Il Labrador che fiuta il braccio e scava la buca: faceva parte del 'disegno'. Il nostro uomo teneva d'occhio i due ragazzini col cane. Sapeva che lo portavano nel bosco. Per questo ha piazzato lì il suo piccolo cimitero. Un'idea semplice. Ha completato la sua 'opera', e ce l'ha mostrata. Tutto qui.»

«Vuol dire che non lo prenderemo?» chiese Boris, incapace di crederci e furioso per questo.

«Voi lo sapete meglio di me come vanno queste cose...»

«Ma lo farà, vero? Ucciderà di nuovo...» Stavolta era Rosa che non voleva rassegnarsi. «Gli è riuscito bene, ci riproverà.»

Voleva essere smentita, ma Goran non aveva una risposta. E, anche se avesse avuto un'opinione in proposito, non avrebbe saputo tradurre in termini umanamente accettabili la crudeltà di doversi dividere fra il pensiero di quelle morti tremende e il cinico desiderio che l'assassino tornasse a colpire. Perché – e questo lo sapevano tutti – l'unica possibilità per prenderlo era che non si fermasse.

L'ispettore capo Roche riprese la parola: «Se ritroviamo i corpi di quelle bambine, almeno potremo dare alle loro famiglie un funerale e una tomba su cui piangere».

Come al solito Roche aveva ribaltato i termini della questione, presentandola nel modo più politicamente corretto. Era la prova generale di ciò che avrebbe detto alla stampa, per addolcire la storia a beneficio della propria immagine. Prima il lutto, il dolore, per prendere tempo. Poi l'indagine e i colpevoli.

Ma Goran sapeva che l'operazione non gli sarebbe riuscita, e che i giornalisti si sarebbero avventati su ogni boccone, scarnificando voracemente la vicenda e condendola con tutti i dettagli più sordidi. E, soprattutto, da quel momento non gli avrebbero perdonato più nulla. Ogni loro gesto, ogni parola avrebbe acquistato il valore di una promessa, di un impegno solenne. Roche era convinto di poter tenere a bada i cronisti, imboccandoli un poco alla volta con quello che avrebbero voluto sentire. E Goran lasciò all'ispettore capo la sua fragile illusione di controllo.

«Mi sa che a questo tizio dovremo dare un nome... Prima che lo faccia la stampa», disse Roche.

Goran era d'accordo, ma non per lo stesso motivo dell'ispettore capo. Come tutti i criminologi che prestavano la loro opera alla polizia, il dottor Gavila aveva i propri metodi. Primo fra tutti quello di attribuire al criminale dei tratti, in modo da trasformare una figura ancora rarefatta e indefinita in qualcosa di umano. Perché, davanti a un male così feroce e gratuito, si tende sempre a dimenticare che l'autore, come la vittima, è una *persona*, con un'esistenza spesso normale, un lavoro e magari anche una famiglia. A sostegno della sua tesi, il dottor Gavila faceva notare ai suoi allievi d'università che quasi tutte le volte che veniva arrestato un omicida seriale i suoi vicini di casa e i familiari cadevano dalle nuvole.

«Li chiamiamo *mostri* perché li sentiamo lontani da noi, perché li vogliamo 'diversi'», diceva Goran nei suoi seminari. «Invece ci assomigliano in tutto e per tutto. Ma noi preferiamo rimuovere l'idea che un nostro simile sia capace di tanto. E questo per assolvere in parte la nostra natura. Gli antropologi la definiscono 'spersonalizzazione del reo' e costituisce spesso il maggior ostacolo all'identificazione di un serial killer. Perché un uomo ha dei punti deboli e può essere catturato. Un mostro no.»

Per questo motivo, nella sua aula Goran teneva appesa al muro da sempre la foto in bianco e nero di un bambino. Un piccolo, paffuto e indifeso cucciolo di uomo. I suoi studenti la vedevano ogni giorno e finivano con l'affezionarsi a quell'immagine. Quando – più o meno verso metà semestre – qualcuno trovava il coraggio di domandargli chi fosse, lui li sfidava a indovinarlo. Le risposte erano le più varie e fantasiose. E lui si divertiva davanti alle loro espressioni quando svelava che quel bambino era Adolf Hitler.

Nel dopoguerra il leader del nazismo era diventato un mostro nell'immaginario collettivo, e per anni le nazioni che erano uscite vincitrici dal conflitto si erano opposte a una visione diversa. Per questo nessuno conosceva le foto dell'infanzia del Führer. Un mostro non poteva essere stato un bambino, non poteva aver avuto dei sentimenti diversi dall'odio e un'esistenza simile a quella di altri suoi coetanei che poi sarebbero diventati le sue vittime.

«Per molti, umanizzare Hitler significa 'spiegarlo' in qualche modo», diceva allora Goran alla classe. «Ma la società pretende che il male estremo non possa essere spiegato, e non possa essere capito. Provare a farlo vuol dire cercargli anche una qualche giustificazione.»

Nel camper dell'unità mobile, Boris propose per l'artefice del cimitero di braccia il nome «Albert», in ricordo di un vecchio caso. L'idea fu accolta con un sorriso dai presenti. La decisione fu presa.

Da quel punto in poi, i membri della squadra si sarebbero riferiti all'assassino con quel nome. E, giorno dopo giorno, Albert avrebbe cominciato ad acquistare una fisionomia. Un naso, due occhi, un volto, una vita propria. Ciascuno gli avrebbe attribuito la propria visione, e non l'avrebbero più visto solo come un'ombra sfuggente.

«Albert, eh?» Al termine della riunione, Roche stava ancora soppesando il valore mediatico di quel nome. Se lo ripassava tra le labbra, cercandone il sapore. Poteva funzionare.

Ma c'era qualcosa d'altro che tormentava l'ispettore capo. Ne fece parola a Goran.

«Se vuoi sapere la verità, sono d'accordo con Boris. Cristo santo! Non posso costringere i miei uomini a raccattare cadaveri mentre un pazzo psicopatico ci fa fare la figura dei fessi!»

Goran sapeva che quando Roche parlava dei «suoi» uomini in realtà si riferiva soprattutto a se stesso. Era lui che aveva paura di non potersi fregiare di alcun risultato. Ed era sempre lui che temeva che qualcuno avrebbe invocato l'inefficienza della Polizia federale se non fossero riusciti a fermare il colpevole.

E poi c'era ancora la questione del braccio numero sei.

«Ho pensato di non diffondere per il momento la notizia dell'esistenza di una sesta vittima.»

Goran era sconcertato. «Ma così come faremo a sapere chi è?»

«Ho pensato già a tutto, non preoccuparti...»

*

Nella sua carriera Mila Vasquez aveva risolto ottantanove casi di sparizione. Le erano state conferite tre medaglie e una serie di encomi. Veniva considerata un'esperta nel suo campo e la chiamavano spesso per consulenze, anche all'estero.

L'operazione di quella mattina, in cui erano stati liberati contemporaneamente Pablo ed Elisa, era stata definita un clamoroso successo. Mila non aveva detto nulla. Ma le dava fastidio. Avrebbe voluto ammettere tutti i suoi errori. L'essersi introdotta nella casa marrone senza attendere rinforzi. Aver sottovalutato l'ambiente e le possibili trappole. Aver messo a rischio se stessa e gli ostaggi permettendo che il sospettato la disarmasse e le puntasse una pistola alla nuca. Infine, non aver impedito il suicidio del maestro di musica.

Ma tutto questo era stato omesso dai suoi superiori, che avevano invece enfatizzato i suoi meriti mentre si facevano immortalare dalla stampa per le foto di rito.

Mila non appariva mai in quegli scatti. La ragione ufficiale era che preferiva salvaguardare il proprio anonimato per le future indagini. Ma la verità era che odiava essere fotografata. Non sopportava neanche la sua immagine riflessa nello specchio. Non perché non fosse bella, anzi. Ma, a trentadue anni, ore e ore di palestra avevano sradicato tenacemente ogni traccia di femminilità. Ogni curva, ogni morbidezza. Come se essere donna fosse un male da debellare. Anche se spesso indossava abiti maschili, non era neanche mascolina. Semplicemente non aveva nulla che facesse pensare a un'identità sessuale. Ed era così che lei voleva apparire. I suoi abiti erano anonimi. Jeans non troppo fascianti, scarpe da ginnastica ben rodate, giacca di pelle. Erano abiti, e basta. La loro funzione era di tenerla al caldo o di coprirla. Non perdeva tempo a sceglierli, li comprava soltanto. Magari più capi tutti uguali. Non le importava. È così che voleva essere.

Invisibile fra gli invisibili.

Forse anche per questo riusciva a condividere lo spogliatoio del distretto con gli agenti maschi.

Mila se ne stava da dieci minuti a fissare il suo armadietto aperto, mentre ripercorreva tutti gli eventi di quella giornata.

C'era qualcosa che doveva fare ma la sua mente al momento era altrove. Poi una fitta lancinante alla coscia la riportò in sé. La ferita si era riaperta, aveva cercato di tamponare il sangue con un assorbente e del nastro adesivo, ma inutilmente. I lembi di pelle intorno al taglio erano troppo corti e non era riuscita a fare un buon lavoro con ago e filo. Forse stavolta avrebbe dovuto davvero consultare un medico, ma non se la sentiva di andare in ospedale. Troppe domande. Decise che si sarebbe fatta una fasciatura più stretta, nella speranza che l'emorragia si arrestasse, poi avrebbe riprovato una nuova sutura. Ma avrebbe comunque dovuto assumere un antibiotico per evitare che facesse infezione. Si sarebbe procurata una ricetta falsa da uno che ogni tanto le passava notizie sui nuovi arrivi fra i senzatetto della stazione ferroviaria...

Stazioni.

"È strano", pensò Mila. Mentre per il resto del mondo sono solo un posto di passaggio, per alcuni sono un termine. Si fermano lì e non ripartono più. Le stazioni sono una specie di antinferno, dove le anime che si sono perse si ammassano nell'attesa che qualcuno vada a riprenderle.

Ogni giorno spariscono in media dai venti ai venticinque individui. Mila conosceva bene la statistica. All'improvviso queste persone non danno più notizie di sé. Svaniscono senza un preavviso, senza un bagaglio. Così, come se si fossero dissolte nel nulla.

Mila sapeva che, per la maggior parte, si trattava di sbandati, di gente che viveva di droga, di espedienti, sempre pronta a macchiarsi di qualche reato, individui che entravano e uscivano continuamente di galera. Ma poi c'era anche chi – e quella era una strana minoranza – a un certo punto della propria vita decideva di sparire per sempre. Come la madre di famiglia che andava a fare la spesa al supermercato e non tornava più a casa, o il figlio o il fratello che salivano su un treno senza arrivare mai a destinazione.

Mila pensava che ognuno di noi ha una strada. Una strada che porta a casa, alle persone più care, a ciò cui siamo maggiormente legati. Di solito la strada è sempre quella, la s'impara da piccoli, e ognuno la segue per tutta la vita. Ma capita che quel cammino si spezzi. A volte ricomincia da un'altra parte. O, dopo aver disegnato un percorso tortuoso, ritorna al punto in cui si era spezzato. Oppure rimane come sospeso.

A volte, però, si perde nel buio.

Mila sapeva che più della metà di quelli che spariscono tornano indietro e raccontano una storia. Alcuni invece non hanno niente da raccontare, e riprendono la stessa esistenza di prima. Altri sono meno fortunati, di loro rimane solo un corpo muto. Poi ci sono quelli di cui non si saprà mai nulla.

Fra questi, c'è sempre un bambino.

Ci sono genitori che darebbero la vita per sapere com'è andata. In cosa hanno sbagliato. Quale distrazione ha dato inizio a quel dramma del silenzio. Che fine ha fatto il loro cucciolo. Chi se l'è preso, e perché. C'è chi interroga Dio per sapere per quale colpa sia stato punito. Chi si tormenta per il resto dei propri giorni in cerca di risposte, oppure si lascia morire mentre insegue quelle domande. «Fatemi sapere almeno se è morto», dicevano. Alcuni arrivavano ad augurarselo, perché volevano solo piangere. L'unico loro desiderio non era rassegnarsi, ma poter smettere di sperare. Perché la speranza uccide più lentamente.

Mila però non credeva alla storia della «verità liberatoria». L'aveva imparato sulla sua pelle, la prima volta che aveva ritrovato qualcuno. L'aveva riprovato quel pomeriggio, dopo aver riaccompagnato a casa Pablo ed Elisa.

Per il bambino c'erano state grida di gioia nel quartiere, clacson festosi e caroselli di auto.

Per Elisa no, era passato troppo tempo.

Dopo averla salvata, Mila l'aveva condotta in un centro specializzato dove gli assistenti sociali si erano presi cura di lei. Le avevano dato da mangiare e dei vestiti puliti. Chissà perché risultavano sempre di una o due taglie più grandi, pensava Mila. Forse perché gli individui a cui erano destinati si erano consumati in quegli anni di oblio, ed erano stati ritrovati appena prima che svanissero del tutto.

Elisa era rimasta in silenzio per tutto il tempo. Si era lasciata accudire, accettando tutto ciò che le facevano. Poi Mila le aveva annunciato che l'avrebbe riportata a casa. Anche allora, lei non aveva detto niente.

Fissando il suo armadietto, la giovane poliziotta non poteva fare a meno di rivedere le facce dei genitori di Elisa Gomes quando si era presentata con lei alla loro porta. Erano impreparati, e anche un po' imbarazzati. Forse pensavano che gli avrebbe riportato indietro una bambina di dieci anni e non quella ragazza cresciuta con cui non avevano più niente in comune.

Elisa era stata una ragazzina intelligente e molto precoce. Aveva iniziato a parlare presto. La prima parola che aveva detto era stata « May », il nome del suo orsetto di peluche. Sua madre, però, avrebbe ricordato anche l'ultima, « domani ». A completamento della frase « ci vediamo domani », pronunciata sulla porta di casa, prima di andare a dormire da un'amica. Ma quel giorno non c'era mai stato. Il domani di Elisa Gomes non era ancora arrivato. Ma il suo « ieri » era una lunghissima giornata che non accennava a finire.

In questo giorno prolungato nel tempo, per i suoi genitori Elisa aveva continuato a vivere come una bambina di dieci anni, con la sua cameretta piena di bambole e i regali di Natale che si accumulavano accanto al camino. Sarebbe rimasta sempre come se la ricordavano. Immortalata in una foto della memoria come prigioniera di un incantesimo.

E, anche se Mila l'aveva trovata, loro avrebbero continuato ad aspettare la bambina che avevano perduto. Senza trovare mai pace.

Dopo un abbraccio condito di lacrime e una commozione fin troppo scontata, la signora Gomes le aveva fatte entrare in casa e aveva offerto tè e biscotti. Si era comportata con la figlia come ci si comporta con un ospite. Forse con la segreta speranza che sarebbe andata via alla fine di quella visita, lasciando lei e il marito con quell'ormai confortevole senso di privazione.

Mila aveva sempre paragonato la tristezza a quei vecchi armadi di cui vorresti disfarti ma che alla fine rimangono al loro posto e dopo un po' emanano un odore tipico, che impregna la stanza. E col tempo ti ci abitui, e finisci con l'appartenere anche tu a quell'odore.

Elisa era tornata, e i suoi genitori avrebbero dovuto dismettere il proprio lutto, e restituire tutta la compassione di cui erano stati fatti oggetto in quegli anni. Non avrebbero avuto più motivo per essere tristi. Con che coraggio potevano raccontare al resto del mondo quella nuova infelicità di avere un'estranea che si aggirava per casa?

Dopo un'ora di convenevoli, Mila si era congedata e le era sembrato di scorgere nello sguardo della madre di Elisa un'invocazione d'aiuto. «Adesso cosa faccio?» gridava muta quella donna, nell'angoscia di dover fare i conti con quella nuova realtà.

Anche Mila aveva una verità da affrontare. Quella che Elisa Gomes era stata ritrovata per puro caso. Se il suo rapitore dopo tutti quegli anni non avesse avvertito l'esigenza di allargare la «famiglia» prendendo anche Pablito, nessuno avrebbe mai saputo com'erano andate effettivamente le cose. Ed Elisa sarebbe rimasta chiusa in quel mondo creato solo per lei e per l'ossessione del suo carceriere. Prima come figlia, poi come sposa fedele.

Mila richiuse l'armadietto su questi pensieri. "Dimentica, dimentica", si disse. "Questa è l'unica medicina."

Il distretto si stava svuotando, e lei aveva voglia di tornarsene a casa. Avrebbe fatto una doccia, aperto una bottiglia di Porto e arrostito castagne sul gas. Poi si sarebbe messa a guardare l'albero davanti alla finestra del soggiorno. E forse, con un po' di fortuna, si sarebbe addormentata presto sul divano.

Ma, mentre si apprestava a premiarsi con la sua serata solitaria, uno dei colleghi si affacciò allo spogliatoio.

Il sergente Morexu voleva vederla.

Una lucida bava d'umidità rivestiva le strade in quella sera di febbraio. Goran scese dal taxi. Non aveva un'auto, non aveva la patente, lasciava che qualcun altro si occupasse di portarlo dove doveva andare. Non che non ci avesse provato, a guidare, e gli riusciva pure. Ma per uno che ha l'abitudine di perdersi nelle profondità dei propri pensieri, non è consigliabile mettersi al volante. Così Goran aveva rinunciato.

Pagato l'autista, la seconda cosa che fece dopo aver piantato i suoi quarantaquattro di scarpe sul marciapiede, fu estrarre dalla giacca la terza sigaretta della giornata. L'accese, fece due tiri e la gettò via. Era un'abitudine consolidata da quando aveva deciso di smettere. Una sorta di compromesso con se stesso, tanto per ingannare il bisogno di nicotina.

Mentre se ne stava lì in piedi, incontrò la sua immagine riflessa in una vetrina. Rimase per qualche istante a contemplarsi. La barba incolta che gli incorniciava il viso sempre più stanco. Le occhiaie e i capelli arruffati. Era consapevole di non prendersi molta cura di sé. Ma chi di solito se ne occupava aveva da tempo abdicato a quel ruolo.

Quello che spiccava di Goran – lo dicevano tutti – erano i suoi lunghi e misteriosi silenzi.

E gli occhi, grandissimi e attenti.

Era quasi l'ora di cena. Salì lentamente le scale di casa. Entrò nel suo appartamento e si mise in ascolto. Passarono alcuni secondi e, quando si abituò a quel nuovo silenzio, riconobbe il suono familiare e accogliente della voce di Tommy che giocava in camera sua. Lo raggiunse ma rimase a osservarlo dalla porta, senza avere il coraggio d'interromperlo.

Tommy aveva nove anni ed era senza pensieri. Aveva i capelli castani e gli piacevano il rosso, il basket e il gelato, anche d'inverno. Aveva un amico del cuore, Bastian, con il quale organizzava fantastici «safari» nel giardino della scuola. Erano entrambi negli scout e quell'estate sarebbero andati insieme in campeggio. Ultimamente non parlavano d'altro.

Tommy assomigliava incredibilmente alla madre, ma del padre possedeva una cosa.

Due occhi grandissimi e attenti.

Quando si accorse della presenza di Goran, si voltò e gli sorrise. «È tardi», lo ammonì.

«Lo so. Mi dispiace», si difese Goran. «La signora Runa è andata via da molto?»

«È venuta a prenderla il figlio mezz'ora fa.»

Goran si infastidì: la signora Runa era la loro governante da qualche anno ormai. Perciò doveva saperlo che non gli piaceva che Tommy restasse solo in casa. E questo era uno di quei piccoli inconvenienti che a volte facevano sembrare impossibile l'impresa di andare comunque avanti con l'esistenza. Goran da solo non riusciva a risolvere tutto. Come se l'unica persona che possedeva quel misterioso potere avesse dimenticato di lasciargli il manuale con le formule magiche prima di andar via.

Doveva mettere le cose in chiaro con la signora Runa e magari essere anche un po' duro con lei. Le avrebbe detto di fermarsi sempre la sera, fino a quando lui non fosse rincasato. Tommy percepì qualcosa di quei pensieri, e si rabbuiò. Per questo Goran cercò subito di distrarlo, domandandogli: «Hai fame?»

«Ho mangiato una mela, dei cracker e ho bevuto un bicchiere d'acqua.»

Goran scosse il capo, divertito. «Non è un granché come cena.»

«Era la mia merenda. Ma adesso vorrei qualcos'altro...»

«Spaghetti?»

Tommy applaudì alla proposta. Goran lo accarezzò.

Prepararono insieme la pasta e apparecchiarono la tavola, come in un collaudato ménage, dove ognuno aveva i suoi compiti e li portava a termine senza consultare l'altro. Imparava in fretta suo figlio, e Goran ne era orgoglioso.

Gli ultimi mesi non erano stati facili per nessuno dei due.

La loro vita rischiava di sfilacciarsi. E lui cercava di tenere insieme i lembi e di riannodarli con pazienza. Sopperiva con l'ordine all'assenza. Pasti regolari, orari precisi, abitudini consolidate. Da quel punto di vista, niente era cambiato rispetto a *prima*. Tutto si ripeteva uguale e questo era rassicurante per Tommy.

Alla fine avevano imparato insieme, l'uno dall'altro, a convivere con quel vuoto, senza per questo negare la realtà. Anzi, quando uno dei due aveva voglia di parlarne, se ne parlava.

L'unica cosa che non facevano mai era chiamare quel vuoto

per nome. Perché quel nome era uscito dal loro vocabolario. Usavano altri modi, altre espressioni. Era strano. L'uomo che si preoccupava di battezzare ogni serial killer che incontrava, non sapeva più come chiamare quella che un tempo era stata sua moglie, e aveva permesso al figlio di «spersonalizzare» sua madre. Quasi fosse un personaggio delle fiabe che lui gli leggeva tutte le sere.

Tommy era l'unico contrappeso che lo tenesse ancora legato al mondo. Sarebbe stato un attimo, altrimenti, scivolare nell'abisso che esplorava ogni giorno là fuori.

Dopo cena, Goran andò a rintanarsi nello studio. Tommy lo seguì. Lo facevano tutte le sere. Lui si sedeva sulla vecchia poltrona cigolante e suo figlio si sistemava a pancia sotto sul tappeto, riprendendo i suoi dialoghi immaginari.

Goran osservò la sua biblioteca. I libri di criminologia, di antropologia criminale e di medicina legale facevano bella mostra sugli scaffali. Alcuni con il profilo damascato e le incisioni dorate. Altri più semplici, rilegati alla buona. Lì dentro c'erano le risposte. Ma il difficile – come diceva sempre ai suoi allievi – era trovare le domande. Quei testi erano pieni di foto angoscianti. Corpi feriti, piagati, martoriati, bruciati, fatti a pezzi. Tutto rigorosamente sigillato in lucide pagine, annotato in precise didascalie. La vita umana ridotta a freddo oggetto di studio.

Per questo, fino a qualche tempo prima, Goran non permetteva a Tommy di entrare in quella specie di sacrario. Temeva che la sua curiosità avesse il sopravvento e che aprendo uno di quei libri scoprisse quanto può essere violenta l'esistenza. Una volta, però, Tommy aveva trasgredito. L'aveva trovato disteso, come adesso, intento a sfogliare uno di quei tomi. Goran lo ricordava ancora, si era soffermato sull'immagine di una giovane donna ripescata in un fiume, d'inverno. Era nuda, la pelle viola, gli occhi immobili.

Tommy però non sembrava affatto turbato e, anziché sgridarlo, Goran si era messo a sedere a gambe incrociate accanto a lui.

«Sai che cos'è?»

Tommy, impassibile, aveva atteso un lungo momento. Poi

aveva risposto, elencando diligentemente tutto ciò che vedeva. Le mani affusolate, i capelli in cui si era formata la brina, lo sguardo perso in chissà quali pensieri. Infine aveva iniziato a fantasticare su ciò che faceva per vivere, sui suoi amici e sul posto dove abitava. Goran allora si accorse che Tommy notava tutto in quella foto, tranne una cosa. La morte.

I bambini non vedono la morte. *Perché la loro vita dura un giorno, da quando si svegliano a quando vanno a dormire.*

Goran quella volta capì che, per quanto si sforzasse, non avrebbe mai potuto proteggere il figlio dal male del mondo. Come, anni dopo, non aveva potuto sottrarlo a quello che gli aveva fatto la madre.

Il sergente Morexu non era come gli altri superiori di Mila. Non gliene fregava niente della gloria, né delle foto sui giornali. Per questo la poliziotta si aspettava una strigliata per come aveva condotto l'operazione a casa del maestro di musica.

Morexu era sbrigativo nei modi e negli umori. Non riusciva a trattenere per più di qualche secondo un'emozione. Così un momento era adirato o scontroso, e subito dopo sorridente e incredibilmente gentile. Per non perdere tempo, poi, abbinava i gesti. Per esempio, se ti doveva consolare, allora ti teneva una mano sulla spalla e intanto ti accompagnava alla porta. O telefonava e con la cornetta si grattava la tempia.

Ma quella volta non aveva fretta.

Lasciò Mila in piedi davanti alla sua scrivania, senza invitarla a sedersi. Poi iniziò a fissarla, coi piedi allungati sotto al tavolo e le braccia conserte.

«Non so se ti rendi conto di quello che è successo oggi...»

«Lo so, ho sbagliato», disse lei, precedendolo.

«Invece ne hai salvati tre.»

Quell'affermazione la paralizzò per un lunghissimo istante.

«Tre?»

Morexu si tirò su sulla poltrona e abbassò gli occhi su un foglio che gli stava davanti.

«Hanno trovato un appunto in casa del maestro di musica. Pare che avesse intenzione di prenderne un'altra...»

Il sergente porse a Mila la fotocopia della pagina di un'agenda. Sotto al giorno e al mese, c'era un nome.

«Priscilla?» domandò lei.

«Priscilla», ripeté Morexu.

«E chi è?»

«Una ragazzina fortunata.»

E non disse altro. Perché non sapeva altro. Non c'era un cognome, un indirizzo, una foto. Niente. Solo quel nome. Priscilla.

«Perciò smettila di darti la croce addosso», proseguì Morexu e, prima che Mila potesse replicare, aggiunse: «Ti ho vista oggi alla conferenza stampa: sembrava che non te ne importasse nulla».

«Infatti non me ne importa.»

«Cazzo, Vasquez! Ma ti rendi conto di quanto ti debbano essere grate le persone che hai salvato? Per non parlare delle loro famiglie!»

«Perché lei non ha visto lo sguardo della madre di Elisa Gomes», avrebbe voluto dirgli Mila. Invece si limitò ad annuire. Morexu la guardò scuotendo il capo.

«Da quando sei qui non ho sentito una sola lamentela su di te.»

«Ed è un bene o un male?»

«Se non lo capisci da sola, allora hai un bel problema, ragazza mia... Per questo ho deciso che ti gioverebbe un po' di lavoro di squadra.»

Mila, però, non era d'accordo. «Perché? Io faccio il mio mestiere, ed è la sola cosa che m'interessa. Ormai sono abituata a cavarmela così. Dovrei adattare i miei metodi a qualcuno. Come faccio a spiegare che...»

«Va' a fare le valigie», la interruppe Morexu, liquidando la sua lamentela.

«Perché tanta fretta?»

«Parti stasera stessa.»

«Sarebbe una specie di punizione?»

«Non è una punizione, e nemmeno una vacanza: vogliono la consulenza di un'esperta. E tu sei molto popolare.»

La poliziotta si fece seria.

«Di che si tratta?»

«La storia delle cinque bambine rapite.»

Mila ne aveva sentito parlare sommariamente dai telegiornali. «Perché io?» chiese.

«Perché pare che ce ne sia anche una sesta, ma non sanno ancora chi è...»

Avrebbe voluto altre delucidazioni, ma Morexu evidentemente aveva deciso che la conversazione era finita. Ritornò a essere sbrigativo, limitandosi a tenderle un fascicolo con cui contemporaneamente le indicava la porta.

«Qui dentro c'è anche il biglietto del treno.»

Mila afferrò la cartellina e si diresse verso l'uscita. Ma, prima di lasciare la stanza, si voltò di nuovo verso il sergente: «Priscilla, eh?»

«Già...»

4

The Piper at the Gates of Dawn, del 1967. *A Saucerful of Secrets*, del 1968. *Ummagumma* era del '69, come la colonna sonora del film *More*. Nel 1971 c'era stato *Meddle*. Ma prima ce n'era un altro... Nel 1970, ne era sicuro. Non ricordava il titolo. La copertina sì, però. Quella con la mucca. Accidenti, come si chiamava?

"Devo fare benzina", pensò.

L'indicatore era già al minimo e la spia aveva smesso di lampeggiare per fissarsi in un rosso perentorio.

Ma lui non voleva fermarsi.

Guidava ormai da cinque ore abbondanti e aveva percorso quasi seicento chilometri. Eppure aver messo quella notevole distanza fra sé e ciò che era accaduto quella notte non lo faceva stare meglio. Teneva le braccia rigide sullo sterzo. I muscoli del collo, tesi, gli dolevano.

Si voltò per un istante.

"Non pensarci... non pensarci..."

Occupava la mente recuperando dalla memoria nozioni familiari, rassicuranti. Negli ultimi dieci minuti, si era concentrato su tutta la discografia dei Pink Floyd. Ma nelle quattro ore precedenti c'erano stati i titoli dei suoi film preferiti, i giocatori delle ultime tre stagioni della squadra di hockey per cui tifava, i nomi dei suoi vecchi compagni di scuola, e anche gli insegnanti. Si era spinto fino alla signora Berger. Chissà che fine aveva fatto? Gli sarebbe piaciuto rivederla. Tutto pur di tener lontano *quel pensiero*. E adesso la sua mente si era inceppata su quel cavolo di album con la mucca in copertina!

E quel pensiero era tornato.

Doveva rimandarlo via. Rispedirlo nell'angolo della sua testa dove era riuscito a confinarlo varie volte quella notte. Altrimenti ricominciava a sudare, e ogni tanto scoppiava in pianto, disperandosi per quella situazione, anche se non durava molto. La paura tornava ad afferrargli lo stomaco. Ma lui s'imponeva di restare lucido.

«*Atom Heart Mother*!»

Era quello il titolo del disco. Per un attimo si sentì felice. Ma fu una sensazione passeggera. Nella sua situazione c'era ben poco per cui essere felici.

Si voltò nuovamente per guardare indietro.

Poi, ancora: "Devo fare benzina".

Ogni tanto dal tappetino sotto di lui arrivava una zaffata rancida di ammoniaca a ricordargli che se l'era anche fatta addosso. I muscoli delle gambe cominciavano a indolenzirsi e gli si era addormentato un polpaccio.

Il temporale che aveva battuto l'autostrada per quasi tutta la notte si stava allontanando oltre le montagne. Poteva vederne i bagliori verdastri all'orizzonte, mentre alla radio uno speaker forniva l'ennesimo bollettino meteorologico. Di lì a poco sarebbe arrivata l'alba. Un'ora prima era uscito a un casello e si era immesso sulla statale. Non si era neanche fermato a pagare il pedaggio. Il suo scopo al momento era andare più avanti, sempre di più.

Seguendo alla lettera le istruzioni ricevute.

Per qualche minuto permise alla sua mente di spaziare altrove. Ma, inevitabilmente, lei si diresse al ricordo di quella notte.

Era giunto in auto all'hotel Modigliani il giorno prima, verso le undici del mattino. Aveva svolto il suo lavoro di rappresentanza in città per tutto il pomeriggio e poi la sera, come previsto, aveva cenato con alcuni clienti al bistrot dell'albergo. Passate le ventidue, si era ritirato in camera.

Chiusa la porta, per prima cosa si era allentato la cravatta davanti allo specchio e, in quel momento, il riflesso gli aveva riconsegnato, insieme al suo aspetto madido e agli occhi iniettati, il vero volto della sua ossessione. Era così che diventava quando il desiderio prendeva il sopravvento.

Guardandosi aveva continuato a domandarsi, stupito, come avesse fatto a nascondere tanto bene ai suoi commensali per tutta la sera la reale natura dei suoi pensieri. Aveva parlato con loro, ascoltato gli insulsi discorsi sul golf e sulle mogli troppo esigenti, riso alle fastidiose battute sul sesso. Ma era altrove. Pregustava il momento in cui, tornato nella sua camera e allentato il nodo della cravatta, avrebbe permesso a quel bolo acido che gli serrava la gola di risalire ed esplodere sulla sua faccia, sotto forma di sudore, respiro affannoso e sguardo proditorio.

Il vero volto sotto la maschera.

Nel chiuso della sua stanza aveva potuto finalmente dare sfogo a quella voglia che gli aveva premuto nel petto e nei pantaloni, facendogli temere che sarebbe anche potuto scoppiare. Invece non era successo. Era riuscito a controllarsi.

Perché di lì a poco sarebbe uscito.

Come sempre aveva giurato a se stesso che quella sarebbe stata l'ultima volta. Come sempre, quella promessa veniva ripetuta *prima* e *dopo*. E, come sempre, sarebbe stata smentita e rinnovata la volta successiva.

Aveva lasciato l'albergo verso mezzanotte, al colmo dell'eccitazione. Si era messo a girare a vuoto: era in anticipo. Quel pomeriggio, fra un impegno e l'altro, aveva effettuato dei sopralluoghi per assicurarsi che tutto andasse secondo i piani, perché non ci fossero intoppi. Erano due mesi che si preparava, che corteggiava la sua «farfalla» con cura. L'attesa era il giusto acconto di ogni piacere. E lui se l'era gustata. Aveva curato i dettagli, perché erano sempre quelli a tradire gli altri. Ma a lui non sarebbe capitato. A lui non capitava mai. Anche se adesso, dopo il ritrovamento del cimitero di braccia, aveva dovuto prendere qualche precauzione in più. C'era molta polizia in giro, e tutti sembravano all'erta. Ma lui era bravo a rendersi invisibile. Non aveva nulla da temere. Doveva soltanto rilassarsi. Di lì a poco avrebbe visto la farfalla sul viale, nel punto concordato il giorno prima. Temeva sempre che potessero cambiare idea. Che qualcosa, nella parte che toccava loro interpretare, andasse storto. E allora lui sarebbe stato triste, di quella tristezza marcia che per scacciarla ci vogliono giorni. E, quel che è peggio, non si può nascondere. Ma continuava a ripetersi che anche stavolta sarebbe andata bene.

La farfalla sarebbe venuta.

L'avrebbe fatta salire in fretta, accogliendola con i suoi soliti convenevoli. Quelli che non solo fanno piacere, ma tolgono i dubbi generati dalla paura. L'avrebbe condotta nel posto che aveva scelto per loro quel pomeriggio, appartandosi in una stradina da cui si vedeva il lago.

Le farfalle avevano sempre un profumo molto penetrante. Gomma da masticare, scarpe da ginnastica. E sudore. Questo gli piaceva. Quell'odore ormai faceva parte della sua auto.

Anche adesso lo sentiva, mischiato a quello di urina. Pianse di nuovo. Quante cose erano successe da quel momento. Era stato brusco il passaggio fra l'eccitazione e la felicità e ciò che era avvenuto dopo.

Si guardò indietro.

"Devo fare benzina."

Ma poi se ne dimenticò e, con una boccata di quell'aria viziata, tornò a immergersi nel ricordo di ciò che era accaduto in seguito...

Era fermo in auto, in attesa della farfalla. La luna opaca ogni tanto faceva capolino fra le nuvole. Per ingannare l'ansia, ripassava il piano. All'inizio avrebbero parlato. Lui, però, avrebbe soprattutto ascoltato. Perché sapeva che le farfalle avevano sempre bisogno di ricevere quello che non trovavano altrove: attenzione. Gli riusciva bene quel ruolo. Ascoltare pazientemente la piccola preda che, aprendogli il cuore, s'indeboliva da sola. Abbassava la guardia, e lo lasciava passare indisturbato in territori profondi.

Vicino al solco dell'anima.

Lui diceva sempre qualcosa di estremamente appropriato. Lo faceva ogni volta. Era così che diventava il loro maestro. Era bello istruire qualcuno sui propri desideri. Spiegargli per bene ciò che si vuole, fargli vedere come si fa. Era una cosa importante. Diventare la loro scuola, il loro terreno di pratica. Fornire un ammaestramento su ciò che è piacevole.

Ma proprio mentre stava componendo quella lezione magica che avrebbe fatto spalancare tutte le porte dell'intimità, aveva distrattamente fatto scorrere lo sguardo sullo specchietto retrovisore.

In quel momento, l'aveva visto.

Qualcosa di meno consistente di un'ombra. Qualcosa che puoi anche non aver visto realmente, perché proviene dritto dritto dalla tua immaginazione. E lui aveva pensato subito a un miraggio, a un'illusione.

Fino al pugno sul finestrino.

Il rumore secco della portiera che si apriva. La mano che s'insinuava in quel varco e che gli afferrava la gola, stringendo. Nessuna possibilità di reagire. Una folata di aria fredda aveva invaso l'abitacolo e lui ricordava bene di aver pensato: "Ho dimenticato le sicure". Le sicure! Tanto, non sarebbe certo bastato quello a fermarlo.

L'uomo aveva una forza notevole ed era riuscito a tirarlo fuori dalla macchina abbrancandolo con un solo braccio. Un passamontagna nero gli copriva il viso. Mentre lo teneva sollevato, lui aveva pensato alla farfalla: la preziosa preda che aveva attirato con tanta fatica era ormai persa.

E, indubbiamente, a quel punto la preda era lui.

L'uomo aveva allentato la morsa sul collo, scagliandolo a terra. Poi si era disinteressato a lui per tornare verso la macchina. "Ecco, è andato a prendere l'arma con cui mi finirà!" Così, mosso da un disperato istinto di sopravvivenza, aveva provato a trascinarsi sul suolo umido e freddo, anche se all'uomo col passamontagna sarebbe bastato qualche passo per raggiungerlo e mettere fine a ciò che aveva iniziato.

"Quante cose inutili fa la gente quando cerca di scampare alla morte", pensava adesso, nel chiuso della sua auto. "C'è chi davanti alla canna di una pistola allunga la mano, con l'unico risultato di farsi perforare il palmo dalla pallottola. E ci sono quelli che per sfuggire a un incendio si gettano dalle finestre dei palazzi... Vogliono tutti evitare l'inevitabile, e si rendono ridicoli."

Lui non pensava di far parte di quella schiera di persone. Era sempre stato sicuro di poter affrontare degnamente la morte. Almeno fino a quella notte, quando si era ritrovato a strisciare come un verme implorando ingenuamente la propria salvezza. Arrancando a fatica, aveva guadagnato appena un paio di metri.

Poi aveva perso i sensi.

Due secchi colpetti sul viso l'avevano riportato in sé. L'uomo col passamontagna era tornato. Si stagliava su di lui e lo fissava con due occhi spenti, caliginosi. Non aveva armi con sé. Con un gesto del capo aveva indicato la macchina e gli aveva detto soltanto: «*Va' e non ti fermare, Alexander*».

L'uomo col passamontagna conosceva il suo nome.

Al principio gli era sembrato sensato. Poi, ripensandoci, era ciò che lo atterriva di più.

Andar via da lì. In quel momento non ci aveva creduto. Si era alzato da terra, aveva raggiunto l'auto barcollando, cercando di fare in fretta nel timore che l'altro potesse cambiare idea. Si era messo subito al volante, con la vista ancora annebbiata e le mani che gli tremavano al punto da non riuscire a mettere in moto. Quando finalmente ce l'aveva fatta, era cominciata la sua lunga notte sulla strada. Lontano da lì, il più lontano possibile...

"Devo fare benzina", pensò per tornare a essere pratico.

Il serbatoio era quasi vuoto. Cercò le indicazioni di una stazione di servizio, chiedendosi se questo facesse o meno parte del mandato che aveva ricevuto quella notte.

Non fermarsi.

Fino all'una del mattino, due domande avevano occupato i suoi pensieri. Perché l'uomo col passamontagna l'aveva lasciato andare? Cos'era successo mentre era svenuto?

La risposta l'aveva ottenuta quando la sua mente aveva recuperato in parte lucidità, e lui aveva iniziato a sentire *il rumore*.

Uno sfregamento sulla carrozzeria, accompagnato da un battere ritmico e metallico – *tum, tum, tum* – cupo e incessante. "Ecco, ha manomesso qualcosa sulla macchina: prima o poi una delle ruote si staccherà dal semiasse e perderò il controllo, schiantandomi sul guardrail!" Ma nulla di tutto ciò era successo. Perché quel rumore non era di natura meccanica. Ma questo lui l'aveva capito dopo... Anche se non era in grado di ammetterlo a se stesso.

In quel momento gli apparve un'indicazione stradale: la stazione di servizio più vicina era a meno di otto chilometri. Ce l'avrebbe fatta a raggiungerla, ma lì avrebbe dovuto essere rapido.

A quel pensiero, si volse indietro per l'ennesima volta.

Ma la sua attenzione non era indirizzata alla statale che si lasciava alle spalle, né alle auto che gli stavano dietro.

No, il suo sguardo si fermava prima, molto prima.

Ciò che lo inseguiva non era lì, su quella strada. Era molto più vicino. Era la fonte di quel rumore. Era una cosa da cui non poteva scappare.

Perché quella cosa era nel suo bagagliaio.

Era quello che guardava con insistenza. Anche se cercava di non pensare a cosa potesse contenere. Ma quando Alexander Bermann tornò a fissare davanti a sé era troppo tardi. Il poliziotto al margine della carreggiata gli stava già facendo segno di accostare.

5

Mila scese dal treno. Aveva la faccia lucida e gli occhi gonfi per via della notte insonne. S'incamminò sotto la pensilina della stazione. L'edificio era composto da un magnifico corpo principale, di costruzione ottocentesca, e da un centro commerciale immenso. Tutto era pulito, in ordine. Eppure, dopo appena qualche minuto, Mila ne conosceva già tutti gli angoli bui. I posti dove si sarebbe messa a cercare i suoi bambini scomparsi. Dove la vita si vende e si compra, si annida, o si nasconde.

Ma non era lì per quello.

Presto qualcuno l'avrebbe portata via da quel posto. Presso l'ufficio della Polizia ferroviaria l'attendevano due colleghi. Una donna tarchiata, sui quarant'anni, dalla carnagione olivastra, coi capelli corti e i fianchi larghi, troppo per quel paio di jeans. Un uomo di circa trentotto anni, molto alto e robusto. Le fece tornare alla mente i ragazzoni del paese di campagna in cui era cresciuta. Alle medie ne aveva avuti un paio come fidanzatini. Li ricordava così goffi nei loro approcci.

L'uomo le sorrise, mentre la collega si limitò a squadrarla alzando il sopracciglio. Mila si avvicinò per le presentazioni di rito. Sarah Rosa disse solo nome e grado. L'altro, invece, le porse la mano, scandendo per bene: «Agente speciale scelto, Klaus Boris». Quindi si offrì di portarle il borsone di tela: «Lascia, faccio io».

«No, grazie, posso fare da sola», rispose Mila.

Ma lui insistette: «Non c'è problema».

Il tono con cui lo disse e l'ostinato modo di sorriderle, le fecero capire che l'agente Boris doveva essere una specie di dongiovanni, convinto di poter esercitare il proprio fascino su ogni femmina che gli capitasse a tiro. Mila era sicura che nello stesso momento in cui l'aveva vista da lontano, lui avesse già deciso di provarci.

Boris propose di prendere un caffè prima di avviarsi, ma Sarah Rosa lo fulminò con lo sguardo.

«Che c'è? Che ho detto?» si difese lui.

«Non abbiamo tempo, ricordi?» ribatté la donna con decisione.

«La collega ha fatto un lungo viaggio e pensavo che...»

«Non ce n'è bisogno», intervenne Mila. «Sto bene così, grazie.»

Mila non aveva intenzione di mettersi contro Sarah Rosa che, tuttavia, non sembrò apprezzare la sua alleanza.

Raggiunsero l'auto nel parcheggio e Boris si mise alla guida. Rosa occupò il posto accanto a lui. Mila si sistemò dietro, insieme al suo borsone di tela. S'immisero nel traffico, percorrendo la via che costeggiava il fiume.

Sarah Rosa sembrava alquanto seccata per aver dovuto fare da scorta a una collega. A Boris invece la cosa non dispiaceva.

«Dove stiamo andando?» domandò timidamente Mila.

Boris la guardò attraverso lo specchietto retrovisore: «Al comando. L'ispettore capo Roche deve parlarti. Sarà lui a darti istruzioni».

«Non ho mai avuto a che fare con un caso di serial killer prima d'ora», ci tenne a specificare Mila.

«Tu non devi catturare nessuno», rispose acidamente Rosa. «A quello ci pensiamo noi. Il tuo compito è di trovare solo il nome della sesta bambina. Spero che tu abbia avuto modo di studiare il fascicolo...»

Mila non badò alla nota di sufficienza nella voce della collega, perché quella frase le riportò alla mente la notte che aveva trascorso in bianco su quel plico. Le foto delle braccia sepolte. Gli scarni dati medico-legali su età delle vittime e cronologia della morte.

«Che cosa è successo in quel bosco?» domandò.

«È il caso più grosso degli ultimi tempi!» le disse Boris distraendosi per un attimo dalla guida, in preda all'eccitazione come un ragazzino. «Mai vista una cosa del genere. Secondo me farà saltare un sacco di culi fra i pezzi grossi. Per questo Roche se la sta facendo sotto.»

Il gergo scurrile di Boris infastidiva Sarah Rosa, e anche Mila in verità. Non aveva ancora conosciuto l'ispettore capo ma le era già chiaro che i suoi uomini non nutrivano molta stima per lui. Certo, Boris era più diretto, ma se si prendeva queste libertà davanti a Rosa voleva dire che anche lei era d'accordo pur non dandolo a vedere. "Non va bene", pensò Mila. Indipendentemente dai commenti che avrebbe potuto sentire, avrebbe giudicato da sola Roche e i suoi metodi.

Rosa ripeté la domanda e solo allora Mila si accorse che stava parlando con lei.

«È tuo quel sangue?»

Sarah Rosa era voltata sul sedile e stava indicando un punto in basso. Mila si guardò la coscia. Il pantalone era macchiato di sangue, la cicatrice si era riaperta. Ci mise subito una mano sopra e sentì l'impulso di giustificarsi.

«Sono caduta facendo jogging», mentì.

«Be', vedi di curarla quella ferita. Non vogliamo che il tuo sangue si mischi con qualche prova.»

Mila avvertì un improvviso imbarazzo per quel rimprovero, anche perché Boris la stava fissando attraverso lo specchietto. Sperò che la cosa finisse lì, ma Rosa non aveva terminato la sua lezioncina.

«Una volta, un pivello che doveva sorvegliare la scena di un omicidio a sfondo sessuale andò a pisciare nel bagno della vittima. Per sei mesi abbiamo dato la caccia a un fantasma credendo che l'assassino si fosse dimenticato di tirare lo sciacquone.»

Boris rise a quel ricordo. Mila, invece, cercò di cambiare argomento: «Perché avete chiamato me? Non bastava dare un'occhiata alle denunce di scomparsa dell'ultimo mese per risalire alla ragazzina?»

«Non chiederlo a noi...» disse Rosa con un tono polemico.

Il lavoro sporco, pensò Mila. Era fin troppo ovvio che l'avevano chiamata per questo. Roche aveva voluto affidare la cosa a qualcuno di esterno alla squadra, che non gli fosse troppo vicino, per poi infangarlo nel caso in cui il sesto cadavere fosse rimasto senza nome.

Debby. Anneke. Sabine. Melissa. Caroline.

«Le famiglie delle altre cinque?» domandò Mila.

«Stanno venendo al comando anche loro, per l'esame del DNA.»

Mila pensò a quei poveri genitori, costretti a sottoporsi alla lotteria del DNA per avere la certezza che il sangue del loro sangue era stato barbaramente ucciso e sezionato. Presto la loro esistenza sarebbe cambiata, per sempre.

«E del mostro cosa si sa?» chiese, cercando di distrarsi da quel pensiero.

«Noi non lo chiamiamo mostro», le fece notare Boris. «Così lo spersonalizzi.» Dicendolo, Boris scambiò uno sguardo d'intesa con Rosa. «Al dottor Gavila non piace.»

«Il dottor Gavila?» ripeté Mila.

«Lo conoscerai.»

Il disagio di Mila aumentò. Era chiaro che la sua scarsa conoscenza del caso la poneva in svantaggio rispetto ai colleghi che, perciò, potevano prendersi gioco di lei. Ma anche stavolta non disse una parola per difendersi.

Rosa invece non aveva alcuna intenzione di lasciarla in pace e la incalzò con tono indulgente: «Vedi, cara, non sorprenderti se non riesci a capire come stanno le cose. Sarai certamente brava nel tuo lavoro ma qui la storia è diversa, perché i crimini seriali hanno altre regole. E questo vale anche per le vittime. Non hanno fatto nulla per diventare tali. La loro unica colpa, di solito, è che si sono semplicemente trovate nel posto sbagliato al momento sbagliato. O che hanno indossato un particolare colore piuttosto che un altro per uscire di casa. O, come nel nostro caso, hanno la colpa di essere bambine, caucasiche e di avere un'età fra i sette e i tredici anni... Non prendertela, ma tu queste cose non puoi saperle. Niente di personale».

"Già, come se fosse vero", pensò Mila. Dal momento esatto in cui si erano conosciute, Rosa aveva fatto di ogni argomento una questione personale.

«Sono una che apprende in fretta», rispose Mila.

Rosa si voltò a guardarla, indurita: «Hai figli?»

Mila rimase per un attimo spiazzata. «No, perché? Che c'entra?»

«Perché quando troverai i genitori della sesta bambina, dovrai spiegargli anche la 'ragione' per cui la loro bellissima figlia è stata trattata in quel modo. Ma tu non saprai nulla di loro, dei sacrifici che hanno fatto per crescerla e per educarla, delle notti in bianco quando aveva la febbre, dei risparmi messi da parte per farla studiare e assicurarle un futuro, delle ore passate con lei a giocare o a fare i compiti.» Il tono di Rosa si faceva sempre più alterato. «E non saprai neanche perché tre di quelle ragazzine portavano lo smalto brillante sulle unghie, o che una di loro aveva una vecchia cicatrice sul gomito perché magari se l'era procurata a cinque anni cadendo dalla bici, o che erano tutte piccole e carine e coi loro sogni e i desideri di quell'età innocente che è stata violata per sempre! Tu queste cose non le sai perché non sei mai stata madre.»

«*Hollie*», fu la secca risposta di Mila.

«Come?» Sarah Rosa la squadrò senza capire.

«La marca dello smalto è *Hollie*. È il tipo brillante, polvere di corallo. Era un gadget che distribuivano un mese fa con una rivista per teenager. Per questo ce l'avevano in tre: ha avuto un ottimo successo... E poi: una delle vittime indossava un braccialetto della fortuna.»

«Ma non abbiamo trovato nessun braccialetto», disse Boris che cominciava a interessarsi alla cosa.

Mila estrasse dal fascicolo una delle foto. «È la numero due, Anneke. La pelle vicino al polso è più chiara. Segno che portava qualcosa, lì. Forse è stato l'omicida a toglierglielo, forse l'ha perso quando è stata rapita, o durante una colluttazione. Erano tutte destrorse tranne una, la tre: aveva macchie d'inchiostro sul profilo dell'indice, era mancina.»

Boris era ammirato, Rosa stordita. Mila era un fiume in piena. «Un'ultima cosa: la numero sei, quella di cui non si sa il nome, conosceva quella che è scomparsa per prima, Debby.»

«E tu come cazzo lo sai?» chiese Rosa.

Mila tirò fuori dal fascicolo le foto delle braccia uno e sei.

« C'è un puntino rosso sui polpastrelli di entrambi gli indici... *Sono sorelle di sangue.* »

Il Dipartimento di scienze comportamentali della Polizia federale si occupava soprattutto di crimini efferati. Roche ne era a capo da otto anni ed era stato capace di rivoluzionarne stile e metodi. Era stato lui, infatti, ad aprire le porte ai civili come il dottor Gavila che, per i suoi scritti e le sue ricerche, era unanimemente considerato il più innovativo fra i criminologi in circolazione.

Nell'unità investigativa, Stern era l'agente informativo. Era il più anziano e alto in grado. Il suo incarico era quello di raccogliere le notizie che poi sarebbero servite per costruire i profili e di tracciare i paralleli con altri casi. Era lui la « memoria » del gruppo.

Sarah Rosa era l'agente con funzione logistica e l'esperta informatica. Passava gran parte del tempo ad aggiornarsi sulle nuove tecnologie e aveva ricevuto un addestramento specifico sulla pianificazione delle operazioni di polizia.

Infine c'era Boris, l'agente esaminatore. La sua mansione era quella di interrogare le persone coinvolte a vario titolo, nonché quella di far confessare l'eventuale colpevole. Era specializzato in molteplici tecniche per raggiungere questo scopo. E di solito lo raggiungeva.

Roche impartiva gli ordini, ma non guidava materialmente la squadra: erano le intuizioni del dottor Gavila a indirizzare le investigazioni. L'ispettore capo era soprattutto un politico e le sue scelte erano spesso dettate da ragioni di carriera. Gli piaceva apparire e prendersi il merito delle indagini che andavano bene. In quelle che non davano esito, invece, spartiva le responsabilità fra tutto il gruppo o, come lui amava definirlo, « la squadra di Roche ». Una formula che gli aveva fatto guadagnare l'antipatia e spesso anche il disprezzo dei suoi sottoposti.

Nella sala riunioni al sesto piano dell'edificio che ospitava la sede del Dipartimento, nel centro della città, c'erano tutti.

Mila prese posto nell'ultima fila. In bagno aveva medicato

nuovamente la ferita sulla gamba, richiudendola con due strati di cerotto. Quindi si era cambiata i jeans con un altro paio uguale.

Si sedette, poggiando il borsone sul pavimento. Riconobbe subito in un uomo allampanato l'ispettore capo Roche. Stava discutendo animatamente con un tizio dall'aspetto dimesso, che aveva un'aura strana intorno a sé. Una luce grigia. Mila era sicura che fuori da quella stanza, nel mondo reale, quell'uomo sarebbe svanito come un fantasma. Ma lì dentro la sua presenza aveva un senso. Era sicuramente lui il dottor Gavila di cui avevano parlato Boris e Rosa in macchina.

Tuttavia quell'uomo aveva qualcosa che faceva dimenticare subito gli abiti stazzonati e la capigliatura spettinata.

Erano i suoi occhi, grandissimi e attenti.

Mentre continuava a parlare con Roche, li spostò su di lei, cogliendola in flagranza. Mila allora distolse lo sguardo, impacciata, e lui dopo un po' fece altrettanto, andando a sedersi poco distante da lei. Da quel momento la ignorò completamente e, qualche minuto dopo, la riunione ebbe ufficialmente inizio.

Roche salì sulla pedana e prese la parola con un gesto solenne della mano, come se stesse parlando a un'intera platea e non a un uditorio di cinque persone.

«Ho appena sentito la scientifica: il nostro Albert non si è lasciato alle spalle alcun indizio. È stato veramente in gamba. Non una traccia, non un'impronta nel piccolo cimitero di braccia. Ci ha lasciato solo sei ragazzine da ritrovare. Sei corpi... E un nome.»

Quindi l'ispettore diede la parola a Goran che, però, non lo raggiunse sulla pedana. Se ne rimase invece al suo posto, con le braccia incrociate e le gambe allungate sotto la fila di sedie davanti.

«Il nostro Albert sapeva bene fin dall'inizio come sarebbero andate le cose. Lo ha previsto nei minimi particolari. È lui che guida la giostra. E poi il sei è già un numero completo nella cabala di un omicida seriale.»

«666, il numero del diavolo», intervenne Mila. Tutti si voltarono a guardarla, con espressioni di rimprovero.

«Non ricorriamo a questo genere di banalità», disse Goran, e lei si sentì sprofondare. «Quando parliamo di un numero completo intendiamo riferirci al fatto che il soggetto ha già completato una o più serie.»

Mila socchiuse impercettibilmente gli occhi e Goran intuì che non aveva capito, così si spiegò meglio: «Definiamo serial killer chi ha ucciso almeno tre volte con modalità simili».

«Due cadaveri fanno solo un pluriomicida», aggiunse Boris.

«Perciò sei vittime sono due serie.»

«È una specie di convenzione?» domandò Mila.

«No. Vuol dire che se uccidi per la terza volta poi non ti fermi più», intervenne Rosa liquidando il discorso.

«I freni inibitori sono rilassati, i sensi di colpa sopiti e ormai uccidi meccanicamente», concluse Goran, e tornò a rivolgersi a tutti. «Ma perché ancora non conosciamo nulla del cadavere numero sei?»

Roche intervenne. «Ora una cosa la sappiamo. A quanto mi è stato riferito, la nostra solerte collega ci ha fornito un indizio che *io* ritengo importante. Ha ricollegato la vittima senza nome a Debby Gordon, la numero uno.» Roche lo disse come se l'idea di Mila fosse, in realtà, merito suo. «Prego agente: ci dica in cosa consiste la sua intuizione investigativa.»

Mila si ritrovò nuovamente al centro dell'attenzione. Abbassò il capo sui suoi appunti, cercando di assegnare un ordine ai pensieri prima di affrontare il discorso. Roche, intanto, le faceva cenno di mettersi in piedi.

Mila si alzò. «Debby Gordon e la bambina numero sei si conoscevano. Naturalmente la mia è ancora solo una supposizione, ma spiegherebbe il fatto che le due presentano un identico segno sull'indice...»

«Di che si tratta esattamente?» domandò Goran, curioso.

«Be'... è quel rituale di pungersi la punta di un dito con una spilla da balia e mischiare il sangue unendo i polpastrelli: una versione adolescenziale del patto di sangue. Di solito si fa per consacrare un'amicizia.»

Anche Mila l'aveva fatto con la sua amica Graciela, avevano usato un chiodo arrugginito perché la spilla da balia gli era sembrata una cosa da femminucce. Quel ricordo le tornò in mente all'improvviso. Graciela era stata la sua compagna di giochi. Ciascuna conosceva i segreti dell'altra e una volta avevano perfino condiviso un ragazzo, senza che lui lo sapesse. Gli avevano lasciato credere che fosse lui il furbo che riusciva a stare con entrambe le amiche senza che se ne accorgessero. Che fine aveva fatto Graciela? Erano anni che non la sentiva. Si erano perse di vista troppo presto, per non ritrovarsi mai più. Eppure si erano promesse amicizia eterna. Perché era stato così facile dimenticarsi di lei?

« Se le cose stanno così, la bambina numero sei doveva essere coetanea di Debby. »

« L'analisi della calcificazione ossea compiuta sul sesto arto avvalora questa tesi: la vittima aveva dodici anni », intervenne Boris che non vedeva l'ora di guadagnare punti agli occhi di Mila.

« Debby Gordon frequentava un collegio esclusivo. Non è plausibile che la sua sorella di sangue fosse una compagna di scuola, perché fra gli studenti non manca nessun altro. »

« Perciò deve averla conosciuta fuori dall'ambiente scolastico », si intromise ancora Boris.

Mila annuì. « Debby era in quel collegio da otto mesi. Doveva sentirsi molto sola lontano da casa. Giurerei che aveva difficoltà a legare con le compagne. Suppongo quindi che abbia conosciuto la sua sorella di sangue in un'altra circostanza. »

Intervenne Roche: « Voglio che vada a dare un'occhiata alla stanza della ragazza al collegio: chissà che non spunti fuori qualcosa ».

« Vorrei anche parlare con i genitori di Debby, se è possibile. »

« Certo, faccia come crede. »

Prima che l'ispettore capo aggiungesse altro, bussarono alla porta. Tre colpi veloci. Subito dopo fece il suo ingresso un tipo basso in camice bianco, che nessuno aveva invitato a entrare. Aveva capelli ispidi e stranissimi occhi a mandorla.

« Ah, Chang », lo accolse Roche.

Era il medico legale che si occupava del caso. Mila scoprì quasi subito che non era affatto un orientale. Per una qualche misteriosa ragione genetica, si era ritrovato quei tratti somatici.

Si chiamava Leonard Vross ma tutti da sempre si rivolgevano a lui chiamandolo Chang.

L'omino prese posto in piedi accanto a Roche. Aveva con sé una cartelletta che aprì subito anche se non ebbe mai bisogno di leggerne il contenuto, perché lo conosceva a memoria. Probabilmente, tenere quei fogli davanti gli dava sicurezza.

«Vorrei che ascoltaste con attenzione ciò che ha scoperto il dottor Chang», disse l'ispettore capo. «Anche se so che per alcuni di voi potrebbe essere difficile comprendere certi particolari.»

Il riferimento era a lei, Mila ne era più che sicura.

Chang inforcò un paio d'occhialini che teneva nel taschino del camice e prese la parola schiarendosi la voce. «Lo stato di conservazione dei resti, nonostante la sepoltura, era ottimale.»

Questo confermava la tesi secondo cui non era trascorso molto tempo fra la realizzazione del cimitero di braccia e il suo rinvenimento. Quindi il patologo si dilungò su alcuni dettagli. Ma, quando finalmente Chang dovette illustrare le modalità della morte delle sei bambine, non usò preamboli.

«Le ha uccise tranciando loro il braccio.»

Le lesioni hanno un loro linguaggio, e con quello comunicano. Mila lo sapeva bene. Quando il medico legale sollevò la cartellina aperta su un ingrandimento della foto di una delle braccia, la poliziotta notò subito l'alone rossastro intorno al taglio e alla frattura dell'osso. L'infiltrazione del sangue nei tessuti è il primo segno che si cerca per stabilire se la lesione sia o meno letale. Se è stata inferta su un cadavere non c'è attività di pompa cardiaca, e quindi il sangue cola passivamente dai vasi strappati, senza fissarsi nei tessuti circostanti. Se invece il colpo è inflitto quando la vittima è ancora in vita, la pressione sanguigna nelle arterie e nei capillari continua a propagarsi perché il cuore spinge il sangue nei tessuti lesi, nella disperata impresa di cicatrizzarli. Nelle bambine questo meccanismo salvavita s'era arrestato solo quando il braccio era venuto via.

Chang proseguì: «La lesione è avvenuta a metà del bicipite brachiale. L'osso non è spezzato, la frattura è netta. Deve aver usato una sega di precisione: non abbiamo trovato della limatura di ferro lungo i margini della ferita. La sezione uniforme dei vasi sanguinei e dei tendini ci dice che l'amputazione è stata portata a termine con una perizia che definirei chirurgica. Il decesso è intervenuto per dissanguamento». Poi aggiunse: «È stata una morte orribile».

A quella frase, Mila ebbe l'impulso di abbassare gli occhi in segno di rispetto. Ma si accorse subito che sarebbe stata l'unica.

Chang continuò: «Direi che le ha uccise subito: non aveva interesse a tenerle in vita oltre il necessario, e non ha esitato. Le modalità d'uccisione sono identiche per tutte le vittime. *Tranne che per una...*»

Le sue parole rimasero sospese un po' in aria, per poi ricadere sui presenti come una doccia gelata.

«Che significa?» domandò Goran.

Chang con un dito spinse in su gli occhialini che gli erano scivolati sulla punta del naso, poi fissò il criminologo: «Perché per una è stato anche peggio».

Nella stanza calò un silenzio assoluto.

«Gli esami tossicologici hanno rivelato tracce di un cocktail di farmaci nel sangue e nei tessuti. Nella fattispecie: antiaritmici come la disopiramide, ACE-inibitori, e l'atenololo che è un beta-bloccante...»

«Le ha ridotto i battiti cardiaci, abbassandole contemporaneamente la pressione», aggiunse Goran Gavila che aveva già capito tutto.

«Perché?» domandò Stern a cui invece non era per niente chiaro.

Sulle labbra di Chang apparve una smorfia, simile a un amaro sorriso. «Ha rallentato il dissanguamento per farla morire più lentamente... Ha voluto *godersi lo spettacolo.*»

«Di quale bambina si tratta?» chiese Roche, anche se tutti conoscevano già la risposta.

«Della numero sei.»

Mila stavolta non aveva bisogno di essere una professionista di crimini seriali per comprendere ciò che era accaduto. Il medico legale in pratica aveva appena affermato che l'assassino aveva modificato il suo *modus operandi*. Il che significava che aveva acquistato sicurezza in ciò che faceva. Stava sperimentando un nuovo gioco. E gli piaceva.

«Ha cambiato perché era contento del risultato. Gli veniva sempre meglio», concluse Goran. «A quanto pare, ci ha preso gusto.»

Mila fu attraversata da una sensazione. Era quel solletico alla base del collo che avvertiva tutte le volte che si stava avvicinando alla soluzione di uno dei suoi casi di scomparsa. Una cosa strana da spiegare. La mente, poi, si schiudeva rivelandole una verità insospettabile. Di solito quella percezione durava di più, ma stavolta sparì prima che lei potesse afferrarla. Fu una frase di Chang a spazzarla via.

«Ancora una cosa...» Il medico legale si rivolse direttamente a Mila: anche se non la conosceva, era lei l'unica faccia estranea in quella sala, e lui doveva essere stato già messo al corrente delle ragioni della sua presenza. «Di là ci sono i genitori delle ragazzine scomparse.»

Dalla finestra della stazione della Polizia stradale, sperduta fra le montagne, Alexander Bermann poteva godere di una vista completa del parcheggio. La sua macchina era in fondo, in quinta fila. Da quel punto d'osservazione gli sembrava così lontana.

Il sole già alto faceva splendere le lamiere. Dopo la tempesta di quella notte non si sarebbe mai potuta immaginare una simile giornata. Sembrava primavera inoltrata e faceva quasi caldo. Dalla finestra aperta arrivava una debole brezza che portava un senso di pace. Lui era stranamente contento.

Quando all'alba l'avevano fermato al posto di blocco per il controllo, non si era scomposto, né s'era fatto prendere dal panico. Era rimasto all'interno dell'abitacolo, con la fastidiosa sensazione di umido fra le gambe.

Dal posto di guida aveva un'ottima visuale degli agenti accanto all'auto di servizio. Uno teneva in mano il plico con i suoi documenti e li scorreva dettando all'altro i dati che poi questi riferiva per radio.

"Fra poco verranno qui e mi faranno aprire il bagagliaio", pensava.

L'agente che l'aveva fatto accostare era stato molto cortese. Gli aveva chiesto del nubifragio e si era dimostrato compassionevole dicendogli che non lo invidiava per essere stato costretto a guidare con quel tempaccio tutta la notte.

«Lei non è di queste parti», aveva sentenziato leggendo la targa.

«No, infatti», aveva risposto lui. «Vengo da fuori.»

La conversazione era finita lì. Per un istante aveva anche pensato di raccontargli tutto, ma aveva cambiato idea. Non era ancora giunto il momento. Poi l'agente si era allontanato verso il collega. Alexander Bermann non sapeva cosa sarebbe accaduto, ma per la prima volta aveva allentato la presa sul volante. Così, il sangue aveva ripreso a circolare nelle mani che avevano ripreso colore.

E lui si era ritrovato a pensare alle sue farfalle.

Così fragili, così inconsapevoli del loro incanto. Lui, invece, aveva fermato il tempo per loro, rendendole consapevoli dei segreti del loro fascino. Gli altri si limitavano a prosciugarle della loro bellezza. Lui se ne prendeva cura. Di cosa potevano accusarlo, in fondo?

Quando aveva visto il poliziotto che veniva di nuovo verso il suo finestrino, questi pensieri erano svaniti di colpo e la tensione, che si era momentaneamente allentata, era salita ancora. Ci avevano messo troppo tempo, aveva pensato. Mentre si avvicinava, l'agente teneva una mano sollevata sul fianco, all'altezza della cintura. Lui sapeva cos'era quel gesto. Significava che era pronto a estrarre la pistola. Quando fu finalmente vicino, gli sentì pronunciare una frase che non si aspettava.

«Deve seguirci al comando, signor Bermann. Fra i documenti manca la carta di circolazione.»

"Strano", aveva pensato lui. "Ero sicuro di averla messa lì." Ma poi aveva capito: gliel'aveva sottratta l'uomo col passamontagna mentre era svenuto... E ora era lì, in quella piccola sala d'attesa a godersi il calore immeritato di quella brezza. L'avevano confinato in quel posto, dopo avergli sequestrato la macchina.

Senza sapere che la minaccia di una sanzione amministrativa era l'ultima delle sue preoccupazioni. Loro se ne stavano rintanati nei loro uffici, ignari, a decidere cose che per lui ormai non avevano più alcuna importanza. Rifletté su questa curiosa condizione: come cambi la gerarchia delle priorità per un uomo che non ha più nulla da perdere. Perché la cosa che gli premeva di più, al momento, era che non cessasse la carezza di quel venticello.

Intanto aveva sempre gli occhi puntati sul parcheggio e sul viavai degli agenti. La sua auto era sempre lì, davanti agli occhi di tutti. Col suo segreto chiuso nel bagagliaio. E nessuno si accorgeva di niente.

Mentre rifletteva sulla singolarità della situazione, scorse un drappello di agenti che facevano ritorno dalla pausa caffè di mezza mattinata. Tre uomini e due donne, in divisa. Uno di loro probabilmente stava raccontando un aneddoto e camminava gesticolando. Quando finì, gli altri risero. Lui non aveva sentito una sola parola di quel racconto, ma il suono delle risate era contagioso e si ritrovò a sorridere. Durò poco. Il gruppo passò vicino alla sua auto. Uno di loro, il più alto, si fermò improvvisamente, lasciando che gli altri proseguissero da soli. Si era accorto di qualcosa.

Alexander Bermann notò subito l'espressione che gli si era formata in volto.

"*L'odore*", pensò. "Deve aver sentito l'odore."

Senza dire niente ai colleghi, l'agente cominciò a guardarsi intorno. Fiutava l'aria, come se stesse cercando ancora la debole scia che per un istante gli aveva messo in allerta i sensi. Quando la ritrovò, si girò verso la vettura che aveva accanto. Fece qualche passo in quella direzione, e poi s'immobilizzò davanti al bagagliaio chiuso.

Alexander Bermann, vedendo la scena, tirò un sospiro di sollievo. Era *grato*. Grato per la coincidenza che l'aveva condotto lì, per la brezza che aveva ricevuto in dono e per il fatto che non sarebbe stato lui a dover aprire quel maledetto bagagliaio.

La carezza del vento cessò. Alexander Bermann si alzò dal suo posto davanti alla finestra e tirò fuori dalla tasca il cellulare.

Era giunto il momento di fare una telefonata.

6

"Debby. Anneke. Sabine. Melissa. Caroline."

Mila ripeteva in mente quei nomi mentre osservava da dietro un vetro i famigliari delle cinque vittime identificate, che
erano stati riuniti per l'occasione nell'obitorio dell'Istituto di
medicina legale. Era un edificio gotico, con grandi finestre e
circondato da un parco spoglio.

"Ne mancano due", era il pensiero ossessivo di Mila. "Un
padre e una madre che non siamo riusciti ancora a trovare."

Doveva battezzare il braccio sinistro numero sei. La ragazzina su cui Albert si era accanito maggiormente, con quel cocktail di farmaci per rallentarne dolorosamente la morte.

« Ha voluto *godersi lo spettacolo.* »

Le tornò in mente l'ultimo caso che aveva risolto, quello del
maestro di musica, quando aveva liberato Pablo ed Elisa. « Invece ne hai salvati tre », era stata la frase che aveva usato il sergente Morexu riferendosi all'appunto trovato sull'agenda del-
l'uomo. Quel nome...

Priscilla.

Il suo capo aveva ragione: la ragazzina era stata fortunata.
Mila notò un crudele legame fra lei e le sei vittime.

Priscilla era stata prescelta dal suo carnefice. Solo per un caso non era diventata una preda. Dov'era adesso? Com'era la sua
vita? E chissà se una parte di lei, profonda e reconditta, era consapevole di essere sfuggita a un simile orrore.

Dal momento stesso in cui aveva messo piede nella casa del
maestro di musica, Mila l'aveva salvata. E lei non l'avrebbe mai
saputo. Non avrebbe mai potuto apprezzare il dono della seconda vita che le era stata concessa.

Priscilla come Debby, Anneke, Sabine, Melissa, Caroline.
Predestinata, ma senza il loro stesso destino.

Priscilla come la numero sei. Una vittima senza un volto. Ma almeno lei aveva un nome.

Chang sosteneva che era solo questione di tempo, che prima o poi sarebbe saltata fuori anche l'identità della sesta bambina. Ma Mila non ci sperava molto, e l'idea che fosse svanita per sempre le rendeva difficile considerare ogni altra opzione.

Ma adesso *doveva* essere lucida. "Tocca a me", pensò mentre guardava al di là del vetro che la separava dai genitori delle ragazzine che avevano già un nome. Osservava quella specie di acquario umano, la coreografia di quelle afflitte creature silenziose. Fra poco sarebbe dovuta andare di là per parlare con il padre e la madre di Debby Gordon. E avrebbe dovuto consegnare a quei genitori anche il resto del loro dolore.

Il corridoio dell'obitorio era lungo e buio. Si trovava al piano interrato dell'edificio. Vi si accedeva attraverso una scala o un angusto ascensore che di solito non funzionava. C'erano strette finestre ai lati del soffitto, che lasciavano filtrare pochissima luce. Le piastrelle smaltate di bianco che ricoprivano i muri non riuscivano a rifletterla, come probabilmente avrebbe voluto chi le aveva messe lì con quello scopo. Il risultato era che i locali risultavano bui anche di giorno e i neon sul soffitto restavano sempre accesi, riempiendo lo spettrale silenzio del luogo con il loro incessante ronzio.

"Che brutto posto per affrontare la notizia della perdita di un figlio", considerò Mila continuando a osservare quei famigliari in pena. Per confortarli c'erano solo alcune anonime sedie di plastica e un tavolo di vecchie riviste sorridenti.

Debby. Anneke. Sabine. Melissa. Caroline.

«Guarda lì», disse Goran Gavila alle sue spalle. «Cosa vedi?»

Prima, in presenza degli altri, l'aveva umiliata. Ora invece le dava del *tu*?

Mila continuò a osservare per un lungo istante. «Vedo la loro sofferenza.»

«Guarda meglio. Non c'è solo quella.»

«Vedo quelle bambine morte. Anche se non sono lì. I loro volti sono la somma dei volti dei genitori. Perciò posso vedere le vittime.»

«Io vedo, invece, cinque nuclei familiari. Tutti con una diversa estrazione sociale. Con diverso reddito e tenore di vita. Vedo dei coniugi che, per motivi vari, hanno avuto un solo figlio. Vedo donne che hanno superato abbondantemente i quarant'anni e che perciò non possono biologicamente sperare in un'altra gravidanza... Io vedo questo.» Goran si voltò a guardarla: «Sono *loro* le sue vere vittime. Li ha studiati, li ha scelti. Una sola figlia. Ha voluto togliergli ogni speranza di superare il lutto, di provare a dimenticare la perdita. Dovranno ricordarsi di quello che gli ha fatto per il resto dei loro giorni. Ha amplificato il loro dolore portandogli via il futuro. Li ha privati della possibilità di tramandare una memoria di sé negli anni a venire, di sopravvivere alla propria morte... E si è nutrito di questo. È il compenso del suo sadismo, la fonte del suo piacere».

Mila distolse lo sguardo. Il criminologo aveva ragione: c'era una *simmetria* nel male che era stato perpetrato a quelle persone.

«Un disegno», affermò Goran, correggendo i suoi pensieri.

Mila pensò nuovamente alla bambina numero sei. Per lei non c'era ancora nessuno che piangesse. Aveva diritto a quelle lacrime, come tutte le altre. La sofferenza ha un compito. Serve a ricomporre i legami tra le cose dei vivi e quelle dei morti. È un linguaggio che sostituisce le parole. Che cambia i termini della questione. Era quello che stavano facendo i genitori al di là del vetro. Ricostruire minuziosamente, col dolore, un brandello di quell'esistenza che non c'era più. Intrecciando i fragili ricordi, legando bene i fili bianchi del passato con quelli sottili del presente.

Mila si fece forza e varcò la soglia. Immediatamente gli sguardi dei genitori si spostarono su di lei, e fu silenzio.

La poliziotta s'incamminò verso la madre di Debby Gordon, seduta accanto al marito che le teneva una mano sulla spalla. I passi dell'agente risuonarono sinistri, mentre sfilava davanti agli altri.

«Signori Gordon, avrei bisogno di parlarvi un momento...»

Mila con un cenno del braccio indicò loro la strada. Quindi lasciò che la precedessero verso una seconda saletta, dove c'erano una macchina automatica per il caffè e un distributore di merendine, un divano liso addossato al muro, un tavolo con sedie di plastica azzurra e un cestino dei rifiuti ricolmo di bicchieri di plastica.

Mila fece accomodare i Gordon sul divano e andò a prendere una delle sedie. Accavallò le gambe provando ancora una piccola fitta di dolore per la ferita alla coscia. Non era più così forte: stava guarendo.

La poliziotta si fece coraggio ed esordì presentandosi. Parlò dell'indagine, senza aggiungere particolari a ciò che loro già sapevano. L'intenzione era quella di metterli a proprio agio, prima di rivolgere le domande che la interessavano.

I Gordon non avevano smesso un istante di guardarla, come se lei avesse in qualche modo il potere di far cessare quell'incubo. Marito e moglie erano di bell'aspetto, raffinati. Entrambi avvocati. Di quelli che si pagano a ora. Mila se li immaginava nella loro casa perfetta, circondati da amicizie selezionate, con la loro esistenza dorata. Tanto da permettersi di mandare l'unica figlia a studiare in una prestigiosa scuola privata. Mila lo sapeva: marito e moglie dovevano essere due squali nel loro mestiere. Gente che nel proprio campo sa come gestire le situazioni più critiche, che è abituata ad affondare i denti nel proprio avversario e a non farsi mai scoraggiare dalle avversità. Ma adesso i due risultavano assolutamente impreparati davanti a una tragedia come questa.

Quando esaurì l'esposizione del caso, passò al dunque: «Signori Gordon, vi risulta per caso che Debby avesse stretto un'amicizia particolare con una sua coetanea al di fuori del collegio?»

I due coniugi si guardarono come se, prima che una risposta, cercassero una ragione plausibile per quella domanda. Ma non la trovarono.

«Non che noi sappiamo», disse il padre di Debby.

Mila, però, non poteva accontentarsi di quella scarna risposta. «Siete sicuri che Debby non vi abbia mai menzionato al telefono qualcuna che non fosse una sua compagna di scuola?»

Mentre la signora Gordon si sforzava di ricordare, Mila si ritrovò a osservarne la silhouette: quel ventre così piatto, i muscoli delle gambe così tonici. Comprese immediatamente che la scelta di avere un solo figlio era stata attentamente ponderata. Quella donna non avrebbe gravato il suo fisico con una seconda maternità. Ma tanto ormai era troppo tardi: la sua età, prossima ai cinquanta, non le avrebbe più permesso di avere figli. Goran aveva ragione: Albert non li aveva scelti a caso...

«No... Però ultimamente sembrava molto più serena al telefono», disse la donna.

«Immagino che vi abbia chiesto di farla tornare a casa...»

Aveva toccato un tasto dolente, ma non poteva farne a meno se voleva giungere alla verità. Con la voce incrinata dal senso di colpa, il padre di Debby ammise: «È vero: era spaesata, diceva di sentire la nostra mancanza e quella di Sting...» Mila lo guardò, interdetta, e l'uomo specificò: «Il suo cane... Debby voleva tornare a casa, alla sua vecchia scuola. Be', in verità questo non l'ha mai detto. Forse aveva paura di deluderci, ma... Era evidente dal suo tono di voce».

Mila sapeva cosa sarebbe successo: quei genitori si sarebbero rimproverati per sempre di non aver dato ascolto al cuore della figlia che li implorava di farla tornare. Ma i Gordon avevano anteposto la loro ambizione, come se questa si potesse trasmettere geneticamente. A ben guardare, non c'era nulla di sbagliato nel loro comportamento. Avevano voluto il meglio per la loro unica figlia. In fondo, si erano semplicemente comportati da genitori. E se le cose fossero andate diversamente, forse un giorno Debby gliene sarebbe stata anche grata. Ma quel giorno, purtroppo per loro, non sarebbe arrivato mai.

«Signori Gordon, mi spiace dover insistere, immagino quanto sia già penoso, ma devo chiedervi di ripensare alle conversazioni avute con Debby: le sue frequentazioni al di fuori del collegio potrebbero rivelarsi molto importanti per la soluzione del caso. Vi prego, ripensateci, e se vi dovesse tornare in mente qualcosa...»

I due annuirono contemporaneamente, promettendo di sforzarsi di ricordare. Fu allora che Mila intravide una figura che si stagliava nel vetro della porta. Era Sarah Rosa che cercava di attirare la sua attenzione. Mila si scusò con i Gordon e uscì.

Quando si ritrovarono faccia a faccia in corridoio, la donna disse soltanto poche parole.

«Preparati, dobbiamo andare. Hanno trovato il cadavere di una bambina.»

L'agente speciale Stern indossava sempre giacca e cravatta. Preferiva i completi color marrone o beige o blu, e le camicie a righe sottili. Mila capì che sua moglie doveva tenerci parecchio che andasse in giro con gli abiti ben stirati. Aveva l'aspetto curato. I capelli tirati indietro con un po' di brillantina. Si faceva la barba tutte le mattine, e la pelle del viso sembrava morbida oltre che liscia, emanava un buon profumo. Era un tipo preciso, Stern. Di quelli che non cambiano mai abitudini, e per i quali un'apparenza ordinata è ben più importante che risultare alla moda.

E poi doveva essere molto capace nel suo lavoro di raccolta d'informazioni.

Durante il tragitto in auto che li conduceva sul luogo del ritrovamento del corpo, Stern si cacciò in bocca una mentina, quindi espose rapidamente i fatti di cui al momento erano a conoscenza.

«Il fermato si chiama Alexander Bermann. Ha quarant'anni ed è un agente di commercio: macchinari per l'industria tessile, ottima rappresentanza. Sposato, ha sempre condotto una vita tranquilla. È molto stimato e conosciuto nella sua città. La sua attività gli frutta abbastanza: Bermann non sarà ricco, ma se la passa bene.»

«Uno pulito, insomma», aggiunse Rosa. «Un insospettabile.»

Quando giunsero alla stazione della Polizia stradale, l'agente che aveva trovato il corpo era seduto su un vecchio divano di uno degli uffici. Era sotto shock.

Le autorità locali avevano ceduto il campo all'unità per i crimini violenti. E loro si misero al lavoro con l'assistenza di Goran e sotto lo sguardo di Mila, il cui ruolo consisteva semplicemente nel verificare la presenza o meno di elementi utili per svolgere al meglio il suo compito, senza poter intervenire attivamente. Roche era rimasto in ufficio, lasciando che i suoi uomini ricostruissero quanto era accaduto.

Mila notò che Sarah Rosa si manteneva a distanza da lei. La cosa non poteva che farle piacere, anche se la poliziotta la teneva d'occhio, pronta a coglierla in fallo, ne era sicura.

Un giovane tenente si offrì di accompagnarli sul posto preciso. Cercando di mostrarsi sicuro di sé, ci tenne a chiarire che nulla era stato spostato. Ma tutti i membri della squadra sapevano bene che era probabilmente la prima volta che si trovava davanti a una scena del genere. Nella carriera di un poliziotto di provincia non capita spesso di imbattersi in un crimine così efferato.

Lungo il cammino, il tenente espose i fatti con estrema dovizia. Forse aveva provato prima quel discorso, per non sfigurare. Infatti parlava come un verbale già scritto. «Abbiamo accertato che il sospetto Alexander Bermann ieri mattina è arrivato in un hotel in un paese molto lontano da qui.»

«Seicento chilometri di distanza», precisò Stern.

«A quanto pare, ha guidato per tutta la notte. L'auto era quasi a secco», puntualizzò il tenente.

«All'hotel ha incontrato qualcuno?» domandò Boris.

«Pare che abbia cenato con dei clienti. Poi si è ritirato nella sua stanza... Così affermano quelli che erano con lui. Ma stiamo ancora verificando le loro versioni.»

Rosa appuntò su un taccuino anche quella circostanza, e vi pose accanto una nota che Mila sbirciò da sopra la sua spalla: «Raccogliere versione ospiti albergo su orari».

Intervenne Goran: «Bermann non ha ancora detto niente, suppongo».

«Il sospetto Alexander Bermann si rifiuta di parlare in mancanza di un difensore.»

Arrivarono nel parcheggio. Goran notò che intorno alla macchina di Bermann erano stati sistemati dei teli bianchi per nascondere quello spettacolo di morte. Ma era soltanto l'ennesima, ipocrita precauzione. Davanti a certi crimini efferati il turbamento è solo una maschera. Era una cosa che Goran Gavila

68

aveva imparato presto. La morte, specie se violenta, esercita uno strano fascino sui vivi. Davanti a un cadavere diventiamo tutti curiosi. La morte è una signora molto seducente.

Prima di accedere alla scena del crimine, indossarono copriscarpe di plastica e cuffie per trattenere i capelli, oltre agli immancabili guanti sterili. Quindi si passarono l'un l'altro un piccolo contenitore di pasta di canfora. Ognuno ne prese un po' da spalmarsi sotto le narici e inibire così ogni tipo di odore.

Era un rituale collaudato, che non aveva bisogno di parole. Ma anche un modo per trovare la giusta concentrazione. Quando ricevette il barattolo dalle mani di Boris, Mila si sentì partecipe di quella singolare comunione.

Il tenente della Stradale, invitato a precederli, perse improvvisamente tutta la sua sicurezza ed esitò per un lungo istante. Poi fece strada.

Prima di varcare il confine di quel nuovo mondo, Goran rivolse uno sguardo a Mila, che annuì, e lui sembrò più tranquillo.

Il primo passo era sempre il più difficile. Mila non avrebbe dimenticato facilmente il suo.

Fu come entrare in un'altra dimensione. In quei pochi metri quadrati, dove anche la luce del sole veniva alterata da quella artificiale e fredda delle lampade alogene, c'era un altro universo, con regole e leggi fisiche del tutto differenti da quelle del mondo conosciuto. Alle tre dimensioni di altezza, larghezza e profondità, se ne aggiungeva una quarta: il vuoto. Ogni criminologo sa che è proprio nei «vuoti» di una scena del crimine che si trovano le risposte. Riempiendo quegli spazi con la presenza della vittima e del carnefice si ricostruisce l'azione delittuosa, si dà un senso alla violenza, si rischiara l'ignoto. Si dilata il tempo, cercando di allungarlo all'indietro, in una tensione che dura sempre troppo poco e che non si ripeterà mai più. Per questo la prima impressione in una scena del crimine è sempre la più importante.

Quella di Mila fu soprattutto olfattiva.

Nonostante la canfora, l'odore era penetrante. Il profumo della morte è al tempo stesso nauseante e dolce. È un controsenso. Prima ti colpisce come un cazzotto nello stomaco, poi scopri che c'è qualcosa, in fondo a quell'odore, che non puoi fare a meno di gradire.

In un istante, gli uomini della squadra si sistemarono intorno all'auto di Bermann. Ognuno occupò un posto d'osservazione, disegnando nuovi punti cardinali. Era come se dai loro occhi partissero le coordinate di una griglia che copriva ogni centimetro quadrato, senza tralasciare nulla.

Mila seguì Goran alle spalle dell'autovettura.

Il cofano era aperto, così come l'aveva lasciato l'agente che aveva rinvenuto il corpo. Goran si sporse in quell'antro, e Mila fece altrettanto.

Non vide il cadavere, perché all'interno del bagagliaio c'era soltanto un grande sacco nero di plastica dentro cui s'intuiva la sagoma di un corpo.

Quello di una bambina?

Il sacco aveva aderito perfettamente al fisico, adattandosi ai tratti del viso e assumendone la forma. La bocca era spalancata in un urlo muto. Come se l'aria fosse stata risucchiata da quella voragine scura.

Come una sindone blasfema.

Anneke, Debby, Sabine, Melissa, Caroline... O era la numero sei?

Si potevano distinguere le cavità oculari e il capo riverso all'indietro. Il corpo non era abbandonato mollemente; al contrario, la postura degli arti era rigida, come se fosse stato fulminato in uno scatto repentino. In quella statua di carne, era evidente l'assenza di qualcosa. Mancava un braccio. Il sinistro.

«Va bene, cominciamo con l'analisi», disse Goran.

Il metodo del criminologo consisteva nel porsi delle domande. Anche le più semplici e, in apparenza, insignificanti. Domande a cui tutti insieme avrebbero cercato di dare risposte. Anche in questo caso, ogni opinione era ben accetta.

«Prima di tutto l'*orientamento*», iniziò. «Allora, ditemi: perché siamo qui?»

«Comincio io», si offrì Boris che si trovava dal lato del guidatore. «Siamo qui per via di una carta di circolazione smarrita.»

70

«Che ne pensate? È sufficiente come spiegazione, secondo voi?» domandò Goran guardando i presenti.

«Il posto di blocco», disse Sarah Rosa. «Da quando sono scomparse le ragazzine, ce ne sono decine, sparsi ovunque. Poteva capitare, ed è capitato... Ci è andata bene.»

Goran scosse il capo: lui non credeva alla fortuna. «Perché avrebbe dovuto correre il rischio di andarsene in giro con quel carico compromettente?»

«Forse voleva solo disfarsene», ipotizzò Stern. «O forse temeva che gli arrivassimo addosso, e cercava di spostare le tracce il più lontano possibile da sé.»

«Anche secondo me poteva trattarsi di un tentativo di depistaggio», gli fece eco Boris. «Ma gli è andata male.»

Mila capì che loro avevano già deciso: Alexander Bermann era Albert. Solo Goran sembrava conservare qualche perplessità.

«Dobbiamo capire ancora quale fosse il suo piano. Per adesso abbiamo un cadavere in un bagagliaio. Ma la domanda iniziale era un'altra, e non abbiamo ancora una risposta: perché siamo qui? Cosa ci ha condotti intorno a questa macchina, davanti a questo corpo? Sin dall'inizio, abbiamo dato per acquisito che il nostro uomo fosse astuto. Forse anche più di noi. In fondo ci ha già giocati diverse volte, riuscendo a rapire le bambine anche in pieno stato d'allerta... È pensabile, allora, che sia stata la mancanza di una stupida carta di circolazione a tradirlo?»

Tutti rifletterono in silenzio su quell'ultima considerazione.

Quindi il criminologo si rivolse nuovamente al tenente della stradale, che nel frattempo era rimasto in disparte, silenzioso e pallido come la camicia che indossava sotto la divisa.

«Tenente, lei poco fa ci ha detto che Bermann ha chiesto l'assistenza di un legale, giusto?»

«Esattamente.»

«Forse sarebbe sufficiente un avvocato d'ufficio, perché per il momento vorremmo un colloquio col sospetto, per dargli l'occasione di confutare i risultati delle nostre analisi quando avremo finito qui.»

«Vuole che dia adesso disposizioni?»

L'uomo sperava che Gavila lo congedasse. E Goran stava per accontentarlo.

«Probabilmente Bermann avrà già avuto modo di prepararsi una versione dei fatti. Meglio coglierlo di sorpresa e cercare di farlo cadere in contraddizione prima che la impari troppo bene a memoria», aggiunse Boris.

«Voglio sperare che abbia avuto anche il tempo di farsi un bell'esame di coscienza chiuso là dentro.»

A quelle parole del tenente, i componenti della squadra si guardarono l'un l'altro, increduli.

«Vuol dire che l'avete lasciato solo?» domandò Goran.

Il tenente era spaesato. «L'abbiamo messo in isolamento, secondo la prassi. Perché, cosa...»

Non fece in tempo a terminare la frase. Boris fu il primo a muoversi, con un balzo si ritrovò fuori dal recinto, seguito a ruota da Stern e da Sarah Rosa, che si allontanarono sfilandosi in fretta i copriscarpe per non scivolare mentre correvano.

Mila, come il giovane tenente della Stradale, sembrava non capire cosa stesse accadendo. Goran si precipitò dietro agli altri dicendo soltanto: «È un soggetto a rischio: doveva essere guardato a vista!»

In quel momento, sia Mila che il tenente compresero quale fosse il rischio di cui parlava il criminologo.

Poco dopo, si ritrovarono tutti davanti alla porta della cella in cui era stato rinchiuso l'uomo. C'era un agente di sorveglianza che si affrettò ad aprire lo spioncino quando Boris gli mostrò il tesserino di riconoscimento. Da quel piccolo spiraglio, però, Alexander Bermann non si scorgeva.

"Ha scelto l'angolo cieco della cella", pensò Goran.

Mentre l'agente di custodia apriva le pesanti serrature, il tenente cercava ancora di tranquillizzare tutti – ma soprattutto se stesso – asserendo ancora una volta che era stata seguita alla lettera la procedura. A Bermann erano stati tolti l'orologio, la cintura dei pantaloni, la cravatta e perfino i lacci delle scarpe. Non aveva niente con cui potersi fare del male.

Ma il poliziotto fu smentito non appena la porta di ferro venne spalancata.

L'uomo giaceva in un angolo della cella. L'angolo cieco.

La schiena contro il muro, le braccia abbandonate in grembo e le gambe divaricate. La bocca intrisa di sangue. Una pozza nerissima circondava il corpo.

Per uccidersi aveva usato il meno tradizionale dei modi.

Alexander Bermann si era strappato a morsi la carne dei polsi, e aveva atteso di morire dissanguato.

7

L'avrebbero riportata a casa.

Con questa promessa inespressa, avevano preso in consegna il corpo della bambina.

Le avrebbero reso giustizia.

Dopo il suicidio di Bermann era difficile mantenere questo impegno, ma ci avrebbero provato lo stesso.

Perciò ora il cadavere era lì, all'Istituto di medicina legale.

Il dottor Chang sistemò l'asta del microfono che pendeva dal soffitto in modo che fosse perfettamente a perpendicolo con il tavolo d'acciaio dell'obitorio. Quindi accese il registratore.

Per prima cosa si armò di bisturi e lo fece scivolare sulla sacca plastificata con un gesto rapido, tracciando una linea retta molto precisa. Depositò lo strumento chirurgico e, delicatamente, afferrò con le dita i due lembi che aveva ricavato.

L'unica luce nella sala era quella accecante della lampada che sovrastava il tavolo operatorio. Tutt'intorno, il baratro del buio. E, in bilico su quell'abisso, c'erano Goran e Mila. Nessuno degli altri componenti la squadra aveva ritenuto di dover partecipare a quella cerimonia.

Il medico legale e i due ospiti indossavano camici sterili, guanti e mascherina per non contaminare le prove.

Aiutandosi con una soluzione salina, Chang cominciò ad allargare lentamente i margini della sacca, staccando la plastica dal corpo sottostante a cui aveva perfettamente aderito. Un po' alla volta, con molta pazienza.

A poco a poco, cominciò ad apparire... Mila vide subito la gonna verde di velluto a coste. La camicetta bianca e il gilet di lana. Quindi si cominciò a scorgere la flanella di un blazer.

Man mano che Chang risaliva, svelava nuovi particolari. Arrivò alla sezione toracica da cui mancava il braccio. La giacca lì non era affatto sporca di sangue. Era semplicemente tagliata all'altezza della spalla sinistra da cui fuoriusciva un moncone.

« Non l'ha uccisa con questi abiti addosso. Ha ricomposto la salma, dopo », disse il patologo.

Quel « dopo » si perse nell'eco della stanza, precipitando nella voragine di buio che li circondava, come un sasso che rimbalza sulle pareti di un pozzo senza fondo.

Chang sfilò il braccio destro. Al polso c'era un braccialetto con appeso un ciondolo a forma di chiave.

Arrivato all'altezza del collo, il medico legale si fermò un momento per tergersi la fronte con un piccolo asciugamano. Mila si accorse solo ora che il patologo stava sudando. Era arrivato al punto più delicato. Il timore era quello che staccando la plastica dal volto potesse venir via anche l'epidermide.

Mila aveva già assistito ad altre autopsie. Di solito i medici legali non si facevano tanti scrupoli nel trattare i corpi su cui dovevano indagare. Li tagliavano e li cucivano senza alcuna cura. In quel momento capì, invece, che Chang desiderava che i genitori rivedessero per un'ultima volta la loro bambina nel miglior stato possibile. Per questo era così apprensivo. Ebbe un moto di rispetto per quell'uomo.

Finalmente, dopo alcuni interminabili minuti, il medico riuscì a togliere completamente il sacco nero dal volto della piccola. Mila la vide. E la riconobbe subito.

Debby Gordon. Dodici anni. La prima a sparire.

Gli occhi erano sgranati. La bocca era ancora spalancata. Come se stesse disperatamente cercando di dire qualcosa.

Portava un fermaglio con un giglio bianco. *Lui le aveva pettinato i capelli.* "Che assurdità", pensò subito Mila. Era stato più facile essere compassionevole davanti a un cadavere piuttosto che di fronte a una bambina ancora in vita! Ma poi dedusse che il motivo per cui si era preso tanta cura di lei era un altro.

"L'ha fatta bella per noi."

Quell'intuizione le fece rabbia. Ma capì anche che al momento quelle emozioni non le appartenevano. Spettavano a qualcun altro. E fra poco lei sarebbe dovuta andare di là, superare il buio profondo e comunicare a due genitori già distrutti che la loro vita era davvero finita.

Il dottor Chang scambiò un'occhiata con Goran. Era venuto il momento di stabilire con che tipo di assassino avevano a che fare. Se il suo interesse per quella creatura era stato generico, oppure terribilmente mirato. In altre parole, se la bambina avesse subito o meno violenza sessuale.

Tutti in quella sala erano combattuti fra il desiderio che le fosse stata risparmiata quest'ennesima sevizia, e la speranza che invece ciò non fosse avvenuto. Perché in tal caso ci sarebbero state più possibilità che l'assassino avesse lasciato delle tracce organiche che avrebbero permesso di identificarlo.

Esisteva una procedura precisa per i casi di violenza carnale. E Chang, non avendo ragioni per discostarsene, iniziò con l'anamnesi. Consisteva nel cercare di ricostruire circostanze e modalità dell'aggressione. Ma nello specifico, data anche l'impossibilità di assumere informazioni dalla vittima, non c'era modo di risalire ai fatti.

La fase successiva era l'esame obiettivo. Una valutazione fisica, accompagnata da una documentazione fotografica, che procedeva dalla descrizione dell'aspetto generale fino all'individuazione di lesioni esterne che potessero segnalare che la vittima si era opposta o aveva lottato.

Si iniziava, di solito, con segnare e repertare gli indumenti indossati. Quindi si procedeva con la ricerca di eventuali macchie sospette sui vestiti, di filamenti, capelli, foglie. Solo allora si passava allo *scraping subungueale*, che consisteva nel raccogliere dalle unghie della vittima, con una specie di stuzzicadenti, eventuali residui di pelle dell'assassino – nel caso si fosse difesa – o di terra e fibre varie per risalire al luogo dell'uccisione.

Anche stavolta il risultato fu negativo. Le condizioni del cadavere – a parte l'amputazione dell'arto – erano perfette, i suoi abiti puliti.

Come se qualcuno avesse provveduto a lavarla prima di metterla nel sacco.

La terza fase era la più invasiva e prevedeva l'esame ginecologico.

Chang si munì di un colposcopio e cominciò a esaminare dapprima la superficie mediale delle cosce nella speranza di individuare macchie di sangue, materiale spermatico o altre secrezioni del violentatore. Poi prese da un vassoio di metallo il kit per l'esame vaginale, che comprendeva un tampone cutaneo e uno per la mucosa. Con le sostanze prelevate, preparò due vetrini, fissando la striscia del primo con del Citofix e lasciando che la seconda si essiccasse all'aria.

Mila sapeva che servivano per un'eventuale tipizzazione genica dell'assassino.

L'ultima fase era quella più cruda. Il dottor Chang piegò il tavolo d'acciaio all'indietro, sollevando le gambe della bambina su due sostegni. Quindi si mise a sedere su uno sgabello e, con una lente d'ingrandimento dotata di una particolare lampada a ultravioletti, passò all'individuazione di possibili lesioni interne.

Dopo qualche minuto, sollevò il capo verso Goran e Mila, sentenziando freddamente: «Non l'ha toccata».

Mila annuì e, prima di allontanarsi dalla sala, si piegò sul cadavere di Debby per sfilarle dal polso il braccialetto con appesa la piccola chiave. Quell'oggetto, insieme alla notizia che la bambina non era stata violentata, avrebbe costituito l'unica dote da portare con sé per i Gordon.

Appena si congedò da Chang e da Goran, Mila avvertì l'urgenza di togliersi quel camice pulito. Perché, in quel momento, si sentiva sporca. Passando per lo spogliatoio, si fermò davanti al grande lavabo di ceramica. Aprì l'acqua calda e vi infilò sotto le mani, cominciando a strofinarle forte.

Continuando a lavarsi freneticamente, sollevò lo sguardo sullo specchio che aveva di fronte. Immaginò nel riflesso la piccola Debby che entrava nello spogliatoio, con la sua gonna verde, il blazer blu e il fermaglio nei capelli. E che, facendo leva sull'unico braccio rimastole, si metteva a sedere sulla panca accostata alla parete. E cominciava a guardarla, dondolando i piedi. Debby spalancava la bocca e poi la richiudeva, come se cercasse di comunicare con lei. Ma in realtà non diceva nulla. E Mila avrebbe tanto voluto chiederle della sua sorella di sangue. Quella che ormai era per tutti la bambina numero sei.

Poi si ridestò da quell'allucinazione.

L'acqua del rubinetto scorreva. Il vapore saliva in ampie volute e aveva coperto quasi del tutto la superficie dello specchio.

Solo allora Mila si accorse del dolore.

Abbassò lo sguardo e tirò via istintivamente le mani dal getto di acqua bollente. La pelle del dorso era arrossata, mentre sulle dita c'erano già delle bolle. Mila se le fasciò subito con un asciugamano, quindi si diresse all'armadietto del pronto soccorso, in cerca di bende.

Nessuno avrebbe mai dovuto sapere ciò che le era successo.

Quando aprì gli occhi, per prima cosa si ricordò del bruciore alle mani. Per questo scattò a sedere, riprendendo bruscamente contatto con la realtà della camera da letto che la circondava. L'armadio che aveva di fronte, con lo specchio incrinato, il cassettone alla sua sinistra e la finestra con la tapparella abbassata che lasciava comunque filtrare qualche linea di luce azzurrognola. Mila si era addormentata vestita, perché le coperte e le lenzuola di quella squallida stanza di motel erano macchiate.

Perché si era svegliata? Forse avevano bussato. O forse l'aveva solo sognato.

Bussarono di nuovo. Si alzò e si avvicinò alla porta, aprendola solo di qualche centimetro.

«Chi è?» domandò inutilmente alla faccia sorridente di Boris.

«Sono venuto a prenderti. Fra un'ora inizia la perquisizione a casa di Bermann. Gli altri ci aspettano lì... E poi ho pensato di portarti la colazione.» E le agitò sotto il naso un sacchetto di carta che verosimilmente conteneva croissant e caffè.

Mila si diede una rapida occhiata. Non era affatto presentabile ma forse questo era un bene: avrebbe scoraggiato gli ormoni del collega. Lo invitò a entrare.

Boris fece qualche passo all'interno della stanza, si guardò intorno con aria perplessa, mentre Mila si avvicinava al lavabo posto in un angolo per sciacquarsi il viso ma, soprattutto, per nascondere le mani bendate.

«Questo posto è anche peggio di come me lo ricordavo.» Fiutò l'aria. «E c'è sempre lo stesso odore.»

«Credo che sia un repellente per insetti.»

«Quando sono entrato nella squadra, ci ho passato quasi un mese prima di trovarmi un appartamento... Lo sai che qui ogni chiave apre tutte le stanze? I clienti hanno l'abitudine di andarsene senza pagare e il proprietario si era stancato di dover rimpiazzare sempre le serrature. Di notte faresti bene a sbarrare la porta con il cassettone.»

Mila lo guardò attraverso lo specchio sopra al lavandino. «Grazie del consiglio.»

«No, sul serio. Se hai bisogno di un posto più decente in cui abitare, posso darti una mano.»

Mila gli rivolse un'occhiata interrogativa. «Per caso, agente, mi stai invitando a stare da te?»

Boris, imbarazzato, si affrettò a precisare: «No, non intendevo questo. È che potrei chiedere in giro se c'è una collega che vuole dividere il suo appartamento, tutto qui.»

«Spero di non dovermi trattenere tanto da averne bisogno», osservò lei, facendo spallucce. Dopo essersi asciugata la faccia, puntò il sacchetto che le aveva portato. Glielo strappò quasi dalle mani, andandosi a sedere a gambe incrociate sul letto per ispezionarne il contenuto.

Croissant e caffè, come aveva sperato.

Boris rimase spiazzato da quel gesto, e ancora di più nel vedere le sue mani coperte dalle bende. Ma non disse nulla. «Fame?» domandò invece, intimidito.

Lei gli rispose con la bocca piena. «Sono due giorni che non tocco cibo. Se non fossi arrivato tu stamattina, dubito che sarei riuscita a trovare la forza per varcare la soglia.»

Mila sapeva che non avrebbe dovuto dire una cosa del genere, quell'affermazione era un evidente incoraggiamento. Ma non trovò altro modo per ringraziarlo, e poi aveva davvero fame. Boris le sorrise, tronfio.

«Allora, come ti trovi?» le chiese.

«Mi adatto facilmente, perciò: bene.»

"A parte la tua amica Sarah Rosa che praticamente mi odia", ma questo Mila lo pensò soltanto.

«Mi è piaciuta quella tua intuizione sulle sorelle di sangue...»

«Un colpo di fortuna: mi è bastato pescare fra le mie esperienze adolescenziali. Anche tu avrai fatto qualcosa di stupido a dodici anni, no?»

Notando lo smarrimento del collega che cercava inutilmente una risposta, le scappò un sorriso.

«Scherzavo Boris...»

«Oh, certo», disse lui arrossendo.

Mila mandò giù l'ultimo boccone, si leccò le dita e si buttò sul secondo croissant della busta, quello di Boris, che davanti a tanto appetito non ebbe il coraggio di dire nulla.

«Boris, dimmi una cosa... Perché lo avete chiamato Albert?»

«È una storia molto interessante», affermò. Quindi, con molta disinvoltura si mise a sedere accanto a lei e iniziò a raccontare: «Cinque anni fa ci capita un caso stranissimo. C'è un omicida seriale che rapisce le donne, le violenta, le uccide strangolandole e poi ci fa ritrovare i cadaveri senza il piede destro».

«Il piede destro?»

«Esatto. Nessuno ci capisce niente perché il tipo quando agisce è anche molto preciso e pulito, non lascia tracce dietro di sé. Fa solo questa cosa dell'amputazione. E colpisce maledettamente a caso... Insomma, siamo già arrivati al quinto cadavere e non riusciamo a fermarlo. A questo punto, il dottor Gavila ha un'idea...»

Mila aveva terminato anche il secondo croissant ed era passata al caffè. «Che genere di idea?»

«Ci chiede di cercare negli archivi tutti i casi che riguardano i piedi, anche quelli più insulsi e banali.»

Mila mostrò un'espressione più che perplessa.

Poi versò tre bustine di zucchero nel bicchiere di polistirolo. Boris se ne accorse e fece una faccia disgustata, stava per dirle qualcosa in proposito ma preferì continuare il racconto. «Anche a me all'inizio sembrava un po' assurdo. Be', invece cominciamo a cercare e spunta fuori che da qualche tempo c'è un ladro che si aggira nella zona rubando scarpe da donna dagli espositori che sono all'esterno dei negozi di calzature. Lì ci si tiene soltanto una scarpa per numero e modello – sai, per evitare che le rubino – e di solito è la destra, per facilitare la prova ai clienti.»

Mila si bloccò, con il bicchiere di caffè a mezz'aria, e rimase a contemplare, estasiata, l'originalità di quell'intuizione investigativa. «Avete sorvegliato i negozi di scarpe e avete catturato il ladro...»

«Albert Finley. Un ingegnere di trentotto anni, coniugato, due figli piccoli. Una villetta in campagna e un camper per le vacanze.»

«Uno normale.»

«Nel garage della sua abitazione troviamo un freezer e dentro, avvolti accuratamente nel cellofan, cinque piedi destri di donna. Il tipo si divertiva a fargli indossare le scarpe che rubava. Era una specie di ossessione feticista.»

«Piede destro, braccio sinistro. Per questo Albert!»

«Esatto!» disse Boris mettendole una mano sulla spalla in segno di approvazione. Mila si scostò bruscamente, alzandosi di scatto dal letto. Il giovane poliziotto ci rimase male.

«Scusa», gli disse lei.

«Nessun problema.»

Non era vero, e Mila infatti non gli credette. Però decise di fingere lo stesso che era come aveva detto lui. Gli diede le spalle e tornò verso il lavabo. «Mi preparo in un minuto, così possiamo andare.»

Boris si alzò e andò verso la porta. «Fa' con calma. Ti aspetto fuori.»

Mila lo vide uscire dalla stanza. Poi sollevò il viso sullo specchio. "Oddio, quando finirà?" si chiese. "Quando riuscirò a farmi toccare di nuovo da qualcuno?"

Per tutto il tragitto verso la casa di Bermann non si erano scambiati una sola parola. Anzi, entrando in macchina, Mila aveva trovato l'autoradio accesa e capito subito che quella era una dichiarazione d'intenti su come si sarebbe svolto il viaggio. Boris c'era rimasto male, e forse ora aveva un altro nemico all'interno della squadra.

Arrivarono in poco meno di un'ora e mezza. L'abitazione di Alexander Bermann era un villino immerso nel verde, in una tranquilla zona residenziale.

La strada sul davanti era stata transennata. Di là da quel confine si ammassavano curiosi, vicini di casa e giornalisti. Mila, guardandoli, pensò che era cominciata. Mentre arrivavano lì, avevano ascoltato un giornale radio che dava la notizia del ritrovamento del cadavere della piccola Debby ed era spuntato fuori pure il nome di Bermann.

Il motivo di tanta euforia mediatica era semplice. Il cimitero di braccia era stato un duro colpo per l'opinione pubblica, ma ora finalmente avevano un nome per battezzare l'incubo.

L'aveva visto accadere altre volte. La stampa si sarebbe attaccata tenacemente alla storia e, in pochissimo tempo, avrebbe calpestato ogni aspetto della vita di Bermann, senza fare distinzioni. Il suo suicidio valeva come un'ammissione di colpa. Perciò i media avrebbero insistito sulla loro versione. L'avrebbero designato a svolgere il ruolo di mostro senza alcun contraddittorio, confidando solo sulla forza della loro unanimità. L'avrebbero fatto a pezzi crudelmente, così come si presupponeva lui avesse fatto con le sue piccole vittime, senza però cogliere l'ironia di questo parallelismo. Avrebbero cavato sangue a litri da tutta la vicenda, per condire e rendere più appetitose le prime pagine. Senza rispetto, senza equità. E quand'anche qualcuno si fosse permesso di farlo notare, si sarebbero trincerati dietro un comodo e sempre attuale «diritto di cronaca» per celare la loro innaturale impudicizia.

Scesa dalla macchina, Mila si fece strada tra la piccola folla di cronisti e gente comune, entrò nel perimetro circoscritto dalle forze dell'ordine e si diresse a passo spedito lungo il viale d'accesso, fino alla porta di casa, senza poter evitare di essere abbagliata da qualche flash. In quel momento colse lo sguardo di Goran di là dalla finestra. Si sentì assurdamente in colpa per-

ché lui l'aveva vista arrivare con Boris. E poi stupida per aver
pensato una cosa simile.

Goran tornò a rivolgere la sua attenzione all'interno della casa. Poco dopo, Mila varcò la soglia.

Stern e Sarah Rosa, coadiuvati da altri detective, erano già al
lavoro da un pezzo e si muovevano come insetti operosi. Era
tutto sottosopra. Gli agenti stavano setacciando mobili, muri
e quant'altro potesse svelare qualche indizio per chiarire la vicenda.

Ancora una volta, Mila non poteva unirsi a quella perlustrazione. D'altronde Sarah Rosa le aveva abbaiato subito in faccia
che a lei era riservato solo il diritto di osservare. Così cominciò
a guardarsi intorno, tenendo le mani in tasca per non dover
giustificare le bende che le fasciavano.

Ad attirare la sua attenzione furono le foto.

Ce n'erano a decine sistemate sui mobili, in eleganti cornici
di radica o d'argento. Ritraevano Bermann e sua moglie in momenti felici. Una vita che adesso sembrava lontana, quasi impossibile. Avevano viaggiato molto, notò. C'erano immagini di
ogni posto del mondo. Però, man mano che le foto si facevano
più recenti e i loro volti più vecchi, le espressioni apparivano ve-
late. C'era qualcosa dentro quelle foto, Mila ne era sicura. Ma
non sapeva dire cosa fosse. Aveva avuto una strana sensazione
entrando in quella casa. Ora le sembrava di avvertirla meglio.

Una presenza.

In quell'andirivieni di agenti, c'era anche un'altra spettatrice. Mila riconobbe la donna delle foto: Veronica Bermann, la
moglie del presunto assassino. Capì subito che doveva avere un
carattere orgoglioso. Teneva un atteggiamento di decoroso di-
stacco mentre quegli sconosciuti toccavano le sue cose senza
chiedere il permesso, violando l'intimità di quegli oggetti, di
quei ricordi, con la loro invadente presenza. Non sembrava rassegnata, bensì consenziente. Aveva offerto la sua collaborazione
all'ispettore capo Roche, asserendo con sicurezza che il marito
era estraneo a quelle terribili accuse.

Mila la stava ancora osservando quando, voltandosi, si trovò
di fronte uno spettacolo inaspettato.

C'era un'intera parete ricoperta di *farfalle imbalsamate*.
Erano contenute in cornici di vetro. Ce n'erano di strane e
bellissime. Alcune avevano un nome esotico, riportato insieme
al luogo di origine su una targhetta d'ottone. Quelle più affascinanti provenivano dall'Africa e dal Giappone.

« Sono bellissime perché sono morte. »

Era stato Goran a dirlo. Il criminologo indossava un pullover nero e pantaloni di vigogna. Il colletto della camicia gli
spuntava in parte dallo scollo del maglione. Si posizionò accanto a lei per guardare meglio la parete di farfalle.

« Davanti a un simile spettacolo dimentichiamo la cosa più
importante e più evidente... Quelle farfalle non voleranno più. »

« È innaturale », convenne Mila. « Eppure è anche così seducente... »

« È proprio l'effetto che fa la morte su alcuni individui. Per
questo esistono i serial killer. »

A quel punto Goran fece un piccolo gesto con la mano. Fu
sufficiente perché tutti i membri della squadra si radunassero
immediatamente intorno a lui. Segno che, anche se sembravano del tutto presi dalle loro mansioni, in realtà continuavano a
guardarlo, in attesa che dicesse o facesse qualcosa.

Mila ebbe la conferma di quanto grande fosse la fiducia che
riponevano nel suo intuito. Goran li guidava. Era molto strano, perché lui non era un agente e gli « sbirri » – almeno quelli
che conosceva lei – erano sempre restii ad affidarsi a un civile.
Sarebbe stato più giusto che quel gruppo si chiamasse « la squadra di Gavila » piuttosto che « la squadra di Roche », il quale
come al solito non era presente. Si sarebbe fatto vedere solo
nel caso in cui fosse spuntata la classica prova schiacciante
che avrebbe inchiodato definitivamente Bermann.

Stern, Boris e Rosa presero posto intorno al dottore. Secondo il loro solito schema, in cui ciascuno aveva la sua posizione.
Mila rimase un passo indietro: temendo di sentirsi esclusa, si
escluse da sola.

Goran parlò a voce bassa, fissando subito per tutti il tono
con cui voleva si svolgesse quella conversazione. Probabilmente
desiderava non turbare Veronica Bermann.

«Allora, cosa abbiamo?»

Stern fu il primo a rispondere scuotendo il capo: «In casa non c'è nulla di rilevante che possa ricollegare Bermann alle sei bambine».

«La moglie sembra all'oscuro di tutto. Le ho rivolto qualche domanda e non ho avuto l'impressione che mentisse», aggiunse Boris.

«I nostri stanno setacciando il giardino con i cani da cadavere», disse Rosa. «Ma finora nulla.»

«Dovremo ricostruire ogni spostamento di Bermann nelle ultime sei settimane», osservò Goran e tutti assentirono, anche se sapevano già che sarebbe stato un lavoro quasi impossibile.

«Stern, c'è altro?»

«In banca nessun movimento strano di denaro. Il costo più ingente che Bermann ha dovuto sostenere nell'ultimo anno è stata una terapia d'inseminazione artificiale per la moglie, che gli è costata parecchi soldi.»

Ascoltando le parole di Stern, Mila si rese conto di quale fosse la sensazione che aveva provato poco prima entrando e poi guardando le foto. Non una presenza, come aveva pensato in un primo momento. Si era sbagliata.

Era piuttosto un'*assenza*.

Si avvertiva la mancanza di un figlio in quella casa dai mobili costosi e impersonali, arredata per due individui che si sentono destinati a rimanere soli. Perciò quella terapia d'inseminazione artificiale di cui parlava l'agente Stern pareva un controsenso visto che in quel luogo non si percepiva neanche l'ansia di chi stesse aspettando il dono di un figlio.

Stern concluse la sua esposizione con un rapido ritratto del privato di Bermann: «Non faceva uso di droghe, non beveva e non fumava. Aveva la tessera di una palestra e quella di una videoteca, ma noleggiava solo documentari sugli insetti. Frequentava la chiesa luterana del quartiere e, due volte al mese, prestava la sua opera come volontario nella casa di riposo».

«Un sant'uomo», ironizzò Boris.

Goran si voltò verso Veronica Bermann per accertarsi che

non avesse sentito quell'ultimo commento. Poi tornò a guardare Rosa: «C'è dell'altro?»

«Ho fatto uno scanning dell'hard disk dei computer di casa e dell'ufficio. Ho anche avviato una procedura di recupero di tutti i file eliminati. Ma non c'era nulla d'interessante. Solo lavoro lavoro lavoro. Questo tizio era fissato col suo lavoro.»

Mila si accorse che Goran si era improvvisamente distratto. Durò poco e presto tornò a concentrarsi sulla conversazione. «Di Internet cosa sappiamo?»

«Ho chiamato la società titolare del server e mi hanno dato una lista delle pagine web visitate negli ultimi sei mesi. Anche lì, nulla... A quanto pare aveva una passione per i siti dedicati alla natura, ai viaggi e agli animali. E poi acquistava in rete roba d'antiquariato e, su ebay, soprattutto farfalle da collezione.» Quando Rosa ebbe terminato la sua esposizione, Goran tornò a incrociare le braccia e si mise a guardare, uno per uno, i suoi collaboratori. Quella carrellata comprese anche Mila, che si sentì finalmente coinvolta.

«Allora, cosa ne pensate?» domandò il dottore.

«Sono come abbagliato», disse subito Boris sottolineando enfaticamente quella frase col gesto di portarsi una mano a coprire gli occhi. «È tutto troppo 'pulito'.» Gli altri annuirono.

Mila non sapeva a cosa si riferisse, ma non voleva neanche chiederlo. Goran si lasciò scivolare una mano sulla fronte e si stropicciò gli occhi stanchi. Poi gli apparve ancora sul volto *quella distrazione*... C'era un pensiero che per un secondo o due lo portava altrove, e che poi evidentemente il criminologo archiviava per qualche motivo. «Qual è la prima regola di un'indagine su un sospetto?»

«Tutti abbiamo dei segreti», disse subito il solerte Boris.

«Appunto», gli fece eco Goran. «Tutti abbiamo avuto una debolezza, almeno una volta nella vita. Ognuno di noi ha il suo piccolo o grande, inconfessabile segreto... Invece guardatevi intorno: quest'uomo è il prototipo del buon marito, del buon credente, del gran lavoratore», affermò scandendo bene ogni punto sulle dita: «È un filantropo, un salutista, noleggia solo documentari, non ha vizi di sorta, *colleziona farfalle*... È credibile un uomo così?»

La risposta stavolta era scontata. No, non lo era.

«Allora che ci fa un uomo del genere col cadavere di una bambina nel bagagliaio?»

Intervenne Stern: «Si è dato una ripulita...»

Goran ne convenne: «Ci incanta con tutta questa perfezione per non farci guardare altrove... E dov'è che non stiamo guardando in questo momento?»

«Allora, cosa dobbiamo fare?» domandò Rosa.

«Ricominciate daccapo. La risposta è lì, fra quelle cose che avete già esaminato. Ripassatele al setaccio. Dovrete togliere la lucida crosta che le avvolge. Non vi lasciate ingannare dal bagliore dell'esistenza perfetta: quel luccichio serve solo per distrarci e confonderci le idee. E poi dovete...»

Goran si perse ancora. *La sua attenzione era altrove.* Stavolta se ne accorsero tutti. C'era qualcosa che finalmente prendeva corpo nella sua testa, e cresceva.

Mila decise di seguire lo sguardo del criminologo che si muoveva nella stanza. Non era semplicemente perso nel vuoto. Si accorse che stava guardando qualcosa...

Il piccolo led rosso lampeggiava a intermittenza, scandendo un ritmo tutto suo per richiamare l'attenzione.

Gavila chiese ad alta voce: «Qualcuno ha ascoltato i messaggi sulla segreteria telefonica?»

In un istante la stanza si fermò. Fissarono l'apparecchio che strizzava l'occhio rosso ai presenti e si sentirono colpevoli, colti in flagrante in quella clamorosa dimenticanza. Goran non ci fece caso, e semplicemente andò a premere il pulsante che azionava il piccolo registratore digitale.

Poco dopo, il buio rigurgitò le parole di un morto.

E Alexander Bermann entrò per l'ultima volta in casa sua.

«*Ehm... Sono io... Ehm... Non ho molto tempo... Ma volevo dirti lo stesso che mi dispiace... Mi dispiace, di tutto... Avrei dovuto farlo prima, ma non ce l'ho fatta... Cerca di perdonarmi. È stata tutta colpa mia...*»

La comunicazione s'interruppe e nella sala crollò un silenzio di pietra. Lo sguardo di ognuno, inevitabilmente, si posò su Veronica Bermann, impassibile come una statua.

Goran Gavila fu l'unico a muoversi. Le andò incontro e le cinse le spalle, affidandola a un'agente donna che la condusse in un'altra stanza.

Fu Stern a parlare per tutti: «Be' signori, a quanto pare abbiamo una confessione».

8

L'avrebbe chiamata *Priscilla*.

Avrebbe adottato il metodo di Goran Gavila che attribuiva un'identità agli assassini che ricercava. Per umanizzarli, per renderli più veri ai suoi occhi, non solo delle ombre sfuggenti. Così Mila avrebbe battezzato la vittima numero sei, dandole il nome di una ragazzina più fortunata che ora – da qualche parte, chissà dove – continuava a essere una bambina come tante altre, inconsapevole di ciò cui era scampata.

Mila prese questa decisione sulla strada che la riportava al motel. Un agente era stato incaricato d'accompagnarla. Stavolta Boris non si era offerto, e Mila non lo biasimava dopo che l'aveva respinto bruscamente quella mattina.

La scelta di chiamare Priscilla la sesta bambina non era dovuta solo alla necessità di attribuirle una consistenza umana. C'era anche un altro motivo: Mila non ce la faceva più a riferirsi a lei con un numero. Ormai la poliziotta sentiva di essere rimasta l'unica che avesse ancora a cuore la sua identità perché, dopo aver sentito la telefonata di Bermann, scoprirla non era più una priorità.

Avevano un cadavere in un'auto e, incisa sul nastro di una segreteria, quella che a tutti gli effetti assomigliava a una confessione. Non c'era bisogno d'affannarsi oltre. Ormai si trattava solo di ricollegare l'agente di commercio alle altre vittime. E poi di formulare un movente. Ma quello forse c'era già...

Le vittime non sono le bambine. Sono le famiglie.

Era stato Goran a fornirle quella spiegazione mentre osservavano i famigliari delle bambine da dietro il vetro dell'obitorio. Genitori che, per motivi vari, avevano avuto un unico figlio. Una madre che aveva superato abbondantemente i quarant'anni e che perciò non era più in grado, biologicamente, di sperare in un'altra gravidanza... « Sono *loro* le sue vere vittime. Li ha studiati, li ha scelti.» E poi: « Una sola figlia. Ha voluto togliergli ogni speranza di superare il lutto, di provare a dimenticare la perdita. Dovranno ricordarsi di quello che gli ha fatto per il resto dei loro giorni. Ha amplificato il loro dolore portandogli via il futuro. Li ha privati della possibilità di tramandare una memoria di sé negli anni a venire, di sopravvivere alla propria morte... E si è nutrito di questo. È il compenso del suo sadismo, la fonte del suo piacere».

Alexander Bermann non aveva figli. Aveva provato ad averne, con l'inseminazione artificiale a cui si era sottoposta la moglie. Non era servito. Forse per questo aveva voluto sfogare la sua rabbia su quelle povere famiglie. Forse si era vendicato con loro del suo destino d'infertilità.

"No, non è una vendetta", pensò Mila. "C'è dell'altro invece..." La poliziotta non si rassegnava, ma non sapeva da dove le provenisse quella sensazione.

L'auto arrivò nei pressi del motel e Mila scese salutando l'agente che le aveva fatto da autista. Lui ricambiò con un cenno del capo e fece inversione per tornare indietro, lasciandola sola in mezzo all'ampio piazzale ghiaioso, con alle spalle una cintura di boschi su cui si affacciavano i vari bungalow. Faceva freddo e l'unica luce era quella dell'insegna al neon che annunciava camere libere e pay TV. Mila si avviò verso la sua stanza. Tutte le finestre erano buie.

Era lei l'unica ospite.

Passò davanti all'ufficio del custode immerso nella penombra azzurrognola di un televisore acceso. Le immagini erano prive di audio e l'uomo non c'era. Forse era andato in bagno, pensò Mila e proseguì. Per fortuna aveva tenuto la chiave, altrimenti adesso avrebbe dovuto attendere che il custode tornasse.

Aveva una busta di carta in cui c'erano una bibita gasata e due toast al formaggio – la sua cena per quella sera – e un barattolo con un unguento che più tardi avrebbe spalmato sulle piccole ustioni delle mani. Il suo fiato si condensava in quell'aria gelata. Mila si affrettò, stava morendo di freddo. I suoi passi

sulla ghiaia erano l'unico rumore che riempisse la notte. Il suo
bungalow era l'ultimo della fila.

"Priscilla", pensò mentre camminava. E le tornarono in
mente le parole di Chang, il medico legale: «Direi che le ha
uccise subito: non aveva interesse a tenerle in vita oltre il necessario, e non ha esitato. Le modalità d'uccisione sono identiche
per tutte le vittime. Tranne che per una...» Il dottor Gavila
aveva domandato: «Che significa?» E Chang aveva risposto,
fissandolo, che per la sesta era stato anche peggio...

Era quella frase a ossessionare Mila.

Ma non solo per l'idea che la sesta bambina avesse dovuto
pagare un prezzo più alto rispetto alle altre – «Ha rallentato
il dissanguamento per farla morire più lentamente... Ha voluto
godersi lo spettacolo...» – No, c'era qualcos'altro. Perché l'assassino aveva cambiato il suo *modus operandi*? Come durante la
riunione con Chang, Mila avvertì di nuovo un solletico alla base del collo.

La sua stanza distava ormai solo pochi metri, e lei era concentrata su quella sensazione, convinta stavolta di poterne afferrare la causa. Un piccolo affossamento nel terreno per poco
non la fece inciampare.

Fu allora che lo sentì.

Il breve rumore dietro di lei spazzò via in un istante i suoi
ragionamenti. Calpestio sulla ghiaia. Qualcuno stava «copiando» la sua camminata. Coordinava i passi con i suoi per avvicinarsi senza che lei se ne accorgesse. Quando era inciampata,
l'inseguitore aveva perso il ritmo, rivelando così la sua presenza.

Mila non si scompose, non rallentò. I passi dell'inseguitore
si persero nuovamente nei suoi. Calcolò che fosse a una decina
di metri dietro di lei. Intanto iniziò a macinare possibili soluzioni. Inutile estrarre la pistola che teneva dietro la schiena, se
chi le stava alle spalle era armato avrebbe avuto tutto il tempo
per fare fuoco per primo. "Il custode", pensò. Il televisore acceso nell'ufficio vuoto. "Si è già sbarazzato di lui. Ora tocca a
me", concluse. Ormai mancava poco alla soglia del bungalow.
Doveva decidersi. E decise. Non aveva altra scelta.

Si frugò in tasca in cerca della chiave e salì rapidamente i tre scalini che immettevano nel portico. Aprì la porta dopo un paio di mandate, con il cuore sprofondato nel petto, e s'infilò nella stanza. Estrasse la pistola e allungò l'altra mano verso l'interruttore della luce. La lampada accanto al letto si accese. Mila non si mosse dalla sua posizione, rigida, con le spalle schiacciate alla porta e le orecchie tese. "Non mi ha assalito", pensò. Allora le parve di sentire dei passi che si muovevano sul tavolato che ricopriva il portico.

Boris le aveva detto che le chiavi del motel erano tutte dei passepartout, dal momento che il proprietario si era stancato di sostituirle visto che i clienti se le portavano via quando non pagavano. "Anche chi mi sta seguendo lo sa? Probabilmente ha una chiave come la mia", si disse. E pensò che, se avesse cercato di entrare, avrebbe potuto coglierlo di sorpresa alle spalle.

Si abbassò sulle ginocchia e scivolò sulla moquette macchiata, fino a raggiungere la finestra. Si appiattì sul muro e sollevò la mano per aprirla. Il freddo aveva bloccato i cardini. Con un po' di fatica riuscì a spalancare una delle ante. Si rimise in piedi, fece un salto e si ritrovò fuori, nuovamente nell'oscurità.

Davanti aveva il bosco. Le alte cime degli alberi ondeggiavano insieme, ritmicamente. Il retro del motel era percorso da una pedana di cemento che univa fra loro tutti i bungalow. Mila la fiancheggiò, tenendosi bassa e cercando di percepire ogni movimento, ogni rumore intorno a sé. Superò rapidamente la camera accanto alla sua e anche quella successiva. Quindi si fermò e imboccò la stretta intercapedine che separava le stanze una dall'altra.

A quel punto doveva sporgersi per avere una visuale del portico del bungalow. Ma sarebbe stato comunque un rischio. Avvolse le dita di entrambe le mani intorno alla pistola per migliorare la presa, dimentica del dolore delle bruciature. Contò rapidamente fino a tre, prendendo anche tre grossi respiri, e scattò oltre l'angolo con l'arma puntata. Nessuno. Non poteva essere stata la sua immaginazione. Era convinta che qualcuno l'avesse seguita. Qualcuno che era perfettamente in grado di

92

muoversi alle spalle di un bersaglio, celando l'ombra sonora dei suoi passi.

Un predatore.

Mila cercò con lo sguardo qualche segno del nemico sul piazzale. Sembrava sparito nel vento, accompagnato dal ripetitivo concerto degli alberi accondiscendenti che circondavano il motel.

«Mi scusi...»

Mila fece un balzo all'indietro e guardò l'uomo senza alzare la pistola, paralizzata da quelle due semplici parole. Le ci volle qualche secondo per capire che si trattava del custode. Lui si accorse di averla spaventata e ripeté: «Mi scusi», stavolta solo per discolparsi.

«Che succede?» domandò Mila che ancora non riusciva a rallentare i battiti del proprio cuore.

«La vogliono al telefono...»

L'uomo indicò il gabbiotto del suo ufficio e Mila vi si diresse senza attendere che le facesse strada.

«Mila Vasquez», disse alla cornetta.

«Salve, sono Stern... Il dottor Gavila vuole vederla.»

«Me?» chiese lei, sorpresa ma anche con una punta di orgoglio.

«Sì. Abbiamo chiamato l'agente che l'ha accompagnata, sta tornando a riprenderla.»

«Va bene.» Mila era perplessa. Stern non aggiungeva altro, così lei azzardò a chiedere: «Ci sono novità?»

«Alexander Bermann ci ha nascosto qualcosa.»

Boris cercava d'impostare il navigatore senza perdere d'occhio la strada. Mila fissava davanti a sé senza dire niente. Gavila se ne stava sul sedile posteriore, rintanato nel cappotto sgualcito e con gli occhi chiusi. Erano diretti a casa della sorella di Veronica Bermann, dove la donna s'era rifugiata per sfuggire ai cronisti.

Goran era giunto alla conclusione che Bermann avesse cercato di coprire qualcosa. Tutto sulla base di quel messaggio alla segreteria telefonica: «Ehm... Sono io... Ehm... Non ho molto tempo... Ma volevo dirti lo stesso che mi dispiace... Mi dispiace, di tutto... Avrei dovuto farlo prima, ma non ce l'ho fatta... Cerca di perdonarmi. È stata tutta colpa mia...»

Dai tabulati avevano stabilito che Bermann aveva effettuato la chiamata quando si trovava alla stazione della Polizia stradale, più o meno nello stesso momento in cui veniva scoperto il cadavere della piccola Debby Gordon.

Goran si era improvvisamente domandato perché un uomo nella condizione di Alexander Bermann – con un cadavere nel bagagliaio e con l'intenzione di togliersi la vita appena possibile – avrebbe dovuto fare quel genere di telefonata alla moglie.

I serial killer non si scusano. Se lo fanno, è perché vogliono fornire un'immagine diversa di sé, perché ciò è nella loro natura mistificante. Il loro scopo è quello di intorbidire la verità, di alimentare la cortina di fumo di cui si sono circondati. Ma per Bermann sembrava diverso. C'era un'urgenza nella sua voce. Doveva portare a compimento qualcosa, prima che fosse troppo tardi.

Per cosa voleva essere perdonato Alexander Bermann?

Goran si era persuaso che avesse a che fare con sua moglie e basta, col loro rapporto di coppia.

«Me lo ripeta ancora una volta, per piacere, dottor Gavila...»

Goran aprì gli occhi e vide Mila girata sul sedile, che lo fissava in attesa di una risposta.

«Forse Veronica Bermann ha scoperto qualcosa. Questo è stato probabilmente motivo di lite fra lei e il marito. Lui ha voluto chiederle scusa per quello, secondo me.»

«E perché dovrebbe essere così importante questa informazione per noi?»

«Non so se lo è davvero... Ma un uomo nelle sue condizioni non perde tempo a risolvere una semplice bega coniugale se non ha uno scopo ulteriore.»

«E quale dovrebbe essere?»

«Forse sua moglie non è del tutto consapevole di ciò che sa.»

«E lui con quella telefonata ha voluto tamponare la situazio-

ne, per impedirle di andare a fondo. O di riferirci quel particolare...»

«Sì, è quello che penso... Veronica Bermann è stata molto
collaborativa fino a ora, non avrebbe alcun interesse a nascon-
derci qualcosa se non pensasse che quell'informazione non ha
niente a che fare con le accuse rivolte al marito ma riguardi solo
loro due.»

Per Mila era tutto molto più limpido adesso. L'intuizione
del criminologo non poteva ritenersi a tutti gli effetti una svolta
investigativa. Andava prima verificata. Per questo Goran non
ne aveva fatto ancora parola con Roche.

Speravano di ricavare elementi significativi dall'incontro con
Veronica Bermann. Boris, in qualità d'esperto nell'interrogare
testimoni e persone informate sui fatti, avrebbe dovuto condurre quella specie di chiacchierata informale. Ma Goran aveva
deciso che fossero solo lui e Mila a vedersi con la moglie di Bermann. Boris aveva accettato come se fosse un ordine impartito
da un superiore, e non da un consulente civile. Ma s'era accre-
sciuta la sua ostilità nei confronti di Mila. Non capiva perché
lei dovesse essere presente.

Mila avvertiva la tensione e, in realtà, nemmeno lei comprendeva appieno le ragioni che avevano spinto Gavila a prefe-
rirla. A Boris non era rimasto che il compito d'istruirla a dovere
su come gestire la conversazione. Ed era proprio ciò che aveva
fatto fino a quel momento, prima di impelagarsi col navigatore
in cerca della loro destinazione.

Mila ripensò al commento di Boris mentre Stern e Rosa
tracciavano un ritratto di Alexander Bermann: «Sono come abbagliato. È tutto troppo 'pulito'.»

Quella perfezione era poco credibile. Sembrava fosse stata
preparata per qualcuno.

"Tutti abbiamo un segreto", si ripeté Mila. "Anch'io."

C'è sempre qualcosa da nascondere. Suo padre glielo diceva
quand'era piccola: «Tutti ci mettiamo le dita nel naso. Magari
lo facciamo quando nessun altro ci vede, ma lo facciamo».

Qual era allora il segreto di Alexander Bermann?

Cosa sapeva sua moglie?

Qual era il nome della bambina numero sei?

Giunsero che era quasi l'alba. Il paesino era a ridosso di un piccolo duomo, incuneato dove l'argine s'incurvava e le case occhieggiavano il fiume.

La sorella di Veronica Bermann abitava in un appartamento sopra una birreria. Sarah Rosa l'aveva avvertita per telefono della visita che stava per ricevere. Com'era prevedibile, lei non si era opposta e non aveva manifestato alcuna reticenza. Il preavviso era teso ad allontanare da lei l'idea di dover affrontare un interrogatorio. Ma Veronica Bermann non era interessata alle cautele dell'agente speciale Rosa, probabilmente avrebbe acconsentito anche a subire un terzo grado.

La donna accolse Mila e Goran che erano quasi le sette del mattino, perfettamente a suo agio in pantofole e vestaglia. Li fece accomodare in soggiorno, con travi a vista sul soffitto e mobili intarsiati, e offrì loro del caffè appena fatto. Mila e Goran presero posto sul divano, Veronica Bermann si sedette in punta a una poltrona, lo sguardo spento di chi non riesce né a dormire né a piangere. Aveva le mani strette in grembo, e Goran capì che era tesa.

La stanza era illuminata dalla calda luce gialla di una lampada coperta da un vecchio foulard e il profumo delle piante ornamentali sul davanzale aggiungeva un tocco accogliente.

La sorella di Veronica Bermann servì il caffè portandosi poi via il vassoio vuoto. Rimasti soli, Goran lasciò che fosse Mila a parlare. Il genere di domande che erano venuti a rivolgerle richiedeva molto tatto. Mila si prese tutto il tempo per assaporare il caffè. Non aveva fretta, voleva che la donna abbassasse completamente le difese prima di iniziare. Boris l'aveva messa in guardia: in certi casi basta una frase sbagliata perché l'altro si chiuda in sé e decida di non collaborare più.

«Signora Bermann, deve essere molto faticoso tutto questo, e ci dispiace piombare qui a quest'ora.»

«Non si preoccupi, ho l'abitudine di alzarmi presto.»

«Abbiamo bisogno di approfondire la figura di suo marito, anche perché è solo conoscendolo meglio che potremo stabilire quanto fosse realmente coinvolto. E questa vicenda, mi creda, presenta ancora moltissimi lati oscuri. Ci parli di lui...»

Veronica non mutò di un millimetro l'espressione del volto, ma il suo sguardo cambiò d'intensità. Quindi cominciò: «Alexander e io ci conoscevamo dai tempi del liceo. Lui era più grande di me di due anni e faceva parte della squadra di hockey. Non era un gran giocatore, ma gli volevano tutti bene. Una mia amica lo frequentava e così lo conobbi. Iniziammo a uscire insieme, ma in gruppo, come semplici amici: ancora non c'era nulla e neanche pensavamo che potesse unirci qualcos'altro. In verità, non credo che lui mi abbia mai 'vista' in quel modo... Come una sua eventuale fidanzata, intendo. E neanch'io».

«È accaduto dopo...»

«Sì, non è strano? Dopo il liceo persi le sue tracce e per molti anni non ci rivedemmo. Da amici comuni sapevo che frequentava l'università. Poi un giorno riapparve nella mia vita: mi chiamò dicendo di aver scovato casualmente il mio numero sull'elenco. Venni in seguito a sapere dai soliti amici che invece, quando era tornato dopo la laurea, si era informato su di me e su che fine avessi fatto...»

Ascoltandola, Goran ebbe l'impressione che Veronica Bermann non si stesse semplicemente abbandonando alla nostalgia dei ricordi, ma che il suo racconto avesse, in qualche modo, uno scopo preciso. Come se lei li stesse volutamente conducendo in qualche posto, lontano nel tempo, dove avrebbero trovato ciò che erano venuti a cercare.

«Da quel momento avete ricominciato a frequentarvi...» disse Mila. E Goran notò soddisfatto che la poliziotta, seguendo le indicazioni di Boris, aveva deciso di non rivolgere domande a Veronica Bermann, bensì di porgerle frasi che poi lei avrebbe completato, perché sembrasse più una conversazione che un interrogatorio.

«Da quel momento ricominciammo a frequentarci», ripeté la Bermann. «Alexander mi fece una corte serratissima per convincermi a sposarlo. E, alla fine, accettai.»

Goran si concentrò su quell'ultima frase. Gli suonava male, come una bugia d'orgoglio inserita frettolosamente nel discorso sperando che passi inosservata. E gli tornò in mente ciò che aveva notato vedendo per la prima volta la donna: Veronica non era bella, probabilmente non lo era mai stata. Una femminilità mediocre, priva di pathos. Invece Alexander Bermann era un bell'uomo. Occhi cerulei, il sorriso sicuro di chi sa di poter esercitare un certo fascino. Al criminologo risultava difficile credere che gli ci fossero volute tante insistenze per convincerla a unirsi in matrimonio.

In quel momento Mila decise di riappropriarsi del bandolo del discorso: «Ultimamente però il vostro rapporto andava male...»

Veronica si concesse una pausa. Piuttosto lunga secondo Goran, che pensò che Mila avesse gettato troppo presto l'amo.

«Avevamo dei problemi», ammise alla fine.

«Avevate cercato di avere dei figli in passato...»

«Mi sono sottoposta a una terapia ormonale per un po' di tempo. Poi abbiamo provato anche l'inseminazione.»

«Immagino che desideraste molto un bambino...»

«Era Alexander a insistere maggiormente.»

Lo disse con un tono difensivo, segno che forse era stato quello il motivo di maggior attrito fra i coniugi.

Si stavano avvicinando all'obiettivo. Goran era soddisfatto. Aveva voluto Mila per far parlare la Bermann perché riteneva che una figura femminile sarebbe stata ideale per instaurare un legame di solidarietà e scardinare così le eventuali resistenze della donna. Certo avrebbe potuto scegliere Sarah Rosa e forse non avrebbe urtato la suscettibilità di Boris. Ma Mila gli era parsa più indicata, e non si era sbagliato.

La poliziotta si sporse sul tavolino che separava il divano dal posto in cui era seduta Veronica Bermann per appoggiare la sua tazza di caffè. Era un espediente per incontrare lo sguardo di Goran senza darlo a vedere alla donna. Lui annuì leggermente: era il segnale che era venuto il momento di rompere gli indugi e tentare l'affondo.

«Signora Bermann, perché suo marito nel messaggio della segreteria le ha chiesto di perdonarlo?»

Veronica girò il capo verso un altro punto della stanza, cercando di nascondere una lacrima che forzava l'argine imposto alle proprie emozioni.

«Signora Bermann, con noi le sue confidenze sono al sicuro. Voglio essere franca con lei: nessun poliziotto o procuratore o giudice potrà mai imporle di rispondere a questa domanda, perché il fatto non ha alcuna pertinenza con l'indagine. Ma è importante per noi saperlo, perché suo marito potrebbe anche essere innocente...»

Quando sentì quell'ultima parola, Veronica Bermann tornò a voltarsi verso di lei.

«Innocente? Alexander non ha ucciso nessuno... ma non vuol dire che non avesse colpe!»

Lo disse con una rabbia scura, affiorata senza alcun preavviso e che le deformò la voce. Goran ebbe la conferma che attendeva. Anche Mila capì: Veronica Bermann li stava aspettando. Aveva atteso la loro visita, le loro domande camuffate da innocue frasi buttate qua e là nel discorso. Credevano di essere loro a condurre il colloquio, ma la donna aveva preparato il suo racconto per farli arrivare esattamente a quell'approdo. Doveva dirlo a qualcuno.

«Avevo il sospetto che Alexander avesse un'amante. Una moglie mette sempre in conto un'eventualità del genere, e in quel momento decide anche se potrà perdonare. Ma, prima o poi, una moglie vuole anche sapere. Ed è per questo che un giorno ho cominciato a frugare fra la sua roba. Non sapevo esattamente cosa cercare, e non potevo prevedere quale sarebbe stata la mia reazione davanti a una prova.»

«Cosa ha trovato?»

«La conferma: Alexander nascondeva un'agendina elettronica identica a quella che usava di solito per il lavoro. Perché prenderne due uguali se non per servirsi della prima per occultare la seconda? È così che ho appreso il nome della sua amante: segnava tutti i loro appuntamenti! L'ho messo davanti al fatto compiuto: ha negato, facendo sparire immediatamente la seconda agendina. Ma non ho lasciato perdere: l'ho seguito fino a casa di quella donna, in quel posto squallido. Non ho avuto il coraggio di andare oltre, però. Mi sono fermata davanti alla porta. Non volevo nemmeno vederla in faccia, in realtà. »

Era tutto lì l'inconfessabile segreto di Alexander Bermann? si chiese Goran. Un'amante? Si erano scomodati per così poco?

Per fortuna non aveva informato Roche della sua iniziativa, altrimenti avrebbe dovuto affrontare anche lo scherno dell'ispettore capo che ormai riteneva chiuso il caso. Intanto Veronica Bermann era un fiume in piena e non aveva alcuna intenzione di lasciarli andare prima di aver sfogato il proprio rancore verso il marito. L'atteggiamento di strenua difesa del coniuge dopo la scoperta del cadavere nel bagagliaio era, evidentemente, solo un'accorta facciata. Un modo per sottrarsi al peso dell'accusa, di scansare gli schizzi di fango. Ora che aveva trovato la forza di liberarsi dal patto di solidarietà coniugale, aveva iniziato non meno degli altri a scavargli intorno una fossa da cui Alexander Bermann non si sarebbe mai più potuto risollevare.

Goran cercò lo sguardo di Mila perché ponesse fine al più presto a quella conversazione. Fu in quell'istante che il criminologo notò un repentino cambiamento nei tratti facciali della poliziotta, che adesso rivelavano un'espressione in bilico fra lo stupito e l'incerto.

In tanti anni di carriera, Goran aveva imparato a riconoscere sui volti altrui gli effetti della paura. Capì che qualcosa aveva sconvolto profondamente Mila.

Era un nome.

La sentì domandare a Veronica Bermann: «Potrebbe ripetermi come si chiamava l'amante di suo marito?»

«Gliel'ho detto: il nome di quella sgualdrina è *Priscilla*.»

9

Non poteva trattarsi solo di una coincidenza.

Mila rievocò, a beneficio dei presenti, gli aspetti più salienti dell'ultimo caso di cui si era occupata. Quello del maestro di musica. Mentre riportava le parole del sergente Morexu in merito al ritrovamento di quel nome – Priscilla – su un'agenda del «mostro», Sarah Rosa levò gli occhi al cielo, e Stern fece eco al suo gesto scuotendo il capo.

Non le credevano. Ma era comprensibile. Eppure Mila non si rassegnava all'idea che non ci fosse un nesso. Solo Goran la lasciava fare. Chissà cosa sperava d'ottenere il criminologo. Mila voleva a tutti i costi approfondire quello scherzo del caso. Ma dal resoconto della sua chiacchierata con Veronica Bermann aveva ottenuto solo un risultato: la donna aveva detto di aver seguito il marito fino alla casa della sua amante, dove ora erano diretti. Era possibile che in quel luogo si celassero altri orrori. Forse anche i corpi delle bambine mancanti.

E la risposta al quesito riguardante la numero sei.

Mila avrebbe voluto dire agli altri: «L'ho chiamata Priscilla...» Ma non lo fece. Le sembrava quasi una bestemmia, adesso. Era come se quel nome l'avesse scelto Bermann in persona, il suo carnefice.

La struttura della palazzina era tipica di un sobborgo di periferia. Il classico quartiere ghetto, costruito intorno agli anni Sessanta come naturale corollario di una neonata area industriale. Era composto da palazzi grigi, che col tempo si erano ricoperti della polvere rossastra di una vicina acciaieria. Immobili di scarso valore commerciale, con un bisogno impellente di manutenzione. Ci viveva un'umanità precaria, composta soprattutto da immigrati, disoccupati e famiglie che andavano avanti grazie al sussidio pubblico.

Goran si era accorto che nessuno osava guardare Mila. Si tenevano lontani da lei perché la poliziotta, avendo fornito uno spunto inatteso, aveva come varcato un limite.

«Perché mai uno dovrebbe venire a vivere in un posto come questo?» si domandò Boris guardandosi intorno con aria schifata.

Il numero civico che stavano cercando si trovava al termine dell'isolato. Corrispondeva a un seminterrato a cui si accedeva attraverso una scala esterna. La porta era in ferro. Le uniche tre finestre, che si affacciavano al livello del piano stradale, erano protette da grate e schermate all'interno con assi di legno.

Stern provò a guardarci attraverso, piegato in una posizione ridicola, con le mani a coppa intorno agli occhi e il bacino all'indietro per non sporcarsi i pantaloni.

«Da qui non si vede niente.»

Boris, Stern e Rosa si fecero un cenno col capo e si posizionarono intorno all'entrata. Stern invitò Goran e Mila a stare indietro.

Fu Boris ad avvicinarsi. Non c'era un campanello, perciò bussò. Lo fece energicamente, col palmo della mano. Il rumore serviva a intimidire, mentre il tono di voce di Boris si manteneva volutamente calmo.

«Signora, qui è la polizia. Apra, per favore...»

Era una tecnica di pressione psicologica per far perdere l'orientamento all'interlocutore: rivolgerglisi con falsa pazienza e, contemporaneamente, mettendogli fretta. Ma in questo caso non funzionò, perché in casa sembrava non esserci nessuno.

«Va bene: entriamo», propose Rosa, che era la più impaziente di verificare.

«Dobbiamo aspettare che Roche ci chiami per dirci che ha ottenuto il mandato», rispose Boris e guardò l'ora: «Non dovrebbe metterci troppo...»

«'Fanculo Roche e 'fanculo il mandato!» si oppose Rosa. «Potrebbe esserci qualsiasi cosa là dentro!»

Goran intervenne: «Ha ragione lei: entriamo».

Da come tutti accolsero la decisione, Mila ebbe la conferma che Goran contava più di Roche in quel piccolo consesso.

Si disposero davanti alla porta. Boris tirò fuori un kit di cacciaviti e si mise a trafficare con la serratura. Dopo pochi istanti il congegno di apertura scattò. Tenendo la pistola bene in pugno, con l'altra mano spinse la porta di ferro.

La prima impressione fu di un luogo disabitato.

Un corridoio, stretto e spoglio. La luce del giorno non era sufficiente a illuminarlo. Rosa puntò la sua torcia e scorsero tre porte. Le prime due sulla sinistra, la terza in fondo.

La terza era chiusa.

Iniziarono ad avanzare nei locali. Boris davanti, dietro di lui Rosa, quindi Stern e Goran. Mila chiudeva la fila. Tranne il criminologo, avevano tutti in mano un'arma. Mila era solo «aggregata» alla squadra e non avrebbe potuto, ma la teneva infilata nei jeans, dietro la schiena, con le dita chiuse intorno al calcio, pronta a estrarla. Per questo era entrata per ultima.

Boris provò l'interruttore che era su una delle pareti. «Non c'è luce.»

Sollevò la torcia per guardare nella prima delle tre stanze. Era vuota. Sul muro si poteva notare una macchia di umido che risaliva dalle fondamenta, mangiandosi come un cancro tutto l'intonaco. I tubi del riscaldamento e quelli degli scarichi s'incrociavano sul soffitto. Sul pavimento si era creata una pozza di liquami.

«Che fetore!» disse Stern.

Nessuno avrebbe potuto vivere in quelle condizioni.

«A questo punto è evidente che non c'è alcuna amante», disse Rosa.

«Allora cos'è questo posto?» si domandò Boris.

Arrivarono nei pressi della seconda stanza. La porta era rigida sui cardini arrugginiti, lievemente discosta dal muro: quell'angolo poteva offrire un facile rifugio a un eventuale aggressore. Boris la spalancò con un calcio, ma dietro non c'era nessuno. La stanza era del tutto identica alla prima. Le piastrelle del pavimento erano saltate, lasciando scoperto il cemento che ricopriva le fondamenta. Non c'erano mobili, solo lo scheletro d'acciaio di un divano. Proseguirono oltre.

Restava un ultimo locale. Quello in fondo al corridoio, la cui porta era chiusa.

Boris sollevò le prime due dita della mano sinistra, portandosele agli occhi. Un segno concordato con Stern e Rosa che presero posizione ai lati della porta. Quindi il giovane poliziotto indietreggiò di un passo, caricò un calcio e lo scagliò contro il punto in cui c'era la maniglia. La porta si spalancò e i tre agenti si misero subito in linea di tiro, illuminando contemporaneamente con le torce ogni angolo. Non c'era nessuno.

Goran si spinse fra loro, lasciando scivolare la mano col guanto di lattice sulla parete. Trovò l'interruttore. Dopo due brevi singhiozzi, si accese un neon sul soffitto, facendo ricadere sulla stanza la sua luce polverosa. Era un ambiente del tutto diverso dagli altri. Per prima cosa era pulito. Le pareti non presentavano segni d'umidità, perché erano rivestite di carta plastificata e impermeabile. Qui il pavimento aveva ancora le piastrelle, ed erano sane. Non c'erano finestre, ma un condizionatore d'aria entrò in azione dopo qualche secondo. L'impianto elettrico era esterno ai muri, segno che era stato aggiunto dopo. Canaline di plastica conducevano i cavi all'interruttore che aveva permesso a Goran di attivare la luce, ma anche a una presa di corrente sul lato destro della stanza dove, appoggiato al muro, c'era un tavolino con una sedia per ufficio. E, sopra il tavolo, un personal computer spento.

Era l'unico arredo, fatta eccezione per una vecchia poltrona di pelle che invece si trovava accostata alla parete opposta, a sinistra.

«A quanto pare, ad Alexander Bermann interessava solo questa camera», disse Stern rivolgendosi a Goran.

Rosa avanzò nel locale, dirigendosi verso il computer: «Sono sicura che lì ci sono le risposte che stiamo cercando».

Ma Goran la fermò, trattenendola per un braccio. «No, è meglio procedere con ordine. Ora usciamo tutti di qui per non alterare l'umidità dell'ambiente.» Quindi si rivolse a Stern: «Chiama Krepp perché venga con la sua squadra a rilevare le impronte. Io avverto Roche».

Mila osservò attentamente la luce che brillava negli occhi del criminologo. Era convinta che fosse sicuro di essere molto vicino a qualcosa d'importante.

Si passò le dita sulla testa, come se si stesse pettinando i capelli, che però non aveva. Gli era rimasto solo un folto collarino sulla nuca, da cui spuntava una coda di cavallo che scendeva sulla schiena. Un serpente verde e rosso si allungava sull'avambraccio destro, con le fauci che si aprivano sulla mano. Anche l'altro braccio aveva un tatuaggio simile, come nella porzione di torace che s'intravedeva sotto al camice. In mezzo agli svariati piercing che gli ricoprivano il volto c'era Krepp, l'esperto della scientifica.

Mila era rapita dal suo aspetto, così lontano da quello di un comune sessantenne. Pensò: "Ecco come finiscono i punk quando invecchiano". Eppure, fino a qualche anno prima, Krepp era un normalissimo signore di mezz'età, abbastanza austero e piuttosto grigio nei modi. Da un giorno all'altro, il cambiamento. Ma, dopo che tutti avevano verificato che quell'uomo non era affatto uscito di senno, nessuno aveva più detto una parola sul suo nuovo look, perché Krepp era il migliore nel suo campo.

Dopo aver ringraziato Goran per aver preservato l'umidità originaria della scena, Krepp si era messo subito al lavoro. Aveva trascorso un'ora nella stanza con la sua squadra, tutti muniti di camice e con le maschere sul volto per proteggersi dalle sostanze che utilizzavano per rilevare le impronte, poi era uscito dal seminterrato e si era avvicinato al criminologo e a Roche, che nel frattempo li aveva raggiunti.

«Come va Krepp?» l'aveva salutato l'ispettore capo.

«Questa storia del cimitero di braccia mi sta mandando fuori di testa», esordì l'esperto. «Stavamo ancora analizzando quegli arti in cerca di un'impronta utile, quando ci avete chiamati.»

Goran sapeva che rilevare un'impronta sulla pelle umana era la cosa più difficile in assoluto, per via di una possibile contaminazione, o per la sudorazione del soggetto da esaminare o, se si tratta di tessuti di un cadavere come nel caso delle braccia, per via dei fenomeni putrefattivi.

«Ho provato con i fumi di iodio, con il krome-kote e perfino con l'elettronografia.»

«Che roba sarebbe?» chiese il criminologo.

«È il metodo più moderno per cogliere le impronte lasciate sulla pelle: una radiografia in emissione elettronica... Quel maledetto Albert è piuttosto abile nel non lasciare impronte», disse Krepp. E Mila notò che era rimasto l'unico a riferirsi all'assassino con quel nome, perché per gli altri aveva ormai assunto l'identità di Alexander Bermann.

«Allora cosa abbiamo qui, Krepp?» chiese Roche che era stanco di sentire cose che non gli servivano.

Il tecnico si sfilò i guanti e tenendo lo sguardo sempre basso, iniziò a descrivere ciò che avevano fatto: «Abbiamo usato la ninidrina, l'effetto non era del tutto nitido al laser, così l'ho migliorata col cloruro di zinco. Abbiamo rilevato alcune serie d'impronte sulla carta da parati adesiva accanto all'interruttore della luce e sul rivestimento poroso del tavolo. Per il computer è stato più difficile: le impronte si sovrapponevano, avremmo bisogno del cianoacrilato, ma dovremmo portare la tastiera nella camera barica e...»

«Dopo. Non abbiamo tempo di procurarci una tastiera sostitutiva e dobbiamo analizzare il computer ora», lo interruppe Roche che aveva fretta di sapere. «Insomma: le impronte appartengono a una sola persona...»

«Sì, sono tutte di Alexander Bermann.»

La frase colpì tutti, tranne uno: colui che sapeva già la risposta. E la conosceva sin dal momento in cui avevano messo piede in quel seminterrato.

«A quanto pare, Priscilla non è mai esistita», disse infatti Gavila.

Lo affermò senza guardare Mila, che avvertì una fitta all'orgoglio quando lui la privò del conforto del suo sguardo.

«C'è un'altra cosa...» Krepp aveva ripreso a parlare. «La poltrona di pelle.»

«Cosa?» domandò Mila, emergendo dal silenzio.

Krepp la guardò come quando si nota qualcuno per la prima volta, poi abbassò gli occhi sulle sue mani bendate, lasciandosi scappare un'espressione stranita. Mila non poté fare a meno di pensare che era proprio assurdo che Krepp, conciato com'era, guardasse *lei* in quel modo. Ma non si scompose.

«Non ci sono impronte sulla poltrona.»

«Ed è strano?» domandò Mila.

«Non saprei», si limitò ad affermare Krepp. «Dico solo che ce ne sono dappertutto ma lì sopra no.»

«Però abbiamo le impronte di Bermann su tutto il resto: che c'importa, giusto?» si inserì Roche. «Ci bastano per incastrarlo come si deve... E, se proprio volete saperlo, a me questo tizio piace sempre meno.» E Mila pensò che invece doveva piacergli proprio parecchio visto che era la soluzione per tutti i suoi grattacapi.

«Allora cosa faccio con la poltrona, continuo ad analizzarla?»

«Fregatene di quella dannata poltrona e lascia che i miei uomini diano un'occhiata al personal computer.»

Sentendosi chiamare in causa in quel modo, quelli della squadra cercarono di non incrociare gli sguardi per non ridere. A volte il tono da sergente di ferro usato da Roche poteva essere paradossale più dell'aspetto di Krepp.

L'ispettore capo si allontanò verso l'auto che l'aspettava alla fine dell'isolato, non senza aver prima rinfrancato i suoi con un: «Forza ragazzi, conto su di voi».

Quando fu abbastanza lontano, Goran si rivolse a tutti. «Va bene», disse, «vediamo cosa c'è in quel computer.»

Ripresero possesso della stanza. Le pareti rivestite di plastica la facevano somigliare a un grande embrione, e il covo di Alexander Bermann stava per schiudersi solo per loro. Almeno era quello che speravano. Indossarono i guanti di lattice. Poi Sarah Rosa si sedette al terminale: ora toccava a lei.

Prima di accendere il PC, collegò un piccolo congegno a una delle porte USB. Stern accese un registratore, poggiandolo accanto alla tastiera. Rosa descrisse l'operazione: «Ho connesso il computer di Bermann con una memoria esterna: nel caso il PC andasse in stallo il dispositivo riverserà tutta la memoria in un lampo».

Gli altri erano in piedi dietro di lei, raccolti in silenzio.

Accese il computer.

Il primo segnale elettrico fu seguito dal tipico rumore dei drive che cominciavano ad avviarsi. Tutto sembrava normale. Con una certa lentezza, il PC iniziò a risvegliarsi dal letargo. Era un vecchio modello ormai fuori produzione. Sullo schermo apparvero nell'ordine i dati del sistema operativo che, poco dopo, lasciarono il posto all'immagine del desktop. Niente di importante: solo una schermata azzurra con le icone di programmi molto diffusi.

«Sembra il computer di casa mia», azzardò Boris. Ma la battuta non fece ridere nessuno.

«Va bene... Adesso vediamo cosa c'è nella cartella Documenti del signor Bermann...»

Rosa cliccò sulla cartella. Vuota. Come lo erano anche quella Immagini e quella Dati recenti.

«Non ci sono file di testo... È molto strano», notò Goran.

«Forse gettava via tutto alla fine di ogni sessione», suggerì Stern.

«Se è vero, posso cercare di recuperarli», affermò Rosa, sicura. Quindi inserì un cd nell'apposito lettore e scaricò rapidamente un software che sarebbe stato capace di riacquisire qualsiasi file cancellato.

La memoria dei computer non si svuota mai completamente ed è quasi impossibile cancellare certi dati, che è come se si imprimessero indelebilmente. Mila ricordava di aver sentito dire da qualcuno che quel composto di silicio, imprigionato in ogni computer, funziona un po' come il cervello umano. Anche quando sembra che abbiamo dimenticato qualcosa, in realtà da qualche parte nella nostra testa c'è un gruppo di cellule che trattiene quell'informazione e magari ce la fornirà di nuovo all'occorrenza sotto forma, se non d'immagini, d'istinto. Non è essenziale ricordare la prima volta che ci siamo scottati col fuoco da bambini. Ciò che conta è che quella conoscenza, depurata da tutte le circostanze biografiche in cui si è formata, ci rimarrà impressa nella mente per riaffiorare tutte le volte che ci avvicineremo a qualcosa di caldo. Questo pensò Mila guardandosi ancora una volta le mani fasciate... A quanto pareva, in una parte di lei era conservata l'informazione sbagliata.

«Qui non c'è nulla.»

Fu la sconsolata constatazione di Rosa a riportare Mila alla realtà. Il computer era completamente vuoto.

Ma Goran non ne era convinto. «C'è un web browser.»

«Però il computer non è connesso a Internet», fece notare Boris.

Sarah Rosa, invece, capì dove voleva andare a parare il criminologo. Afferrò il cellulare e controllò le tacche sul display: «C'è campo... Può essersi connesso con il telefonino».

Rosa aprì subito la schermata del browser di Internet e controllò la lista degli indirizzi nella cronologia. Ce n'era soltanto uno.

«Ecco cosa faceva Bermann qui dentro!»

Era una sequenza di numeri. L'indirizzo era un codice.

http://4589278497.89474525.com

«Probabilmente è l'indirizzo di un server riservato», ipotizzò Rosa.

«Che significa?» domandò Boris.

«Che non ci arrivi attraverso un motore di ricerca e per entrarci devi avere una chiave. È probabile che sia contenuta direttamente nel computer. Ma se non è così, rischiamo di farci negare per sempre l'accesso.»

«Allora dobbiamo essere prudenti e fare esattamente come faceva Bermann...» disse Goran e poi si voltò verso Stern: «Abbiamo il suo cellulare?»

«Sì, ce l'ho in macchina insieme al suo computer di casa.»

«Allora vai a prenderlo...»

Quando Stern fu di ritorno, li trovò in silenzio. Lo aspettavano con impazienza palese. L'agente passò a Rosa il cellulare di Bermann e lei lo collegò al computer. Subito dopo, avviò la connessione. Il server ci mise un po' a riconoscere la chiamata. Stava elaborando i dati. Poi iniziò a caricarli velocemente.

«A quanto pare ci fa entrare senza problemi...»

Attesero con gli occhi puntati sul monitor l'immagine che sarebbe apparsa da lì a qualche istante. Poteva essere qualsiasi cosa, pensò Mila. Una fortissima tensione univa ora i membri della squadra, come una carica di energia che correva fra un corpo e l'altro. La si poteva percepire nell'aria.

Il monitor cominciò a comporsi di pixel che si disposero ordinatamente sulla sua superficie come piccoli pezzi di un puzzle. Ma quello che videro non era ciò che si aspettavano. L'energia, che fino a poco prima aveva pervaso l'ambiente, si esaurì all'istante e l'entusiasmo svanì.

Lo schermo era nero.

«Deve esserci un sistema di protezione», annunciò Rosa, «che ha interpretato il nostro tentativo come un'intrusione.»

«Hai nascosto il segnale?» domandò Boris, inquieto.

«Certo che l'ho nascosto!» si stizzì la donna. «Mi hai preso per un'imbecille? Probabilmente c'era un codice, o qualcosa...»

«Qualcosa tipo *login* e *password*?» chiese Goran che voleva capirne di più.

«Qualcosa del genere», gli rispose distrattamente Rosa. Poi però completò la risposta: «Quello che avevamo noi era un indirizzo per una connessione diretta. Login e password sono meccanismi di sicurezza superati: lasciano tracce e possono sempre ricondurre a qualcuno. Chi entra qui vuole rimanere anonimo».

Mila non aveva ancora detto una parola e quei discorsi la innervosivano. Respirava profondamente e stringeva i pugni facendo scrocchiare le dita. C'era qualcosa che non quadrava, ma lei non riusciva a capire cosa fosse. Goran si voltò verso di lei per un attimo, come se fosse stato punto dal suo sguardo. Mila fece finta di non accorgersene.

Intanto il clima nella sala si stava surriscaldando. Boris aveva deciso di sfogare su Sarah Rosa la sua frustrazione per quel buco nell'acqua. «Se pensavi che ci potesse essere una barriera all'entrata, perché non hai seguito una procedura di connessione parallela?»

«Perché non l'hai suggerito tu?»

«Perché, che succede in questi casi?» chiese Goran.

«Succede che quando un sistema come questo va in protezione non c'è più modo di penetrarlo!»

«Cercheremo di formulare un nuovo codice e faremo un altro tentativo», propose Sarah Rosa.

«Davvero? Saranno milioni di combinazioni!» la schernì Boris.

«Vaffanculo! Vuoi darmi per forza tutta la colpa?»

Mila continuò in silenzio ad assistere a quella strana resa dei conti.

«Se qualcuno aveva qualche idea da proporre o qualche consiglio da dare, poteva farlo prima!»

«Ma se ci salti al collo ogni volta che apriamo bocca!»

«Senti Boris, lasciami stare! Potrei anche farti notare che...»

«Che cos'è quello?»

La frase di Goran calò fra i contendenti come uno sbarramento. Il tono non era allarmato, né spazientito, come invece Mila si sarebbe aspettata, ma provocò lo stesso l'effetto di farli finalmente tacere.

Il criminologo stava indicando qualcosa davanti a sé. Seguendo la linea del suo braccio teso, si ritrovarono a osservare nuovamente lo schermo del computer.

Non era più nero.

Nella parte superiore, confinata al margine sinistro, era apparsa una scritta.

- ci 6?

«Oh, cazzo!» esclamò Boris.

«Allora, che cos'è? Qualcuno di voi me lo sa dire?» chiese di nuovo Goran.

Rosa prese nuovamente posto davanti al monitor, con le mani protese verso la tastiera. «Siamo dentro», annunciò.

Gli altri si raccolsero intorno a lei per guardare meglio.

Il led luminoso sotto la frase continuava a lampeggiare, come in attesa di risposta. Che per il momento non arrivò.

- 6 tu?

«Insomma, qualcuno mi sa spiegare che succede?» Goran adesso stava perdendo la pazienza.

Rosa elaborò rapidamente una spiegazione. «È una *door*.»

«Cioè?»

«Una porta d'accesso. A quanto pare siamo all'interno di un sistema complesso. E questa è una finestra di dialogo: una specie di *chat*... Dall'altra parte c'è qualcuno, dottore.»

«E vuole parlare con noi...» aggiunse Boris.

«O con Alexander Bermann», lo corresse Mila.

«Allora cosa aspettiamo? Rispondiamo!» disse Stern con un tono d'urgenza nella voce.

Gavila guardò Boris: era lui l'esperto in comunicazione. Il giovane agente annuì e prese posto alle spalle di Sarah Rosa, per suggerirle meglio cosa scrivere.

«Digli che sei qui.»

E lei scrisse:

- Sì, ci sono.

Attesero qualche istante, poi sul monitor si compose un'altra frase.

- non ti facevi + vivo ero preoccupato

«Ok, è 'preoccupato' quindi è un maschio» disse Boris soddisfatto. Quindi dettò a Sarah Rosa la risposta successiva. Ma si raccomandò di usare solo lettere minuscole, come faceva il suo interlocutore, e poi spiegò che alcune persone si sentono intimorite dall'uso delle maiuscole. E loro volevano soprattutto che chi era dall'altra parte si sentisse a proprio agio.

- sono stato molto impegnato, tu come te la passi?
- mi anno fatto un saco di domande ma io non o deto niente

Qualcuno aveva fatto delle domande? A proposito di cosa?

L'impressione di tutti, e in particolar modo di Goran, fu subito che l'uomo con cui stavano parlando fosse coinvolto in qualcosa di losco.

«Forse è stato interrogato dalla polizia, ma non hanno ritenuto opportuno fermarlo», suggerì Rosa.

«O forse non avevano prove a sufficienza», le diede manforte Stern.

Nelle loro menti cominciò a delinearsi la figura di un complice di Bermann. Mila ripensò a ciò che era accaduto al motel, quando le era sembrato che qualcuno la seguisse sul piazzale ghiaioso. Non ne aveva fatto parola con nessuno, per timore che si fosse trattato soltanto di una sua sensazione.

Boris decise di chiedere al misterioso interlocutore:

- chi ti ha fatto le domande?

Pausa.

- loro
- loro chi?

Non ci fu risposta. Boris decise di ignorare quel silenzio e provò ad aggirare l'ostacolo domandando qualcosa di diverso.

- cosa gli hai detto?
- li o raccontato la storia che mi avevi deto tu e ha funzionato.

Più che l'oscurità di quelle parole, era la presenza di frequenti errori di grammatica a preoccupare Goran.

«Potrebbe essere una specie di codice di riconoscimento», spiegò. «Forse si aspetta che commettiamo anche noi degli errori. E se non lo facciamo, potrebbe terminare la comunicazione.»

«Ha ragione. Allora copia il linguaggio e inserisci i suoi stessi errori», suggerì Boris a Rosa.

Intanto sullo schermo apparve:

- o preparato tuto come volevi tu non vedo l'ora mi dirai tu cuando?

Quella conversazione non li stava portando da nessuna parte. Allora Boris chiese a Sarah Rosa di rispondere che presto
avrebbe saputo «quando», ma che per il momento era meglio
ricapitolare tutto il piano, per essere sicuri che funzionasse.

A Mila parve un'ottima idea, così avrebbero recuperato lo
svantaggio di conoscenza rispetto al loro interlocutore. Poco
dopo, questi rispose:

- il piano e: uscire di notte xchè così non mi vede
  nesuno. cuando sarano le 2. andare infondo alla
  strada. nascondermi nei cespugli. aspettare. le luci
  della machina si acenderano 3 volte. alora potro
  farmi vedere.

Nessuno ci capiva niente. Boris si guardò intorno, in cerca
di suggerimenti. Intercettò lo sguardo di Gavila: «Lei che ne
pensa, dottore?»

Il criminologo stava riflettendo. «Non lo so... C'è qualcosa
che mi sfugge. Non riesco a inquadrarlo.»

«Anch'io ho avuto la stessa sensazione», disse Boris. «Il tizio
che sta parlando sembra... sembra un menomato mentale o
qualcuno con un forte deficit psicologico.»

Goran si avvicinò di più a Boris: «Devi farlo venire allo scoperto».

«E come?»

«Non lo so... Digli che non sei più sicuro di lui e che stai
pensando di mandare tutto a monte. Digli che 'loro' stanno
addosso anche a te, e poi domandagli di darti una prova... Ecco: chiedigli di telefonarti a un numero sicuro!»

Rosa si affrettò a battere la domanda. Ma, nello spazio per la
risposta, rimase per un bel po' solo il led lampeggiante.

Poi sullo schermo cominciò a comporsi qualcosa.

- non posso parlare al telefono. loro mi ascoltano.

Era evidente: o era molto furbo o aveva davvero paura di essere spiato.

«Insisti. Giraci intorno. Voglio sapere chi sono 'loro'», disse
Goran. «Chiedigli dove si trovano in questo momento...»

La risposta non si fece attendere troppo.

- loro sono vicini.

« Chiedigli: quanto vicini? » insisté Goran.

- sono qui acanto a me.

« E questo cosa cazzo significa? » Boris sbuffò, portandosi le mani dietro la nuca in un gesto di esasperazione.

Rosa si lasciò cadere sulla spalliera della sedia e scosse il capo, sfiduciata. « Se 'loro' sono così vicini e lo tengono d'occhio, perché non possono vedere quello che sta scrivendo? »

« Perché lui non vede quello che stiamo vedendo noi. »

Era stata Mila a dirlo. E notò con piacere che non si erano voltati a guardarla come se avesse appena parlato un fantasma. Invece la sua considerazione riaccese l'interesse del gruppo.

« Cosa intendi dire? » chiese Gavila.

« Abbiamo dato per scontato che lui, come noi, avesse davanti uno schermo nero. Ma, secondo me, la sua finestra di dialogo è inserita in una pagina web in cui ci sono altri elementi: forse animazioni grafiche, scritte o immagini di qualche tipo... Ecco perché 'loro', pur essendo vicini, non possono rendersi conto che sta comunicando con noi. »

« Ha ragione! » disse Stern.

La stanza si riempì di nuovo di una strana euforia. Goran si rivolse a Sarah Rosa: « Possiamo vedere ciò che vede lui? »

« Certo », disse lei, « gli mando un segnale di riconoscimento e, quando il suo computer me lo rimbalza, avremo l'indirizzo Internet a cui è collegato. » Mentre spiegava tutto questo, l'agente stava già aprendo il suo notebook per creare una seconda connessione alla rete.

Poco dopo sullo schermo principale apparve:

- 6 ancora lì?

Boris guardò Goran: « Che rispondiamo? »
« Prendi tempo. Ma non insospettirlo. »
Boris scrisse di aspettare qualche secondo, perché avevano suonato alla porta e doveva andare ad aprire.

Intanto, sul notebook, Sarah Rosa riuscì a copiare l'indirizzo Internet da cui l'uomo stava comunicando. «Ecco, ci siamo...» annunciò.

Inserì i dati nella barra e premette invio.

Dopo pochi secondi, si compose una pagina web.

Nessuno avrebbe saputo dire se fu lo stupore o l'orrore a togliere a tutti le parole.

Sullo schermo gli orsi danzavano insieme alle giraffe, gli ippopotami battevano il ritmo sui bonghi e uno scimpanzè suonava l'ukulele. La stanza si riempì di musica. E mentre la foresta si animava tutt'intorno, una farfalla multicolore dava loro il benvenuto sul sito.

Si chiamava Priscilla.

Rimasero attoniti e increduli. Poi Boris spostò lo sguardo sullo schermo principale dove ancora spiccava la domanda:

- 6 ancora lì?

Fu solo allora che l'agente riuscì a pronunciare quelle pesantissime quattro parole: «Cazzo... È un bambino».

10

La parola più inserita nei motori di ricerca è *sex*. La seconda è *God*. E ogni volta che Goran ci pensava, si chiedeva anche perché mai qualcuno dovrebbe voler cercare Dio proprio su Internet. Al terzo posto in realtà ci sono due parole: *Britney Spears*. A pari merito con *death*, la morte.

Sesso, Dio, Morte e *Britney Spears*.

Invece, la prima volta che Goran aveva immesso il nome di sua moglie in un motore di ricerca era stato appena tre mesi prima. Non sapeva perché l'avesse fatto. Gli era venuto così, istintivo. Non si aspettava certo di trovarla, e infatti non l'aveva trovata. Però quello era ufficialmente l'ultimo posto dove aveva pensato di cercarla. Era possibile che sapesse così poco di lei? Da quel momento gli era scattato qualcosa dentro.

Aveva capito perché la stava inseguendo.

In realtà, non voleva sapere dove fosse. Sotto sotto, non gli importava affatto. L'informazione che gli premeva conoscere era se lei fosse *felice* in quel momento. Perché, in fondo, era questo che gli faceva rabbia: che lei si fosse sbarazzata di lui e di Tommy per poter essere felice altrove. Si può essere capaci di ferire qualcuno così profondamente per inseguire un egoistico desiderio di felicità? Evidentemente, sì. Lei l'aveva fatto e, quel che era peggio, non era tornata indietro per riparare, per porre rimedio a quella lesione, a quello strappo nella carne dell'uomo con cui lei stessa aveva scelto di condividere l'esistenza, e nella carne della sua stessa carne. Perché tornare indietro si può, si deve. C'è sempre un momento in cui, a forza di procedere e di guardare solo avanti, si percepisce qualcosa – un richiamo – e ci si volta un poco per vedere se laggiù ogni cosa è rimasta uguale, o se invece è cambiato qualcosa in chi ci siamo lasciati alle spalle, e in noi. Arriva quel momento, per tutti.

Perché non per lei? Perché non ci aveva neanche provato? Nessuna telefonata muta nel cuore della notte. Nessuna cartolina priva di parole. Quante volte Goran si era appostato fuori dalla scuola di Tommy sperando di sorprenderla a spiare il figlio di nascosto. Invece niente. Lei non c'era andata neanche per assicurarsi che stesse bene. E allora Goran aveva cominciato a chiederselo: che razza di persona aveva creduto di poter trattenere accanto a sé tutta la vita?

E allora in cosa, realmente, lui era così diverso da Veronica Bermann?

Anche quella donna era stata ingannata. Suo marito si era servito di lei per crearsi una facciata rispettabile, perché fosse lei a prendersi cura di ciò che lui possedeva: il suo nome, la sua casa, i suoi averi, ogni cosa. Perché, tanto, ciò che lui voleva era altrove. Ma, a differenza di Goran, quella donna aveva subodorato il baratro che si spalancava sotto la sua vita perfetta, ne aveva fiutato l'aroma imputridito. E aveva taciuto. Si era prestata all'inganno, anche senza prendervi parte. Era stata complice nel silenzio, compagna nella recita, sposa nel bene e nel male.

Goran, invece, non aveva mai sospettato che sua moglie potesse abbandonarlo. Non un'avvisaglia, un segno, neanche un sinistro scricchiolio su cui poter tornare con la memoria e dire: «Sì! Era così lampante e io, stupido, non me ne sono accorto». Perché avrebbe preferito scoprire di essere un pessimo marito, per poi dare la colpa a se stesso, a una sua negligenza, alla sua scarsa attenzione. Avrebbe voluto trovare in sé le ragioni: così almeno ne avrebbe avute. Invece no, solo silenzio. E dubbi. Al resto del mondo aveva offerto la versione più cruda dei fatti: lei se n'era andata, punto. Perché Goran sapeva che tanto ognuno avrebbe visto ciò che voleva. Qualcuno, il povero marito. Qualcun altro, l'uomo che doveva per forza averle fatto qualcosa per farla scappare. E si era subito immedesimato in quei ruoli, passando disinvoltamente dall'uno all'altro. Perché ogni dolore ha la sua prosa, e va rispettata.

E lei? Per quanto aveva finto lei? Chissà da quanto tempo maturava quell'idea. Chissà quanto c'era voluto per fecondarla con i sogni inconfessabili, con i pensieri nascosti sotto il cuscino ogni sera, mentre gli dormiva accanto. Tessendo quel desiderio con i gesti quotidiani, di madre, di moglie. Fino a rendere quelle fantasie un progetto, un piano. Un *disegno*. Chissà quando si era convinta o aveva capito che ciò che immaginava era realizzabile. La pupa tratteneva in sé il segreto di quella metamorfosi e intanto continuava a vivere accanto a loro, a lui e a Tommy. E si preparava, silenziosa, al cambiamento.

E dov'era ora? Perché lei continuava a vivere, ma altrove, in un universo parallelo, fatto di uomini e donne come quelli che incontrava Goran ogni giorno, fatto di case da mandare avanti, di mariti da sopportare, di figli da accudire. Un mondo uguale e banale, ma lontano da lui e da Tommy, con nuovi colori, nuovi amici, nuove facce, nuovi nomi. Cosa stava cercando lei in quel mondo? Qual era la cosa di cui aveva tanto bisogno e che qui non riusciva più a trovare? In fondo, siamo tutti alla ricerca di risposte in un universo parallelo, pensava Goran. Come quelli che nel web cercano *Sesso, Dio, Morte e Britney Spears*.

Alexander Bermann, invece, su Internet andava a caccia di bambini.

Era venuto fuori tutto subito. Dall'apertura del sito di *Priscilla la farfalla* sul computer di Bermann all'individuazione del server internazionale che gestiva quel sistema, tutto aveva cominciato ad assumere una forma.

Era un network di pedofili con ramificazioni in vari Stati.

Mila aveva ragione: c'era anche il « suo » maestro di musica.

L'unità speciale per i crimini sul web aveva identificato quasi un centinaio di abbonati. Erano scattati i primi arresti, altri ce ne sarebbero stati nelle ore successive. Pochi adepti, ma ben selezionati. Tutti insospettabili professionisti, abbienti e, perciò, disposti a sborsare grosse somme pur di preservare l'anonimato.

Fra questi, Alexander Bermann.

Mentre tornava a casa quella sera, Goran ripensava all'uomo mite, sempre sorridente e moralmente integro che risultava dalle descrizioni di amici e conoscenti di Bermann. Una maschera perfetta. Chissà perché aveva accostato il pensiero di Bermann a quello di sua moglie. O forse lo sapeva, ma non voleva ammetterlo. In ogni caso, una volta varcata la soglia avrebbe messo da parte quelle riflessioni e si sarebbe dedicato completamente a Tommy, come gli aveva promesso per telefono, quando gli aveva annunciato che sarebbe tornato prima. Suo figlio aveva accolto la notizia con entusiasmo e gli aveva domandato se potevano ordinare la pizza. Goran aveva acconsentito senza fatica, sapendo che sarebbe bastata quella piccola concessione per farlo contento. I bambini sanno spremere la felicità da tutto quello che gli capita.

Così Goran si era ritrovato a ordinare pizza coi peperoni per sé e con doppia mozzarella per Tommy. Avevano fatto insieme l'ordinazione per telefono, perché quello della pizza era un rituale che andava condiviso. Tommy aveva composto il numero e Goran aveva effettuato la richiesta. Poi avevano apparecchiato con i piatti larghi, acquistati appositamente. Tommy avrebbe bevuto succo di frutta, Goran si era concesso una birra. Prima di portarli a tavola, avevano messo i loro bicchieri nel freezer, in modo che diventassero opachi di brina e abbastanza freddi per accogliere le bevande.

Ma Goran era tutt'altro che sereno. La sua mente correva ancora a quella perfetta organizzazione. Gli agenti dell'unità speciale per i crimini sul web avevano scovato un database con più di tremila nomi di bambini, corredati di indirizzo e fotografie. Il network si serviva di falsi domini dedicati all'infanzia per attirare le vittime nella trappola. *Priscilla la farfalla*. Animali, videogiochi colorati, innocue musichette facevano il resto... Così simili a quelle dei cartoni che Goran e Tommy avevano guardato insieme dopo cena su un canale satellitare. La tigre azzurra e il leone bianco. Mentre il figlio era rannicchiato su di lui, completamente concentrato sulle avventure dei due amici della foresta, Goran l'aveva osservato.

"Devo proteggerlo", si era detto.

E l'aveva pensato con una paura strana in fondo al petto, un nodo scuro e appiccicoso. Il timore di non fare abbastanza, di non essere abbastanza. Perché un genitore solo non può bastare. Anche se, in fondo, lui e Tommy se la cavavano. Ma cosa sarebbe accaduto se dietro la schermata nera del computer di Bermann, invece di quel bambino sconosciuto, ci fosse stato il suo Tommy? Sarebbe stato in grado di accorgersi che qualcuno stava cercando di penetrare nella mente e nella vita del figlio?

Mentre Tommy finiva i compiti, Goran si era rintanato nello studio. Non erano neanche le diciannove e così s'era messo a sfogliare di nuovo il dossier di Bermann, trovando vari spunti di riflessione che avrebbero potuto essere utili all'indagine.

Primo fra tutti, quella poltrona di pelle che era nel seminterrato e su cui Krepp non aveva rinvenuto impronte.

"Su tutto il resto sì, ma lì sopra no... Perché?"

Era sicuro che ci fosse una ragione anche per quello. Eppure, ogni volta che gli sembrava di aver afferrato un concetto, la sua mente scivolava altrove. Ai pericoli che circondavano la vita di suo figlio.

Goran era un criminologo, sapeva di che materia era fatto il male. Ma l'aveva sempre osservato a distanza, da studioso. Non si era mai fatto corrompere dall'idea che quello stesso male potesse allungare in qualche modo la sua mano ossuta, fino a toccarlo. Ora invece ci pensava.

Quando si diventa un « mostro »?

Quella definizione, che ufficialmente aveva bandito, tornava ora nel segreto della sua mente. Perché voleva sapere com'è che succede. Quando ci si accorge di aver varcato quel confine.

Bermann apparteneva a un'organizzazione perfetta, con una gerarchia e relativi statuti. L'agente di commercio vi era entrato nel periodo dell'università. Ai tempi Internet non era ancora considerato un terreno di caccia e richiedeva impegno restare nell'ombra e non destare sospetti. Per questo agli adepti veniva consigliato di crearsi una vita esemplare e sicura in cui occultare la propria vera natura e rifugiare le proprie pulsioni. Mimetizzarsi, confondersi e scomparire: erano le parole chiave di quella strategia.

Bermann era tornato dall'università con già in mente l'idea, chiarissima, di ciò che avrebbe fatto. Per prima cosa, si era messo sulle tracce di una vecchia amica che non vedeva da anni.

Quella Veronica che non era mai stata abbastanza carina perché i ragazzi – compreso lui – s'interessassero a lei. Le aveva fatto credere che il suo fosse un amore covato per tanto tempo e celato timidamente. E lei, come previsto, aveva accettato subito di sposarlo. I primi anni di matrimonio erano trascorsi come per tutte le coppie, fra alti e bassi. Di frequente si assentava per lavoro. In realtà approfittava spesso dei viaggi per incontrare altri come lui o per adescare le sue piccole prede.

Con l'avvento di Internet era diventato più facile. I pedofili si erano impadroniti immediatamente di quell'incredibile strumento che permetteva non solo di agire protetti dall'anonimato, ma anche di manipolare le vittime attraverso ingegnose trappole.

Ma Alexander Bermann non poteva ancora completare il suo piano di perfetto mimetismo, perché Veronica non riusciva a dargli un erede. Era quello il tassello mancante, il dettaglio che avrebbe fatto di lui un vero insospettabile: perché un padre di famiglia non s'interessa ai figli degli altri.

Il criminologo scacciò via la rabbia che gli era salita fino in gola e richiuse il dossier che era andato ingrossandosi nelle ultime ore. Non voleva più leggerlo. Anzi, voleva solo andarsene a letto a stordirsi di sonno.

Chi se non Bermann poteva essere Albert? Anche se dovevano ancora ricollegarlo al cimitero di braccia e alla scomparsa di tutte e sei le bambine, e ritrovare i cadaveri mancanti, nessuno più di lui avrebbe meritato di assumere le vesti del carnefice.

Ma più ci pensava, meno ne era convinto.

Alle venti Roche avrebbe annunciato ufficialmente la cattura del colpevole in un'affollata conferenza stampa. Goran si rese conto che l'idea che adesso lo tormentava, in realtà aveva cominciato a ronzargli in testa subito dopo aver scoperto il segreto di Bermann. Indugiando, vaga come nebbia, se n'era rimasta acquattata per tutto il pomeriggio in un angolo della sua mente. Però, nell'ombra in cui si era rintanata, continuava a pulsare, per dimostrargli che invece era lì, ed era viva. Solo ora, nella quiete di casa sua, Goran aveva deciso di conferirle la consistenza di un pensiero compiuto.

"C'è qualcosa che non quadra in questa storia... Pensi che Bermann non sia il colpevole? Oh, certo che lo penso: quell'uomo era un pedofilo. Ma non ha ucciso lui le sei bambine. Lui non c'entra nulla... Come fai a esserne così sicuro?...

Perché se Alexander Bermann fosse davvero il nostro Albert, avremmo trovato l'ultima bambina nel suo bagagliaio – la numero sei – e non Debby, la prima. Se ne sarebbe già dovuto disfare da un pezzo..."

E, proprio mentre prendeva coscienza di questa deduzione, il criminologo guardò l'ora: pochi minuti alla conferenza stampa delle venti.

Doveva fermare Roche.

L'ispettore capo aveva convocato le principali testate giornalistiche appena le informazioni sulla svolta nel caso Bermann erano cominciate a circolare. Il pretesto ufficiale era che non voleva che i cronisti si trovassero fra le mani notizie di seconda mano, magari filtrate malamente da qualche fonte confidenziale. In realtà, lo preoccupava che la storia potesse trapelare interamente per altre vie, escludendolo così dalla ribalta.

Roche era bravo a gestire tali eventi, sapeva calibrare l'attesa e provava un certo gusto a tenere sulla corda la stampa. Per questo iniziava quegli incontri con qualche minuto di ritardo, lasciando intendere che in quanto capo dell'unità era sempre incalzato dagli sviluppi dell'ultima ora.

L'ispettore si godeva il brusio che proveniva dalla sala stampa attigua al suo ufficio: era come energia che alimentava il suo ego. Intanto se ne stava tranquillamente seduto, coi piedi sollevati sulla scrivania che aveva ereditato dal predecessore, del quale era stato il vice per tanto tempo – troppo, secondo lui – e che non si era fatto scrupolo di silurare otto anni prima.

Le linee sul suo telefono avevano continuato a illuminarsi senza sosta. Ma non aveva intenzione di rispondere: voleva far salire la tensione.

Bussarono.

«Avanti», disse Roche all'indirizzo della porta.

Appena varcò la soglia, Mila scorse un ghigno compiaciuto sul volto dell'ispettore capo. Si era chiesta perché diavolo volesse vederla.

«Agente Vasquez, volevo ringraziarla personalmente per il prezioso contributo che ha fornito a questa indagine.»

Mila sarebbe arrossita se non avesse capito che quello era solo il calcolato preludio per disfarsi di lei. «Non mi sembra di aver fatto molto, signore.»

Roche impugnò un tagliacarte e iniziò a pulirsi le unghie con la punta. Poi, con tono distratto, proseguì: «Invece è stata utilissima».

«Non sappiamo ancora l'identità della sesta bambina.»

«Verrà fuori, come tutto il resto.»

«Signore, chiedo il permesso di completare il mio lavoro, almeno per un paio di giorni. Sono sicura di poter pervenire a un risultato...»

Roche lasciò il tagliacarte, tolse i piedi dalla scrivania e si alzò per dirigersi verso Mila. Con il più scintillante dei sorrisi, le prese la mano destra, ancora fasciata, e gliela strinse, senza accorgersi che così le faceva male. «Ho parlato con il suo superiore: il sergente Morexu mi ha assicurato che riceverà un encomio per questa storia.»

Quindi l'accompagnò verso l'uscita.

«Faccia buon viaggio, agente. E si ricordi di noi, ogni tanto.»

Mila annuì, perché non c'era nient'altro da dire. Nel giro di qualche secondo si ritrovò oltre la soglia a osservare l'uscio dell'ufficio che si richiudeva.

Avrebbe voluto discutere la questione con Goran Gavila, perché era sicura che non fosse al corrente del suo improvviso congedo. Ma se n'era già andato a casa. Qualche ora prima l'aveva sentito mentre prendeva accordi al telefono per la cena. A giudicare dal tono che stava usando, la persona dall'altra parte non doveva avere più di otto, nove anni. Avrebbero ordinato una pizza.

Mila aveva capito che Goran aveva un figlio. Chissà se c'era anche una donna nella sua vita, e se anche lei avrebbe condiviso la piacevole serata che padre e figlio stavano preparando. Aveva provato un moto d'invidia per lei, senza sapere il perché.

Restituì il badge all'ingresso e le consegnarono una busta con un biglietto ferroviario per far ritorno a casa. Stavolta nessuno l'avrebbe accompagnata alla stazione. Avrebbe dovuto chiamarsi un taxi, con la speranza che il suo comando le avrebbe rimborsato la spesa, e passare dal motel per ritirare la sua roba.

Una volta in strada, Mila scoprì però di non avere fretta. Si guardò intorno, respirò quell'aria che le sembrò all'improvviso limpidissima e quieta. La città appariva come immersa in un'innaturale bolla di freddo, in equilibrio sul limite di un imminente evento meteorologico. Un grado in più o in meno e tutto sarebbe cambiato. Quell'aria rarefatta celava la prematura promessa di una nevicata. Oppure tutto sarebbe rimasto come adesso, immobile.

Levò dalla busta il biglietto ferroviario: mancavano ancora tre ore al treno. Ma era ad altro che stava pensando. Chissà se quel lasso di tempo sarebbe stato sufficiente a compiere ciò che le premeva? Non c'era modo di saperlo, se non quello di provarci. In fondo, se si fosse rivelato un buco nell'acqua, nessuno l'avrebbe saputo. E lei non poteva andarsene con quel dubbio.

Tre ore. Se le sarebbe fatte bastare.

Aveva noleggiato una macchina ed era in viaggio da circa un'ora. Le cime dei monti ritagliavano il cielo davanti a lei. Case in legno, dal tetto spiovente. Dai camini si levava fumo grigio, profumato di resina. La legna ordinata nei cortili. Dalle finestre, una luce ocra e confortevole.

Percorrendo la Statale 115, Mila aveva imboccato l'uscita 25. Era diretta al collegio che aveva ospitato Debby Gordon. Voleva vedere la sua stanza. Era convinta che lì avrebbe trovato qualcosa che l'avrebbe ricondotta alla bambina numero sei, al suo nome. Anche se per l'ispettore capo Roche ormai era praticamente inutile, Mila non poteva lasciarsi alle spalle quell'identità incompiuta. Era un piccolo gesto di pietà. Non era ancora stata diffusa la notizia che le bambine scomparse non erano soltanto cinque, perciò nessuno aveva ancora avuto la possibilità di piangere la sesta vittima. E non l'avrebbero fatto senza un nome, questo Mila lo sapeva. Sarebbe diventata la macchia bianca su una lapide, la pausa silenziosa alla fine di un breve elenco di nomi, solo un numero da aggiungere alla fredda contabilità della morte. E lei non poteva assolutamente permetterlo.

In realtà c'era un'altra idea che la ossessionava, per la quale aveva percorso tutti quei chilometri. Era per quel suo solletico alla base del collo...

La poliziotta giunse a destinazione che erano da poco passate le ventuno. Il collegio si trovava in un grazioso borgo, a milleduecento metri d'altezza. Le strade a quell'ora erano deserte. L'edificio scolastico si trovava poco fuori il paese, su una collina circondata da un bel parco, con un maneggio e campi da tennis e da basket. Per arrivarci si doveva percorrere un lungo viale, su cui si attardavano gli studenti che tornavano dalle attività sportive. Le risate cristalline di quei giovani infrangevano la consegna del silenzio.

Mila li superò e parcheggiò sul piazzale. Poco dopo si presentò alla segreteria chiedendo di poter visitare la camera di Debby, con la speranza che nessuno facesse storie. Dopo essersi consultata con un superiore, l'addetta tornò da lei e le disse che poteva andare. Per sua fortuna la madre di Debby dopo il loro colloquio aveva telefonato per annunciare la sua visita. L'addetta le consegnò una targhetta di riconoscimento su cui c'era scritto « Visitatore » e le indicò la strada.

Mila s'inoltrò nei corridoi, fino all'ala che ospitava le stanze delle studentesse. Non fu difficile trovare quella di Debby. Le sue compagne avevano ricoperto la porta di nastrini e biglietti colorati. Dicevano che ne avrebbero sentito tanto la mancanza, che non l'avrebbero mai dimenticata. E c'era il prevedibilissimo « Rimarrai x sempre nei nostri cuori ».

Ripensò a Debby, alle telefonate fatte ai suoi perché la riportassero a casa, all'isolamento che una bambina della sua età, timida e impacciata, può patire a opera dei compagni in un posto come quello. E per questo trovò quei biglietti di cattivo gusto, una manifestazione ipocrita di un affetto tardivo. "Potevate accorgervi di lei quando era qui", pensò. "O quando qualcuno l'ha portata via proprio sotto i vostri occhi."

Dal fondo del corridoio provenivano urla e allegri schiamazzi. Superando i mozziconi di candele ormai spente che qualcuno aveva disposto lungo la soglia in segno di ricordo, Mila s'introdusse nel rifugio di Debby.

Richiuse la porta dietro di sé e fu subito silenzio. Allungò una mano verso un abat-jour e lo accese. La stanza era piccola. Di fronte c'era una finestra che dava direttamente sul parco. Addossata al muro, una scrivania molto ordinata era sovrastata da scaffali colmi di libri. A Debby piaceva leggere. Sulla destra c'era la porta del bagno, chiusa, e Mila decise che gli avrebbe dato un'occhiata per ultimo. Sul letto giacevano alcuni peluche che scrutarono la poliziotta con i loro occhi freddi e inutili, facendola sentire un'intrusa. La stanza era interamente tappezzata di poster e fotografie che ritraevano Debby a casa, con i compagni della sua vecchia scuola, le sue amiche e il suo cane Sting. Tutti affetti a cui era stata strappata per frequentare quel collegio esclusivo.

Debby era una bambina che nascondeva in sé i tratti di una bellissima donna, osservò Mila. I suoi coetanei se ne sarebbero accorti troppo tardi, pentendosi di non aver intravisto prima il cigno nascosto in quello sperduto anatroccolo. Ma, a quel punto, lei li avrebbe sapientemente ignorati.

Tornò con la memoria all'autopsia a cui aveva assistito, a quando Chang aveva liberato dalla plastica il volto ed era comparso fra i capelli il fermaglio con il giglio bianco. Il suo assassino l'aveva pettinata e Mila ricordò di aver pensato che l'avesse fatta bella per loro.

"Invece no, era bella per Alexander Bermann..."

Il suo sguardo fu attratto da una porzione di muro che era rimasta stranamente vuota. Vi si avvicinò e scoprì che, in vari punti, l'intonaco era scrostato. Come se prima ci fosse stato attaccato qualcosa che adesso non c'era più. Altre foto? Mila ebbe la sensazione che quel luogo fosse stato violato. Altre mani, altri occhi avevano sfiorato il mondo di Debby, i suoi oggetti, i suoi ricordi. Forse era stata la madre a prendere le foto dal muro, avrebbe dovuto verificarlo.

Stava ancora riflettendo su quella circostanza, quando un rumore la scosse. Veniva da fuori. Ma non dal corridoio, bensì da dietro la porta del bagno.

Si portò istintivamente la mano alla cintura, in cerca della pistola. Quando l'ebbe afferrata saldamente, si arrischiò ad alzarsi dalla posizione in cui si trovava, fino a mettersi di fronte al bagno con l'arma spianata. Ancora un rumore. Stavolta più nitido. Sì, lì dentro c'era qualcuno. Qualcuno che non si era accorto di lei. Qualcuno che, come lei, aveva pensato che quella fosse l'ora migliore per introdursi indisturbati nella stanza di Debby e portarsi via qualcosa... Prove? Il cuore le batteva all'impazzata. Non sarebbe entrata, avrebbe atteso.

La porta si aprì di colpo. Mila spostò il dito dalla posizione di sicurezza al grilletto. Poi, per fortuna, si bloccò. La ragazzina spalancò le braccia per lo spavento, lasciando cadere ciò che teneva fra le mani.

«Chi sei?» le domandò Mila.

La ragazzina balbettò: «Sono un'amica di Debby».

Mentiva. Mila ne era perfettamente consapevole. Rimise la pistola nella cintura e guardò per terra, gli oggetti che le erano caduti. C'erano una bottiglietta di profumo, alcuni flaconi di shampoo e un cappello rosso con le falde larghe.

«Sono venuta a riprendermi le cose che le avevo prestato», ma suonava più come una scusa. «Sono passate anche le altre prima di me...»

Mila riconobbe il cappello rosso in una delle fotografie sulla parete. Lo indossava Debby. E capì di essere stata testimone di un'attività di sciacallaggio che probabilmente si protraeva da qualche giorno a opera delle compagne di Debby. Non sarebbe stato strano se qualcuna di loro avesse preso le foto dal muro.

«Va bene», disse secca. «Ora vai via.»

La ragazzina ebbe un attimo di esitazione, poi raccolse quanto le era caduto in terra e uscì dalla stanza. Mila l'aveva lasciata fare. A Debby sarebbe piaciuto così. Quegli oggetti non sarebbero serviti a sua madre, che si sarebbe fatta una colpa per il resto della vita per averla mandata lì. In fondo, riteneva che la signora Gordon fosse stata in qualche modo «fortunata» – sempre che di fortuna si potesse parlare in questi casi – ad avere almeno il corpo della figlia da piangere.

Mila si mise quindi a frugare fra i quaderni e i libri. Voleva un nome e l'avrebbe avuto. Certo, sarebbe stato più facile se avesse trovato il diario di Debby. Era sicura che ne avesse uno a cui confidava le sue tristezze. E, come tutte le dodicenni, lo teneva in un posto segreto. Un posto non troppo lontano dal cuore, però. Dove l'avrebbe potuto prendere subito, quando ne avesse avuto bisogno. "E quand'è che abbiamo più bisogno di rifugiarci in ciò che abbiamo di più caro?" si domandò. Di notte, fu la risposta. Si piegò accanto al letto e tese la mano sotto il materasso, e tastò finché non trovò qualcosa.

Era una scatola di latta con dei coniglietti argentati, chiusa con un piccolo lucchetto.

L'appoggiò sul letto e si guardò intorno, in cerca del posto dove poteva essere nascosta la chiave. Ma ricordò improvvisamente di averla vista. Era stato durante l'autopsia del cadavere di Debby. Era appesa al braccialetto che portava al polso destro.

Lei l'aveva riconsegnato a sua madre e ora non c'era tempo per recuperare la chiave. Così decise di profanare la scatola. Facendo leva con una penna a sfera, riuscì a scardinare gli anelli intorno ai quali era serrato il lucchetto. Quindi sollevò il coperchio. All'interno c'era del pot-pourri di spezie, fiori secchi e legni profumati. Una spilla da balia macchiata di rosso che doveva essere servita per il rituale delle sorelle di sangue. Un fazzoletto di seta ricamato. Un orso di gomma con le orecchie mangiucchiate. Le candeline di una torta di compleanno. Il tesoro di ricordi di un'adolescente.

Ma nessun diario.

"Strano", si disse Mila. Le dimensioni della scatola e l'esiguità del restante contenuto avrebbero fatto pensare alla presenza di qualcos'altro. E così anche il fatto che Debby sentisse la necessità di preservare il tutto con un lucchetto. O forse non c'era proprio alcun diario.

Delusa per quel buco nell'acqua, guardò l'orologio: il treno era perso. Tanto valeva rimanere lì a cercare qualcosa che potesse ricondurla alla misteriosa amica di Debby. Già prima, mentre si addentrava fra gli oggetti della ragazzina, era tornata a galla quella sensazione che aveva provato già varie volte, senza riuscire mai ad afferrarla.

Solletico alla base del collo.

Non poteva andarsene di lì senza prima capire cosa fosse. Però aveva bisogno di qualcuno o di qualcosa che facesse da sponda ai suoi pensieri sfuggenti, per indirizzarne la traiettoria. Nonostante l'ora tarda, Mila prese una decisione sofferta ma necessaria.

Compose il numero di telefono di Goran Gavila.

«Dottor Gavila, sono Mila...»

Il criminologo rimase interdetto, senza dire una parola per un paio di secondi.

«Come posso aiutarti, Mila?»

Aveva un tono infastidito? No, era solo la sua impressione. La poliziotta esordì raccontandogli che a quell'ora doveva essere su un treno, e invece si trovava nella stanza di Debby Gordon al collegio. Preferì dirgli tutta la verità, e Goran la stette ad ascoltare. Quando ebbe finito ci fu un lungo silenzio dall'altra parte.

Mila non poteva saperlo, ma Goran stava fissando i pensili della sua cucina con in mano una tazza di caffè fumante. Il criminologo era ancora in piedi perché aveva provato più volte a contattare Roche per bloccarne il suicidio mediatico, ma inutilmente.

«Forse siamo stati un po' affrettati con Alexander Bermann.»

Mila si accorse che Gavila aveva parlato con un filo di voce, quasi che quella frase facesse fatica a sgorgargli dai polmoni.

«Lo credo anch'io», assentì. «E lei come c'è arrivato?»

«Perché aveva Debby Gordon nel bagagliaio. Perché non l'ultima bambina, invece?»

Mila recuperò la spiegazione di Stern a quella singolare circostanza: «Forse Bermann aveva commesso degli errori nell'occultamento del cadavere, dei passi falsi che avrebbero potuto farlo scoprire, e così la stava spostando in un luogo in cui nasconderla meglio».

Goran ascoltò, perplesso. Il suo respiro dall'altra parte si fece cadenzato.

«Che succede, ho detto qualcosa che non va?»

«No. Ma non sembravi molto convinta mentre lo dicevi.»

«No, in effetti», convenne lei dopo averci riflettuto.

«Manca qualcosa. O meglio, c'è qualcosa che non è *in armonia* con il resto.»

Mila sapeva che un buon poliziotto vive di percezioni. Non se ne fa mai parola nei rapporti ufficiali: per quelli vale solo la contabilità dei «fatti». Ma, visto che era stato Gavila a introdurre l'argomento, Mila si azzardò a parlargli delle sue sensazioni. «La prima volta è successo durante il rapporto del medico legale. È stata come una nota stonata. Ma non sono riuscita a trattenerla, e l'ho persa quasi subito.»

Solletico alla base del collo.

Sentì che Goran a casa sua spostava una sedia, e anche lei si sedette. Poi lui parlò: «Proviamo, per ipotesi, a escludere Bermann...»

«D'accordo.»

«Immaginiamo che l'artefice di tutto sia qualcun altro. Diciamo che questo tizio è spuntato fuori dal nulla e ha infilato una bambina col braccio mozzato nel bagagliaio di Bermann...»

«Bermann ce l'avrebbe detto, per sviare i sospetti da sé», asserì Mila.

«Non credo», replicò Goran, sicuro. «Bermann era un pedofilo: non avrebbe sviato un bel niente. Sapeva bene di essere spacciato. Si è ucciso perché non aveva scampo, e per coprire l'organizzazione di cui faceva parte.»

Mila ricordò che anche il maestro di musica si era ammazzato.

«Allora cosa dobbiamo fare?»

«Ripartire da Albert, il profilo neutro e impersonale che avevamo elaborato all'inizio.»

Mila si sentì per la prima volta veramente coinvolta nel caso. Il lavoro di squadra era un'esperienza nuova per lei. E non le dispiaceva operare insieme al dottor Gavila. Lo conosceva da poco ma aveva già imparato a fidarsi di lui.

«Il presupposto è che il rapimento delle bambine e il cimitero di braccia abbiano una ragione. Magari assurda, ma c'è. E, per spiegarla, ci serve conoscere il nostro uomo. Più lo conosciamo, più riusciremo a capirlo. Più lo capiamo, più ci avvicineremo a lui. È chiaro questo?»

«Sì... Ma, di preciso, qual è il mio ruolo?» gli chiese.

Il tono di Goran si fece più basso, la voce carica di energia: «È un predatore, no? Allora insegnami come fa a cacciare...»

Mila aprì il blocco che aveva portato con sé. Dall'altra parte lui sentì che sfogliava le pagine. La poliziotta iniziò a leggere i suoi appunti sulle vittime: «Debby, dodici anni. Scomparsa a scuola. I suoi compagni ricordano di averla vista uscire al termine delle lezioni. Al collegio si sono accorti della sua assenza solo durante l'appello serale».

Goran diede una lunga sorsata al suo caffè e chiese: «Ora parlami della seconda...»

«Anneke, dieci anni. All'inizio pensano tutti che si sia persa nei boschi... La numero tre si chiamava Sabine, era la più piccola: sette anni. È accaduto di sabato sera, mentre era coi suoi al luna park.»

«È quella che ha portato via dalla giostra, davanti agli occhi dei genitori. E in quel momento è scattato l'allarme in tutto il paese. Siamo intervenuti noi della squadra, ed è stato allora che è scomparsa anche la quarta bambina.»

«Melissa. La più grande: tredici anni. I suoi le avevano imposto il coprifuoco, ma il giorno del compleanno lei l'ha violato per andare a festeggiare con le amiche al bowling.»

«Ci arrivarono tutte, tranne Melissa», rammentò il criminologo.

«Caroline l'ha rapita dal suo letto, introducendosi in casa... E poi c'è la numero sei.»

«Quella dopo. Rimaniamo sulle altre, per ora.»

Goran si sentiva incredibilmente in sintonia con quella poliziotta. Era una cosa che non provava da tanto tempo.

«Ora ho bisogno che ragioni con me, Mila. Dimmi: come si comporta il nostro Albert?»

«Prima rapisce una bambina che è lontana da casa e che socializza poco. Così nessuno si accorgerà di niente e lui avrà del tempo...»

«Tempo per fare cosa?»

«È un test: vuole essere sicuro di riuscire in ciò che fa. E, con tempo a disposizione, può sempre disfarsi della vittima e sparire.»

«Per Anneke è già più rilassato, ma decide di rapirla lo stesso nel bosco, lontano da testimoni... E con Sabine come si comporta?»

«La prende davanti agli occhi di tutti: al luna park.»

«Perché?» la incalzò Goran.

«Per lo stesso motivo per cui rapisce Melissa quando sono già tutti all'erta o Caroline in casa sua.»

«Qual è questo motivo?»

«Si sente forte, ha acquistato sicurezza.»

«Bene», disse Goran: «Va' avanti... Adesso raccontami da capo la storia delle sorelle di sangue...»

«Si fa da piccole. Ci si punge il dito indice con una spilla da balia e poi si uniscono i polpastrelli recitando insieme una filastrocca.»

«Chi sono le due bambine?»

«Debby e la numero sei.»

«Perché Albert la sceglie?» si domandò Goran. «È assurdo. Le autorità sono in allarme, tutti cercano già Debby e lui torna addirittura per prendere la sua migliore amica! Perché correre un rischio del genere? Perché?»

Mila sapeva dove voleva arrivare il criminologo ma, anche se fu lei a dirlo, era stato lui a condurla fin lì. «Credo che sia una questione di *sfida*...»

Quell'ultima parola pronunciata da Mila ebbe l'effetto di aprire una porta chiusa nella testa del criminologo, che si alzò dalla sedia e cominciò a camminare per la cucina.

«Continua...»

«Ha voluto dimostrare qualcosa. Di essere il più furbo, per esempio.»

«Il migliore di tutti. È evidente che si tratta di un egocentrico, di un uomo affetto da un disturbo narcisistico della personalità... Ora, però, parlami della numero sei.»

Lei apparve spaesata. «Non sappiamo niente.»

«Tu parlamene lo stesso. Fallo con ciò che abbiamo...»

Mila ripose il blocco, era costretta a improvvisare adesso. «Va bene, vediamo... Ha approssimativamente l'età di Debby, perché erano amiche. Quindi sui dodici anni. Lo conferma anche l'analisi della calcificazione ossea.»

«Va bene... E poi?»

«Secondo la perizia medico legale è morta in maniera diversa.»

«Cioè? Ricordamelo...»

Andò alla ricerca della risposta sul blocco. «Le ha tranciato il braccio, come alle altre. Solo che nel suo sangue e nei suoi tessuti c'erano tracce di un cocktail di farmaci.»

Goran si fece ripetere i nomi delle medicine elencate da Chang. Antiaritmici come la disopiramide, ACE-inibitori, e l'atenololo che è un beta-bloccante...

Era questo che non lo convinceva.

«È questo che non mi convince», disse Mila. E Goran Gavila per un attimo fu attraversato dal sospetto che quella donna potesse leggergli nel pensiero.

«Lei, durante la riunione, ha detto che così Albert le ha ridotto i battiti cardiaci, abbassandole la pressione», fece notare Mila. «E il dottor Chang ha aggiunto che il suo fine era rallentare il dissanguamento, per farla morire più lentamente.»

Rallentare il dissanguamento. Farla morire più lentamente.

«Va bene, giusto, ora però parlami dei suoi genitori...»

« Quali genitori? » chiese Mila che non capiva.

« Non me ne frega niente se non c'è scritto sul tuo cavolo di notes! Voglio i tuoi pensieri, accidenti! »

Come faceva a sapere del notes? si domandò, scossa per quella reazione. Ma poi ricominciò a ragionare. « I genitori della sesta bambina non si sono presentati come gli altri per l'esame del DNA. Non sappiamo chi siano, perché non hanno denunciato la sua scomparsa. »

« Perché non l'hanno denunciata? Forse non lo sanno ancora? »

« Improbabile. »

Rallentare il dissanguamento.

« Forse era senza genitori! Forse era sola al mondo! Forse non gliene frega niente a nessuno di lei! » Goran si stava alterando.

« No, lei ce l'ha una famiglia. È come tutte le altre, ricorda? Figlia unica, madre che ha più di quarant'anni, coniugi che hanno deciso di avere un solo figlio. Lui non cambia, perché sono loro le sue vere vittime: è probabile che non avranno mai più figli. *Ha scelto le famiglie, non le bambine.* »

« Giusto », disse Goran, gratificandola. « E allora cosa? »

Mila ci pensò un po' su. « A lui piace *sfidarci*. Lui vuole la sfida. Come le bambine sorelle di sangue. E questo è un enigma... Ci sta mettendo alla prova. »

Farla morire più lentamente.

« Se esistono dei genitori, e lo sanno, allora perché non hanno denunciato la scomparsa? » insistette Goran, lasciando che il suo sguardo spaziasse sul pavimento della cucina. Aveva la sensazione che fossero vicini a qualcosa. Magari a una risposta.

« Perché hanno paura. »

La frase di Mila illuminò tutti gli angoli bui della stanza. E gli fece venire un prurito alla base del collo, una specie di solletico...

« Paura di cosa? »

La risposta era una diretta conseguenza di ciò che Mila aveva detto poco prima. In realtà non ce n'era bisogno, ma vollero lo stesso che quell'idea prendesse forma di parole, per afferrarla ed evitare che si dissolvesse.

«I suoi genitori hanno paura che Albert possa farle del male...»

«Ma come può, se lei è già morta?»

Rallentare il dissanguamento. Farla morire più lentamente.

Goran si fermò, piegandosi sulle ginocchia. Mila invece si alzò in piedi.

«Non ha rallentato il dissanguamento... *L'ha arrestato.*»

Ci arrivarono insieme.

«Oh, mio Dio...» disse lei.

«Sì... è ancora viva.»

11

La bambina apre gli occhi.

Trae un profondo respiro, come se fosse riemersa da un liquido abisso, mentre tante piccole mani invisibili la tirano ancora verso il basso. Ma lei si sforza di rimanere in equilibrio su quella veglia.

Una fitta improvvisa alla spalla sinistra la riporta in sé.

Il dolore è accecante, ma serve a restituirle un po' di lucidità. Cerca di ricordare dove si trova. Ha perso l'orientamento. È supina, questo lo sa. La testa le gira ed è circondata da una cortina di buio. Ha certamente la febbre e non può muoversi: si sente come schiacciata verso il basso. Solo due sensazioni riescono a permeare le nebbie di quel dormiveglia. L'odore di umido e di roccia, simile a quello di una caverna. E l'eco ripetuta e snervante di una goccia che cade.

Cos'è successo?

I ricordi riaffiorano uno per volta, intorno a lei. Allora le viene da piangere. Calde lacrime iniziano a scenderle lungo le guance, irrorando le labbra secche. È così che scopre di avere sete.

Sarebbero dovuti andare al lago quel fine settimana. Il papà, la mamma e lei. Erano giorni che non pensava ad altro. Alla gita in cui il padre le avrebbe insegnato a pescare. Aveva raccolto lombrichi in giardino, mettendoli in un barattolo. Si muovevano, erano vivi. Ma lei non ci aveva fatto caso. O meglio, aveva considerato irrilevante quel particolare. Perché dava per scontato che i lombrichi non hanno sentimenti. Perciò non si era chiesta cosa provassero a stare lì dentro. Ora invece se lo domanda. Perché è così che si sente adesso. Prova pena per loro, e per sé. E vergogna per essere stata cattiva. E spera con tutto il cuore che chiunque l'abbia presa, strappandola alla sua vita, sia migliore di lei.

Non ricorda molto di quanto è accaduto.

Si era svegliata presto per andare a scuola, anche prima del so-

lito orario, perché era giovedì e, come ogni giovedì, suo padre non avrebbe potuto accompagnarla perché faceva il giro dei suoi clienti. Vendeva prodotti per coiffeur e, in previsione dell'aumento di avventori nel fine settimana, li riforniva di lacca per capelli e di shampoo, oltre che di cosmetici. Per questo lei doveva andare a scuola da sola. Lo faceva ormai da quando aveva nove anni. Ricordava ancora la prima volta che lui l'aveva accompagnata lungo il breve tragitto fino alla fermata dell'autobus. Gli teneva la mano, stando attenta alle sue raccomandazioni: per esempio, guardare da entrambi i lati prima di attraversare, o non fare tardi perché l'autista non l'avrebbe certo aspettata, o non fermarsi a parlare con gli sconosciuti perché può essere pericoloso. Col tempo, quei consigli erano stati talmente interiorizzati che non le sembrava più di sentirli nella testa con la voce di suo padre. Era diventata un'esperta.

Quel giovedì mattina si era alzata con una gioia nuova nel cuore. Oltre all'imminente gita al lago, c'era un altro motivo di felicità. Il cerotto che aveva sul dito. In bagno ne aveva staccato un lembo con l'acqua calda e si era guardata il polpastrello con orgoglio misto a dolore.

Aveva una sorella di sangue.

Non vedeva l'ora di rivederla. Ma non sarebbe successo prima di sera, visto che andavano in scuole diverse. Al solito posto si sarebbero raccontate le ultime novità, perché era già qualche giorno che non si incontravano. Poi avrebbero giocato e fatto progetti, e prima di lasciarsi avrebbero rinnovato la promessa solenne di rimanere amiche per sempre.

Sì, sarebbe stata proprio una grande giornata.

Aveva infilato nello zaino il libro di algebra. Era la materia che preferiva, e lo dicevano anche i suoi voti. Alle undici avrebbe fatto educazione fisica, così aveva recuperato un body da uno dei cassetti dell'armadio e messo in una busta di cartone le scarpe da ginnastica e i calzini di spugna. Mentre rifaceva il letto, sua madre l'aveva chiamata per la colazione. A tavola avevano sempre tutti molta fretta. Quella mattina non era stata diversa dalle altre. Suo padre, che di solito prendeva solo un caffè, era rimasto in piedi accanto al mobile a leggere il giornale. Lo teneva davanti al viso, reggendolo con una mano soltanto, mentre l'altra impugnava la

*tazza facendo la spola con le sue labbra. Sua madre era già attac-
cata al telefono con un collega e le aveva servito le uova nel piatto
senza perdere una sola parola del suo interlocutore. Houdini se ne
stava acciambellato nella sua cesta e non l'aveva degnata di uno
sguardo da quando era scesa di sotto. Suo nonno diceva che, come
lui, quel gatto soffriva di pressione bassa e perciò ci metteva un po'
a carburare la mattina. Lei ormai aveva smesso da un pezzo di
soffrire per l'indifferenza di Houdini, fra loro esisteva un tacito
patto di divisione degli spazi e questo poteva bastare.*

*Finito di fare colazione, aveva riposto il piatto sporco nell'ac-
quaio e aveva fatto il giro della cucina per raccogliere un bacio
a testa dai genitori. Era uscita di casa.*

*Al vento poteva ancora sentire sulla guancia l'impronta umida
di caffè delle labbra del padre. La giornata era limpida. Le poche
nuvole che sporcavano il cielo non avevano niente di minaccioso.
Le previsioni dicevano che il tempo si sarebbe conservato così per
tutto il weekend. « Ottimo per una battuta di pesca », aveva com-
mentato suo padre. E con quella promessa nel cuore, lei si era in-
camminata lungo il marciapiede, diretta alla fermata dell'autobus. Erano in tutto trecentoventinove passi. Li aveva contati.
Con gli anni, quel numero si era progressivamente ridotto. Segno
che stava crescendo. Periodicamente li ricalcolava. Come quella
mattina. E quando stava per compiere il trecentundicesimo passo,
qualcuno l'aveva chiamata.*

*Lei non avrebbe mai più dimenticato quel numero. Il punto
preciso in cui la sua vita si era spezzata.*

*Si era voltata e l'aveva visto. Quell'uomo sorridente che le ve-
niva incontro non aveva un viso familiare. Però lo aveva sentito
chiamare il suo nome, e aveva subito pensato: "Se mi conosce non
può essere un pericolo". Man mano che procedeva verso di lei, cercava di guardarlo meglio per capire chi fosse. Lui aveva allungato
il passo per raggiungerla, lei lo aveva aspettato. I suoi capelli... erano strani. Come quelli di una bambola che aveva da piccola. Sembravano posticci. Quando aveva capito che l'uomo portava una
parrucca era già troppo tardi. Non aveva neanche notato il furgone bianco parcheggiato. Lui l'aveva afferrata, spalancando contemporaneamente lo sportello ed entrando con lei nell'abitacolo.*

Aveva provato a urlare, ma lui le stringeva una mano sulla bocca. La parrucca gli era scivolata dalla testa e le aveva premuto a lungo la faccia con un fazzoletto bagnato. Poi le lacrime improvvise e inarrestabili, puntini neri e macchie rosse davanti agli occhi che scoloravano il mondo. Infine, il buio.

Chi è quell'uomo? Cosa vuole da lei? Perché l'ha portata lì? Dove si trova adesso?

Le domande arrivano veloci, andandosene via senza risposta. Le immagini della sua ultima mattina da bambina svaniscono, e lei si ritrova di nuovo in quella caverna – la pancia umida del mostro che l'ha ingoiata. In compenso, sta tornando quel confortevole senso di torpore. "Qualunque cosa pur di non dover pensare a tutto questo", pensa. Chiude gli occhi, immergendosi ancora una volta nel mare di ombre che la circonda.

Non si è nemmeno accorta che una di quelle ombre la sta osservando.

12

La neve era caduta copiosa tutta la notte, posandosi come silenzio sul mondo.

La temperatura si era addolcita e le strade erano spazzate da una pallida brezza. Mentre l'evento meteorologico tanto atteso rallentava ogni cosa, una nuova frenesia si era impadronita della squadra.

C'era uno scopo, finalmente. Un modo per rimediare, anche se solo in parte, a tutto quel male. Trovare la sesta bambina, salvarla. E così salvare se stessi.

«Sempre che sia ancora in vita», ci teneva a ribadire Goran, smorzando un poco l'entusiasmo degli altri.

Dopo la scoperta, Chang era stato crocefisso da Roche per non essere giunto prima a quella conclusione. La stampa ancora non era stata messa a parte dell'esistenza di una sesta bambina rapita, ma in previsione l'ispettore capo si stava confezionando un alibi mediatico, e aveva bisogno di un utile capro espiatorio.

Nel frattempo, Roche aveva convocato un'équipe di medici – ognuno con una diversa specializzazione – perché rispondessero a una sola, fondamentale domanda.

«Quanto potrebbe sopravvivere una bambina in quelle condizioni?»

La risposta non era stata univoca. I più ottimisti sostenevano che, con cure mediche appropriate e senza che insorgessero infezioni, poteva resistere fra i dieci e i venti giorni. I pessimisti affermavano che, nonostante la giovane età, con una simile amputazione l'aspettativa di vita doveva per forza essere ridotta man mano che passavano le ore e, anzi, era molto probabile che la piccola fosse già morta.

Roche non fu soddisfatto e decise di continuare comunque a

sostenere pubblicamente che Alexander Bermann restava il principale sospettato. Anche se convinto dell'estraneità dell'agente di commercio alla scomparsa delle bambine, Goran non avrebbe smentito la versione ufficiale del capo. Non era una questione di verità. Sapeva che Roche non poteva perdere la faccia rimangiandosi le dichiarazioni fatte in precedenza sulla colpevolezza di Bermann. Avrebbe nuociuto a se stesso, ma anche alla credibilità dei loro metodi investigativi.

La convinzione del criminologo, invece, era che quell'uomo fosse stato in qualche modo « scelto » espressamente dal vero responsabile.

Albert era improvvisamente tornato al centro delle loro attenzioni.

« Sapeva che Bermann era un pedofilo », disse Goran quando furono tutti nella sala operativa. « Per un momento l'abbiamo sottovalutato. »

Un elemento nuovo si era inserito nel profilo di Albert. L'avevano intuito per la prima volta quando Chang aveva descritto le lesioni sulle braccia ritrovate, definendo « chirurgica » la precisione con cui l'omicida aveva inferto il colpo mortale. L'utilizzo di farmaci per indurre un rallentamento della pressione sanguigna nella sesta bambina avvalorava le capacità cliniche del loro uomo. Infine, il fatto che probabilmente la tenesse ancora in vita induceva a pensare che possedesse una conoscenza notevole delle tecniche rianimatorie e dei protocolli di terapia intensiva.

« Potrebbe essere un medico, o forse lo è stato in passato », rifletté Goran.

« Mi occuperò di effettuare una ricerca negli albi professionali: magari è stato radiato », disse subito Stern.

Era un buon inizio.

« Come si procura le medicine per tenerla in vita? »

« Ottima domanda, Boris. Verifichiamo nelle farmacie private e in quelle degli ospedali chi ha fatto richiesta di quei farmaci. »

« Magari ne ha fatto scorta mesi fa », fece notare Rosa.

« Soprattutto antibiotici: ne avrà bisogno per evitare infezioni... Che altro? »

Apparentemente non c'era nient'altro. Adesso si trattava solo di scoprire dove fosse la bambina, viva o morta.

Nella sala operativa tutti guardarono Mila. Era lei l'esperta, la persona da consultare per raggiungere lo scopo che avrebbe dato un senso al loro lavoro.

« Dobbiamo trovare un modo per comunicare con la famiglia. »

I presenti si passarono uno sguardo, finché Stern non domandò: « Perché? Ora abbiamo un vantaggio su Albert: lui non sa ancora che sappiamo ».

« Credete davvero che una mente capace d'immaginare tutto questo non abbia previsto con largo anticipo le nostre mosse? »

« Se la nostra ipotesi è corretta, la tiene in vita per noi. »

Gavila era intervenuto a sostegno di Mila, portandole in dote la sua nuova teoria.

« Sta conducendo lui il gioco, e la bambina è il premio finale. È una gara a chi è più furbo. »

« Allora non la ucciderà? » domandò Boris.

« Non sarà lui a ucciderla. Saremo noi. »

Quella constatazione era dura da digerire, ma costituiva l'essenza di quella sfida.

« Se ci mettiamo troppo tempo a trovarla, la bambina morirà. Se lo irritiamo in qualche modo, la bambina morirà. Se non rispettiamo le regole, la bambina morirà. »

« Le regole? Quali regole? » chiese Rosa, malcelando l'ansia.

« Quelle che lui ha stabilito, e che noi purtroppo non conosciamo. I percorsi attraverso cui si muove la sua mente sono oscuri per noi, ma molto chiari per lui. Alla luce di ciò, ogni nostra azione può essere interpretata come una violazione delle regole della partita. »

Stern annuì, pensieroso. « Quindi, rivolgersi direttamente alla famiglia della sesta bambina è un po' come assecondare il suo gioco. »

« Sì », disse Mila. « È quello che Albert si aspetta da noi in questo momento. L'ha messo in conto. Ma è convinto anche

che falliremo, perché quei genitori hanno troppa paura per venire allo scoperto, altrimenti l'avrebbero già fatto. Vuole dimostrarci che la sua forza di persuasione è più potente di qualsiasi nostro tentativo. Paradossalmente, sta cercando di farsi passare ai loro occhi per 'l'eroe' di questa storia. È come se gli stesse dicendo: 'Solo io sono in grado di salvare la vostra bambina, potete fidarvi solo di me'... Vi rendete conto di quanta pressione psicologica riesce a esercitare? Se invece riusciamo a convincere quei genitori a contattarci, avremo segnato un punto a nostro vantaggio. »

« Ma c'è il pericolo di urtare la sua suscettibilità », protestò Sarah Rosa, che non sembrava d'accordo.

« È un rischio che dobbiamo correre. Ma non credo che farà del male alla bambina per questo. Ci punirà, forse togliendoci del tempo. Non la ucciderà adesso: deve prima mostrarci la sua opera al completo. »

Goran pensò che era davvero straordinario come Mila si fosse impadronita così velocemente dei meccanismi dell'indagine. Riusciva a tracciare con precisione linee di condotta. Tuttavia, anche se finalmente gli altri la stavano ascoltando, non le sarebbe stato facile farsi accettare definitivamente dai colleghi. L'avevano subito inquadrata come una presenza estranea, di cui non avevano bisogno. E la loro opinione non sarebbe cambiata certo rapidamente.

In quel momento, Roche stabilì che aveva sentito abbastanza e decise di intervenire: « Faremo come suggerisce l'agente Vasquez: diffonderemo la notizia dell'esistenza di una sesta bambina rapita e, nel contempo, ci rivolgeremo pubblicamente alla sua famiglia. Cristo! Mostriamo un po' di palle! Sono stanco di attendere gli eventi, come se fosse veramente quel mostro a decidere tutto! »

Alcuni si stupirono del nuovo atteggiamento dell'ispettore capo. Non Goran. Senza accorgersene, Roche si stava solo servendo della tecnica del loro serial killer d'invertire i ruoli e, di conseguenza, le responsabilità: se non avessero trovato la bambina, sarebbe stato solo perché i suoi genitori non si erano fidati degli inquirenti rimanendo nell'ombra.

Comunque c'era un fondo di verità nelle sue parole: era venuto il momento di cercare d'anticipare gli eventi.

«Avete sentito quei ciarlatani, no? Alla sesta bambina resterebbe al massimo dieci giorni!» Allora Roche guardò a uno a uno i membri della squadra e annunciò, serio: «Ho deciso: riapriamo lo Studio».

All'ora di cena, durante il telegiornale, sugli schermi apparve il volto di un noto attore. Avevano scelto lui per annunciare l'appello ai genitori della sesta bambina. Era una figura familiare, e avrebbe conferito alla cosa la giusta dose di partecipazione emotiva. L'idea ovviamente era stata di Roche. Mila la riteneva azzeccata: avrebbe scoraggiato parecchi malintenzionati e mitomani a chiamare il numero mandato in sovrimpressione.

Più o meno all'ora in cui i telespettatori venivano a sapere, con orrore misto a speranza, dell'esistenza di una sesta bambina ancora in vita, loro prendevano possesso dello «Studio».

Si trattava di un appartamento situato al quarto piano di un anonimo palazzo a ridosso del centro. Lo stabile ospitava soprattutto uffici secondari della Polizia federale, perlopiù amministrativi e contabili, nonché gli ormai superati archivi cartacei che ancora non erano stati digitalizzati nei nuovi database.

L'appartamento un tempo rientrava fra gli alloggi sicuri del Programma protezione testimoni e veniva usato per accogliere coloro che necessitavano di copertura da parte della polizia. Lo Studio era perfettamente incastonato fra altri due appartamenti uguali. Per questo era privo di finestre. L'impianto di condizionamento era sempre in funzione e l'unico accesso era la porta principale. Le pareti erano molto spesse e c'erano diversi impianti di sicurezza. Visto che ormai l'alloggio non era più utilizzato per il suo scopo originario, quei dispositivi erano stati disattivati. Era rimasta soltanto una pesante porta blindata.

Era stato Goran a volere quel luogo, sin dai tempi in cui era stata costituita l'unità investigativa per i crimini violenti. A Roche non era costato molto accontentarlo: si era semplicemente ricordato di quella casa sicura che ormai più nessuno utilizzava da anni. Il criminologo sosteneva la necessità di vivere gomito a gomito durante la conduzione del caso. Così le idee potevano circolare più facilmente, ed essere condivise e processate all'istante, senza mediazioni. La convivenza forzata generava una consonanza e quest'ultima serviva ad alimentare un unico cervello pulsante. Il dottor Gavila aveva mutuato dalla *new economy* i metodi sulla costituzione dell'ambiente di lavoro, fatto di spazi comuni e con una distribuzione «orizzontale» delle funzioni, opposta alla ripartizione verticale che vige di solito in polizia, legata alla divisione di grado, che genera spesso conflitto e competizione. Nello Studio, invece, le differenze venivano annullate, le soluzioni evolvevano e il contributo di ognuno era richiesto, ascoltato e considerato.

Quando Mila ne varcò la soglia, pensò immediatamente che era *quello* il posto dove si catturavano i serial killer. Non avveniva nel mondo reale, ma là dentro, fra quelle pareti.

Al centro di tutto non c'era una semplice caccia all'uomo, ma lo sforzo di capire il disegno che si nascondeva dietro un'apparentemente incomprensibile sequenza di crimini efferati. La visione deforme di una mente malata.

Nel momento stesso in cui lo compì, Mila fu consapevole che quel passo sarebbe stato il prodromo di una nuova fase dell'indagine.

Stern portava la borsa marrone in finta pelle che gli aveva preparato la moglie e fece strada agli altri. Boris, con lo zaino in spalla. Quindi Rosa e, da ultima, Mila.

Oltre la porta blindata c'era un gabbiotto rivestito di vetri antiproiettile, che un tempo ospitava le guardie di sorveglianza. All'interno, i monitor spenti del sistema video, un paio di sedie girevoli e una rastrelliera per le armi, vuota. Un secondo varco di sicurezza, con un cancello elettrico, separava quell'andito dal resto della casa. Una volta doveva essere azionato dalle guardie, ma adesso era spalancato.

Mila notò che c'era odore di chiuso, umidità e fumo stantio, e il ronzio incessante dei ventilatori dell'impianto di condizionamento. Non sarebbe stato facile dormire, avrebbe dovuto procurarsi dei tappi per le orecchie.

Un lungo corridoio tagliava in due l'appartamento. Sulle pareti, fogli e fotografie di un caso precedente.

Il volto di una ragazza, giovane e bella.

Dalle occhiate che si lanciarono gli altri, Mila capì che il caso non si era risolto nel migliore dei modi, e che probabilmente non avevano messo più piede in quel posto.

Nessuno parlò, nessuno le spiegò nulla. Solo Boris sbottò: «'Fanculo, potevano almeno togliere la sua faccia dai muri!»

Le stanze erano arredate con vecchi mobili d'ufficio, da cui con molta fantasia erano stati ricavati armadi e credenze. Nella cucina una scrivania fungeva da tavolo da pranzo. Il frigo era ancora di quelli coi gas che nuocciono all'ozono. Qualcuno s'era preso la briga di sbrinarlo e di lasciarlo aperto, ma non l'avevano liberato dai residui anneriti di un pasto cinese. C'era una sala comune, con un paio di divani, una TV e una postazione per collegare notebook e periferiche. In un angolo, c'era una macchina per il caffè. Qua e là, posacenere sporchi e rifiuti d'ogni genere, soprattutto bicchieri di cartone di un noto fast food. Il bagno era unico, piccolo e maleodorante. Accanto alla doccia avevano piazzato un vecchio schedario su cui campeggiavano flaconi di sapone liquido e shampoo consumati per metà, e una confezione con cinque rotoli di carta igienica. Due stanze chiuse erano riservate agli interrogatori.

In fondo all'appartamento si trovava la foresteria. Tre letti a castello e due brande addossate alla parete. Una sedia per ogni letto, per appoggiarci la valigia o gli effetti personali. Si dormiva insieme. Mila attese che gli altri prendessero possesso dei letti, immaginando che ognuno avesse da tempo il suo. Lei, in qualità di ultima arrivata, avrebbe preso quello che restava. Alla fine optò per una delle brande. La più lontana da Rosa.

Boris era stato l'unico a piazzarsi al piano superiore di uno dei letti a castello. «Stern russa», la avvertì sottovoce mentre le passava accanto. Il tono divertito e il sorriso con cui aveva accompagnato quell'impertinente confidenza, fecero pensare a Mila che forse l'arrabbiatura nei suoi confronti era stata smaltita. Meglio così: le avrebbe reso meno difficoltosa quella convivenza. Già in altre occasioni aveva condiviso gli stessi spazi con dei colleghi, ma alla fine le era risultato sempre piuttosto pesante socializzare con loro. Perfino con le rappresentanti del suo stesso sesso. Mentre fra gli altri dopo un po' di tempo s'instaurava un naturale cameratismo, lei continuava a restarsene in disparte, incapace di colmare la distanza. All'inizio ne soffriva. Poi aveva imparato a crearsi una sua «bolla di sopravvivenza», una porzione di spazio in cui poteva entrare solo ciò che decideva lei, compresi i suoni e i rumori, nonché i commenti di chi si teneva alla larga.

Sulla seconda branda della foresteria, era già sistemata la roba di Goran. Li attendeva nella sala principale. Quella che Boris, di sua iniziativa, aveva battezzato il «Pensatoio».

Entrarono in silenzio e lo trovarono di spalle, intento a scrivere sulla lavagna la frase: «Conoscitore di tecniche rianimatorie e protocolli di terapia intensiva: probabile medico».

Sulle pareti erano attaccate le foto delle cinque bambine, le istantanee del cimitero di braccia e dell'auto di Bermann, nonché le copie di tutti i rapporti sul caso. In una scatola accantonata in un angolo, Mila riconobbe ancora il volto della ragazza giovane e bella: il dottore doveva aver staccato quelle immagini dal muro, per sostituirle con le nuove.

Al centro della stanza, cinque sedie poste in cerchio.

Il *Pensatoio*.

Goran notò lo sguardo lanciato da Mila allo spoglio arredamento e precisò subito: «Ci serve per focalizzare. Dobbiamo concentrarci su ciò che abbiamo. Ho sistemato tutto secondo un metodo che mi sembrava giusto. Ma, come dico sempre, se non vi va bene qualcosa, potete cambiare. Spostate pure ciò che volete. In questa stanza siamo liberi di fare quel che ci viene in mente. Le sedie sono una piccola concessione, ma il caffè e la toilette saranno un premio, perciò dobbiamo meritarceli».

«Perfetto», disse Mila. «Cosa dobbiamo fare?»

Goran batté le mani una volta e indicò la lavagna dove aveva già iniziato ad annotare le caratteristiche del loro omicida seriale. « Dobbiamo capire la personalità di Albert. Man mano che scopriremo un nuovo dettaglio su di lui, l'annoteremo qui... Hai presente quella cosa di entrare nella testa dei serial killer e provare a pensare come loro? »

« Sì, certo. »

« Be', dimenticala: è una fesseria. Non si può fare. Il nostro Albert possiede un'intima giustificazione per ciò che fa, perfettamente strutturata nella sua psiche. È un processo costruito in anni di esperienze, di traumi o di fantasie. Perciò non dobbiamo cercare d'immaginare cosa farà, ma sforzarci di capire *come* è arrivato a fare ciò che ha fatto. Sperando così di arrivare a lui. »

Mila considerò che, tuttavia, la strada d'indizi tracciata dal killer si era interrotta dopo Bermann.

« Ci farà ritrovare un altro cadavere. »

« Anch'io la penso come te, Stern. Ma al momento manca qualcosa, non ti pare? »

« Cosa? » domando Boris, che come gli altri ancora non capiva dove volesse andare a parare il criminologo con quel discorso. Ma Goran Gavila non era per le risposte facili e dirette. Lui preferiva condurli fino a un certo punto del ragionamento, lasciando che il resto lo ricostruissero da soli.

« Un omicida seriale si muove in un universo di simboli. Lui compie un cammino esoterico, iniziato molti anni prima nell'intimità del suo cuore, e che ora prosegue nel mondo reale. Le bambine rapite sono solo un mezzo per raggiungere un obiettivo, una meta. »

« È una ricerca della felicità », aggiunse Mila.

Goran la guardò. « Esatto. Albert sta cercando una forma d'appagamento, una retribuzione non solo per *ciò che fa*, ma soprattutto per *ciò che è*. La sua natura gli suggerisce un impulso, e lui lo sta solo assecondando. E, con quello che fa, sta cercando anche di comunicarci qualcosa... »

Ecco ciò che mancava. Mancava un segno. Qualcosa che li conducesse *oltre* nell'esplorazione del personalissimo mondo di Albert.

Sarah Rosa prese la parola: «Sul cadavere della prima bambina non c'erano tracce».

«È una constatazione ragionevole», approvò Goran. «Nella letteratura sui serial killer – compresa l'elaborazione cinematografica della figura – è noto che l'omicida seriale tende sempre a 'tracciare' il proprio percorso, lasciando agli investigatori alcune piste da seguire... Albert però non l'ha fatto.»

«Oppure l'ha fatto e non ce ne siamo accorti.»

«Forse perché non siamo in grado di leggere quel segno», concesse Goran. «Probabilmente ancora non lo conosciamo abbastanza. Ecco perché è venuto il momento di ricostruire gli *stadi*...»

Erano cinque. Si riferivano al *modus operandi*. Nei manuali di criminologia venivano usati per scandire l'azione degli assassini seriali, sezionandola in precisi momenti empirici che poi potevano essere analizzati separatamente.

Si parte dall'assunto che il serial killer non nasce come tale, ma accumula passivamente esperienze e stimoli in una sorta d'incubazione della personalità omicida, che poi sfocia nella violenza.

Il primo stadio di questo processo è quello della «fantasia».

«Prima di cercarlo nella realtà, l'oggetto del desiderio viene a lungo fantasticato», disse Goran. «Sappiamo che il mondo interiore di un serial killer è un intreccio di stimoli e di tensioni, ma quando questa interiorità non è più capace di contenerli, il passaggio all'atto è inevitabile. La vita interiore, quella dell'immaginazione, finisce col soppiantare quella reale. È allora che il serial killer inizia a modellare la realtà che lo circonda a seconda della sua fantasia.»

«Qual è la fantasia di Albert?» chiese Stern mentre s'infilava in bocca l'ennesima mentina. «Cos'è che lo affascina?»

«La sfida, lo affascina», disse Mila.

«Forse per molto tempo è stato o si è sentito sottovalutato. Ora vuole dimostrarci che è migliore degli altri... e migliore di noi.»

«Ma questo non l'ha semplicemente 'fantasticato', vero?» chiese Goran, non per avere una conferma, ma perché considerava quella fase ormai superata. «Albert si è già spinto oltre: ha progettato ogni mossa prevedendo la nostra reazione. Lui ha il 'controllo'. È questo che ci sta dicendo: conosce bene se stesso, ma conosce bene anche noi.»

Il secondo stadio è l'«organizzazione» o «pianificazione». Quando la fantasia matura, passando a una fase esecutiva, che ha inizio immancabilmente con la scelta della vittima.

«Sappiamo già che lui non sceglie le bambine, ma le famiglie. Sono i genitori il suo vero bersaglio, quelli che hanno voluto un solo figlio. Vuole punirli per il loro egoismo... La simbolizzazione della vittima qui non emerge. Le bambine sono diverse fra loro, e hanno età differenti, anche se di poco. Fisicamente non c'è un tratto che le accomuni, come i capelli biondi o le efelidi per esempio.»

«Per questo non le tocca», disse Boris. «Non gli interessano sotto quel profilo.»

«Perché bambine allora, e non anche bambini?» domandò Mila.

Nessuno sapeva rispondere a quella domanda. Goran annuì, riflettendo su quel particolare.

«Ci ho pensato anch'io. Ma il problema è che non sappiamo da dove abbia origine la sua fantasia. Spesso la spiegazione è molto più banale di quanto si possa pensare. Può essere perché a scuola è stato umiliato da una compagna, chi lo sa... Sarebbe interessante conoscere la risposta. Ma non ci sono ancora elementi, perciò dovremmo attenerci a quello che abbiamo.»

Il modo in cui Goran aveva stigmatizzato il suo intervento indispettì Mila, che tuttavia era convinta che il criminologo non ce l'avesse con lei. Era come se fosse in qualche modo frustrato perché non conosceva tutte le risposte.

La terza fase è quella dell'«inganno».

«Come sono state adescate le vittime? Quale artificio ha dovuto mettere in atto Albert per rapirle?»

«Debby, fuori da scuola. Anneke, nel bosco dove s'era avventurata con la sua mountain bike.»

«Sabine l'ha presa da una giostra, sotto gli occhi di tutti», disse Stern.

«Invece ognuno guardava solo il proprio figlio», aggiunse Rosa, con un pizzico d'acredine. «La gente se ne frega, questa è la realtà.»

«In ogni caso l'ha fatto davanti a un sacco di persone. È tremendamente abile, il figlio di puttana!»

Goran gli fece cenno di calmarsi, non voleva che la rabbia per essere stati beffati così platealmente prendesse il sopravvento.

«Le prime due le ha rapite in luoghi isolati. Costituivano una sorta di prova generale. Quando ha acquistato sicurezza, ha preso Sabine.»

«Con lei ha elevato il livello della sfida.»

«Non dimentichiamoci che nessuno lo stava ancora cercando: solo con Sabine le scomparse sono state collegate fra loro ed è cominciata la paura...»

«Sì, ma resta il fatto che Albert è riuscito a prenderla davanti ai genitori. L'ha fatta sparire come in un gioco di prestigio. E non sono convinto, come dice Rosa, che chi era lì se ne fregasse... No, lui ha ingannato *anche* quella gente.»

«Bravo Stern, è su questo che dobbiamo lavorare» disse Goran. «Come c'è riuscito Albert?»

«Ci sono: è invisibile!»

La battuta di Boris strappò un breve sorriso ai presenti. Ma per Gavila c'era anche un fondo di verità.

«Questo ci dice che assomiglia a un uomo comune, e ha ottime qualità di mimetismo: si è fatto passare per un padre di famiglia quando ha sfilato Sabine dal cavalluccio della giostra per portarsela via. Il tutto avendo a disposizione quanto, quattro secondi?»

«È scappato via subito, confondendosi tra la folla.»

«E la bambina non ha pianto? Non ha protestato?» Boris sbuffò, incredulo.

«Conosci molti bambini di sette anni che non facciano i capricci alle giostre?» gli fece notare Mila.

«Anche se ha pianto, era una scena normale agli occhi dei presenti», disse Goran riprendendo il filo del discorso. «Poi è venuta Melissa...»

«L'allarme era già alto. Le era stato imposto il coprifuoco, ma lei è voluta uscire lo stesso per raggiungere di nascosto le amiche al bowling.»

Stern si alzò dalla sedia, avvicinandosi alla foto sul muro in cui Melissa sorrideva. L'immagine era stata presa dall'annuario della scuola. Anche se era la più grande, il suo fisico ancora acerbo conservava i tratti dell'infanzia, e in più non era molto alta. Fra poco avrebbe varcato la soglia della pubertà, il suo corpo avrebbe rivelato morbidezze inaspettate e i ragazzi si sarebbero accorti finalmente di lei. Per adesso, la didascalia accanto alla foto dell'annuario esaltava soltanto le sue doti di atleta e la sua partecipazione al giornalino degli studenti in qualità di redattore capo. Il suo sogno era quello di diventare una reporter, e non si sarebbe mai più realizzato.

«Albert la stava aspettando. Quel bastardo...»

Mila lo guardò: l'agente speciale sembrava sconvolto dalle sue stesse parole.

«Caroline invece l'ha rapita nel suo letto, in casa sua.»

«Tutto calcolato...»

Goran si avvicinò alla lavagna, recuperò un pennarello e prese a tracciare velocemente dei punti.

«Le prime due le fa semplicemente sparire. A suo favore opera il fatto che ci sono decine di minori che ogni giorno scappano da casa perché hanno preso un brutto voto o hanno litigato coi genitori. Perciò nessuno collega le due scomparse... La terza deve apparire chiaramente un rapimento, cosicché scatti l'allarme... Nel caso della quarta, lui sapeva già che Melissa non avrebbe resistito all'impulso di andare a festeggiare con le sue compagne... E, infine, per la quinta aveva studiato da tempo i luoghi e le abitudini della famiglia per potersi introdurre indisturbato in casa loro... Cosa ne deduciamo?»

«Che il suo è un inganno sofisticato. Diretto più che alle vittime, ai loro custodi: i genitori, o le forze dell'ordine», disse Mila. «Non ha bisogno di particolari messinscene per carpire la fiducia delle ragazzine: le porta via con la forza, e basta.»

Mila ricordò che invece Ted Bundy indossava un gesso finto per ispirare fiducia alle universitarie quando le adescava. Era un modo per sembrare vulnerabile ai loro occhi. Si faceva aiutare a trasportare oggetti pesanti e così le convinceva a salire a bordo del suo maggiolino. Tutte si accorgevano troppo tardi che dal loro lato mancava la maniglia...

Quando Goran ebbe finito di scrivere, annunciò il quarto stadio. Quello dell'«uccisione».

«C'è un 'rituale' nell'impartire la morte che il serial killer ripete ogni volta. Col tempo lo può perfezionare, ma a grandi linee rimane invariato. È il suo marchio di fabbrica. A ogni rituale, poi, si accompagna un particolare simbolismo.»

«Per adesso abbiamo sei braccia e un solo cadavere. Le uccide tranciando loro l'arto di netto, tranne l'ultima, come sappiamo», aggiunse Sarah Rosa.

Boris recuperò il referto del patologo e lesse: «Chang dice che le ha ammazzate tutte subito dopo averle rapite».

«Perché tanta fretta?» si domandò Stern.

«Perché non gli interessano le bambine, perciò non gli serviva tenerle in vita.»

«Lui non le vede come esseri umani», intervenne Mila. «Per Albert sono solo oggetti.»

"Anche la numero sei", pensarono tutti. Ma nessuno ebbe il coraggio di dirlo. Era evidente che ad Albert non importava se soffrisse o meno. Doveva solo tenerla in vita fino al raggiungimento del suo scopo.

L'ultimo stadio è quello della «sistemazione dei resti».

«Prima il cimitero di braccia, poi Albert colloca un cadavere nel bagagliaio di un pedofilo. Ci sta mandando un messaggio?»

Goran interrogò con lo sguardo i presenti.

«Ci sta dicendo che lui non è come Alexander Bermann», affermò Sarah Rosa. «Anzi, forse vuole suggerirci che è stato vittima di abusi quando era piccolo. È come se dicesse: 'Ecco, io sono come sono perché qualcuno ha fatto di me un mostro!'»

Stern scosse il capo. «Gli piace sfidarci, dare spettacolo. Invece oggi le prime pagine dei giornali erano solo per Bermann. Dubito che voglia condividere la gloria con qualcun altro. Non ha scelto un pedofilo per vendetta, deve aver avuto altri motivi...»

«Io trovo singolare anche un'altra cosa...» Goran lo disse ricordando l'autopsia a cui aveva assistito. « Ha lavato e ricomposto il corpo di Debby Gordon, vestendola coi suoi stessi abiti. »

"L'ha fatta bella per Bermann", pensò Mila.

« Non sappiamo se ha fatto così con tutte e se questo comportamento è entrato a far parte del suo rituale. Però è strano... »

La stranezza a cui si riferiva il dottor Gavila – e Mila, pur non essendo un'esperta, lo sapeva bene – era che spesso gli assassini seriali portano via qualcosa alle vittime. Un feticcio, o un souvenir, per rivivere in privato quell'esperienza.

Possedere l'oggetto per loro equivale a possedere quella persona.

« Non ha portato via nulla a Debby Gordon. »

Appena Goran ebbe pronunciato quella frase, chissà perché a Mila venne in mente la chiave appesa al braccialetto di Debby, che apriva la scatola di latta in cui credeva fosse custodito il suo diario segreto.

« Figlio di puttana... » esclamò quasi senza accorgersene. Ancora una volta, fu di colpo al centro dell'attenzione.

« Vuoi dirlo anche a noi, oppure... »

Mila sollevò gli occhi su Goran. « Quando sono stata nella stanza di Debby al collegio, nascosta sotto al materasso ho trovato una scatola di latta: pensavo ci fosse dentro il suo diario, ma non c'era. »

« E allora? » le domandò Rosa, con sufficienza.

« La scatola era chiusa da un lucchetto. La chiave era al polso di Debby, perciò è stato naturale pensare che, se poteva aprirla solo lei, allora forse il diario non esisteva affatto... Invece mi sbagliavo: il diario doveva esserci! »

Boris si alzò in piedi di scatto. « È stato lì! Il bastardo è andato nella stanza della ragazzina! »

« E perché mai avrebbe dovuto correre un rischio del genere? » obiettò Sarah Rosa che proprio non voleva dar ragione a Mila.

« Perché lui corre sempre dei rischi. La cosa lo eccita », spiegò Goran.

« Ma c'è anche un altro motivo », aggiunse Mila che si sentiva sempre più sicura di quella teoria. « Ho notato che dalle pareti erano sparite delle foto: probabilmente ritraevano Debby insieme alla bambina numero sei. Lui vuole impedire a tutti i costi che sappiamo chi sia! »

« Per questo ha portato via anche il diario... E ha richiuso la scatola col lucchetto... Perché? » Stern non si dava pace.

Per Boris invece era chiaro. « Non ci arrivi? Il diario è sparito ma la scatola è chiusa, e la chiave è sempre al polso di Debby... Ci sta dicendo: 'Solo io potevo prenderlo'. »

« E perché vuole che lo sappiamo? »

« Perché lì ha lasciato qualcosa... Qualcosa per noi! »

Il « segno » che stavano cercando.

Ancora una volta il Pensatoio aveva dato i suoi frutti, dimostrando a Goran la validità di quel metodo induttivo.

Poi il criminologo si rivolse a Mila: « Tu sei stata lì, hai visto cosa c'era nella stanza... »

Lei provò a fare mente locale, ma non riuscì a rievocare nulla che le facesse scattare un campanello.

« Eppure ci deve essere! » la incalzò Goran. « Non ci stiamo sbagliando. »

« Ho frugato ogni angolo di quella stanza senza che nulla attirasse la mia attenzione. »

« Deve trattarsi di qualcosa di evidente, non puoi essertelo lasciato sfuggire! »

Ma Mila non ricordava nulla. Stern allora decise che sarebbero tornati tutti sul luogo per una perlustrazione più accurata. Boris si attaccò al telefono per comunicare al collegio il loro arrivo, mentre Sarah Rosa avvertiva Krepp di raggiungerli appena possibile per rilevare le impronte.

Fu in quel momento che Mila ebbe la sua piccola epifania.

« È inutile » annunciò, ritrovando tutta la sicurezza che sembrava aver smarrito poco prima. « Qualunque cosa sia, ormai non è più in quella stanza. »

Quando arrivarono al collegio, le compagne di Debby erano schierate nel salone, che di solito veniva usato per le assemblee e per la consegna ufficiale dei diplomi. Le pareti erano rivestite di mogano intarsiato. I volti severi dei docenti, che nel corso degli anni avevano reso illustre la scuola, scrutavano dall'alto la scena, protetti da preziose cornici, l'espressione del volto immobile nel ritratto che li imprigionava.

Fu Mila a parlare. Cercò di essere più gentile che poteva perché le ragazze erano già abbastanza spaventate. La direttrice del collegio aveva assicurato a tutte la più completa impunità. Eppure, dal timore che serpeggiava sui loro visi, era evidente che non si fidavano molto di quella promessa.

«Sappiamo che alcune di voi hanno visitato la stanza di Debby dopo che è morta. Sono convinta che a muovervi sia stata soprattutto l'intenzione di possedere un ricordo della vostra amica tragicamente scomparsa.»

Mentre lo diceva, Mila incrociò lo sguardo della studentessa che aveva sorpreso nel bagno della stanza, con le mani ingombre di oggetti. Se non fosse accaduto quel piccolo incidente, non le sarebbe mai venuto in mente di fare ciò che stava facendo.

Sarah Rosa la osservava da un angolo della sala, sicura che non avrebbe ottenuto alcunché. Invece sia Boris che Stern confidavano in lei. Goran si limitava ad attendere.

«Vorrei tanto non dovervelo chiedere, ma so quanto eravate affezionate a Debby. Perciò ho bisogno che riportiate quelle cose qui, adesso.»

Mila cercò di essere ferma in quella richiesta.

«Vi prego di non dimenticare nulla, anche l'oggetto più insignificante potrebbe rivelarsi utile. Siamo convinti che fra quelli ci sia un elemento sfuggito alle indagini. Sono sicura che ognuna di voi vorrebbe che l'assassino di Debby fosse catturato. E siccome so anche che nessuna rischierebbe di essere incriminata per aver sottratto delle prove, confido che farete il vostro dovere.»

Quell'ultima minaccia, anche se irrealizzabile vista la giovane età delle ragazzine, era servita a Mila per sottolineare la gravità del loro comportamento. E anche per dare una piccola rivincita a Debby, così poco considerata in vita e divenuta invece improvviso oggetto d'attenzione dopo morta solo per un feroce sciacallaggio.

Mila attese, calibrando la durata di quella pausa per dar modo a ognuna di riflettere. Il silenzio sarebbe stato il suo miglior strumento di persuasione, e lei sapeva che per loro si faceva ogni secondo più pesante. Scorse alcune ragazze mentre si scambiavano delle occhiate. Nessuna voleva essere la prima, era normale. Poi un paio di loro concordarono con un gesto l'uscita dai ranghi, che avvenne quasi simultaneamente. Altre cinque fecero lo stesso. Le rimanenti restarono immobili ai loro posti.

Mila fece trascorrere ancora un minuto, scrutando i loro volti in cerca di qualche sciacallo che avesse agito ritenendo inutile il conforto del branco. Ma non lo trovò. Si augurò che fossero davvero solo quelle sette le responsabili.

«Bene, le altre possono andare.»

Le ragazze si fecero congedare senza indugi e se ne andarono in fretta. Mila si voltò verso i colleghi e incrociò lo sguardo di Goran, impassibile. Improvvisamente però lui fece una cosa che la spiazzò: le strizzò l'occhio. Voleva sorridergli, ma si trattenne, perché anche lo sguardo degli altri era fisso su di lei.

Passarono circa quindici minuti, poi le sette ragazzine fecero ritorno nella sala. Ognuna portava più oggetti con sé. Li deposero sul lungo tavolo dove di solito sedevano i docenti togati durante le cerimonie. Quindi attesero che Mila e gli altri li passassero in rassegna.

Erano soprattutto abiti e accessori, oggetti da bambina come pupazzi e peluche. C'erano un lettore MP3 di colore rosa, un paio di occhiali da sole, dei profumi, dei sali da bagno, una trousse a forma di coccinella, il cappello rosso di Debby e un videogioco.

«Non l'ho rotto io...»

Mila sollevò lo sguardo sulla bambina paffutella che aveva parlato. Era la più piccola di tutte, poteva avere al massimo otto anni. Aveva lunghi capelli biondi raccolti in una treccia e occhi celesti che trattenevano a stento le lacrime. La poliziotta le sorrise per confortarla, poi guardò meglio l'apparecchio. Quindi lo prese e lo passò a Boris.

«Che roba è?»

Lui se lo rigirò fra le mani.

«Non sembra un videogioco...»

Lo accese.

Una lucina rossa cominciò a lampeggiare sullo schermo, emettendo un breve suono a intervalli regolari.

«Ve l'ho detto che è rotto. La pallina non va da nessuna parte», si affrettò a precisare la bambina paffuta.

Mila notò che Boris era improvvisamente sbiancato.

«Io so cos'è... cazzo.»

Sentendo la parolaccia di Boris, la bambina paffuta strabuzzò gli occhi, incredula e divertita che qualcuno avesse potuto profanare quel luogo austero.

Ma Boris non si accorse nemmeno di lei, tanto era preso dalla funzione dell'oggetto che aveva fra le mani.

«È la ricevente di un GPS. Da qualche parte, qualcuno ci sta mandando un segnale...»

13

L'appello televisivo alla famiglia della sesta bambina non stava dando frutti.

Le chiamate più numerose erano giunte da persone che esprimevano la loro solidarietà e che, di fatto, intasavano solo le linee. Un'ansiosa nonna di cinque nipotini aveva chiamato ben sette volte per «chiedere notizie di quella povera bambina». All'ennesima telefonata, uno degli agenti incaricati l'aveva gentilmente pregata di non richiamare e, per tutta risposta, si era sentito mandare al diavolo.

«Se provi a fargli notare l'inopportunità del loro comportamento, dicono che sei tu l'insensibile», fu il commento di Goran quando Stern lo mise al corrente.

Si trovavano a bordo dell'unità mobile, all'inseguimento del segnale GPS.

Davanti a loro, i blindati dei corpi speciali, che questa volta avrebbero guidato lo show, come gli aveva coloritamente comunicato Roche poco prima.

Tanta prudenza era dettata dal fatto che ancora non sapevano dove li stesse conducendo Albert. Poteva anche trattarsi di una trappola. Ma Goran era di tutt'altro parere.

«Vuole mostrarci qualcosa, invece. Qualcosa di cui è sicuramente molto fiero.»

Il segnale GPS era stato incrociato in una zona vasta alcuni chilometri quadrati. A quella distanza non si poteva individuare la trasmittente. Bisognava andarci di persona.

Nell'unità mobile la tensione era palpabile. Goran scambiava qualche parola con Stern. Boris scarrellava l'arma in dotazione per verificarne l'efficienza, poi tornava ad assicurarsi che il giubbotto antiproiettile aderisse bene al costato. Mila guardava dal finestrino la zona in prossimità del raccordo autostradale, con i ponti e le lingue d'asfalto che s'intrecciavano.

La ricevente GPS era stata consegnata al capitano del nucleo speciale, ma Sarah Rosa poteva seguire sullo schermo del computer ciò che vedevano i colleghi che li stavano precedendo.

Una voce via radio annunciò: «Ci stiamo avvicinando. Sembra che il segnale venga da un punto un chilometro davanti a noi, passo...»

Si sporsero tutti per guardare.

«Che razza di posto è quello?» si chiese Rosa.

Mila intravide in lontananza un maestoso edificio di mattoni rossi, composto da più padiglioni collegati fra loro e disposti a forma di croce. Lo stile era il gotico rivisitato degli anni Trenta, severo e cupo, tipico dell'edilizia ecclesiastica dell'epoca. Su uno dei profili, spiccava un campanile. Accanto a esso, una chiesa.

I blindati s'incolonnarono nel lungo viale sterrato che conduceva al corpo centrale. Arrivati al piazzale, gli uomini si predisposero per irrompere nell'edificio.

Mila scese con gli altri e sollevò lo sguardo sull'imponente facciata annerita dal tempo. Sul portale spiccava una scritta in bassorilievo.

Visitare Pupillos In Tribulatione Eorum Et Immaculatum Se Custodire Ab Hoc Saeculo.

«'Soccorrere gli orfani nelle loro tribolazioni e conservarsi incontaminati da questo mondo'», tradusse Goran per lei.

Un tempo era stato un orfanotrofio. Ora era chiuso.

Il capitano fece un cenno e le squadre operative si separarono, introducendosi nell'edificio dagli ingressi laterali. In mancanza di un piano logistico, erano costretti a improvvisare.

Attesero circa un minuto, poi Mila e gli altri entrarono insieme al capitano dal portone principale.

La prima sala era immensa. Davanti a loro s'intrecciavano due scale che conducevano ai piani superiori. Un'alta vetrata filtrava una luce caliginosa. Unici padroni del posto, ormai, erano alcuni colombi che, spaventati da quelle presenze estranee, si agitavano con impazziti battiti d'ali attorno al lucernario, proiettando al suolo ombre fuggevoli. Negli ambienti riecheggiava il suono degli scarponi degli uomini delle squadre speciali che ispezionavano stanza dopo stanza.

«Libero!» si urlavano a vicenda ogni volta che un locale veniva messo in sicurezza.

In quell'atmosfera irreale, Mila si guardò intorno. C'era ancora una volta un collegio nel disegno di Albert. Ma molto diverso da quello esclusivo di Debby Gordon.

«Un orfanotrofio. Qui almeno avevano una casa e un'istruzione assicurata», commentò Stern.

Ma Boris sentì il dovere di precisare: «Qui ci mandavano quelli che nessuno avrebbe mai adottato: i figli dei detenuti, e gli orfani di genitori suicidi».

Erano tutti in attesa di una rivelazione. Qualunque cosa interrompesse quell'incantesimo dell'orrore sarebbe stata ben accetta. Purché rivelasse finalmente la ragione che li aveva condotti fin lì. L'eco dei passi cessò improvvisamente. Dopo qualche secondo, una voce irruppe per radio.

«Signore, qui c'è qualcosa...»

La trasmittente GPS si trovava al piano interrato. Mila si ritrovò con gli altri a correre in quella direzione, attraversando le cucine del collegio con le loro grandi caldaie di ferro, quindi un enorme refettorio, con sedie e tavoli di truciolato rivestiti di formica azzurra. Scese un'angusta scala a chiocciola, fino a ritrovarsi in un ampio locale con un basso soffitto che prendeva luce da una fila di bocche di lupo. Il pavimento era in marmo e declinava verso un corridoio centrale su cui spiccavano gli scarichi. Di marmo erano anche le vasche allineate lungo le pareti.

«Doveva essere la lavanderia», disse Stern.

Gli uomini delle squadre speciali avevano circoscritto un perimetro intorno a uno dei lavatoi, tenendosi a debita distanza per non contaminare la scena. Uno di loro si sfilò il casco e si piegò sulle ginocchia per vomitare. Nessuno voleva guardare.

Boris fu il primo a varcare lo schieramento disposto come un confine intorno all'indescrivibile, e subito si arrestò, portandosi una mano alla bocca. Sarah Rosa ritrasse lo sguardo. Stern esclamò soltanto: «Che Dio ci perdoni...»

Il dottor Gavila rimase impassibile. Poi fu il turno di Mila.

Anneke.

Il corpo giaceva in un paio di centimetri di liquido torbido.

La carnagione era cerea e presentava già i primi segni dello scadimento *post mortem*. Ed era nuda. Nella mano destra stringeva la trasmittente GPS, che continuava a pulsare, un assurdo barlume di vita artificiale in quel quadro di morte.

Anche ad Anneke era stato troncato il braccio sinistro, la cui assenza disarticolava la postura del busto. Ma non era quel particolare a turbare i presenti, né lo stato di conservazione del corpo, né il fatto di trovarsi di fronte alla mostra di un'innocente oscenità. Ciò che aveva provocato quella reazione era stato tutt'altro.

Quel cadavere stava sorridendo.

14

Si chiamava padre Timothy. Dimostrava all'incirca trentacinque anni. Capelli biondi e sottili, con la riga di lato. E tremava.

Era l'unico abitante del luogo.

Occupava la casa parrocchiale che si trovava accanto alla piccola chiesa: i soli immobili dell'enorme complesso che ancora venivano utilizzati. Il resto era abbandonato da anni.

«Io sono qui perché la chiesa è ancora consacrata», spiegò il giovane sacerdote. Anche se ormai padre Timothy officiava messa esclusivamente per se stesso. «Nessuno viene fin qui. La periferia è troppo lontana, e l'autostrada ci ha completamente tagliati fuori.»

Vi si trovava da appena sei mesi. Aveva preso il posto di un certo padre Rolf quando questi era andato in pensione e, ovviamente, era all'oscuro di quanto era accaduto nell'istituto.

«Non ci metto quasi mai piede», confessò. «Cosa dovrei andarci a fare?»

Erano state Sarah Rosa e Mila a informarlo della ragione della loro irruzione. E del ritrovamento. Quando aveva appreso dell'esistenza di padre Timothy, Goran aveva preferito mandare loro due a parlargli. Rosa faceva finta di prendere appunti sul taccuino, ma si vedeva benissimo che non gliene importava un granché delle parole del prete. Mila cercava di rassicurarlo dicendogli che nessuno si aspettava qualcosa da lui, e che non aveva colpa per quanto era successo.

«Quella povera bambina sfortunata», aveva esclamato il prete, prima di mettersi a piangere. Era sconvolto.

«Quando se la sentirà, vorremmo che ci raggiungesse nella lavanderia», gli disse Sarah Rosa riaccendendo il suo sgomento.

«E perché mai?»

«Perché potremmo aver bisogno di rivolgerle qualche domanda sui luoghi: quel posto sembra un labirinto.»

«Ma vi ho appena detto che ci sono stato poche volte là dentro, e io non credo che...»

Mila lo interruppe: «Si tratterà solo di qualche minuto, quando avremo rimosso il cadavere».

Aveva abilmente insinuato nel discorso quell'informazione. Perché aveva capito che padre Timothy non voleva che l'immagine del corpo martoriato di una bambina gli s'imprimesse nella memoria. In fondo, lui doveva continuare a viverci in quel posto lugubre. E sarebbe stato già abbastanza difficile così.

«Come volete», acconsentì alla fine, chinando il capo.

Le accompagnò alla porta, ribadendo l'impegno di tenersi a disposizione.

Tornando dagli altri, Rosa precedette di proposito Mila di un paio di passi, tanto per rimarcare la distanza che c'era fra loro. In un altro momento, Mila avrebbe reagito alla provocazione. Ma ora faceva parte di una squadra e doveva rispettare regole diverse se voleva portare a termine il suo lavoro.

"I conti con te li farò dopo", rimuginò Mila.

Ma, mentre formulava quel pensiero, realizzò di aver dato per scontato che ci sarebbe stata una fine. Che, in qualche modo, si sarebbero messi alle spalle quell'orrore.

È insito nella natura umana, pensò. Si deve andare avanti con la propria vita. I morti sarebbero stati sotterrati, e col tempo tutto sarebbe stato metabolizzato. Sarebbe rimasto solo un vago memento nel loro animo, lo scarto di un inevitabile processo di auto-conservazione.

Per tutti. Ma non per lei, che quella stessa sera avrebbe fatto in modo di rendere indelebile quel ricordo.

Dalla scena del delitto è possibile ricavare molte informazioni, sia sulla dinamica degli eventi che sulla personalità dell'omicida.

Mentre quella dell'auto di Bermann non poteva ritenersi una vera scena del delitto, nel caso del secondo cadavere si sarebbe potuto evincere molto sul conto di Albert.

Per questo era necessaria un'analisi approfondita dei luoghi e, attraverso quella sorta di training collettivo che costituiva la vera forza della squadra, definire meglio la figura dell'assassino a cui stavano dando la caccia.

Malgrado i tentativi di Sarah Rosa di tenerla fuori da quel consesso, Mila alla fine si era guadagnata un posto nella catena di energie – come l'aveva ribattezzata lei quando vi aveva assistito in occasione del ritrovamento del primo cadavere nell'auto di Bermann – e adesso anche Boris e Stern la consideravano dei loro.

Una volta licenziati gli uomini delle forze speciali, Goran e i suoi avevano occupato il locale lavanderia.

La scena era stata congelata dalle luci alogene piantate su quattro cavalletti e collegate a un generatore, visto che nell'edificio non c'era corrente elettrica.

Nulla era stato ancora toccato. Il dottor Chang, però, era già al lavoro intorno al cadavere. Si era portato appresso una strana attrezzatura chiusa in una valigetta, composta di provette, reagenti chimici e un microscopio. In quel momento stava prelevando un campione dell'acqua torbida in cui era parzialmente immerso il cadavere. Di lì a poco sarebbe arrivato anche Krepp per i rilievi.

Avevano circa mezz'ora di tempo prima di lasciare il campo alla scientifica.

«Ovviamente non ci troviamo di fronte a una scena del crimine primaria», esordì Goran, intendendo che quella era una scena secondaria, perché la morte della bambina era sicuramente avvenuta altrove. Nel caso dei serial killer, il luogo del ritrovamento delle vittime è molto più importante di quello in cui sono state uccise. Perché, mentre l'uccisione è sempre un atto che l'omicida riserva a se stesso, tutto ciò che ne consegue diventa un modo per condividere l'esperienza. Attraverso il cadavere della vittima, l'assassino instaura una sorta di comunicazione con gli inquirenti.

Da questo punto di vista, Albert non era certo da meno.

«Dobbiamo leggere la scena. Capire il messaggio che contiene, e a chi è destinato. Chi vuole iniziare? Vi ricordo che nessuna opinione sarà scartata a priori, perciò sentitevi liberi di dire quel che vi passa per la testa.»

Nessuno voleva cominciare per primo. Erano troppi i dubbi che si affastellavano nella mente.

«Forse il nostro uomo ha trascorso l'infanzia in questo istituto. Magari il suo odio, il suo rancore provengono da qui. Dovremmo cercare fra gli archivi.»

«Francamente non credo, Mila, che Albert voglia fornirci notizie su di sé.»

«Perché?»

«Perché non penso che voglia farsi catturare... Almeno per ora. In fondo abbiamo trovato soltanto il secondo cadavere.»

«Sbaglio o a volte gli assassini seriali vogliono essere presi dalla polizia perché non sono in grado di smettere d'uccidere?»

«È una cazzata», disse Sarah Rosa con la solita tracotanza.

E Goran aggiunse: «È vero che spesso l'aspirazione ultima di un serial killer è di essere fermato. Ma non perché non riesca a controllarsi, bensì perché con la cattura può finalmente uscire allo scoperto. Specie se possiede una personalità narcisistica, vuole essere riconosciuto per la grandezza della sua opera. E finché la sua identità rimane un mistero, non può ottenere lo scopo».

Mila annuì, ma non era del tutto convinta. Goran se ne accorse e si rivolse agli altri.

«Forse dovremmo ricapitolare come facciamo a ricostruire la relazione che esiste fra la scena del crimine e la condotta organizzativa del serial killer.»

Era una lezione a beneficio di Mila. Ma non le diede fastidio. Era un modo per metterla al passo con gli altri. E da come reagirono subito Boris e Stern, sembrava sul serio che ci tenessero che non rimanesse indietro.

Fu l'agente più anziano a prendere la parola. Lo fece senza rivolgere lo sguardo direttamente a Mila, non voleva metterla in imbarazzo.

«A seconda dello stato dei luoghi, suddividiamo i serial killer in due grandi categorie: *disorganizzati* e *organizzati*.»

Proseguì Boris: «Quello appartenente al primo gruppo è,

appunto, disorganizzato in tutti gli aspetti della propria vita. È un individuo che ha fallito nei contatti umani. È un solitario. Ha un'intelligenza inferiore alla media, una cultura modesta e svolge un lavoro che non richiede particolari abilità. Non è sessualmente competente. Da questo punto di vista, ha avuto solo esperienze frettolose e maldestre».

Riprese Goran: «Di solito è una persona che nell'infanzia ha dovuto subire una severa disciplina. Per questo motivo, molti criminologi sostengono che tenda a infliggere alle proprie vittime la stessa quantità di dolore e sofferenza che ha ricevuto da bambino. Per questo, nasconde un sentimento di rabbia e di ostilità che non necessariamente viene manifestato all'esterno, alle persone che frequenta abitualmente».

«Il disorganizzato non pianifica: agisce spontaneamente», intervenne Rosa, che ci teneva a non essere esclusa.

E Goran puntualizzò: «La mancanza di organizzazione del delitto rende il killer ansioso nel momento della consumazione. Per questo tende ad agire vicino a luoghi che gli sono familiari, dove si sente a proprio agio. L'ansia e il fatto che non si allontani troppo lo portano a commettere errori, per esempio lasciando tracce che spesso lo tradiscono».

«Le sue vittime, in generale, sono solo persone che si trovano nel posto sbagliato al momento sbagliato. E uccide perché questo è l'unico modo che conosce per relazionarsi agli altri», concluse Stern.

«E l'organizzato come si comporta?» domandò Mila.

«Be', in primo luogo è molto furbo», disse Goran. «Può essere difficilissimo identificarlo per il suo perfetto mimetismo: sembra un individuo normale, rispettoso delle leggi. Ha un quoziente d'intelligenza elevato. È abile nel suo lavoro. Spesso ricopre una posizione rilevante in seno alla comunità in cui vive. Non ha subito traumi particolari nell'infanzia. Ha una famiglia che lo ama. È sessualmente competente e non ha problemi a relazionarsi con l'altro sesso. Uccide solo per puro piacere.»

Quell'ultima affermazione fece rabbrividire Mila. Non fu la sola a esserne colpita perché, per la prima volta, Chang si disinteressò al suo microscopio per sollevare lo sguardo su di loro.

Forse anche lui si stava domandando come possa un essere umano ricavare soddisfazione dal male che infligge a un suo simile.

«È un predatore. Seleziona accuratamente le sue vittime, cercandole generalmente in luoghi distanti da dove vive. È astuto, prudente. È capace di prevedere l'evoluzione delle indagini sul suo conto, anticipando così le mosse degli inquirenti. Per questo è difficile catturarlo: impara dall'esperienza. L'organizzato pedina, aspetta e uccide. Le azioni possono essere programmate per giorni, o settimane. Sceglie la vittima con la massima cura. La osserva. S'inserisce nella sua vita, raccogliendo informazioni e annotando bene le sue abitudini. Cerca sempre un contatto, fingendo determinati comportamenti o una certa affinità per carpirne la fiducia. Per averne ragione, preferisce le parole alla forza fisica. La sua è un'opera di *seduzione*.»

Mila si voltò a guardare lo spettacolo di morte che era stato inscenato in quella sala. Poi disse: «La sua scena del delitto sarà sempre pulita. Perché la sua parola d'ordine è 'controllo'».

Goran annuì. «A quanto pare, hai inquadrato Albert.»

Boris e Stern le sorrisero. Sarah Rosa evitò accuratamente il suo sguardo e finse di leggere l'ora sull'orologio, sbuffando per quell'inutile perdita di tempo.

«Signori, ci sono novità...»

Il membro silenzioso di quel piccolo consesso aveva parlato: Chang si levò in piedi tenendo fra le mani un vetrino appena sottratto all'occhio del suo microscopio.

«Cosa c'è, Chang?» domandò il dottor Gavila, impaziente.

Ma il medico legale aveva intenzione di gustarsi quel momento. Nel suo sguardo ardeva la luce di un piccolo trionfo.

«Quando ho visto il corpo, mi sono chiesto come mai fosse immerso in quelle due dita d'acqua...»

«Siamo in una lavanderia», affermò Boris, come se fosse la cosa più evidente del mondo.

«Sì, ma come l'impianto elettrico dell'edificio, anche quello idrico non è più in funzione da anni.»

La rivelazione colse tutti alla sprovvista. Soprattutto Goran.

«Allora che cos'è quel liquido?»

«Si tenga forte, dottore... Sono *lacrime*.»

15

L'uomo è l'unico essere in natura capace di ridere o di piangere.

Questo Mila lo sapeva. Ciò che invece ignorava era che l'occhio umano produce ben tre tipi di lacrime. Le basali, che umidificano e nutrono continuamente il bulbo oculare. Le riflesse, che vengono prodotte quando un elemento estraneo penetra nell'occhio. E le lacrime emotive, che si associano al dolore. Queste ultime hanno una composizione chimica diversa: contengono percentuali molto elevate di manganese e di un ormone, la prolattina.

Nel mondo dei fenomeni naturali ogni singola cosa può essere ridotta a una formula, ma spiegare perché le lacrime di dolore siano fisiologicamente diverse dalle altre è praticamente impossibile.

Le lacrime di Mila non contenevano prolattina.

Era questo il suo inconfessabile segreto.

Non era in grado di soffrire. Di provare *empatia*, necessaria per comprendere gli altri e, perciò, per non sentirsi soli in mezzo al genere umano.

Era sempre stata così? Oppure qualcosa o qualcuno aveva estirpato da lei questa capacità?

Se n'era accorta alla morte di suo padre. Aveva quattordici anni. Era stata lei a trovarlo, un pomeriggio, privo di vita nella poltrona del salotto. Sembrava che dormisse. Almeno così raccontò quando le domandarono perché non avesse chiamato subito aiuto, restandosene invece lì per quasi un'ora a vegliarlo. La verità era che Mila aveva capito subito che non ci sarebbe stato nulla da fare. Ma la sua meraviglia non era rivolta a quell'evento tragico. Ciò che la stupiva era piuttosto la sua incapacità di comprendere emotivamente quello che aveva davanti agli occhi. Suo padre – l'uomo più importante della sua vita, colui che le aveva insegnato tutto, il suo modello – non ci sarebbe stato più. Per sempre. Eppure lei non aveva il cuore spezzato.

Al funerale aveva pianto. Non perché finalmente l'idea dell'ineluttabile avesse germogliato disperazione nel suo animo, ma solo perché questo era ciò che ci si aspettava da una figlia. Quelle lacrime salate erano state il frutto di uno sforzo enorme.

"È un blocco", si disse. "Soltanto un blocco. È lo stress. Sono sciocca. Sarà capitato anche ad altri." Provò di tutto. Si torturò di ricordi per sentirsi perlomeno in colpa. Niente.

Non riusciva a spiegarselo. Allora si chiuse in un silenzio invalicabile, senza permettere a nessuno di chiederle alcunché sul suo stato d'animo. Anche sua madre, dopo qualche tentativo, si era rassegnata a essere tagliata fuori da quella privatissima elaborazione del lutto.

Il mondo la credeva affranta, distrutta. Invece Mila, chiusa nella sua stanza, si domandava perché nutrisse soltanto il desiderio di riprendere la vita di sempre, sotterrando quell'uomo anche nel suo cuore.

Col tempo, le cose non cambiarono. Il dolore per la perdita non arrivò mai. Anzi, ci furono altri lutti. Sua nonna, una compagna di scuola, altri parenti. Anche in quei casi, Mila non riuscì a provare nulla, se non un netto impulso di chiudere la pratica con la morte il più in fretta possibile.

A chi confidarlo? L'avrebbero guardata come un mostro, un'insensibile, indegna di far parte del genere umano. Solo sua madre, nel letto di agonia, aveva compreso per un istante l'indifferenza nel suo sguardo, e aveva sfilato la mano dalla sua, come se avesse sentito improvvisamente freddo.

Terminate le occasioni di lutto nella sua famiglia, per Mila era stato più facile simulare con gli estranei ciò che non provava. Arrivata all'età in cui si inizia ad aver bisogno di contatti umani, specie con l'altro sesso, se n'era fatta un problema. "Non posso cominciare una storia con un ragazzo se non sono in grado di provare empatia per lui", si ripeteva. Perché, nel frattempo, Mila aveva imparato a definire così il suo problema. Dove il termine «empatia» – lo aveva imparato bene – stava per «capacità di proiettare le proprie emozioni su un soggetto per identificarsi con esso».

Fu allora che cominciò a consultare i primi psicanalisti. Alcuni non sapevano risponderle, altri le dicevano che la terapia sarebbe stata lunga e faticosa, che si doveva scavare parecchio per ritrovare le sue «radici emozionali» e capire dove si fosse interrotto il flusso dei sentimenti.

Tutti erano concordi su una cosa: bisognava rimuovere il blocco.

Per anni era stata in analisi, senza ricavarne niente. Aveva anche cambiato molti dottori e avrebbe continuato all'infinito se uno – il più cinico, a cui non sarebbe mai stata abbastanza grata – non le avesse detto chiaramente: «Il dolore non esiste. Come tutta la gamma delle emozioni umane d'altronde. È solo questione di chimica. L'amore è questione solo di endorfine. Con una siringa di Pentothal posso toglierti ogni esigenza affettiva. Siamo solo macchine di carne».

Finalmente si era sentita sollevata. Non appagata, ma sollevata sì! Non poteva farci niente: il suo corpo era entrato in «protezione», come capita a certi apparecchi elettronici quando c'è un sovraccarico e devono preservare i propri circuiti. Quel dottore le aveva anche detto che ci sono persone che, in un dato momento della loro esistenza, provano molto dolore, troppo, molto più di quanto possa tollerarne un essere umano in tutta la vita. E a quel punto, o cessano di vivere, o sono ormai assuefatte.

Mila non sapeva se considerare una fortuna la sua assuefazione, ma grazie a essa era diventata ciò che era. Una cercatrice di bambini scomparsi. Porre rimedio alla sofferenza altrui la ripagava per ciò che non avrebbe mai provato. Così la sua maledizione era improvvisamente diventata il suo talento.

Li salvava. Li riportava a casa. Loro la ringraziavano. Alcuni le si affezionavano e, crescendo, la cercavano per farsi raccontare la loro storia.

«Se non ci fossi stata tu a pensare a me», le dicevano.

E lei non poteva certo rivelare di cosa fosse fatto, in realtà, quel «pensiero», sempre uguale per ogni bambino che cercava.

Poteva provare rabbia per quanto era loro capitato – come per la bambina numero sei – ma non provava mai «compassione».

Aveva accettato il suo destino. Ma si poneva lo stesso una domanda.

Sarebbe mai stata capace di amare qualcuno?

Non sapendo rispondere, Mila aveva svuotato la mente e il cuore da molto tempo. Non avrebbe mai avuto un amore, un marito o un fidanzato, né figli, nemmeno un animale. Perché il segreto è non avere niente da perdere. Niente che qualcuno possa portarti via. Solo così riusciva a entrare nella testa delle persone che cercava.

Creando intorno a sé lo stesso vuoto che c'era intorno a loro.

Ma un giorno era sorto un problema. Era avvenuto dopo la liberazione di un ragazzino dalle grinfie del pedofilo che l'aveva rapito solo per spassarsela con lui nel fine settimana. Lo avrebbe liberato dopo tre giorni perché, nella sua mente malata, l'aveva «preso in prestito». Non gli importava in che stato lo avrebbe restituito alla famiglia e alla vita. Si giustificava dicendo che non gli avrebbe mai fatto del male.

E tutto il resto, allora? Come definiva lo shock del rapimento? La prigionia? La violenza?

Non si trattava del disperato tentativo di trovare una pur debole legittimazione a quello che aveva commesso. Lui ci credeva veramente! Perché era incapace d'immedesimarsi con la sua vittima. In fin dei conti, Mila lo sapeva: quell'uomo era uguale a lei.

Da quel giorno, aveva deciso che non avrebbe più permesso al suo animo di privarsi di quella misura fondamentale degli altri e della vita che era la compassione. Anche se non la trovava dentro di sé, l'avrebbe provocata in modo artificiale.

Mila aveva mentito alla squadra e al dottor Gavila. In realtà, lei possedeva già una conoscenza ben chiara di ciò che erano i serial killer. O almeno di un aspetto del loro comportamento.

Il sadismo.

Quasi sempre, alla base del modo di agire di un omicida seriale si ravvisano marcate e radicate componenti sadiche. Le vittime sono considerate «oggetti» dalla cui sofferenza, dal cui uso si può trarre un vantaggio personale.

Il serial killer, attraverso l'uso sadico della vittima, riesce a provare piacere.

Spesso si riconosce in lui l'incapacità di raggiungere una relazione matura e completa con gli altri, che vengono perciò degradati da persone a cose. La violenza allora è solo la scoperta di una possibilità di contatto con il resto del mondo.

"Perciò non voglio che capiti anche a me", si era detta Mila. Avere qualcosa in comune con quegli assassini incapaci di pietà, la nauseava.

Dopo il ritrovamento del cadavere di Anneke, mentre lasciava con Rosa la casa di padre Timothy, si era ripromessa che la sera stessa avrebbe reso indelebile il ricordo di ciò che era accaduto a quella bambina. E così al termine della giornata, mentre gli altri se ne tornavano allo Studio per riepilogare e ordinare i risultati investigativi, lei aveva preso congedo per un paio d'ore.

Poi, come aveva fatto molte altre volte, si era recata in una farmacia. Aveva acquistato l'occorrente. Disinfettante, cerotti, cotone idrofilo, un rotolo di benda sterile, aghi e filo da sutura.

E una lametta.

Con un'idea ben chiara nella testa, era tornata al motel, nella sua vecchia stanza. Non l'aveva disdetta e continuava a pagarla proprio per quell'evenienza. Chiuse le tende. Lasciò accesa solo la luce accanto a uno dei due letti. Si sedette e rovesciò il contenuto della piccola busta di carta sul materasso.

Si sfilò i jeans.

Dopo aver versato un po' di disinfettante sulle mani, le sfregò per bene. Poi impregnò di altro liquido un batuffolo di cotone idrofilo e tamponò la pelle all'interno della gamba destra. Più sopra c'era la ferita già rimarginata, prodotto del precedente tentativo troppo maldestro. Ma stavolta non avrebbe combinato guai, sarebbe stata brava. Strappò con le labbra la carta velina che avvolgeva la lametta. La sistemò per bene fra le dita. Chiuse gli occhi e abbassò la mano. Contò fino a tre, poi accarezzò la pelle all'interno della gamba. Sentì affondare il filo della lama nella carne viva, e scorrere, aprendosi un varco caldo.

Il dolore fisico proruppe in tutto il suo fragore silenzioso.

Risalì dalla ferita lungo il corpo. Raggiunse l'apice nella sua testa, ripulendola dalle immagini di morte.

«Questo è per te, Anneke», disse Mila al silenzio.

Poi, finalmente, pianse.

Un sorriso fra le lacrime.

Questa era l'immagine simbolica della scena del crimine. Poi c'era il dettaglio non trascurabile che il corpo della seconda bambina fosse stato ritrovato nudo in una lavanderia.

«L'intento sarebbe quello di mondare il creato con il pianto?» aveva domandato Roche.

Ma Goran Gavila, come al solito, non credeva a queste spiegazioni semplicistiche. Fino a quel momento, il modello omicida di Albert si era dimostrato troppo raffinato per scadere in una simile banalità. Si riteneva al di sopra degli assassini seriali che l'avevano preceduto.

Allo Studio ormai la stanchezza era palpabile. Mila era ritornata dal motel verso le nove di sera, gli occhi congestionati, una leggera zoppia alla gamba destra. Era andata subito a stendersi in foresteria per riposare un po', senza disfare la branda e senza neanche togliersi i vestiti. Verso le undici l'aveva svegliata Goran che, in corridoio, parlava a bassa voce al cellulare. Se ne stette immobile, per dare l'impressione che dormisse. In realtà ascoltava. Intuì che dall'altra parte non c'era la moglie, bensì una tata, o forse una governante, che lui a un certo punto chiamò «signora Runa». Le chiese di Tommy – allora era così che si chiamava il bambino –, se avesse mangiato e finito i compiti e se per caso avesse fatto i capricci. Goran mormorò più volte mentre la signora Runa lo aggiornava. La conversazione terminò con il criminologo che prometteva di passare da casa l'indomani, in modo da rivedere Tommy almeno per qualche ora.

Mila, rannicchiata con le spalle alla porta, non si muoveva. Ma, quando Goran riattaccò, le sembrò che si fermasse sulla soglia della foresteria, e che stesse rivolgendo lo sguardo proprio nella sua direzione. Poteva scorgere parte della sua ombra proiettata sul muro davanti a lei. Cosa sarebbe accaduto se si fosse voltata? I loro sguardi si sarebbero incontrati in quella penombra. Forse l'iniziale imbarazzo avrebbe lasciato il posto a qualcos'altro. Un muto dialogo di occhi. Ma era di questo che Mila sentiva realmente il bisogno? Perché quell'uomo esercitava una strana attrazione su di lei. Non sapeva dire di cosa fosse fatto esattamente quel richiamo. Alla fine, decise di voltarsi. Ma Goran non c'era già più.

Poco dopo, si riaddormentò.

«Mila... Mila...»

Come un sussurro, la voce di Boris si era insinuata in un sogno di alberi neri e strade senza meta. Mila aprì gli occhi e lo vide accanto alla sua branda. Per svegliarla non l'aveva toccata. Si era limitato a chiamarla per nome. Ma sorrideva.

«Che ore sono? Ho dormito troppo?»

«No, sono le sei... Vado fuori, Gavila vuole che intervisti alcuni vecchi ospiti dell'orfanotrofio. Mi chiedevo se ti andava di venire con me...»

Lei non si stupì di quella proposta. Anzi, dall'imbarazzo di Boris, capì che non era stata una sua idea.

«Va bene, vengo.»

Il ragazzone annuì, grato che gli avesse risparmiato ulteriori insistenze.

Circa quindici minuti dopo si rividero nel parcheggio davanti all'edificio. Il motore della macchina era già acceso e Boris l'aspettava fuori dall'abitacolo, appoggiato alla carrozzeria con la sigaretta fra le labbra. Indossava un parka imbottito che gli arrivava quasi alle ginocchia. Mila aveva addosso il solito giubbotto di pelle. Facendo i bagagli, non aveva previsto che da quelle parti avrebbe fatto tanto freddo. Un sole pavido, che sbirciava fra i palazzi, aveva iniziato a intiepidire appena i cumuli di neve sporca agli angoli delle strade, ma non sarebbe durato molto: per quel pomeriggio era previsto l'arrivo di una tormenta.

«Dovresti coprirti un po' di più, sai?» disse Boris, lanciando uno sguardo preoccupato al suo abbigliamento. «Qui si gela in questo periodo dell'anno.»

L'abitacolo era caldo e accogliente. Sul cruscotto erano appoggiati un bicchiere di plastica e un sacchetto di carta.

«Croissant caldi e caffè?»

«E sono tutti per te!» rispose lui, memore della sua ingordigia.

Era un'offerta di pace. Mila l'accettò senza fare commenti. Con la bocca piena chiese: «Dove stiamo andando esattamente?»

«Te l'ho detto: dobbiamo ascoltare alcuni fra quelli che hanno vissuto all'istituto. Gavila è convinto che la messinscena preparata col cadavere nella lavanderia non sia solo uno spettacolo dedicato a noi.»

«Forse rievoca qualcosa del passato.»

«Molto lontano, se è così. Posti come quello per fortuna non esistono più da quasi ventotto anni. Da quando hanno cambiato la legge, abolendo finalmente gli orfanotrofi.»

C'era qualcosa di sofferto nel tono di Boris, che subito dopo le confessò: «Io ci sono stato in un posto simile a quello, sai? Avevo circa dieci anni. Non ho mai conosciuto mio padre, e mia madre da sola non ce la faceva a crescermi. Così mi ha parcheggiato lì per un po'».

Mila non sapeva che dire, spiazzata da quella rivelazione così personale. Boris lo intuì.

«Non c'è bisogno che dici niente, non preoccuparti. Anzi, non so neanche perché te l'abbia raccontato.»

«Mi spiace, ma non sono una persona molto espansiva. A molti posso risultare fredda.»

«Non a me.»

Intanto Boris guardava la strada. Il traffico andava a rilento per via del ghiaccio che ancora ricopriva l'asfalto. Il fumo degli scappamenti ristagnava a mezz'aria. La gente sui marciapiedi camminava in fretta.

«Stern – che Iddio lo conservi sempre com'è – è riuscito a rintracciare una dozzina di ex ospiti dell'istituto. A noi ne toccano la metà. Gli altri se li sciroppano lui e Rosa.»

« Solo dodici? »

« Fra quelli in zona. Non so di preciso cosa abbia in mente il dottore, ma se lui pensa che possiamo ricavarne qualcosa... »

La verità è che non c'erano alternative e che, a volte, bisogna attaccarsi a tutto per far ripartire le indagini.

Quella mattina intervistarono quattro degli ex ragazzi dell'orfanotrofio. Avevano tutti più di ventotto anni, e più o meno lo stesso pedigree criminale. Collegio, riformatorio, galera, libertà condizionata, di nuovo galera, affidamento in prova ai servizi sociali. Uno solo era riuscito a ripulirsi del tutto grazie alla sua Chiesa: era diventato il Pastore di una delle tante comunità evangeliche presenti in zona. Altri due vivevano di espedienti. Il quarto era ai domiciliari per spaccio. Ma quando ciascuno di loro rievocava il tempo trascorso all'istituto, Mila e Boris notavano un improvviso turbamento. Gente che poi aveva conosciuto la galera, quella vera, eppure non avrebbe mai dimenticato quel posto.

« Hai visto le loro facce? » chiese Mila al collega dopo la quarta visita. « Pensi anche tu che in quell'istituto accadesse qualcosa di brutto? »

« Quel posto non era diverso da altri simili, credimi. Penso invece che sia una cosa legata a quando si è ragazzi. Crescendo tutto ti scivola addosso, anche le cose peggiori. Ma quando hai quell'età, i ricordi ti si imprimono proprio nella carne, e non se ne vanno più. »

Ogni volta che, con opportune cautele, raccontavano la storia del ritrovamento del cadavere nella lavanderia, gli intervistati si limitavano a scuotere il capo. Quell'oscuro simbolismo non rappresentava nulla per loro.

Verso metà giornata, Mila e Boris si fermarono in una tavola calda dove consumarono in fretta tramezzini al tonno e un paio di cappuccini.

Il cielo si era fatto pesante. I meteorologi non s'erano sbagliati: presto sarebbe tornato a nevicare.

Ne avevano ancora due da incontrare prima che la tormenta li sorprendesse, impedendogli di tornare indietro. Decisero di cominciare da quello che abitava più lontano.

« Si chiama Feldher. Abita a una trentina di chilometri. »

Boris era di buon umore. Mila avrebbe voluto approfittarne per chiedergli qualcosa di più sul conto di Goran. Quell'uomo la incuriosiva: non sembrava possibile che avesse una vita privata, una compagna, un figlio. Sua moglie, in particolare, era un mistero. Soprattutto dopo la conversazione telefonica che Mila aveva captato la notte prima. Dov'era quella donna? Perché non era a casa a badare al piccolo Tommy? Perché al suo posto c'era « la signora Runa »? Forse Boris avrebbe potuto dare una risposta a quelle domande. Ma Mila, non sapendo come introdurre l'argomento, alla fine rinunciò.

Giunsero a casa di Feldher che erano quasi le due del pomeriggio. Avevano provato a chiamare per annunciare quella visita, ma la voce registrata di una compagnia telefonica li aveva informati che il numero non era più attivo.

« A quanto pare, il nostro amico non se la passa molto bene », era stato il commento di Boris.

Vedendo il posto in cui abitava, ne ebbero la conferma. La casa – se così poteva definirsi – si trovava in mezzo a un campo di rottami, circondata da carcasse di automobili. Un cane dal pelo rosso, che sembrava arrugginire lentamente come tutto il resto, li accolse con un latrato rauco. Un uomo sulla quarantina apparve poco dopo sulla soglia. Indossava solo una lurida maglietta e dei jeans, nonostante il freddo.

« Lei è il signor Feldher? »

« Sì... E voi chi siete? »

Boris sollevò soltanto la mano con il tesserino: « Possiamo parlarle? »

Feldher non sembrava gradire la visita, però fece loro cenno di entrare.

Aveva una pancia enorme e dita ingiallite dalla nicotina. L'interno della casa gli assomigliava: sudicio e in disordine. Servì del tè freddo in bicchieri spaiati, si accese una sigaretta e andò a sedersi su una sdraio cigolante, lasciando a loro il divano.

« Mi avete trovato per un caso. Di solito lavoro... »

« E perché oggi no? » chiese Mila.

L'uomo guardò fuori: «La neve. Nessuno prende manovali con questo tempo. E io sto perdendo un sacco di giornate».

Mila e Boris tenevano fra le mani il tè, ma nessuno dei due beveva. Feldher non sembrava offendersene.

«Perché allora non prova a cambiare lavoro?» azzardò Mila, per fingere interesse e instaurare un contatto.

Feldher sbuffò. «Ci ho provato! Credete che non ci abbia provato? Ma è andato male anche quello, insieme al mio matrimonio. Quella troia cercava qualcosa di meglio. Me lo ripeteva ogni santo giorno che non valevo niente. Ora fa la cameriera per due soldi e condivide un appartamento con altre due balorde come lei. L'ho visto, sapete? È un posto gestito dalla Chiesa di cui fa parte adesso! Quelli l'hanno convinta che anche per una buona a nulla come lei ci sarà un posto in paradiso! Ma ci pensate?»

Mila rammentò che avevano incontrato almeno una dozzina di queste nuove Chiese lungo la strada. Tutte esponevano grandi insegne al neon su cui, oltre al nome della congregazione, appariva anche lo slogan che la caratterizzava. Da qualche anno proliferavano anche da quelle parti, raccogliendo proseliti soprattutto fra disoccupati delle grandi industrie, madri sole e persone deluse dalle fedi tradizionali. Anche se le varie confessioni ci tenevano a sembrare diverse fra loro, ciò che le accomunava era l'adesione incondizionata alle teorie creazioniste, l'omofobia, l'antiabortismo, l'affermazione del principio per cui ogni individuo ha il diritto a possedere un'arma e il pieno sostegno alla pena di morte.

Chissà come avrebbe reagito Feldher, pensò Mila, se gli avessero detto che uno dei suoi ex compagni d'istituto era addirittura diventato un Pastore di una di quelle Chiese.

«Quando siete arrivati vi avevo scambiato per due di loro: vengono fin qui a predicare il loro vangelo! Il mese scorso quella baldracca della mia ex me ne ha mandati un paio per convertirmi!» rise mostrando due file di denti cariati.

Mila cercò di svicolare dall'argomento coniugale e domandò come per caso: «Di cosa si occupava prima di fare il manovale, signor Feldher?»

«Non ci crederà...» L'uomo sorrise, dando un'occhiata al sudiciume che lo circondava: «Avevo messo su una piccola lavanderia».

I due agenti si trattennero dal guardarsi, per non rivelare a Feldher quanto interessante fosse ciò che aveva appena detto. A Mila non sfuggì che Boris lasciava scivolare una mano sul fianco, liberando la fondina con la pistola. Le venne in mente che, arrivando in quel posto, aveva notato che i cellulari non avevano campo. Non sapevano molto dell'uomo che avevano davanti, e dovevano essere prudenti.

«È stato mai in galera, signor Feldher?»

«Solo per piccoli reati, niente per cui un uomo onesto non dovrebbe dormire di notte.»

Boris fece mostra di annotare mentalmente quell'informazione. Intanto fissava Feldher per metterlo a disagio.

«Allora: cosa posso fare per voi, *agenti*?» disse l'uomo, senza mascherare un certo fastidio.

«A quanto ci risulta, lei ha trascorso l'infanzia e gran parte dell'adolescenza in un istituto di preti», riprese Boris con cautela.

Feldher lo squadrò sospettoso: come gli altri, non si aspettava certo che due sbirri si scomodassero solo per quel motivo. «Gli anni migliori della mia vita», disse con cattiveria.

Boris gli spiegò le ragioni che li avevano condotti fin lì. Feldher sembrava compiacersi di essere messo al corrente dei fatti prima che quella storia finisse in pasto alla stampa.

«Potrei farci un sacco di soldi raccontando questa roba ai giornali, sa?» fu il suo unico commento.

Boris lo fissò. «Ci provi e l'arresto.»

Il sorriso sul volto di Feldher si spense. L'agente si sporse verso di lui. Era una tecnica d'interrogatorio, anche Mila la conosceva. Gli interlocutori, a meno che non siano legati da particolari rapporti affettivi o d'intimità, tendono sempre a rispettare un confine invisibile. In questo caso, invece, l'interrogante si avvicinava all'interrogato per invadere la sua sfera e metterlo a disagio.

«Signor Feldher, sono sicuro che lei si diverta parecchio ad accogliere gli sbirri che vengono a trovarla, rifilandogli del tè in cui magari ci ha pure pisciato, per poi godersi le loro facce mentre se ne stanno come degli stronzi con il bicchiere in mano senza avere il coraggio di bere.»

Feldher non disse una parola. Mila guardò Boris: chissà se la sua era stata una buona mossa vista la situazione. L'avrebbero capito presto. Quindi l'agente appoggiò con calma il tè sul tavolino senza averlo neanche assaggiato, e tornò a fissare l'uomo negli occhi.

«Ora spero che voglia raccontarci un po' del suo soggiorno presso l'orfanotrofio...»

Feldher abbassò lo sguardo, la sua voce si era fatta un sussurro: «Si può dire che ci sono nato in quel posto. Non ho mai conosciuto i miei genitori. Mi hanno portato lì dopo che mia madre mi ha sputato fuori. Il nome che porto me l'ha messo padre Rolf, diceva che apparteneva a un tale che aveva conosciuto e che poi era morto giovane in guerra. Chissà perché quel matto di un prete pensava che il nome che aveva portato sfiga a quello lì, a me invece avrebbe portato fortuna!»

Il cane fuori ricominciò ad abbaiare e Feldher si distrasse per rimproverarlo: «Zitto Koch!» Poi tornò a rivolgersi ai suoi ospiti. «Ne avevo molti altri prima. Questo posto era una discarica. Quando l'ho comprata, mi avevano assicurato che era stata bonificata. Ma ogni tanto riemerge qualcosa: liquami e schifezze varie, soprattutto quando piove. I cani bevono quella roba, gli si gonfia la pancia e dopo qualche giorno schiattano. Mi è rimasto solo Koch, ma credo che stia per andarsene anche lui.»

Feldher divagava. Non ci stava a ritornare con loro in quei luoghi che probabilmente avevano segnato il suo destino. Con la storia dei cani morti stava provando a patteggiare con i suoi interlocutori, perché lo lasciassero in pace. Ma loro non potevano mollare la presa.

Mila cercò di essere convincente quando disse: «Vorrei che facesse uno sforzo, signor Feldher».

«D'accordo: spari...»

«Vorrei che ci dicesse a cosa collegherebbe l'immagine di 'un sorriso fra le lacrime'...»

«È come quella roba che fanno gli psichiatri, è così? Una specie di gioco di associazione di idee?»

«Una specie», convenne lei.

Feldher cominciò a pensarci su. Lo fece in modo plateale, con gli occhi rivolti in alto e una mano a grattarsi il mento. Forse voleva dare l'impressione di collaborare, o forse aveva capito che non potevano certo incriminarlo per «omissione di ricordo» e li stava solo prendendo in giro. Poi, invece, disse: «Billy Moore».

«Chi era, un suo compagno?»

«Ah, quel bambino era straordinario! Aveva sette anni quando arrivò. Era sempre allegro, sorridente. Diventò subito la mascotte di tutti... All'epoca stavano già quasi per chiudere i battenti: eravamo rimasti in sedici.»

«Tutto quell'enorme istituto solo per così pochi?»

«Anche i preti se n'erano andati. Era rimasto solo padre Rolf... Io ero fra i ragazzi più grandi, avevo quindici anni, più o meno... La storia di Billy era tristissima: i suoi s'erano suicidati impiccandosi. Lui aveva trovato i corpi. Non aveva urlato, né cercato aiuto: invece s'era messo in piedi su una sedia e, aggrappandosi a loro, li aveva staccati dal soffitto.»

«Sono esperienze che segnano.»

«Non Billy. Era sempre felice. Si adattava anche al peggio. Per lui tutto era un gioco. Non avevamo mai visto una cosa del genere. Per noialtri quel posto era una galera, ma Billy non ci faceva caso. Emanava un'energia, non so come dire... Aveva due fisse: quei dannati pattini a rotelle con cui andava avanti e indietro per i corridoi ormai deserti, e le partite di calcio! Ma non gli piaceva giocare. Preferiva starsene a bordo campo a farci la telecronaca! 'Qui Billy Moore dallo stadio Azteca di Città del Messico per la finale della Coppa del Mondo...' Al suo compleanno mettemmo insieme dei soldi e gli comprammo un cavolo di mangianastri! Era pazzesco: lui ci registrava sopra ore e ore di quella roba e poi si riascoltava!»

Feldher straparlava, la conversazione stava deragliando. Mila cercò di riportarla sui binari di partenza: «Ci parli degli ultimi mesi all'istituto...»

«Come le ho detto, stavano per chiudere e noi ragazzi avevamo solo due possibilità: essere finalmente adottati o finire in altre strutture, tipo case famiglia. Ma eravamo orfani di serie B, nessuno ci avrebbe presi. Per Billy, però, era diverso: facevano la fila! Tutti s'innamoravano subito di lui e lo volevano!»

«E come è andata a finire? Billy ha trovato una buona famiglia?»

«Billy è morto, signora.»

Lo disse con una tale delusione che sembrava che quel destino fosse capitato a lui. E forse un po' era così, come se quel bambino avesse rappresentato una sorta di riscatto anche per i suoi compagni. Uno che ce l'avrebbe potuta fare, finalmente.

«Come è successo?» chiese Boris.

«Meningite.»

L'uomo tirò su col naso, gli occhi lucidi. Si voltò verso la finestra, perché non voleva mostrarsi fragile a due estranei. Mila era sicura che, una volta andati via loro due, il ricordo di Billy avrebbe continuato ad aleggiare come un vecchio fantasma in quella casa. Ma proprio grazie alle sue lacrime, Feldher si era conquistato la loro fiducia: Mila vide Boris che allontanava la mano dalla fondina. Era innocuo.

«La meningite se la beccò solo Billy. Ma, temendo un'epidemia, ci sgombrarono in quattro e quattr'otto... Che cazzo di fortuna, eh?» Si sforzò di ridere. «Be', ci hanno fatto uno sconto di pena, no? E quella fogna è stata chiusa sei mesi prima del previsto.»

Mentre si alzavano per andarsene, Boris domandò ancora: «Ha più rivisto qualcuno dei suoi compagni?»

«No, ma un paio d'anni fa ho incontrato di nuovo padre Rolf.»

«Ora è andato in pensione.»

«Speravo che avesse tirato le cuoia.»

«Perché?» chiese Mila, immaginando il peggio. «Le ha fatto del male?»

«Mai. Ma quando passi l'infanzia in un posto del genere, impari a odiare ciò che ti ricorda perché sei lì.»

Un pensiero non diverso da quello di Boris, che si trovò ad annuire involontariamente.

Feldher non li accompagnò alla porta. Si piegò invece sul tavolino e recuperò il bicchiere di tè freddo che Boris non aveva bevuto. Lo avvicinò alle labbra, mandandolo giù tutto d'un fiato.

Poi li fissò ancora, spavaldo: «Buona giornata».

Una vecchia foto di gruppo – i ragazzi che per ultimi avevano vissuto all'orfanotrofio prima della chiusura – recuperata in quello che un tempo era stato l'ufficio di padre Rolf.

Di sedici bambini in posa insieme all'anziano sacerdote, uno solo sorrideva all'indirizzo dell'obiettivo.

Un sorriso fra le lacrime.

Gli occhi vispi, i capelli arruffati, un incisivo mancante, una vistosa patacca di unto sul pullover verde, sfoggiata come fosse una medaglia al merito.

Billy Moore riposava per sempre in quella foto e nel piccolo cimitero accanto alla chiesa dell'istituto. Non era il solo bambino a esservi sepolto, però la sua tomba era la più bella. Con un angelo di pietra che spiegava le ali in un gesto protettivo.

Dopo aver ascoltato la storia dalla voce di Mila e Boris, Gavila chiese a Stern di procurare tutti i documenti relativi alla morte di Billy. L'agente provvide con la solita solerzia e, confrontando quelle carte, balzò all'occhio una strana coincidenza.

«In caso di malattie potenzialmente infettive come la meningite, è obbligatoria la segnalazione all'autorità sanitaria. Il medico che ha ricevuto la denuncia da parte di padre Rolf è lo stesso che ha poi redatto il certificato di morte. I due documenti portano la stessa data.»

Goran provò a ragionare: «L'ospedale più vicino è a trenta chilometri. Probabilmente non si è neanche preso il disturbo di venire a verificare di persona».

«Si è fidato della parola del prete», aggiunse Boris. «Perché i preti, di solito, non dicono bugie...»

"Non sempre", pensò Mila.

A questo punto Gavila non ebbe dubbi: «Bisogna riesumare il corpo».

La neve aveva cominciato a cadere in piccoli grani, come a preparare il terreno ai fiocchi che sarebbero arrivati dopo. Di lì a poco sarebbe venuta sera. Perciò dovevano sbrigarsi.

I necrofori di Chang erano al lavoro e, con l'ausilio di una piccola pala meccanica, scavavano la terra indurita dal gelo. Nell'attesa, nessuno parlava.

L'ispettore capo Roche era stato informato degli sviluppi e teneva a bada la stampa, rimessasi improvvisamente in fibrillazione. Forse Feldher aveva veramente cercato di speculare su quanto i due agenti gli avevano riferito in forma riservata. Del resto, Roche lo diceva sempre: «Quando i media non sanno, inventano».

Perciò dovevano fare presto, prima che qualcuno decidesse di colmare quel silenzio con qualche frottola ben congegnata. Sarebbe stata dura, poi, smentire tutto.

Ci fu un rumore sordo. Finalmente la pala meccanica aveva toccato qualcosa.

Gli uomini di Chang si calarono nella fossa e proseguirono lo scavo a mano. Un telo di plastica rivestiva la cassa per rallentarne il deterioramento. Venne tagliato. Dallo spacco s'intravide il coperchio di una piccola bara bianca.

«Qui è tutto marcio», annunciò il medico legale dopo una rapida occhiata. «Se la tiriamo su, rischiamo di rompere tutto. E poi con questa neve è già un casino», aggiunse Chang all'indirizzo di Goran, a cui spettava l'ultima decisione.

«Va bene... Apritela.»

Nessuno si aspettava che il criminologo disponesse una riesumazione sul posto. Allora gli uomini di Chang stesero un'incerata sulla fossa, tenendola su con dei paletti, a mo' di grande ombrello, per riparare il sito.

Il patologo indossò un corpetto con una lampada sulla spalla, quindi scese nella buca sotto lo sguardo dell'angelo di pietra. Davanti a lui, un tecnico con la fiamma ossidrica iniziò a sciogliere le saldature di zinco della cassa e il coperchio cominciò a muoversi.

"Come si sveglia un bambino morto da ventotto anni?" si chiese Mila. Probabilmente Billy Moore avrebbe meritato un breve cerimoniale, o una preghiera. Ma nessuno aveva voglia e tempo di farlo.

Quando Chang aprì la bara, apparvero i poveri resti di Billy con ancora indosso ciò che rimaneva di un abito da prima comunione. Elegante, con la cravatta a clip e i pantaloni con i risvolti. In un angolo della bara c'erano i pattini arrugginiti e un vecchio mangianastri.

A Mila tornò in mente il racconto di Feldher: «Aveva due fisse: quei dannati pattini a rotelle con cui andava avanti e indietro per i corridoi ormai deserti, e le partite di calcio! Ma non gli piaceva giocare. Preferiva starsene a bordo campo a farci la telecronaca».

Erano gli unici averi di Billy.

Chang iniziò lentamente a sezionare parti di tessuto dell'abito servendosi di un bisturi e, anche in quella scomoda posizione, i suoi gesti furono rapidi e precisi. Verificò lo stato di conservazione dello scheletro. Poi, rivolto al resto della squadra, dichiarò: «Ci sono diverse fratture. Non sono in grado di dire su due piedi a quando risalgono... Ma a mio parere questo bambino non è morto certo per una meningite».

16

Padre Timothy venne introdotto da Sarah Rosa nel camper dell'unità mobile, dove Goran lo attendeva insieme agli altri. Il sacerdote appariva ancora ansioso.

«Avremmo bisogno di un favore da lei», esordì Stern. «Dovremmo parlare urgentemente con padre Rolf.»

«Ve l'ho detto: è andato in pensione. Non so dove sia adesso. Quando sono arrivato qui sei mesi fa, l'ho incontrato solo per poche ore. Il tempo del passaggio delle consegne. Mi ha spiegato un po' di cose, mi ha affidato alcuni documenti, le chiavi ed è andato via.»

Boris si rivolse a Stern: «Forse dovremmo rivolgerci direttamente alla Curia. Secondo te, dove li mandano i sacerdoti quando vanno in pensione?»

«Ho sentito dire che esiste una specie di casa di riposo.»

«Forse, però...»

Si voltarono nuovamente verso padre Timothy.

«Cosa?» lo incoraggiò Stern.

«Mi sembra di rammentare che padre Rolf avesse intenzione di andare a vivere con la sorella... Sì, mi disse che aveva più o meno la sua età e che non si era mai sposata.»

Il sacerdote sembrava contento di aver finalmente fornito un contributo all'indagine. Tanto che arrivò a offrire l'aiuto che poco prima aveva negato.

«Ci parlo io con la Curia, se volete. A pensarci bene, non dovrebbe essere difficile sapere dove si trovi padre Rolf. Ed è probabile che mi venga in mente qualcos'altro.»

Il giovane prete sembrava essersi tranquillizzato.

A quel punto intervenne Goran: «Ci farebbe un enorme piacere ed eviteremmo un'inutile pubblicità su quello che sta accadendo qui. Penso che la cosa non dispiacerebbe alla Curia».

« Lo penso anch'io », acconsentì padre Timothy, serio.

Quando il sacerdote lasciò il camper, Sarah Rosa si rivolse a Goran, visibilmente contrariata.

« Se siamo tutti concordi sul fatto che la morte di Billy non sia stata un incidente, perché non fa spiccare un mandato di cattura per padre Rolf? È evidente che c'entra qualcosa! »

« Sì, ma non è lui il responsabile dell'omicidio del ragazzino. »

A Mila non sfuggì la parola « omicidio », pronunciata per la prima volta da Goran. Le fratture di Billy potevano ricondurre soltanto a una morte violenta, ma non c'era la prova che fosse avvenuta per mano di qualcuno.

« E lei come fa a essere così sicuro che il prete non sia colpevole? » continuò Rosa.

« Padre Rolf ha solo coperto la cosa. S'è inventato la storia della meningite di Billy, così nessuno si sarebbe arrischiato ad approfondire, temendo il contagio. E poi il resto l'ha fatto il mondo là fuori: a nessuno importava di quegli orfani, è chiaro anche a voi, no? »

« Inoltre l'istituto stava per chiudere », gli diede manforte Mila.

« Padre Rolf è l'unico che conosca la verità, per questo dobbiamo interrogarlo. Ma ho paura che se lo cercassimo con un mandato... be', potremmo anche non trovarlo. È vecchio, e potrebbe essere determinato a portarsi questa storia nella tomba. »

« Allora cosa dobbiamo fare? » Boris era impaziente. « Dovremmo attendere che quel pretino ci dia notizie? »

« Certo che no », rispose il criminologo. Quindi rivolse la sua attenzione alla piantina dell'istituto che Stern aveva recuperato dall'ufficio del catasto comunale. Indicò una zona a Boris e Rosa.

« Dovete andare nel padiglione est. Vedete? Qui c'è l'archivio con tutti i fascicoli dei ragazzi che l'orfanotrofio ha ospitato fino alla chiusura. Ovviamente a noi interessano solo gli ultimi sedici bambini. »

Goran consegnò loro la foto di gruppo in cui spiccava il sorriso di Billy Moore. La voltò: sul retro erano apposte le firme di tutti i ragazzini presenti in quell'immagine.

«Confrontate i nomi: ci serve quello dell'unico fascicolo mancante...»

Boris e Rosa lo guardarono straniti.

«Come fa a sapere che ne manca uno?»

«Perché Billy Moore è stato ucciso da un suo compagno.»

Nella stessa foto di gruppo che ritraeva Billy Moore sorridente, il posto di Ronald Dermis era il terzo a sinistra. Aveva otto anni. Questo voleva dire che era stato lui la mascotte prima dell'arrivo di Billy.

Per un bambino la gelosia può essere un motivo sufficiente per desiderare la morte di qualcuno.

Uscito dall'istituto insieme agli altri, la burocrazia aveva perso le sue tracce. Era stato adottato? Improbabile. Forse era finito in una casa famiglia. Era un mistero. Quasi certamente anche dietro questo buco di notizie si nascondeva la mano di padre Rolf.

Era assolutamente necessario trovare il sacerdote.

Padre Timothy aveva assicurato che la Curia se ne stava occupando: «La sorella è morta e lui ha chiesto di essere ridotto allo stato laicale». In pratica, aveva rinunciato alla tonaca. Forse era stato il senso di colpa per aver coperto un omicidio, forse l'insopportabile scoperta che il male sa celarsi benissimo anche nelle sembianze di un bambino.

Queste e altre ipotesi agitavano la squadra.

«Non ho ancora capito se devo scatenare la caccia all'uomo del secolo, o se devo invece aspettare che ti degni di fornirmi qualche risposta!»

Le pareti di cartongesso dell'ufficio di Roche tremarono al suono della sua voce. L'ansia dell'ispettore capo, però, rimbalzava sull'ostinata calma di Goran.

«Mi stanno addosso per la storia della sesta bambina: dicono che non stiamo facendo abbastanza!»

«Non riusciremo a trovarla fin quando Albert non deciderà di lasciarci qualche indizio. Ho appena sentito Krepp: dice che anche questa scena del crimine è pulita.»

«Dimmi almeno se ritieni che Ronald Dermis e Albert siano la stessa persona!»

«Abbiamo già commesso questo errore con Alexander Bermann. Per il momento, mi asterrei dall'affrettare conclusioni.»

Era un consiglio e Roche non era abituato a riceverne sulla gestione politica dei casi. Ma stavolta lo accettò.

«Però non possiamo starcene qui in attesa che quello psicopatico ci porti dove vuole. Così non salveremo mai quella bambina! Ammesso che sia ancora viva.»

«C'è solo una persona che può salvarla. Ed è lui stesso.»

«Ti aspetti davvero che ce la consegni spontaneamente?»

«Dico solo che, a un certo punto, potrebbe anche volerlo commettere, un errore.»

«Cazzo! Ma credi che possa vivere di speranze mentre là fuori aspettano solo di farmi il culo? Io pretendo dei risultati, dottore!»

Goran era abituato alle sfuriate di Roche. Non erano dirette a lui, in particolare. L'ispettore capo ce l'aveva col mondo intero. Era un effetto collaterale della carica: quando sei troppo in alto, c'è sempre qualcuno che vuole tirarti giù.

«Ho schivato un sacco di merda in questo periodo, e non era nemmeno tutta diretta a me.»

Goran sapeva essere paziente, ma era consapevole che con Roche non sempre funzionava. Così provò a prendere l'iniziativa, per scrollarselo di dosso.

«Vuoi che ti dica una cosa che mi fa impazzire?»

«Qualsiasi cosa mi tolga da questa empasse, per piacere.»

«Non l'ho detto a nessuno finora... Le lacrime.»

«Ebbene?»

«Ce n'erano almeno cinque litri intorno al cadavere della seconda bambina! Ma le lacrime sono saline, per cui tendono a seccarsi subito. Quelle invece no. Mi sono chiesto il perché...»

«E perché, di grazia?»

«Sono artificiali: riproducono esattamente la composizione chimica di quelle umane, ma sono un'illusione. Per questo non si seccano... Tu sai come si fa a ricreare artificialmente delle lacrime?»

«Non ne ho idea.»

«Ecco il punto: Albert sì. E l'ha fatto, ha speso del tempo. Sai che significa?»

«Dimmelo tu.»

«Che ha allestito ogni cosa con cura. Tutto quello che ci sta mostrando è il frutto di un piano concepito in anni di preparazione! E noi dobbiamo ribattere alle sue mosse in poco tempo. Ecco che cosa significa.»

Roche si addossò sullo schienale della sua poltrona, con lo sguardo fisso nel vuoto.

«Cosa ci aspetta, secondo te?»

«Francamente, temo che il peggio debba ancora arrivare.»

Mila scese nei sotterranei dell'Istituto di medicina legale. Aveva acquistato alcune figurine di calciatori famosi – o almeno così le aveva assicurato chi gliele aveva vendute. Quel piccolo gesto faceva parte di un rituale di addio. Nell'obitorio, infatti, Chang avrebbe ricomposto la salma di Billy Moore per seppellirla nuovamente sotto l'angelo di pietra.

Il patologo stava completando l'esame autoptico e aveva radiografato le fratture. Le lastre erano esposte su un pannello luminoso davanti al quale stazionava Boris. Mila non si stupì di trovarlo lì.

Quando si accorse di lei, l'agente sentì il bisogno di giustificarsi. «Sono passato a vedere se c'erano novità.»

«E ce ne sono?» domandò Mila, reggendogli il gioco per non metterlo in imbarazzo. Era evidente che Boris era lì per motivi personali.

Chang interruppe il suo lavoro per rispondere lui stesso alla domanda di Mila.

«Il corpo è precipitato dall'alto. Dalla serietà e dalla quantità di fratture che ho rilevato sullo scheletro, si può dedurre che la morte è stata quasi istantanea.»

Dietro quel «quasi» si celavano speranza e, insieme, angoscia.

«Ovviamente nessuno può dire se Billy si sia buttato o sia stato spinto...»

«Ovviamente.»

Mila si accorse che su una sedia c'era il dépliant di un'agenzia di onoranze funebri, non certo un servizio fornito dalla polizia. Doveva essere stata un'idea di Boris pagare di tasca propria perché Billy ricevesse degna sepoltura. Su un ripiano c'erano ancora i pattini, che erano perfettamente lucidati, e il mangianastri, regalo di compleanno da cui il bambino non si separava mai.

«Forse Chang ha anche capito dove potrebbe essere avvenuta la morte», annunciò Boris.

E il medico legale si diresse verso alcune foto ingrandite del collegio.

«I corpi che cadono nel vuoto acquistano peso con la velocità: è un effetto della forza di gravità. Alla fine è come se si venisse schiacciati al suolo da una mano invisibile. Così, incrociando i dati relativi all'età della vittima – per quel che riguarda il processo di calcificazione ossea – con quelli dell'entità delle fratture, si ottiene presumibilmente l'altezza da cui è avvenuta la caduta. In questo caso, più di quindici metri. Pertanto, considerando l'elevazione media dell'edificio e l'inclinazione del suolo, posso affermare quasi con certezza che il bambino è precipitato dalla torre, qui in questo punto... Vedete?»

Ancora un «quasi» mischiato alle parole di Chang mentre mostrava il posto esatto sulla foto. In quel momento, un assistente si affacciò alla porta.

«Dottor Vross, la vogliono...»

Per un momento Mila non riuscì a collegare il volto del medico legale al suo vero nome. A quanto pareva, nessuno dei suoi sottoposti osava rivolgersi al lui chiamandolo Chang.

«Scusatemi», si congedò lasciandoli soli.

«Devo andare anch'io», disse Mila e Boris annuì.

Mentre si avviava, passò vicino al ripiano coi pattini e il mangianastri di Billy e vi depose accanto le figurine che aveva comprato. Boris se ne accorse.

«Lì sopra c'è la sua voce...»

«Cosa?» domandò lei, che non aveva capito.

Boris indicò con un gesto del capo il mangianastri, e ripeté: «La voce di Billy. Le sue telecronache inventate...»

Sorrise. Ma era un sorriso triste.

«Sei riuscito ad ascoltarle?»

Boris annuì. «Sì, solo il pezzo iniziale, poi non ce l'ho fatta...»

«Capisco...» disse Mila e non aggiunse altro.

«Il nastro è quasi integro, sai? Gli acidi della...» non riusciva a dirlo, «decomposizione non l'hanno compromesso. Chang afferma che è abbastanza raro. Forse è dipeso dalla natura del terreno in cui è stato sepolto. Mancavano le pile, ho dovuto mettercele io.»

Mila finse di essere stupita, per stemperare la tensione di Boris. «Allora il mangianastri funziona.»

«Per forza: è giapponese!»

Risero insieme.

«Ti va di sentirlo per intero con me?»

Mila ci pensò un poco prima di rispondere. In realtà non ne aveva molta voglia. "Ci sono cose che devono riposare in pace", pensava. Ma, a ben guardare, in quel caso era Boris ad averne bisogno e non se la sentì di dirgli di no.

«Dai, accendi.»

Boris si avvicinò al mangianastri, premette play e, in quella fredda sala per le autopsie, Billy Moore ritornò in vita.

«...Lo stadio è il mitico Wembley, amici sportivi all'ascolto! Il match è di quelli che resteranno nella storia di questo sport: Inghilterra-Germania!»

Aveva un tono vivace, con la esse sibilante su cui inevitabilmente inciampava la frase. In quelle parole era celato il suono di un sorriso, e pareva proprio di vederlo, Billy, nella spensieratezza dei suoi anni, mentre cercava d'infondere al mondo un po' dell'allegria che lo contraddistingueva.

Mila e Boris sorridevano con lui.

«La temperatura è mite e, nonostante l'autunno inoltrato, non si prevede pioggia. Le squadre sono già schierate nel cerchio di centrocampo per ascoltare gli inni nazionali... Gli spalti sono gremiti di tifosi in ogni ordine di posti! Che spettacolo, signore e signori! Fra poco assisteremo a una grande sfida di calcio! Ma prima l'elenco dei giocatori che scenderanno in cam... *Mio Dio, mi pento e mi dolgo con tutto il cuore dei miei peccati, perché peccando ho meritato i tuoi castighi, e molto più perché ho offeso te, infinitamente buono e degno di essere amato sopra ogni cosa.* »

Mila e Boris si guardarono, senza capire. La voce che s'era sovrapposta a quella della prima registrazione era molto più debole.

« È una preghiera. »

« Ma questo non è Billy... »

« *... Propongo con il tuo santo aiuto di non offenderti mai più e di fuggire le occasioni prossime di peccato. Signore, misericordia, perdonami.* »

« *Va bene così.* »

La voce di un uomo.

« *Cosa mi vuoi dire?* »

« *Ho detto molte parolacce ultimamente. E tre giorni fa ho rubato dei biscotti dalla dispensa, ma Jonathan li ha mangiati insieme a me... E poi... poi ho copiato il compito di matematica.* »

« *E nient'altro?* »

« Dev'essere padre Rolf », disse Mila.

« *...* »

« *Pensaci bene, Ron.* »

Il nome pronunciato portò il gelo nel silenzio della sala. E anche Ronald Dermis tornò a essere un bambino.

« *Veramente... c'è qualcosa...* »

« *E me ne vuoi parlare?* »

« *... No.* »

« *Se non me ne parli, come posso darti l'assoluzione?* »

« *... Non lo so.* »

« *Tu sai quello che è successo a Billy, vero Ron?* »

« *Dio se l'è portato via.* »

« *Non è stato Dio, Ron. Tu sai chi è stato?* »

« *È caduto. È caduto dalla torre.* »

« *Ma tu eri con lui...* »

« *... Sì.* »

« *Chi ha avuto l'idea di andare lassù?* »

« *... Qualcuno aveva nascosto i suoi pattini sulla torre.* »

« *Sei stato tu?* »

« *... Sì.* »

« *E l'hai anche spinto?* »

« *...* »

« *Ronald, ti prego: rispondi alla domanda.* »

« *...* »

« *Nessuno ti punirà se dici come sono andate le cose. È una promessa.* »

« *Lui mi ha detto di farlo.* »

« *Lui chi? Billy? Te l'ha chiesto Billy di spingerlo?* »

« *No.* »

« *Allora uno degli altri ragazzi?* »

« *No.* »

« *Allora chi?* »

« *...* »

« *Ron.* »

« *Sì.* »

« *Avanti, rispondimi. Questa persona che dici non esiste, non è vero? È solo frutto della tua immaginazione...* »

« *No.* »

« *Non c'è nessun altro qui. Solo io e i tuoi compagni.* »

« *Lui viene solo per me.* »

« *Ascoltami, Ron: vorrei che dicessi che sei molto pentito per quello che è successo a Billy.* »

« *... Sono molto pentito per quello che è successo a Billy.* »

« *Mi auguro che tu sia sincero... In ogni caso, questo rimarrà un segreto fra me, te e il Signore.* »

« *Va bene.* »

« *Non dovrai mai parlarne con nessuno.* »

« *Va bene.* »

« *Io ti assolvo dai tuoi peccati. Nel nome del Padre, del Figlio e dello Spirito Santo. Amen.* »

« *Amen.* »

17

«Stiamo cercando un certo Ronald Dermis», annunciò Roche alla nutrita platea di flash e di microfoni. «Dovrebbe avere all'incirca trentasei anni. Capelli castani, occhi marroni, carnagione chiara.»

Mostrò ai presenti un'elaborazione grafica ricavata dalla foto in cui posava insieme ai compagni, che ritraeva un ipotetico Ron adulto. Tenne ben sollevata l'immagine mentre i flash si scatenavano.

«Abbiamo ragione di ritenere che quest'uomo sia coinvolto nel rapimento delle bambine scomparse. Chiunque lo conosca, possieda notizie o abbia avuto contatti con lui negli ultimi trent'anni, è pregato di farlo sapere alla polizia. Grazie.»

Quell'ultima parola diede il via a un coro di domande e suppliche da parte dei cronisti: «Signor Roche!... Ispettore capo!... Una domanda!...»

Roche li ignorò, abbandonando la scena da una porta secondaria.

Era stata una mossa inevitabile. Bisognava dare l'allarme.

Alla scoperta fatta da Boris e Mila erano seguite due ore febbrili. La situazione adesso era chiara.

Padre Rolf aveva registrato la confessione di Ron sul mangianastri di Billy. Poi l'aveva seppellita insieme a lui, come quando si mette a dimora un seme sapendo che prima o poi porterà i suoi frutti, con la speranza che la verità, un giorno, avrebbe redento tutti. Chi, nonostante l'innocenza dei suoi anni, aveva commesso quell'abominio. Chi l'aveva subito. E chi si era adoperato per nasconderlo sotto due metri di terra.

«... In ogni caso, questo rimarrà un segreto fra me, te e il Signore...»

Goran disse: «Come faceva Albert a sapere di questa storia? Padre Rolf e Ron erano gli unici a conoscere il segreto. Perciò l'unica possibile spiegazione è che Ron e Albert siano la stessa persona ».

Forse anche la scelta di coinvolgere Alexander Bermann doveva essere riletta in quell'ottica. Il criminologo non ricordava chi avesse detto che il loro serial killer aveva puntato un pedofilo perché probabilmente era stato abusato da piccolo. Forse era stata Sarah Rosa. Ma Stern aveva scartato subito quell'ipotesi e Gavila s'era trovato d'accordo con lui. Ora doveva ammettere che forse s'era sbagliato.

« Le vittime preferite dai pedofili sono gli orfani e i ragazzi sbandati, perché nessuno può difenderli. »

Goran ce l'aveva con se stesso per non esserci arrivato prima. Eppure aveva avuto tutti i pezzi del puzzle davanti agli occhi sin dall'inizio. Invece si era lasciato sedurre dall'idea che Albert fosse un sottile stratega.

« Il serial killer, con ciò che fa, ci sta raccontando una storia: quella del suo conflitto interiore », ripeteva in continuazione ai suoi studenti.

Perché invece si era fatto fuorviare da un'ipotesi diversa?

« Mi ha fregato con l'orgoglio. Ho ritenuto solo che volesse sfidarci. E mi piaceva pensare d'avere di fronte un avversario che cercava di essere più furbo di me. »

Dopo aver assistito in TV alla conferenza stampa di Roche, il criminologo aveva riunito di nuovo la squadra nel locale lavanderia dell'istituto, dove era stata ritrovata Anneke. Gli sembrava il posto più adatto per far ripartire l'indagine. Quel breve *mea culpa* era servito a fugare ogni dubbio sul fatto che fossero ancora un team e non solo il laboratorio per gli esperimenti del dottor Gavila.

Il cadavere della seconda bambina era stato rimosso da tempo, la vasca di marmo svuotata dalle lacrime. Rimanevano soltanto le lampade alogene e il ronzio del generatore. Fra poco, sarebbero stati portati via anche quelli.

Goran aveva richiesto la presenza di padre Timothy. Il prete giunse trafelato e in evidente stato di agitazione: anche se nulla in quella sala ricordava la scena del crimine, si sentiva lo stesso tremendamente a disagio.

« Padre Rolf non si trova », esordì il giovane prete. « E penso proprio che... »

« Padre Rolf è sicuramente morto », lo interruppe bruscamente Goran. « Altrimenti dopo i proclami di Roche si sarebbe già fatto sentire. »

Padre Timothy sembrò scosso. « Allora cosa posso fare per voi? »

Goran prese tempo per scegliere bene le parole. Poi, rivolto a tutti: « Potrà sembrarvi inusuale, lo so... Ma vorrei che recitassimo una preghiera ».

Rosa non riuscì a trattenere lo stupore. Neanche Boris, che scambiò subito un'occhiata con lei. Mila era spiazzata. Non così Stern, che era molto religioso. Fu lui il primo ad accogliere la proposta di Goran. Si dispose al centro della sala e tese le braccia ai suoi fianchi per prendere le mani degli altri e comporre un cerchio. Mila fu la prima ad avvicinarsi. Rosa la seguì controvoglia. Boris era il più riluttante, ma non riuscì a rifiutare l'invito del dottor Gavila. Padre Timothy annuì, finalmente sereno, prima di prendere posto in mezzo a loro.

Goran non sapeva pregare e forse non c'erano nemmeno preghiere adatte a quel momento. Ma tentò lo stesso, in tono accorato.

« In questi ultimi tempi ci è capitato di assistere a cose terribili. Ciò che è accaduto qui, poi, è indicibile. Non so se esista un Dio. L'ho sempre desiderato, però. So con certezza che esiste il male. Perché il male può essere *dimostrato*. Il bene, mai. Il male lascia tracce di sé, al suo passaggio. Corpi di bambini innocenti, per esempio. Il bene lo si può solo testimoniare. Ma questo non basta a noi che cerchiamo prove concrete... » Goran fece una pausa. « Se ci fosse un Dio mi piacerebbe chiedergli... Perché Billy Moore è dovuto morire? Da dove veniva l'odio di Ronald Dermis? Cosa gli è accaduto in questi anni? Come ha imparato a uccidere? Qual è la ragione che l'ha spinto a preferire il male? E perché non mette fine a tanto orrore? »

Le domande di Goran rimasero sospese nel silenzio che li circondava.

«Quando vuole lei, padre...» disse l'irreprensibile Stern dopo un po'.

E padre Timothy assunse il controllo di quella piccola assemblea. Congiunse le mani e cominciò a intonare un inno sacro. La sua voce – sicura e bellissima – si appropriò dell'eco di quegli ambienti, iniziando a volteggiare intorno a loro. Mila chiuse gli occhi e si lasciò trasportare dalle parole. Erano in latino, ma il senso sarebbe stato evidente anche al più sordo degli uomini. Con quel canto, padre Timothy stava riportando la pace dov'era stato il caos, ripulendo ogni cosa dall'escremento cattivo del male.

La lettera era indirizzata al Dipartimento di scienze comportamentali. Sarebbe stata classificata come la missiva di un mitomane se la calligrafia non avesse presentato alcune corrispondenze con quella di un compito in classe che Ronald Dermis aveva scritto da bambino.

Era stata tracciata su una pagina di quaderno, con una normalissima penna a sfera. Il mittente non si era preoccupato delle impronte che lasciava sul foglio.

A quanto pareva, Albert non aveva più bisogno di certi accorgimenti.

Il testo era raccolto al centro del foglio in un'unica frase senza quasi punteggiatura.

per quelli che mi danno la caccia
billy era un bastardo un BASTARDO! e ho fatto bene a ucciderlo lo odiavo ci avrebbe fatto del male perché avrebbe avuto una famiglia e noi no quello che è stato fatto a me era peggio e NESSUNO è venuto a salvarmi NESSUNO. sono sempre stato qui davanti ai vostri occhi e non mi vedevate poi è arrivato LUI. mi capiva LUI. mi ha insegnato siete stati voi a volermi così non mi vedevate ora mi vedete? peggio per voi alla fine sarà solo colpa vostra io sono ciò che sono. NESSUNO può impedire tutto questo NESSUNO.

RONALD

Goran se ne portò dietro una copia, per studiarla meglio. Quella notte l'avrebbe trascorsa a casa, insieme a Tommy. Aveva proprio voglia di una serata col figlio. Erano giorni che non lo vedeva.

Varcò la soglia dell'appartamento e lo sentì immediatamente arrivare.

« Come è andata, papà? »

Goran lo prese al volo, tirandolo su in un abbraccio festoso.

« Non mi posso lamentare. E tu? »

« Io sto bene. »

Erano le tre parole magiche. Suo figlio aveva imparato a usarle quando erano rimasti solo loro due. Come a dire che Goran non aveva motivo di preoccuparsi, perché lui « stava bene ». La mamma non gli mancava. Stava imparando a non farsela mancare.

Quello, però, era anche il limite. Con quelle tre parole si chiudeva l'argomento. Tutto veniva pacificato. "Ecco, abbiamo ricordato quanto ci fa male stare senza di lei. Ora possiamo andare avanti."

E avveniva proprio così.

Goran aveva portato una busta che Tommy esplorò, impaziente.

« Uau! Cibo cinese! »

« Ho pensato che ti avrebbe fatto piacere variare un po' dal menu della signora Runa. »

Tommy fece una faccia disgustata: « Odio le sue polpette! Ci mette troppa menta: sanno di dentifricio! »

Goran rise: in effetti, non aveva torto.

« Su, vai a lavarti le mani... »

Tommy corse in bagno. Al ritorno si mise ad apparecchiare. Goran aveva spostato gran parte degli oggetti della cucina dai ripiani superiori a quelli che erano alla sua altezza: voleva farlo sentire partecipe del loro nuovo ménage familiare. Fare le cose insieme significava che ora dovevano occuparsi l'uno dell'altro e, perciò, nessuno dei due poteva « mollare ». Nessuno dei due aveva il diritto di abbandonarsi alla tristezza.

Tommy prese un piatto di portata dove sistemò i wanton

fritti e la salsa agrodolce, mentre suo padre versava il riso alla cantonese in due ciotole. Avevano anche le bacchette e, in sostituzione del gelato fritto, Goran aveva comprato un barattolo di variegato alla vaniglia.

Consumarono la cena raccontandosi la giornata. Tommy gli riferì come procedeva l'organizzazione del campeggio estivo agli scout. Lui gli domandò della scuola e scoprì, con orgoglio, che suo figlio aveva preso un ottimo in ginnastica.

«Io ero una frana in quasi tutti gli sport», ammise Goran.

«E in quale eri bravo, invece?»

«Negli scacchi.»

«Ma gli scacchi non sono uno sport!»

«Come no: partecipano anche alle Olimpiadi!»

Tommy non sembrava del tutto persuaso. Ma aveva imparato che il padre non diceva mai bugie. Era stata una dura lezione, in realtà. Perché la prima volta che gli aveva chiesto della mamma, Goran gli aveva raccontato la verità. Niente giri di parole. «Niente giochetti», come diceva Tommy quando pretendeva la lealtà di qualcuno. E il padre l'aveva accontentato subito. Non per vendetta o per punire sua madre. Le menzogne – o peggio, le mezze verità – avrebbero accresciuto l'ansia del bambino. Si sarebbe ritrovato a fronteggiare da solo due grandi bugie: quella di sua madre che se n'era andata, e quella di suo padre che non aveva il coraggio di dirglielo.

«Un giorno m'insegnerai a giocare a scacchi?»

«Certo.»

Con quella solenne promessa, Goran lo mise a letto. Poi andò a chiudersi nello studio. Riprese la lettera di Ronald, la lesse per l'ennesima volta. Di tutto il testo, una cosa lo aveva colpito sin dall'inizio. La frase: «*poi è arrivato LUI. mi capiva LUI. mi ha insegnato*».

Dove la parola «LUI» era stata volutamente scritta con lettere maiuscole. Già un'altra volta Goran aveva sentito quello strano riferimento. Era contenuto nel nastro della confessione di Ronald a padre Rolf.

«Lui viene solo per me.»

Era un chiaro esempio di dissociazione della personalità, in cui l'*Io* negativo appare sempre separato dall'*Io* agente. E diventa *Lui*.

«Sono stato IO. Ma era LUI che mi ha detto di farlo. È SUA la colpa di ciò che sono.»

In quel contesto, tutti gli altri diventavano «NESSUNO». Anche questo scritto con lettere maiuscole.

NESSUNO è venuto a salvarmi. NESSUNO può impedire tutto questo.

Ron voleva essere salvato. Ma tutti si erano dimenticati di lui e del fatto che, in fondo, era solo un bambino.

Si era allontanata per comprare qualcosa da mangiare. E dopo un vano peregrinare fra negozi e tavole calde che avevano chiuso prima per via del maltempo, Mila s'era dovuta accontentare d'una zuppa precotta acquistata in una drogheria. Pensava di riscaldarla con il microonde che aveva scorto nella cucina dello Studio. Ma si ricordò troppo tardi che non era neanche sicura che funzionasse.

Tornò all'appartamento prima che il freddo pungente della sera le paralizzasse i muscoli, impedendole di camminare. Avrebbe voluto avere lì la tuta e le sue scarpe da jogging: erano giorni che non si muoveva e l'acido lattico le ristagnava fra le giunture rendendole difficili i movimenti.

Mentre si apprestava a salire, vide Sarah Rosa sul marciapiede di fronte, impegnata in un'animata discussione con un uomo. Lui cercava di calmarla, ma non sembrava riscuotere molto successo. Mila pensò che fosse il marito, e provò una grande comprensione per lui. Prima che l'arpia potesse accorgersi di lei e avere così un motivo in più per odiarla, Mila entrò nel palazzo.

Sulle scale incrociò Boris e Stern che scendevano.

«Dove andate?»

«Passiamo al Dipartimento per controllare come va la caccia all'uomo», rispose Boris preparandosi fra le labbra una sigaretta. «Vuoi venire?»

«No, grazie.»

Boris notò la zuppa. «Allora, buon appetito.»

Mila continuò a salire e lo sentì rivolgersi al collega più anziano. «Dovresti ricominciare a fumare.»

«Faresti meglio tu a passare a queste...»

Mila riconobbe il suono della scatola di mentine di Stern e le scappò un sorriso.

Nello Studio c'era solo lei adesso. Goran avrebbe passato la serata a casa con il figlio. Un po' le dispiaceva. Si era abituata alla sua presenza e trovava interessante il suo metodo d'indagine. Preghiera del giorno prima a parte. Se sua madre fosse stata viva e l'avesse vista partecipare a quel rito, non avrebbe creduto ai suoi occhi.

Il microonde funzionava. La zuppa non era poi tanto male. O forse era la fame che la faceva sembrare più buona. Con la scodella e un cucchiaio, Mila si rintanò nella foresteria, lieta che fosse almeno per un po' tutta per lei.

Si sedette a gambe incrociate sulla branda. La ferita sulla coscia sinistra tirava un po', ma stava guarendo. "Tutto guarisce sempre", pensò. Fra un boccone e l'altro, prese una fotocopia della lettera di Dermis e se la mise davanti. La contemplò, continuando a mangiare. Certo che Ronald aveva scelto un tempismo straordinario per riapparire in quella storia. Ma c'era qualcosa di disarmonico nelle sue parole. Mila non aveva avuto il coraggio di parlarne a Goran, perché non pensava di poter offrire dei consigli. Ma quell'idea l'aveva tormentata per tutto il pomeriggio.

La lettera era stata fornita anche alla stampa. Cosa inusuale. Chiaramente, Gavila aveva deciso di accarezzare l'ego del loro serial killer. Era come se gli stesse dicendo: «Vedi? Ti stiamo prestando attenzione!», mentre in realtà voleva solo distrarlo dalla bambina che teneva prigioniera.

«Non so quanto potrà resistere all'impulso di ucciderla», si era lasciato scappare qualche ora prima.

Mila cercò di scacciare quel pensiero e tornò a concentrarsi sulla lettera. La infastidiva la forma scelta da Ronald per quella missiva. Era quello che trovava disarmonico. Non avrebbe saputo dire perché, ma il testo centrato nel foglio, in una sorta di unica riga senza interruzioni, le impediva di cogliere appieno il contenuto.

Decise di scomporlo. Appoggiò la scodella e si munì di bloc notes e matita.

- *per quelli che mi danno la caccia:*
- *billy era un bastardo. un BASTARDO! e ho fatto bene a ucciderlo. lo odiavo. ci avrebbe fatto del male. perché avrebbe avuto una famiglia e noi no.*
- *quello che è stato fatto a me era peggio! e NESSUNO è venuto a salvarmi! NESSUNO.*
- *sono sempre stato qui. davanti ai vostri occhi. e non mi vedevate.*
- *poi è arrivato LUI. mi capiva LUI. mi ha insegnato.*
- *siete stati voi a volermi così. non mi vedevate. ora mi vedete? peggio per voi: alla fine sarà solo colpa vostra.*
- *io sono ciò che sono. NESSUNO può impedire tutto questo. NESSUNO.*
- *RONALD*

Mila rilesse i periodi, uno per volta. Era uno sfogo carico di odio e di rancore. Era diretto a tutti, senza distinzioni. Perché Billy, nella mente del suo assassino, rappresentava qualcosa di grande, di totalizzante. Qualcosa che Ron non avrebbe mai potuto avere.

La felicità.

Billy era allegro, nonostante avesse assistito al suicidio dei suoi genitori. Billy sarebbe stato adottato, nonostante fosse un orfano di serie B. Billy era benvoluto da tutti, nonostante non avesse nulla da offrire.

Uccidendolo, Ronald avrebbe cancellato per sempre il sorriso dalla faccia ipocrita del mondo.

Ma, più rileggeva quelle parole, più Mila si rendeva conto che le frasi che componevano la lettera somigliavano non tanto a una confessione o una sfida, quanto piuttosto a *risposte*. Come se qualcuno stesse interrogando Ronald, e lui non vedesse l'ora di uscire dal silenzio in cui era stato imprigionato così a lungo, di liberarsi dal segreto che gli era stato imposto da padre Rolf.

Ma quali erano le domande? E chi gliele stava ponendo?

Mila tornò con la mente a quanto Goran aveva detto durante la preghiera. Sul fatto che il bene non è dimostrabile, mentre del male abbiamo continui esempi sotto gli occhi. *Prove*. Ronald riteneva di aver compiuto un atto positivo, necessario, ammazzando il coetaneo. Billy per lui rappresentava il male. E chi poteva dimostrare che non avesse fatto bene? La sua logica era perfetta. Perché magari Billy Moore, crescendo, sarebbe diventato un uomo pessimo. Chi poteva dirlo veramente?

Quando era piccola e andava a catechismo, Mila si era sempre posta una domanda. Crescendo, quell'interrogativo non l'aveva abbandonata.

Perché un Dio che si presume buono permette che i bambini muoiano?

A ben guardare, era proprio questo che contrastava con l'ideale di amore e di giustizia che permeava i Vangeli.

Però magari quello di morire giovani è il destino che Dio riserva ai suoi figli peggiori. Allora forse anche i bambini che salvava lei potevano trasformarsi in assassini, o in serial killer. Probabilmente ciò che faceva era sbagliato. Se qualcuno avesse ucciso Adolf Hitler o Jeffrey Dahmer o Charles Manson quando erano ancora in fasce avrebbe compiuto un atto buono o malvagio? Ma i loro assassini sarebbero stati puniti e condannati per questo, non certo celebrati come salvatori dell'umanità!

Concluse che il bene e il male spesso si confondono. Che l'uno, a volte, è strumento dell'altro e viceversa.

"Come si possono confondere anche le parole di una preghiera con quelle deliranti di un omicida", pensò.

Dapprima fu il solito solletico alla base del collo. Come qualcosa che si avvicinava da un posto recondito dietro di lei. Poi si ripeté quell'ultimo pensiero e, in quel momento, si rese conto di conoscere bene le domande a cui Ronald aveva cercato di rispondere con la sua lettera.

Erano contenute nella preghiera di Goran.

Si sforzò di ricordarle, anche se le aveva sentite una sola volta. Fece vari tentativi sul suo bloc notes. Sbagliò l'ordine e dovette ricominciare, ma alla fine erano lì, davanti ai suoi occhi. Allora provò ad abbinarle alle frasi della lettera. Ricomponendo quel dialogo a distanza.

Alla fine, rilesse tutto...

E tutto era evidente fin dalla prima frase.

« Per quelli che mi danno la caccia.»

Quelle parole erano dirette a loro. Per rispondere agli interrogativi che il criminologo aveva posto al silenzio....

Perché Billy Moore è dovuto morire?

« billy era un bastardo. un BASTARDO! e ho fatto bene a ucciderlo. lo odiavo. ci avrebbe fatto del male. perché avrebbe avuto una famiglia e noi no.»

Da dove veniva l'odio di Ronald Dermis?

« quello che è stato fatto a me era peggio! e NESSUNO è venuto a salvarmi! NESSUNO.»

Cosa gli è accaduto in questi anni?

« sono sempre stato qui. davanti ai vostri occhi. e non mi vedevate.»

Come ha imparato a uccidere?

« poi è arrivato LUI. mi capiva LUI. mi ha insegnato.»

Qual è la ragione che l'ha spinto a preferire il male?

« siete stati voi a volermi così. non mi vedevate. ora mi vedete? peggio per voi: alla fine sarà solo colpa vostra.»

E perché non mette fine a tanto orrore?

« io sono ciò che sono. NESSUNO può impedire tutto questo. NESSUNO.»

Mila non sapeva cosa pensare. Ma forse la risposta alla sua domanda era contenuta in calce alla missiva.

Un nome.

« RONALD »

Doveva verificare subito la sua supposizione.

18

Un cielo gonfio sgravava lentamente di neve le sue nubi violacee.

Mila riuscì a trovare un taxi solo dopo averlo atteso in strada per oltre quaranta minuti. Quando apprese dove erano diretti, il tassista protestò. Disse che era troppo lontano e, di notte e con quel tempaccio, non avrebbe mai trovato un altro passeggero per tornare indietro. Solo quando Mila si offrì di pagargli il doppio della corsa, l'uomo si convinse.

Sull'asfalto si erano già accumulati diversi centimetri di neve, rendendo vano il lavoro degli spargisale. Si circolava solo con le catene e l'andatura ne risentiva. Nel taxi c'era aria viziata e Mila notò i resti di un kebab con cipolle sul sedile accanto al guidatore. L'odore si mischiava con quello di un deodorante al pino piazzato proprio su una delle bocche del riscaldamento. Non era certo un bel modo di accogliere i clienti.

Mentre attraversavano la città, Mila ebbe modo di riordinare le idee. Era sicura della bontà della sua teoria e, man mano che si avvicinava al luogo dove era diretta, si rafforzava nella sua convinzione. Pensò di chiamare Gavila per una conferma, ma il cellulare era quasi scarico. Così rimandò la telefonata al momento in cui avrebbe trovato ciò che cercava.

Superarono la zona degli svincoli autostradali. Una pattuglia della polizia fermava il traffico al casello, rimandando indietro le auto.

«C'è troppa neve, è pericoloso!» ripetevano gli agenti ai guidatori.

Alcuni TIR si erano accostati al ciglio della strada, nella speranza di riprendere il viaggio il mattino dopo.

Il taxi superò il presidio immettendosi in un'arteria secondaria. L'orfanotrofio si poteva raggiungere anche senza passare

208

per l'autostrada. Probabilmente in passato era l'unica via e il tassista, per fortuna, la conosceva.

Si fece lasciare vicino al cancello. Mila non pensò nemmeno di chiedergli di aspettarla, offrendogli di nuovo del danaro. Era convinta di non essersi sbagliata, e che di lì a poco quel posto sarebbe stato invaso nuovamente dai colleghi.

«Non vuole che resti qui finché non ha finito quello che deve fare?» domandò invece l'uomo quando si rese conto dello stato d'abbandono di quei luoghi.

«No grazie, vada pure.»

Il tassista non insistette, fece spallucce e invertì la marcia, lasciando nell'aria una breve scia di kebab con cipolle.

Mila scavalcò il cancello e percorse il viale sterrato affondando i piedi nella neve mischiata a fango. Sapeva che i poliziotti, dietro ordine di Roche, avevano tolto il presidio. Anche il camper dell'unità mobile era stato portato via. Non c'era più nulla in quel posto che potesse interessare le indagini.

"Fino a stanotte", pensò lei.

Giunse davanti all'ingresso principale ma il portone, forzato dall'irruzione delle unità speciali, era chiuso da una nuova serratura. Si voltò verso la casa parrocchiale, cercando di capire se padre Timothy fosse ancora sveglio.

Era arrivata fin lì, e non aveva scelta.

Si diresse verso l'abitazione del prete. Bussò varie volte, finché una finestra s'illuminò al secondo piano. Padre Timothy si affacciò poco dopo.

«Chi è?»

«Padre, sono una poliziotta. Ci siamo già visti, ricorda?»

Il sacerdote cercò di focalizzarla meglio in mezzo alla fitta neve.

«Sì, certo. Cosa vuole a quest'ora? Credevo aveste finito qui...»

«Lo so, mi scusi, ma avrei bisogno di verificare una cosa nel locale lavanderia. Mi darebbe le chiavi, per piacere?»

«Va bene, scendo.»

Mila cominciava già a chiedersi perché gli ci volesse tanto, quando qualche minuto dopo lo sentì sferragliare dietro la porta mentre liberava i chiavistelli. Lo vide apparire avvolto in un cardigan smagliato e consumato ai gomiti, con la solita espressione mite sul volto.

«Ma lei sta tremando.»

«Non si preoccupi, padre.»

«Venga dentro ad asciugarsi un attimo mentre le cerco le chiavi. Sa, avete lasciato un bel disordine voialtri.»

Mila lo seguì in casa. L'impatto con il calore produsse un immediato effetto di benessere.

«Stavo per andarmene a letto.»

«Mi dispiace.»

«Non fa niente. La vuole una tazza di tè? Io lo bevo sempre prima di addormentarmi, mi rilassa.»

«No, grazie. Vorrei tornare indietro prima possibile.»

«Lo beva, le farà bene. È già pronto, deve solo versarselo. Nel frattempo, io le prendo le chiavi.»

Uscì dalla stanza e lei si diresse verso il cucinino che le aveva indicato il sacerdote. In effetti, la teiera era sul tavolo. Il profumo si spandeva col vapore e Mila non riuscì a resistere. Se ne versò una tazza e zuccherò abbondantemente il contenuto. Le tornò alla memoria lo squallido tè freddo che Feldher aveva provato a rifilare a lei e a Boris nella sua casa alla discarica. Chissà dove prendeva l'acqua per farlo.

Padre Timothy fece ritorno con un grosso mazzo di chiavi. Stava ancora selezionando quella giusta.

«Va meglio adesso, vero?» sorrise il prete, soddisfatto per aver insistito.

Mila ricambiò il sorriso: «Sì, va meglio».

«Ecco: dovrebbe essere questa quella che apre il portone principale... Vuole che venga con lei?»

«No, grazie», e vide subito che il sacerdote si rilassava. «Però dovrebbe farmi lo stesso un favore...»

«Mi dica.»

Gli porse un biglietto. «Se fra un'ora non sono di ritorno, chiami questo numero e chieda aiuto.»

Padre Timothy sbiancò. «Credevo che non ci fossero più pericoli.»

« È solo una precauzione. In realtà non penso che mi accadrà nulla. È solo che non so bene come muovermi nell'edificio: potrei anche avere un incidente... E poi là dentro non c'è luce. »

Appena disse l'ultima frase, si rese conto di non aver considerato quel particolare. Come pensava di fare? Non c'era corrente elettrica e il generatore usato per le lampade alogene era stato sicuramente smontato e portato via insieme al resto dell'attrezzatura.

« Accidenti! » le scappò di dire. « Non ha per caso una torcia elettrica? »

« Mi spiace, agente... Ma se ha un cellulare con sé, potrebbe servirsi della luce del display. »

Non ci aveva pensato.

« Grazie per la dritta. »

« Non c'è di che. »

Subito dopo, Mila uscì nuovamente nella notte fredda, mentre il prete alle sue spalle richiudeva uno a uno i chiavistelli della porta.

Salì lungo il declivio, raggiungendo nuovamente l'ingresso dell'istituto. Infilò la chiave nella toppa e sentì l'eco delle mandate che si perdeva nella sala retrostante. Spinse e poi richiuse l'enorme portone.

Era dentro.

I colombi radunati sul lucernario salutarono la sua presenza con il loro frenetico battito d'ali. Il display del cellulare emetteva un debole bagliore verde, che le permetteva di svelare soltanto una limitata porzione di ciò che aveva davanti a sé. Un buio denso era in agguato sul confine di quella bolla di luce, pronto a straripare, e invaderla da un momento all'altro.

Mila cercò di richiamare alla memoria il percorso che conduceva alla lavanderia. E s'incamminò.

Il rumore dei suoi passi violava il silenzio. Il suo alito si condensava nell'aria fredda. Ben presto si ritrovò nelle cucine e riconobbe la sagoma delle grandi caldaie di ferro. Quindi passò nel refettorio, dove dovette stare attenta a scansare i tavoli di formica. Ne urtò uno col fianco, facendo cadere una delle sedie che gli erano appoggiate sopra. Il rumore, amplificato dall'eco, fu quasi assordante. Mentre rimetteva a posto, Mila vide l'imboccatura che portava al piano inferiore attraverso l'angusta scala a chiocciola. S'introdusse nel budello di pietra e scese lentamente i gradini resi scivolosi dall'usura del tempo.

Raggiunse la lavanderia.

Spostò il cellulare per guardarsi intorno. Nella vasca di marmo dov'era stato rinvenuto il corpo di Anneke qualcuno aveva deposto un fiore. Mila rammentò anche la preghiera che avevano recitato tutti insieme in quella sala.

E cominciò a cercare.

Dapprima guardò lungo i profili delle pareti, poi percorse con le dita i battiscopa. Niente. Evitava di domandarsi quanto avrebbe resistito la batteria del cellulare prima di scaricarsi. Non tanto per la prospettiva di dover tornare indietro al buio, quanto per l'idea che senza quella pur poca luce ci sarebbe voluto molto più tempo. Trascorsa un'ora, padre Timothy avrebbe chiamato aiuto, e lei avrebbe rimediato una magrissima figura. Doveva sbrigarsi.

"Dove sta?", pensò. "Lo so che è qui da qualche parte..."

Un suono fortissimo e improvviso le fece schizzare il cuore nel petto. Passò qualche istante prima che potesse rendersi conto che si trattava solo dello squillo del suo telefono.

Voltò il display e lesse: «Goran».

S'infilò l'auricolare e rispose.

«Allo Studio non c'è rimasto nessuno? Ho chiamato almeno dieci volte nell'ultima ora.»

«Boris e Stern sono fuori, ma doveva rimanerci Sarah Rosa.»

«E tu dove sei?»

Mila pensò che non era il caso di raccontare una bugia. Anche se non era ancora del tutto sicura della sua supposizione, decise di informarlo.

«Penso che Ronald ci stesse ascoltando l'altra sera.»

«E cosa te lo fa pensare?»

«Ho confrontato la sua lettera con le domande che lei si è posto durante la nostra preghiera. Sembrano risposte...»

« È un'ottima deduzione. »

Il criminologo non sembrava affatto sorpreso. Forse era già giunto alla stessa conclusione. Mila si sentì un po' stupida per aver pensato di poterlo stupire.

« Ma non hai risposto alla mia domanda: dove sei adesso? »

« Sto cercando il microfono. »

« Quale microfono? »

« Quello piazzato da Ronald nella lavanderia. »

« Sei all'istituto? »

Il tono di Goran adesso era allarmato.

« Sì. »

« Devi uscire subito da lì! »

« Perché? »

« Mila, non c'è nessun microfono! »

« Sono sicura invece che... »

Goran la interruppe: « Ascolta: gli agenti hanno bonificato l'area, l'avrebbero trovato! »

In quell'istante si sentì davvero stupida. Il criminologo aveva ragione: possibile che fosse stata così superficiale da non pensarci? Cosa aveva in testa?

« E allora come ha fatto a... » Non concluse la frase. Un'immaginaria goccia fredda le scivolò a perpendicolo lungo la schiena.

"Era qui."

« La preghiera era solo un trucco per farlo venire allo scoperto! »

"Perché non ci ho pensato prima?"

« Mila, esci per l'amor d'iddio! »

In quel momento si rese conto del rischio che stava correndo. Estrasse la pistola e si avviò a passo svelto verso l'uscita che era lontana almeno duecento metri da dove si trovava. Una distanza enorme da coprire con quella « presenza » nell'istituto.

"Chi?" si domandò Mila mentre risaliva la scala a chiocciola fino al refettorio.

Quando avvertì le gambe che perdevano forza e le cedevano, capì la risposta.

« Il tè... »

C'erano dei disturbi sulla linea. Sentì Goran nell'auricolare che le domandava: «Cosa?»

«Padre Timothy è Ronald, vero?»

Disturbi. Fruscio. Ancora disturbi.

«Sì! Dopo la morte di Billy Moore, padre Rolf mandò via tutti dall'istituto prima della vera data di chiusura. Tranne lui. Lo tenne con sé perché temeva la sua natura e sperava di riuscire a mantenerlo sotto controllo.»

«Penso che mi abbia drogato.»

La voce di Goran era intermittente. «... hai detto? No... apisco...»

«Credo che...» provò a ripetere Mila, ma le parole le si impastarono in bocca.

Cadde in avanti.

L'auricolare le scivolò dall'orecchio. Il telefono le sfuggì di mano, andandosi a infilare sotto uno dei tavoli. Il battito del cuore accelerava per la paura, favorendo così anche la diffusione della droga nell'organismo. I sensi le si intorpidirono. Però riusciva a sentire ancora Goran che dall'auricolare distante qualche metro le diceva: «Mila! Mila... ondimi!... uccede?»

Chiuse gli occhi, col timore di non poterli riaprire più. Poi si disse che non sarebbe morta in un posto come quello.

"Adrenalina... Ho bisogno di adrenalina..."

Sapeva come procurarsela. Teneva ancora ben stretta la pistola nella mano destra. Se la puntò in modo che la canna sfiorasse il deltoide. E sparò. Il colpo lacerò la pelle della giacca e strappò la carne riecheggiando potentemente nell'abisso che la circondava. Lanciò un urlo per il bruciore. Ma riprese conoscenza.

Goran gridò chiaramente il suo nome: «Mila!»

Strisciò in direzione della luce del display del cellulare. Lo afferrò e rispose a Gavila.

«Va tutto bene.»

Si rialzò e riprese a camminare. Lo sforzo necessario per muovere un solo passo era enorme. Le sembrò di trovarsi in uno di quei sogni dove c'è uno che t'insegue e tu non ce la fai a correre, perché le gambe sono pesanti, come se fossero immerse fino alle ginocchia in un liquido denso.

La ferita pulsava, ma non perdeva molto sangue. Aveva saputo prendere bene le misure dello sparo. Strinse i denti e, passo dopo passo, le sembrò che l'uscita fosse sempre più vicina.

«Se sapevate ogni cosa, perché non l'avete arrestato subito quel bastardo?» urlò al cellulare. «E perché io non ne sono stata informata?»

La voce del criminologo era di nuovo chiara. «Mi spiace, Mila. Volevamo che continuaste a comportarvi in modo naturale con lui, per non insospettirlo. Lo stiamo monitorando a distanza. Abbiamo piazzato dei rilevatori nella sua macchina. Speravamo che potesse condurci alla sesta bambina...»

«Ma lui non l'ha fatto...»

«Perché non è lui Albert, Mila.»

«Ma è lo stesso pericoloso, vero?»

Goran tacque per un istante di troppo. Lo era.

«Ho dato l'allarme, stanno venendo da te. Ma ci vorrà del tempo: il cordone di sorveglianza ha un raggio di un paio di chilometri.»

"Qualunque cosa facciano, sarà troppo tardi", pensò Mila. Con quel tempaccio e la droga che circolava nell'organismo prosciugando le forze, non aveva speranze. E lo sapeva. Avrebbe dovuto dare retta a quel cavolo di tassista quando aveva cercato di scoraggiarla ad andare fin lì! E – maledizione! – perché non aveva accettato quando si era offerto di aspettarla finché non avesse finito? Le dava fastidio l'odore di kebab con cipolle che appestava la macchina, ecco perché! E ora eccola lì, in trappola. Ci si era cacciata da sola, forse perché, inconsciamente, una parte di lei lo voleva. La seduceva l'idea di correre dei rischi. Persino di morire!

"No!" si impose. "Io voglio vivere."

Ronald – alias padre Timothy – non aveva fatto ancora la sua mossa. Ma era certa che non avrebbe dovuto attendere molto.

Tre brevi suoni in sequenza la richiamarono in sé da quel pensiero.

« Cazzo », disse mentre la batteria del cellulare l'abbandonava definitivamente.

Il buio si richiuse su di lei come le dita di una mano.

Quante volte si era ritrovata nei casini? In fondo era già successo. Nella casa del maestro di musica, per esempio. Ma quante volte si era ritrovata in un casino come quello? La risposta che si diede fu spiazzante.

"Mai."

Drogata, ferita, senza forze e anche senza cellulare. Per quell'ultima mancanza le venne da ridere: cosa avrebbe potuto fare col telefono? Magari chiamare qualche vecchio amico. Graciela, per esempio. E chiederle: « Come stai? Sai, io sto per morire! »

L'oscurità era la cosa peggiore. Ma doveva considerarla un vantaggio: se lei non poteva vedere Ronald, anche lui non poteva vederla.

"Si aspetta che io vada verso l'uscita..."

In effetti, aveva solo voglia di lasciarsi alle spalle quel posto. Ma era consapevole di non dover seguire l'istinto, altrimenti sarebbe morta.

"Devo nascondermi e attendere l'arrivo dei rinforzi."

Stabilì che era quella la decisione saggia. Perché il sonno avrebbe potuto coglierla da un momento all'altro. Aveva ancora la pistola, e questo la rassicurava. Forse anche lui era armato. Ma Ronald non le sembrava uno bravo con le armi, comunque non bravo quanto lei. Ma aveva interpretato bene il ruolo del timido e apprensivo padre Timothy. In fondo, considerò Mila, poteva nascondere molte altre abilità.

Si accucciò sotto uno dei tavoli dell'enorme refettorio, e rimase in ascolto. L'eco non aiutava: amplificava suoni inutili, oscuri scricchiolii, ingannevoli e distanti, che non avrebbe saputo interpretare. Le palpebre si chiudevano, inesorabili.

"Non può vedermi. Non può vedermi", si ripeteva incessantemente. "Sa che sono armata: se fa solo un rumore o usa la torcia per cercarmi, è un uomo morto."

Colori inverosimili cominciarono a balenarle davanti agli occhi.

"Dev'essere la droga..." si disse.

I colori diventavano figure e si animavano solo per lei. Non era possibile che li stesse solo immaginando. In realtà erano lampi improvvisi che si accendevano in vari punti della sala.

"Quel bastardo è qui e sta usando un flash!"

Mila cercò di puntare la pistola. Ma quelle luci accecanti, alterate dall'effetto allucinogeno della droga, le rendevano impossibile localizzarlo.

Era prigioniera in un enorme caleidoscopio.

Scosse il capo, ma non era più padrona di sé. Poco dopo, sentì un fremito diffondersi nei muscoli delle braccia e delle gambe, come una convulsione che non era in grado di controllare. Per quanto provasse a scacciarla, l'idea della morte tornava a sedurla con la promessa che, se avesse chiuso gli occhi, tutto sarebbe finito. Finito per sempre.

Quanto tempo era passato? Mezz'ora? Dieci minuti? E quanto tempo le rimaneva?

E in quel momento, lo sentì.

Era vicino. Molto vicino. A non più di quattro o cinque metri da lei.

Lo vide!

Durò solo una frazione di secondo. Nella corona luminosa che lo circondava, scorse il sorriso sinistro che gli grondava dalla faccia.

Mila sapeva che da un momento all'altro l'avrebbe scoperta, e lei non avrebbe avuto più l'energia per spargli. Perciò doveva farlo per prima, anche a costo di rivelare la sua posizione.

Prese la mira nel buio, puntando l'arma nella direzione in cui credeva di vederlo riapparire da un momento all'altro nell'alone del flash. Era un azzardo, ma non aveva alternative.

Stava per premere il grilletto quando Ronald cominciò a cantare.

La stessa bellissima voce di quando padre Timothy aveva intonato l'inno di preghiera davanti a tutta la squadra. Era un controsenso, uno scherzo di natura che un simile dono fosse custodito nel cuore sordo di un assassino. Da lì si liberava, alto e sgomento, quel canto di morte.

Sarebbe stato dolce e toccante. Invece quello che Mila provava era paura. Le gambe le cedettero definitivamente, così come i muscoli delle braccia. E lei si lasciò scivolare sul pavimento.

Il bagliore di un flash.

Il torpore l'avvolse come una coperta fredda. Sentì molto più nitidamente i passi di Ronald che si avvicinavano per stanarla.

Ancora un altro lampo.

"È finita. Ora mi vedrà."

In realtà non le importava di come l'avrebbe uccisa. Si abbandonò alle lusinghe della morte con una tranquillità insperata. Il suo ultimo pensiero andò alla bambina numero sei.

"Non saprò mai chi eri..."

Un chiarore l'avvolse completamente.

Il calcio della pistola che le veniva sfilato dal palmo. Due mani che l'afferravano. Si sentì sollevare. Provò a dire qualcosa, ma i suoni le rimasero ingorgati nella gola.

Perse i sensi.

Si ridestò percependo un'andatura molleggiante: Ronald la portava sulle spalle, e stavano salendo dei gradini.

Svenne di nuovo.

Un fortissimo odore di ammoniaca la risucchiò fuori da quel sonno artificiale. Ronald le stava agitando una boccetta sotto al naso. Le aveva legato le mani, ma voleva che fosse vigile.

Un vento gelido la schiaffeggiava. Erano all'aperto. Dove si trovavano? Mila intuì che dovevano essere in alto. Poi si ricordò della foto ingrandita dell'istituto che Chang le aveva mostrato per indicare il punto da cui era precipitato Billy Moore.

"La torre. Siamo sulla torre!"

Ronald si disinteressò a lei per un momento. Lo vide dirigersi verso il parapetto e guardare in basso.

"Vuole gettarmi giù!"

Poi tornò indietro e l'afferrò per le gambe, trascinandola fino al cornicione. Con le poche forze rimaste, Mila provò a scalciare, ma senza successo.

Urlò. Si dimenò. Una cieca disperazione le inondava il cuore. Lui le sollevò il busto sul parapetto. Col capo reclinato all'indietro, Mila guardò il baratro sotto di sé. E poi, attraverso la cortina di neve, poté scorgere in lontananza i bagliori delle auto della polizia che si avvicinavano sull'autostrada.

Ronald si accostò al suo orecchio. Sentì il suo fiato caldo mentre le sussurrava: «È troppo tardi, non faranno in tempo...»

Poi iniziò a spingerla. Con le mani legate dietro la schiena, lei riuscì lo stesso ad afferrare il bordo scivoloso del cornicione. Si oppose con tutta se stessa, ma non avrebbe resistito a lungo. L'unico suo alleato era il ghiaccio che copriva il pavimento della torre, facendo slittare il piede con cui Ronald si puntellava ogni volta che provava a imprimerle la spinta decisiva. Vide il suo viso deformarsi nello sforzo, e perdere la calma a causa della sua ostinata resistenza. Poi Ronald cambiò tecnica. Decise di sollevarle le gambe oltre il parapetto. Si piazzò proprio di fronte a lei. E, in quel preciso istante, un disperato istinto di sopravvivenza le fece caricare tutta la forza rimasta sul ginocchio, che gli piantò nel basso ventre.

Ronald indietreggiò, ripiegandosi senza fiato, con le mani raccolte in grembo. Mila comprese che quella era l'unica possibilità che aveva, prima che lui si riprendesse.

Senza energie, l'unica sua alleata era la gravità.

La ferita al deltoide era fuoco vivo, ma Mila non ascoltò il dolore. Si raddrizzò: adesso il ghiaccio era contro di lei, ma prese lo stesso la rincorsa, lanciandosi verso di lui. Ronald se la vide piombare addosso all'improvviso, e perse l'equilibrio. Agitò le braccia cercando un appiglio, ma ormai era già per metà oltre il cornicione.

Quando capì che non ce l'avrebbe fatta, Ronald tese una mano per afferrare Mila e trascinarla con sé nell'abisso che si spalancava sotto di lui. Lei vide le sue dita sfiorare il lembo della sua giacca di pelle, in un'ultima terribile carezza. Lo guardò precipitare al rallentatore, come se i candidi fiocchi ne attutissero la caduta.

Il buio lo accolse.

19

Un profondissimo buio.

Perfetto diaframma fra il sonno e la veglia. La febbre è aumentata. La sente sulle guance arrossate, sulle gambe doloranti, nello stomaco che ribolle.

Non sa quando iniziano e quando finiscono le sue giornate. Se sono ore oppure settimane che è distesa lì. Il tempo non esiste nella pancia del mostro che l'ha ingoiata: si dilata e si contrae, come uno stomaco che digerisce lentamente il suo pasto. E non serve. Qui il tempo non serve a niente. Perché non è in grado di rispondere alla più importante fra le domande.

"Quando finirà?"

La privazione del tempo è la peggiore fra le sue punizioni. Più del dolore al braccio sinistro, che a volte s'irradia verso il collo e le preme le tempie fino a farla stare malissimo. Perché una cosa ormai per lei è evidente.

Tutto questo è un castigo.

Però lei non sa esattamente per quale peccato dev'essere punita.

"Forse sono stata cattiva con la mamma o col papà, ho fatto i capricci troppo spesso, non voglio mai bere il latte a tavola, e lo getto via di nascosto quando loro non mi vedono, ho preteso che mi comprassero un gatto con la promessa che mi sarei sempre occupata di lui, ma dopo aver conosciuto Houdini ho chiesto un cane e loro si sono molto arrabbiati e hanno detto che non potevamo abbandonare il gatto, e io ho cercato di farglielo capire che Houdini non mi vuole per niente bene, o forse è perché non ho preso dei buoni voti a scuola, quest'anno la prima pagella è stata un mezzo disastro, e devo recuperare in geografia e in disegno, o magari è stato per le tre sigarette che ho fumato di nascosto sul tetto della palestra insieme a mio cugino, ma io non ho aspirato, no, invece è per i fermagli a forma di coccinella che ho rubato all'emporio, *giuro che l'ho fatto solo quella volta, e sono molto testarda, soprattutto con mamma che vuole sempre decidere quali vestiti devo indossare, e non ha capito che sono grande e che le cose che mi compra lei non mi piacciono perché ormai abbiamo gusti diversi..."*

Quando è sveglia, continua a pensare a una spiegazione, a cercare un motivo che giustifichi ciò che le sta accadendo. Così arriva a immaginare le cose più assurde. Ma ogni volta che le sembra di aver individuato finalmente una ragione, questa crolla come un castello di carte perché è troppo grande la sua pena rispetto alla colpa.

Altre volte invece si arrabbia perché la mamma e il papà non sono venuti ancora a prenderla.

"Cosa aspettano a liberarmi? Si sono già dimenticati di avere una figlia?"

Poi, però, si pente. E ricomincia a chiamarli col pensiero, con la speranza di possedere qualche potere telepatico. È l'ultima risorsa che le rimane.

Ci sono anche dei momenti in cui si convince di essere morta.

"Sì, sono morta e mi hanno sepolto qua sotto. In realtà non riesco a muovermi perché sono in una bara. Resterò così per sempre..."

Ma poi provvede il dolore a ricordarle che è viva. Quel dolore che è insieme una condanna e una liberazione. La strappa al sonno e la riporta alla realtà. Come adesso.

Un liquido caldo le scivola dentro al braccio destro. Lo sente. È piacevole. Odora di medicina. Qualcuno si sta prendendo cura di lei. Non sa se deve esserne contenta oppure no. Perché questo significa due cose. La prima è che non è sola. La seconda è che non sa se quella che ha accanto è una presenza buona o cattiva.

Ha imparato ad attenderla. Sa quando si manifesterà. Ad esempio, ha capito che la stanchezza che la pervade in ogni momento e il sonno in cui precipita all'improvviso non sono determinati autonomamente dal suo organismo. È una droga che le intorpidisce i sensi.

È solo quando fa effetto che arriva.

Si siede accanto a lei e la nutre pazientemente con un cucchiaio. Il sapore è dolce, e non c'è bisogno di masticare. Poi le dà da bere *acqua. Non la tocca mai, non le dice mai niente. Lei invece vorrebbe parlare, ma le sue labbra si rifiutano di formare le parole e la sua gola di emettere i suoni necessari. A volte, sente muoversi quella presenza intorno a lei. A volte le sembra che sia lì, immobile a guardarla.*

Una nuova fitta. Un grido strozzato che rimbalza sulle pareti della sua prigione. E la riporta in sé.

È allora che se ne accorge.

Nel buio adesso s'incastona una piccola luce, lontana. Un puntino rosso è comparso all'improvviso a limitare il suo breve orizzonte. Che cos'è? Cerca di vederlo meglio, ma non ci riesce. Poi sente qualcosa sotto la mano destra. Qualcosa che prima non c'era. Un oggetto con una consistenza ruvida e irregolare. Sembra fatto di squame. Le fa schifo. È rigido. È sicuramente un animale morto. Vorrebbe gettarlo, ma è attaccato tenacemente al palmo della sua mano. Con le poche forze di cui dispone, prova a scrollarselo di dosso. Ma scuotendo il polso, inizia anche a risolvere quel mistero... Non è un animale morto. È rigido perché è fatto di plastica. Non è attaccato alla sua mano, ma è semplicemente assicurato al suo palmo con del nastro adesivo. E non è ricoperto di squame, ma di tasti.

È un telecomando.

Improvvisamente tutto le è chiaro. Le basta sollevare un poco il polso e puntare quell'oggetto verso la lucina rossa, e premere un pulsante a caso. La sequenza di rumori che segue le comunica che non si è sbagliata. Prima uno stacco. Poi il nastro che si riavvolge velocemente. Il suono familiare del meccanismo di un videoregistratore. Contemporaneamente, di fronte a lei s'illumina uno schermo.

Per la prima volta, la luce rischiara la stanza.

La circondano alte pareti di roccia scura. E lei è distesa in quello che sembra un letto d'ospedale, con le maniglie e la spalliera d'acciaio. Accanto a lei c'è un cavalletto con una fleboclisi che termina con un ago nel suo braccio destro. Il sinistro è completamente nascosto da bende molto strette che le immobilizzano tutto il torace. Su un tavolo ci sono dei vasetti di omogeneizzati. E molte, mol-

222

tissime medicine. Al di là del televisore, però, continua a incombere un'oscurità impenetrabile.

Finalmente il nastro nel videoregistratore finisce di riavvolgersi. Si blocca di colpo. E poi riparte, ma più lentamente. Il fruscio dell'audio preannuncia l'inizio di un filmato. Poco dopo, comincia una musichetta allegra e stridente – l'audio è leggermente distorto. Poi lo schermo si riempie di colori sfocati. Appare un omino con una salopette azzurra e un cappello da cowboy. C'è pure un cavallo con le zampe lunghissime. E l'omino prova a montarlo, ma non ci riesce. I tentativi si ripetono e si concludono sempre allo stesso modo: con l'omino che ruzzola per terra e il cavallo che ride di lui. Continua così per una decina di minuti. Poi il cartone animato finisce senza titoli di coda. La videocassetta, invece, prosegue sullo statico. Quando arriva in fondo, il nastro si riavvolge da solo. E ricomincia daccapo. Sempre l'omino. Sempre il cavallo su cui non riuscirà mai a salire. Eppure lei continua a guardarlo. Anche se sa già come andranno le cose con quell'animale dispettoso.

Lei ci spera.

Perché questa è l'unica cosa che le rimane. La speranza. La capacità di non abbandonarsi del tutto all'orrore. Forse chi ha scelto quel cartone per lei, aveva un fine opposto. Ma il fatto che l'omino non voglia arrendersi e resista nonostante i capitomboli e il dolore, le infonde coraggio.

"Forza, risali in sella!" gli dice ogni volta nella sua testa. Prima che il sonno torni nuovamente a sopraffarla.

Procura di ███████████
Ufficio del Procuratore Generale
J.B. Marin

dic. 11 - c.a.

All'attenzione del Direttore, dr Alphonse Bérenger.
c/o Carcere di ███████ .
Distretto Penitenziario nº45.

Oggetto: in risposta al Report « confidenziale » del 12
settembre.

Egregio dr Bérenger,

faccio seguito alla Sua richiesta di un supplemento
d'indagini sul conto del soggetto detenuto presso il
Suo Penitenziario e fino a ora classificato solo con
il numero di matricola RK-357/9. Mi spiace doverLa in-
formare che l'ulteriore ricerca sull'identità del-
l'uomo non ha sortito alcun esito.

Convengo con Lei quando afferma che sussista il fonda-
to sospetto che il detenuto RK-357/9 possa aver commesso qualcosa di grave in passato e stia facendo di
tutto per tenerci all'oscuro. A questo punto, l'esame
del DNA è l'unico strumento nelle nostre mani per averne conferma o smentita.
Tuttavia, come ben sa, non possiamo costringere il detenuto RK-357/9 a effettuare il test. Infatti, ciò ci
esporrebbe a una grave violazione dei suoi diritti in
quanto il reato per cui è stato condannato (non aver
voluto fornire le proprie generalità ai pubblici ufficiali) non lo prevede.
Diverso sarebbe se esistessero « sostanziali » ed « uni-
voci » indizi che il detenuto RK-357/9 si fosse macchiato di un grave delitto o se sussistessero « seri motivi di pericolosità sociale ».
A tutt'oggi, però, lo dobbiamo escludere.

Alla luce di ciò, l'unico modo che abbiamo per impadro-
nirci del suo DNA è quello di prelevarlo direttamente

da materiale di provenienza organica, con l'unica condizione che questo sia stato <u>perso casualmente o lasciato spontaneamente in giro</u> dal soggetto nel corso delle sue normali attività quotidiane.

Tenuto conto della smania igienista del detenuto RK-357/9, questo Ufficio autorizza le guardie carcerarie ad accedere senza preavviso nella sua cella per ispezionarla al fine di reperire il suddetto materiale organico.

Con la speranza che l'espediente sia adeguato al raggiungimento dello scopo, La saluto distintamente.

Vice Procuratore
Matthew Sedris

20

Ospedale Militare di R.
16 febbraio.

« Che dicano pure ciò che vogliono, tu lasciali perdere! Sei una brava poliziotta, chiaro? »

Il sergente Morexu aveva tirato fuori tutto il suo spirito gitano per esprimerle solidarietà. Non si era mai rivolto a lei con quel tono accorato. Era quasi paterno. Eppure Mila sentiva di non meritare quella difesa. La telefonata del superiore l'aveva raggiunta inaspettatamente non appena si era diffusa la notizia della sua gita notturna all'istituto. Le avrebbero appioppato la morte di Ronald Dermis, ne era sicura, nonostante fosse stata solo legittima difesa.

Era ricoverata in un ospedale militare. La scelta non era ricaduta su una struttura civile perché Roche aveva saggiamente pensato di sottrarla alla curiosità della stampa. Perciò occupava da sola un'intera camerata. E quando chiese come mai non ci fosse nessun altro degente, la risposta lapidaria fu che quel complesso era stato progettato per ospitare i contagiati in un'eventuale attacco batteriologico.

I letti venivano rifatti ogni settimana, le lenzuola lavate e stirate. Nella farmacia, i medicinali che scadevano venivano prontamente rimpiazzati. E tutto questo spreco di risorse solo per la remota eventualità che qualcuno decidesse di liberare un virus o un batterio geneticamente modificato che non avrebbe lasciato comunque superstiti.

"Niente di più insensato", pensò Mila.

La lesione al braccio era stata ricucita con una quarantina di punti da un chirurgo gentile che, quando l'aveva visitata, non aveva fatto alcun accenno alle altre cicatrici. Si era limitato a dire: «Non poteva capitare in un posto migliore per una ferita d'arma da fuoco».

«Cosa c'entrano virus e batteri con le pallottole?» aveva domandato lei, provocatoriamente. Lui aveva riso.

Poi un altro dottore l'aveva esaminata un paio di volte, misurandole la pressione e prendendole la temperatura. Gli effetti del potente sonnifero che le aveva somministrato padre Timothy erano svaniti da soli in poche ore. Un diuretico aveva fatto il resto.

Mila aveva avuto molto tempo per riflettere.

Non poteva fare a meno di pensare alla bambina numero sei. Lei non aveva un intero ospedale a disposizione. La speranza più grande era che Albert la mantenesse costantemente sotto sedativi. Gli specialisti che Roche aveva chiamato a pronunciarsi sulle probabilità di sopravvivenza, nel manifestare il loro pessimismo, avevano tenuto conto non solo della grave menomazione fisica ma anche dello shock subìto e dello stress a cui era sottoposta.

"Forse non si è nemmeno accorta di non avere più il braccio", pensò Mila. Cosa che accadeva di frequente a chi aveva subìto un'amputazione. Ne aveva sentito parlare riguardo a certi feriti di guerra che, nonostante abbiano perso un arto, avvertono ancora un residuo di sensibilità in quella parte del corpo, captano sensazioni di movimento oltre che di dolore e a volte sentono perfino il solletico. I medici la chiamano «percezione dell'arto fantasma».

Quei pensieri la disturbavano profondamente, amplificati dal silenzio opprimente della camerata. Forse per la prima volta dopo tanti anni, si trovò a desiderare di avere compagnia. Prima della telefonata di Morexu non era venuto nessuno. Né Goran, né Boris, né Stern né tanto meno Rosa. Il che poteva significare una sola cosa: stavano prendendo una decisione sul suo conto, se tenerla o meno nella squadra. Anche se l'ultima parola sarebbe spettata comunque a Roche.

Era arrabbiata per essere stata così ingenua. Forse meritava davvero la loro sfiducia. L'unico pensiero che la consolava era la certezza di Goran che Ronald Dermis non potesse essere Albert. Altrimenti per la sesta bambina non ci sarebbe stato più nulla da fare.

Isolata in quel posto, non sapeva niente degli sviluppi dell'indagine. Chiese aggiornamenti all'infermiera che le servì la colazione e che poco dopo si ripresentò con un quotidiano.

Fino alla sesta pagina non si parlava d'altro. Le poche notizie che erano filtrate venivano riproposte in varie versioni e gonfiate a dismisura. La gente era ingorda di novità. Dopo che l'opinione pubblica era venuta a sapere dell'esistenza di una sesta bambina, nel paese si era risvegliato il senso di solidarietà, che spingeva ognuno a compiere gesti fino a poco prima impensabili, come organizzare veglie di preghiera o gruppi di sostegno. Era stata lanciata un'iniziativa: «Una candela per ogni finestra». Quelle fiammelle avrebbero scandito l'attesa del «miracolo» e sarebbero state spente solo quando la sesta bambina fosse tornata a casa. Persone abituate a ignorarsi da una vita, grazie a quella tragedia stavano provando un nuovo tipo di esperienza: il contatto umano. Non dovevano più affannarsi nella ricerca di pretesti per entrare in relazione gli uni con gli altri. Perché era scontato che ora avevano una cosa in comune: la pietà per quella creatura. E questo li aiutava a comunicare. Lo facevano ovunque. Al supermercato, al bar, sul posto di lavoro, in metropolitana. In tutti i programmi televisivi non si parlava d'altro.

Ma fra tutte le iniziative, una in particolare aveva creato sensazione, mettendo in imbarazzo anche gli inquirenti.

La taglia.

Dieci milioni a chiunque avesse fornito notizie utili a salvare la sesta bambina. Una grossa somma che non aveva mancato di scatenare feroci polemiche. Qualcuno, infatti, sosteneva che avesse inquinato la spontaneità delle manifestazioni di solidarietà. Qualcun altro la riteneva un'idea giusta, che avrebbe finalmente smosso qualcosa perché, al di là della facciata buonista, imperava ancora l'egoismo, che poteva essere scalfito solo con la promessa di un profitto.

Così, senza accorgersene, il paese era tornato a dividersi.

L'iniziativa della taglia si doveva alla Fondazione Rockford.

228

Quando Mila domandò all'infermiera chi si celava dietro quell'ente benefico, la donna sgranò gli occhi per lo stupore.

«Tutti sanno chi è Joseph B. Rockford.»

Quella reazione fece comprendere a Mila quanto, assorbita dalla caccia ai bambini scomparsi, si fosse tagliata fuori dal mondo reale.

«Mi spiace, io no», rispose. E pensò quanto fosse assurda una situazione in cui il destino di un magnate si intrecciava fatalmente con quello di una bambina sconosciuta: due esseri umani che fino a qualche giorno prima dovevano aver condotto esistenze lontane e diversissime, e che probabilmente avrebbero continuato in questo modo fino alla fine dei loro giorni se non ci avesse pensato Albert ad accomunarli.

Si addormentò su quei pensieri, e finalmente poté beneficiare di un sonno senza sogni che le ripulì la mente dalle scorie di quei giorni d'orrore. Quando si svegliò, ristorata, non era sola.

Gavila era seduto accanto al suo letto.

Mila si tirò su, domandandosi da quanto tempo fosse lì. Lui la tranquillizzò: «Ho preferito aspettare invece di svegliarti. Sembravi così serena. Ho fatto male?»

«No», mentì lei. Invece era come se l'avesse colta in un momento in cui era del tutto priva di difese e, prima che lui si accorgesse del suo imbarazzo, si affrettò a cambiare argomento: «Vogliono tenermi qui in osservazione. Ma io gliel'ho detto che esco oggi pomeriggio».

Goran guardò l'ora: «Allora dovrai sbrigarti: è quasi sera».

Mila si stupì di aver dormito così tanto.

«Ci sono novità?»

«Sono di ritorno da una lunga riunione con l'ispettore capo Roche.»

"Ecco cos'è venuto a fare", pensò lei. "Ha voluto comunicarmi di persona che sono fuori." Ma si sbagliava.

«Abbiamo trovato padre Rolf.»

Mila ebbe una contrazione allo stomaco, immaginando il peggio.

«È morto all'incirca un anno fa, per cause naturali.»

«Dove l'aveva sepolto?»

Da quella domanda, Goran capì che Mila aveva intuito già tutto.

«Dietro la chiesa. C'erano anche altre fosse con carcasse di animali.»

«Padre Rolf lo teneva a freno.»

«A quanto pare, è andata proprio in questo modo. Ronald era affetto da un disturbo *borderline* della personalità. Era un serial killer *in fieri*, e il prete l'aveva capito. L'uccisione di animali è tipica in questi casi. Si inizia sempre così: quando il soggetto non riesce a trarne più appagamento, sposta l'attenzione sui suoi simili. Anche Ronald, presto o tardi, sarebbe passato a uccidere esseri umani. In fondo quell'esperienza faceva parte del suo bagaglio emotivo fin da bambino.»

«L'abbiamo fermato, ora.»

Goran scosse il capo, grave. «In realtà è stato Albert a fermarlo.»

Era paradossale, ma era anche la verità.

«Ma piuttosto che ammettere una cosa del genere, Roche si farebbe venire un infarto!»

Mila pensò che con quei discorsi Goran stesse solo cercando di rinviare la notizia della sua esclusione dal caso, e decise di andare al sodo.

«Sono fuori, vero?»

Lui sembrò stupito. «Perché dici questo?»

«Perché ho fatto una cazzata.»

«Tutti ne facciamo.»

«Ho provocato la morte di Ronald Dermis: così non sapremo mai come ha fatto Albert a conoscere la sua storia...»

«Prima di tutto, credo che Ronald avesse messo in conto la propria morte: voleva porre fine al dubbio che lo angustiava da molti anni. Padre Rolf l'aveva trasformato in un falso prete, convincendolo che avrebbe potuto vivere come un uomo dedito al prossimo e a Dio. Ma lui non voleva amare il suo prossimo, bensì ucciderlo per il proprio piacere.»

«E Albert, come faceva a saperlo?»

Goran si fece scuro in volto. «Dev'essere entrato in contatto con Ronald a un certo punto della sua vita. Non riesco a pensare a un'altra spiegazione. Ha compreso ciò che prima di lui aveva capito padre Rolf. E c'è arrivato perché sono simili, lui e Ronald. In qualche modo si sono trovati, e si sono anche riconosciuti. »

Mila trasse un profondo respiro pensando al destino. Ronald Dermis era stato compreso da due sole persone in vita sua. Un prete che non aveva trovato una soluzione migliore che nasconderlo al mondo. E un suo omologo, che probabilmente gli aveva svelato la sua vera natura.

« Saresti stata la seconda... »

Le parole di Goran la riportarono indietro.

« Cosa? »

« Se non l'avessi fermato, Ronald ti avrebbe ucciso come aveva fatto con Billy Moore tanti anni fa. »

A quel punto estrasse dalla tasca interna del cappotto un plico e glielo passò.

« Pensavo che avessi il diritto di vederle... »

Mila prese il plico e lo aprì. All'interno c'erano le foto che Ronald aveva scattato mentre le dava la caccia nel refettorio. In un angolo di una di quelle immagini, c'era lei. Accucciata sotto il tavolo, con gli occhi traboccanti di paura.

« Non sono molto fotogenica », provò a sdrammatizzare. Ma Goran si accorse che era scossa.

« Stamattina Roche ha decretato il rompete le righe per ventiquattr'ore... O almeno finché non spunterà il prossimo cadavere. »

« Non voglio una vacanza, c'è da trovare la sesta bambina », protestò Mila. « Lei non può attendere! »

« Credo che l'ispettore capo lo sappia... Ma sta tentando di giocare un'altra carta, temo. »

« La taglia », disse subito Mila.

« Potrebbe anche portare dei frutti insperati. »

« E le ricerche sugli albi professionali dei medici? E la teoria che Albert possa essere uno di quelli radiati? »

« Una pista debole. Nessuno ci credeva veramente fin dall'inizio. Come non penso che possa venir fuori qualcosa dall'indagine sui farmaci con cui probabilmente tiene in vita la bambina. Il nostro uomo può esserseli procurati in moltissimi modi. È furbo e preparato, non te lo dimenticare.»

«A quanto pare, molto più di noi», fu la risposta piccata di Mila.

Goran non si offese. «Sono venuto qui a prenderti, non a litigare.»

«A prendermi? Cos'ha in mente di fare?»

«Ti porto a cena... E, a proposito, vorrei che cominciassi a darmi del tu.»

Una volta lasciato l'ospedale, Mila aveva insistito per passare dallo Studio: voleva lavarsi e cambiarsi i vestiti. Continuava a ripetersi che se il maglione non fosse stato lacerato dalla pallottola e se il resto degli abiti non fosse stato sporco del sangue della ferita, si sarebbe tenuta quelli che già indossava. In realtà quell'imprevisto invito a cena le aveva messo agitazione, e non voleva puzzare di sudore e di tintura di iodio.

L'accordo tacito col dottor Gavila – anche se ormai doveva abituarsi a chiamarlo per nome – era che quella non doveva considerarsi affatto un'uscita di piacere e che, dopo cena, lei sarebbe tornata subito allo Studio per riprendere il lavoro. Però – anche se ciò le procurava dei sensi di colpa nei confronti della sesta bambina – non riusciva a non provare un certo compiacimento per l'invito.

Non poteva fare una doccia per via della ferita. Così si lavò a pezzi e con cura, fino a esaurire la scorta del piccolo boiler.

Indossò un maglione a collo alto, nero. Gli unici jeans di ricambio risultavano provocatoriamente troppo aderenti dietro, ma non aveva scelta. La giacca di pelle era strappata all'altezza della spalla sinistra, dove si era sparata con la pistola, perciò non poteva utilizzarla. Con sua grande sorpresa, però, sulla sua branda nella foresteria era adagiato un parka di colore verde militare con accanto un biglietto: «Qui il freddo uccide più delle pallottole. Bentornata. Il tuo amico, Boris».

Si sentì piena d'affetto e riconoscenza. Soprattutto perché Boris si era firmato come «amico». Il che le toglieva ogni dubbio sul fatto che volesse provarci. Sul giubbotto c'era anche una scatola di mentine: il contributo di Stern a quel gesto d'amicizia.

Erano anni che non indossava un colore diverso dal nero. Il parka verde, però, le donava. Anche la taglia era giusta. Quando la vide scendere dallo Studio, Goran non sembrò accorgersi del suo nuovo look. Lui che era sempre abbastanza trascurato, probabilmente non faceva nemmeno caso all'aspetto degli altri.

Andarono a piedi fino al ristorante. Fu una passeggiata piacevole e, grazie al regalo di Boris, Mila non soffrì il freddo.

L'insegna della steakhouse prometteva succose bistecche di angus argentino. Sedettero a un tavolo per due, accanto alla vetrata. Fuori la neve ricopriva ogni cosa, e un cielo rossastro e fumoso ne preannunciava dell'altra per quella notte. All'interno del locale la gente conversava e sorrideva, spensierata. Una musica jazz riscaldava l'atmosfera e faceva da sottofondo alle chiacchiere innocenti.

Sul menu tutto sembrava buono, e Mila ci mise un po' a decidersi. Alla fine optò per una bistecca di manzo ben cotta e patate al forno con abbondante rosmarino. Goran prese un'entrecôte e insalata di pomodori. Entrambi ordinarono da bere solo acqua gasata.

Mila non aveva idea di cosa avrebbero parlato: se di lavoro o delle loro vite. La seconda opzione, per quanto interessante, la metteva a disagio. Ma prima aveva una curiosità da soddisfare.

«Come è andata veramente?»

«Che intendi?»

«Roche voleva sbattermi fuori dall'indagine, ma poi ha cambiato idea... Perché?»

Goran indugiò, ma alla fine si decise.

«L'abbiamo messo ai voti.»

«Ai voti?» si stupì lei. «Allora hanno prevalso i sì.»

«Non c'era un gran margine per i no, veramente.»

«Ma... Come?»

«Anche Sarah Rosa ha votato a favore della tua permanenza», disse lui, intuendo il motivo di quella reazione.

Mila era sbalordita. «Addirittura, la mia peggiore nemica!»

«Non dovresti essere così dura con lei.»

«Veramente pensavo fosse il contrario...»

«È un brutto periodo per Rosa: si sta separando dal marito.»

Mila avrebbe voluto dire che li aveva visti litigare la sera prima sotto lo Studio, ma si trattenne per non sembrare troppo indiscreta.

«Mi dispiace.»

«Quando ci sono di mezzo i figli non è mai facile.»

A Mila sembrò un riferimento che andava oltre Sarah Rosa, e che forse lo coinvolgeva direttamente.

«La figlia di Rosa, per reazione, ha cominciato a soffrire di disturbi alimentari. Con il risultato che i suoi genitori continuano a dividere lo stesso tetto, ma ti lascio immaginare gli effetti di una simile convivenza.»

«E questo l'autorizza ad avercela con me?»

«In quanto ultima arrivata, nonché unica altra 'femmina' del branco, sei il bersaglio più facile per lei. Non può certo sfogarsi con Boris o Stern, gente che conosce da anni...»

Mila si versò un po' d'acqua minerale, poi indirizzò la sua curiosità sugli altri colleghi.

«Vorrei conoscerli abbastanza per sapere come comportarmi con loro», fu la scusa.

«Be', a mio parere, con Boris non ci vuole molto: è proprio come appare.»

«Infatti», ammise Mila.

«Potrei dirti che è stato nell'esercito, dov'è diventato un professionista di tecniche d'interrogatorio. L'ho visto all'opera spesso, ma ogni volta mi lascia di stucco. Sa entrare nella testa di chiunque.»

«Non credevo fosse così in gamba.»

«Lo è, invece. Un paio di anni fa arrestarono un tizio perché sospettato di aver ucciso e occultato i cadaveri della coppia di zii con cui viveva. Dovevi vederlo quel tale: era freddo, calmissimo. Dopo diciotto ore d'interrogatorio serrato in cui ben cinque agenti s'erano dati il cambio per tenerlo sotto torchio, non aveva ammesso nulla. Poi arriva Boris, entra nella stanza, resta con lui venti minuti e quello confessa tutto.»

«Caspita! E Stern?»

«Stern è un brav'uomo. Anzi, penso che quest'espressione sia stata coniata apposta per lui. È sposato da trentasette anni. Ha due figli maschi, gemelli ed entrambi arruolati in marina.»

«Mi sembra un tipo tranquillo. Mi sono accorta che è anche molto religioso.»

«Va a messa tutte le domeniche, e canta pure nel coro.»

«I suoi completi poi sono il massimo secondo me, lo fanno sembrare il protagonista di un telefilm degli anni Settanta!»

Goran rise, era d'accordo. Poi si rifece serio quando aggiunse: «La moglie Marie è stata per cinque anni in dialisi, in attesa di un rene che non arrivava. Due anni fa, Stern le ha donato uno dei suoi».

Sorpresa e ammirata, Mila non seppe cosa dire.

Goran proseguì: «Quell'uomo ha rinunciato a una buona metà del tempo che gli restava da vivere perché lei avesse almeno una speranza».

«Dev'essere molto innamorato.»

«Sì, credo di sì...» disse Goran, con una punta di amarezza che non le sfuggì.

In quel momento giunsero le ordinazioni. Mangiarono in silenzio, senza che la mancanza di dialogo pesasse minimamente, come due che si conoscono talmente bene da non aver bisogno di colmare costantemente i vuoti di parole per non sentirsi in imbarazzo.

«Devo dirti una cosa», riprese lei verso la fine. «È accaduto quando sono arrivata, la seconda sera che ho messo piede al motel dove stavo prima di trasferirmi allo Studio.»

«Ti ascolto...»

«Potrebbe anche essere una cosa da poco, o forse soltanto una mia sensazione, però... mi è sembrato che qualcuno mi seguisse mentre attraversavo il piazzale.»

«Che significa che ti è *sembrato*?»

«Che copiava i miei passi.»

«E perché mai qualcuno avrebbe dovuto seguirti?»

«È per questo che non ne ho parlato con nessuno. Anche a me sembra assurdo. Forse me lo sono solo immaginato...»

Goran registrò quell'informazione e tacque.

Giunti al caffè, Mila guardò l'orologio.

«Vorrei andare in un posto», disse.

«A quest'ora?»

«Sì.»

«D'accordo. Allora chiedo il conto.»

Mila si offrì di fare a metà, ma lui fu rigido nel rivendicare il suo dovere di pagare avendola invitata. Con il suo tipico – e quasi pittoresco – disordine, insieme a banconote, monetine e foglietti di appunti, trasse dalla tasca dei palloncini colorati.

«Sono di mio figlio Tommy.»

«Oh, non sapevo fossi...» finse lei.

«No, non lo sono», si affrettò a dire lui abbassando lo sguardo. Poi aggiunse: «Non più».

Mila non aveva mai assistito a un funerale notturno. Quello di Ronald Dermis fu il primo. Era stato deciso così per ragioni di ordine pubblico. Per lei, l'idea che qualcuno potesse rivalersi su una salma era lugubre almeno quanto quello stesso evento.

I necrofori erano all'opera intorno alla fossa. Non avevano una ruspa. Il terreno era ghiacciato e rimuoverlo risultava difficile oltre che faticoso. Erano in quattro e si davano il cambio ogni cinque minuti, due che scavavano e altri due che illuminavano il sito con le torce. Ogni tanto qualcuno imprecava per quel freddo maledetto e, per scaldarsi, si passavano una bottiglia di Wild Turkey.

Goran e Mila osservavano in silenzio la scena. La cassa che conteneva le spoglie di Ronald era ancora sul furgone. Poco più in là, c'era la lapide che sarebbe stata posta alla fine: nessun nome, nessuna data, solo un numero progressivo. E una piccola croce.

In quel momento, nella testa di Mila riapparve la scena della caduta di Ronald dalla torre. Mentre precipitava, sul suo volto lei non aveva scorto alcuna paura, nessuno stupore. Era come se, in fondo, non gli dispiacesse morire. Forse anche lui, come Alexander Bermann, aveva preferito quella soluzione. Cedere al desiderio di annullarsi per sempre.

«Tutto bene?» le chiese Goran, penetrando il suo silenzio. Mila si voltò verso di lui. «Tutto bene.»

Proprio allora le parve di scorgere qualcuno dietro un albero del cimitero. Guardò meglio e riconobbe Feldher. A quanto pareva, il funerale segreto di Ronald non era poi tanto segreto.

Il manovale indossava un giaccone di lana a scacchi e teneva fra le mani una lattina di birra, come se stesse brindando per l'ultima volta al vecchio amico d'infanzia, anche se probabilmente non lo rivedeva da anni. Mila ritenne che fosse una cosa positiva: anche nel luogo in cui si sotterra il male ci può essere spazio per la pietà.

Se non fosse stato per Feldher, per il suo aiuto involontario, non sarebbero stati lì. Anche a lui andava il merito d'aver fermato quel serial killer *in fieri* – come l'aveva definito Goran. Chissà quante potenziali vittime avevano salvato.

Quando incrociò il suo sguardo, Feldher accartocciò la lattina e si avviò verso il pick-up parcheggiato poco distante. Sarebbe tornato alla solitudine della sua casa sulla discarica, al tè freddo in bicchieri spaiati, al cane color ruggine, ad attendere che quella stessa morte anonima un giorno si presentasse anche alla sua porta.

Il motivo che aveva spinto Mila a voler assistere allo sbrigativo funerale di Ronald era legato, probabilmente, alla frase che Goran le aveva detto in ospedale: «Se non l'avessi fermato, Ronald ti avrebbe ucciso come aveva fatto con Billy Moore tanti anni fa.»

E chissà, forse dopo di lei avrebbe continuato.

«La gente non lo sa, ma secondo le nostre statistiche ci sono dai sei agli otto serial killer attualmente attivi nel paese. Nessuno, però, li ha ancora individuati», disse Goran mentre i necrofori calavano nella buca la cassa di legno.

Mila era scioccata. «E come è possibile?»

«Perché colpiscono a caso, senza uno schema. O perché nessuno è ancora riuscito a ricollegare fra loro omicidi in apparenza diversissimi. O, infine, perché le vittime non sono meritevoli di un'indagine approfondita... Capita, per esempio, che una prostituta venga ritrovata in un fosso. Nella maggior parte dei casi è stato il racket, o il suo protettore, oppure un cliente. Considerando i rischi del mestiere, dieci prostitute uccise rientrano in una media accettabile e non sempre vanno a comporre una casistica di omicidi seriali. È difficile da accettare, lo so, ma purtroppo è così.»

Una folata di vento sollevò mulinelli di neve e polvere. Mila provò un brivido, stringendosi ancor più nel parka.

«Che senso ha tutto questo?» chiese. La domanda, in realtà, nascondeva un'invocazione. Non aveva a che fare con il caso di cui si stavano occupando, né con la professione che si era scelta. Era una preghiera, un modo per arrendersi all'incapacità di comprendere certe dinamiche del male, ma anche un'accorata richiesta di salvezza. E lei non si attendeva certo una risposta.

Ma Goran parlò. «Dio è silenzioso. Il diavolo sussurra...»

Nessuno dei due disse più nulla.

I necrofori cominciarono a coprire la fossa con la terra ghiacciata. Nel cimitero riecheggiavano solo i colpi di pala. Poi il telefono cellulare di Goran squillò. Non fece in tempo a recuperarlo dalla tasca del cappotto, che attaccò a suonare anche quello di Mila.

Non era necessario rispondere per sapere che era stata ritrovata la terza bambina.

21

La famiglia Kobashi – padre, madre e due figli, un maschio di quindici anni e una femmina di dodici – abitava nel prestigioso complesso di Capo Alto. Sessanta ettari immersi nel verde, con piscina, maneggio, campo da golf e una club house riservati ai proprietari delle quaranta ville che lo componevano. Un rifugio dell'alta borghesia, composta per lo più da medici specialisti, architetti e avvocati.

Un muro di due metri, sapientemente mascherato da una siepe, separava dal resto del mondo quel paradiso per soli eletti. C'era un servizio di guardia ventiquattrore su ventiquattro. L'occhio elettronico di settanta telecamere vigilava sull'intero perimetro e una polizia privata garantiva la sicurezza dei residenti.

Kobashi era un dentista. Reddito elevato, una Maserati e una Mercedes parcheggiate in garage, una seconda casa in montagna, una barca a vela e un'invidiabile collezione di vini in cantina. Sua moglie si occupava dell'educazione dei figli e di arredare la casa con oggetti unici e costosissimi.

«Erano ai tropici da tre settimane, sono tornati ieri sera», annunciò Stern mentre Goran e Mila giungevano alla villa. «Motivo della vacanza è stata proprio la storia delle ragazzine rapite. La figlia ha più o meno quell'età, così hanno pensato bene di mandare in ferie la servitù e cambiare aria per un po'.»

«Dove sono adesso?»

«In albergo. Li piantoniamo per sicurezza. La moglie ha avuto bisogno di un paio di Valium. Sono a dir poco sconvolti.»

Le ultime parole di Stern servirono anche a prepararli a ciò che, di lì a poco, avrebbero visto.

La casa non era più una casa. Ora veniva definita «nuovo sito dell'indagine». Era stata interamente recintata da un nastro per tenere alla larga i vicini che si accalcavano per sapere cosa fosse successo.

«Perlomeno la stampa non potrà arrivare fin qui», notò Goran.

S'incamminarono lungo il prato che separava la villa dalla strada. Il giardino era ben curato e c'erano delle splendide piante invernali a ornare le aiuole dove, d'estate, la signora Kobashi avrebbe coltivato personalmente le sue rose da concorso.

Un agente era piazzato sulla porta e lasciava passare solo il personale autorizzato. C'erano sia Krepp che Chang, con le rispettive squadre all'opera. Poco prima che Goran e Mila si apprestassero a varcare la soglia, uscì l'ispettore capo Roche.

«Non potete immaginare...» disse con il volto cereo, tenendosi un fazzoletto sulla bocca. «Questa storia sta prendendo una piega sempre più orrida. Vorrei che fossimo riusciti a impedire questo scempio... Sono solo bambine, sant'iddio!»

Lo sfogo di Roche sembrava autentico.

«Come se non bastasse, i residenti si sono già lamentati della nostra presenza e premono sulle loro conoscenze politiche per mandarci via al più presto! Ma vi rendete conto? Ora mi tocca chiamare un cazzo di senatore per rassicurarlo che faremo in fretta!»

Mila percorse con lo sguardo la piccola folla di residenti radunata davanti alla villa. Quello era il loro eden privato, e li percepivano come invasori.

Ma in un angolo del paradiso si era aperto, inatteso, un varco per l'inferno.

Stern le passò il vasetto con la pasta di canfora da mettere sotto le narici. Mila completò il rituale di presentazione alla morte indossando copriscarpe di plastica e guanti di lattice. L'agente davanti alla porta si scostò per lasciarli passare.

All'ingresso c'erano ancora le valigie della vacanza e i sacchetti coi souvenir. Il volo che aveva riportato i Kobashi dal sole dei tropici in quel gelido febbraio era atterrato verso le ventidue. Poi di corsa fino a casa, a ritrovare le vecchie abitudini e il conforto di un luogo che però per loro non sarebbe stato più lo stesso. La servitù sarebbe rientrata dalle ferie solo l'indomani, così erano stati loro i primi a varcare quella soglia.

L'odore ammorbava l'aria.

«È questo che hanno sentito i Kobashi non appena hanno aperto la porta», disse subito Goran.

"Per un istante o due, si saranno chiesti cosa fosse", pensò Mila. "Poi hanno acceso la luce..."

Nell'ampio salone, i tecnici della scientifica e lo staff del medico legale si muovevano coordinando i gesti, come guidati da un misterioso e invisibile coreografo. Il pavimento in marmo pregiato rifletteva impietosamente la luce delle lampade alogene. L'arredamento alternava pezzi di design moderno con mobili d'antiquariato. Tre divani di nappa color polvere delimitavano altrettanti lati di un quadrato davanti a un enorme camino in pietra rosa.

Sul divano centrale era seduto il cadavere della bambina.

Aveva gli occhi aperti – di un azzurro screziato. *E li guardava.*

Quello sguardo fisso era l'ultima sembianza umana nel volto devastato. I processi deteriorativi erano già a uno stadio avanzato. La mancanza del braccio sinistro le conferiva una postura obliqua. Come se dovesse scivolare da un lato da un momento all'altro. E invece rimaneva seduta.

Indossava un vestitino a fiori blu. Le cuciture e il taglio rivelavano una fattura casalinga, con ogni probabilità era stato fatto su misura. Mila notò anche la trama all'uncinetto delle calze bianche, la cintura di raso fermata in vita da un bottone di madreperla.

Era vestita come una bambola. *Una bambola rotta.*

La poliziotta non riuscì a fissarla per più di qualche secondo. Spostò lo sguardo verso il basso e notò per la prima volta il tappeto damascato fra i divani. Vi erano raffigurate rose persiane e onde multicolori. Ebbe come l'impressione che quelle figure si muovessero. Poi guardò meglio.

Il tappeto era completamente ricoperto di piccoli insetti, che brulicavano e si ammassavano gli uni sugli altri.

Mila si portò istintivamente una mano alla ferita sul braccio, e strinse. Chiunque intorno a lei avrebbe pensato che le facesse male. Invece era il contrario.

Come al solito, lei cercava conforto nel dolore.

La fitta fu breve, ma le restituì la forza per essere testimone attenta di quella oscena rappresentazione. Quando fu sazia dello spasimo, smise di stringere. Sentì il dottor Chang che diceva a Goran: «Sono larve di *Sarcophaga carnaria*. Il loro ciclo biologico è assai rapido se sono al caldo. E sono molto voraci».

Mila sapeva a cosa si stava riferendo il medico, perché capitava di frequente che i suoi casi di scomparsa si risolvessero con il rinvenimento di un cadavere. Spesso era necessario non solo procedere al rito pietoso del riconoscimento, ma anche a quello più prosaico della datazione dei resti. Alle varie fasi che seguono la morte partecipano insetti diversi, soprattutto quando le spoglie sono esposte. La cosiddetta «fauna cadaverica» si divide in otto squadre. Ciascuna si manifesta in ognuna delle varie tappe della modificazione che subisce la sostanza organica dopo il decesso. Così, a seconda della specie che è entrata in azione, è possibile risalire al momento della morte.

La *Sarcophaga carnaria* era una mosca vivipara e doveva far parte della seconda squadra perché Mila sentì il patologo aggiungere che il cadavere doveva trovarsi lì da almeno una settimana.

«Albert ha avuto tutto il tempo per agire, mentre i proprietari erano fuori.»

«Ma c'è una cosa che proprio non mi spiego...» aggiunse Chang. «Come ha fatto quel bastardo a portare qui il corpo con settanta telecamere di sorveglianza e una trentina di guardie private a controllare l'area ventiquattrore al giorno?»

22

«Abbiamo avuto un problema di sovraccarico d'energia nel-l'impianto», aveva detto il comandante delle guardie private di Capo Alto quando Sarah Rosa gli aveva chiesto di spiegarle il blackout di tre ore nelle registrazioni delle telecamere avvenuto una settimana prima, quando si presumeva che Albert avesse portato la bambina nella casa dei Kobashi.

«E un fatto del genere non vi ha messo in allarme?»

«Nossignora...»

«Capisco», e non aveva aggiunto altro, spostando però lo sguardo sui galloni da capitano che l'uomo sfoggiava sulla divisa. Un grado finto come la sua funzione, del resto. Le guardie che avrebbero dovuto garantire l'incolumità dei residenti in realtà erano solo *body-builder* con una divisa. Il loro unico addestramento era consistito in un corso a pagamento di tre mesi tenuto da poliziotti in pensione presso la sede della società che li avrebbe assunti. La loro dotazione constava di un auricolare collegato a un walkie-talkie e di uno spray al pepe. Perciò per Albert non era stato difficile raggirarli. Inoltre nella barriera perimetrale era stata rinvenuta una breccia di un metro e mezzo, rimasta ben nascosta dalla siepe che copriva tutto il muro di cinta. Quel capriccio estetico aveva finito per vanificare l'unica vera misura di sicurezza di Capo Alto.

Ora si trattava di capire perché Albert avesse scelto proprio quel posto e proprio quella famiglia.

Il timore di trovarsi di fronte a un nuovo Alexander Bermann aveva spinto Roche ad autorizzare ogni tipo d'indagine, anche la più invasiva, sul conto di Kobashi e di sua moglie.

Boris era stato incaricato di spremere il dentista.

L'uomo probabilmente non aveva idea del trattamento speciale che gli sarebbe stato riservato nelle ore successive. Subire l'interrogatorio di un professionista non assomiglia per niente a quanto accade normalmente nelle stazioni di polizia di mezzo mondo, dove tutto si basa sullo sfiancamento del sospetto attraverso ore e ore di pressione psicologica e veglia forzata a rispondere sempre alle stesse domande.

Boris non cercava quasi mai di far cadere in contraddizione le persone che interrogava, perché sapeva che lo stress spesso produce effetti negativi sulla deposizione, che così diventa passibile di attacchi da parte di un bravo avvocato in tribunale. Non gli interessavano neanche le mezze ammissioni, e nemmeno i tentativi di patteggiamento che i sospetti mettevano in atto quando si sentivano alle corde.

No. L'agente speciale Klaus Boris cercava di ottenere solo la piena confessione.

Mila lo vide nella cucina dello Studio mentre si preparava a entrare in scena. Perché di questo, in fondo, si trattava: di una recita in cui le parti spesso s'invertono. Servendosi della menzogna, Boris avrebbe penetrato le difese di Kobashi.

Aveva le maniche della camicia arrotolate, una bottiglietta d'acqua in una mano e camminava avanti e indietro per allenare le gambe: a differenza di Kobashi, infatti, Boris non si sarebbe mai seduto, dominandolo per tutto il tempo con la sua stazza.

Intanto Stern lo aggiornava su quanto aveva rapidamente scoperto sul conto del sospettato.

«Il dentista evade parte delle tasse. Ha un conto off-shore in cui fa confluire i proventi in nero dell'ambulatorio e i premi dei tornei di golf a cui partecipa come semiprofessionista praticamente ogni fine settimana... La signora Kobashi, invece, preferisce un altro tipo di passatempo: ogni mercoledì pomeriggio s'incontra con un noto avvocato in un hotel del centro. Inutile aggiungere che l'avvocato gioca a golf tutti i fine settimana col marito...»

Quelle informazioni avrebbero costituito il grimaldello dell'interrogatorio. Boris le avrebbe centellinate, usandole al momento opportuno per far crollare il dentista.

La stanza per gli interrogatori era stata allestita molto tempo prima allo Studio accanto alla foresteria. Era angusta, quasi soffocante senza finestre e con quell'unico ingresso che Boris avrebbe chiuso a chiave non appena fosse entrato insieme all'indiziato. Quindi si sarebbe infilato la chiave in tasca, come faceva sempre: un semplice gesto che avrebbe sancito le posizioni di forza.

La luce al neon era potente e il lampadario emetteva un fastidioso ronzio: anche quel suono faceva parte degli strumenti di pressione di Boris. Lui ne avrebbe mitigato l'effetto indossando dei tappi di cotone.

Uno specchio finto separava la stanza da un'altra saletta, con ingresso indipendente, per gli altri della squadra che avrebbero assistito all'interrogatorio. Era molto importante che l'interrogato fosse sempre posizionato di profilo rispetto allo specchio e mai di fronte: doveva sentirsi osservato senza poter ricambiare quello sguardo invisibile.

Sia il tavolo che le pareti erano dipinti di bianco: la monocromia serviva a non offrirgli alcun punto su cui concentrare l'attenzione per riflettere sulle risposte. La sua sedia aveva una gamba più corta, e avrebbe zoppicato tutto il tempo per infastidirlo.

Mila entrò nella sala attigua mentre Sarah Rosa preparava il VSA (*Voice Stress Analyzer*), un apparecchio che avrebbe consentito di misurare lo stress dalle variazioni della voce. Microtremori, associati alle contrazioni muscolari, determinano oscillazioni al minuto a una frequenza tra i 10 e i 12 hertz. Quando una persona mente, la quantità di sangue nelle corde vocali diminuisce a causa della tensione, facendo ridurre di conseguenza la vibrazione. Un computer avrebbe analizzato le microvariazioni nelle parole di Kobashi, svelando le sue bugie.

Ma la tecnica più importante che l'agente speciale Klaus Boris avrebbe usato – e quella in cui praticamente era un maestro – era l'*osservazione del comportamento*.

Kobashi venne condotto nella sala degli interrogatori dopo essere stato cortesemente invitato – ma senza alcun preavviso – a fornire dei chiarimenti. Gli agenti che avevano il compito di scortarlo lì dall'hotel in cui risiedeva con la sua famiglia, l'avevano fatto sedere da solo sul sedile posteriore dell'auto e avevano compiuto un percorso più ampio per portarlo allo Studio, per accrescere il suo stato di dubbio e d'incertezza.

Dato che doveva trattarsi solo di un colloquio informale, Kobashi non aveva chiesto l'assistenza di un avvocato. Temeva che quella richiesta lo esponesse a sospetti di colpevolezza. Era proprio su questo che puntava Boris.

Nella sala il dentista aveva un'aria provata. Mila lo osservò. Indossava pantaloni di colore giallo, estivi. Probabilmente facevano parte di uno dei completi da golf che si era portato appresso nella vacanza ai tropici e che adesso costituivano il suo unico guardaroba. Aveva un maglione fucsia di cachemire dal cui scollo s'intravedeva una polo bianca.

Gli avevano detto che di lì a poco sarebbe arrivato un inquirente per rivolgergli qualche domanda. Kobashi aveva annuito, mettendo le mani in grembo, in una posizione di difesa.

Boris intanto lo osservava dall'altra parte dello specchio, concedendosi una lunga attesa per studiarlo bene.

Kobashi notò sul tavolo una cartellina con sopra il suo nome. Era stato Boris a piazzarla lì. Il dentista non l'avrebbe mai toccata, così come non avrebbe mai spostato lo sguardo in direzione dello specchio sapendo benissimo di essere osservato.

In realtà la cartellina era vuota.

«Sembra la sala d'attesa di un dentista, no?» ironizzò Sarah Rosa, fissando il malcapitato dietro il vetro.

Poi Boris annunciò: «Bene: si comincia».

Poco dopo varcò la soglia della sala degli interrogatori. Salutò Kobashi, chiuse a chiave la porta e si scusò per il ritardo. Mise ancora una volta in chiaro che le domande che gli avrebbe posto erano soltanto delle richieste di chiarimenti, poi prese la cartellina sul tavolo e l'aprì fingendo di leggervi qualcosa.

«Dottor Kobashi, lei ha quarantatré anni, giusto?»

«Esatto.»

«Da quanto tempo esercita la professione di dentista?»

«Sono un chirurgo ortodontista», ci tenne a specificare. «Comunque sono quindici anni che esercito.»

Boris si prese un po' di tempo per esaminare le sue carte invisibili.

«Posso chiederle qual è stato il suo reddito l'anno scorso?»

L'uomo ebbe un piccolo sussulto. Boris aveva messo a segno il primo colpo: il riferimento al reddito sottintendeva un'allusione alle tasse.

Come previsto, il dentista mentì spudoratamente sulla sua situazione economica, e Mila non poté fare a meno di notare quanto fosse stato ingenuo a farlo. Quel colloquio riguardava un omicidio e le informazioni fiscali che fossero emerse non avrebbero avuto alcuna rilevanza né avrebbero potuto essere trasmesse all'ufficio delle imposte.

L'uomo mentì anche su altri particolari, credendo di poter gestire agevolmente le risposte. E Boris per un po' lo lasciò fare.

Mila conosceva il gioco di Boris. L'aveva visto fare ad alcuni colleghi della vecchia scuola, anche se l'agente speciale lo praticava a livelli indubbiamente superiori.

Quando un individuo mente deve effettuare un lavorio psicologico per compensare una serie di tensioni. Per rendere più credibili le sue risposte è costretto ad attingere a informazioni veritiere, già sedimentate nella sua memoria, e a ricorrere a meccanismi di elaborazione logica per amalgamarle alla menzogna che sta raccontando.

Ciò richiede uno sforzo enorme, nonché un impiego notevole dell'immaginazione.

Ogni volta che si racconta una bugia, bisogna ricordarsi di tutti i fatti con cui la si tiene in piedi. Quando le bugie sono molte, il gioco si fa complesso. È un po' come il giocoliere che al circo tenta di far ruotare i piatti sui bastoni. Ogni volta che ne aggiunge uno, l'esercizio diviene sempre più difficile e lui è costretto a correre da una parte all'altra senza sosta.

È proprio allora che si diventa più deboli ed esposti.

Qualora Kobashi si fosse servito della propria fantasia, Boris l'avrebbe subito capito. L'incremento dell'ansia genera microazioni anomale, come incurvare la schiena, stropicciarsi le mani, massaggiarsi le tempie o i polsi. Spesso queste si accompagnano ad alterazioni fisiologiche, come aumento della sudorazione, innalzamento della tonalità della voce e movimenti oculari incontrollati.

Ma uno specialista ben addestrato come Boris sapeva anche che questi sono solo indizi di menzogne, e come tali devono essere trattati. Per giungere alla prova che il soggetto sta mentendo è necessario portarlo ad ammettere le proprie responsabilità.

Quando Boris ritenne che Kobashi si sentisse abbastanza sicuro di sé, passò al contrattacco insinuando nelle domande elementi che avevano a che fare con Albert e la scomparsa delle sei bambine.

Due ore dopo, Kobashi era stremato da un fuoco di fila di quesiti sempre più intimi e insistenti. Boris aveva stretto il cerchio intorno a lui, riducendo il suo spazio di difesa. Ormai il dentista non pensava più di chiamare un avvocato, voleva solo uscire al più presto di lì. Per il modo in cui era psicologicamente crollato, avrebbe detto qualsiasi cosa pur di riottenere la libertà. Forse avrebbe anche ammesso di essere Albert.

Solo che non sarebbe stata la verità.

Quando Boris se ne rese conto, uscì dalla stanza con la scusa di portargli un bicchiere d'acqua e raggiunse Goran e gli altri nella saletta dietro lo specchio.

«Non c'entra niente», disse. «E non sa niente.»

Goran annuì.

Sarah Rosa era da poco tornata con le risultanze delle analisi sui computer e sulle utenze dei cellulari in dotazione alla famiglia Kobashi, che non avevano offerto alcuno spunto. E non c'erano elementi d'interesse nemmeno fra le loro amicizie e frequentazioni.

«Allora si tratta certamente della casa», concluse il criminologo.

Che l'abitazione dei Kobashi fosse stata teatro – come nel caso dell'orfanotrofio – di qualcosa di terribile che non era mai venuto alla luce?

Ma anche questa teoria era debole.

«La villa è stata costruita per ultima sull'unico lotto del complesso rimasto libero. L'hanno terminata all'incirca tre mesi fa, e i Kobashi sono stati i primi e i soli proprietari», disse Stern.

Goran, però, non si dette per vinto: «Quella casa nasconde un segreto».

Stern capì al volo e chiese: «Da dove cominciamo?»

Goran ci pensò un attimo, poi ordinò: «Iniziate scavando in giardino».

Dapprima furono condotti i cani da cadavere, in grado di fiutare resti umani fino a grandi profondità. Poi fu la volta dei georadar per scandagliare il sottosuolo, ma sugli schermi verdi non apparve alcunché di sospetto.

Mila osservava gli uomini all'opera e il susseguirsi di quei tentativi: era ancora in attesa che Chang le fornisse l'identità della bambina ritrovata nella casa attraverso il confronto col DNA dei genitori delle vittime.

Iniziarono a scavare verso le tre del pomeriggio. Le piccole ruspe rimuovevano la terra del giardino distruggendo la sapiente architettura di esterni che doveva essere costata fatica e molti soldi. Ora tutto veniva asportato e accatastato senza riguardo sopra i camion.

Il rumore dei motori diesel disturbava la quiete di Capo Alto. Come se non bastasse, le vibrazioni prodotte dalle ruspe facevano scattare continuamente l'allarme della Maserati di Kobashi.

Dopo il giardino, le ricerche si spostarono dentro la villa. Venne contattata un'impresa specializzata per rimuovere le pesanti lastre di marmo del salone. I muri interni vennero auscultati alla ricerca di vuoti, portati poi alla luce a colpi di piccone. Anche i mobili subirono una sorte infelice: smontati e sezionati, ormai erano da buttare. Gli scavi erano proseguiti anche in cantina e nella zona delle fondamenta.

Era stato Roche ad autorizzare quello scempio. Il Dipartimento non poteva permettersi di fallire un'altra volta, anche a costo di subire una causa milionaria per danni. Ma i Kobashi non avevano alcuna intenzione di tornare a vivere lì. Quanto gli apparteneva era stato irrimediabilmente inquinato dall'orrore. Avrebbero venduto la proprietà a un prezzo inferiore a quello d'acquisto, poiché la loro vita dorata non sarebbe stata più la stessa col ricordo di quanto era accaduto.

Verso le sei del pomeriggio, il nervosismo degli addetti ai lavori sulla scena del crimine era palpabile.

«Qualcuno vuol far smettere quel maledetto allarme?» urlò Roche indicando la Maserati di Kobashi.

«Non riusciamo a trovare i telecomandi delle auto», gli rispose Boris.

«Chiamate il dentista e fateveli dare! È possibile che vi debba dire tutto io?»

Stavano girando a vuoto. Invece di unirli, la tensione li metteva uno contro l'altro, frustrandoli per l'incapacità di venire a capo dell'enigma che Albert aveva ideato per loro.

«Perché ha vestito la bambina come una bambola?»

L'interrogativo faceva impazzire Goran. Mila non l'aveva mai visto così. C'era un che di personale nella sfida che aveva ingaggiato. Qualcosa di cui forse neanche il criminologo si rendeva conto. E che minava irrimediabilmente la sua capacità di ragionare lucidamente.

Mila si manteneva a distanza, snervata da quell'attesa. Che senso aveva il comportamento di Albert?

Nei pochi giorni che era stata a stretto contatto con la squadra e con i metodi del dottor Gavila, aveva imparato molte cose. Ad esempio, che un serial killer è un soggetto che uccide a intervalli di tempo variabili – da poche ore a mesi e perfino ad anni – con una coazione a ripetere il comportamento, che non è in grado di fermare. Per questo nel suo background mancano motivi quali l'ira o la vendetta. Il serial killer agisce per il ripetersi di una particolare motivazione, che è il solo bisogno o piacere di uccidere.

Ma Albert smentiva nettamente questa definizione.

Aveva rapito le bambine e le aveva uccise subito, l'una dopo l'altra, per poi tenerne in vita solo una. Perché? Non traeva piacere dall'uccisione in quanto tale, se ne serviva come strumento per attirare l'attenzione. Ma non su di sé. Su altri. Alexander Bermann, un pedofilo. Ronald Dermis, un suo simile che stava per mettersi all'opera.

Grazie a lui erano stati entrambi fermati. In fondo, aveva reso un servizio alla società. Paradossalmente si poteva dire che *il suo male era a fin di bene.*

Ma chi era Albert, veramente?

Un uomo qualsiasi – perché di questo si trattava, non di un mostro né di un'ombra – che in quel preciso istante si muoveva nel mondo come se nulla fosse. Faceva la spesa, girava per strada, incontrava persone – commesse, passanti, vicini di casa – che non immaginavano minimamente chi fosse in realtà.

Camminava fra loro, ed era invisibile.

Oltre quella facciata, poi, c'era la verità. E la verità era fatta di violenza. Con essa i serial killer sperimentano una sensazione di potere, che risolve almeno temporaneamente il loro senso d'inferiorità. La violenza perpetrata consente di raggiungere un doppio risultato: ottenere il piacere e sentirsi potenti. Senza bisogno di avere rapporti con nessuno. Il massimo risultato con il minimo dispendio di ansia relazionale.

"È come se questi individui esistessero solo attraverso la morte degli altri", pensò Mila.

A mezzanotte l'allarme dell'auto di Kobashi scandiva ancora il passaggio a vuoto del tempo, rammentando a tutti inesorabilmente che gli sforzi fatti fino ad allora erano stati pressoché inutili.

Dal sottosuolo non erano emerse novità. La villa era stata praticamente sventrata, ma i muri non avevano svelato alcun segreto.

Mentre Mila era seduta sul marciapiede davanti alla casa, le si avvicinò Boris che teneva fra le mani un cellulare.

«Sto cercando di telefonare ma non c'è campo...»

Mila controllò anche il suo apparecchio. «Forse è per questo che Chang non ha ancora chiamato per darmi l'esito dell'esame del DNA.»

Boris indicò intorno a sé. «Be', è consolante sapere che anche ai ricchi manca qualcosa, no?»

Sorrise, si rimise in tasca il telefono e si sedette accanto a lei. Mila non l'aveva ancora ringraziato per il regalo del parka, così ne approfittò per farlo adesso.

«Di niente», rispose lui.

In quel momento notarono che le guardie private di Capo Alto si stavano disponendo intorno alla villa a formare un cordone di sicurezza.

«Che succede?»

«Sta arrivando la stampa», le annunciò Boris. «Roche ha deciso di autorizzare le riprese della villa: pochi minuti per i telegiornali per dimostrare che stiamo facendo tutto il possibile.»

Lei guardò quei poliziotti fittizi prendere posto: erano ridicoli nelle divise blu e arancione, confezionate su misura per mettere in evidenza la corporatura muscolosa, con l'espressione dura del viso e l'auricolare del walkie-talkie che doveva conferire loro un aspetto molto professionale.

"Albert vi ha fregati facendo un buco nel muro e mandando in tilt le vostre telecamere con un semplice cortocircuito, idioti!", pensò.

«Dopo tante ore senza risposte, Roche starà schiumando...»

«Quello trova sempre il modo di uscirne bene, non preoccuparti.»

Boris prese le cartine e una busta di tabacco e iniziò a prepararsi una sigaretta in silenzio. Mila ebbe la netta sensazione che volesse chiederle qualcosa, ma non in modo diretto. E se fosse rimasta in silenzio non l'avrebbe aiutato.

Decise di dargli una mano: «Come hai passato le ventiquattrore di libertà che vi ha concesso Roche?»

Boris fu evasivo. «Ho dormito e ho pensato al caso. A volte serve schiarirsi le idee... Ho saputo che ieri sera sei uscita con Gavila.»

"Ecco, finalmente l'ha detto!" Ma Mila si sbagliava a pensare che il riferimento di Boris fosse motivato dalla gelosia. Erano altre le sue intenzioni e lo capì da quello che le disse dopo.

«Credo che lui abbia sofferto molto.»

Stava parlando della moglie di Goran. E lo faceva con un tono talmente afflitto da far pensare che, qualunque cosa fosse accaduta a quella coppia, aveva finito per coinvolgere anche la squadra.

« Veramente non so nulla », disse lei. « Lui non me ne ha parlato. Solo un accenno al termine della serata. »

« Allora forse è meglio che tu lo sappia adesso... »

Prima di proseguire, Boris si accese la sigaretta, tirò una profonda boccata ed espirò il fumo. Stava cercando le parole.

« La moglie del dottor Gavila era una donna magnifica, oltre che bella anche gentile. Non ho tenuto il conto delle volte che siamo stati tutti quanti a mangiare a casa loro. Faceva parte di noi, era come se anche lei avesse un ruolo nella squadra. Quando avevamo un caso difficile per le mani, quelle cene erano l'unico sollievo dopo una giornata in mezzo al sangue e ai cadaveri. Un rito di riconciliazione con la vita, non so se mi spiego... »

« E poi che le è successo? »

« È accaduto un anno e mezzo fa. Senza alcun preavviso, senza un'avvisaglia, se n'è andata. »

« L'ha lasciato? »

« Non solo Gavila, ma anche Tommy, il loro unico figlio. È un bambino dolcissimo, da allora vive con il padre. »

Mila aveva intuito che sul criminologo gravava la tristezza di una separazione, ma non avrebbe mai potuto immaginare tanto. "Come fa una madre ad abbandonare un figlio?" si chiese.

« Perché è andata via? »

« Nessuno ci ha mai capito niente. Forse aveva un altro, forse s'era stancata di quella vita, chi può saperlo... Non gli ha lasciato nemmeno un biglietto. Ha fatto le valigie e se n'è andata. Punto. »

« Io non avrei resistito senza conoscere il motivo. »

« La cosa strana è che lui non ci ha mai chiesto di scoprire dove fosse. » Il tono di Boris cambiò, si guardò intorno prima di proseguire, verificando che Goran non fosse nei paraggi. « E c'è qualcosa che Gavila non sa e non deve sapere... »

Mila annuì, facendogli capire che poteva fidarsi.

« Be'... Pochi mesi dopo, io e Stern l'abbiamo rintracciata. Viveva in una località sulla costa. Non siamo andati direttamente da lei, ci siamo fatti riconoscere per strada con la speranza che si avvicinasse per parlarci. »

« E lei... »

« È stata sorpresa di vederci. Ma poi ci ha salutati con un gesto, ha abbassato lo sguardo e ha proseguito. »

Seguì un silenzio che Mila non fu in grado d'interpretare. Boris gettò via il mozzicone, incurante dell'occhiataccia di una delle guardie private che andò subito a raccoglierlo dal prato.

« Perché me l'hai raccontato, Boris? »

« Perché il dottor Gavila è mio amico. E anche tu lo sei, anche se da meno tempo. »

Boris doveva aver compreso qualcosa che sia lei che Goran non avevano ancora focalizzato. Qualcosa che li riguardava. Stava solo cercando di proteggerli entrambi.

« Quando la moglie se n'è andata, Gavila ha tenuto duro. Doveva farlo, per via del figlio soprattutto. Con noi non è cambiato nulla. Sembrava sempre lo stesso: preciso, puntuale, efficiente. Ha cominciato a lasciarsi andare solo nell'abbigliamento. Era una cosa da poco, non ci doveva allarmare. Ma poi è arrivato il caso 'Wilson Pickett'... »

« Come il cantante? »

« Sì, lo abbiamo chiamato così. » Era evidente che Boris si era già pentito di averne accennato. Così si limitò ad aggiungere: « È andata male. Ci sono stati degli errori, e qualcuno ha minacciato di sciogliere la squadra dando il benservito al dottor Gavila. È stato Roche a difenderci e a pretendere che rimanessimo ai nostri posti ».

Mila stava per domandare cosa fosse successo, sicura che Boris alla fine gliel'avrebbe raccontato, quando l'allarme della Maserati di Kobashi riprese a suonare.

« Cazzo, questo suono ti perfora il cervello! »

In quel momento, Mila spostò casualmente lo sguardo verso la casa e, in un istante, catalogò una serie d'immagini che colpirono la sua attenzione: sul volto delle guardie private era comparsa la stessa espressione di fastidio e tutte si erano portate la mano all'auricolare del walkie-talkie, come se ci fosse stata un'improvvisa e insopportabile interferenza.

Mila guardò di nuovo la Maserati. Quindi si sfilò dalla tasca il cellulare: continuava a non esserci campo. Le venne un'idea.

« C'è un posto dove non abbiamo ancora cercato... » disse a Boris.

« Che posto? »

Mila indicò in alto.

« Nell'etere. »

Meno di mezz'ora dopo, nel freddo della notte, gli esperti della squadra elettronica avevano già iniziato a sondare l'area. Ognuno di loro indossava una cuffia e teneva fra le mani una piccola parabola puntata verso l'alto. Se ne andavano in giro – lentissimi e silenziosi come fantasmi – cercando di captare eventuali segnali radio o frequenze sospette, nel caso in cui l'etere nascondesse un qualche messaggio.

Il messaggio, in effetti, c'era.

Era *quello* che interferiva con l'allarme della Maserati di Kobashi e inibiva il campo dei cellulari. E che si era inserito nei walkie-talkie delle guardie private sotto forma di fischio insopportabile.

Quando gli uomini della squadra elettronica lo individuarono, dissero anche che era piuttosto debole.

Poco dopo, la trasmissione venne trasferita su una ricevente.

Si radunarono intorno all'apparecchio, per ascoltare ciò che il buio aveva da dirgli.

Non erano parole, ma suoni.

Erano immersi in un mare di fruscio in cui ogni tanto annegavano, per poi tornare a riemergere. Però c'era un'armonia in quel susseguirsi di note esatte. Brevi e poi prolungate.

« Tre punti, tre linee e ancora tre punti », tradusse Goran a beneficio dei presenti. Nella lingua del codice radio più famoso del mondo, quei suoni elementari avevano un significato univoco.

S.O.S.

« Da dove proviene? » domandò il criminologo.

Il tecnico osservò per un istante lo spettro del segnale che si scomponeva per poi ricomporsi sul monitor. Poi alzò lo sguardo verso la strada e indicò: « Dalla casa di fronte ».

23

L'avevano avuta sempre davanti agli occhi.

La casa di fronte li aveva osservati, muta, per tutto il giorno, nei loro affannosi tentativi di arrivare alla soluzione dell'enigma. Era lì, a pochi metri, e li chiamava, ripetendo la sua singolare e anacronistica richiesta di soccorso.

La villa a due piani apparteneva a Yvonne Gress. La pittrice, come la definivano i vicini. La donna vi abitava con i due figli, un maschio di undici anni e una ragazza di sedici. Si erano trasferiti a Capo Alto dopo il divorzio di Yvonne e lei aveva ripreso a coltivare la passione per l'arte figurativa abbandonata quand'era ragazza per sposare il giovane e promettente avvocato Gress.

All'inizio, i quadri astratti di Yvonne non avevano raccolto alcun consenso. La galleria in cui erano stati esposti aveva chiuso la sua personale di pittura senza che fosse stato venduto un solo pezzo. Yvonne però, convinta del suo talento, non aveva mollato. E quando un'amica le aveva commissionato un ritratto a olio della sua famiglia da appendere sopra il caminetto, Yvonne aveva scoperto di possedere un insospettabile tratto naif. In pochissimo tempo era diventata la ritrattista più ambita da chi, stanco delle solite fotografie, voleva immortalare la propria stirpe su tela.

Quando il messaggio Morse attirò l'attenzione sulla casa di là della strada, una delle guardie giurate osservò che, in effetti, era parecchio tempo che Yvonne Gress e i suoi ragazzi non si vedevano in giro.

Le tende alle finestre erano tirate. Impossibile, perciò, guardare dentro.

Prima che Roche desse l'ordine di entrare nella villa, Goran provò a far chiamare il numero di telefono della donna. Poco dopo, nel silenzio generale della strada, si udì uno squillo che proveniva, flebile ma nitido, dall'interno della casa. Nessuno rispose.

Provarono anche a mettersi in contatto con l'ex marito, nella speranza che almeno i ragazzi fossero con lui. Quando riuscirono a trovarlo, disse di non sentire i figli da parecchio. Non era strano, visto che aveva abbandonato la famiglia per una modella ventenne e riteneva sufficiente esercizio del suo dovere di paternità il puntuale versamento dell'assegno per gli alimenti.

I tecnici piazzarono i sensori termici intorno al perimetro della villa, per rilevare eventuali fonti di calore negli ambienti.

«Se c'è qualcosa di vivo in quella casa, lo sapremo presto», disse Roche, che confidava ciecamente nell'efficacia della tecnologia.

Nel frattempo erano state controllate anche le utenze di luce, gas e acqua. I rispettivi allacciamenti non erano stati tagliati perché le bollette venivano addebitate in banca, ma i contatori erano fermi a tre mesi prima: segno che da circa novanta giorni lì dentro nessuno aveva acceso una lampadina.

«È più o meno da quando è stata terminata la villa dei Kobashi e il dentista si è trasferito qui con la famiglia», fece notare Stern.

Goran chiese: «Rosa, voglio che esamini le registrazioni delle telecamere a circuito chiuso: c'è un collegamento fra queste due case e dobbiamo scoprire qual è».

«Speriamo che non ci siano stati altri blackout dell'impianto», si augurò la donna.

«Prepariamoci a entrare», annunciò Gavila.

Intanto Boris indossava le protezioni in kevlar nell'unità mobile. «Voglio andare dentro», dichiarò quando vide apparire Mila sulla soglia del camper. «Non me lo possono impedire, voglio andarci io.»

Non sopportava l'idea che Roche potesse chiedere alle squadre speciali di entrare per prime.

«Sanno solo fare casino. Nella casa ci sarà bisogno di muoversi al buio...»

«Be', immagino che sappiano cavarsela», commentò Mila ma senza intenzione di contraddirlo più di tanto.

«E sapranno anche salvaguardare le prove?» domandò lui in tono ironico.

«Allora voglio esserci anch'io.»

Boris si fermò un istante e alzò lo sguardo su di lei, senza dire nulla.

«Penso di essermelo meritato, in fondo sono stata io a capire che il messaggio si trovava...»

La interruppe lanciandole un secondo giubbetto antiproiettile.

Di lì a poco uscirono dal camper per raggiungere Goran e Roche, decisi a far valere le loro ragioni.

«Non se ne parla neanche», li liquidò subito l'ispettore capo. «Questa è un'operazione per le forze speciali. Non posso permettermi una simile leggerezza.»

«Ascolti, ispettore...» Boris andò a piazzarsi di fronte a Roche, in modo che non potesse distogliere lo sguardo. «Mandi me e Mila in avanscoperta. Gli altri entreranno solo se ce ne sarà realmente bisogno.» Roche non voleva cedere. «Io sono un ex soldato, sono addestrato per queste cose. Stern ha vent'anni d'esperienza sul campo e glielo potrà confermare, e se non gli avessero tolto un rene starebbe qui a proporsi con me, e lei lo sa benissimo. Poi c'è l'agente Mila Vasquez; è entrata da sola nella casa di un maniaco che teneva prigionieri un bambino e una ragazza.»

Se Boris avesse saputo com'era andata veramente, con lei che stava per rimetterci la pelle insieme agli ostaggi, non avrebbe sostenuto la sua candidatura in modo tanto accorato, pensò Mila con amarezza.

«Insomma, rifletta: c'è una bambina viva da qualche parte, ma non lo sarà ancora per molto. Ogni scena del crimine ci svela qualcosa in più del suo sequestratore.» Poi Boris indicò la casa di Yvonne Gress: «Se lì c'è qualcosa che può avvicinarci ad Albert, è giusto assicurarsi per tempo che non vada distrutta. E l'unico modo è mandare noi».

«Io non credo, agente speciale» fu la riposta serafica di Roche.

Boris gli si avvicinò di un passo, guardandolo dritto in faccia. «Vuole altre complicazioni? È già abbastanza difficile così...»

Quella frase poteva apparire come una sibillina minaccia, pensò Mila. Era sorpresa che Boris si rivolgesse al superiore con quel tono. Sembrava una cosa fra loro due soltanto, che escludeva sia lei che Goran.

Roche guardò Gavila per un istante di troppo: gli serviva un consiglio o semplicemente qualcuno con cui condividere la responsabilità della decisione?

Ma il criminologo non fece alcun calcolo d'opportunità al riguardo, e annuì solamente.

«Spero che non ce ne pentiremo.» L'ispettore capo usò intenzionalmente il plurale per sottolineare la corresponsabilità di Goran.

In quel momento, un tecnico si avvicinò con un monitor per le rilevazioni termiche. «Signor Roche, i sensori hanno individuato qualcosa al secondo piano... Qualcosa di vivo.»

E lo sguardo di tutti si mosse di nuovo in direzione della casa.

«Il soggetto è sempre al secondo piano, e non si sposta da lì», annunciò Stern per radio.

Boris scandì bene sulle labbra i numeri del conto alla rovescia, prima di girare la maniglia della porta d'ingresso. La chiave di riserva gliel'aveva fornita il comandante delle guardie private: ce n'era un esemplare per ogni villa, le tenevano in caso di emergenza.

Mila osservò la concentrazione di Boris. Dietro di loro, gli uomini delle squadre speciali erano pronti a intervenire. L'agente speciale fu il primo a varcare la soglia, lei lo seguì. Avevano le pistole spianate e, oltre alle protezioni in kevlar, indossavano berretti con auricolare, microfono e una piccola torcia all'altezza della tempia destra. Da fuori Stern li guidava per radio, mentre teneva d'occhio su uno schermo i movimenti della sagoma rilevata dai sensori termici. Quella figura presentava molteplici gradazioni di colore che stavano a indicare le diverse temperature del corpo, si andava dal blu, al giallo, fino al rosso. Non era possibile distinguerne la forma.

Però sembrava un corpo disteso a terra.

Poteva trattarsi di un ferito. Ma, prima di accertarsene, Boris e Mila avrebbero dovuto compiere una perlustrazione accurata, secondo le procedure che prevedevano di mettere prima in sicurezza gli ambienti.

All'esterno della villa erano stati piazzati due enormi e potenti riflettori che illuminavano entrambe le facciate. Ma la luce penetrava debolmente all'interno, a causa delle tende tirate. Mila cercò di abituare gli occhi all'oscurità.

«Tutto bene?» le domandò Boris, sottovoce.

«Tutto bene», confermò lei.

Intanto, dove prima c'era il prato dei Kobashi stazionava Goran Gavila, smanioso di una sigaretta come non lo era da tanto tempo. Era preoccupato. Soprattutto per Mila. Accanto a lui, Sarah Rosa visionava i filmati delle telecamere a circuito chiuso seduta a una postazione mobile davanti a quattro monitor. Se c'era davvero un legame fra quelle due case che si fronteggiavano, fra poco l'avrebbero saputo.

La prima cosa che Mila notò nella casa di Yvonne Gress fu il disordine.

Dall'ingresso poteva avere una visuale completa del soggiorno alla sua sinistra e della cucina alla sua destra. Sul tavolo erano ammassate scatole di cereali aperte, bottiglie di succo d'arancia semivuote e cartoni di latte rancido. C'erano anche lattine di birra vuote. La dispensa era aperta e parte del cibo era sparso sul pavimento.

Il tavolo aveva quattro sedie. *Ma solo una era stata spostata.*

L'acquaio era ingombro di piatti sporchi e pentole con residui incrostati. Mila puntò il raggio della torcia sul frigorifero: sotto una calamita a forma di tartaruga vide la foto di una donna bionda sulla quarantina, che abbracciava sorridente un ragazzino e una ragazza un po' più grande.

Nel soggiorno, il tavolo basso davanti a un enorme schermo

al plasma era ricoperto di bottiglie di superalcolici vuote, altre lattine di birra e posacenere che traboccavano di mozziconi. Una poltrona era stata trascinata al centro della stanza, e si potevano notare segni di scarpe infangate sulla moquette.

Boris attirò l'attenzione di Mila e le mostrò la piantina della casa, facendole capire che si sarebbero divisi per poi ritrovarsi alla base della scala che conduceva al piano di sopra. Le indicò il locale dietro la cucina, riservando per sé la biblioteca e lo studio.

« Stern, sempre tutto a posto al piano di sopra? » sussurrò Boris per radio.

« Non si muove », fu la risposta.

Si fecero un cenno e Mila s'incamminò nella direzione che le era stata assegnata.

« Ci siamo », disse in quel momento Sarah Rosa all'indirizzo del monitor. « Guardi qua... »

Goran si sporse sulla sua spalla: secondo la sovrimpressione al margine dello schermo, quelle immagini risalivano a nove mesi prima. La villa dei Kobashi era solo un cantiere. Nella ripresa velocizzata, gli operai si aggiravano intorno alla facciata incompiuta come formiche frenetiche.

« E guardi ora... »

Rosa fece scorrere un po' la registrazione, fino al tramonto, quando tutti lasciarono il cantiere per andarsene a casa e fare ritorno il giorno dopo. Poi rimise il video a velocità normale.

In quel momento, dal riquadro della porta d'ingresso della casa dei Kobashi si intravide qualcosa.

Era un'ombra, ferma, come in attesa. E fumava.

La brace intermittente della sigaretta svelava la sua presenza. L'uomo era all'interno della villa del dentista e stava aspettando che calasse definitivamente la sera. Quando fu abbastanza buio, uscì all'esterno. Si guardò intorno, quindi percorse i pochi metri che lo separavano dalla casa di fronte ed entrò senza bussare.

« Ascoltatemi... »

Mila si trovava nel laboratorio di Yvonne Gress, fra tele ammassate in ogni angolo, cavalletti e colori sparsi qua e là: quando sentì la voce di Goran nell'auricolare si fermò.

«Probabilmente abbiamo capito ciò che è successo in quella casa.»

Mila rimase in attesa del seguito.

«Abbiamo a che fare con un *parassita.*»

Mila non capiva, ma Goran chiarì la definizione.

«Uno degli operai impegnati nella costruzione della villa dei Kobashi si tratteneva tutte le sere alla chiusura del cantiere per andarsi a introdurre subito dopo nell'abitazione di fronte. Temiamo che possa aver...» il criminologo si concesse una pausa per definire meglio un'idea tanto agghiacciante: «sequestrato la famiglia in casa propria».

L'ospite prende possesso del nido, assumendo i comportamenti dell'altra specie. Riproducendoli in una grottesca imitazione, si convince di farne parte. Giustifica ogni cosa con il suo amore infetto. Non accetta di essere respinto come un corpo estraneo. Ma quando è stanco di quella finzione, si sbarazza dei suoi nuovi familiari, e si cerca un altro nido da infestare.

Mentre osservava nel laboratorio di Yvonne i segni putridi del suo passaggio, Mila rammentò le larve di *Sarcophaga carnaria* che banchettavano sul tappeto dei Kobashi.

Poi sentì Stern che domandava: «Per quanto tempo?»

«Sei mesi», fu la risposta di Goran.

Mila provò una stretta allo stomaco. Perché per sei mesi Yvonne e i suoi figli erano stati prigionieri di uno psicopatico che aveva potuto fare di loro ciò che voleva. E per di più in mezzo a decine di altre case, di altre famiglie, che si erano isolate in quel posto da ricchi credendo di sfuggire alle brutture del mondo, affidandosi a un assurdo ideale di sicurezza.

Sei mesi. E nessuno si era accorto di nulla.

Il prato era stato tagliato ogni settimana e le rose nelle aiuole avevano continuato a ricevere le cure amorevoli dei giardinieri del complesso residenziale. Le luci del portico si erano accese tutte le sere, col timer sincronizzato sull'orario indicato dal regolamento condominiale. I bambini avevano giocato con le bici o a palla sul viale davanti alla casa, le signore avevano passeggiato chiacchierando del più e del meno e scambiandosi ricette di dolci, gli uomini avevano fatto jogging la domenica mattina e lavato la macchina davanti ai garage.

Sei mesi. E *nessuno aveva visto.*

Non si erano chiesti il perché di quelle tende tirate anche di giorno. Non avevano notato la posta che intanto si accumulava nella buca delle lettere. Nessuno aveva fatto caso all'assenza di Yvonne e dei suoi figli nelle occasioni mondane della club house, come il ballo d'autunno e la tombola del ventitré dicembre. Gli addobbi natalizi – uguali per tutto il complesso – erano stati disposti come di consueto dagli addetti intorno e sulla casa, e poi rimossi dopo le feste. Il telefono aveva squillato, Yvonne e i ragazzi non erano venuti ad aprire la porta quando qualcuno aveva bussato, eppure nessuno s'era insospettito.

Gli unici parenti della Gress vivevano lontano. Ma nemmeno a loro era sembrato strano quel silenzio protratto per così tanto tempo.

In tutto quel lunghissimo periodo, la piccola famiglia aveva invocato, sperato, pregato ogni giorno per un aiuto o un'attenzione che non erano mai arrivati.

«Probabilmente si tratta di un sadico. E quello era il suo gioco, il suo divertimento.»

"La sua casa delle bambole", lo corresse mentalmente Mila, ripensando a com'era vestito il cadavere che Albert aveva lasciato sul divano dei Kobashi.

Pensò alle innumerevoli violenze che Yvonne e i suoi figli avevano subito in quel lunghissimo lasso di tempo. Sei mesi di sevizie. Sei mesi di torture. Sei mesi di agonia. Ma, a ben guardare, era bastato anche meno perché il mondo intero si dimenticasse di loro.

E anche i «tutori della legge» non si erano avveduti di nulla, pur stazionando per più di ventiquattrore – in stato d'allerta! – proprio davanti alla casa. Anche loro erano in qualche modo colpevoli, complici. Anche lei.

Ancora una volta, riflettè Mila, Albert aveva portato alla luce l'ipocrisia di quella porzione del genere umano che si sente «normale» solo perché non usa uccidere bambine innocenti tranciando loro un braccio. Ma che è capace di un crimine altrettanto grave: l'indifferenza.

Boris interruppe il flusso dei pensieri di Mila.

«Stern, come va al piano di sopra?»

«La via è sempre libera.»

«Va bene, allora ci muoviamo.»

Si ritrovarono come d'accordo alla base della scala che conduceva al secondo piano, quello delle camere da letto.

Boris fece cenno a Mila di coprirlo. Da quel momento avrebbero osservato il più assoluto silenzio radio per non rivelare la loro posizione. Stern era autorizzato a infrangerlo solo per avvertirli in caso di spostamento della sagoma vivente.

Iniziarono a salire. Anche la moquette che rivestiva i gradini era coperta di macchie, impronte e resti di cibo. Sulla parete, lungo le scale, foto di vacanze, compleanni e feste familiari e, in cima, spiccava un ritratto a olio di Yvonne con i figli. Qualcuno aveva cavato gli occhi nel dipinto, forse infastidito da quello sguardo insistente.

Quando giunsero sul pianerottolo, Boris si fece da parte per permettere a Mila di affiancarlo. Poi avanzò per primo: diverse porte semichiuse si affacciavano sul corridoio che, in fondo, piegava a sinistra.

Dietro quell'ultimo angolo si trovava l'unica presenza viva in tutta la casa.

Boris e Mila iniziarono a camminare lentamente in quella direzione. Passando accanto a una delle porte che era solo accostata, Mila riconobbe il suono cadenzato del messaggio Morse che avevano rinvenuto nell'etere. Aprì piano l'uscio e si trovò di fronte alla stanza del ragazzino undicenne. C'erano poster di pianeti sui muri e libri d'astronomia sugli scaffali. Davanti alla finestra sbarrata era posizionato un telescopio.

Sulla piccola scrivania c'era un diorama di scienze: la riproduzione in scala di una postazione telegrafica d'inizio Novecento. Consisteva in una tavoletta di legno con due pile secche connesse, attraverso degli elettrodi e del filo di rame, a un disco forato che ruotava su un rocchetto a intervalli regolari – *tre punti, tre linee, tre punti.* Il tutto era stato poi collegato con un piccolo cavo a un walkie-talkie a forma di dinosauro. Sul diorama spiccava una targhetta d'ottone con su scritto 1º PREMIO.

Era da lì che proveniva il segnale.

Il ragazzino undicenne aveva trasformato il suo compito in una stazione trasmittente, aggirando i controlli e le restrizioni dell'uomo che li teneva prigionieri.

Mila spostò il fascio della torcia sul letto disfatto. Sotto c'era un secchio di plastica sporco. La poliziotta notò anche segni di sfregamento sui profili della testata.

Proprio dal lato opposto del corridoio c'era la stanza della ragazza sedicenne. Sulla porta, lettere colorate componevano un nome: Keira. Mila diede un'occhiata veloce dalla soglia. Le lenzuola erano ammucchiate sul pavimento. Un cassetto dell'armadio, contenente biancheria intima, era rovesciato per terra. Lo specchio della cassettiera era stato spostato di fronte al letto. Non era difficile immaginare il perché. Anche in questo caso, sui montanti c'erano segni di sfregamento.

"Manette", pensò Mila. "Di giorno li teneva legati ai loro letti."

Il secchio di plastica sporco stavolta stava in un angolo. Doveva servire per i bisogni corporali.

Un paio di metri più avanti c'era la camera di Yvonne. Il materasso era lercio, e c'era solo un lenzuolo. Sulla moquette c'erano macchie di vomito ed erano sparsi degli assorbenti usati. Su una parete c'era un chiodo che forse prima reggeva un quadro, ma su cui adesso era appesa una cintura di cuoio in bella vista, a memento di chi comandava e come.

"Era questa la tua stanza dei giochi, bastardo! E magari ogni tanto facevi visita anche alla ragazzina! E quando ti stancavi di loro, entravi nella cameretta dell'undicenne, anche solo per picchiarlo..."

La rabbia era l'unico sentimento che le era concesso in questa vita. E Mila ne approfittava, attingendo avidamente da quel pozzo scuro.

Chissà quante volte Yvonne Gress si era costretta a essere

«carina» con quel mostro solo per trattenerlo con lei in quella stanza, ed evitare che andasse a sfogarsi dai suoi figli.

«Ragazzi, qualcosa si sta muovendo», il tono di Stern era allarmato.

Boris e Mila si voltarono simultaneamente verso l'angolo in cui terminava il corridoio. Non c'era più tempo di perlustrare. Puntarono le pistole e le torce in quella precisa direzione, aspettando di veder spuntare qualcosa da un momento all'altro.

«Fermo lì!» intimò Boris.

«Viene verso di voi.»

Mila spostò l'indice sul grilletto e iniziò una leggera pressione. Sentiva nelle orecchie il cuore che pompava, in crescendo.

«È dietro l'angolo.»

La presenza si fece anticipare da un mugolio sommesso. Affacciò il muso peloso, poi li guardò. Era un Terranova. Mila sollevò l'arma e vide Boris fare lo stesso.

«Tutto bene», disse lui alla radio, «è solo un cane.»

Aveva il pelo ruvido e appiccicoso, gli occhi arrossati ed era ferito a una zampa.

"Non l'ha ucciso", pensò Mila avvicinandosi.

«Su, bello, vieni qui...»

«Ha resistito qui da solo per almeno tre mesi: come ha fatto?» si chiese Boris.

Man mano che Mila avanzava verso di lui, il cane indietreggiava.

«Attenta, è spaventato, potrebbe morderti.»

Mila non diede ascolto alle raccomandazioni di Boris e continuò ad avvicinarsi lentamente al Terranova. Si manteneva piegata sulle ginocchia, per tranquillizzarlo, e intanto lo chiamava. «Avanti bello, vieni da me.»

Quando gli fu abbastanza vicina, vide che portava una targhetta appesa al collare. Alla luce della torcia lesse il nome.

«Terry, vieni da me, coraggio...»

Finalmente il cane si fece raggiungere. Mila gli mise una mano davanti al muso, per farsi annusare.

Boris intanto era impaziente. « Ok, finiamo di controllare il piano e poi facciamo entrare gli altri. »

Il cane sollevò la zampa verso Mila, come se volesse indicarle qualcosa.

« Aspetta... »

« Cosa? »

Mila non rispose, invece si alzò e vide che il Terranova era tornato a voltarsi verso l'angolo buio del corridoio.

« Vuole che lo seguiamo. »

Gli andarono dietro. Girarono l'angolo e videro che il corridoio terminava dopo qualche metro. In fondo, a destra, c'era un'ultima stanza.

Boris controllò sulla piantina. « Affaccia sul retro, ma non so cosa sia. »

La porta era chiusa. Davanti a essa erano accantonati degli oggetti. Una trapunta con degli ossi stampati sopra, una ciotola, una pallina colorata, un guinzaglio e resti di cibo.

« Ecco chi ha saccheggiato la dispensa », disse Mila.

« Chissà perché ha portato qui la sua roba... »

Il Terranova si avvicinò alla porta come a confermare che quella ormai era la sua cuccia.

« Tu dici che si è sistemato da solo lì... Perché? »

Come a rispondere alla domanda di Mila, il cane cominciò a grattare il legno della porta e a guaire.

« Vuole che entriamo... »

Mila prese il guinzaglio e legò il cane a uno dei caloriferi.

« Sta buono qui, Terry. »

L'animale abbaiò, come se avesse capito. Scansarono gli oggetti dall'uscio e Mila afferrò la maniglia mentre Boris teneva la porta sotto tiro: i sensori termici non avevano rilevato altre presenze in casa, ma non si poteva mai sapere. Entrambi, però, erano convinti che dietro quella sottile barriera si nascondesse il tragico epilogo di ciò che era accaduto per tanti mesi.

Mila affondò la mano per far scattare la serratura, quindi spinse. La luce delle torce trafisse il buio. I fasci spaziarono da un lato all'altro.

La stanza era vuota.

Misurava all'incirca venti metri quadri. Il pavimento era senza moquette e le pareti tinte di bianco. La finestra era chiusa da una tenda pesante. Dal soffitto pendeva una lampadina. Era come se quella camera non fosse mai stata utilizzata.

«Perché ci ha portati qui?» domandò Mila, più a se stessa che a Boris. «E dove sono Yvonne e i suoi figli?»

Anche se la domanda giusta era: «Dove sono finiti i corpi?»

«Stern.»

«Sì?»

«Fate entrare la scientifica, noi qui abbiamo finito.»

Mila tornò in corridoio e liberò il cane che sfuggì al suo controllo, andandosi a infilare nella stanza. Mila gli corse dietro e lo vide mentre si rintanava in un angolo.

«Terry, non puoi stare qui!»

Ma il cane non si muoveva. Allora lei gli si avvicinò con il guinzaglio fra le mani. L'animale abbaiò di nuovo, ma non sembrava minaccioso. Poi prese ad annusare il pavimento vicino al battiscopa. Mila si piegò accanto a lui, gli spostò il muso e puntò meglio la sua torcia. Non c'era niente in quel punto. Ma poi la vide.

Una macchiolina bruna.

Aveva un diametro inferiore a tre millimetri. Si avvicinò ulteriormente, vide che era oblunga e dalla superficie leggermente increspata.

Mila non aveva dubbi su cosa fosse. «È qui che è successo», disse.

Boris non capì.

Allora Mila si voltò verso di lui: «È qui che li ha ammazzati».

«In realtà ci eravamo accorti di qualcuno che entrava in quella casa... Ma sa, la signora Yvonne Gress era una donna sola, piacente... Perciò capitava che ricevesse visite maschili dal vicinato a quell'ora tarda.»

Il comandante delle guardie giurate fece un cenno d'intesa a cui Goran reagì sollevandosi sulle punte per fissarlo meglio negli occhi.

«Non si azzardi mai più a insinuare cose simili.»

Lo disse con un tono neutro, ma che conteneva tutto il senso di quella minaccia.

Quel finto poliziotto avrebbe dovuto giustificare se stesso e i suoi sottoposti per quella grave inadempienza. Invece stava provando la parte concordata con i legali del complesso di Capo Alto. La loro strategia consisteva nel far apparire Yvonne Gress come una donna facile solo perché era single e indipendente.

Goran fece notare che l'*essere* – perché non era possibile definirlo altrimenti – che per sei mesi era entrato e uscito dalla sua casa aveva approfittato dello stesso pretesto per fare tutti i suoi comodi.

Il criminologo e Rosa visionarono molti dei filmati relativi a quel lunghissimo periodo di tempo. Dovettero accelerare la registrazione, ma più o meno si ripeteva sempre la stessa scena. A volte l'uomo non si fermava la sera, e Goran immaginava che quelli fossero i momenti migliori per la famiglia segregata. Ma forse anche i peggiori, visto che non potevano essere slegati dai loro letti, e non potevano ricevere né cibo né acqua se lui non si occupava di loro.

Essere violentati significava sopravvivere. Perennemente combattuti nella ricerca del male minore.

In quei filmati si vedeva l'uomo anche di giorno, mentre era al lavoro al cantiere. Indossava sempre un berretto con visiera, che impediva alle telecamere di registrarne i tratti del volto.

Stern interrogò il proprietario dell'azienda edile che l'aveva assunto come stagionale. Questi disse che l'uomo si chiamava Lebrinsky, ma il nome risultò falso. Capitava spesso, soprattutto perché nei cantieri erano impiegati stranieri senza permesso di soggiorno. Per legge il datore di lavoro aveva solo l'obbligo di chiedere loro i documenti, non anche quello di verificare che fossero autentici.

Alcuni operai che avevano lavorato alla villa dei Kobashi in quel periodo dissero che era un tipo taciturno, che se ne stava sempre per i fatti suoi. Misero a disposizione i loro ricordi per tracciare un identikit. Ma le ricostruzioni risultarono troppo differenti l'una dall'altra per poter essere utili.

Quando ebbe finito col capo delle guardie private, Goran raggiunse gli altri all'interno della villa di Yvonne Gress che, nel frattempo, era divenuta dominio esclusivo di Krepp e dei suoi.

I piercing dell'esperto d'impronte tintinnavano allegri sulla sua faccia, mentre si muoveva in quegli ambienti come un elfo in un bosco incantato. Perché sembrava proprio questo adesso la casa: la moquette era stata interamente coperta da teli di plastica trasparente e le lampade alogene spuntavano qua e là a evidenziare una zona o anche solo un particolare. Uomini in tuta bianca e occhiali protettivi di plexiglas cospargevano ogni superficie di polveri e reagenti.

« Ok, il nostro uomo non è molto furbo », esordì Krepp. « A parte il casino che ha combinato il cane, lui ha lasciato in giro ogni genere di rifiuto: lattine, mozziconi di sigaretta, bicchieri usati. C'è tanto di quel DNA da poterlo addirittura clonare! » ironizzò l'esperto.

« Impronte digitali? » domandò Sarah Rosa.

« A bizzeffe! Ma non è mai stato ospite delle patrie galere purtroppo, e non è schedato. »

Goran scosse il capo: una simile mole di tracce e non era ancora possibile risalire a un sospettato. Certamente il parassita era stato molto meno accorto di Albert, che successivamente s'era premurato di oscurare le telecamere di sicurezza prima di introdursi con il cadavere della bambina nella casa dei Kobashi. Proprio per questo, c'era una cosa che a Goran non tornava.

« Che mi dici dei corpi? Abbiamo visionato i filmati e il parassita non ha mai portato fuori nulla da questa casa. »

« Perché non è dalla porta che sono usciti... »

S'interrogarono tutti con lo sguardo, cercando di cogliere il senso di quella frase. Krepp aggiunse: « Stiamo controllando gli scarichi, credo che se ne sia sbarazzato così ».

Li aveva fatti a pezzi, concluse Goran. Quel maniaco aveva

giocato a fare il dolce maritino e il paparino adorato. E poi, un giorno, si era stancato di loro, o forse aveva solo terminato il suo lavoro nella casa di fronte, ed era entrato lì per l'ultima volta. Chissà se Yvonne e i suoi figli avevano avuto sentore che si stava avvicinando la fine.

«La stranezza, però, me la sono riservata per ultima...» disse Krepp.

«Quale stranezza?»

«La camera vuota al piano di sopra, quella in cui la nostra amica poliziotta ha trovato quella piccola macchia di sangue.»

Mila si sentì chiamata in causa da un'occhiata di Krepp. Goran la vide irrigidirsi, sulla difensiva. L'esperto faceva a molti quell'effetto.

«La stanza del secondo piano sarà la mia 'Cappella Sistina'», enfatizzò lui. «Quella macchia ci fa supporre che lì sia avvenuto il massacro. E che dopo lui abbia pulito tutto, anche se gli è sfuggito quel dettaglio. Ma ha fatto anche di più: ha addirittura ridipinto le pareti!»

«E per quale motivo?» chiese Boris.

«Perché è stupido, è evidente. Dopo aver lasciato un simile casino di prove ed essersi disfatto dei resti scaricandoli nella fogna, s'era già aggiudicato il carcere a vita. Allora perché prendersi il disturbo di affrescare una stanza?»

Anche per Goran il motivo risultava ancora oscuro. «Come procederai allora?»

«Togliendo la vernice e guardando cosa c'è sotto. Ci vorrà un po', ma con le nuove tecniche posso recuperare tutte le macchie di sangue che quell'idiota ha cercato di occultare in maniera tanto puerile.»

Goran non era convinto. «Per adesso abbiamo soltanto il sequestro di persona e l'occultamento di cadavere. Gli daranno l'ergastolo, ma questo non significa che avremo fatto giustizia. Per far emergere la verità e addebitargli anche l'accusa di omicidio, abbiamo bisogno di quel sangue.»

«Lo avrai, dottore.»

Per il momento ciò che avevano era una descrizione molto

sommaria del soggetto da cercare. La confrontarono con i dati raccolti da Krepp.

« Direi che si tratta di un uomo fra i quaranta e cinquant'anni », iniziò a elencare Rosa. « Di corporatura robusta e alto all'incirca un metro e settantotto centimetri. »

« Le impronte di scarpa sulla moquette sono un 43, perciò direi che corrisponde. »

« Fumatore. »

« Le sigarette se le fa da solo con tabacco e cartine. »

« Come me », disse Boris. « Fa sempre piacere avere qualcosa in comune con tipi del genere. »

« E direi che gli piacciono i cani », concluse Krepp.

« Solo perché ha lasciato in vita il Terranova? » gli chiese Mila.

« No, mia cara. Abbiamo rinvenuto i peli di un meticcio. »

« Ma chi ci dice che sia stato l'uomo a portarli in casa? »

« Erano presenti nella fanghiglia di cui sono composte le impronte di scarpe che ha lasciato sulla moquette. Ovviamente c'era anche il materiale del cantiere – cemento, mastici, solventi – che ha fatto da collante per tutto il resto. Compresa quindi la roba che il tizio si portava appresso da casa sua. »

Krepp guardò Mila con l'aria di chi è stato sfidato in maniera improvvida e alla fine ha prevalso con la sua astuzia schiacciante. Dopo quella parentesi di gloria, distolse lo sguardo da lei per tornare a essere il freddo professionista che tutti conoscevano.

« E c'è un'altra cosa, ma non ho ancora deciso se è degna di nota. »

« Tu diccela lo stesso... » lo incalzò Goran, manifestandogli tutto il suo interesse perché sapeva quanto a Krepp piacesse essere pregato.

« In quella fanghiglia sotto le scarpe c'era una grande concentrazione di batteri. Ho chiesto un parere al mio chimico di fiducia... »

« Perché un chimico e non un biologo? »

« Perché ho intuito che si trattava di 'batteri mangia-rifiuti', esistenti in natura ma impiegati per usi diversi, come divorare plastica e derivati del petrolio.» Poi specificò: «In realtà non mangiano nulla, producono solo un enzima. Si usano per bonificare le ex discariche».

A quelle parole, Goran notò che Mila aveva spostato rapidamente lo sguardo verso Boris, e che lui aveva fatto lo stesso.

«Le ex discariche? Porca puttana... Lo conosciamo.»

24

Feldher li stava aspettando.

Il parassita s'era asserragliato nel suo bozzolo, in cima alla collina di rifiuti.

Aveva armi di ogni genere, che accumulava da mesi per prepararsi a quella resa dei conti. Non aveva fatto molto per nascondersi, in realtà. Sapeva bene che prima o poi qualcuno sarebbe venuto a chiedergli spiegazioni.

Mila arrivò con il resto della squadra al seguito delle unità speciali che si piazzarono intorno alla proprietà.

Dall'alto della sua posizione, Feldher poteva controllare le strade che conducevano all'ex discarica. Inoltre aveva tagliato gli alberi che gli impedivano una perfetta visuale. Ma non cominciò a sparare subito. Aspettò che fossero appostati per iniziare il suo tiro a segno.

Centrò per primo il suo cane, Koch, il meticcio arrugginito che si aggirava fra i rottami di ferro. Lo fece secco con un colpo solo, alla testa. Voleva dimostrare a quegli uomini là fuori che faceva sul serio. Ma forse anche risparmiare all'animale una fine peggiore, pensò Mila.

Accucciata dietro a uno dei blindati, la poliziotta osservava la scena. Quanto tempo era trascorso dal giorno in cui aveva messo piede in quella casa insieme a Boris? Erano andati lì per chiedere a Feldher dell'istituto religioso in cui era cresciuto e lui, invece, nascondeva un segreto ben peggiore di quello di Ronald Dermis.

Aveva mentito su molte cose.

Quando Boris gli aveva chiesto se era stato in carcere, lui aveva risposto positivamente. Invece non era vero. Per questo non avevano trovato un riscontro alle impronte lasciate in casa di Yvonne Gress. Quella bugia, però, gli era servita per avere la certezza che i due agenti che aveva davanti non sapevano quasi niente di lui. E Boris non si era accorto di nulla, perché di solito uno non mente per fornire un'immagine negativa di sé.

Feldher l'aveva fatto. Era stato astuto, considerò Mila.

Aveva preso le misure, e aveva iniziato a giocare con loro, sicuro che non avessero elementi per collegarlo alla casa di Yvonne. Se avesse sospettato il contrario, probabilmente non sarebbero usciti vivi da quella casa.

Mila si era lasciata ulteriormente ingannare dalla sua presenza al funerale notturno di Ronald. Aveva creduto che quello fosse un gesto di pietà, invece Feldher stava controllando la situazione.

«Fottuti bastardi, venitemi a prendere!»

I colpi sequenziali di un mitragliatore squarciarono l'aria, alcuni andando a impattare sordamente sui blindati, altri risuonando sui rottami.

«Figli di puttana! Non mi avrete vivo!»

Nessuno gli rispondeva, nessuno trattava con lui. Mila si guardò intorno: non c'era alcun negoziatore con il megafono pronto a tentare di persuaderlo a lasciare le armi. Feldher aveva già firmato la sua condanna a morte. A nessuno degli uomini là fuori interessava salvargli la vita.

Aspettavano solo una mossa falsa per eliminarlo dalla faccia della terra.

Un paio di cecchini erano già appostati, pronti a sparare non appena si fosse sporto un po' di più. Per il momento, lo lasciavano sfogare. Così era più probabile che commettesse un errore.

«Lei era mia, bastardi! Mia! Le ho solo dato ciò che voleva!»

Li stava provocando. E a giudicare dalla tensione dei volti che lo fissavano, il tentativo stava riscuotendo successo.

«Dobbiamo prenderlo vivo», disse Goran a un certo punto. «Solo così potremo scoprire il collegamento che c'è fra lui e Albert.»

«Non credo che quelli delle unità speciali siano d'accordo con lei, dottore», disse Stern.

«Allora dobbiamo parlare con Roche: deve dare l'ordine di convocare un negoziatore.»

«Feldher non si farà prendere: ha già previsto tutto, compresa la sua fine», gli fece notare Sarah Rosa. «Cercherà il colpo di teatro per andarsene alla grande.»

Non aveva torto. Gli artificieri giunti sul posto avevano individuato alcune variazioni nel terreno che circondava la casa. «Mine antiuomo», disse uno di loro a Roche quando arrivò per unirsi alla compagnia.

«Con tutte le schifezze che ci sono là sotto, potrebbe succedere il finimondo.»

Venne consultato un geologo che confermò che la discarica che formava la collina poteva celare al suo interno sacche di metano generate dalla decomposizione dei rifiuti.

«Dovete allontanarvi immediatamente da qui: un incendio potrebbe essere devastante.»

Goran insisteva con l'ispettore capo perché si provasse almeno a parlamentare con Feldher. Alla fine, Roche gli concesse mezz'ora.

Il criminologo pensava di servirsi del telefono, ma Mila ricordava che la linea era stata staccata per morosità perché, quando giorni prima lei e Boris avevano provato a mettersi in contatto con Feldher, aveva risposto una voce registrata. La compagnia telefonica impiegò sette minuti per ripristinare i contatti. Ne restavano soltanto ventitré per convincere l'uomo ad arrendersi. Ma quando il telefono in casa cominciò a squillare, Feldher reagì sparandogli addosso.

Goran non si dette per vinto. Si munì di un megafono e si piazzò dietro il blindato più prossimo alla casa.

«Feldher, sono il dottor Goran Gavila!»

«Vaffanculo!» E seguì uno sparo.

«Mi ascolti invece: io la disprezzo, come la disprezzano tutti quelli che sono qui con me adesso.»

Mila capì che Goran non voleva barare con Feldher facendogli credere cose non vere, perché non sarebbe servito. Quell'uomo aveva già deciso il proprio destino. Per questo il criminologo aveva messo subito le carte in tavola.

«Pezzo di merda, non voglio ascoltarti!» Un altro sparo, stavolta a pochi centimetri dal punto in cui si trovava Goran. Anche se era ben protetto, il dottore sobbalzò.

«Invece lo farà, perché le conviene ascoltare quello che ho da dirle!»

Che razza di offerta gli poteva fare al punto in cui erano? Mila smarrì il senso della strategia di Goran.

«Lei ci serve, Feldher, perché probabilmente conosce l'uomo che tiene prigioniera la sesta bambina. Noi lo chiamiamo Albert, ma sono sicuro che lei sa qual è il suo vero nome.»

«Non me ne frega un cazzo!»

«Invece sì, perché quest'informazione in questo momento ha un valore!»

La taglia.

Allora era questo il gioco di Goran! I dieci milioni offerti dalla Fondazione Rockford a chiunque avesse fornito notizie utili alla salvezza della bambina numero sei.

Qualcuno avrebbe anche potuto domandarsi quale vantaggio poteva trarre un uomo sicuro dell'ergastolo da quella somma. Mila lo capì. Il criminologo aveva voluto far balenare nella mente di Feldher l'idea di cavarsela, di poter «fregare il sistema». Quello che lo aveva perseguitato per tutta la vita, rendendolo ciò che era. Un miserabile, un fallito. Con quei soldi avrebbe potuto pagarsi la difesa di un grande avvocato, che avrebbe potuto invocare per lui l'infermità mentale, un'opzione processuale di solito riservata agli imputati ricchi perché difficile da sostenere e dimostrare senza mezzi economici adeguati. Feldher avrebbe potuto sperare in una condanna inferiore – forse anche solo una ventina d'anni – da scontare non in carcere ma fra i pazienti di un ospedale giudiziario. Poi, una volta uscito, avrebbe goduto del resto della sua ricchezza. Da uomo libero.

Goran aveva colto nel segno. Perché Feldher aveva sempre desiderato essere qualcosa di più. Per questo era entrato nella casa di Yvonne Gress. Per sapere, almeno una volta, cosa si prova a vivere come privilegiati, in un posto da ricchi, con una bella moglie e bei figli, e belle cose.

Ora aveva la possibilità di ottenere un duplice risultato: aggiudicarsi quei soldi e farla franca.

Sarebbe uscito con le sue gambe da quella casa, sfilando sorridente davanti a più di cento agenti che lo volevano morto. Ma, soprattutto, sarebbe uscito da uomo ricco. Per certi versi, addirittura da *eroe*.

Feldher non proferì alcun insulto e non sparò alcun colpo in segno di risposta. Ci stava pensando.

Il criminologo approfittò di quel silenzio per alimentare ulteriormente le sue aspettative.

«Nessuno le può portare via quello che si è guadagnato. E anche se non mi fa piacere ammetterlo, molti la dovranno ringraziare. Perciò ora deponga le armi, venga fuori e si faccia arrestare...»

"Ancora una volta, il male a fin di bene", rifletté Mila. Goran stava usando la stessa tecnica di Albert.

Trascorsero alcuni secondi che le sembrarono interminabili. Ma sapeva che più ne passavano, più c'era speranza che il piano riuscisse. Da dietro al blindato che la riparava, vide uno degli uomini delle unità speciali che allungava un'asta con uno specchietto per controllare la posizione di Feldher nella casa.

Poco dopo, lo scorse in quel riflesso.

Di lui si vedevano soltanto la spalla e la nuca. Indossava una giacca mimetica e un cappello da caccia. Poi intravide per un attimo anche il suo profilo, il mento con la barba incolta.

Fu questione di decimi di secondo. Feldher alzò il fucile, forse per sparare o in segno di resa.

Il fischio soffocato transitò rapido sulle loro teste.

Prima che Mila potesse rendersi conto di ciò che stava accadendo, il primo proiettile aveva già raggiunto Feldher al collo. Poi arrivò anche il secondo, da un'altra direzione.

«No!» urlò Goran. «Fermi! Non sparate!»

Mila vide i tiratori scelti delle unità speciali uscire dai loro ripari per prendere meglio la mira.

I due fori che Feldher aveva sul collo spruzzavano vapori di sangue al ritmo del battito della carotide. L'uomo si trascinò su una gamba, con la bocca spalancata. Con una mano provò inutilmente a tamponare le ferite, mentre con l'altra cercò di tenere sollevato il fucile per rispondere al fuoco.

Goran, incurante del pericolo, uscì allo scoperto nel disperato tentativo di fermare il tempo.

In quel momento, un terzo colpo più preciso degli altri impattò il bersaglio alla nuca.

Il parassita era stato abbattuto.

25

«A Sabine piacciono i cani, sa?»

L'aveva detto al presente, pensò Mila. Era normale: quella madre non aveva ancora fatto i conti con il dolore. Fra poco sarebbe cominciata. E la donna non avrebbe trovato pace né sonno per parecchi giorni.

Ma ora no, era troppo presto.

In casi come questi, a volte, chissà perché, il dolore lascia uno spazio, un diaframma fra sé e la notizia, una barriera elastica che si allunga e torna indietro, senza permettere che le parole «abbiamo trovato il corpo di sua figlia» portino a destinazione il loro messaggio. Le parole rimbalzano su quello strano sentimento di quiete. Una breve pausa di rassegnazione prima del crollo.

Un paio d'ore prima, Chang aveva consegnato a Mila una busta con i risultati del confronto del DNA. La bambina sul divano dei Kobashi era Sabine.

La terza a essere stata rapita.

E la terza a essere stata trovata.

Era ormai uno schema consolidato. Un *modus operandi,* avrebbe detto Goran. Anche se nessuno aveva azzardato ipotesi sull'identità del cadavere, tutti si aspettavano che fosse lei.

Mila aveva lasciato i suoi compagni a interrogarsi sulla disfatta subita a casa di Feldher e a cercare, in quella montagna di rifiuti, possibili tracce che riconducessero ad Albert. Aveva chiesto una macchina del Dipartimento e adesso era nel soggiorno della casa dei genitori di Sabine, in una zona di campagna abitata soprattutto da allevatori di cavalli e da gente che aveva scelto di vivere a contatto con la natura. Aveva percorso quasi centocinquanta chilometri per arrivarci. Il sole stava tramontando e lei aveva potuto godere del paesaggio di boschi attraversati da fiumiciattoli che poi sfociavano in laghetti color ambra. Pensava che per i genitori di Sabine ricevere la sua visita, anche a quell'ora così insolita, potesse essere rassicurante, per avere un segno che qualcuno si era preso cura della loro bambina. Non si sbagliava.

La madre di Sabine era minuta, dal fisico asciutto, il volto scavato da piccole rughe che gli imprimevano forza.

Mila osservava le foto che la donna le aveva messo fra le mani, l'ascoltava raccontare i primi e unici sette anni di vita di Sabine. Il padre, invece, se ne stava in piedi in un angolo della stanza, appoggiato al muro con lo sguardo basso e le mani dietro la schiena: si dondolava, concentrato solo sul suo respiro. Mila era convinta che fosse la moglie la vera personalità forte di casa.

«Sabine è nata prematura: otto settimane prima del previsto. Allora ci dicemmo che era successo perché aveva una voglia matta di venire al mondo. E un po' è vero...» Sorrise e guardò il marito, che annuì. «I dottori ci dissero subito che non sarebbe sopravvissuta, perché il suo cuore era troppo debole. Ma contro ogni previsione, Sabine resisteva. Era lunga quanto la mia mano e pesava appena cinquecento grammi, ma lottava tenacemente dentro la culla termica. E, settimana dopo settimana, il suo cuore diventava sempre più forte... Allora i medici furono costretti a cambiare idea, e ci dissero che probabilmente sarebbe sopravvissuta ma che la sua vita sarebbe stata costellata di ospedali, medicine e interventi chirurgici. Insomma, che avremmo fatto meglio ad augurarci che morisse...» Si prese una pausa. «L'ho fatto. A un certo punto ero così convinta che la mia bambina avrebbe sofferto per il resto dei suoi giorni, che ho pregato perché il suo cuore si fermasse. Sabine è stata più forte anche delle mie preghiere: si è sviluppata come una bambina normale e, otto mesi dopo la sua nascita, l'abbiamo riportata a casa.»

La donna s'interruppe. Per un attimo, la sua espressione cambiò. Si fece più cattiva.

«Quel figlio di puttana ha vanificato tutti i suoi sforzi!»

Sabine era la più piccola fra le vittime di Albert. Era stata prelevata da una giostra. Di sabato sera. Davanti alla madre e al padre e sotto gli occhi di tutti gli altri genitori.

« Invece ognuno guardava solo il proprio figlio », aveva detto Sarah Rosa nella prima riunione nel Pensatoio. E Mila ricordò che aveva anche aggiunto: « La gente se ne frega, questa è la realtà ».

Mila, però, non era andata in quella casa solo per consolare i genitori di Sabine, ma anche per fare loro alcune domande. Sapeva di dover approfittare di quei momenti prima che la sofferenza prorompesse dal suo rifugio temporaneo e cancellasse tutto, irrimediabilmente. Era anche consapevole del fatto che i due coniugi erano stati interrogati decine di volte sulle circostanze in cui era sparita la piccola. Ma chi se n'era occupato forse non possedeva la sua esperienza in materia di bambini scomparsi.

« Il fatto », esordì la poliziotta, « è che voi siete gli unici che possono aver visto o notato qualcosa. Tutte le altre volte il rapitore ha agito in posti isolati, o quando era da solo con le sue vittime. In questo caso ha corso un rischio. Ed è anche possibile che qualcosa non abbia funzionato. »

« Vuole che le racconti tutto dall'inizio? »

« Sì, per favore. »

La donna raccolse le idee, poi cominciò: « Quella era una sera speciale per noi. Deve sapere che quando mia figlia compì tre anni, noi decidemmo di lasciare il lavoro in città per trasferirci qui. Ci attiravano la natura e la possibilità di crescere la nostra bambina lontano dai rumori e dallo smog ».

« Ha detto che la sera in cui sua figlia è stata rapita era speciale per voi... »

« Infatti. » La donna cercò lo sguardo del marito, poi proseguì: « Abbiamo vinto alla lotteria. Una bella somma. Non tanto da diventare proprio ricchi, ma abbastanza per garantire anche a Sabine e ai suoi figli un futuro dignitoso... Io non avevo mai giocato, veramente. Ma una mattina ho comprato un biglietto ed è successo ».

La donna si concesse un sorriso forzato.

« Scommetto che si è sempre chiesta che faccia avesse un vincitore della lotteria. »

Mila annuì.

« Be', ora lo sa. »

« Allora siete andati al luna park per festeggiare, giusto? »

« Giusto. »

« Vorrei che lei ricostruisse per me i momenti esatti in cui Sabine era su quella giostra. »

« Avevamo scelto insieme il cavalluccio azzurro. Durante i primi due giri suo padre era rimasto con lei. Poi Sabine aveva insistito per fare il terzo da sola. Era molto testarda, così l'abbiamo accontentata. »

« Capisco, coi bambini è naturale », disse Mila per assolverla preventivamente da qualsiasi senso di colpa.

La donna sollevò gli occhi su di lei, poi disse sicura: « Sulla pedana della giostra c'erano altri genitori, ciascuno accanto al proprio figlio. Io tenevo gli occhi inchiodati sulla mia. Le giuro che non ho perso un solo istante di quel giro. Tranne che per gli attimi in cui Sabine si trovava dal lato opposto al nostro ».

« L'ha fatta sparire come in un gioco di prestigio », aveva detto Stern al Pensatoio riferendosi al cavalluccio che ricompariva senza di lei.

Mila spiegò: « La nostra ipotesi è che il rapitore si trovasse già sulla giostra: un genitore fra tanti altri. Da ciò ci siamo fatti l'idea che abbia l'aspetto di un uomo comune: è riuscito a passare per un padre di famiglia, scappando via subito con la bambina e confondendosi nella folla. Forse Sabine ha anche pianto o protestato. Ma nessuno ha dato peso alla cosa perché, agli occhi degli altri, sembrava solo una bambina che faceva i capricci ».

Probabilmente l'idea che Albert si fosse fatto passare per il padre di Sabine faceva più male di tutto il resto.

« Le assicuro, agente Vasquez, che se ci fosse stato un uomo estraneo su quella giostra, io me ne sarei accorta. Una madre ha un sesto senso per queste cose. »

Lo disse con una tale convinzione che Mila non se la sentì di darle torto o di controbattere.

Albert era riuscito a mimetizzarsi perfettamente.

Venticinque agenti di polizia, chiusi in una stanza per dieci giorni, avevano esaminato attentamente centinaia di foto scattate al luna park quella sera. Erano stati anche visionati i filmati amatoriali realizzati con le videocamere dalle famiglie. Niente. Nessuno scatto aveva immortalato Sabine col suo rapitore, neppure di sfuggita. Non comparivano in nessun fotogramma, nemmeno come ombre scolorite sullo sfondo.

Non aveva altre domande da rivolgere, perciò Mila si congedò. Prima di andare, la madre di Sabine insistette perché si portasse via una foto di sua figlia.

«Così non la dimenticherà», disse, senza sapere che Mila non l'avrebbe fatto comunque, e che di lì a qualche ora avrebbe impresso su di sé un tributo a quella morte sotto forma di una nuova cicatrice.

«Lo prenderete, vero?»

La domanda del padre di Sabine non la sorprese, anzi, se l'aspettava. Lo chiedevano tutti. Troverete mia figlia? Catturerete l'assassino?

E lei diede la risposta che dava sempre in questi casi.

«Faremo il possibile.»

La madre di Sabine aveva desiderato che sua figlia morisse. Era stata esaudita con sette anni di ritardo. Mila non poteva fare a meno di pensarci mentre guidava per tornare allo Studio. I boschi che all'andata le avevano allietato il viaggio, ora erano dita scure che si arrampicavano sul cielo mosse dal vento.

Aveva programmato il navigatore satellitare perché la riportasse indietro indicandole il percorso più breve. Poi aveva impostato il display nella modalità notturna. Quella luce blu era rilassante.

L'autoradio prendeva solo stazioni AM e, dopo un vano peregrinare sulle frequenze, era riuscita a sintonizzarne una che trasmetteva vecchi classici. Mila teneva sul sedile accanto la foto di Sabine. Grazie al cielo, ai suoi era stata risparmiata la dolorosa prassi del riconoscimento delle spoglie, con i resti decomposti e già preda della fauna cadaverica. Benedisse per questo le conquiste fatte nel campo dell'estrazione del DNA.

La breve chiacchierata le aveva messo addosso un senso di incompiutezza. C'era qualcosa che non andava, qualcosa che non aveva funzionato, e che l'aveva bloccata. Era una semplice considerazione. Quella donna un giorno aveva comprato un biglietto della lotteria e aveva vinto. La sua bambina era stata vittima di un serial killer.

Due eventi improbabili in una sola vita.

La cosa terribile, tuttavia, era che i due eventi erano collegati.

Se non avessero vinto la lotteria, non sarebbero mai andati a festeggiare al luna park. E Sabine non sarebbe stata rapita e uccisa brutalmente. La retribuzione definitiva di quel colpo di fortuna era stata la morte.

"Non è vero", si ripeté. "Lui ha scelto le famiglie, non le bambine. L'avrebbe presa comunque."

Ma quel pensiero la metteva comunque a disagio, e non vedeva l'ora di arrivare allo Studio per rilassarsi e riuscire a scacciarlo.

La strada s'incuneava fra le colline. Di tanto in tanto, apparivano le insegne degli allevamenti di cavalli. Erano parecchio distanti l'uno dall'altro, e per raggiungerli era necessario prendere strade secondarie che spesso correvano in mezzo al nulla per chilometri. In tutto il viaggio Mila aveva incrociato solo un paio di vetture che procedevano in senso opposto e una mietitrebbia con i lampeggianti accesi per segnalare il suo lento incedere agli altri veicoli.

La stazione radio mandò un vecchio successo di Wilson Pickett, *You Can't Stand Alone*.

Ci mise qualche secondo a ricollegare l'artista con il nome del caso a cui aveva accennato Boris quando avevano parlato di Goran e sua moglie.

« È andata male. Ci sono stati degli errori, e qualcuno ha minacciato di sciogliere la squadra dando il benservito al dottor Gavila. È stato Roche a difenderci e a pretendere che rimanessimo ai nostri posti,» le aveva spiegato.

Cos'era accaduto? C'entrava forse con le foto della bella ragazza che aveva intravisto allo Studio? Era da quella volta che i suoi nuovi compagni non avevano messo più piede nell'appartamento?

Erano domande a cui comunque non avrebbe potuto fornire da sola una risposta. Le scacciò. Poi girò di una tacca la manopola del climatizzatore: fuori c'erano meno tre gradi ma nell'abitacolo si stava bene. S'era perfino sfilata il parka prima di mettersi alla guida e aveva atteso che l'auto si scaldasse gradualmente. Quel passaggio dal freddo intenso al calore alla fine le aveva calmato i nervi.

Si lasciò andare piacevolmente alla stanchezza che, a poco a poco, si stava impadronendo di lei. Tutto sommato, quel viaggio in macchina le giovava. In un angolo del parabrezza, il cielo che per tutti quei giorni era stato coperto da una spessa coltre di nubi, improvvisamente si aprì. Come se qualcuno ne avesse scucito un lembo, rivelando un mucchio di stelle sparse e lasciando filtrare la luce della luna.

In quel momento, nella solitudine di quei boschi, Mila si sentì una privilegiata. Come se quello spettacolo inatteso fosse solo per lei. Mentre la strada curvava, lo strappo luminoso si spostò sullo schermo del parabrezza. Lo seguì con lo sguardo. Ma quando i suoi occhi si posarono per un istante sul retrovisore, vide un riflesso.

La luce della luna si era specchiata sulla carrozzeria dell'auto che la stava seguendo a fari spenti.

Il cielo si richiuse sopra di lei. E fu di nuovo buio. Mila cercò di conservare la calma. Ancora una volta, qualcuno stava copiando i suoi passi, come era accaduto nel piazzale ghiaioso del motel. Ma se la prima volta aveva accettato che potesse essere un frutto della sua fantasia, ora era assolutamente convinta della sua realtà.

"Devo restare calma e riflettere."

Se avesse accelerato, avrebbe rivelato il proprio stato d'allarme. E poi non conosceva l'abilità alla guida del suo inseguitore: in quelle strade impervie e a lei sconosciute, una fuga avrebbe potuto rivelarsi fatale. Non c'erano case in vista e il primo centro abitato distava almeno una trentina di chilometri. Inoltre l'avventura notturna all'orfanotrofio, con Ronald Dermis e il suo tè drogato, aveva messo a dura prova il suo coraggio. Fino ad allora non l'aveva ammesso, anzi aveva sostenuto con tutti che si sentiva bene e di non aver subito alcuno shock. Ma ora non era più tanto sicura di riuscire ad affrontare un'altra situazione di pericolo. I tendini delle braccia s'irrigidirono, la tensione nervosa salì. Sentiva il cuore prendere velocità e non sapeva come fermarlo. Il panico si stava impossessando di lei.

"Devo restare calma, restare calma e ragionare."

Smorzò la radio per concentrarsi meglio. Capì che l'inseguitore si serviva del riferimento offerto dalle sue luci di posizione per guidare a fari spenti. Allora fissò per un attimo lo schermo del navigatore satellitare. Lo staccò dal suo alloggiamento e se lo piazzò sulle gambe.

Quindi allungò il braccio verso l'interruttore delle luci *e le spense.*

Accelerò di colpo. Davanti aveva solo un muro di buio. Senza sapere dove stava andando, confidava solo nella traiettoria indicata dal navigatore. Curva a destra di quaranta gradi. Obbedì e vide il cursore sul display disegnare il percorso. Rettilineo. Lo imboccò in leggera derapata. Teneva le mani ben salde sullo sterzo, perché senza orientamento sarebbe bastata la minima variazione per spedirla fuori strada. Curva a sinistra, sessanta gradi. Stavolta dovette scalare repentinamente la marcia per non perdere il controllo, e lavorò di controsterzo. Un altro rettilineo, più lungo del precedente. Quanto tempo poteva resistere senza dover riaccendere le luci? Era riuscita a ingannare chi le stava alle costole?

Approfittando della strada dritta che aveva davanti, spostò per un attimo gli occhi sul retrovisore.

I fari dell'auto dietro di lei si accesero.

Il suo inseguitore si era finalmente palesato, e non la mollava. Le luci della sua vettura proiettavano il loro fascio anche su di lei e oltre lei, sulla strada che aveva davanti. Mila sterzò in tempo per imboccare la curva e, contemporaneamente, riaccese i fari. Accelerò percorrendo poco più di trecento metri a tutta velocità.

Quindi inchiodò di colpo in mezzo alla carreggiata e fissò nuovamente lo specchietto.

Il ticchettio del motore insieme al tamburo che aveva nel petto erano gli unici rumori che sentiva. L'altra macchina si era fermata prima della curva. Mila poteva scorgere lo strascico bianco dei fari che si allungava sull'asfalto. Il ruggito degli scappamenti faceva pensare a una belva feroce pronta a compiere l'ultimo balzo per azzannare la preda.

"Vieni, ti sto aspettando."

Prese la pistola e fece scivolare un proiettile in canna. Non sapeva da dove provenisse quel coraggio che solo poco prima aveva sentito di non possedere. La disperazione la spingeva a un duello assurdo, in mezzo al nulla.

Ma l'inseguitore non raccolse l'invito. I fari oltre la curva sparirono lasciando il posto a due deboli riflessi rossi.

La macchina aveva fatto inversione.

Mila non si mosse. Poi tornò a respirare normalmente.

Abbassò per un attimo lo sguardo sul sedile accanto, quasi volesse cercare conforto nel sorriso di Sabine.

Soltanto allora si accorse che in quella foto c'era qualcosa di sbagliato.

Era da poco passata la mezzanotte quando arrivò allo Studio. Aveva ancora i nervi tesi e per tutto il resto del tragitto non aveva fatto altro che pensare alla foto di Sabine, guardandosi contemporaneamente intorno, in attesa che chiunque l'avesse seguita spuntasse da un momento all'altro da una via laterale o le tendesse un agguato dietro qualche curva.

Salì velocemente le scale che portavano all'appartamento. Voleva parlare subito a Goran e avvertire la squadra di quanto era successo. Forse era Albert a pedinarla. Anzi, si trattava sicuramente di lui. Ma perché proprio lei? E poi c'era quella storia di Sabine, ma poteva anche trattarsi di un suo errore...

Giunta al piano, aprì la pesante porta blindata con le chiavi che le aveva affidato Stern, superò la guardiola e si ritrovò immersa nel più completo silenzio. Il gemito delle sue scarpe di gomma sul pavimento di linoleum era l'unico suono in quelle stanze che passava velocemente in rassegna. Prima la sala comune, dove sul bordo di un posacenere notò una sigaretta che si era consumata in una lunga striscia di cenere grigia. Sul tavolo della cucina c'erano i resti di una cena – la forchetta appoggiata su un lato del piatto, una porzione di sformato appena toccata – come se qualcuno fosse stato costretto a interrompere improvvisamente il suo pasto. Le luci erano tutte accese, anche quelle nel Pensatoio. Mila accelerò il passo verso la foresteria: era sicuramente accaduto qualcosa. Il letto di Stern era disfatto, sul suo cuscino c'era una scatola di mentine.

Un cicalino dal suo telefono le annunciò l'arrivo di un SMS. Lo lesse.

Stiamo andando a casa Gress. Krepp vuole mostrarci qualcosa. Raggiungici. Boris

26

Giunta a casa di Yvonne Gress vide che non tutti erano già entrati: Sarah Rosa si stava infilando tuta e copriscarpe di plastica accanto al furgone. Mila si era accorta che la donna s'era molto placata nei suoi confronti negli ultimi giorni. Girava al largo, quasi sempre presa da altri pensieri. Forse era per via dei suoi guai familiari.

Rosa alzò gli occhi su di lei. «Cazzo! Non te ne perdi una, eh?»

"Come non detto...", pensò Mila.

La ignorò, provando a salire sul furgone per prendere una tuta. Ma Rosa si piazzò sulla scaletta, impedendole di passare.

«Ehi, sto parlando con te!»

«Cosa vuoi?»

«Ti piace così tanto fare la maestrina?»

Si teneva a pochi centimetri dalla sua faccia. Da sotto, Mila poteva sentire il suo alito di sigarette, gomma da masticare e caffè. Avrebbe voluto scansarla, o magari dirgliene quattro. Ma poi rammentò cosa le aveva detto Goran a proposito della separazione dal marito e della figlia con disturbi alimentari, e preferì soprassedere.

«Perché ce l'hai tanto con me, Rosa? Sto solo facendo il mio lavoro.»

«E allora avresti già dovuto trovare la bambina numero sei, non ti pare?»

«La troverò.»

«Sai, non credo che resterai a lungo in questa squadra. Per adesso sembra che li hai conquistati, ma prima o poi capiranno che possiamo fare a meno di te.»

Rosa si fece da parte, ma Mila rimase dov'era.

« Se mi odi tanto, perché dopo l'istituto, quando Roche voleva cacciarmi, anche tu hai votato perché restassi? »

La donna si girò verso di lei, lo sguardo divertito.

« Chi te l'ha detto? »

« Il dottor Gavila. »

Rosa si lasciò scappare una risata e scosse il capo.

« Vedi cara, è proprio per questo genere di cose che non durerai molto. Perché se te l'ha rivelato in confidenza, allora dicendomelo l'hai già tradito. E, per inciso, lui ha fregato te... Perché io t'ho votato contro. »

E la lasciò lì, impietrita, avviandosi verso la casa con passo sicuro. Mila la seguì con lo sguardo, spiazzata dalle sue ultime parole. Poi entrò nel furgone per cambiarsi.

Krepp aveva garantito che sarebbe stata la sua « Cappella Sistina ». Il paragone con la stanza al secondo piano della villa di Yvonne Gress non era così azzardato.

Nell'era moderna il capolavoro michelangiolesco aveva beneficiato di un radicale restauro che aveva restituito alle pitture il loro splendore originario, liberandole dallo spesso strato di polvere, fumo e colla animale accumulatosi in secoli di uso di candele e di bracieri. Gli esperti avevano iniziato il loro lavoro da un piccolo tassello – quasi un francobollo – per avere un'idea di cosa si nascondesse sotto. La loro sorpresa era stata enorme: la spessa coltre di fuliggine aveva occultato colori straordinari, impossibili anche solo da immaginare prima.

Così Krepp aveva cominciato da una semplice goccia di sangue – quella rinvenuta da Mila con l'aiuto del Terranova – per giungere a realizzare il suo capolavoro.

« Negli scarichi della casa non c'era materiale organico », disse l'esperto della scientifica. « Ma le tubature erano consumate e c'erano tracce di acido idrocloridrico. Ipotizziamo che Feldher se ne sia servito per sciogliere i resti per poi disfarsene meglio. L'acido è molto efficace anche con i tessuti ossei. »

Mila colse solo l'ultima parte della frase mentre arrivava sul pianerottolo del secondo piano. Krepp era al centro del corridoio e davanti a lui c'erano Goran, Boris e Stern. Più indietro Rosa, appoggiata al muro.

« Quindi il solo elemento che abbiamo per attribuire il massacro a Feldher è quella macchiolina di sangue. »

« L'hai già fatto analizzare? »

« Chang sostiene che esiste il novanta per cento di possibilità che appartenga al ragazzino. »

Goran si voltò a guardare Mila, poi si rivolse a Krepp: « Bene, ci siamo tutti. Possiamo cominciare... »

L'avevano aspettata. Avrebbe dovuto sentirsi lusingata, ma non riusciva ancora a mandar giù le parole di Sarah Rosa. A chi credere? A quella pazza isterica che l'aveva maltrattata sin dal principio, oppure a Goran?

Intanto Krepp, prima di introdurli nella stanza, si raccomandò: « Potremo stare dentro al massimo un quarto d'ora, perciò se avete domande fatele adesso ».

Tacquero.

« Bene, entriamo. »

La stanza era sigillata da una doppia porta a vetri con al centro un piccolo andito che consentiva l'ingresso a una persona per volta. Serviva a preservare il microclima. Prima di accedere, un collaboratore di Krepp prese a ognuno la temperatura corporea con un termometro a infrarossi, simile a quello che solitamente si usa coi bambini. Poi inserì i dati in un computer collegato agli umidificatori presenti nella stanza che avrebbero corretto il proprio apporto per mantenere costante la condizione termica del luogo.

Il motivo di quegli accorgimenti fu spiegato dallo stesso Krepp, che entrò per ultimo nella stanza.

« Il problema principale è stata la vernice usata da Feldher per coprire le pareti. Non si poteva rimuovere con un normale solvente senza portar via anche quello che c'era sotto. »

« Allora come hai fatto? » chiese Goran.

« L'abbiamo analizzata ed è venuto fuori che si trattava di una tinta ad acqua che usa come collagene un grasso di derivazione vegetale. È bastato immettere nell'aria una soluzione di alcol raffinato e lasciarla in sospensione per qualche ora per riuscire a sciogliere il grasso. Praticamente abbiamo ridotto lo spessore della vernice sui muri. Se c'è del sangue là sotto, il Luminol dovrebbe essere in grado di farlo emergere...»

3-aminoftalidrazide, meglio conosciuto come Luminol.

È la sostanza su cui poggia gran parte della tecnica di polizia scientifica moderna. Si basa sull'attività di catalizzatore del gruppo EME contenuto nell'emoglobina. Il Luminol, reagendo con quell'elemento del sangue, produce una tipica fluorescenza blu, visibile soltanto al buio. Per poter essere efficace, però, il prodotto va prima combinato con un agente ossidante, che di solito è il perossido di idrogeno, quindi nebulizzato nell'aria tramite una soluzione acquosa.

Il Luminol ha un solo inconveniente: la durata dell'effetto fluorescente è di appena trenta secondi. Il che rende il test praticamente irripetibile dopo la prima volta.

Per questo una serie di macchine fotografiche con pellicola a lunga esposizione avrebbero documentato ogni esito prima che svanisse per sempre.

Krepp distribuì maschere munite di filtri speciali e occhiali protettivi perché – anche se non era stato ancora dimostrato – si temeva che il Luminol potesse essere cancerogeno.

Poi si rivolse a Gavila: «Quando vuole lei...»

«Cominciamo pure.»

Con un walkie-talkie, Krepp trasmise l'ordine ai suoi che erano fuori.

Prima si spensero tutte le luci.

La sensazione non fu piacevole per Mila. In quel buio claustrofobico, riusciva a riconoscere soltanto il suo fiato corto che, filtrato dalla maschera, sembrava quasi un rantolo cupo. Si sovrapponeva al respiro meccanico e profondo degli umidificatori, che pompavano incessantemente i loro vapori nella stanza.

Cercò di conservare la calma, anche se l'ansia le cresceva in petto e non vedeva l'ora che quell'esperimento finisse.

Poco dopo il rumore cambiò. Le bocchette iniziarono a immettere nell'aria la soluzione chimica che avrebbe reso visibile il sangue sulle pareti. Il sibilo sottile della nuova sostanza fu accompagnato di lì a poco da un leggero barlume bluastro, che iniziò a comporsi tutt'intorno a loro. Sembrava la luce del sole filtrata dalle profondità marine.

Sulle prime, Mila pensò che fosse solo un effetto ottico, una specie di miraggio creato dalla sua mente in risposta a uno stato d'iperventilazione. Ma quando l'effetto si dilatò, si rese conto di poter scorgere di nuovo i suoi compagni. Come se qualcuno avesse riacceso le luci, sostituendo però il colore gelido delle alogene con quella nuova tonalità di indaco. All'inizio si chiese come fosse possibile, poi ci arrivò.

C'era una tale quantità di sangue sui muri che l'effetto del Luminol li illuminava tutti.

Gli schizzi si inerpicavano in varie direzioni, ma sembravano partire tutti dal centro esatto della stanza. Come se lì in mezzo ci fosse stato una specie di altare sacrificale. Il soffitto, poi, sembrava una coltre stellata. La magnificenza della rappresentazione era infranta solo dalla consapevolezza di che cosa avesse prodotto quell'illusione ottica.

Feldher doveva aver usato una sega a motore per ridurre i corpi a un ammasso di carne maciullata, una poltiglia facile da scaricare dentro un water.

Mila notò che anche gli altri erano impietriti quanto lei. Si guardavano intorno, come degli automi, mentre le macchine fotografiche di precisione, disposte lungo il perimetro, continuavano a scattare, inesorabili e impietose. Erano passati appena quindici secondi e il Luminol continuava a far apparire nuove macchie, sempre più latenti.

Fissarono quell'orrore.

Poi Boris sollevò il braccio verso un lato della stanza, indicando ai presenti ciò che, a poco a poco, affiorava dal muro.

«Guardate...» disse.

E loro videro.

In una zona della parete il Luminol non riusciva ad attecchire, non riscontrava nulla e quella porzione continuava a rimanere bianca. Era incorniciata da macchioline blu che le facevano da contorno. Come quando si spruzza una vernice spray su un oggetto contro un muro e poi, dietro, ne rimane impressa l'orma. Come una sagoma ritagliata sull'intonaco. Come il negativo di una fotografia.

Ognuno di loro pensò che l'impronta assomigliasse vagamente a un'ombra umana.

Mentre Feldher infieriva sui corpi di Yvonne e dei suoi figli con agghiacciante ferocia, qualcuno, in un angolo della stanza, assisteva impassibile allo spettacolo.

27

Hanno chiamato il suo nome.

Ne è sicura. Non l'ha sognato. È stato questo a strapparla dal sonno stavolta, non la paura, né l'improvvisa consapevolezza di dove si trova da chissà quanto tempo.

L'effetto della droga che le confonde i sensi è svanito nel momento stesso in cui ha sentito il suo nome rimbombare nella pancia del mostro. Quasi come un'eco venuta a cercarla da chissà dove, e che finalmente l'ha trovata.

«Sono qui!» vorrebbe gridare, ma non ci riesce, la bocca è ancora impastata.

E poi adesso ci sono anche i rumori. Suoni che prima non c'erano. Cosa sembrano, passi? Sì, sono passi di scarpe pesanti. Più scarpe, insieme. C'è gente! Dove? Sono sopra di lei, intorno a lei. Ovunque, ma comunque lontani, troppo lontani. Cosa ci fanno lì? Sono venuti a cercarla? Sì, è così. Si trovano lì per lei. Ma non possono vederla nella pancia del mostro. Allora l'unica è farsi sentire da loro.

«Aiuto», prova a dire.

La voce le esce strozzata, infettata da giorni di agonia indotta, di sonno violento e vigliacco, che le viene somministrato a piacimento, senza criterio, solo per tenerla buona mentre il mostro la digerisce nel suo stomaco di pietra. E il mondo, là fuori, si dimentica lentamente di lei.

"Ma se loro sono qui adesso, allora non mi hanno ancora dimenticata!"

Il pensiero le infonde una forza che non credeva di possedere. Una riserva trattenuta dal suo corpo in un nascondiglio profondo e da usare solo per le emergenze. Comincia a ragionare.

"Come posso segnalare la mia presenza?"

Il braccio sinistro è sempre fasciato. Le gambe sono pesanti. Il braccio destro è la sua unica possibilità, la propaggine che ancora la tiene attaccata alla vita. Il telecomando è sempre assicurato al palmo della sua mano. Connesso soltanto con quel folle cartone animato che ormai le ha consumato la mente. Lo solleva, lo punta verso lo schermo. Il volume è normale, ma forse si può anche alzare. Ci prova, ma non riesce a trovare il pulsante giusto. Forse perché tutti funzionano per impartire un solo comando. Intanto di sopra i rumori continuano. La voce che sente appartiene a una donna. Ma c'è un uomo con lei. Anzi, sono due.

"Devo chiamarli! Devo fare in modo che si accorgano di me, altrimenti morirò qua sotto!"

È la prima volta che nomina la possibilità di morire. Fino a ora ha sempre evitato quel pensiero. Forse l'ha fatto per una specie di scaramanzia. Forse perché una bambina non dovrebbe pensare alla morte. Ma adesso si rende conto che, se nessuno verrà a salvarla, sarà questo il suo destino.

Assurdo è che chi metterà fine alla sua breve esistenza, adesso la sta curando. Le ha fasciato il braccio, le dà le medicine attraverso la flebo. Si occupa scrupolosamente di lei. Perché lo fa, se tanto alla fine la ucciderà lo stesso? La domanda non le porta sollievo. C'è un solo motivo per tenerla in vita là sotto. E sospetta che le procurerà molto altro dolore.

Perciò forse questa è l'unica occasione che ha per uscire da lì, per tornare a casa sua, e rivedere i suoi cari. Sua madre, suo padre, suo nonno, perfino Houdini. Giura che vorrà bene pure a quel gatto maledetto se solo finirà quell'incubo.

Solleva la mano, e inizia a picchiare forte col telecomando sul bordo d'acciaio del letto. Il suono che riesce a produrre è fastidioso anche per lei, ma è liberatorio. Più forte, sempre più forte. Finché sente che l'aggeggio di plastica inizia a rompersi. Non le importa. Quei rintocchi metallici diventano sempre più rabbiosi. Dalla gola le esce anche un urlo spezzato.

«Sono qui!»

Il telecomando si stacca dal palmo e lei è costretta a fermarsi. Ma sente qualcosa di sopra. Può essere positivo oppure no. È silenzio. Forse si sono accorti di lei e adesso cercano di sentire meglio. È così, non possono essersene già andati! Allora ricomincia a battere, anche se il braccio destro le fa male. Anche se il dolore le attraversa le spalle andando a confluire in quello sinistro. Anche se ciò non fa che aumentare la sua disperazione. Perché, se per caso nessuno la dovesse sentire, sarà anche peggio dopo, ne è sicura. Qualcuno si vendicherà di lei. E gliela farà pagare.

Lacrime fredde le scendono lungo le guance. Ma i rumori ricominciano e riprende coraggio.

Un'ombra si stacca dalla parete di roccia e viene verso di lei.

La vede, ma continua lo stesso. Quando l'ombra è abbastanza vicina, può scorgerne le mani delicate, il vestitino azzurro, i capelli castani che le ricadono morbidamente sulle spalle.

L'ombra si rivolge a lei con la voce di una bambina.

« Ora basta », le dice. « Ci sentiranno. »

Poi appoggia una mano sulla sua. Quel contatto è sufficiente a farla fermare.

« Ti prego », aggiunge poi.

E la sua supplica è così accorata che lei si convince, e non ricomincia. Non conosce il motivo per cui quella bambina desideri una cosa tanto assurda come rimanere là dentro. Ma le ubbidisce lo stesso. Non sa se mettersi a piangere per quel tentativo fallito, oppure se essere felice per la scoperta di non essere sola. È talmente grata che la prima presenza umana di cui ha cognizione sia una ragazzina come lei, che non vuole deluderla. E così dimentica pure di voler andar via.

Le voci e i rumori al piano di sopra non ci sono più. Stavolta il silenzio è definitivo.

La bambina sfila la mano dalla sua.

« Rimani... » la supplica adesso lei.

« Non ti devi preoccupare, ci vedremo ancora... »

E si allontana tornando nel buio. E lei la lascia andare. E si afferra a quella piccola e insignificante promessa per continuare a sperare.

28

« La poltrona di Alexander Bermann! »

Nel Pensatoio la squadra era concentrata sulle parole di Gavila. Tornarono con la memoria al quartiere ghetto dove il pedofilo teneva la sua tana e il computer con cui andava a caccia
su Internet.

« Krepp non ha rilevato impronte sulla vecchia poltrona di
pelle che c'era nel seminterrato! »

A Goran quella sembrava ora improvvisamente una rivelazione.

« Su tutto il resto sì, a centinaia, ma lì sopra no! Perché? Perché qualcuno s'è preso la briga di eliminarle! »

Poi il criminologo si mosse verso la parete su cui erano attaccati con le puntine da disegno tutti i rapporti, le foto e i fogli
con le risultanze del caso dell'orfanotrofio. Ne staccò uno e iniziò a leggere. Era la trascrizione della registrazione in cui Ronald Dermis bambino si confessava con padre Rolf, ritrovata
nel mangianastri nella bara di Billy Moore.

« 'Tu sai quello che è successo a Billy, vero Ron?', 'Dio se l'è
portato via', 'Non è stato Dio, Ron. Tu sai chi è stato?', 'È caduto. È caduto dalla torre', 'Ma tu eri con lui', 'Sì'... E poi più
avanti il prete afferma: 'Nessuno ti punirà se dici come sono
andate le cose. È una promessa', e sentite come risponde Ronald: *'Lui mi ha detto di farlo'*... Capite? *'Lui'*. »

Goran passò in rassegna i volti che lo osservavano perplessi.

« Sentite adesso cosa domanda padre Rolf: 'Lui chi? Te l'ha
chiesto Billy di spingerlo?' 'No' replica Ronald. 'Allora uno degli altri ragazzi?' e Ronald ancora 'No'. 'Allora chi? Avanti, rispondimi. Questa persona che dici non esiste, non è vero? È
solo frutto della tua immaginazione', e Ronald sembra sicuro
quando nega ancora, ma padre Rolf lo incalza 'Non c'è nessun

altro qui. Solo io e i tuoi compagni.' E Ronald finalmente risponde 'Lui viene solo per me'...»

A poco a poco, ci stavano arrivando tutti.

Goran, eccitato come un ragazzino, corse di nuovo verso i fogli sulla parete e prese una copia della lettera che Ronald adulto aveva inviato agli inquirenti.

«Del biglietto mi aveva colpito una frase: 'poi è arrivato LUI. mi capiva LUI. mi ha insegnato'.»

Mostrò loro la lettera indicando il passaggio.

«Vedete? Qui la parola 'lui' è stata volutamente scritta in lettere maiuscole... Ci avevo già ragionato sopra, ma la conclusione a cui ero pervenuto era errata. Credevo che fosse un chiaro esempio di dissociazione della personalità, in cui l'Io negativo appare sempre separato dall'Io agente. E perciò diventa Lui... 'Sono stato IO, ma era LUI che mi diceva di farlo, è SUA la colpa di ciò che sono'... Mi sbagliavo! E stavo commettendo lo stesso sbaglio che aveva fatto padre Rolf trent'anni prima! Quando durante la confessione Ronald nominava 'Lui', il prete credeva che si riferisse a se stesso, e che stesse solo cercando di esteriorizzare la propria colpa. È tipico dei bambini. Ma il Ronald che abbiamo conosciuto noi non era più un bambino...»

Mila vide spegnersi un po' d'energia nello sguardo di Goran. Accadeva ogni volta che commetteva un errore di valutazione.

«Questo 'Lui' a cui si riferisce Ronald non è una proiezione della sua psiche, un doppio a cui attribuire la responsabilità delle proprie azioni! No, è lo stesso 'Lui' che si accomodava sulla poltrona di Alexander Bermann ogni volta che questi andava su Internet a caccia di bambini! Feldher lascia una miriade di tracce nella casa di Yvonne Gress ma si preoccupa di ridipingere la stanza del massacro perché sul muro c'è l'unica cosa che gli preme occultare... o forse evidenziare: l'immagine immortalata dal sangue dell'uomo che assiste! Perciò 'Lui' è Albert.»

«Mi spiace, ma non regge», affermò Sarah Rosa con una calma e una sicurezza che stupì gli altri. «Abbiamo visionato i filmati del sistema di sorveglianza di Capo Alto e, a parte Feldher, nessuno è entrato in quella casa.»

Goran si voltò verso di lei, puntandola con un dito: «Esatto! Perché lui ogni volta ha oscurato le telecamere con un piccolo blackout. A ben pensarci, lo stesso effetto sul muro si poteva ottenere con una sagoma di cartone o un manichino. E questo cosa ci insegna?»

«Che è un ottimo creatore di illusioni», disse Mila.

«Esatto anche questo! È dall'inizio che quest'uomo ci sfida a capire i suoi trucchi. Prendete ad esempio il rapimento di Sabine alle giostre... Magistrale! Decine di persone, decine di paia di occhi nel luna park e nessuno nota niente!»

Goran dava l'impressione di essere veramente esaltato dall'abilità del suo sfidante. Non perché non provasse pietà per le vittime. Non era una dimostrazione di scarsa umanità da parte sua. Albert era il suo oggetto di studio. Comprendere i dispositivi che muovevano la sua mente era una sfida affascinante.

«Personalmente, però, credo che Albert fosse *realmente* presente nella stanza mentre Feldher massacrava le sue vittime. Escluderei manichini o trucchi simili. E sapete perché?» Il criminologo si godette per un secondo l'espressione d'incertezza sulle loro facce. «Nella disposizione delle macchie di sangue sulla parete intorno alla sagoma, Krepp ha individuato delle 'variazioni costanti' – così le ha definite. E significa che, qualunque ostacolo si frapponesse fra il sangue e il muro, non se ne stava immobile ma si muoveva!»

Sarah Rosa rimase a bocca aperta. Non c'era più molto da dire.

«Siamo pratici», affermò Stern. «Se Albert ha conosciuto Ronald Dermis quando questi era un bambino, quanti anni poteva avere? Venti, trenta? Perciò adesso ne avrà cinquanta o sessanta.»

«Giusto», disse Boris. «E considerando le dimensioni dell'ombra che si è formata sul muro della stanza del massacro, direi che è alto all'incirca un metro e settanta.»

«Un metro e sessantanove», precisò Sarah Rosa che aveva già fatto effettuare quella misurazione.

«Abbiamo una descrizione parziale dell'uomo che dobbiamo cercare, è già qualcosa.»

Goran riprese la parola e disse: «Bermann, Ronald, Feldher: sono come lupi. E i lupi spesso agiscono in branco. Ogni branco ha un capo. E Albert ci sta dicendo proprio questo: è lui il loro leader. C'è stato un momento nella vita di questi tre individui in cui l'hanno incontrato, separatamente oppure insieme. Ronald e Feldher si conoscevano, erano cresciuti nello stesso orfanotrofio. Ma è presumibile che non sapessero chi fosse Alexander Bermann... L'unico elemento comune è lui, Albert. Per questo ha lasciato la sua firma su ogni scena del crimine».

«E adesso cosa accadrà?» domandò Sarah Rosa.

«Lo potete immaginare da soli... *Due*. Mancano all'appello ancora due cadaveri di bambine e, di conseguenza, due componenti del branco.»

«C'è anche la bambina numero sei», specificò Mila.

«Sì... Ma quella Albert la riserva per sé.»

Sostava da circa mezz'ora sul marciapiede di fronte, senza trovare il coraggio di suonare. Stava cercando le parole giuste per motivare la sua presenza. Ormai s'era così disabituata ai rapporti interpersonali che anche gli approcci più semplici le sembravano impossibili. E intanto infreddoliva là fuori senza sapersi decidere.

"Alla prossima auto blu mi muovo, promesso."

Erano le nove passate e il traffico era scarso. Le finestre di casa di Goran, al terzo piano dello stabile, erano accese. La strada bagnata dalla neve disciolta era un concerto di sgocciolii metallici, di tossenti grondaie e di rauchi canali di scolo.

"Va bene: vado."

Mila si mosse dal cono d'ombra che l'aveva protetta fino ad allora dagli sguardi di possibili vicini curiosi, e giunse rapidamente al portone. Era un vecchio palazzo, che alla metà del Novecento doveva aver ospitato un opificio, con le sue ampie finestre, i larghi cornicioni e i comignoli che ancora ornavano il tetto. Ce n'erano parecchi in zona. Probabilmente tutto il quartiere era stato riqualificato dall'opera di qualche architetto che aveva trasformato i vecchi laboratori industriali in condomini.

Suonò al citofono, e attese.

Passò quasi un minuto prima che le giungesse gracchiante la voce di Goran.

«Chi è?»

«Sono Mila. Scusami, ma avevo bisogno di parlarti e preferivo non farlo al telefono. Prima, allo Studio, eri molto occupato, e allora ho pensato di...»

«Sali. Terzo piano.»

Seguì un breve segnale elettrico e la serratura del portone scattò.

Un montacarichi fungeva da ascensore. Per azionarlo bisognava chiudere a mano le porte a scorrimento e manovrare una leva. Mila salì lentamente lungo i piani, fino al terzo. Sul pianerottolo trovò un'unica porta, socchiusa per lei.

«Entra, accomodati.»

La voce di Goran la raggiunse dall'interno dell'appartamento. Mila la seguì. Era un ampio loft, su cui si affacciavano varie stanze. Il pavimento era di legno grezzo. I caloriferi erano in ghisa e circondavano i pilastri. Un grande camino acceso conferiva all'ambiente un colore ambrato. Mila si richiuse la porta alle spalle, domandandosi dove fosse Goran. Poi lo vide apparire fugacemente sulla soglia della cucina.

«Un attimo e arrivo.»

«Fai pure con comodo.»

Si guardò intorno. A differenza dell'aspetto sempre trascurato del criminologo, la sua casa era molto ordinata. Non c'era un solo dito di polvere in giro e tutto sembrava rispecchiare la cura che quell'uomo stava mettendo per offrire un po' di armonia all'esistenza del figlio.

Poco dopo, lo vide arrivare con in mano un bicchiere d'acqua.

«Mi dispiace, sono piombata qui all'improvviso.»

«Non fa niente, di solito vado a dormire tardi.» Poi, indicando il bicchiere: «Stavo mettendo a letto Tommy. Non ci vorrà molto. Siediti, oppure serviti qualcosa da bere: c'è un mobile bar proprio là in fondo».

Mila annuì e lo vide dirigersi verso una delle stanze. Per sciogliere un po' l'imbarazzo, andò a prepararsi una vodka con ghiaccio. Mentre beveva, in piedi accanto al camino, intravide il criminologo attraverso la porta semiaperta della cameretta di suo figlio. Era seduto sul letto del bambino e gli stava raccontando qualcosa, mentre con una mano gli accarezzava il fianco. Nella penombra di quella stanza, rischiarata appena da una lampada notturna a forma di clown, Tommy appariva come una forma sotto le coperte, descritta dalle carezze del padre.

In quel contesto familiare, Goran sembrava un altro.

Chissà perché le tornò in mente il ricordo della prima volta che, da piccola, era andata a trovare suo padre in ufficio. L'uomo in giacca e cravatta che usciva da casa tutte le mattine, lì si trasformava. Diventava una persona dura e seriosa, così diversa dal suo dolcissimo papà. Mila ricordò d'esserne rimasta quasi sconvolta.

Per Goran valeva il ragionamento opposto. Le ispirava un'immensa tenerezza vedergli compiere il mestiere di padre.

Per Mila non si era mai realizzata quella dicotomia. Di lei c'era soltanto una versione. Non esisteva soluzione di continuità nella sua vita. Non smetteva mai di essere la poliziotta che inseguiva le persone scomparse. Perché le cercava sempre. Nei suoi giorni liberi, quando era in permesso, mentre faceva la spesa. Scrutare i volti degli estranei era diventata un'abitudine.

I minori che scompaiono, come tutti, hanno una storia. Ma questa storia a un certo punto s'interrompe. Mila ripercorreva i loro piccoli passi smarriti nel buio. Non dimenticava mai i loro volti. Potevano anche trascorrere degli anni, ma lei sarebbe stata in grado di riconoscerli sempre.

"Perché i bambini sono tra noi", pensava. "A volte basta cercarli negli adulti che sono diventati."

Goran stava raccontando una fiaba al figlio. Mila non volle turbare oltre quella scena così intima con il suo sguardo. Non era uno spettacolo per i suoi occhi. Si voltò, ma subito incrociò il sorriso di Tommy su un portafotografie. Se l'avesse incontrato, l'avrebbe messa a disagio e aveva tardato a salire nella speranza di trovarlo già a letto.

Tommy era una parte della vita di Goran che ancora non era disposta a conoscere.

Poco dopo la raggiunse e, con un sorriso, annunciò: «Si è addormentato».

«Non volevo disturbare. Ma pensavo fosse importante.»

«Ti sei già scusata. Ora avanti, dimmi che succede...»

Prese posto su uno dei divani e la invitò a sedersi accanto a lui. Il fuoco del camino proiettava sul muro ombre danzanti.

«È accaduto di nuovo: sono stata seguita.»

Il criminologo corrugò la fronte.

«Ne sei sicura?»

«L'altra volta no, ma ora sì.»

Gli raccontò l'accaduto cercando di non tralasciare alcun particolare. L'auto a fari spenti, il riflesso della luna sulla carrozzeria, il fatto che l'inseguitore avesse preferito fare inversione una volta scoperto.

«Perché qualcuno dovrebbe seguire proprio te?»

Le aveva già posto quella domanda quando, al ristorante, lei gli aveva riferito di quella sensazione di pedinamento avvertita nel piazzale del motel. Stavolta Goran sembrava rivolgerla soprattutto a se stesso.

«Non riesco a trovare una ragione valida», concluse infatti dopo una breve riflessione.

«Escludo che a questo punto possa essere utile mettermi qualcuno alle spalle, cercando di cogliere in flagrante il mio inseguitore.»

«Ora è certo che tu sai, perciò non lo ripeterà.»

Mila annuì.

«Però non sono venuta solo per questo.»

Goran tornò a guardarla. «Hai scoperto qualcosa?»

«Più che scoperto, credo di aver capito qualcosa. Uno degli illusionismi di Albert.»

«Quale fra i tanti?»

«Come ha fatto a portar via la bambina dalla giostra senza che nessuno si accorgesse di nulla.»

Ora gli occhi di Goran brillarono per l'interesse.

«Avanti, ti ascolto...»

«Abbiamo sempre dato per scontato che fosse Albert il rapitore. Quindi un *uomo*. Ma se invece si trattasse di una donna?»

«Perché lo pensi?»

«Veramente è stata la madre di Sabine a farmi considerare per la prima volta questa ipotesi. Senza che glielo domandassi, mi ha detto che se ci fosse stato un uomo estraneo su quella giostra – perciò non un padre –, lei se ne sarebbe accorta. Aggiungendo anche che una madre ha una specie di sesto senso per queste cose. E io le credo.»

«Perché?»

«Perché la polizia ha visionato centinaia di foto scattate quella sera e anche i filmati amatoriali, e nessuno ha notato un uomo sospetto. Da ciò abbiamo anche dedotto che il nostro Albert abbia un aspetto del tutto comune... Allora mi sono detta che per una donna sarebbe stato ancora più facile portar via la bambina.»

«Secondo te ha una complice...» L'idea non gli dispiaceva. «Però non abbiamo elementi che supportino una tesi del genere.»

«Lo so. Ed è questo il problema.»

Goran si alzò e cominciò a camminare per la stanza. Si massaggiava la barba incolta e rifletteva.

«Non sarebbe la prima volta... È già accaduto in passato. A Gloucester, per esempio, con Fred e Rosemary West.»

Il criminologo ripercorse rapidamente il caso dei coniugi serial killer. Lui muratore, lei casalinga. Dieci figli. Insieme adescavano e uccidevano ragazze innocenti dopo averle costrette a partecipare ai loro festini erotici, per poi seppellirle nel cortile di casa, al numero 25 di Cromwell Road. Sotto il pavimento del portico c'era finita anche la figlia sedicenne della coppia che probabilmente aveva osato ribellarsi. Altre due vittime furono ritrovate in altri luoghi riconducibili a Fred. Dodici cadaveri in tutto. Ma la polizia smise di scavare nella grigia villetta per timore di crolli.

Alla luce di quel caso esemplare, Gavila riteneva che non

fosse poi così campata in aria la teoria di Mila sull'esistenza di una complice di Albert.

«Forse è la donna a prendersi cura della sesta bambina.»

Goran sembrava molto intrigato. Ma non voleva farsi travolgere dall'entusiasmo.

«Non mi fraintendere, Mila: la tua è un'ottima intuizione. Ma dobbiamo verificarla.»

«Ne parlerai agli altri?»

«La prenderemo in considerazione. Intanto chiederò a uno dei nostri di riguardarsi le foto e i filmini del luna park.»

«Potrei farlo io.»

«Va bene.»

«C'è un'altra cosa... È una mia curiosità. Ho cercato la risposta da sola, ma non sono riuscita a darmela.»

«Di che si tratta?»

«Nei processi di decomposizione, gli occhi di un cadavere subiscono una trasformazione, vero?»

«Be', di solito l'iride si schiarisce col tempo...»

Goran si fermò a fissarla, non capiva dove volesse arrivare.

«Perché me lo chiedi?»

Mila tirò fuori da una tasca la foto di Sabine che le aveva dato la madre al termine della sua visita. La stessa che aveva tenuto per tutto il viaggio di ritorno sul sedile accanto al suo. Quella che, dopo la paura dell'inseguimento, si era ritrovata a fissare, e che le aveva generato quel dubbio.

C'era qualcosa di sbagliato.

Goran la prese, la guardò.

«Il cadavere della bambina che abbiamo trovato nella casa dei Kobashi aveva gli occhi azzurri», gli fece notare Mila. «Quelli di Sabine, invece, erano *marroni*.»

Durante il tragitto in taxi, Goran non aveva detto una parola. Dopo avergli fatto quella rivelazione, Mila l'aveva visto cambiare improvvisamente umore. E aveva detto una cosa che l'aveva molto colpita.

«Stiamo accanto a persone di cui pensiamo di conoscere

tutto, invece non sappiamo niente di loro...» E poi aveva aggiunto: «Ci ha fregati».

Sulle prime, aveva pensato che il criminologo si riferisse ad Albert. Ma non era così.

Assistette a un rapido giro di telefonate che comprendeva, oltre ai membri della squadra, anche la babysitter per Tommy.

«Dobbiamo uscire», le aveva annunciato poi, senza spiegarle.

«E tuo figlio?»

«La signora Runa sarà qui entro venti minuti, lui continuerà a dormire.»

E avevano chiamato il taxi.

La sede della Polizia federale era ancora illuminata a quell'ora. Nel palazzo c'era un viavai di agenti che si davano il cambio. Quasi tutti erano impegnati sul caso. Da giorni ormai si protraevano le perquisizioni nelle abitazioni di sospetti o presso i luoghi indicati dalle telefonate di volenterosi cittadini, alla ricerca della prigione della sesta bambina.

Pagato il tassista, Goran si avviò verso l'entrata principale senza neanche attendere Mila che faticava a stargli dietro. Al piano del Dipartimento di scienze comportamentali trovarono Rosa, Boris e Stern che li aspettavano.

«Che succede?» chiese l'agente più anziano.

«È necessario un chiarimento», gli rispose Goran. «Dobbiamo vedere subito Roche.»

L'ispettore capo se lo vide piombare nel bel mezzo di una riunione, che si stava protraendo già da diverse ore fra le alte gerarchie della Polizia federale. L'argomento era proprio il caso di Albert.

«Ti dobbiamo parlare.»

Roche si alzò dalla poltrona e lo indicò ai presenti: «Signori, voi conoscete tutti il dottor Gavila, che presta il suo contributo ormai da anni al mio Dipartimento...»

Goran gli sussurrò all'orecchio: «Adesso».

Il sorriso di circostanza si spense sul volto di Roche.

«Vi chiedo scusa, ci sono novità che richiedono la mia presenza altrove.»

Mentre raccoglieva i fogli dal tavolo della riunione, Roche si sentì addosso gli sguardi dei presenti. Intanto Goran lo attendeva due passi più indietro, mentre il resto della squadra era rimasto sulla soglia.

«Mi auguro che sia davvero importante», disse l'ispettore capo dopo aver gettato la cartellina coi fogli sulla scrivania del suo ufficio.

Goran attese che tutti entrassero nella stanza, prima di chiudere la porta e affrontare Roche a muso duro.

«Il cadavere trovato nel soggiorno dei Kobashi non apparteneva alla terza bambina scomparsa.»

Il tono e la fermezza non lasciavano spazio a una smentita. L'ispettore capo si sedette e intrecciò le mani.

«Continua...»

«Quella non è Sabine. È Melissa.»

Mila si ricordò della bambina numero quattro. Anagraficamente era la più grande delle sei, ma il suo corpo ancora acerbo poteva trarre in inganno. *E aveva gli occhi azzurri.*

«Continua, ti ascolto...» ripeté Roche.

«Questo può significare solo due cose. Che Albert ha modificato il suo *modus operandi*, perché finora ci ha fatto ritrovare le bambine secondo l'ordine in cui le ha rapite. Oppure che Chang ha fatto confusione con gli esami del DNA...»

«Credo che siano plausibili entrambe le ipotesi», affermò Roche, sicuro.

«Io invece penso che la prima sia quasi impossibile... E, riguardo alla seconda, credo proprio che gliel'abbia ordinato tu di falsificare i risultati prima di darli a Mila!»

Roche diventò paonazzo. «Senti dottore, non me ne starò qui ad ascoltare le tue accuse!»

«Dove è stato rinvenuto il corpo della bambina numero tre?»

«Cosa?»

L'ispettore capo faceva di tutto per sembrare sorpreso da quell'affermazione.

«Perché è evidente che è stato ritrovato, altrimenti Albert non sarebbe andato avanti con la progressione passando alla numero quattro.»

«Il cadavere era in casa dei Kobashi da più di una settimana! Forse avremmo dovuto trovare prima la bambina numero tre, come dici tu. O forse, semplicemente, abbiamo trovato prima la quattro! E Chang poi ha fatto casino, che ne so!»

Il criminologo piantò gli occhi nei suoi. «È per questo che dopo i fatti dell'orfanotrofio ci hai dato ventiquattrore di libertà. Perché non ti stessimo tra i piedi!»

«Goran, ne ho abbastanza di queste accuse ridicole! Non puoi provare nulla di quello che dici!»

«È per via del caso Wilson Pickett, non è vero?»

«Quello che è accaduto allora non c'entra niente, te l'assicuro.»

«Invece non ti fidi più di me. E forse non hai tutti i torti... Ma se credi che anche questa indagine mi stia sfuggendo di mano, preferisco che tu me lo dica in faccia, senza giochetti politici. Tu dillo e noi facciamo tutti un passo indietro, senza crearti imbarazzi e assumendoci le nostre responsabilità.»

Roche non rispose subito. Teneva le mani intrecciate sotto al mento e si dondolava sulla poltrona. Poi, con molta calma, cominciò: «Onestamente, non so proprio di che stai...»

«Avanti, glielo dica.»

Era stato Stern a interromperlo. Roche lo fulminò con lo sguardo.

«Lei stia al suo posto!»

Goran si voltò a guardarlo. Poi fissò anche Boris e Rosa. Si rese conto subito che tutti sapevano, tranne lui e Mila.

"Ecco perché Boris è stato così evasivo quando gli ho domandato cosa avesse fatto nel suo giorno di libertà", pensò lei. E si ricordò anche del tono lievemente minaccioso usato dal collega nei confronti di Roche fuori dalla casa di Yvonne Gress, quando questi si rifiutava di mandarlo dentro prima delle squadre speciali. La minaccia sottintendeva un ricatto.

«Sì ispettore. Gli dica tutto e facciamola finita», incalzò Sarah Rosa, dando rinforzo a Stern.

«Non può tenerlo fuori, non è giusto», aggiunse Boris, accennando all'indirizzo del criminologo.

Sembrava che volessero scusarsi con lui per averlo tenuto all'oscuro e che si sentissero in colpa per aver obbedito a un ordine che ritenevano ingiusto.

Roche fece trascorrere ancora qualche istante, poi puntò lo sguardo alternativamente su Goran e Mila.

« D'accordo... Ma se vi fate scappare una parola, vi rovino. »

29

Una timida alba si diffondeva sui campi.

Rischiarava appena i profili delle colline che si susseguivano come gigantesche onde di terra. Il verde intenso dei prati liberati dalla neve spiccava sulle nubi grigie. Una striscia d'asfalto scivolava fra le valli, danzando in armonia con quell'idea di movimento che era impressa nel paesaggio.

Con la fronte appoggiata al finestrino posteriore dell'auto, Mila avvertiva una strana quiete, forse dovuta alla stanchezza, forse alla rassegnazione. Qualunque cosa avesse scoperto alla fine di quel breve viaggio, non l'avrebbe più sorpresa. Roche non si era sbottonato molto. Dopo aver intimato a lei e a Goran di tenere le bocche cucite, si era chiuso nel suo ufficio con il criminologo per un confronto faccia a faccia.

Lei era rimasta in corridoio, dove Boris le aveva spiegato i motivi per i quali l'ispettore capo aveva deciso di tenere fuori lei e Gavila.

«Lui in effetti è un civile e tu... Be', tu sei qui come consulente, perciò...»

Non c'era molto altro da aggiungere. Qualunque fosse il grande segreto che Roche cercava di custodire, la situazione doveva rimanere sotto controllo. Perciò era vitale evitare fughe di notizie. L'unico modo era quello di riservarne la conoscenza solo a coloro che ricadevano sotto il suo diretto comando e che potevano essere perciò intimiditi.

Oltre questo, Mila non aveva saputo più nulla. E non aveva neanche fatto domande.

Dopo un paio d'ore, la porta dell'ufficio di Roche si era aperta e l'ispettore capo aveva ordinato a Boris, Stern e Rosa di condurre il dottor Gavila al terzo sito. Pur non nominandola direttamente, aveva acconsentito che anche Mila partecipasse alla spedizione.

Erano usciti dal palazzo e si erano recati in un garage poco distante. Avevano preso due berline con targhe anonime, non riconducibili alla polizia, per evitare di essere seguiti dai cronisti che stazionavano costantemente fuori dallo stabile.

Mila era salita sull'auto con Stern e Gavila, evitando volutamente quella in cui era Sarah Rosa. Dopo il tentativo di gettare un'ombra sul suo rapporto con Goran, non credeva di riuscire più a sopportarla e temeva di esplodere da un momento all'altro.

Avevano percorso diversi chilometri, e lei aveva anche cercato di dormire un po'. In parte c'era riuscita. Al suo risveglio erano quasi arrivati.

Non era una strada molto trafficata. Mila notò tre auto scure ferme sul ciglio della carreggiata, ciascuna con due uomini a bordo.

"Sentinelle", pensò. "Messe apposta per bloccare eventuali curiosi."

Fiancheggiarono un alto muro di mattoni rossi per un chilometro scarso, finché giunsero a un pesante cancello di ferro.

La strada s'interrompeva lì.

Non c'era campanello né citofono. Su un palo era appollaiata una telecamera che, appena si fermarono, li andò a cercare col suo occhio elettronico. Rimase fissa su di loro. Trascorse almeno un minuto, poi il cancello cominciò ad aprirsi elettricamente. La strada continuava, per sparire quasi subito dietro un dislivello. Non si vedeva alcuna casa oltre quel limite. Solo una distesa di prato.

Ci vollero almeno altri dieci minuti prima di scorgere le guglie di un antico edificio. La casa apparve davanti a loro come se stesse emergendo dalle viscere della terra. Era immensa e austera. Lo stile era quello tipico delle dimore dei primi del Novecento, edificate dai magnati dell'acciaio o del petrolio per celebrare la propria fortuna.

Mila riconobbe lo stemma di pietra che dominava la facciata. Vi campeggiava un'enorme R in bassorilievo.

Era la casa di Joseph B. Rockford, il presidente dell'omonima Fondazione che aveva messo una taglia da dieci milioni per ritrovare la sesta bambina.

Superarono la casa e parcheggiarono le due berline nei pressi delle scuderie. Per raggiungere il terzo sito, che si trovava al margine ovest di una tenuta di parecchi ettari, dovettero prendere delle auto elettriche simili a golf-cart.

Mila salì su quella guidata da Stern che iniziò a spiegarle chi fosse Joseph B. Rockford, le origini della sua famiglia e della sua enorme ricchezza.

La dinastia era iniziata più di un secolo prima con Joseph B. Rockford I, il nonno. La leggenda raccontava che questi fosse l'unico figlio di un barbiere immigrato. Non sentendosi portato per forbici e rasoi, aveva venduto la bottega paterna per cercare fortuna. Mentre tutti all'epoca investivano nella nascente industria del petrolio, Rockford I aveva avuto la felice intuizione di utilizzare i propri risparmi per mettere su un'impresa per la trivellazione di pozzi artesiani. Partendo dal presupposto che il petrolio si trova quasi sempre nei posti meno ospitali della terra, Rockford aveva concluso che, a quegli uomini che si stavano dannando la vita per arricchirsi in fretta, sarebbe mancato molto presto un bene essenziale: l'acqua. Quella che veniva estratta dai pozzi artesiani, sorti nei pressi dei principali giacimenti di oro nero, veniva venduta quasi al doppio del prezzo del petrolio.

Joseph B. Rockford I era morto miliardario. La sua fine era giunta poco prima di compiere cinquant'anni per una forma piuttosto rara e fulminante di cancro allo stomaco.

Joseph B. Rockford II aveva ereditato dal padre una fortuna enorme, che era riuscito a raddoppiare speculando su tutto quello che gli era capitato a tiro: dalla canapa indiana all'edilizia, dall'allevamento di bovini all'elettronica. Per coronare la sua ascesa, aveva sposato una reginetta di bellezza che gli aveva dato due bei figli.

Ma, poco prima di tagliare il traguardo dei cinquant'anni, aveva mostrato i primi sintomi del cancro allo stomaco che l'avrebbe portato via in meno di due mesi.

Suo figlio maggiore, Joseph B. Rockford III, gli successe

molto giovane alla guida del vastissimo impero. Il suo primo e unico atto di comando fu quello di eliminare dal suo nome la fastidiosa appendice di numeri romani. Non avendo traguardi economici da raggiungere e potendo permettersi qualsiasi lusso, Joseph B. Rockford conduceva un'esistenza priva di scopo.

L'omonima Fondazione di famiglia era stata un'idea di sua sorella Lara. L'istituzione si proponeva di assicurare cibo sano, un tetto sulla testa, adeguate cure mediche e un'istruzione a bambini meno fortunati di quanto lo fossero stati lei e il fratello. Alla Fondazione Rockford era stata subito destinata la metà del patrimonio di famiglia. Nonostante la generosità di questa disposizione, secondo i calcoli dei loro consulenti i Rockford avrebbero avuto di che vivere nell'agiatezza per almeno un altro secolo.

Lara Rockford aveva trentasette anni e a trentadue era scampata miracolosamente a un pauroso incidente d'auto. Suo fratello Joseph ne aveva quarantanove. La forma genetica di cancro allo stomaco che aveva stroncato prima il nonno e poi il padre, si era manifestata anche in lui appena undici mesi prima.

Da trentaquattro giorni, Joseph B. Rockford era in coma in attesa di morire.

Mila ascoltò attentamente l'esposizione di Stern mentre l'auto elettrica su cui viaggiavano sobbalzava per le asperità del terreno. Stavano seguendo un sentiero che doveva essersi formato in quei due giorni in maniera del tutto spontanea, a causa del continuo passaggio di mezzi come quello.

Dopo circa mezz'ora giunsero in vista del perimetro del terzo sito. Mila riconobbe da lontano le operose tute bianche che animavano ogni scena del crimine. Ancor prima di arrivare a vedere con i propri occhi lo spettacolo che Albert aveva preparato per loro stavolta, fu proprio quella vista a sconvolgerla di più.

Gli specialisti al lavoro erano più di un centinaio.

Una pioggia lacrimosa si abbatteva senza alcuna pietà. Facendosi strada in mezzo agli addetti intenti a rimuovere grandi porzioni di terra, Mila si sentiva a disagio. Man mano che le ossa venivano riportate alla luce, qualcuno le catalogava e le riponeva in buste trasparenti, su cui veniva affissa un'etichetta, per essere messe in apposite scatole.

In una, Mila contò almeno una trentina di femori. In un'altra, dei bacini.

Stern si rivolse a Goran. «La bambina è stata ritrovata più o meno lì...»

Indicò una zona recintata, coperta da teli di plastica per preservarla dalle intemperie. Sul suolo era evidente una sagoma del corpo realizzata con il lattice. La linea bianca ne riproduceva i contorni. Ma senza il braccio sinistro.

Sabine.

«Era distesa sull'erba, in condizioni di avanzato deterioramento. È rimasta esposta per troppo tempo perché gli animali non fiutassero la sua presenza.»

«Chi si è accorto di lei?»

«L'ha notata uno dei guardiacaccia che controllano la tenuta.»

«Avete iniziato a scavare subito?»

«Prima abbiamo portato i cani, ma non sentivano nulla. Poi abbiamo sorvolato la zona con un elicottero per verificare se c'erano disuguaglianze evidenti nella conformazione del terreno. Ci siamo accorti che intorno al punto in cui è stato ritrovato il corpo, la vegetazione era differente. Abbiamo mostrato le foto a un botanico e lui ci ha confermato che quelle variazioni potevano indicare che qualcosa vi era sepolto sotto.»

Mila ne aveva già sentito parlare: tecniche simili erano state usate in Bosnia per trovare le fosse comuni contenenti le vittime della pulizia etnica. La presenza di corpi nel sottosuolo ha effetti sulla vegetazione sovrastante, perché il terreno si arricchisce delle sostanze organiche derivanti dalla decomposizione.

Goran si guardò intorno. «Quanti saranno?»

«Trenta, quaranta corpi, chi può dirlo...»

«E da quanto tempo si trovano qui sotto?»

«Abbiamo rinvenuto delle ossa molto vecchie, altre sembrano più recenti.»

«A chi appartenevano?»

« Maschi. Per lo più giovani, fra i sedici e i ventidue, ventitré anni. L'analisi delle arcate dentali ce l'ha confermato in parecchi casi. »

« Roba da far dimenticare qualsiasi precedente », fu il commento del criminologo che già pensava alle conseguenze quando quella storia si sarebbe risaputa. « Roche non crederà mica d'insabbiare la faccenda, vero? Con tutta la gente che c'è qui... »

« No, l'ispettore capo sta solo cercando di rimandare l'annuncio a quando ogni cosa sarà chiarita come si deve. »

« E questo perché nessuno ancora si spiega cosa ci faccia una fossa comune in mezzo alla bella tenuta dei Rockford. » Lo disse con una punta d'indignazione che non sfuggì a nessuno dei presenti. « Invece io penso proprio che il nostro ispettore capo un'idea se la sia fatta... E voi? »

Stern non sapeva cosa rispondere. Nemmeno Boris e Rosa.

« Stern, una curiosità... Il ritrovamento è avvenuto prima o dopo che mettessero la taglia? »

L'agente ammise con un filo di voce: « Prima ».

« Lo sospettavo. »

Quando tornarono alle scuderie, trovarono Roche che li attendeva accanto all'auto del Dipartimento con cui era giunto. Goran scese dal golf-cart e gli andò incontro con aria decisa.

« Allora, sono ancora io che devo occuparmi di questa indagine? »

« Certo che sì! Cosa credi, che sia stato facile per me tenerti fuori? »

« Facile no, visto che ho scoperto comunque tutto. Direi piuttosto che è stato *conveniente*. »

« Cosa vuoi dire? »

L'ispettore capo iniziava a indispettirsi.

« Che io avrei già dato al responsabile la sua giusta definizione. »

« Come fai a essere così sicuro della sua identità? »

« Perché se non avessi pensato anche tu che è Rockford il vero artefice di tutto questo, non ti saresti scomodato tanto a tenere nascosta questa storia. »

Roche lo prese per un braccio. « Ascolta Goran, tu pensi che stia solo a me. Invece non è così, credimi. Ci sono tante di quelle pressioni dall'alto, che neanche te le puoi immaginare.»

«Chi cerchi di coprire? Quanta gente è coinvolta in questo schifo?»

Roche si voltò per far cenno all'autista di allontanarsi. Poi si rivolse nuovamente alla squadra.

«Va bene, mettiamo le cose in chiaro una volta per tutte... Mi viene da vomitare se penso a questa storia. E non vi devo neanche minacciare di tenervi tutto per voi perché, se solo vi lasciate scappare una parola, perdete in un istante tutto. La carriera e la pensione. E io con voi.»

«Abbiamo capito... Ora, cosa c'è sotto?» lo incalzò Goran.

«Joseph B. Rockford non ha mai lasciato questo posto e questa casa dalla nascita.»

«Com'è possibile?» domandò Boris. «Mai?»

«Mai», confermò Roche. «Pare che all'inizio fosse una fissazione di sua madre, l'ex reginetta di bellezza. Lo ha nutrito di un amore morboso, impedendogli di vivere normalmente infanzia e adolescenza.»

«Però, quando lei è morta...» provò a obiettare Sarah Rosa.

«Quando è morta era già troppo tardi: quel ragazzo non era in grado di stabilire il ben che minimo contatto umano. Fino ad allora era stato circondato solo da persone deferenti, al servizio della sua famiglia. In più incombeva su di lui la cosiddetta maledizione dei Rockford, cioè il fatto che tutti gli eredi maschi dovessero morire intorno ai cinquant'anni per un tumore allo stomaco.»

«Forse sua madre cercava inconsciamente di salvarlo da quel destino», ipotizzò Goran.

«E sua sorella?» chiese Mila.

«Una ribelle», la definì Roche. «Più piccola di lui, è stata capace di sottrarsi appena in tempo alle fissazioni materne. Poi ha fatto della sua vita ciò che le pareva: ha girato il mondo, sperperando i suoi averi, consumandosi nelle relazioni più improbabili e provando ogni genere di droga e di esperienza. Tutto per sembrare diversa dal fratello rimasto prigioniero di questi luoghi... Finché l'incidente stradale di cinque anni fa non l'ha praticamente rinchiusa insieme a lui in questa casa.»

«Joseph B. Rockford era omosessuale», disse Goran.

E Roche confermò: «Sì, lo era... E ce lo dicono anche i cadaveri ritrovati nella fossa comune. Tutti nel fiore dell'età.»

«Perché ucciderli allora?» chiese Sarah Rosa.

Fu Goran a rispondere. L'aveva visto accadere altre volte.

«L'ispettore capo mi correggerà se sbaglio, ma credo che Rockford non accettasse di essere com'era. O forse, quando era giovane qualcuno ha scoperto le sue preferenze sessuali e non gliel'ha mai perdonato.»

Tutti pensarono alla madre, anche se nessuno la nominò.

«Così ogni volta che ripeteva l'atto, provava un senso di colpa. Ma invece di punire se stesso, puniva i suoi amanti... con la morte», concluse Mila.

«I cadaveri sono qui e lui non si è mai mosso», disse Goran. «Allora è qui che li ha uccisi. È possibile che nessuno – la servitù, i giardinieri, i guardiacaccia – si sia mai accorto di nulla?»

Roche aveva una risposta, ma lasciò che la intuissero da soli.

«Non ci posso credere», affermò Boris. «Li ha pagati!»

«Si è comprato il loro silenzio in tutti questi anni», aggiunse Stern, schifato.

"Quanto costa l'anima di un uomo?" pensò Mila. Perché di questo, in fondo, si trattava. Passi che un essere umano scopra di possedere un'indole malvagia, per cui gli procura gioia solo l'uccisione dei suoi simili. Per lui c'è un nome: assassino, o serial killer. Ma gli altri, quelli che gli sono intorno e che non impediscono tutto questo e che, anzi, ne traggono pure vantaggio, come si possono definire?

«In che modo si procurava i ragazzi?» domandò Goran.

«Non lo sappiamo ancora. Abbiamo spiccato un mandato di cattura nei confronti del suo segretario personale che, da quando è stato rinvenuto il corpo della bambina, è praticamente svanito nel nulla.»

«E con il resto del personale come vi comporterete?»

«Sono in stato di fermo finché non avremo chiarito se hanno preso soldi o meno e quanto sapevano.»

«Rockford non si è limitato a corrompere quelli che aveva intorno, vero?»

Goran aveva letto nel pensiero di Roche, che ammise: «Alcuni anni fa, un poliziotto si è insospettito: stava indagando sulla scomparsa di un adolescente che era scappato da casa e aveva rapinato un emporio. La sua pista l'ha portato fin qui. A quel punto, Rockford si è rivolto ad amici potenti e lo sbirro è stato trasferito... Un'altra volta, una coppia si era appartata sulla strada che costeggia il muro di cinta della tenuta. Videro qualcuno che scavalcava: era un ragazzo seminudo, ferito a una gamba e sotto shock. Lo presero in macchina e lo portarono in ospedale. Lì ci rimase solo qualche ora: qualcuno venne a prelevarlo dicendo di essere della polizia. Da allora del ragazzo non si è saputo più nulla. I dottori e le infermiere furono messi a tacere con laute mance. I due della coppia erano amanti, così bastò la minaccia di far sapere tutto ai rispettivi coniugi».

«È terribile», disse Mila.

«Lo so.»

«E della sorella che ci può dire?»

«Credo che Lara Rockford non ci stia tanto con la testa. L'incidente stradale l'ha ridotta davvero male. È successo non molto lontano da qui. Ha fatto tutto da sola: è uscita di strada e si è schiantata contro una quercia.»

«Dovremmo parlarle comunque. E anche con Rockford», affermò Goran. «Probabilmente quell'uomo sa chi è Albert.»

«Come diavolo fai a parlarci? È in coma irreversibile!»

«Allora col suo tumore ci ha fregati!» Boris era una maschera di rabbia. «Non solo non può esserci di alcun aiuto, ma non sconterà un solo giorno di galera per quello che ha fatto!»

«Oh no, ti sbagli», disse Roche. «Se esiste un inferno, è lì che lo stanno aspettando. Ma lui ci sta andando molto lentamente e dolorosamente: è allergico alla morfina il bastardo, perciò non può essere sedato.»

«Allora perché lo tengono ancora in vita?»

Roche sorrise ironico alzando le sopracciglia: «È sua sorella che vuole così».

*

L'interno della dimora dei Rockford lasciava intenzionalmente pensare a un castello. I marmi neri dominavano l'architettura degli ambienti, le loro venature s'impadronivano di tutta la luce. Pesanti tende di velluto oscuravano le finestre. I quadri e gli arazzi riproducevano perlopiù scene bucoliche o di caccia. Dal soffitto pendeva un enorme lampadario di cristallo.

Mila provò una sensazione di freddo intenso appena varcò la soglia. Per quanto fosse lussuosa, quella casa era dominata da un'atmosfera decadente. Prestando molta attenzione, si poteva udire l'eco di silenzi passati, sedimentati nel tempo fino a costituire quella quiete granitica e incombente.

Lara Rockford aveva « acconsentito a riceverli ». Sapeva bene che non avrebbe potuto sottrarsi, ma aver fatto riferire loro quella frase era indicativo del tipo di persona che si sarebbero trovati di fronte.

Li attendeva in biblioteca. Mila, Goran e Boris l'avrebbero interrogata.

Mila la vide di profilo, seduta su un divano di cuoio, il braccio che descriveva un'elegante parabola mentre portava alle labbra una sigaretta. Era bellissima. A distanza furono tutti colpiti dalla curva leggera della fronte che scendeva lungo un naso sottile fino a una bocca carnosa. L'occhio di un verde intenso, magnetico, incorniciato da ciglia lunghissime.

Ma quando la raggiunsero e le furono di fronte, si smarrirono alla vista dell'altra metà del viso. Era devastato da un'enorme cicatrice che, partendo dall'attaccatura dei capelli, proseguiva scavandole la fronte per poi immergersi in un'orbita vuota e precipitare come il solco di una lacrima, per terminare infine sotto al mento.

Mila notò anche la gamba rigida, che l'accavallamento dell'altra non poteva nascondere del tutto. Accanto a sé, Lara teneva un libro. La copertina era rivolta verso il basso e non si vedevano né il titolo né l'autore.

« Buongiorno », li accolse. « A cosa debbo la vostra visita? »

Non li invitò a sedere. Restarono in piedi sul grande tappeto che copriva quasi per metà la stanza.

«Vorremmo farle qualche domanda», disse Goran. «Se è possibile, naturalmente...»

«Prego, vi ascolto.»

Lara Rockford spense quel che rimaneva della sigaretta in un posacenere di alabastro. Quindi ne prese un'altra dal pacchetto che teneva in grembo, dentro un astuccio di pelle insieme a un accendino d'oro. Mentre l'accendeva, le dita sottili tremarono impercettibilmente.

«È stata lei a offrire la taglia di dieci milioni per ritrovare la sesta bambina», disse Goran.

«Mi sembrava il minimo che potessi fare.»

Li stava sfidando sul terreno della verità. Forse voleva sconvolgerli, forse era solo per via del suo singolare anticonformismo, che contrastava nettamente con l'austerità della casa in cui aveva scelto di rintanarsi.

Goran decise di accettare la sfida.

«Lei sapeva di suo fratello?»

«Tutti sapevano. Tutti hanno taciuto.»

«Perché stavolta no?»

«Cosa intende?»

«Il guardiacaccia che ha trovato il corpo della bambina: immagino che fosse anche lui a libro paga...»

Mila intuì ciò che aveva già capito Goran, cioè che Lara avrebbe potuto facilmente insabbiare tutta la vicenda. Ma non aveva voluto.

«Lei crede all'esistenza dell'anima?»

Mentre lo chiedeva, Lara accarezzò il profilo del libro che aveva accanto.

«E lei?»

«Ci sto riflettendo da un po'...»

«È per questo che non consente ai medici di staccare suo fratello dalle macchine che ancora lo tengono in vita?»

La donna non rispose subito. Sollevò invece lo sguardo al soffitto. Joseph B. Rockford era al piano di sopra, nel letto in cui aveva dormito sin da bambino. La sua stanza era stata trasformata in una camera di terapia intensiva degna di un moderno ospedale. Era collegato a macchinari che respiravano per lui, che lo nutrivano di farmaci e di liquidi, gli ripulivano il sangue e gli liberavano le viscere.

«Non fraintendetemi: io *voglio* che mio fratello muoia.»

Sembrava sincera.

«Probabilmente suo fratello ha conosciuto l'uomo che ha rapito e ucciso le cinque bambine, e che ora tiene prigioniera la sesta. Lei non immagina chi possa essere...»

Lara voltò il suo unico occhio verso Goran: finalmente lo guardava in faccia. O, meglio, si lasciava ostentatamente guardare da lui.

«Chissà, potrebbe essere uno del personale. Qualcuno di quelli che ci sono adesso o qualcuno che è stato qui in passato. Dovreste controllare.»

«Lo stiamo già facendo, ma temo che l'uomo che cerchiamo sia troppo furbo per concederci un simile favore.»

«Come avrete già capito, qui in casa entrava solo gente che Joseph avrebbe potuto pagare. Assunti e stipendiati, sotto il suo controllo. Estranei non ne ho mai visti.»

«E i ragazzi li vedeva?» chiese Mila d'impulso.

La donna si prese un lungo istante per rispondere. «Pagava anche loro. Ogni tanto, specie negli ultimi tempi, si divertiva a sottoporre loro una specie di contratto con cui gli vendevano l'anima. Pensavano che fosse un gioco, uno scherzo per spillare un po' di soldi a un miliardario matto. E così firmavano. Firmavano tutti. Ho trovato alcune delle pergamene nella cassaforte dello studio. Le firme sono abbastanza leggibili, anche se quello usato non è propriamente inchiostro...»

Rise della macabra allusione, ma era una risata strana, che turbò Mila. Le era sgorgata dal profondo. Come se l'avesse macerata a lungo nei polmoni, e poi sputata fuori. Era rauca di nicotina, ma anche di dolore. Poi prese fra le mani il libro che teneva accanto a sé.

Era il *Faust*.

Mila mosse un passo verso di lei.

«Ha nulla in contrario se proviamo a interrogare suo fratello?»

Goran e Boris la guardarono come se fosse uscita di senno.

Lara rise ancora. «E come intendete fare? È più morto che vivo ormai.» Poi si fece seria quando disse: «È troppo tardi».

Ma Mila insistette: «Lei ci lasci provare.»

30

A prima vista sembrava una donna fragile, Nicla Papakidis.

Forse perché era bassa di statura e sproporzionata sui fianchi. Forse era per i suoi occhi che racchiudevano un'allegria triste, che la facevano assomigliare alla canzone di un musical con Fred Astaire, o alla foto del veglione di un vecchio capodanno, o all'ultimo giorno d'estate.

Invece era una donna molto forte.

La sua forza l'aveva costruita poco alla volta, in anni di piccole e grandi avversità. Era nata in un paesino, la prima di sette figli, l'unica femmina. Aveva solo undici anni alla morte della madre. Così era toccato a lei mandare avanti la casa, occuparsi del padre e crescere i fratelli. Era riuscita a far prendere a tutti un diploma perché potessero trovarsi un impiego dignitoso. Grazie al denaro risparmiato con tenaci rinunce ed economie domestiche, non aveva mai fatto mancare loro nulla. Li aveva visti sposarsi con brave ragazze, mettere su casa e dare alla luce una ventina di nipotini che erano la sua gioia e il suo orgoglio. Quando anche il più piccolo dei fratelli aveva lasciato il tetto paterno, lei era rimasta ad accudire il genitore nella vecchiaia, rifiutandosi di metterlo in un ospizio. Per non gravare i fratelli e le cognate di quel peso diceva sempre: «Non vi preoccupate per me. Voi avete le vostre famiglie, io sono sola. Non è un sacrificio».

Aveva assistito il padre fino a quando lui aveva passato i novant'anni, curandolo come un neonato. Alla sua morte, aveva riunito i fratelli.

«Ho quarantasette anni, e ormai credo che non mi sposerò più. Non avrò mai figli miei, ma i miei nipoti è come se lo fossero, e ciò mi basta. Vi ringrazio dell'invito che mi avete rivolto tutti per venire a vivere insieme a voi, ma ho già fatto la mia scelta alcuni anni fa, anche se ve la rivelo solo adesso. Non ci rivedremo mai più, cari fratelli... Ho deciso di dedicare la mia vita a Gesù, da domani mi chiuderò in un convento di clausura fino alla fine dei miei giorni. »

«Allora è una suora! » disse Boris che, mentre guidava, aveva ascoltato in silenzio la storia appena raccontata da Mila.

«Nicla non è soltanto una suora. È molto di più. »

«Non riesco ancora a credere che tu sia riuscita a convincere Gavila. E soprattutto che poi lui sia riuscito a convincere Roche! »

«È solo un tentativo, che abbiamo da perdere? E poi ritengo che Nicla sia la persona adatta per mantenere il segreto sulla vicenda. »

«Ah, questo è sicuro! »

Sul sedile posteriore c'era una scatola con un grande fiocco rosso. «I cioccolatini sono l'unica debolezza di Nicla», aveva detto Mila quando gli aveva chiesto se potevano fermarsi in una pasticceria.

«Ma se è una suora di clausura non può venire con noi. »

«Be', la storia in realtà è un po' più complicata... »

«Che intendi? »

«Che Nicla ha passato solo alcuni anni in convento. Quando si sono accorti di ciò che sapeva fare, l'hanno rimandata nel mondo. »

Arrivarono poco dopo mezzogiorno. In quella parte della città imperava il caos. Al rumore del traffico si mischiavano la musica degli stereo, le urla delle liti che provenivano dai caseggiati, nonché i suoni legati alle attività, più o meno lecite, che si svolgevano per le strade. La gente che ci viveva non si muoveva mai da lì. Il centro – che pure distava solo poche fermate di metropolitana – con i suoi ristoranti di lusso, le boutique e le sale da tè, era lontano per loro quasi quanto poteva esserlo il pianeta Marte.

Si nasceva e si moriva in quartieri come quello, e non si andava mai via.

Il navigatore satellitare dell'auto su cui viaggiavano aveva smesso di fornire indicazioni subito dopo lo svincolo della statale. Le uniche informazioni stradali erano date dai murales che segnavano i confini dei territori delle gang.

Boris svoltò per una via laterale che terminava in un vicolo cieco. Già da qualche minuto si era accorto di avere alle costole una macchina incaricata di seguire i loro spostamenti. Il fatto che ci fosse in giro un'auto con due poliziotti non era passato inosservato alle sentinelle che sorvegliavano ogni angolo del quartiere.

« Basterà procedere a passo d'uomo e tenere le mani bene in vista », gli aveva detto Mila che era già stata altre volte da quelle parti.

Il palazzo a cui erano diretti si trovava alla fine del vicolo. Parcheggiarono in mezzo alle carcasse di due auto bruciate. Scesero e Boris cominciò a guardarsi intorno. Stava per azionare il telecomando della chiusura centralizzata, quando Mila lo fermò.

« Non lo fare. E lascia pure le chiavi inserite. Questi sarebbero capaci di forzare le portiere solo per farci dispetto. »

« E allora cosa gli impedirà di portarsi via la mia macchina, scusa? »

Mila passò dal lato di guida, si frugò in tasca e tirò fuori un rosario di plastica rosso. Lo legò intorno allo specchietto.

« Questo è il miglior antifurto qui. »

Boris la guardò, perplesso. Quindi la seguì verso il palazzo.

Il cartello di cartone all'ingresso recitava: « La fila per il pasto inizia alle 11 ». E siccome non tutti i destinatari del messaggio sapevano leggere, era stato aggiunto accanto un disegno con le lancette di un orologio sopra un piatto fumante.

L'odore era un misto di cucina e disinfettante. Nell'androne c'erano alcune sedie di plastica spaiate intorno a un tavolino con sopra vecchie riviste. C'erano anche dei dépliant informativi che coprivano diversi argomenti, dalla prevenzione della carie nei bambini ai modi per evitare di contrarre malattie veneree. Lo scopo era di far assomigliare quel posto a una sala d'aspetto. Sulla parete c'erano diversi avvisi e locandine che straripavano da una bacheca. Voci si rincorrevano da un punto all'altro degli ambienti, senza lasciar capire esattamente da che parte provenissero.

Mila tirò Boris per una manica. «Andiamo, è di sopra.»

Cominciarono a salire. Non c'era un solo gradino sano e la balaustra dondolava pericolosamente.

«Ma in che razza di posto siamo?» Boris evitava di toccare qualsiasi cosa per paura di chissà quale contagio. Continuò a lamentarsi finché giunsero sul pianerottolo.

Davanti a una porta a vetri sostava una ragazza sui vent'anni, molto carina. Stava consegnando un flacone di medicine a un anziano vestito di stracci che puzzava d'alcol e sudore inacidito.

«Ne devi prendere una ogni giorno, capito?»

La ragazza non dava l'impressione di essere infastidita da quel tanfo. Parlava con dolcezza e a voce alta, scandendo bene le parole, come si fa coi bambini. Il vecchio annuiva ma non sembrava molto convinto.

La ragazza allora insistette: «È molto importante: non devi dimenticartelo mai. Altrimenti va a finire come l'altra volta, che ti hanno portato qui quasi morto».

Poi prese dalla tasca un fazzoletto e glielo annodò al polso.

«Così non te lo scordi.»

L'uomo sorrise, contento. Prese il flacone e si avviò, continuando a rimirarsi il braccio con quel nuovo regalo.

«Avete bisogno?» domandò loro la ragazza.

«Stiamo cercando Nicla Papakidis», disse Mila.

Boris si ritrovò a fissare la giovane incantato, improvvisamente dimentico di tutte le lamentele che aveva sciorinato lungo le scale.

«Credo che sia nella penultima stanza in fondo», disse lei indicando il corridoio alle sue spalle.

Quando le passarono accanto, lo sguardo di Boris si abbassò per esplorarle il seno e impattò con la croce dorata che la ragazza portava al collo.

«Ma è una...»

«Sì», gli rispose Mila, cercando di non ridere.

«Peccato.»

Percorrendo il corridoio, ebbero modo di guardare nelle

stanze che vi si affacciavano. Letti d'acciaio, brande o anche solo sedie a rotelle. Tutti i posti erano occupati da relitti umani, giovani e anziani, senza distinzioni. Erano malati di AIDS, o tossicodipendenti e alcolisti con il fegato ridotto a una poltiglia, o semplicemente vecchi malandati.

In comune avevano due cose. Lo sguardo stanco e la consapevolezza di aver vissuto la vita sbagliata. Nessun ospedale li avrebbe accolti in quelle condizioni. E probabilmente non avevano una famiglia che potesse occuparsi di loro. O, se l'avevano, ne erano stati banditi.

In quel posto ci venivano a morire. Era quella la sua caratteristica. Nicla Papakidis lo chiamava il «Porto».

«Oggi è veramente una magnifica giornata, Nora.»

La suora stava pettinando con cura i lunghi capelli bianchi di un'anziana distesa nel letto rivolto verso la finestra, e accompagnava i gesti con parole rilassanti.

«Stamattina, passando per il parco ho lasciato un po' di pane per gli uccelli. Con tutta questa neve se ne stanno nei nidi tutto il tempo, a scaldarsi a vicenda.»

Mila bussò alla porta che era già aperta. Nicla si girò e, quando la vide, il suo volto s'illuminò.

«La mia piccolina!» disse, andando ad abbracciarla. «Che bello rivederti!»

Indossava un maglioncino color carta da zucchero, con le maniche tirate sui gomiti perché sentiva sempre caldo, una gonna nera che le arrivava fin sotto il ginocchio e calzava scarpe da ginnastica. I suoi capelli erano grigi e corti. L'incarnato bianchissimo esaltava gli occhi intensamente azzurri. L'insieme dava un'idea di candore e pulizia. Boris notò che al collo portava un rosario rosso, uguale a quello che Mila aveva legato allo specchietto della macchina.

«Ti presento Boris, un mio collega.»

Boris si fece avanti con un po' di soggezione. «Piacere.»

«Avete appena incontrato Sorella Mery, vero?» domandò Nicla stringendogli la mano.

Boris arrossì. «Veramente...»

«Non si preoccupi, fa a molti quest'effetto...» Poi la donna tornò a guardare Mila: «Perché sei venuta qui al Porto, piccola?»

Lei si fece seria. «Avrai sentito parlare del caso delle bambine scomparse.»

«Qui preghiamo per loro tutte le sere. Ma i notiziari non dicono molto.»

«Neanche io posso farlo.»

Nicla la fissò: «Sei venuta per la sesta, vero?»

«Che puoi dirmi in proposito?»

Nicla sospirò. «Sto provando a creare un contatto. Ma non è facile. Il mio dono non è più quello di una volta: si è molto indebolito. Forse dovrei esserne contenta, visto che se lo perdessi del tutto mi permetterebbero di tornare in convento con le mie amate consorelle.»

A Nicla Papakidis non piaceva essere definita una medium. Diceva che non era una parola adatta a definire un «dono di Dio». Non si sentiva speciale. Il suo talento lo era. Lei era solo il tramite scelto dal Signore per recarlo in sé e usarlo per il bene degli altri.

Fra le tante cose che aveva detto a Boris mentre erano diretti al Porto, Mila gli aveva raccontato di quando Nicla aveva scoperto di possedere capacità sensoriali superiori.

«A sei anni era già famosa nel suo paese perché riusciva a trovare gli oggetti smarriti: fedi nuziali, chiavi di casa, testamenti nascosti troppo bene dai defunti... Una sera si presentò a casa sua il capo della polizia locale: si era perso un bambino di cinque anni e sua madre era disperata. La condussero dalla donna, che la supplicò di trovare il figlio. Nicla la fissò per un momento, poi disse: 'Questa donna sta mentendo. L'ha sepolto nell'orto dietro la casa'. E lo trovarono proprio lì.»

Boris era rimasto molto scosso da quella storia. Forse anche per questo si mise seduto in disparte, lasciando che fosse Mila a parlare con la suora.

«Devo chiederti una cosa un po' diversa dal solito», disse la poliziotta. «Ho bisogno che tu venga in un posto e che cerchi d'instaurare un contatto con un uomo che sta morendo.»

Mila si era servita più volte dei favori di Nicla in passato.

Talvolta la soluzione dei suoi casi era avvenuta grazie al suo intervento.

«Piccola, io non posso muovermi, lo sai: hanno sempre bisogno di me.»

«Lo so, ma non posso evitare di insistere. È l'unica speranza che abbiamo per salvare la sesta bambina.»

«Te l'ho detto: non sono più sicura che il mio 'dono' funzioni.»

«Io ho pensato a te anche per un altro motivo... C'è una bella somma a disposizione di chi fornisce informazioni utili per ritrovare la bambina.»

«Sì, ho sentito. Ma cosa dovrei farmene io di dieci milioni?»

Mila si guardò intorno, come se fosse naturale considerare un utilizzo del denaro della taglia per rinnovare quel posto.

«Credimi: quando saprai tutta la storia, ti renderai conto che sarebbe il miglior impiego possibile per quei soldi. Allora, che ne dici?»

«Vera deve venire a trovarmi oggi.»

Era stata l'anziana nel letto a parlare. Fino a quel momento se n'era rimasta muta e immobile a guardare la finestra.

Nicla le si avvicinò: «Sì, Nora, Vera verrà più tardi».

«L'ha promesso.»

«Sì, lo so. L'ha promesso e manterrà la parola, vedrai.»

«Ma quel ragazzo è seduto sulla sua sedia», disse indicando Boris, che subito fece per alzarsi.

Ma Nicla lo bloccò: «Stia pure». Poi a voce più bassa: «Vera era la sua gemella. È morta settant'anni fa, quando erano ancora bambine».

La suora vide Boris sbiancare ed esplose in una risata: «No agente, non sono in grado di parlare con l'aldilà! Ma a Nora ogni tanto piace sentirsi dire che la sorella la verrà a trovare».

Era l'effetto delle storie che gli aveva raccontato Mila, e Boris si sentì uno stupido.

«Allora verrai?» insistette lei. «Prometto che qualcuno ti riaccompagnerà qui prima di sera.»

Nicla Papakidis ci pensò ancora un po'. «Ma tu hai portato qualcosa per me?»

Sul volto di Mila si aprì un sorriso. «I cioccolatini sono giù in macchina che ti aspettano.»

Nicla annuì soddisfatta, poi tornò a farsi seria. «Ciò che percepirò in quell'uomo non mi piacerà, vero?»

«Credo proprio di no.»

Nicla strinse il rosario che aveva al collo. «Va bene, andiamo.»

Si chiama «pareidolia» la tendenza istintiva a trovare forme familiari in immagini disordinate. Nelle nuvole, nelle costellazioni o anche nei fiocchi d'avena che galleggiano in una ciotola di latte.

Nel medesimo modo, Nicla Papakidis vedeva affiorare delle cose dentro di sé. Non le definiva visioni. E poi le piaceva quella parola, *pareidolia*, perché – come lei – aveva origini greche.

Lo spiegò a Boris, mentre sul sedile posteriore dell'auto mandava giù un cioccolatino dopo l'altro. Ciò che stupiva l'agente non era tanto il racconto della suora, quanto il fatto d'aver ritrovato la propria macchina al suo posto e senza alcun graffio in quel quartiere malfamato.

«Perché lo chiamate il Porto?»

«Dipende da ciò in cui crede, agente Boris. Alcuni ci vedono solo un punto di arrivo. Altri, di partenza.»

«E lei?»

«Entrambe le cose.»

Verso il primo pomeriggio giunsero in vista della tenuta dei Rockford.

Davanti alla casa, li attendevano Goran e Stern. Sarah Rosa era al piano di sopra per prendere accordi col personale medico che si occupava del moribondo.

«Siete arrivati appena in tempo», disse Stern. «La situazione è precipitata da stamattina. I medici sono sicuri che ormai sia questione di ore.»

Mentre si avviavano, Gavila si presentò a Nicla e le spiegò quel che avrebbe dovuto fare, non riuscendo a nascondere, però, tutto il suo scetticismo. Aveva visto all'opera altre volte medium di ogni genere che fornivano il proprio contributo alla polizia. Molto spesso il loro intervento si risolveva in un nulla di fatto, oppure contribuiva a intorbidire le indagini, creando false piste e inutili aspettative.

La suora non si sorprese della perplessità del criminologo; aveva visto tante volte quell'espressione d'incredulità sul volto della gente.

Stern, religioso com'era, non riusciva a capacitarsi del dono di Nicla. Per lui erano solo ciarlatanerie. Però che fosse proprio una suora a praticarle, lo confondeva. «Almeno non lo fa a scopo di lucro», aveva detto poco prima a una ancor più scettica Sarah Rosa.

«Mi piace, il criminologo», confidò Nicla sottovoce a Mila mentre salivano al piano di sopra. «È diffidente e non gli importa di nasconderlo.»

Quel commento non era frutto del suo dono. Mila capì che le veniva proprio dal cuore. Sentendo dire quelle parole da una così cara amica, Mila ebbe un moto di gratitudine. Quell'affermazione spazzava via tutti i dubbi che Sarah Rosa aveva cercato di seminare in lei sul conto di Goran.

La camera di Joseph B. Rockford era in fondo al largo corridoio rivestito di arazzi.

Le grandi finestre puntavano a est, sul sole nascente. Dai balconi si poteva godere la vista della valle sottostante.

Il letto a baldacchino era al centro della stanza. Tutt'intorno le apparecchiature mediche accompagnavano le ultime ore del miliardario. Scandivano per lui un tempo meccanico, fatto dei *bip* stillati dal cardiomonitor, dei soffi e delle sbuffate del respiratore, di ripetuti gocciolii e di un basso e continuo murmure elettrico.

Rockford aveva il busto sollevato da parecchi cuscini, le braccia appoggiate lungo i fianchi sul copriletto ricamato, gli occhi chiusi. Indossava un pigiama di seta cruda, di colore rosa pallido, aperto sulla gola dove era presente lo stoma per l'intubazione endotracheale. I radi capelli erano bianchissimi. Il volto era scavato intorno a un naso aquilino, e il resto del corpo formava appena un rilievo sotto le coperte. Sembrava un centenario, invece aveva appena cinquant'anni.

In quel momento un'infermiera gli stava medicando la ferita sul collo, cambiandogli la garza intorno al boccaglio che lo aiutava a respirare. Di tutto il personale che si alternava intorno a quel letto ventiquattrore al giorno, era stato concesso di presenziare solo al suo medico privato e alla sua assistente.

Quando i membri della squadra varcarono la soglia, incontrarono lo sguardo di Lara Rockford, che per nulla al mondo si sarebbe persa quella scena. Se ne stava seduta in una poltroncina, in disparte, e fumava a dispetto di ogni regola igienica. Quando l'infermiera le aveva fatto notare che forse non era il caso, viste le condizioni critiche del fratello, la donna aveva risposto semplicemente: «Tanto, non può certo fargli male».

Nicla avanzò sicura verso il letto, osservando la scena di quella privilegiata agonia. Una fine così differente da quelle miserevoli e oscenamente esposte che vedeva quotidianamente al Porto. Giunta in prossimità di Joseph B. Rockford, si fece il segno della croce. Poi si rivolse a Goran dicendo: «Possiamo cominciare».

Non avrebbero potuto verbalizzare ciò che stava per accadere. Nessuna giuria avrebbe mai preso in considerazione un simile elemento di prova. E non era nemmeno il caso che la stampa venisse a conoscenza di quell'esperimento. Tutto doveva rimanere fra quelle mura.

Boris e Stern presero posto, in piedi, accanto alla porta chiusa. Sarah Rosa andò a mettersi in un angolo e si appoggiò al muro con le braccia incrociate sul petto. Nicla si posizionò con una sedia accanto al baldacchino. Vicino a lei sedette Mila. Dal lato opposto Goran, che voleva osservare bene sia la suora che Rockford.

La medium cominciò a concentrarsi.

I medici si servono della Scala di Glasgow per valutare il coma di un paziente. Attraverso tre semplici prove – la risposta verbale, l'apertura degli occhi e la reazione motoria – è possibile stabilire il grado di compromissione della funzione neurologica.

Il ricorso alla figura di una *scala* per riferirsi allo stato di coma non è casuale. Perché è proprio come scendere dei gradini, man mano che lo stato di coscienza degrada fino a esaurirsi.

A parte le testimonianze di chi poi si è risvegliato da quello *status* – riguardo alla consapevole percezione del mondo intorno a sé e alla condizione di quiete priva di sofferenza in cui ci si trova a fluttuare –, non si sa altro su cosa accada veramente in quell'intervallo fra l'esistenza e la morte. A ciò si aggiunga che chi si sveglia da un coma, ha sceso al massimo due o tre gradini di quella scala. Alcuni neurologi sostengono che ce ne siano addirittura cento.

Mila non sapeva dove si trovasse realmente Joseph B. Rockford in quel momento. Forse era lì con loro e magari poteva anche sentirli. Oppure era già sceso abbastanza da sbarazzarsi dei propri fantasmi.

Di una cosa, però, era certa: Nicla avrebbe dovuto calarsi in un abisso profondo e insidioso per andarlo a cercare.

«Ecco, inizio a sentire qualcosa...»

Nicla teneva le mani appoggiate sulle ginocchia. Mila si accorse che le sue dita iniziavano a contrarsi per la tensione.

«Joseph è ancora qui», annunciò la medium. «Ma si trova molto... distante. Però può ancora percepire qualcosa da quassù...»

Sarah Rosa scambiò un'occhiata perplessa con Boris. A lui scappò un mezzo sorriso imbarazzato, che però riuscì a trattenere.

«È molto inquieto. È arrabbiato... Non sopporta di trovarsi ancora qui... Vorrebbe andare via, ma non ci riesce: qualcosa lo trattiene... Gli dà fastidio l'odore.»

«Che odore?» le domandò Mila.

«Quello dei fiori marci. Dice che è intollerabile.»

Annusarono l'aria alla ricerca di una conferma per quelle parole, ma sentirono solo un profumo gradevole: sul davanzale davanti alla finestra c'era un grande vaso con fiori freschi.

«Cerca di farlo parlare, Nicla.»

«Non credo che voglia farlo... No, lui non vuole parlare con me...»

«Devi convincerlo.»

«*Mi dispiace...*»

«Cosa?»

Ma la medium non terminò la frase. Disse invece: «Credo che voglia mostrarmi qualcosa... Sì, è così... Mi sta mostrando una stanza... Questa stanza. Ma noi non ci siamo. Non ci sono nemmeno i macchinari che adesso lo tengono in vita...» Nicla s'irrigidì: «C'è qualcuno con lui».

«Chi è?»

«Una donna, è bellissima... Credo sia sua madre.»

Mila vide con la coda dell'occhio che Lara Rockford si agitava sulla poltroncina accendendosi l'ennesima sigaretta.

«Cosa sta facendo?»

«È molto piccolo, Joseph... Lei lo tiene sulle sue ginocchia e gli spiega qualcosa... Lo ammonisce e lo mette in guardia... Gli sta dicendo che il mondo là fuori può fargli solo del male. Invece, finché resterà qui, sarà al sicuro... Gli promette di proteggerlo, di prendersi cura di lui, e di non lasciarlo mai...»

Goran e Mila si guardarono. La prigionia dorata di Joseph era iniziata così, con sua madre che lo allontanava dal mondo.

«Gli sta dicendo che fra tutti i pericoli del mondo, le donne sono il peggiore... Là fuori è pieno di donne che vogliono portargli via tutto... Loro lo ameranno soltanto per ciò che possiede... Lo inganneranno, e si approfitteranno di lui...» Poi la suora ripeté ancora una volta: «Mi dispiace...»

Mila guardò di nuovo Goran. Quella mattina, davanti a Roche, il criminologo aveva affermato con sicurezza che l'origine della rabbia di Rockford – la stessa che l'avrebbe trasformato col tempo in un omicida seriale – stava nel fatto che lui non accettava di essere com'era. Perché qualcuno, verosimilmente sua madre, un giorno aveva scoperto le sue preferenze sessuali, e non gliel'aveva mai perdonato. Uccidere il partner significava cancellare la colpa.

Ma evidentemente Gavila si sbagliava.

Il racconto della medium smentiva in parte la sua teoria. L'omosessualità di Joseph era ricollegabile alle fobie di sua madre. Forse lei sapeva del figlio, e non diceva nulla al riguardo.

Ma perché allora Joseph uccideva i suoi partner?

«Io non avevo neanche il permesso d'invitare un'amica...»

Tutti si voltarono a guardare Lara Rockford. La giovane donna stringeva fra le dita tremanti la sigaretta, e parlava tenendo basso lo sguardo.

«Era sua madre che faceva venire qui quei ragazzi», disse Goran.

E lei confermò: «Sì, e li pagava».

Le lacrime cominciarono a sgorgare dall'unico occhio sano, trasformandole il volto in una maschera ancor più grottesca.

«Mia madre mi odiava.»

«Perché?» la incalzò il criminologo.

«Perché ero una donna.»

«*Mi dispiace...*» disse ancora una volta Nicla.

«Sta' zitto!» urlò Lara all'indirizzo del fratello.

«*Mi dispiace sorellina...*»

«Zitto!»

Lo gridò con rabbia, alzandosi in piedi. Il mento le tremava.

«Voi non potete immaginare. Non sapete cosa voglia dire voltarsi e trovarsi quegli occhi addosso. Uno sguardo che ti segue ovunque, e tu sai che significa. Anche se non vuoi ammetterlo, perché ti disgusta anche solo l'idea. Credo che lui stesse cercando di capire... perché si sentiva attratto da me.»

Nicla rimaneva in trance, percorsa da un forte tremito, mentre Mila le teneva la mano.

«È per questo che lei è andata via di casa, vero?» Goran fissò Lara Rockford con l'intenzione di ottenere a tutti i costi quella risposta. «Ed è stato allora che lui ha cominciato a uccidere...»

«Sì, credo che sia andata così.»

«Poi è tornata, cinque anni fa...»

Lara Rockford rise. «Non sapevo nulla. Mi ha ingannata dicendo che si sentiva solo e abbandonato da tutti. Che io ero sua sorella e che mi voleva bene, e che per questo dovevamo fare pace. Che tutto il resto erano solo mie fissazioni. Gli ho creduto. Quando sono venuta qui, i primi giorni si è comportato normalmente: era dolce, affettuoso, si occupava di me. Non sembrava quel Joseph che avevo conosciuto da piccola. Finché...»

Rise di nuovo. E quella risata descrisse più delle parole tutta la violenza subita.

«Non è stato un incidente stradale a ridurla così...» insinuò Goran.

Lara scosse il capo. «Così era finalmente sicuro che non sarei più andata via.»

Fu grande la pena che provarono per quella giovane donna, prigioniera non di quella casa ma del proprio aspetto.

«Scusatemi», disse poi avviandosi verso la porta, trascinando la gamba offesa col suo passo sbilenco.

Stern e Boris si fecero da parte per farla passare. Quindi tornarono a guardare Goran, in attesa che prendesse una decisione.

Lui si rivolse a Nicla. «Se la sente di andare avanti?»

«Sì», disse la suora, anche se la fatica e lo sforzo che stava compiendo erano evidenti.

La domanda successiva era la più importante di tutte. Non avrebbero avuto altra occasione per farla. Dalla risposta dipendeva non solo la sopravvivenza della sesta bambina, ma anche la loro. Perché, se non fossero riusciti a trovare il senso di ciò che da giorni stava accadendo, avrebbero portato addosso per sempre i segni di quella vicenda, come una dannazione.

«Nicla, si faccia dire da Joseph quando ha incontrato l'uomo che era simile a lui...»

31

Di notte la sentiva urlare.

Erano le emicranie che non le davano pace e non la facevano dormire. Ormai neanche la morfina riusciva a placare le fitte improvvise. Si dimenava nel letto e strillava fino a perdere la voce. La bellezza di un tempo, che con tanta cura aveva cercato di preservare dall'incenerire inesorabile degli anni, era svanita del tutto. Ed era diventata volgare. Lei che era sempre stata così attenta alle parole, così misurata, era diventata sguaiata e fantasiosa nelle bestemmie. Ne aveva per tutti. Per suo marito, che era morto troppo presto. Per la figlia, che era scappata da lei. E per quel Dio che l'aveva ridotta così.

Solo lui riusciva a placarla.

Andava nella sua stanza e le legava le mani al letto con foulard di seta, perché non potesse farsi del male. S'era già strappata tutti i capelli e aveva il viso striato di sangue rappreso per tutte le volte che aveva affondato le unghie nelle guance.

«Joseph», lo chiamava mentre le accarezzava la fronte. «Dimmi che sono stata una buona madre. Dimmelo, ti prego.»

E lui, fissandola negli occhi che si colmavano di lacrime, glielo diceva.

Aveva trentadue anni Joseph B. Rockford. E gliene mancavano solo diciotto all'appuntamento con la morte. Non molto tempo prima, un noto genetista era stato interpellato per accertare se anche lui avrebbe condiviso lo stesso destino che era toccato al padre e al nonno. Date le ancora scarse conoscenze dell'epoca sull'ereditarietà genetica delle malattie, la risposta era stata vaga: le probabilità che quella rara sindrome fosse in atto dentro di lui sin dalla nascita oscillavano fra il quaranta e il settanta percento.

Da allora Joseph aveva vissuto avendo davanti a sé quell'unico traguardo. Tutto il resto erano solo « tappe d'avvicinamento ». Come la malattia di sua madre. Le notti della grande casa erano scosse dalle sue urla disumane, trasportate dall'eco per le grandi stanze. Era impossibile sfuggire. Dopo mesi d'insonnia forzata, Joseph aveva preso a coricarsi con i tappi nelle orecchie pur di non sentire quello strazio.

Ma non bastavano.

Una mattina, verso le quattro, s'era svegliato. Stava facendo un sogno, ma non riusciva a ricordarlo. Però non era stato quello a destarlo. Si era messo a sedere sul letto, cercando di capire cosa fosse stato.

C'era un insolito silenzio nella casa.

Joseph comprese. Si alzò e si vestì, indossando un paio di pantaloni, un maglione a collo alto e il suo Barbour verde. Quindi uscì dalla stanza, passando accanto alla porta chiusa di quella della madre. La superò. Scese le imponenti scale di marmo e, in pochi minuti, si trovò all'aperto.

Percorse il lungo viale della tenuta fino a giungere al cancello dell'ala ovest, che di solito veniva usato dai fornitori e dalla servitù. Quello era il confine del mondo per lui. Tante volte con Lara, da piccoli, si erano spinti fin lì nelle loro esplorazioni. Nonostante fosse molto più giovane di lui, sua sorella avrebbe voluto andare oltre, dimostrando un invidiabile coraggio. Ma Joseph si era sempre tirato indietro. Da quasi un anno Lara era andata via. Dopo aver trovato la forza di varcare quel limite, non aveva più dato notizie di sé. Lui sentiva la sua mancanza.

In quella fredda mattina di novembre, Joseph rimase per alcuni minuti immobile davanti al cancello. Poi si arrampicò per scavalcarlo. Quando i suoi piedi toccarono terra, una nuova sensazione si impadronì di lui, un solletico in mezzo al petto che s'irraggiava tutt'intorno. Sperimentava per la prima volta cosa fosse la gioia.

S'incamminò lungo la strada asfaltata.

L'alba si annunciò in un barlume all'orizzonte. La natura intorno a lui era esattamente identica a quella della tenuta, tanto che per un attimo ebbe l'impressione di non aver lasciato affatto quei luoghi, e che il cancello fosse solo un pretesto, perché l'intero Creato iniziava e finiva lì, e ogni volta che si varcava quel confine ricominciava daccapo, sempre uguale a se stesso, e così all'infinito. Una serie interminabile di universi paralleli, tutti uguali. Prima o poi avrebbe rivisto la sua casa emergere dal sentiero, e avrebbe avuto la certezza di essersi soltanto illuso.

Ma non avvenne. Man mano che aumentava la distanza, affiorava la coscienza di potercela fare.

In giro non c'era nessuno. Non un'auto, né una casa in vista. Il suono dei suoi passi sull'asfalto era la sola traccia umana in mezzo al canto degli uccelli che cominciavano a reclamare il nuovo giorno. Non c'era vento che muovesse gli alberi, che sembravano fissarlo al suo passaggio, come un estraneo. E lui aveva la tentazione di salutarli. L'aria era frizzante e aveva anche sapore. Di brina, di foglie secche ed erba verdissima.

Il sole era ormai più che una promessa. Scivolava sui prati, allungandosi e allargandosi come una marea d'olio. Joseph non era in grado di dire quanti chilometri avesse percorso. Non aveva una meta. Ma era quello il bello: non gli importava. Nei muscoli delle gambe pulsava l'acido lattico. Non aveva mai sospettato che il dolore potesse essere piacevole. Aveva energia nel fisico e aria da respirare. Sarebbero state queste due variabili a decidere il resto. Per una volta non voleva ragionare sulle cose. Fino a quel giorno la sua mente aveva sempre avuto il sopravvento, sbarrandogli ogni volta il passo con una paura diversa. E per quanto l'ignoto fosse ancora in agguato intorno a lui, in quei pochi momenti aveva già imparato che, oltre al pericolo, poteva serbare anche qualcosa di prezioso. Come lo stupore, la meraviglia.

Fu proprio ciò che provò quando percepì un nuovo suono. Era basso e distante, ma in costante avvicinamento, alle sue spalle. Presto lo riconobbe: era il rumore di un'auto. Si girò e ne vide apparire solo il tettuccio, oltre un dosso. Poi la macchina tornò a immergersi in una discesa, ma riaffiorò di nuovo. Era una vecchia station-wagon beige. Veniva verso di lui. Il parabrezza sporco non lasciava intravedere i passeggeri. Joseph decise di ignorarla, si voltò e riprese a camminare. Quando l'auto gli fu ormai prossima, gli sembrò che rallentasse.

«Ehi!»

Esitò a voltarsi. Forse era qualcuno venuto a metter fine alla sua avventura. Sì, era così. Sua madre si era svegliata e aveva preso a urlare il suo nome. Non trovandolo nel suo letto, avevano sguinzagliato la servitù fuori e dentro la tenuta. Forse l'uomo che lo stava chiamando era uno dei giardinieri che era venuto a cercarlo con la sua vettura privata, pregustando una lauta ricompensa.

«Ehi tu, dove stai andando? Lo vuoi un passaggio?»

La domanda lo rassicurò. Non poteva essere qualcuno della casa. L'auto gli si accostò. Joseph non poteva vedere il guidatore. Si fermò, e la macchina fece altrettanto.

«Io vado a nord», disse l'uomo al volante. «Potrei farti risparmiare un po' di chilometri. Non è molto, ma qui intorno non troverai altri passaggi.»

La sua età era indefinibile. Poteva avere quarant'anni, forse meno. Era la barba rossastra, lunga e incolta, a rendere difficile la stima. Anche i capelli erano lunghi, li portava all'indietro con una riga al centro. Aveva gli occhi grigi.

«Allora cosa vuoi fare? Sali?»

Joseph ci pensò un attimo, poi disse: «Sì, grazie».

Si accomodò accanto a quello sconosciuto e la macchina ripartì. I sedili erano ricoperti di velluto marrone e consumati in alcuni punti tanto da rivelare la tela sottostante. C'era un odore che era un misto dei deodoranti per auto che si erano sovrapposti negli anni, pendendo dallo specchietto. Il sedile posteriore era stato abbassato per ricavare uno spazio più ampio, occupato ora da scatole di cartone e buste di plastica, arnesi e taniche di diversa misura. Tutto era perfettamente ordinato. Sul cruscotto di plastica scura erano rimaste tracce di colla di vecchi adesivi. L'autoradio, un vecchio modello col mangianastri, riproduceva una cassetta di musica country. Il guidatore, che aveva abbassato il volume per parlare con lui, lo rialzò.

«È da molto che cammini?»

Joseph evitava di guardarlo, per paura che potesse accorgersi che stava per mentire.

« Sì, da ieri. »

« E non hai fatto l'autostop? »

« Sì, l'ho fatto. Mi ha caricato un camionista, ma poi doveva andare da tutt'altra parte. »

« Perché, tu dove stai andando? »

Non se l'aspettava, e disse la verità.

« Non lo so. »

L'uomo si mise a ridere.

« Se non lo sai allora perché hai mollato il camionista? »

Joseph si voltò a guardarlo, serio. « Perché faceva troppe domande. »

L'uomo si mise a ridere ancora più forte. « Oddio, mi piace il tuo modo diretto, ragazzo. »

Indossava una giacca a vento rossa, corta di maniche. I pantaloni erano marrone chiaro e il pullover di lana intrecciata aveva motivi romboidali. Portava scarpe da lavoro, con la suola di gomma rinforzata. Stringeva lo sterzo con entrambe le mani. Sul polso sinistro spiccava un orologio di plastica al quarzo da pochi soldi.

« Senti, io non so quali sono i tuoi piani e non insisterò per saperli ma, se ti va, abito qui vicino e potresti venire a fare colazione. Che ne dici? »

Joseph stava per dirgli di no. Era stato già abbastanza azzardato accettare il passaggio, ora non l'avrebbe seguito chissà dove per permettergli di rapinarlo o anche peggio. Ma poi si rese conto che era soltanto un'altra delle sue paure a condizionarlo. Il futuro era *misterioso*, non *minaccioso* – l'aveva scoperto proprio quella mattina. E per assaporarne i frutti, era necessario correre dei rischi.

« D'accordo. »

« Uova, pancetta e caffè », promise lo sconosciuto.

Venti minuti più tardi lasciarono la strada principale per imboccare un sentiero sterrato. Lo percorsero lentamente, fra buche e scossoni, fino a giungere in prossimità di una casa di legno dal tetto spiovente. La vernice bianca che la ricopriva era scrostata in più punti. Il portico era malandato e ciuffi d'erba spuntavano qua e là fra le assi. Parcheggiarono accanto all'ingresso.

"Chi è questo tizio?" si chiese Joseph quando vide dove abitava, avvertendo tuttavia che la risposta non sarebbe stata interessante quanto la possibilità di esplorare il suo mondo.

«Benvenuto», disse l'uomo appena varcarono la soglia.

La prima stanza era di medie dimensioni. L'arredamento era costituito da un tavolo con tre sedie, da una credenza a cui mancavano alcuni stipi e un vecchio divano con la tappezzeria strappata in più punti. A una delle pareti era appeso un quadro senza cornice che riproduceva un anonimo paesaggio.

Accanto all'unica finestra c'era un camino di pietra sporco di fuliggine che conteneva tizzoni anneriti ormai freddi. Su uno sgabello ricavato da un tronco erano accatastate alcune pentole incrostate di grasso bruciato. In fondo al locale c'erano due porte chiuse.

«Mi spiace, non c'è il bagno. Ma qua fuori ci sono un sacco di alberi», aggiunse ridendo il tizio.

Mancavano anche energia elettrica e acqua corrente, ma di lì a poco l'uomo scaricò dal retro della macchina le taniche che Joseph aveva notato poco prima.

Con vecchi giornali e legna recuperata fuori, accese il fuoco nel camino. Dopo aver ripulito alla meglio una delle padelle, vi mise a friggere del burro e poi vi versò le uova insieme alla pancetta. Per quanto dozzinale, quel cibo emanava un profumo capace di risvegliare l'appetito.

Joseph lo seguiva con lo sguardo, incuriosito, e intanto lo tormentava di domande, come i bambini con gli adulti quando arrivano all'età in cui iniziano a scoprire il mondo. Ma l'altro non sembrava infastidito, anzi gli piaceva parlare.

«È da molto che vivi qui?»

«Da un mese, ma questa non è casa mia.»

«Cosa vuol dire?»

«Quella là fuori è la mia vera casa», disse indicando col mento l'auto parcheggiata. «Io giro il mondo.»

«Perché ti sei fermato, allora?»

«Perché questo posto mi piace. Un giorno stavo percorrendo la strada e ho visto il sentiero. Ho svoltato e sono arrivato qui. La casa era abbandonata da chissà quanto tempo. Probabilmente apparteneva ad agricoltori: c'è un capanno con gli attrezzi sul retro.»

«Che ne sarà stato di loro?»

«Ah, non lo so. Avranno fatto un po' come tanti altri: quando c'è stata la crisi nelle campagne, se ne saranno andati a cercarsi una vita migliore in città. Qui in zona ci sono diverse fattorie abbandonate.»

«Perché non hanno provato a vendere la proprietà?»

Al tizio scappò una risata: «E chi se lo compra un posto del genere? Questa è terra che non rende un centesimo, amico mio».

Finì di cucinare e versò il contenuto della padella direttamente nei piatti disposti sulla tavola. Joseph, senza aspettare, affondò la forchetta in quella pappa gialla. Aveva scoperto di avere molta fame. Il sapore era ottimo.

«Ti piace, eh? Mangia con calma, ce n'è quanto ne vuoi.»

Lui continuò a tirar su bocconi, voracemente. Poi, con la bocca piena, domandò: «Ti tratterrai ancora molto qui?»

«Pensavo di andarmene alla fine di questa settimana: l'inverno è duro da queste parti. Sto accumulando provviste e vado in giro per le altre fattorie abbandonate, con la speranza di recuperare qualche oggetto che possa ancora servire a qualcosa. Stamattina ho trovato un tostapane. Credo che sia rotto, ma posso aggiustarlo.»

Joseph registrava tutto, come se stesse componendo una sorta di manuale con nozioni di ogni tipo: da come prepararsi un'ottima colazione solo con uova, burro e pancetta, a come approvvigionarsi d'acqua potabile. Forse pensava che gli sarebbero state utili in una nuova vita. L'esistenza di quello sconosciuto gli appariva invidiabile. Per quanto dura e difficile, era infinitamente meglio di quella che aveva vissuto fino ad allora.

«Lo sai che non ci siamo neanche presentati?»

Joseph fermò la mano con la forchetta a mezz'aria.

«Se non vuoi dirmi come ti chiami, per me va bene. Tanto mi sei simpatico lo stesso.»

Joseph riprese a mangiare. L'altro non insistette, ma lui si sentì in dovere di ricompensarlo in qualche modo per l'ospitalità. Decise di rivelargli qualcosa di sé.

«A cinquant'anni quasi certamente morirò.»

E gli spiegò della maledizione che gravava sugli eredi maschi della sua famiglia. L'uomo ascoltò con attenzione. Senza mai fare nomi, Joseph gli spiegò di essere ricco e gli raccontò dell'origine della sua ricchezza. Di quel nonno intuitivo e coraggioso che aveva posto il seme di una grande fortuna. E gli disse anche di suo padre, che era stato capace di moltiplicare l'eredità col suo genio imprenditoriale. Infine parlò di sé, del fatto che non aveva altri traguardi da raggiungere, perché tutto era già stato conquistato. Era venuto al mondo per tramandare soltanto due cose: un ingente patrimonio e un gene inesorabilmente mortale.

«Capisco che la malattia che ha ucciso tuo padre e tuo nonno sia inevitabile, ma per i soldi c'è sempre una soluzione: perché non rinunci alla tua ricchezza se non ti senti abbastanza libero?»

«Perché sono cresciuto in mezzo al denaro, e senza non saprei come sopravvivere neanche per un solo giorno. Come vedi, qualunque scelta faccia, sono sempre destinato a morire.»

«Balle!» disse l'altro mentre si alzava per andare a sciacquare la padella.

Joseph cercò di spiegarsi meglio: «Io potrei avere tutto ciò che desidero. Ma, proprio per questo, non so cosa sia il desiderio».

«Ma che cazzo di discorso! Il denaro non può comprare tutto.»

«Credimi invece, può farlo. Se io volessi la tua morte, potrei pagare degli uomini e loro ti ucciderebbero, e nessuno verrebbe mai a saperlo.»

«L'hai mai fatto?» disse l'altro, improvvisamente serio.

«Cosa?»

«Hai mai pagato qualcuno perché uccidesse per te?»

«Io no, ma mio padre e mio nonno sì, lo so.»

Ci fu una pausa.

«Ma la salute, quella non puoi comprarla.»

«È vero. Però se sai in anticipo quando morirai, allora il problema è risolto. Vedi: i ricchi sono infelici perché sanno che, prima o poi, dovranno lasciare tutto ciò che possiedono. Non puoi portarti i soldi nella tomba. Invece io non devo dannarmi a pensare alla mia morte, c'è già qualcuno che l'ha fatto per me.»

L'uomo si fermò a riflettere. «Hai ragione», disse, «ma è molto triste non desiderare nulla. Ci sarà qualcosa che ti piace sul serio, no? Allora comincia da quello.»

«Be', mi piace camminare. Da stamattina, poi, mi piacciono anche le uova con la pancetta. E mi piacciono i ragazzi.»

«Vuoi dire che sei...»

«Veramente non lo so. Io sto con loro, ma non posso dire che lo desideri davvero.»

«Allora perché non provi con una donna?»

«Probabilmente dovrei farlo. Ma dovrei prima *desiderarlo*, capisci? Non so come spiegarti meglio.»

«No, invece. Penso che tu sia stato abbastanza chiaro.»

Posò la padella sopra le altre sullo sgabello. Quindi guardò l'orologio al quarzo che aveva al polso.

«Sono le dieci, devo andare in città: mi servono dei pezzi di ricambio per aggiustare il tostapane.»

«Allora io vado.»

«No, perché? Resta qui e riposati un po' se ti va. Sarò di ritorno presto, magari potremmo mangiare di nuovo insieme e chiacchierare ancora. Sei un bel tipo, sai?»

Joseph osservò il vecchio divano dalla tappezzeria strappata. Gli sembrò molto invitante.

«Va bene», disse. «Dormirò un po', se non ti dispiace.»

L'uomo sorrise. «Fantastico!» Stava per uscire quando si voltò. «A proposito, cosa ti piacerebbe per cena?»

Joseph lo fissò. «Non lo so. Stupiscimi.»

*

Una mano lo scosse dolcemente. Joseph aprì gli occhi e scoprì che era già sera.

«Alla faccia della stanchezza!» disse il suo nuovo amico, sorridendo. «Hai dormito nove ore filate!»

Joseph si tirò su stiracchiandosi. Era da parecchio tempo che non riposava così bene. Subito lo colse un languore.

«È già ora di cena?» domandò.

«Il tempo di fare il fuoco e preparo subito: ho preso del pollo da fare alla brace e delle patate. Va bene come menu?»

«Benissimo, sono affamato.»

«Intanto apriti una birra, sono sul davanzale.»

Joseph non aveva mai bevuto birra, a parte quella che sua madre metteva nel punch di Natale. Tolse una lattina dalla confezione da sei e fece schioccare la linguetta. Appoggiò le labbra al bordo di alluminio e ne buttò giù una lunga sorsata. Sentì la bevanda fredda scendere rapidamente lungo l'esofago. Fu una sensazione piacevole, dissetante. Dopo il secondo sorso, ruttò.

«Salute!» esclamò il tizio.

Fuori faceva freddo, ma dentro il fuoco diffondeva un bel tepore. La luce della lampada a gas, poggiata al centro del tavolo, illuminava fiocamente la stanza.

«Il ferramenta ha detto che il tostapane si può recuperare. Mi ha dato anche un paio di consigli su come ripararlo. Meno male, penso di rivenderlo in qualche fiera.»

«Allora è questo che fai per vivere?»

«Be' sì, ogni tanto anche questo. La gente getta via un sacco di roba ancora utilizzabile. Io la recupero, la metto a posto e poi ci faccio qualche soldo. Alcune cose me le tengo, come quel quadro per esempio...»

Indicò il paesaggio appeso al muro senza cornice.

«Perché proprio quello?» chiese Joseph.

«Non lo so, mi piace. Credo che mi ricordi il posto in cui sono nato, o forse non ci sono mai neanche stato, chi può dirlo: ho viaggiato così tanto...»

«Sei stato davvero in tanti luoghi diversi?»

«Già, moltissimi.» Parve perdersi per un attimo nei suoi pensieri, ma subito si riprese: «Il mio pollo è speciale, vedrai. E, a proposito, ho una sorpresa per te».

«Una sorpresa? Che sorpresa?»

«Non ora, dopo cena.»

Si misero a tavola. Il pollo con il contorno di patate era condito a puntino e croccante. Joseph si riempì più volte il piatto. Il tizio – ormai nella sua mente lo chiamava così – mangiava con la bocca aperta e aveva bevuto già tre birre. Dopo cena tirò fuori una pipa intagliata a mano e del tabacco. Mentre si preparava da fumare, gli disse: «Sai, ho pensato molto a quello che mi hai detto stamattina».

«A cosa esattamente?»

«A quel discorso sul 'desiderare'. Mi ha colpito.»

«Ah sì? E perché?»

«Vedi, io non penso che sia un male conoscere esattamente il momento in cui arriverà la fine della vita. Secondo me è un privilegio invece.»

«Come fai a dire una cosa del genere?»

«Be', naturalmente dipende da come guardi il tutto. Se sei portato a vedere il bicchiere mezzo pieno o mezzo vuoto. Insomma: puoi startene lì a fare il conto di quanto ti manca. Oppure puoi determinare il resto della tua vita in funzione di quella scadenza.»

«Non ti seguo.»

«Io penso che il fatto che tu sappia di dover morire a cinquant'anni, ti faccia credere di non avere alcun potere sulla tua vita. Invece è lì che sbagli, amico mio.»

«Cosa intendi per 'potere'?»

Il tizio prese un rametto dal fuoco e con la punta rovente si accese la pipa. Aspirò una profonda boccata prima di rispondere. «Potere e desiderio vanno di pari passo. Sono fatti della stessa, maledettissima sostanza. Il secondo dipende dal primo, e viceversa. E non lo dice un filosofo del cazzo, perché è la natura stessa che lo stabilisce. Hai detto bene stamattina: possiamo desiderare solo ciò che non abbiamo, tu pensi d'avere il potere di ottenere tutto e allora non desideri nulla. Ma questo accade perché il tuo potere deriva dal denaro.»

«Perché, ce n'è di altri tipi?»

«Certo, quello della volontà per esempio. Devi metterla alla prova per capire. Ma ho come il sospetto che tu non voglia farlo...»

«Perché lo dici? Io posso farlo, invece.»

Il tizio lo osservò. «Ne sei sicuro?»

«Certo.»

«Bene. Prima di cena ti ho detto che avevo una sorpresa per te. Ora è il caso che te la mostri. Vieni.»

Si alzò e si diresse verso una delle due porte chiuse in fondo alla stanza. Joseph, titubante, lo seguì sulla soglia semiaperta.

«Guarda.»

Fece un passo nell'oscurità, e lo sentì. C'era qualcosa nella stanza che respirava velocemente. Pensò subito a un animale e fece un passo indietro.

«Coraggio», lo invitò il tizio, «guarda meglio.»

Joseph ci mise qualche secondo ad abituarsi all'oscurità. La poca luce che arrivava dalla lampada a gas rimasta sul tavolo era appena sufficiente a illuminare debolmente il viso del ragazzo. Era disteso su un letto, con le mani e i piedi legati ai montanti da funi spesse. Indossava una camicia a scacchi e jeans, però era senza scarpe. Un fazzoletto intorno alla bocca gli impediva di parlare, per cui si limitava a emettere suoni sconnessi, simili a un verso. I capelli sulla fronte erano zuppi di sudore. Si dimenava come una bestia prigioniera e teneva gli occhi sbarrati per la paura.

«Chi è?» domandò Joseph.

«Un regalo per te.»

«E cosa dovrei farci?»

«Quello che vuoi.»

«Ma io non so chi sia.»

«Nemmeno io. Faceva l'autostop. L'ho caricato in macchina mentre tornavo qui.»

«Forse dovremmo slegarlo e lasciarlo andare.»

«Se è questo ciò che vuoi.»

« Perché non dovrebbe esserlo? »

« Perché questa è la dimostrazione di cosa sia il potere, e di come sia collegato al desiderio. Se tu desideri liberarlo, allora fallo. Ma se vuoi qualcos'altro da lui, adesso sei padrone di scegliere. »

« Stai parlando del sesso per caso? »

Il tizio scosse il capo, deluso. « Il tuo orizzonte è molto limitato, amico mio. Tu hai a disposizione una vita umana – la più grande e stupefacente creazione di Dio – e l'unica cosa che ti viene in mente è di scopartela... »

« Cosa dovrei farci con una vita umana? »

« L'hai detto tu oggi: se volessi uccidere qualcuno, ti basterebbe assoldare qualcun altro che lo faccia fuori per te. Ma tu credi veramente che questo ti dia il potere di togliere una vita? I *tuoi soldi* ce l'hanno, quel potere, non *tu*. Finché non lo fai con le tue mani, non sperimenterai mai cosa significa. »

Joseph guardò ancora il ragazzo, visibilmente terrorizzato. « Ma io non voglio saperlo », disse.

« Perché hai paura. Paura delle conseguenze, del fatto che potresti essere punito o del senso di colpa. »

« È normale avere paura di certe cose. »

« No, non lo è, Joseph. »

Non si accorse nemmeno che lo aveva chiamato per nome: in quel momento era troppo impegnato a fare la spola con lo sguardo fra lui e il ragazzo.

« Se ti dicessi che invece puoi farlo, che puoi strappare la vita a qualcuno e che non lo saprà mai nessuno? »

« Nessuno? E tu allora? »

« Io sono quello che l'ha rapito e che l'ha portato qui, ricordi? E poi sarei anche quello che seppellirà il suo cadavere... »

Joseph abbassò il capo. « Non lo saprebbe nessuno? »

« Se ti dicessi che resteresti impunito, questo ti susciterebbe il *desiderio* di provare? »

Joseph si guardò le mani per un lungo istante, il suo respiro accelerava mentre dentro di lui montava una strana euforia, mai provata prima.

« Vorrei un coltello », disse.

Il tizio se ne andò in cucina. Nell'attesa, Joseph fissò il ragazzo che lo supplicava con lo sguardo e piangeva. Davanti a quelle lacrime che sgorgavano silenziose, Joseph scoprì di non provare nulla. Nessuno avrebbe pianto la sua morte quando, a cinquant'anni, il male del padre e del nonno sarebbe venuto a prenderlo. Per il mondo lui sarebbe stato sempre il ragazzo ricco, immeritevole di qualsiasi forma di compassione.

Il tizio tornò da lui con un lungo coltello affilato. Glielo mise fra le mani.

«Non c'è niente di più gratificante che togliere una vita», gli disse. «Non a una persona in particolare, come a un nemico o a qualcuno che ti ha fatto del male. Ma a un uomo qualsiasi. Ti conferisce lo stesso potere di Dio.»

Lo lasciò solo e se ne andò richiudendogli la porta alle spalle.

La luce della luna scivolava fra le persiane rotte facendogli brillare il coltello nelle mani. Il ragazzo si agitava e Joseph poteva percepirne l'ansia, la paura sotto forma di suoni ma anche di odori. Il respiro acido, il sudore delle ascelle. Si avvicinò al letto, lentamente, lasciando che i suoi passi scricchiolassero sul pavimento, in modo che anche il ragazzo potesse rendersi conto di quanto stava accadendo. Gli appoggiò la lama del coltello di piatto sul torace. Doveva dirgli qualcosa? Non gli veniva in mente niente. Un brivido lo percorse e avvenne una cosa che proprio non si aspettava: ebbe un'erezione.

Sollevò il coltello di qualche centimetro, facendolo scorrere lentamente lungo il corpo del ragazzo fino a raggiungere lo stomaco. Si fermò. Prese fiato e spinse lentamente la punta della lama a trapassare la stoffa della camicia, fino a toccare la carne. Il ragazzo provò a urlare, ma riuscì a emettere solo la patetica imitazione di un grido di dolore. Joseph affondò il coltello ancora di qualche centimetro, la pelle si lacerò profondamente, come se si strappasse. Riconobbe il bianco dell'adipe. Ma la ferita ancora non sanguinava. Allora spinse più a fondo la lama, fino a sentire il calore del sangue sulla mano e avvertire un'esalazione pungente, liberata dalle viscere. Il ragazzo inarcò la schiena, favorendo involontariamente la sua opera. Lui premette ancora, finché non sentì che la punta del coltello toccava la spina dorsale. Il ragazzo era un fascio teso di muscoli e di carne sotto di lui. Rimase in quella posizione ad arco per qualche istante. Poi ricadde pesantemente sul letto, privo di forze, come un oggetto inanimato. *E, in quell'istante, gli allarmi...*

... iniziarono a suonare tutti assieme. Il medico e l'infermiera accorsero intorno al paziente con il carrello per le emergenze. Nicla, china sul pavimento, provava a riprendere fiato: lo shock di ciò che aveva visto l'aveva strappata violentemente allo stato di trance. Mila le teneva le mani sulla schiena, cercando di farla respirare. Il medico aprì il pigiama sul torace di Joseph B. Rockford con un gesto netto, strappando tutti i bottoni che rotolarono per la stanza. Boris per poco non ci scivolò sopra mentre accorreva a dar manforte a Mila. Poi il dottore piazzò le piastre che gli aveva passato l'infermiera sul petto del paziente, urlando: «Libera!» prima della scossa. Goran si avvicinò a Mila. «Portiamola via da qui», disse aiutandola a sollevare la suora. Mentre lasciavano la stanza insieme a Rosa e Stern, la poliziotta si voltò un'ultima volta verso Joseph B. Rockford. Il corpo veniva squassato dalle scariche ma, sotto le coperte, poté notare lo stesso quella che sembrava un'erezione.

"Maledetto bastardo", pensò.

Il *bip* del monitor cardiaco si fissò in una nota perentoria. Ma in quel momento Joseph B. Rockford aprì gli occhi.

Le sue labbra iniziarono a muoversi senza poter emettere alcun suono. Le corde vocali erano state compromesse quando gli avevano praticato la tracheotomia per permettergli di respirare.

Quell'uomo doveva essere già morto. Le macchine intorno a lui dicevano che era ormai solo un pezzo di carne senza vita. Eppure stava cercando di comunicare. I suoi rantoli lo facevano assomigliare a chi sta per annegare e cerca, annaspando, di strappare ancora un sorso d'aria.

Non durò molto.

Alla fine, una mano invisibile lo tirò di nuovo giù, e l'anima di Joseph B. Rockford fu come deglutita dal suo letto di morte, lasciando come scarto solo un corpo vuoto.

32

Non appena si riprese, Nicla Papakidis si mise a disposizione di un disegnatore della Polizia federale per tracciare l'identikit dell'uomo che aveva visto con Joseph.

Lo sconosciuto che lui aveva battezzato «il tizio» e che si presumeva fosse Albert.

La barba lunga e la chioma molto folta le impedivano di indicare con esattezza i tratti salienti di quel viso. Non sapeva come fosse la mascella, e il naso era solo un'ombra incerta sul volto. Il taglio degli occhi le sfuggiva.

Poteva dire con certezza solo che erano grigi.

Il risultato sarebbe stato comunque distribuito a tutte le volanti, nei porti, negli aeroporti e presso i posti di frontiera. Roche stava valutando se farne avere copie anche alla stampa, il che avrebbe comportato la richiesta di una spiegazione sul modo in cui erano pervenuti all'identikit. Se avesse rivelato che dietro c'era una medium, i mezzi d'informazione ne avrebbero dedotto che i poliziotti non avevano nulla per le mani, che brancolavano nel buio e che si erano rivolti a una sensitiva per disperazione.

«È un rischio che devi correre», gli suggerì Goran.

L'ispettore capo aveva nuovamente raggiunto la squadra alla dimora dei Rockford. Non aveva voluto incontrare la suora, perché aveva messo in chiaro sin dall'inizio di non voler sapere nulla di quel tentativo: come sempre, la responsabilità sarebbe ricaduta tutta su Goran. Il criminologo aveva accettato di buon grado, perché ormai si fidava dell'intuito di Mila.

«Piccolina, ho pensato una cosa», disse Nicla alla sua prediletta mentre dal camper dell'unità mobile osservavano Gavila e l'ispettore capo che discutevano sul prato davanti alla casa.

«Cosa?»

« Che non voglio i soldi della taglia. »

« Ma se quello è l'uomo che cerchiamo, ti spettano di diritto. »

« Non li voglio. »

« Pensa soltanto alle cose che potresti fare per le persone di cui ti occupi ogni giorno. »

« E di cosa hanno bisogno loro che non possiedono già? Hanno il nostro amore, le nostre cure e, credimi, quando un essere di Dio arriva alla fine dei suoi giorni non gli serve altro. »

« Se quel denaro lo prendessi tu, allora potrei pensare che da tutto questo può venir fuori anche del bene... »

« Il male genera solo altro male. E questa è sempre stata la sua principale caratteristica. »

« Una volta ho sentito qualcuno dire che il male può essere sempre dimostrato. Il bene mai. Perché il male lascia tracce di sé al suo passaggio. Mentre il bene lo si può solo testimoniare. »

Nicla sorrise, finalmente. « È una sciocchezza », disse subito. « Vedi Mila, il fatto è che il bene è solo troppo fugace per poter essere registrato in qualche modo. E al suo passaggio non produce scorie. Il bene è pulito, il male invece sporca... Però io lo posso provare, il bene, perché lo vedo tutti i giorni. Quando uno dei miei poveri si avvicina alla fine, cerco di stare con lui il più possibile. Gli tengo la mano, ascolto le cose che ha da dirmi, se mi racconta le sue colpe io non lo giudico. Quando capiscono cosa gli sta accadendo, se hanno condotto una buona vita e non hanno procurato del male, o se l'hanno fatto e poi si sono pentiti... be', loro sorridono sempre. Non so perché ma succede, te l'assicuro. Perciò la prova del bene è il sorriso con cui sfidano la morte. »

Mila annuì, rincuorata. Non avrebbe insistito con Nicla per la taglia. Forse aveva ragione lei.

Erano quasi le cinque di sera, la suora era stanca. Ma c'era ancora una cosa da fare.

« Sei sicura di riuscire a riconoscere la casa abbandonata? » le chiese.

« Sì, io so dov'è. »

*

Doveva essere solo una perlustrazione di routine prima di tornare allo Studio. Serviva per la prova definitiva delle informazioni della medium.

Ma ci andarono lo stesso tutti quanti.

In auto, Sarah Rosa seguiva le indicazioni di Nicla e svoltava dove le diceva lei. Il bollettino meteorologico annunciava di nuovo neve in arrivo. Da un lato, il cielo era sgombro e il sole tramontava velocemente. Dall'altro, le nubi si stavano già addensando all'orizzonte e si potevano intravedere i primi lampi in avvicinamento.

Loro erano esattamente nel mezzo.

«Dobbiamo fare in fretta», disse Stern. «Fra poco farà buio.»

Arrivarono in prossimità del sentiero sterrato e lo imboccarono. I sassi sfrigolavano sotto gli pneumatici. Dopo tutti quegli anni, l'abitazione di legno era ancora in piedi. La vernice bianca s'era completamente scrostata e rimaneva solo in poche chiazze distinte. Le assi così esposte alle intemperie stavano marcendo, facendo sembrare la casa un dente cariato.

Scesero dalle auto e si diressero verso il portico.

«Attenti, potrebbe crollare», si raccomandò Boris.

Goran salì il primo gradino. Il posto coincideva con la descrizione della suora. La porta era aperta, al criminologo bastò spingerla appena. All'interno, il pavimento era ricoperto da uno strato di terriccio e si sentivano i topi muoversi sotto le tavole, disturbati dalla loro presenza. Gavila riconobbe il divano, anche se ormai non rimaneva che uno scheletro di molle arrugginite. La credenza era ancora lì. Il camino in pietra era in parte crollato. Goran recuperò da una tasca una piccola torcia per perlustrare le due stanze di dietro. Intanto anche Boris e Stern erano entrati e si guardavano intorno.

Goran aprì la prima porta. «Qui c'è la camera da letto.»

Ma il letto non c'era più. Al suo posto era rimasta un'ombra più chiara sul pavimento. Era lì che Joseph B. Rockford aveva ricevuto il suo battesimo del sangue. Chissà chi era il ragazzo ucciso in quella stanza quasi vent'anni prima.

«Dovremo scavare qua intorno per cercare dei resti umani», disse Gavila.

«Chiamerò i necrofori e gli uomini di Chang appena avremo finito il sopralluogo», si offrì Stern.

Intanto, fuori dalla casa, Sarah Rosa passeggiava nervosamente con le mani in tasca per il freddo. Nicla e Mila la osservavano dall'interno della macchina.

«Quella donna non ti piace», disse la suora.

«Veramente sono io che non piaccio a lei.»

«Hai provato a capire il perché?»

Mila la guardò in tralice. «Vuoi dire che è colpa mia adesso?»

«No, dico soltanto che prima di accusare dovremmo essere sempre sicuri.»

«Guarda che mi è stata addosso da quando sono arrivata.»

Nicla alzò le mani in segno di resa. «Allora non te la prendere. Passerà tutto appena te ne sarai andata.»

Mila scosse il capo. Certe volte il buon senso della religiosa era insopportabile.

All'interno, Goran uscì dalla camera da letto e si voltò automaticamente verso l'altra porta chiusa.

La medium non aveva parlato di quella seconda stanza.

Puntò la luce sulla maniglia e aprì.

Era grande esattamente quanto quella accanto. Ed era vuota. L'umido aveva aggredito le pareti e una patina di muschio si annidava già negli angoli. Goran fece correre intorno il fascio della torcia. Passando su uno dei muri, si accorse che qualcosa rifletteva la luce.

Tenne fissa la torcia e vide che c'erano cinque lucidi riquadri, larghi ciascuno una decina di centimetri. Si avvicinò di più, poi si bloccò. Attaccate alla parete con delle semplici puntine da disegno, c'erano delle istantanee.

Debby. Anneke. Sabine. Melissa. Caroline.

In quelle foto apparivano ancora in vita. Albert le aveva portate lì prima di ucciderle. E le aveva immortalate proprio in quella stanza, davanti a quel muro. Erano spettinate e in disordine. Un flash impietoso aveva sorpreso i loro occhi arrossati dal troppo pianto, e il loro sguardo di terrore.

Sorridevano e salutavano.

Le aveva costrette ad assumere quella posa grottesca davanti all'obbiettivo. Quell'allegria forzata dalla paura faceva orrore.

Debby aveva le labbra contorte da una contentezza innaturale, e sembrava che da un momento all'altro dovesse riscoppiare in lacrime.

Anneke teneva un braccio alzato e l'altro abbandonato lungo i fianchi, in una postura rassegnata e spenta.

Sabine era stata colta nel momento in cui si guardava intorno, cercando di capire quello che il suo cuore di bambina non riusciva a spiegarsi.

Melissa era tesa, combattiva. Ma era evidente che presto anche lei avrebbe ceduto.

Caroline era immobile, gli occhi sgranati sopra quel sorriso. Incredula.

Soltanto dopo averle passate in rassegna, Goran chiamò gli altri.

Assurdo. Incomprensibile. Inutilmente crudele.

Non esistevano altri modi per definirlo. Tutti ubbidivano al silenzio che li aveva presi in consegna mentre tornavano allo Studio.

La notte sarebbe stata lunga. Nessuno confidava di trovare il sonno dopo una simile giornata. Per Mila durava da quarantott'ore ininterrotte, durante le quali si erano succeduti troppi avvenimenti.

Il ritrovamento della sagoma di Albert sulla parete della villa di Yvonne Gress. La sua chiacchierata serale a casa di Goran, quando gli aveva rivelato di essere stata inseguita, nonché la teoria che il loro uomo si servisse di una complice. Poi c'era stata quella domanda sul colore degli occhi di Sabine che aveva portato a scoprire l'inganno di Roche. La visita alla casa spettrale dei Rockford. La fossa comune. Lara Rockford. L'intervento di Nicla Papakidis. L'esplorazione dell'animo di un serial killer.

E, da ultime, quelle foto.

Mila ne aveva viste tante di foto nel suo lavoro. Immagini di minori, scattate al mare o il giorno di una recita scolastica. Gliele mostravano i parenti o i genitori quando andava a trovarli. Bambini che sparivano per poi riapparire in altre foto – spesso nudi o vestiti con abiti da adulti – nelle collezioni dei pedofili o negli schedari degli obitori.

Ma nelle cinque rinvenute all'interno della casa abbandonata c'era qualcosa di più.

Albert sapeva che sarebbero arrivati fin lì. E li stava aspettando. Aveva previsto perfino che sarebbero giunti a scandagliare il suo allievo Joseph con una medium?

«Ci osserva fin dall'inizio», era stato il laconico commento di Gavila. «Ci sta sempre avanti un passo.»

Mila considerò che ogni loro mossa era stata aggirata, elusa e neutralizzata. E ora dovevano pure guardarsi le spalle. Era questo il peso che gravava sui suoi compagni in auto, mentre tornavano al loro quartier generale.

E restavano ancora due corpi da scoprire.

Il primo era un cadavere già certo. Il secondo, col passare del tempo, lo sarebbe diventato. Nessuno aveva il coraggio di ammetterlo, ma ormai disperavano di riuscire a impedire l'omicidio della bambina numero sei.

Quanto alla piccola Caroline, chi poteva dire quale orrore avrebbe svelato. Poteva esserci qualcosa di peggio di quello che avevano scoperto fino a quel momento? Se c'era, Albert si stava preparando a un gran finale con la sesta.

Erano le undici passate quando Boris parcheggiò la monovolume sotto lo Studio. Li fece scendere, richiuse la macchina e si accorse che lo stavano aspettando per salire.

Non volevano lasciarlo indietro.

L'orrore a cui avevano assistito li aveva resi più uniti. Perché tutto ciò che restava loro erano i compagni. Anche Mila faceva parte di quella comunione. E così Goran. Per un momento erano stati esclusi, ma era durato poco ed era avvenuto solo per le manie di Roche di controllare ogni cosa. La distanza, però, era stata ricomposta. Quel torto, perdonato.

Salirono lentamente le scale del palazzo. Stern mise un braccio intorno alle spalle di Rosa. «Va' a casa dalla tua famiglia stasera», le disse. Ma lei si limitò a scuotere energicamente il capo. Mila aveva capito. Rosa non poteva spezzare quella catena. Altrimenti il mondo intero non avrebbe retto più, e i cancelli che ancora lo proteggevano si sarebbero spalancati per i Campioni del male, e quello avrebbe finalmente dilagato. Loro erano l'ultima avanguardia in quella lotta e, anche se stavano perdendo, non avevano alcuna intenzione di mollare.

Varcarono la soglia dello Studio tutti insieme. Boris si attardò per richiudere la porta, poi li raggiunse e li trovò fermi in corridoio, come ipnotizzati. Non capì cosa stesse accadendo finché non intravide, in una fessura fra le loro spalle, il corpo disteso per terra. Sarah Rosa emise un urlo. Mila si voltò, perché non poteva più guardare. Stern si fece il segno della croce. Gavila non riuscì a parlare.

Caroline, la quinta.

E questa volta il cadavere della bambina era per loro.

Carcere di ▄▄▄▄
Distretto Penitenziario nº45.

Report nº2 - Direttore, dr Alphonse Bérenger.
16 dic. c.a.

All'attenzione dell'Ufficio del Procuratore Generale
J.B. Marin

nella persona del Vice Procuratore
Matthew Sedris

Oggetto: ESITO ISPEZIONE - CONFIDENZIALE

Spettabile signor Sedris,

la presente per informarLa che l'ispezione della cella
d'isolamento del detenuto RK-357/9 è avvenuta, a sorpresa, ieri notte.
Le guardie carcerarie hanno fatto irruzione per rilevare materiale organico «perso casualmente o lasciato
spontaneamente in giro dal soggetto» al fine di ricavarne la sua impronta genetica, il tutto seguendo alla
lettera le raccomandazioni del Suo ufficio.
Rilevo che, con loro grande stupore, i miei uomini si
sono trovati davanti una cella «immacolata». Da ciò
abbiamo avuto l'impressione che il detenuto RK-357/9
ci stesse aspettando. Suppongo che si mantenga costantemente all'erta e che abbia previsto e calcolato ogni
nostra mossa.
Temo che, senza un errore del detenuto o un cambiamento
nelle contingenti circostanze, sarà alquanto difficile giungere a risultati concreti.
Forse ci rimane un'unica possibilità per venire a capo
del mistero. Ci siamo accorti che il detenuto RK-357/9
alcune volte, forse anche per effetto dell'isolamento, parla da solo. Sembrano farneticazioni, peraltro
pronunciate a voce bassa, ma a ogni buon conto ritenia-
mo opportuno nascondere, previo Vostro consenso, una
cimice nella cella per registrarne le parole.
Ovviamente non rinunceremo a reiterare le ispezioni a
sorpresa volte ad assicurarci il suo DNA.

Sottopongo alla Sua attenzione un'ultima osservazione: il soggetto è sempre tranquillo e disponibile.
Non si lamenta mai e non sembra infastidito dai nostri
tentativi d'indurlo in errore.
Non ci rimane molto tempo. Fra 86 giorni non avremo altra scelta che rimetterlo in libertà.

Con osservanza.

Direttore
dr Alphonse Bérenger

33

Appartamento denominato « Studio », ora rinominato « 5° sito ».
22 febbraio.

Nulla sarebbe stato mai più come prima.

Con quell'ombra che aleggiava su di loro, si erano confinati nella foresteria in attesa che le squadre di Chang e Krepp facessero i rilievi nell'appartamento. Roche, tempestivamente informato, era a colloquio con Goran da più di un'ora.

Stern se ne stava disteso sulla branda, con un braccio dietro la nuca e lo sguardo al soffitto. Sembrava un cowboy. La piega perfetta del suo abito non aveva risentito dello stress delle ultime ore e lui non aveva avvertito neanche la necessità di allentarsi il nodo della cravatta. Boris era girato su un fianco, ma era evidente che non dormiva. Il piede sinistro continuava a battere nervosamente sul copriletto. Rosa cercava di mettersi in contatto con qualcuno tramite il cellulare, ma il segnale era debole.

Mila osservava a tratti i suoi compagni silenziosi, per poi tornare al monitor del portatile che teneva sulle ginocchia. Aveva richiesto i file con le foto amatoriali scattate al luna park la sera del rapimento di Sabine. Erano già state visionate senza esito, ma lei voleva vederle alla luce della teoria che aveva già esposto a Goran, e cioè che la colpevole potesse essere una donna.

«Io vorrei sapere come diavolo ha fatto a portare dentro il cadavere di Caroline...» ammise Stern, dando voce alla domanda che assillava tutti.

«Già, vorrei saperlo anch'io...» si accodò Rosa.

Il palazzo di uffici in cui era situato lo Studio non era più presidiato come una volta, quando ci portavano i testimoni da proteggere. Lo stabile era praticamente vuoto e i sistemi di sicurezza erano disattivati, ma l'unico accesso all'appartamento era la porta d'ingresso, ed era blindata.

«È passato dall'entrata principale», fece notare laconicamente Boris, emergendo dal suo finto letargo.

Ma c'era una cosa che più di ogni altra li rendeva nervosi. Qual era il messaggio di Albert questa volta? Perché aveva deciso di gettare un'ombra così pesante sui suoi inseguitori?

«Secondo me sta solo cercando di rallentarci», ipotizzò Rosa. «Ci stavamo avvicinando troppo a lui, e così ha rimescolato le carte.»

«No, Albert non fa le cose a casaccio», s'intromise Mila. «Ci ha insegnato che ogni mossa è premeditata con attenzione.»

Sarah Rosa la inchiodò con lo sguardo: «E allora? Che cazzo vuoi dire? Che tra noi c'è un fottuto mostro per caso?»

«Non intendeva questo», intervenne Stern. «Sta solo dicendo che deve essere un motivo legato al disegno di Albert: fa parte del gioco che sta portando avanti con noi fin dall'inizio... La ragione potrebbe avere a che fare con questo posto, con l'uso che se n'è fatto in passato.»

«Potrebbe riguardare un vecchio caso», aggiunse Mila, accorgendosi che l'ipotesi cadeva nel vuoto.

Prima che il dialogo potesse riprendere, Goran entrò nella stanza accostando la porta alle sue spalle.

«Ho bisogno della vostra attenzione.»

Il tono era sbrigativo. Mila lasciò il portatile. Si misero in ascolto.

«Siamo ancora noi i titolari dell'indagine, ma le cose si stanno complicando.»

«Che significa?» ringhiò Boris.

«Lo capirete da soli fra qualche momento, ma v'invito sin d'ora a mantenere la calma. Vi spiegherò dopo...»

«Dopo cosa?»

Goran non fece in tempo a rispondere che la porta si aprì e l'ispettore capo Roche varcò la soglia. Con lui c'era un uomo robusto, sui cinquanta, con la giacca stazzonata, una cravatta troppo sottile per il collo taurino e un sigaro spento stretto fra i denti.

«Comodi, comodi...» disse Roche anche se nessuno fra i presenti aveva accennato a un saluto. L'ispettore capo aveva un sorriso tirato, di quelli che vorrebbero infondere tranquillità e invece generano ansia.

«Signori, la situazione è confusa ma ne verremo fuori: non lascerò certo che uno psicopatico semini dubbi sull'operato dei miei uomini!»

Come sempre, sottolineò l'ultima frase con troppa enfasi.

«Allora ho preso alcune precauzioni nel vostro esclusivo interesse, affiancandovi qualcuno nell'indagine.» Lo annunciò senza menzionare l'uomo che aveva accanto. «Voi mi capirete, ragioni di opportunità mi imporrebbero di sollevarvi dall'incarico. È imbarazzante: noi non riusciamo a trovare questo Albert, e lui viene addirittura a trovare noi! Così, d'accordo con il dottor Gavila, ho affidato al qui presente capitano Mosca il compito di assistervi fino alla chiusura del caso.»

Nessuno fiatò, anche se avevano già capito in cosa consisteva «l'assistenza» di cui avrebbero beneficiato. Mosca avrebbe assunto il controllo, lasciando loro una sola scelta: stare dalla sua parte e cercare di riguadagnare un po' di credibilità, oppure tagliarsi fuori.

Terence Mosca era molto noto negli ambienti di polizia. Doveva la sua fama a un'operazione d'infiltraggio in un'organizzazione di trafficanti di droga, durata oltre sei anni. Aveva alle spalle centinaia di arresti e diverse altre operazioni sotto copertura. Non s'era mai occupato, però, di omicidi seriali o di crimini patologici.

Roche lo aveva chiamato per un solo motivo: anni prima, Mosca gli aveva conteso la poltrona di ispettore capo. Visto come si stavano mettendo le cose, gli era sembrato opportuno coinvolgere il suo peggior rivale in modo da scaricargli parte del peso di un fallimento che ormai riteneva più che probabile. Una mossa rischiosa, che mostrava quanto si sentisse alle corde: se Terence Mosca avesse risolto il caso di Albert, Roche avrebbe dovuto cedergli il passo nella gerarchia di comando.

Prima di cominciare a parlare, il capitano fece un passo avanti rispetto a Roche, in modo da ribadire la sua autonomia.

«Il patologo e l'esperto della scientifica non hanno rilevato ancora nulla di significativo. L'unica cosa che sappiamo è che per entrare nell'appartamento il soggetto ha manomesso la porta blindata.»

Quando aveva aperto al loro arrivo, Boris non aveva notato segni d'effrazione.

«È stato molto attento a non lasciare tracce: non voleva rovinarvi la sorpresa.»

Mosca continuava a masticare il sigaro e a squadrare tutti con le mani in tasca. Non aveva l'aria di chi vuole infierire, ma ci riusciva lo stesso.

«Ho incaricato alcuni agenti di fare il giro del vicinato nella speranza di scovare un testimone. Magari riusciamo a ottenere un numero di targa... Quanto alle motivazioni che hanno spinto il soggetto a piazzare il cadavere proprio qui, siamo costretti a improvvisare. Se vi viene qualcosa in mente, non fatevi problemi. Per il momento è tutto.»

Terence Mosca girò i tacchi e, senza dar modo a nessuno di replicare o di aggiungere qualcosa, se ne tornò sulla scena del crimine.

Roche, invece, si fermò. «Non vi resta molto tempo. C'è bisogno di un'idea, ed è necessario che vi venga in fretta.»

Poi anche l'ispettore capo abbandonò la stanza. Goran richiuse la porta e subito gli altri gli si fecero intorno.

«Che cosa sarebbe questa novità?» domandò Boris, indispettito.

«Perché adesso abbiamo bisogno di un cane da guardia?» gli fece eco Rosa.

«Calmi, non avete capito», disse Goran. «Il capitano Mosca è la persona più adatta in questo momento. Sono stato io a richiedere il suo intervento.»

Ne furono stupiti.

«Lo so che cosa state pensando, ma così ho offerto una scappatoia a Roche e ho salvato il nostro ruolo nell'indagine.»

«Ufficialmente siamo ancora in gioco, ma lo sanno tutti che a Terence Mosca piace fare il cane sciolto», fece notare Stern.

«Per questo ho suggerito proprio lui: conoscendolo, non

vorrà che gli stiamo fra i piedi, perciò non gli importerà ciò che facciamo. Dovremo solo aggiornarlo su come ci stiamo muovendo, tutto qui.»

Sembrava la migliore delle soluzioni, ma non eliminava il fardello del sospetto che gravava su ognuno di loro.

«Ci staranno con gli occhi addosso.» Stern scosse la testa, seccato.

«E noi lasceremo che Mosca continui a occuparsi di Albert, mentre ci dedichiamo alla bambina numero sei...»

Sembrava una buona strategia: se l'avessero ritrovata ancora viva, avrebbero spazzato via quel clima di sospetto che era venuto a crearsi intorno a loro.

«Penso che Albert abbia lasciato qui il corpo di Caroline per fregarci. Perché, anche se non dovesse spuntare fuori nulla sul nostro conto, rimarrà sempre un dubbio su di noi.»

Anche se cercava in tutti i modi di sembrare calmo, Goran sapeva bene che le sue affermazioni non erano comunque sufficienti a rasserenare l'atmosfera. Perché da quando era stato ritrovato il quinto cadavere, ognuno aveva iniziato a guardare gli altri in modo diverso. Si conoscevano da una vita, ma nessuno avrebbe potuto escludere che qualcuno di loro custodisse qualche segreto. Era questo il vero scopo di Albert: dividerli. Il criminologo si domandava quanto ci volesse prima che il seme della diffidenza iniziasse a germogliare fra loro.

«All'ultima bambina non rimane molto tempo», affermò poi, sicuro. «Albert è quasi giunto a completare il suo disegno. Si sta solo preparando per il finale. Ma gli serviva campo libero, e ci ha esclusi dalla gara. Ecco perché abbiamo un'unica possibilità per trovarla, e passa attraverso la sola fra noi che è fuori da ogni sospetto, visto che si è aggregata alla squadra quando Albert aveva già pianificato tutto.»

Improvvisamente illuminata dai loro sguardi, Mila si sentì a disagio.

«Tu potrai muoverti molto più liberamente di noi», la incoraggiò Stern. «Se dovessi agire solo di testa tua, che faresti?»

In realtà, Mila un'idea ce l'aveva. Ma se l'era tenuta per sé fino a quel momento.

«Io so perché ha scelto solo bambine.»

Si erano posti quella domanda nel Pensatoio, quando ancora il caso era alle prime battute. Perché Albert non aveva rapito anche dei maschi? Il suo comportamento non celava mire sessuali, visto che non toccava le bambine.

"No, lui le ammazza soltanto."

Allora perché quella preferenza?

Mila pensava d'essere giunta a una spiegazione. «Dovevano essere tutte di sesso femminile per via della numero sei. Sono quasi convinta che l'abbia scelta per *prima*, e non per ultima come vuole farci credere. Le altre erano femmine solo per confondere questo particolare. Ma è stata lei il primo oggetto della sua fantasia. Il perché non lo sappiamo. Forse ha una qualità speciale, qualcosa che la distingue dalle altre. Ecco perché *deve* tenerci segreta la sua identità fino alla fine. Non gli bastava farci sapere che una delle bambine rapite era ancora in vita. No, gli serviva che noi non sapessimo assolutamente chi fosse.»

«Perché questo potrebbe ricondurci a lui», concluse Goran.

Ma si trattava solo di affascinanti congetture che non erano di alcun aiuto.

«A meno che...» disse Mila, intuendo il pensiero degli altri, e ripeté: «A meno che non ci sia sempre stato un legame fra noi e Albert».

Ormai non avevano molto da perdere, e Mila non ebbe più remore a tirar fuori davanti a tutti la storia degli inseguimenti che aveva subito.

«È accaduto due volte. Anche se è solo della seconda che sono assolutamente sicura. Mentre sul piazzale del motel si è trattato più che altro di una sensazione...»

«E allora?» chiese Stern, curioso. «Cosa c'entra?»

«Qualcuno mi ha seguita. Magari è successo anche altre volte, non posso giurarlo, non me ne sono accorta... Ma perché? Per controllarmi? A che pro? Non ho mai posseduto informazioni di vitale importanza e sono sempre stata l'ultima ruota del carro tra voi.»

«Forse per depistarti», azzardò Boris.

«Anche questo: non c'è mai stata una vera 'pista', a meno

che io non mi sia davvero avvicinata troppo a qualcosa e allora sono diventata importante a mia insaputa.»

«Però quando è accaduto al motel eri appena arrivata. E questo smentisce l'ipotesi del depistaggio», disse Goran.

«Allora rimane solo una spiegazione... Chiunque mi ha seguita voleva *intimidirmi*.»

«E per quale ragione?» disse Sarah Rosa.

Mila la ignorò. «In entrambi i casi, il mio inseguitore non ha involontariamente tradito la sua presenza. Penso che, anzi, si sia manifestato volutamente.»

«Va bene, abbiamo capito. Ma perché avrebbe dovuto farlo?» insistette Rosa. «Per favore, questa cosa non ha senso!»

Mila si voltò bruscamente verso di lei, facendo valere la differenza d'altezza.

«Perché fin dall'inizio ero l'unica fra voi in grado di trovare la sesta bambina.» Tornò a guardare tutti. «Non prendetevela a male, ma i risultati che ho ottenuto fino a oggi mi danno ragione. Voi sarete bravissimi a scovare serial killer. Ma io trovo le persone scomparse: l'ho sempre fatto e lo so fare.»

Nessuno la contraddisse. Vista in quell'ottica, Mila rappresentava la minaccia più concreta per Albert perché era l'unica capace di mandare a monte i suoi piani.

«Ricapitoliamo: lui ha rapito la sesta bambina per prima. Se io avessi scoperto subito chi era la numero sei, tutto il suo disegno sarebbe crollato.»

«Ma tu non l'hai scoperto», disse Rosa. «Forse non sei così brava.»

Mila non raccolse la provocazione. «Avvicinandosi così tanto a me sul piazzale del motel, Albert può aver commesso un errore. Dobbiamo tornare a quel momento!»

«E come? Non dirmi che hai anche una macchina del tempo!»

Mila sorrise: senza saperlo, Rosa era andata molto vicino alla verità. Perché c'era un modo per tornare indietro. Ignorando ancora una volta il suo alito di nicotina, si girò verso Boris. «Come te la cavi con gli interrogatori sotto ipnosi?»

*

«Adesso rilassati...»

La voce di Boris era appena un sussurro. Mila era distesa sulla sua branda, le mani lungo i fianchi e gli occhi chiusi. Lui le era seduto accanto.

«Ora voglio che inizi a contare fino a cento...»

Stern aveva appoggiato un asciugamano sulla lampada, immergendo la stanza in una piacevole penombra. Rosa s'era confinata sul suo letto. Goran se ne stava seduto in un angolo, osservando attentamente quanto avveniva.

Mila scandiva i numeri lentamente. Il suo respiro iniziò ad assumere un ritmo regolare. Quando terminò di contare era perfettamente rilassata.

«Adesso voglio che tu veda delle cose nella tua mente. Sei pronta?»

Lei annuì.

«Sei in un grande prato. È mattino e c'è un bel sole. I raggi ti scaldano la pelle del viso e c'è profumo di erba e di fiori. Stai camminando e sei senza scarpe: puoi avvertire il fresco della terra sotto i piedi. E c'è la voce di un ruscello che ti chiama. Ti avvicini e ti chini sull'argine. Immergi le mani nell'acqua, e poi le porti alla bocca per berla. È buonissima.»

La scelta di quelle immagini non era casuale: Boris aveva evocato quelle sensazioni per assumere il controllo di tutti e cinque i sensi di Mila. Così poi sarebbe stato più facile farla tornare con la memoria al momento esatto in cui si trovava nel piazzale del motel.

«Ora che ti sei dissetata, vorrei che tu facessi una cosa per me. Torna a qualche sera fa...»

«Va bene», rispose lei.

«È notte, e un'auto ti ha appena riaccompagnata al motel...»

«Fa freddo», disse subito lei. A Goran parve di vedere il brivido che la percorse.

«E poi, cos'altro?»

«L'agente che mi ha accompagnata mi saluta con un cenno

del capo, poi fa inversione. E io sono sola in mezzo al piazzale.»

«Com'è? Descrivimelo.»

«Non c'è molta luce. Solo quella dell'insegna al neon, che cigola mossa dal vento. Di fronte a me ci sono i vari bungalow, ma le finestre sono buie. Sono l'unica cliente stanotte. Alle spalle dei bungalow c'è una cintura di altissimi alberi che ondeggiano. C'è la ghiaia per terra.»

«Incamminati...»

«Sento solo i miei passi.»

Sembrava quasi di udire il rumore del brecciolino.

«Dove sei adesso?»

«Mi dirigo verso la mia stanza, e passo davanti all'ufficio del custode. Non c'è nessuno ma la TV è accesa. Con me ho il sacchetto di carta con due toast al formaggio: è la mia cena. Il fiato si condensa nell'aria gelata, così mi affretto. I miei passi sulla ghiaia sono l'unico rumore che mi accompagna. Il mio bungalow è l'ultimo della fila.»

«Stai andando bene.»

«Mancano solo pochi metri e io sono concentrata sui miei pensieri. C'è una piccola buca per terra, non la vedo e inciampo... *E lo sento.*»

Goran non se ne rese conto, ma istintivamente si sporse con il busto in direzione del letto di Mila, come se potesse raggiungerla su quel piazzale, proteggendola dalla minaccia che incombeva su di lei.

«Cosa hai sentito?»

«Un passo sulla ghiaia, dietro di me. Qualcuno sta copiando la mia camminata. Vuole avvicinarsi senza che io me ne accorga. Ma ha perso il ritmo dei miei passi.»

«E tu cosa fai adesso?»

«Cerco di rimanere calma, ma ho paura. Proseguo alla stessa velocità verso il bungalow, anche se vorrei mettermi a correre. E intanto penso.»

«Cosa pensi?»

«Che è inutile estrarre la pistola perché, se lui è armato, avrà tutto il tempo per fare fuoco per primo. Penso anche al televisore acceso nell'ufficio del custode, e mi dico che l'ha già fatto fuori. E ora toccherà a me... Il panico sta salendo. »

« Sì, ma tu riesci a conservare il controllo. »

« Mi frugo in tasca in cerca della chiave, perché l'unica possibilità è quella di entrare nella mia camera... Sempre che me lo lasci fare. »

« Sei concentrata su quella porta: ormai mancano pochi metri, giusto? »

« Sì. C'è solo quella nel mio campo visivo, il resto intorno a me è sparito. »

« Ma ora devi farlo tornare... »

« Ci provo... »

« Il sangue pulsa veloce nelle tue vene, l'adrenalina scorre, hai i sensi allertati. Voglio che mi descrivi il *gusto*... »

« La bocca è secca, ma sento il sapore acido della saliva. »

« Il *tatto*... »

« È il freddo della chiave della stanza dentro la mia mano sudata. »

« L'*olfatto*... »

« Il vento porta uno strano odore di rifiuti decomposti. Alla mia destra ci sono i bidoni della spazzatura. E aghi di pino, e resina. »

« La *vista*... »

« Vedo la mia ombra che si prolunga sul piazzale. »

« E poi? »

« Vedo la porta del bungalow, è gialla e scrostata. Vedo i tre scalini che conducono al portico. »

Boris aveva lasciato intenzionalmente per ultimo il senso più importante, perché l'unica percezione che Mila aveva avuto del suo inseguitore era stata sonora.

« L'*udito*... »

« Non sento nulla, tranne i miei passi. »

« Ascolta meglio. »

Goran vide che sul viso di Mila si formava una ruga, proprio in mezzo agli occhi, per lo sforzo di ricordare.

« Li sento! Adesso distinguo anche i suoi passi! »

« Ottimo. Ma voglio che ti concentri ancora di più... »

Mila obbedì. Poi disse: «Cosa è stato?»

«Non lo so», le rispose Boris. «Sei sola lì, io non ho sentito nulla.»

«Eppure c'è stato!»

«Cosa?»

«Quel suono...»

«Quale suono?»

«Qualcosa... di metallico. Sì! Qualcosa di metallico che cade! Cade per terra, sulla ghiaia!»

«Cerca di essere più precisa.»

«Non lo so...»

«Avanti...»

«È... *una moneta*!»

«Una moneta, sei sicura?»

«Sì! Una di quelle da pochi centesimi! Gli è caduta e lui non se n'è accorto!»

C'era una pista insperata. Trovare la moneta in mezzo al piazzale. Trovarla e rilevare le impronte. Così si sarebbe potuto risalire all'inseguitore. La speranza era che si trattasse di Albert.

Mila continuava a tenere gli occhi chiusi, ma non smetteva di ripetere: «Una moneta! Una moneta!»

Boris riprese il controllo. «Va bene, Mila. Ora ti dovrò svegliare. Conterò fino a cinque, poi batterò le mani e tu riaprirai gli occhi.» Cominciò lentamente a scandire: «Uno, due, tre, quattro... e cinque!»

Mila spalancò gli occhi. Sembrava confusa, sperduta. Provò a rialzarsi, ma Boris la rimise giù appoggiandole dolcemente una mano sulla spalla.

«Non ancora», disse. «Potrebbe girarti la testa.»

«Ha funzionato?» gli chiese lei, fissandolo.

Boris sorrise: «A quanto pare abbiamo un indizio».

"Devo assolutamente trovarla", si disse mentre con la mano spazzava la ghiaia del piazzale. "Ne va della mia credibilità... Della mia vita."

Per questo era così attenta. Ma doveva fare in fretta. Non c'era molto tempo.

In fondo erano pochi i metri che avrebbe dovuto setacciare. Esattamente quelli che la separavano dal bungalow, come quella sera. Se ne stava carponi, incurante di sporcarsi i jeans. Affondava le mani nei sassolini bianchi e sulle nocche aveva già i segni sanguinanti di piccole ferite che spiccavano nella polvere che le ricopriva. Ma il dolore non le dava fastidio, anzi aiutava la sua concentrazione.

"La moneta", continuava a ripetersi. "Come ho fatto a non accorgermene?"

Niente di più facile che l'avesse trovata qualcuno. Un cliente, o magari il custode.

Era venuta al motel prima degli altri, perché non aveva più nessuno di cui fidarsi. E aveva l'impressione che anche i suoi colleghi non si fidassero più di lei.

"Devo fare in fretta!"

Spostava i sassi gettandoseli alle spalle, e intanto si mordeva il labbro. Era nervosa. Ce l'aveva con se stessa, e con il mondo intero. Inspirò ed espirò più volte, cercando di combattere l'agitazione.

Chissà perché le tornò in mente un episodio di quando era appena una recluta sfornata dall'accademia. Già allora erano evidenti il suo carattere chiuso e le difficoltà a legare con gli altri. L'avevano messa di pattuglia insieme a un collega più anziano che non la sopportava. Stavano rincorrendo un sospetto per i vicoli del quartiere cinese. Era troppo veloce e non erano riusciti a prenderlo, ma al suo collega era sembrato che, passando per il retro di un ristorante, avesse gettato qualcosa in una vasca di ostriche. Così la costrinse a immergersi fino alle ginocchia in quell'acqua stagnante e a frugare fra quei molluschi andati a male. Ovviamente non c'era nulla. E probabilmente le aveva solo voluto impartire un insegnamento da recluta. Da allora non mangiava più ostriche. Ma aveva imparato una lezione importante.

Anche i ruvidi sassolini che ora spostava con tanta foga erano un test.

Qualcosa per dimostrare a se stessa che era ancora capace di ricavare il meglio dalle cose. Era stato il suo talento per molto tempo. Ma proprio mentre si compiaceva di sé, un pensiero le attraversò la mente. Come quella volta con il collega anziano, anche adesso qualcuno s'era preso gioco di lei.

Non c'era nessuna moneta, in realtà. Era stato solo un inganno.

Nel momento esatto in cui Sarah Rosa raggiunse questa consapevolezza, sollevò il capo e vide avvicinarsi Mila. Smascherata e impotente, davanti alla collega più giovane la rabbia svanì e le si riempirono gli occhi di lacrime.

«Ha tua figlia, non è vero? *È lei la numero sei.*»

34

Nel sogno c'è sua madre.

*Le sta parlando con il suo sorriso « magico » – così lo chiama lei,
perché è bello quando non è arrabbiata, e allora diventa la persona più amabile del mondo, ma ormai succede sempre più di rado.*

*Nel sogno sua madre le racconta di sé, ma anche di suo padre.
Ora i suoi genitori vanno di nuovo d'accordo e non litigano più.
La mamma le riferisce quello che fanno, come va il lavoro e la vita
a casa in sua assenza, e le elenca persino i film che hanno rivisto
sul videoregistratore. Non i suoi preferiti, però. Per quelli l'aspet-
teranno. Le fa piacere sentirselo dire. Vorrebbe chiederle quando
tornerà. Ma nel sogno sua madre non può sentirla. È come se le
parlasse attraverso uno schermo. Per quanto lei si sforzi, non cambia nulla. E il sorriso sul volto della mamma ora sembra quasi
impietoso.*

Una carezza scivola dolcemente fra i capelli, e lei si sveglia.

*La piccola mano fa su e giù dalla sua testa al cuscino, e una
tenera voce mormora una canzone.*

« Sei tu! »

*Tale è la gioia che dimentica dove si trova. Quello che conta
adesso è che non se la sia immaginata, questa bambina.*

« Ti ho aspettata tanto », le dice.

« Lo so, ma non potevo venire prima. »

« Non ti era permesso? »

*La bambina la guarda con i suoi occhioni seri: « No, ho avuto
da fare ».*

*Non sa in cosa possano consistere le faccende che l'hanno tenuta
tanto impegnata da non poterla venire a trovare. Ma per adesso
non le importa. Ha mille domande per lei. E comincia con quella
che le sta più a cuore.*

« Che ci facciamo qui? »

Dà per scontato che anche la bambina sia prigioniera. Anche se è lei l'unica a essere legata a un letto, mentre l'altra, a quanto pare, è libera di girovagare quanto vuole nella pancia del mostro.

« Questa è casa mia. »

La risposta la spiazza. « E io? Io perché sono qui? »

La bambina non dice nulla e torna a concentrarsi sui suoi capelli. Lei capisce che sta evitando la domanda e non insiste, verrà il momento anche per quella.

« Come ti chiami? »

La bambina le sorride: « Gloria ».

Ma lei la guarda meglio. « No... »

« 'No' cosa? »

« Io ti conosco... Tu non ti chiami Gloria... »

« Sì invece. »

Si sforza di ricordare. L'ha già vista, l'ha già vista, ne è sicura. « Eri sul cartone del latte! »

La bambina la osserva senza capire.

« Sì: c'era la tua faccia anche sui volantini. La città era piena. Alla mia scuola, al supermercato. È successo... » Quanto tempo era passato? Lei faceva ancora la quarta. « È successo tre anni fa. »

La bambina continua a non capire. « Sono arrivata da poco qui. Al massimo quattro settimane. »

« Ti dico di no! Sono passati almeno tre anni. »

Non le crede. « Non è vero. »

« Sì, e i tuoi genitori hanno fatto anche un appello alla televisione! »

« I miei genitori sono morti. »

« No, sono vivi! E tu ti chiami... Linda! Il tuo nome è Linda Brown! »

La bambina s'irrigidisce: « Il mio nome è Gloria! E la Linda che dici tu è un'altra persona. Ti stai confondendo ».

Sentendo la sua voce incrinarsi in quel modo, decide di non insistere: non vuole che vada via e che la lasci di nuovo sola. « Va bene, Gloria. Come vuoi. Vuol dire che mi sono sbagliata. Scusami. »

La bambina annuisce, soddisfatta. Poi, come se niente fosse, riprende a pettinarle i capelli con le dita e a canticchiare.

Allora lei prova con qualcos'altro. « Sto molto male, Gloria.

Non riesco a muovere il braccio. Ho sempre la febbre. E svengo spesso... »

« Fra un po' starai meglio. »

« Ho bisogno di un dottore. »

« I dottori combinano solo casini. »

Quella frase nella sua bocca sembra stonata. È come se l'avesse sentita da qualcun altro, così spesso che col tempo s'è insinuata anche nel suo gergo. E ora la sta ripetendo per lei.

« Morirò, me lo sento. »

Le scappano due enormi lacrime. Gloria si ferma, e le raccoglie dalle sue guance. Poi comincia a fissarsi le dita, ignorandola.

« Hai capito quello che ti ho detto, Gloria? Morirò se non mi aiuti. »

« Steve ha detto che guarirai. »

« Chi è Steve? »

La bambina è distratta, ma le risponde lo stesso. « Steve, è lui che ti ha portata qui. »

« Che mi ha rapita, vorrai dire! »

La bambina torna a fissarla. « Steve non ti ha rapita. »

Per quanto abbia paura di farla arrabbiare di nuovo, non può transigere su quel punto: ne va della sua sopravvivenza. « Sì, e ha fatto la stessa cosa anche con te. Ne sono sicura. »

« Ti sbagli. Lui ci ha salvate. »

Non vorrebbe, ma la risposta l'ha indispettita. « Che cavolo dici? Salvate da cosa? »

Gloria vacilla. Può vedere i suoi occhi che si svuotano, lasciando il posto a uno strano timore. Fa un passo indietro, ma lei riesce ad afferrarle il polso. Gloria vorrebbe scappare, prova a liberarsi, ma lei non la lascerà andare senza una risposta.

« Da chi? »

« Da Frankie. »

Gloria si morde le labbra. Non avrebbe voluto dirlo. Ma l'ha fatto.

« Chi è Frankie? »

Riesce a divincolarsi, lei è troppo debole per impedirglielo.

« Ci vediamo un'altra volta, va bene? »

Gloria si allontana.

«No, aspetta. Non te ne andare!»

«Tu ora devi riposare.»

«No, ti prego! Non tornerai!»

«Sì, invece: tornerò.»

La bambina si allontana. Lei scoppia a piangere. Un grumo amaro di disperazione le sale in gola. E si diffonde anche nel petto. I singhiozzi la squassano, la voce si spezza mentre chiede gridando al nulla.

«Ti prego! Chi è Frankie?»

Ma nessuno le risponde.

35

«Il suo nome è Sandra.»

Terence Mosca lo scrisse in cima alla pagina del notes. Poi sollevò nuovamente lo sguardo su Sarah Rosa.

«Quando è stata rapita?»

La donna si sistemò meglio sulla sedia prima di rispondergli, cercando di riordinare per bene le idee. «Sono passati quarantasette giorni ormai.»

Mila aveva ragione: Sandra era stata presa *prima* delle altre cinque. E poi Albert l'aveva usata per attirare Debby Gordon, la sua sorella di sangue.

Le due ragazzine si erano conosciute un pomeriggio al parco, osservando i cavalli del maneggio. Uno scambio di parole ed era nata subito una simpatia. Debby si sentiva giù per la lontananza da casa. Sandra per la separazione dei suoi genitori. Unite dalle rispettive tristezze, erano diventate subito amiche.

Entrambe avevano ricevuto un buono omaggio per un giro a cavallo. Non era casuale. Era stato Albert a farle incontrare.

«Come è avvenuto il rapimento di Sandra?»

«Mentre andava a scuola», proseguì Rosa.

Mila e Goran videro Mosca annuire. C'erano tutti – anche Stern e Boris – nell'ampia sala dell'archivio, al primo piano del palazzo della Polizia federale. Il capitano aveva scelto quel luogo inusuale per evitare che la notizia filtrasse e per non far assomigliare quella conversazione a un interrogatorio.

La sala era deserta a quell'ora. Dal punto in cui si trovavano si diramavano lunghi corridoi di scaffali ricolmi di fascicoli. L'unica luce era quella del tavolo di consultazione intorno a cui erano radunati. Le voci e i rumori si perdevano nell'eco e nel buio.

«Cosa puoi dirci di Albert?»

«Non l'ho mai visto né sentito. Non so chi sia. »

«Ovviamente...» chiosò Terence Mosca, come se questa fosse un'aggravante per lei.

Formalmente, Sarah Rosa non era ancora stata sottoposta ad alcuna misura restrittiva della libertà. Ma presto sarebbe stata incriminata per complicità in sequestro e in omicidio di minori.

Era stata Mila a individuarla indagando sul rapimento di Sabine alle giostre. Dopo aver parlato con la madre della bambina, aveva pensato che Albert potesse essersi servito di una donna perché il sequestro passasse inosservato davanti a tutta quella gente. Ma non una complice qualsiasi, bensì una che fosse anche ricattabile. La madre della bambina numero sei, per esempio.

Mila era incappata nella conferma di quell'incredibile ipotesi sfogliando sul portatile le foto ricordo di quella sera al luna park. Sullo sfondo di un'istantanea scattata da un padre di famiglia aveva notato una massa di capelli e uno scorcio di profilo che avevano suscitato un intenso solletico alla base del collo seguito da un inequivocabile nome: Sarah Rosa!

«Perché Sabine?» le domandò Mosca.

«Non lo so», disse Rosa: «Mi ha fatto avere una sua fotografia e mi ha fatto sapere dove l'avrei trovata, tutto qui».

«E nessuno si è accorto di nulla. »

Al Pensatoio, Rosa aveva detto: «Ognuno guardava solo il proprio figlio. La gente se ne frega, questa è la realtà». E Mila se ne era ricordata. La donna lo sapeva bene perché l'aveva sperimentato di persona.

Mosca proseguì: «Allora lui conosceva gli spostamenti delle famiglie».

«Suppongo di sì. Le sue istruzioni per me erano sempre molto accurate. »

«Come ti passava gli ordini? »

«Tutto tramite posta elettronica. »

«Non hai provato a rintracciare la provenienza? »

La domanda del capitano aveva già una risposta: Sarah Rosa era un'esperta d'informatica. Se non c'era riuscita lei, allora era impossibile.

«Comunque ho conservato tutte le mail. » Poi guardò i suoi

colleghi: «È molto furbo, sapete? Ed è in gamba». Lo disse come se volesse giustificarsi. «E ha mia figlia», aggiunse.

Il suo sguardo non toccò Mila.

Le aveva dimostrato ostilità sin dal primo giorno perché lei era davvero l'unica che potesse scoprire l'identità della sesta bambina, mettendone a repentaglio la vita.

«È stato lui a ordinarti di sbarazzarti subito della Vasquez?»

«No, è stata una mia iniziativa. Quella lì poteva dare fastidio.»

Aveva voluto manifestarle ancora una volta il suo disprezzo. Ma Mila la perdonò. Il suo pensiero andò a Sandra, la ragazzina che soffriva di disturbi alimentari – come le aveva raccontato Goran – e che adesso si trovava nelle mani di uno psicopatico, con un braccio amputato, in preda a sofferenze indicibili. Per giorni era stata ossessionata dalla sua identità. Ora finalmente aveva un nome.

«Così hai seguito l'agente Vasquez per ben due volte, per metterle paura e costringerla ad abbandonare l'indagine.»

«Sì.»

Mila ricordava che dopo l'inseguimento in macchina era andata allo Studio, dove non c'era nessuno. Boris l'aveva avvertita con un SMS che si trovavano tutti alla villa di Yvonne Gress. E lei li aveva raggiunti. Lì c'era Sarah Rosa che si stava preparando accanto al camper dell'unità mobile. Mila non s'era chiesta come mai non fosse già insieme agli altri nella casa. Il suo ritardo non l'aveva insospettita. O forse la donna era stata più brava, attaccandola per non darle il tempo di riflettere e seminando dubbi sul conto di Goran.

«E, per inciso, lui ha fregato te... perché io t'ho votato contro.»

Invece non l'aveva fatto, perché avrebbe rischiato di attirare sospetti.

Terence Mosca non aveva fretta: scriveva le risposte di Rosa sul notes e ci ragionava su prima di procedere con la domanda successiva.

«E cos'altro hai fatto per lui?»

«Sono entrata di nascosto nella stanza di Debby Gordon, al collegio. Ho rubato il suo diario dalla scatola di latta, manomettendo il lucchetto in modo che nessuno se ne accorgesse. Poi ho tolto dalla parete le foto dove appariva anche mia figlia. E ho lasciato la trasmittente GPS che poi vi ha condotti al secondo ritrovamento all'orfanotrofio... »

« Non hai mai pensato che, prima o poi, qualcuno avrebbe potuto scoprirti? » le fece notare Mosca.

« Avevo scelta? »

« Sei stata tu a piazzare allo Studio il cadavere della quinta bambina... »

« Sì. »

« Sei entrata con la tua chiave, e hai simulato lo scasso della porta blindata. »

« Per non insospettire nessuno. »

« Già... » Quindi Mosca la fissò per un lungo istante. « Perché ti ha fatto portare quel corpo allo Studio? »

Era la risposta che tutti aspettavano.

« Non lo so. »

Mosca respirò profondamente col naso. Quel gesto doveva significare che la loro conversazione era conclusa. Poi il capitano si rivolse a Goran. « Io credo che possa bastare. A meno che non abbia delle domande anche lei... »

« Nessuna », disse il criminologo.

Mosca tornò a rivolgersi alla donna: « Agente speciale Sarah Rosa, fra dieci minuti telefonerò al Procuratore che formulerà ufficialmente le accuse nei tuoi confronti. Come d'accordo, questa chiacchierata rimarrà fra noi, ma ti consiglio di non aprire bocca se non in presenza di un buon avvocato. Un'ultima domanda: qualcun altro, oltre te, è coinvolto in questa vicenda? »

« Se si sta riferendo a mio marito, lui non sa nulla. Siamo in procinto di divorziare. Appena Sandra è sparita, l'ho sbattuto fuori di casa con una scusa per tenerlo all'oscuro di tutto. Abbiamo anche litigato spesso ultimamente perché voleva vedere nostra figlia e credeva che io glielo impedissi. »

Mila li aveva visti mentre discutevano animatamente davanti allo Studio.

« Bene », disse Mosca mentre si alzava. Poi si rivolse a Boris e

Stern indicando Rosa: «Manderò subito qualcuno a formalizzare l'arresto».

I due agenti annuirono. Il capitano si piegò per recuperare la sua borsa di cuoio. Mila lo vide riporre il notes accanto a una cartellina gialla: sulla copertina s'intravedevano alcune lettere di una scritta battuta a macchina: «W»... «on» e «P».

"Wilson Pickett", pensò lei.

Terence Mosca s'incamminò lentamente verso l'uscita, seguito da Goran. Mila rimase con Boris e Stern insieme a Rosa. I due uomini se ne stavano in silenzio, evitando di guardare la collega che non si era fidata di loro.

«Mi dispiace», disse lei con le lacrime agli occhi. «Non avevo scelta...» ripeté.

Boris non rispose, riusciva a malapena a trattenere la rabbia. Stern le disse soltanto: «Va bene, però sta' tranquilla adesso». Ma non era molto convincente.

Sarah Rosa allora li guardò, supplicante: «Trovate la mia bambina, vi prego...»

Molti ritengono – a torto – che i serial killer siano sempre mossi da una motivazione sessuale. Anche Mila lo pensava prima di trovarsi coinvolta nel caso di Albert.

In realtà, a seconda degli scopi finali, ne esistono diverse specie.

Ci sono i «visionari», che commettono gli omicidi dominati da un *alter ego* con cui comunicano e da cui ricevono istruzioni, alle volte sotto forma di visioni o di semplici «voci». Il loro comportamento spesso sfocia nella psicosi.

I «missionari» si pongono una meta inconscia e sono dominati da una autoimposta responsabilità per il miglioramento del mondo che li circonda, che passa inevitabilmente attraverso l'eliminazione di alcune categorie di persone: omosessuali, prostitute, fedifraghi, avvocati, agenti del fisco e così via.

I «cercatori di potere» possiedono una scarsa autostima. La soddisfazione gli deriva dal controllo sulla vita e sulla morte delle loro vittime. L'omicidio si accompagna con l'atto sessuale, ma solo come strumento di umiliazione.

Infine gli «edonisti». Uccidono solo per il piacere di farlo. Fra questi – e solo come sottocategoria – si annoverano anche quelli a scopo sessuale.

Benjamin Gorka entrava in tutte e quattro queste classi.

Soffriva di visioni che lo spingevano a uccidere solo prostitute dopo averle violentate perché non riusciva ad avere relazioni con l'altro sesso, e la cosa gli piaceva parecchio.

Le sue vittime accertate erano trentasei, anche se si era assunto la piena responsabilità soltanto per la morte di otto di loro. Si temeva che ne avesse uccise molte di più, facendo sparire abilmente i resti. Era rimasto in attività per venticinque anni prima che lo catturassero.

La difficoltà nel localizzarlo era dipesa in gran parte dalla varietà e lontananza dei luoghi in cui colpiva.

Era stato individuato da Gavila e dalla squadra dopo tre anni di caccia serrata. Avevano inserito i dati dei diversi omicidi in un computer che aveva elaborato uno schema circolare. Sovrapponendolo a una mappa stradale, si erano accorti che le linee dello schema corrispondevano esattamente al ciclo di distribuzione delle merci.

Benjamin Gorka, infatti, era un camionista.

La sua cattura era avvenuta la notte di Natale in una piazzola di servizio dell'autostrada. Ma, per un errore dell'accusa durante il processo, aveva ottenuto la seminfermità mentale e un soggiorno in un manicomio criminale. Luogo da cui, peraltro, non sarebbe mai più uscito.

Dal momento del suo arresto, però, il paese scoprì il nome di uno dei più brutali assassini della sua storia. Per Goran e i suoi uomini, in ogni caso, Benjamin Gorka sarebbe rimasto per sempre Wilson Pickett.

Dopo che due poliziotti si erano presentati per arrestare Sarah Rosa, Mila aveva atteso che anche Boris e Stern se ne andassero: voleva rimanere sola nell'archivio. Poi si era messa a consultare gli schedari e aveva trovato la copia del fascicolo.

Sfogliandolo, non aveva scoperto il motivo che aveva spinto

il criminologo a battezzare l'omicida col nome del famoso cantante. In compenso, aveva visto la foto della bella ragazza che aveva già notato, attaccata alla parete, il giorno in cui aveva messo piede per la prima volta allo Studio.

Si chiamava Rebecca Springher. Ed era stata l'ultima vittima di Gorka.

In realtà, nel fascicolo non c'era molto altro. Si chiese come mai quel caso costituisse una ferita ancora aperta per i membri dell'unità e si ricordò delle parole di Boris quando gli aveva chiesto spiegazioni.

«È andata male. Ci sono stati degli errori, e qualcuno ha minacciato di sciogliere la squadra dando il benservito al dottor Gavila. È stato Roche a difenderci e a pretendere che rimanessimo ai nostri posti.»

Qualcosa era andato storto. Ma il fascicolo che aveva fra le mani non parlava di alcun errore, anzi descriveva l'operazione come «esemplare» e «perfettamente riuscita».

Non doveva essere così se Terence Mosca aveva motivo d'interessarsene.

Mila scovò il verbale della deposizione resa da Goran davanti al Tribunale che doveva giudicare il serial killer. In quell'occasione, il criminologo aveva definito Benjamin Gorka «uno psicopatico puro, raro in natura almeno quanto una tigre albina».

Per poi aggiungere: «Questi individui sono difficili da scoprire. Da fuori appaiono del tutto normali, uomini comuni. Ma scavando sotto la superficie di normalità, ecco che appare il loro 'io' interiore. Quello che molti di loro chiamano *la bestia*. Gorka l'ha alimentata coi suoi sogni, l'ha nutrita dei suoi desideri. A volte ha dovuto fare i conti con lei. Forse l'ha anche combattuta per un certo periodo della sua vita. Alla fine, però, è sceso a patti. Ha capito che c'era un solo modo per farla tacere: accontentarla. Altrimenti lei lo avrebbe divorato dal di dentro.»

Mentre analizzava quei fogli, Mila poteva quasi sentirli leggere dalla voce di Goran.

«Poi un giorno c'è stata una frattura fra la realtà e l'onirico. È lì che Benjamin ha cominciato a progettare quello che prima aveva solo fantasticato. L'istinto di uccidere è in ciascuno di noi. Ma, grazie al cielo, siamo dotati anche di un dispositivo che ci permette di tenerlo sotto controllo, di inibirlo. Esiste sempre, però, un punto di rottura. »

"Un punto di rottura", rifletté Mila. Andò avanti e si soffermò su un altro passaggio.

«... ma presto l'atto dev'essere ripetuto. Perché l'effetto svanisce, il ricordo non basta più e subentra un senso d'insoddisfazione e di disgusto. Le fantasie non sono più sufficienti e si deve ripetere il rituale. Il bisogno deve essere saziato. All'infinito. »

All'infinito!

Lo trovò di fuori, seduto su uno dei gradini d'acciaio della scala antincendio. Si era acceso una sigaretta e se la portava alle labbra, reggendola in bilico fra le dita.

«Però non dirlo a mia moglie », le disse Stern appena la vide uscire dalla porta tagliafuoco.

«Non preoccuparti, rimarrà un segreto », lo rassicurò Mila mentre andava a sedersi accanto a lui.

«Allora, che posso fare per te? »

«Come sai che sono venuta a chiederti qualcosa? »

Stern le rispose sollevando un sopracciglio.

«Albert non si farà mai catturare, lo sai anche tu », disse allora Mila. «Penso che abbia già pianificato la sua morte: anche quella fa parte del suo disegno. »

«Non m'interessa se crepa. So che non è cristiano dire certe cose, ma è così. »

Mila lo fissò e si fece seria. «Lui vi conosce, Stern. Sa molte cose di voi, altrimenti non avrebbe mai fatto piazzare il quinto cadavere nello Studio. Deve aver seguito i vostri casi in passato. Sa come vi muovete, per questo riesce sempre a precederci. E credo che conosca soprattutto Gavila... »

«Cosa te lo fa pensare? »

«Ho letto una sua deposizione in Tribunale relativa a un vecchio caso, e Albert si comporta come se volesse smentire le sue teorie. È un serial killer *sui generis*. Non sembra affetto da un disturbo narcisistico della personalità perché preferisce attirare l'attenzione su altri criminali invece che su se stesso. Non sembra dominato da un istinto irrefrenabile, riesce a controllarsi benissimo. Non gli procura piacere ciò che fa, sembra più attratto dalla sfida che ha ingaggiato. Tu come lo spieghi? »

« Semplice: non me lo spiego. E non m'interessa. »

« Come fai a fregartene? » scattò Mila.

« Non ho detto che non me ne frega niente, ho detto che non mi *interessa*. È diverso. Per quanto ci riguarda, non abbiamo mai raccolto la sua 'sfida'. Riesce a tenerci sulle spine solo perché c'è ancora una bambina da salvare. E non è vero che non abbia una personalità narcisistica, perché ciò che vuole è la nostra attenzione, non quella di qualcun altro: solo la nostra, capisci? I giornalisti ci godrebbero da matti se desse loro un segnale, ma ad Albert non importa. Almeno per ora. »

« Perché non sappiamo cosa ha in mente come finale. »

« Giusto. »

« Io però sono convinta che Albert stia cercando di attirare l'attenzione su di voi in questo momento. E sto parlando del caso di Benjamin Gorka. »

« Wilson Pickett »

« Vorrei che me ne parlassi... »

« Leggi il fascicolo. »

« Boris mi ha rivelato che all'epoca c'è stato qualche intoppo... »

Stern gettò via ciò che rimaneva della sigaretta. « Boris a volte non sa quello che dice. »

« Avanti Stern, raccontami come sono andate le cose! Non sono l'unica che si sta interessando alla faccenda... » E gli confidò della cartellina che aveva visto nella borsa di Terence Mosca.

Stern allora si fece pensieroso.

« Va bene. Ma non ti piacerà, credimi. »

« Sono pronta a tutto. »

« Quando catturammo Gorka iniziammo a setacciare la sua vita. Quel tipo viveva praticamente nel suo camion, ma trovammo una ricevuta da cui risultava l'acquisto di una certa quantità di provviste alimentari. Pensammo che si fosse reso conto che il cerchio si stava stringendo intorno a lui e che si stesse preparando per rintanarsi in qualche luogo sicuro, in attesa che si calmassero le acque. »

« Ma non era così... »

« Circa un mese dopo la sua cattura, spunta fuori la denuncia di scomparsa di una prostituta. »

« Rebecca Springher. »

« Esatto. Però il fatto risaliva più o meno al periodo di Natale... »

« Cioè quando Gorka era stato arrestato. »

« Infatti. E il posto dove la donna batteva rientrava proprio fra quelli toccati dal camion. »

Mila trasse da sé la conclusione: « Gorka la teneva prigioniera, le provviste erano per lei. »

« Non sapevamo dove fosse e quanto avrebbe resistito ancora. Così l'abbiamo domandato a lui. »

« E chiaramente lui ha negato. »

Stern scosse il capo. « No, nient'affatto. Ha ammesso ogni cosa. Ma per rivelare il luogo della prigionia ci ha posto una piccola condizione: l'avrebbe detto solo in presenza del dottor Gavila. »

Mila non capiva. « E allora, qual è stato il problema? »

« Il problema fu che il dottor Gavila non si trovava. »

« E Gorka come faceva a saperlo? »

« Non lo sapeva, sadico bastardo! Noi cercavamo il criminologo e per quella poveretta intanto il tempo passava. Boris sottopose Gorka a ogni tipo d'interrogatorio. »

« E riuscì a farlo parlare? »

« No, ma riascoltando le registrazioni dei colloqui precedenti si accorse che Gorka aveva casualmente menzionato un vecchio magazzino dove c'era un pozzo. È stato Boris a trovare Rebecca Springher, da solo. »

« Ma lei era già morta per inedia. »

« No. S'è tagliata le vene con uno degli apriscatole che Gorka le aveva lasciato insieme alle scorte alimentari. Ma la cosa che più fa rabbia è un'altra... Secondo il medico legale, si è suicidata appena un paio d'ore prima che Boris la trovasse. »

Mila si sentì gelare. Poi domandò lo stesso: «E Gavila per tutto quel tempo che fine aveva fatto?»

Stern sorrise, un modo per nascondere i suoi veri sentimenti.

«Lo trovarono una settimana dopo nel bagno di una stazione di servizio. Degli automobilisti avevano chiamato un'ambulanza: era in coma etilico. Aveva mollato il figlio alla tata e se n'era andato di casa per smaltire l'abbandono della moglie. Quando andammo a trovarlo in ospedale, era irriconoscibile.»

In quel racconto era forse racchiusa la ragione del singolare legame fra i poliziotti della squadra e un civile come Goran. Perché sono più spesso le tragedie umane che i successi a legare le persone, pensò Mila. E le tornò in mente una frase che aveva sentito proprio da Goran, quando erano a casa sua, dopo che aveva scoperto d'essere stato ingannato da Roche a proposito di Joseph B. Rockford.

«Stiamo accanto a persone di cui pensiamo di conoscere tutto, invece non sappiamo niente di loro...»

Era assolutamente vero, pensò. Per quanto si fosse sforzata, lei non sarebbe mai riuscita a immaginare Goran nelle condizioni in cui l'avevano trovato. Ubriaco e fuori di sé. E quel pensiero in quel momento la infastidiva. Cambiò argomento.

«Perché avete chiamato il caso Wilson Pickett?»

«Soprannome simpatico, vero?»

«Da ciò che ho capito, di solito Gavila preferisce assegnare un nome reale al soggetto da catturare, per renderlo meno evanescente.»

«Di solito», ribadì Stern. «Ma quella volta ha fatto un'eccezione.»

«Perché?»

L'agente speciale la fissò: «Non è un motivo per cui lambiccarsi il cervello, te l'assicuro. Potrei dirtelo io. Ma se vuoi sapere veramente come sono andati i fatti, dovresti fare una cosa di persona...»

«Sono disposta a farla.»

«Vedi, nel caso di Benjamin Gorka è accaduto un fatto rarissimo...» e poi aggiunse: «Hai mai incontrato qualcuno che è sopravvissuto a un serial killer?»

36

A un serial killer non si sopravvive.

Piangere, disperarsi, supplicare non serve a nulla. Al contrario, alimenta il piacere sadico dell'omicida. L'unica possibilità per la preda resta la fuga. Ma la paura, il panico, l'incapacità di comprendere ciò che sta capitando, giocano a favore del predatore.

Nondimeno, in rari casi, capita che il serial killer non porti a compimento l'uccisione. Succede perché, nel momento in cui sta per ultimare l'atto, qualcosa – un freno che all'improvviso viene attivato da un gesto o da una frase della vittima – lo ferma.

Ecco perché Cinthia Pearl era una sopravvissuta.

Mila la incontrò nel piccolo appartamento che la ragazza aveva preso in affitto in un condominio vicino all'aeroporto. La casa era modesta, ma costituiva il più importante successo della nuova Cinthia. Quella vecchia era stata un insieme di esperienze negative, di errori ripetuti e di scelte sbagliate.

«Mi prostituivo per comprarmi la roba.»

Lo disse senza un minimo di esitazione, come se stesse parlando di qualcun altro. Mila non riusciva a credere che la giovane donna che aveva davanti avesse già alle spalle un'esistenza tanto pesante.

Cinthia dimostrava appena i suoi ventiquattro anni. Aveva ricevuto la poliziotta con ancora indosso la divisa da lavoro. Da qualche mese faceva la cassiera in un supermercato. Il suo aspetto dimesso, con i capelli rossi raccolti in una coda e il viso senza un'ombra di trucco, non riusciva a soffocare una bellezza selvatica, che si accompagnava a un fascino del tutto involontario.

«Sono stati l'agente Stern e sua moglie a trovarmi questo appartamento», disse fiera.

Mila si guardò intorno per darle soddisfazione. I mobili erano di stili diversi, messi insieme più per riempire lo spazio e garantirle l'essenziale che per arredare. Ma si vedeva che lei ci teneva. E si prendeva cura di quella casa. Era tutto pulito, e in ordine. Aveva sistemato qua e là alcuni soprammobili, soprattutto piccoli animali di porcellana.

«Sono la mia passione. Li colleziono, sa?»

In giro c'erano anche le foto di un bambino. Cinthia era stata una ragazza madre. Suo figlio le era stato tolto dagli assistenti sociali e dato in affidamento a un'altra famiglia.

Per riprenderselo, aveva intrapreso un programma di disintossicazione. Successivamente era entrata a far parte della Chiesa che frequentavano Stern e la moglie. Dopo tante vicissitudini, aveva incontrato finalmente Dio. E si faceva vanto della sua nuova fede indossando una mediaglietta con san Sebastiano. Era l'unico vezzo, insieme a un sottile anello del rosario che portava all'anulare.

«Senta signorina Pearl, io non voglio costringerla a raccontarmi come sono andate le cose con Benjamin Gorka...»

«Oh no, io ne parlo apertamente ormai. All'inizio era difficile ricordare, ma adesso credo di averlo superato. Gli ho perfino scritto una lettera, sa?»

Mila non poteva certo sapere la reazione di Gorka alla missiva, ma pensando al tipo era sicura che l'avesse usata per ispirare masturbazioni notturne.

«E le ha risposto?»

«No. Ma ho intenzione d'insistere: quell'uomo ha un disperato bisogno della Parola.»

Parlava stando seduta davanti a lei e continuava a tirare verso il basso la manica destra della camicetta. Mila intuì che si sforzava di celare qualche tatuaggio che ormai faceva parte del passato. Probabilmente non aveva ancora messo insieme la somma necessaria per farselo cancellare.

«Come sono andate le cose?»

Cinthia si rabbuiò. «L'incontro è avvenuto per una serie di

coincidenze. Non adescavo i clienti per strada, preferivo andare nei bar. Era molto più sicuro, e si stava al caldo. Noi ragazze lasciavamo sempre una mancia al barista.» Fece una pausa. «Sono nata in una cittadina dove la bellezza può essere una maledizione. Capisci presto che la puoi usare per andartene, mentre molti dei tuoi amici non se ne andranno mai, e rimarranno lì e si sposeranno fra loro, e saranno per sempre infelici. Allora ti guardano come se fossi speciale, e ti caricano di aspettative. Sei la loro speranza.»

Mila la comprendeva, e probabilmente conosceva anche tutte le tappe successive di quella storia. Cinthia se n'era andata dopo il liceo, era approdata nella grande città ma non aveva trovato ciò che s'aspettava. Invece aveva conosciuto tante ragazze uguali a lei, con la stessa aria sperduta e la stessa paura nel cuore. Il mestiere di prostituta non era stato un imprevisto sfortunato, ma una naturale conseguenza di ogni passo compiuto nel passato.

Ciò che più la amareggiava quando ascoltava simili racconti, era il pensiero che a soli ventiquattro anni una ragazza come Cinthia Pearl avesse già bruciato tutta l'energia della sua gioventù. Aveva imboccato prestissimo una brutta china e Benjamin Gorka la stava semplicemente aspettando al termine della discesa.

«Quella sera rimorchiai un tipo. Aveva la fede al dito, sembrava a posto. Ci appartammo nella sua auto, fuori città. Alla fine si rifiutò di pagarmi e mi picchiò pure. Mi scaricò lì, sulla strada.» Sospirò. «Non potevo fare l'autostop: nessuno dà un passaggio a una prostituta. Così mi misi a battere con la speranza che il cliente successivo mi avrebbe riportata indietro.»

«E arrivò Gorka...»

«Ricordo ancora il suo enorme camion che accosta. Prima di salire, trattammo un po' sul prezzo. Sembrava gentile. Mi disse: 'Che ci fai là fuori? Vieni dentro che si gela!'»

Cinthia piegò lo sguardo. Non la imbarazzava parlare delle cose che aveva fatto per vivere. Ma si vergognava di essere stata così ingenua.

«Andammo dietro, nella cabina dove di solito dormiva. Era

una vera e propria casa, sa? C'era tutto. Anche quel genere di poster... Non era una novità, tutti i camionisti ce l'hanno. Ma in quelle immagini c'era qualcosa di strano...»

Mila rammentò il particolare che aveva letto nel fascicolo: Gorka aveva scattato delle foto alle sue vittime in pose oscene, poi ne aveva fatto dei poster.

La particolarità di quelle immagini era che ritraevano dei cadaveri. Ma questo Cinthia non poteva saperlo.

«Mi montò sopra e lo lasciai fare. Puzzava parecchio e speravo che finisse in fretta. Teneva la testa affondata nel mio collo, così mi potevo risparmiare un po' di scena. Mi bastava fargli i soliti gridolini. Intanto tenevo gli occhi aperti...» Un'altra pausa, un po' più lunga per riprendere fiato. «Non so quanto ci misero le mie pupille ad abituarsi all'oscurità, ma quando lo fecero mi apparve quella scritta sul soffitto della cabina...»

Era realizzata con vernice fosforescente, Mila ne aveva vista una riproduzione.

Diceva: *Io ti ucciderò.*

«Cominciai a urlare... Lui invece iniziò a ridere. Provai a scalciare per mandarlo via, ma era più grosso di me. Tirò fuori il coltello e cominciò a colpirmi. La prima coltellata la parai con l'avambraccio, la seconda mi prese a un fianco, la terza mi trapassò l'addome. Sentivo il sangue che scorreva fuori di me e pensavo 'Ecco, sono morta'.»

«Invece lui si è fermato... Perché?»

«Perché, a un certo punto, gli dissi una cosa... Mi venne spontaneo, forse era il panico, non so. Gli dissi: 'Ti prego, quando sarò morta prenditi cura di mio figlio. Si chiama Rick e ha cinque anni'...» Sorrise amaramente e scosse il capo. «Ma ci pensa? Ho davvero chiesto a quell'assassino di occuparsi del mio cucciolo... Non so cosa mi sia passato per la testa, ma allora devo aver pensato che fosse una cosa normale. Perché lui si stava prendendo la mia vita e io ero anche disposta a lasciargliela, ma poi avrebbe dovuto ripagarmi in qualche modo. È assurdo: pensavo che fosse in debito con me!»

«Sarà anche assurdo, ma è servito a bloccare la sua furia»

«Ma io non riesco lo stesso a perdonarmelo.»

Cinthia Pearl mandò giù un groppo di lacrime represse.

«Wilson Pickett», disse a questo punto Mila.

«Ah sì, me lo ricordo... Io ero mezza morta in quella cabina e lui s'era rimesso alla guida. Di lì a poco mi avrebbe scaricata in un parcheggio. Ma io non conoscevo ancora le sue intenzioni. Ero intontita e debole per via del sangue che perdevo. Mentre andavamo, alla radio trasmettevano quella canzone maledetta... *In the Midnight Hour*... Poi svenni e mi risvegliai in ospedale: non ricordavo nulla. La polizia mi domandò come mi fossi procurata quelle ferite e io non sapevo che rispondere. Mi dimisero e andai a stare un po' da un'amica. Una sera, al telegiornale, sentii la notizia dell'arresto di Gorka. Ma anche quando mostrarono la sua foto, il suo volto non mi disse nulla... Invece accadde un martedì pomeriggio: ero sola in casa e accesi la radio. Stavano mandando quel pezzo di Wilson Pickett. Solo allora mi è tornata la memoria.»

Mila capì che quel soprannome era stato attribuito a Gorka dalla squadra soltanto dopo che l'avevano catturato. E l'avevano scelto a monito e memento di tutti i loro errori.

«È stato orribile», proseguì Cinthia. «È stato come vederlo accadere una seconda volta. E poi ci penso, sa? Se avessi ricordato prima, forse avrei potuto aiutare qualcun'altra a salvarsi...»

Quelle ultime parole erano di circostanza, Mila l'aveva intuito dal tono che aveva usato. Non perché a Cinthia non importasse della sorte di quelle ragazze, ma perché aveva messo una specie di diaframma fra ciò che era accaduto a lei e il destino che invece era toccato alle altre. Era uno dei tanti espedienti per tirare avanti che s'imparano dopo un'esperienza come quella.

Quasi a conferma, Cinthia aggiunse: «Un mese fa ho incontrato i genitori di Rebecca Springher, l'ultima ragazza uccisa».

"Non è stata uccisa", pensò Mila. "È molto peggio: lui l'ha costretta a suicidarsi."

«Abbiamo partecipato insieme a una funzione per commemorare le vittime di Benjamin Gorka. Sa, loro appartengono alla mia stessa congregazione. Mi hanno osservata per tutto il tempo, e mi sono sentita in colpa.»

«Per cosa?» domandò Mila, che lo sapeva benissimo.

«Per essere sopravvissuta, credo.»

Mila la ringraziò e fece per andare via. Mentre la conduceva verso la porta, si accorse che Cinthia era stranamente silenziosa, come se volesse chiederle qualcosa ma non sapesse da dove cominciare. Allora decise di darle ancora qualche secondo e, nel frattempo, chiese di poter usare il bagno. La ragazza glielo indicò.

Era un cubicolo mal areato. Un paio di collant era appeso ad asciugare nella doccia. Anche lì c'erano degli animaletti di porcellana e dominava il rosa. La poliziotta si chinò sul lavandino per sciacquarsi la faccia. Era stanca, provata. Aveva acquistato altro disinfettante e il necessario per tagliarsi. Doveva ancora commemorare la morte della quinta bambina. Aveva rimandato, ma l'avrebbe fatto quella sera.

Quel dolore le era necessario.

Mentre si asciugava le mani e il viso con una salvietta, intravide su una mensola la bottiglietta del colluttorio. Il colore del liquido era troppo scuro. L'annusò: era bourbon. Anche Cinthia Pearl aveva un segreto. Una cattiva abitudine che le era rimasta dalla vecchia vita. Mila se la immaginava, chiusa in quel piccolo bagno, seduta sulla tavoletta del water mentre si concedeva un paio di sorsi, con lo sguardo perso sulle mattonelle. Anche se era molto cambiata, e in meglio, Cinthia Pearl non poteva fare a meno di coltivare un piccolo lato oscuro.

"Fa parte della natura umana", pensò Mila. "Ma il mio segreto viene da più lontano..."

Quando fu finalmente pronta per andarsene, sulla soglia Cinthia trovò il coraggio per chiederle se magari potevano rivedersi per andare al cinema o fare shopping. Mila capì che aveva un disperato bisogno di un'amica, e non fu capace di negarle quella piccola illusione.

Per farla contenta memorizzò il suo numero sul cellulare, anche se sapeva che non si sarebbero riviste mai più.

*

Venti minuti dopo, Mila arrivò alla sede della Polizia federale. Vide parecchi agenti in borghese che mostravano il badge all'ingresso, e diverse pattuglie che rientravano contemporaneamente: qualcuno le aveva richiamate.

Doveva essere accaduto qualcosa.

Prese le scale per non perdere tempo dietro alla fila che s'era formata agli ascensori. Raggiunse rapidamente il terzo piano dell'edificio, dov'era stato spostato il quartier generale dopo il ritrovamento del cadavere nello Studio.

«Mosca ha convocato tutti», sentì dire a un detective che parlava al telefono.

Si diresse verso la sala in cui si sarebbe tenuta la riunione. Intorno all'ingresso si ammassavano in molti per cercare di prendere posto. Qualcuno le diede cavallerescamente la precedenza.

Mila trovò un buco in una delle ultime file. Davanti a lei, ma molto più laterali, erano già seduti Boris e Stern. Quest'ultimo si accorse della sua presenza e le fece un cenno col capo. Mila provò a dirgli a distanza com'era andata con Cinthia, ma lui le fece capire che ne avrebbero parlato dopo.

Il sibilo acuto di un altoparlante interruppe per un attimo il chiacchiericcio: un tecnico stava preparando il microfono sulla pedana e ci tamburellava sopra per assicurarsi che funzionasse. La lavagna luminosa e la macchina del caffè erano state accantonate per permettere di aggiungere altre sedie. Comunque non bastavano e alcuni poliziotti si stavano già sistemando lungo le pareti.

Quell'adunata non era normale, e Mila pensò subito a qualcosa di grosso. Inoltre non aveva ancora visto né Goran né Roche. Li immaginava insieme a Terence Mosca, chiusi in un ufficio a concordare la versione da rendere pubblica.

L'attesa era snervante. Finalmente vide l'ispettore capo apparire sulla soglia: entrò, ma non si diresse alla pedana. Si accomodò in prima fila, al posto che gli lasciò libero un solerte detective. Dal volto di Roche non traspariva nulla. Sembrava tranquillo: accavallò le gambe e attese come tutti gli altri.

Goran e Mosca arrivarono insieme. Gli agenti sulla porta si fecero da parte mentre si dirigevano a passo spedito verso la pedana. Il criminologo andò ad appoggiarsi alla scrivania che era addossata al muro, mentre il capitano sfilò il microfono dal sostegno e, sbrigliandone il cavo, annunciò: «Signori, un po' d'attenzione per favore...»

Si fece silenzio.

«Ok... Allora... Vi abbiamo convocati perché abbiamo un'importante comunicazione.» Mosca parlava al plurale, ma era lui la vera star adesso. «Riguarda il caso della bambina trovata allo Studio. Purtroppo, come immaginavamo, la scena del crimine è pulita. Ma il nostro uomo ci ha abituati a questa condotta. Nessuna impronta digitale, nessun liquido corporeo, nessuna traccia estranea...»

Era evidente che Mosca stava prendendo tempo. Non se ne accorse solo Mila, perché intorno a lei qualcuno iniziò a spazientirsi. L'unico che sembrava tranquillo era Goran che, a braccia conserte, fissava l'uditorio. Ormai la sua presenza era soltanto di facciata. Il capitano aveva assunto il pieno controllo della situazione.

«Però», proseguì Mosca, «forse abbiamo compreso il motivo per il quale il serial killer ha piazzato lì il corpo. Ha a che fare con un caso che sicuramente tutti ricorderete: quello di Benjamin Gorka...»

Il brusio attraversò la sala come un'improvvisa ondata. Mosca allargò le braccia per invitare tutti a tacere, permettendogli di concludere. Quindi si mise una mano in tasca e il suo tono di voce cambiò.

«A quanto pare, mesi fa ci siamo sbagliati. È stato commesso un grave errore.»

Aveva usato un'espressione generica, senza indicare chi fosse il responsabile di quello sbaglio, ma sottolineando volutamente le ultime due parole.

«Per fortuna siamo ancora in grado di rimediare...»

In quel momento, Mila intravide qualcosa di strano con la

coda dell'occhio. Stern continuava a guardare davanti a sé, ma aveva portato lentamente una mano sul fianco destro, facendo scattare la clip sulla fondina e liberando l'estrazione della pistola.

Per un attimo le parve d'intuire, ed ebbe paura.

Mosca disse ancora: «Rebecca Springher, l'ultima vittima di Gorka, non è stata uccisa da lui... bensì da uno dei nostri».

Il brusio si tramutò in confusione e Mila si accorse che il capitano con lo sguardo stava puntando qualcuno in mezzo alla platea. Ed era Stern. Vide chiaramente l'agente speciale che si alzava in piedi e tirava fuori l'arma d'ordinanza. In preda all'incertezza, anche lei stava per fare la stessa cosa. Ma poi Stern si voltò alla sua sinistra, puntando la pistola su Boris.

«Che cazzo ti prende?» chiese il collega, spiazzato.

«Voglio che tu metta le mani in vista, ragazzo. E non farmelo ripetere, per piacere.»

37

«Ti conviene dire come sono andate veramente le cose.»

Avevano chiamato tre esperti d'interrogatori dell'esercito che si sarebbero dati il cambio ininterrottamente per spremere Boris. Lui conosceva tutte le tecniche per ottenere una confessione, ma loro contavano di spossarlo con le domande, senza dargli tregua. Confidavano che la privazione del sonno avrebbe agito su di lui meglio di qualunque strategia.

«T'ho detto che non so nulla.»

Mila osservava il collega al di qua del falso specchio. Era sola nella piccola sala. Accanto a lei era piazzata una videocamera digitale che rimandava le immagini dell'interrogatorio a un sistema a circuito chiuso, evitando ai pezzi grossi del Dipartimento – Roche incluso – di assistere direttamente al massacro di uno dei loro uomini migliori. Potevano farlo anche standosene comodamente seduti nei loro uffici.

Mila invece aveva voluto essere presente. Perché non riusciva ancora a credere a quell'accusa pesantissima.

«È stato Boris a trovare Rebecca Springher, da solo.»

Stern le aveva raccontato che, in una sala d'interrogatori simile a quella che aveva davanti, Benjamin Gorka aveva fornito involontariamente a Boris delle indicazioni su un vecchio magazzino dove c'era un pozzo.

Secondo la versione ufficiale, che aveva retto fino ad allora, l'agente speciale era arrivato da solo sul posto, e l'aveva trovata morta.

«S'è tagliata le vene con uno degli apriscatole che Gorka le aveva lasciato insieme alle scorte alimentari. Ma la cosa che più fa rabbia è un'altra... Secondo il medico legale, si è suicidata appena un paio d'ore prima che Boris la trovasse», aveva detto.

Un paio d'ore.

Ma Mila aveva esaminato il fascicolo e già all'epoca il medico legale, analizzando i residui di cibo presenti nello stomaco della ragazza e l'interruzione dei processi digestivi in seguito alla morte, aveva stabilito che non era possibile risalire con assoluta certezza al momento del decesso. E che, in realtà, l'evento avrebbe potuto essere collocato anche dopo le fatidiche due ore.

Adesso quell'incertezza era stata definitivamente annullata.

L'accusa era che Boris fosse sopraggiunto quando Rebecca Springher era ancora in vita. Che davanti a quella situazione si fosse presentata per lui una scelta. Salvarla e diventare un eroe. Oppure mettere in atto la più grande utopia di ogni assassino.

L'omicidio perfetto. Quello che resterà per sempre impunito, perché privo di una motivazione.

Provare, per una volta, l'ebbrezza del controllo sulla vita e sulla morte di un proprio simile. Avere la contemporanea certezza di farla franca, perché quella colpa sarà attribuita a un altro. Queste considerazioni avevano tentato Boris, secondo quanto sostenevano ora i suoi accusatori.

Nella deposizione di fronte al tribunale che giudicava Benjamin Gorka, il dottor Gavila aveva affermato che «l'istinto di uccidere è in ciascuno di noi. Ma, grazie al cielo, siamo dotati anche di un dispositivo che ci permette di tenerlo sotto controllo, di inibirlo. Esiste sempre, però, un punto di rottura».

Boris aveva raggiunto quel punto quando si era trovato davanti a quella povera ragazza indifesa. Solo una prostituta, in fondo. Ma Mila non si capacitava.

Eppure, quella che all'inizio era soltanto un'ipotesi investigativa, era stata successivamente avvalorata dal ritrovamento, nel corso di una perquisizione in casa di Boris, di un feticcio. Il souvenir con cui il giovane agente speciale avrebbe rievocato nel tempo quell'impresa: le mutandine di pizzo della ragazza, sottratte al deposito giudiziario dopo la chiusura del caso.

«Non hai alternative, Boris. Staremo qui tutta la notte se sarà necessario. E anche domani, e dopodomani.» L'agente interrogatore parlava sputando. Anche quello serviva ad annichilire moralmente l'interrogato.

La porta della saletta si aprì e Mila vide entrare Terence Mosca. Aveva una vistosa macchia di unto sul bavero della giacca, residuo di un pranzo a base di qualche schifezza da fast food.

« Come procede? » chiese il capitano tenendo come sempre le mani in tasca.

Mila gli rispose senza guardarlo. « Ancora niente. »

« Cederà. » Sembrava molto sicuro di sé.

« Cosa glielo fa credere? »

« Prima o poi cedono tutti. Anche lui lo sa. Magari ci vorrà un po' di più, ma alla fine sceglierà il male minore. »

« Perché l'ha fatto arrestare davanti a tutti? »

« Per non dargli la possibilità di una reazione. »

Mila non avrebbe dimenticato facilmente gli occhi lucidi di Stern mentre metteva le manette a quello che considerava un terzo figlio. Quando era venuto a conoscenza degli esiti della perquisizione nell'appartamento di Boris, l'agente speciale anziano si era proposto di effettuare lui stesso l'arresto. E non aveva voluto sentire ragioni quando Roche aveva cercato di dissuaderlo.

« E se invece Boris non c'entrasse nulla? »

Mosca frappose la sua mole fra lei e il vetro e tolse le mani dalle tasche. « In venticinque anni di carriera non ho mai arrestato un solo innocente. »

A Mila scappò un sorriso ironico. « Mio Dio, lei è il miglior poliziotto del mondo, allora. »

« Le giurie hanno sempre concluso i miei casi con una sentenza di condanna. E non perché io sia bravo nel mio lavoro. Lo vuole sapere il vero motivo? »

« Non vedo l'ora. »

« Il mondo fa schifo, agente Vasquez. »

« Questa consapevolezza le deriva da qualche esperienza in particolare? Perché sarei proprio curiosa... »

Mosca non se la prese, a lui piaceva quel genere di sarcasmo. « Quello che sta accadendo in questi giorni, quello che ci sta facendo scoprire il vostro... Com'è che l'avete chiamato? »

«Albert.»

«Be', ciò che quel maniaco ha realizzato con tanta maestria assomiglia parecchio a una piccola Apocalisse... Lei sa cos'è l'Apocalisse, vero agente Vasquez? Secondo la Bibbia, è il momento alla fine dei tempi in cui vengono mostrati i peccati degli uomini per poterli giudicare. Questo bastardo di Albert ci sta facendo assistere a così tanti orrori che a quest'ora il mondo intero – e non solo questa nazione – avrebbe dovuto fermarsi perlomeno a riflettere... E invece sa che sta succedendo?»

Mosca non andava avanti, così Mila glielo chiese: «Che succede?»

«Niente. Assolutamente, niente. La gente là fuori continua ad ammazzare, a rubare, a sopraffare il suo prossimo come se nulla fosse! Crede che gli assassini si siano fermati o che i ladri si stiano facendo un esamino di coscienza? Ma voglio farle anche un esempio concreto: stamattina due agenti di custodia bussano alla porta di un pregiudicato uscito da poco per buona condotta. Sono lì perché questo signore ha dimenticato di presentarsi al commissariato di zona per la solita firma. E lo sa che fa quello? Inizia a sparare. Così, senza motivo. Ferisce gravemente uno dei due e adesso è asserragliato in quella casa maledetta e fa fuoco su chiunque provi ad avvicinarsi. Perché secondo lei?»

Mila fu costretta ad ammettere: «Non lo so».

«E neanch'io. Però uno dei nostri sta lottando fra la vita e la morte in un letto d'ospedale, e io entro domani mattina dovrò inventarmi una giustificazione per una povera vedova che mi chiederà perché suo marito è morto in un modo tanto idiota!» Quindi aggiunse tranquillamente: «Il mondo fa schifo, agente Vasquez. E Klaus Boris è colpevole. Fine della storia. Fossi in lei, me ne farei una ragione».

Terence Mosca le diede le spalle, si rimise una mano in tasca e uscì sbattendo la porta.

«Io non so niente, e queste sono solo stronzate», stava dicendo Boris. Ma con calma. Dopo l'iniziale sfuriata, aveva cominciato a dosare le forze per le difficili ore che lo attendevano.

Mila era stanca di quella scena. Stanca di dover rivedere

sempre la sua opinione sulla gente. Quello era lo stesso Boris che le aveva fatto la corte quando era arrivata. Lo stesso che le aveva portato croissant caldi e caffè, e che le aveva regalato il parka quando aveva freddo. Dall'altra parte dello specchio c'era ancora il collega con cui aveva risolto gran parte dei misteri di Albert. Il ragazzone simpatico e un po' goffo, e che era capace di commuoversi quando parlava dei suoi compagni.

La squadra di Goran Gavila era andata in pezzi. Con essa s'era sfaldata anche l'indagine. Ed era andata in frantumi anche la speranza di salvare davvero la piccola Sandra, che adesso, da qualche parte, stava esaurendo le poche energie che ancora la tenevano in vita. Alla fine sarebbe stata uccisa non da un serial killer dal nome inventato, bensì dall'egoismo e dai peccati di altri uomini e di altre donne.

Questo era il miglior finale che Albert potesse immaginare.

Mentre formulava questi pensieri, Mila vide apparire nel vetro che aveva davanti il volto di Goran. Era alle sue spalle. Ma non guardava nella sala degli interrogatori. Nel riflesso cercava i suoi occhi.

Mila si voltò. Si guardarono a lungo, in silenzio. Li univa lo stesso sconforto, la stessa afflizione. Fu naturale sporgersi verso di lui, chiudere gli occhi e cercarne le labbra. Affondare le proprie nella sua bocca, ed essere ricambiata.

Acqua sporca pioveva sulla città. Inondava le strade, soffocava i tombini, le grondaie la deglutivano e la risputavano senza sosta. Il taxi li aveva portati a un piccolo hotel vicino alla stazione. La facciata era annerita dallo smog e le persiane sempre chiuse, perché chi si fermava lì non aveva tempo di aprirle.

C'era un viavai di gente. E i letti venivano rifatti in continuazione. Nei corridoi, cameriere insonni spingevano cigolanti carrelli di biancheria e saponette. I vassoi con la colazione arrivavano a tutte le ore. C'era chi si fermava solo per darsi una rinfrescata e cambiarsi d'abito. E chi ci veniva a fare l'amore.

Il portiere consegnò loro la chiave della 23.

Salirono con l'ascensore, senza dirsi una parola, tenendosi

per mano. Ma non come amanti. Come due persone che hanno paura di perdersi.

Nella stanza, mobili scompagnati, deodorante spray e nicotina stantia. Si baciarono ancora. Ma con più forza stavolta. Come se volessero disfarsi dei pensieri prima che dei vestiti.

Lui appoggiò una mano su uno dei suoi piccoli seni. Lei chiuse gli occhi.

La luce dell'insegna di un ristorante cinese filtrava, lucida di pioggia, e intagliava le loro ombre nel buio.

Goran iniziò a spogliarla.

Mila lo lasciò fare, attendendo una sua reazione.

Scoprì dapprima il suo ventre piatto, poi risalì baciandola verso il torace.

La prima cicatrice apparve all'altezza del fianco.

Le sfilò il maglione con una grazia infinita.

E vide anche le altre.

Ma i suoi occhi non si soffermarono. Il compito spettava alle labbra.

Con grande sorpresa di Mila, lui cominciò a percorrere quei vecchi tagli sulla sua pelle con baci lentissimi. Come se volesse risanarli in qualche modo.

Quando le sfilò i jeans, ripeté l'operazione anche sulle gambe. Lì dove il sangue era ancora fresco, o appena rappreso. Dove la lametta aveva indugiato di recente, affondando nella carne viva.

Mila poté risentire tutta la sofferenza che aveva provato ogni volta che aveva inflitto quella punizione alla sua anima attraverso il corpo. Ma, insieme a quel vecchio dolore, ora c'era qualcosa di dolce.

Come il solletico su una ferita che si rimargina, che è allo stesso tempo pungente e piacevole.

Poi toccò a lei spogliarlo. Lo fece come si levano i petali a un fiore. Anche lui portava su di sé i segni di una sofferenza. Un costato troppo magro, scavato lentamente dalla disperazione. E le ossa sporgenti, dove la carne era stata consumata dalla tristezza.

Fecero l'amore con un impeto strano. Pieno di rabbia, di

collera, ma anche di urgenza. Come se ognuno avesse voluto con quell'atto riversare nel corpo dell'altro tutto se stesso. E per un attimo riuscirono anche a dimenticare.

Quando tutto finì, rimasero l'una accanto all'altro – separati ma ancora uniti –, a contare il ritmo dei propri respiri. Allora la domanda giunse travestita di silenzio. Ma Mila la poteva vedere mentre aleggiava su di loro come un uccello nero.

Riguardava le origini del male, del suo male.

Quello che prima s'imprimeva sulla carne e poi cercava di nascondere con i vestiti.

E fatalmente l'interrogativo s'intrecciava anche con il destino di una bambina, *Sandra*. Mentre loro si scambiavano quel sentimento, lei – da qualche parte, vicina o lontana – stava morendo.

Anticipando le sue parole, Mila glielo spiegò. «Il mio lavoro consiste nel ritrovare persone scomparse. Soprattutto bambini. Alcuni di loro stanno via anche anni interi, e poi non ricordano nulla. Non so se è un bene o un male. Ma forse è l'aspetto della mia professione che mi procura più problemi...»

«Perché?» chiese Goran, partecipe.

«Perché quando mi calo nel buio per tirare fuori qualcuno, è sempre necessario trovare un motivo, una ragione forte che mi riporti alla luce. È una specie di cavo di sicurezza per tornare indietro. Perché, se c'è una cosa che ho imparato, è che il buio ci chiama, ci seduce con la sua vertigine. Ed è difficile resistere alla tentazione... Quando torno fuori insieme alla persona che ho salvato, mi accorgo che non siamo soli. C'è sempre qualcosa che ci viene appresso da quel buco nero, rimanendoci attaccata alle scarpe. Ed è difficile sbarazzarsene.»

Goran si voltò a guardarla negli occhi. «Perché me lo stai raccontando?»

«Perché è dal buio che vengo. Ed è al buio che ogni tanto devo ritornare.»

38

Sta appoggiata al muro, con le mani dietro la schiena, nell'ombra. Da quanto tempo se ne sta lì, a fissarla?

Allora decide di chiamarla. «Gloria...»

E lei si avvicina.

Ha la solita curiosità nello sguardo, ma stavolta c'è qualcosa di diverso. Un dubbio.

«Mi sono ricordata di una cosa... Una volta avevo un gatto.»

«Anch'io ne ho uno: si chiama Houdini.»

«È bello?»

«È cattivo.» *Ma capisce subito che non è quella la risposta che la bambina vuole da lei, e si corregge:* «Sì. Ha il pelo bianco e marroncino, dorme sempre e ha sempre fame».

Gloria ci pensa un attimo, poi chiede ancora: «Secondo te, perché il mio l'avevo dimenticato?»

«Non lo so.»

«Pensavo... se mi sono scordata di lui, allora forse non mi ricordo neanche di tante altre cose. Forse neanche di come mi chiamo veramente.»

«A me 'Gloria' piace», *la rincuora lei, pensando alla sua reazione quando le ha detto che il suo vero nome è Linda Brown.*

«Gloria...»

«Sì?»

«Vuoi parlarmi di Steve?»

«Steve ci vuole bene. E presto anche tu gliene vorrai.»

«Perché dici che ci ha salvate?»

«Perché è vero. L'ha fatto.»

«Io non avevo bisogno di essere salvata da lui.»

«Tu non lo sapevi, ma eri in pericolo.»

«È Frankie il pericolo?»

Gloria ha paura di quel nome. È indecisa. Non sa se parlare o meno. *Soppesa bene la situazione, poi si avvicina di più al letto e parla a voce bassissima.*

« *Frankie vuole farci del male. Ci sta cercando. Per questo dobbiamo stare nascoste qui.* »

« *Io non so chi sia Frankie e perché dovrebbe avercela con me.* »

« *Non ce l'ha con noi, ce l'ha coi nostri genitori.* »

« *Con i miei? E per quale motivo?* »

Non riesce a crederci, le sembra una storia assurda. Invece Gloria ne è molto convinta.

« *I nostri genitori gli hanno rifilato un bidone, roba di soldi.* »

Ancora una volta dalla sua bocca è uscita una frase che sembra presa in prestito da qualcun altro e imparata passivamente a memoria.

« *I miei non devono soldi a nessuno.* »

« *Mia madre e mio padre invece sono morti. Frankie li ha già uccisi. Ora sta cercando me per finire il lavoro. Ma Steve è sicuro che lui non mi troverà mai se resto qui.* »

« *Gloria, ascoltami...* »

Ogni tanto Gloria si smarrisce, e bisogna andarla a riprendere ovunque sia finita coi suoi pensieri.

« *Gloria, sto parlando con te...* »

« *Sì, che c'è?* »

« *I tuoi genitori sono vivi. Mi sono ricordata che li ho visti in* TV *un po' di tempo fa: erano a un talk-show e stavano parlando di te. Ti facevano gli auguri per il tuo compleanno.* »

Non sembra sconvolta da quella rivelazione. Però adesso inizia a considerare l'eventualità che sia tutto vero.

« *Io non posso vedere la* TV. *Solo le cassette che dice Steve.* »

« *Steve. È Steve quello cattivo, Gloria. Frankie non esiste. È solo una sua invenzione per tenerti prigioniera qui.* »

« *Lui esiste.* »

« *Pensaci: lo hai mai visto?* »

Lei ci pensa. « *No.* »

« *Allora come fai a crederci?* »

Anche se Gloria ha la sua età, dimostra molti meno dei suoi dodici anni. È come se il suo cervello avesse smesso di crescere e si fosse fermato a quando di anni ne aveva nove. Quando, cioè,

Steve aveva rapito Linda Brown. Per questo motivo ha sempre bisogno di riflettere un po' di più sulle cose.

«Steve mi vuole bene», ripete, ma più per convincersene.

«No, Gloria. Lui non te ne vuole.»

«Allora dici che se provo a uscire da qui, Frankie non mi ucciderà?»

«Non succederà mai. E poi usciremo insieme, non sarai sola.»

«Sarai con me?»

«Sì. Però dobbiamo trovare un modo per scappare da Steve.»

«Ma tu stai male.»

«Lo so. E non riesco più a muovere il braccio.»

«È rotto.»

«Com'è successo? Non me lo ricordo...»

«Siete caduti insieme sulle scale quando Steve ti ha portata qui. Lui si è molto arrabbiato per questo: non vuole che tu muoia. Così non ti potrà insegnare come devi volergli bene. È molto importante, sai?»

«Io non gli vorrò mai bene.»

Gloria si prende qualche secondo di tempo. «Mi piace il nome Linda.»

«Sono contenta che ti piaccia, perché quello è il tuo vero nome.»

«Allora tu puoi chiamarmi così...»

«Va bene, Linda.» Lo scandisce bene, e lei le sorride. «Siamo amiche adesso.»

«Davvero?»

«Quando ci si scambia il nome si diventa amici, non te l'ha mai detto nessuno?»

«Io lo sapevo già come ti chiami... Tu sei Maria Eléna.»

«Sì, però tutti i miei amici mi chiamano Mila.»

39

«Quel bastardo si chiamava Steve, *Steve Smitty.*»

Mila pronunciò quel nome con disprezzo, mentre Goran le teneva la mano, sul letto a una piazza e mezza dell'hotel.

«Era solo un balordo che non aveva mai combinato nulla nella vita. Passava da un lavoro stupido all'altro, e non riusciva a tenersene uno neanche per un mese. La maggior parte del tempo era disoccupato. Alla morte dei genitori aveva ereditato una casa – quella in cui ci teneva prigioniere – e il denaro di un'assicurazione sulla vita. Non molto, ma abbastanza da consentirgli finalmente di dar vita al suo 'grande piano'!»

Lo disse con un'enfasi esagerata. Poi scosse il capo sul cuscino, ripensando all'assurdità di quella storia.

«A Steve piacevano le ragazze, ma non osava avvicinarle perché aveva un pene sottile come un mignolo e temeva che lo prendessero in giro.» Un sorriso beffardo e vendicativo le rasserenò per un attimo i tratti del viso. «Così iniziò a interessarsi alle bambine, convinto che con loro avrebbe avuto più successo.»

«Mi ricordo il caso di Linda Brown», disse Goran. «Io avevo appena ottenuto la prima cattedra all'università. Pensai che la polizia avesse commesso parecchi errori.»

«Errori? Fecero proprio un gran casino! Steve era un cialtrone inesperto, s'era lasciato alle spalle un sacco di tracce e di testimoni! Loro non furono in grado di trovarlo subito, e poi dissero che era scaltro. Invece era solo un idiota! Un idiota molto fortunato...»

«Però era riuscito a convincere Linda...»

«L'aveva plagiata servendosi della sua paura. S'era inventato questo tizio malvagio – Frankie – e gli aveva assegnato il ruolo del cattivo, solo per poter passare per il buono, per il 'salvatore'. Quell'imbecille non aveva avuto neanche molta fantasia: l'aveva chiamato Frankie perché era il nome di una tartaruga che aveva da piccolo!»

«Ha funzionato.»

Mila si placò. «Con una bambina atterrita e sconvolta. È facile perdere il senso della realtà in quelle condizioni. Se penso che mi trovavo in un cazzo di scantinato, invece io lo chiamavo 'la pancia del mostro'. Sopra di me c'era una casa, e quella casa si trovava in un quartiere di periferia con molte altre case intorno, tutte simili, tutte normali. La gente ci passava davanti e non sapeva che io stavo là sotto. La cosa più atroce è che Linda – o Gloria, come l'aveva ribattezzata lui mettendole il nome della prima ragazza che l'aveva respinto – poteva muoversi liberamente. Ma non ci pensava neanche ad andare là fuori, anche se la porta d'ingresso era praticamente sempre aperta! Lui non chiudeva a chiave nemmeno quando usciva per fare i suoi giretti, tanto era sicuro dell'efficacia della storia di Frankie!»

«Sei stata fortunata a uscirne viva.»

«Il mio braccio era quasi in necrosi. Per molto tempo i medici disperarono di salvarlo. E poi ero molto denutrita. Quel bastardo mi dava omogeneizzati e mi curava con medicine scadute che recuperava dall'immondizia di una farmacia. Non aveva bisogno di drogarmi: il mio sangue era così avvelenato da quelle schifezze che era un vero miracolo che fossi cosciente!»

La pioggia fuori scrosciava lavando le strade dai residui di neve. Folate improvvise percuotevano le persiane.

«Una volta mi sono svegliata da quella specie di coma perché avevo sentito qualcuno che pronunciava il mio nome. Avevo anche cercato di attirare l'attenzione, ma in quel momento era apparsa Linda convincendomi a fermarmi. Così avevo barattato la mia salvezza con la piccola gioia di non essere sola. Ma non mi ero sbagliata: di sopra c'erano davvero due agenti di polizia che stavano setacciando la zona. Mi cercavano ancora! Se avessi urlato di più, forse mi avrebbero sentita. In fondo ci separava solo un sottile pavimento di legno. Con loro c'era una donna, ed era stata lei a chiamare il mio nome. Ma non l'aveva fatto con la voce, bensì con la mente.»

« Era Nicla Papakidis, vero? È così che l'hai conosciuta... »

« Sì, è stato allora. Ma, anche se non le avevo risposto, lei era riuscita a sentire lo stesso qualcosa. Così nei giorni seguenti era tornata, aveva girato un po' fuori dalla casa con la speranza di percepirmi ancora... »

« Così non è stata Linda a salvarvi... »

Mila sbuffò. « Lei? Andava sempre a raccontare tutto a Steve. Era la sua piccola e involontaria complice ormai. Per tre anni lui era stato tutto il suo mondo. Per quanto ne sapeva lei, Steve era l'ultimo adulto rimasto sulla terra. E i bambini si fidano sempre degli adulti. Ma, a parte Linda, Steve aveva già pensato di sbarazzarsi di me: era convinto che presto sarei morta, così aveva preparato una buca nel capanno degli attrezzi dietro la casa. »

Le foto sui giornali di quella fossa nel terreno l'avevano segnata più di ogni altra cosa.

« Quando sono uscita da quella casa, ero più morta che viva. Non mi accorgevo dei paramedici che mi portavano via con la barella, percorrendo le stesse scale da cui quell'imbranato di Steve mi aveva fatto cadere quando m'aveva portato là sotto. Non potevo vedere le decine di poliziotti che si accalcavano intorno alla casa. Non sentivo gli applausi della folla che si era raccolta lì e che accoglieva in modo festoso la mia liberazione. Però mi accompagnava la voce di Nicla, che nella mia testa continuava a descrivermi tutto quanto e mi diceva di non andare verso la luce... »

« Che luce? » domandò Goran, curioso.

Mila sorrise. « Lei era convinta che ci fosse. Forse per via della sua fede. L'aveva letto da qualche parte, credo, che quando moriamo ci stacchiamo dal corpo e, dopo aver percorso rapidamente un tunnel, ci appare una luce bellissima... Io non le ho mai detto che invece non ho visto nulla. Solo buio. Non volevo deluderla. »

Goran si chinò su di lei e le baciò la spalla. « Dev'essere stato terribile. »

« Sono stata fortunata », disse lei. E il pensiero corse subito a

Sandra, la bambina numero sei. «Avrei dovuto salvarla. Invece non l'ho fatto. Quante possibilità le restano di sopravvivere?»

«Non è colpa tua.»

"Sì, invece. Lo è."

Mila si tirò su, rimanendo seduta sul bordo del letto. Goran allungò ancora un braccio verso di lei. Ma ora non la poteva più toccare. Quella carezza rimase sul confine della pelle, senza raggiungerla, poiché lei era di nuovo distante.

Lui se ne accorse, e la lasciò andare. «Vado a fare la doccia», disse. «Devo tornare a casa, Tommy ha bisogno di me.»

Rimase immobile, ancora nuda, finché non sentì l'acqua che cominciava a scorrere nel bagno. Voleva svuotare la mente da quei brutti ricordi, tornare ad avere un nulla bianco da colmare di pensieri leggeri come quelli dei bambini, un privilegio di cui era stata privata con la forza.

La buca nel capanno degli attrezzi dietro la casa di Steve non era rimasta vuota. Dentro c'era finita la sua capacità di provare empatia.

Allungò una mano sul comodino, prese il telecomando della TV. La accese nella speranza che, come l'acqua della doccia di Goran, chiacchiere e immagini insignificanti sciacquassero via tutti gli avanzi del male dalla sua testa.

Sullo schermo una donna teneva stretto un microfono, mentre il vento e la pioggia cercavano di portarglielo via. Alla sua destra c'era il logo di un telegiornale. Sotto di lei scorrevano le scritte di un'edizione speciale. Sullo sfondo, distante, una casa circondata da decine di auto della polizia, coi lampeggianti accesi che fendevano la notte.

«... ed entro un'ora l'ispettore capo Roche rilascerà una dichiarazione ufficiale. Intanto possiamo confermarvi che la notizia è reale: il maniaco che ha terrorizzato e sconvolto il paese con il rapimento e l'uccisione di bambine innocenti è stato individuato...»

Mila non riusciva a muoversi, teneva gli occhi inchiodati allo schermo.

«... si tratta del pregiudicato in libertà vigilata che stamattina ha aperto il fuoco sui due agenti di custodia che si erano presentati a casa sua per un normale controllo...»

Era la storia che le aveva raccontato Terence Mosca nella saletta di fianco alla stanza dove si stava svolgendo l'interrogatorio di Boris. Non riusciva a crederci.

«... in seguito alla morte in ospedale dell'agente di custodia ferito, le unità speciali inviate sul luogo hanno deciso per un'irruzione. Solo dopo aver ucciso il pregiudicato ed essere entrati in casa, hanno fatto l'inattesa e sorprendente scoperta...»

"La bambina, dimmi della bambina!"

«... lo ricordiamo a beneficio di chi si fosse messo solo ora all'ascolto: il nome del pregiudicato era *Vincent Clarisso*...»

"Albert", corresse Mila nella sua testa.

«... fonti del Dipartimento ci informano che la sesta bambina si trova ancora nell'abitazione alle mie spalle: sarebbe tuttora assistita da un'équipe di soccorso medico che le sta prestando le prime cure. Non abbiamo conferme, ma sembra che la piccola Sandra sia ancora in vita.»

Intercettazione Ambientale nº7
del 23 dicembre c.a.
ore 3.25 a.m.

Durata: 1 min. e 35 sec.

Detenuto RK-357/9:
... *sapere, essere pronti, prepararsi* [segue parola incomprensibile al trascrittore]... *meritevole della nostra collera... fare qualcosa... fiducia prima di tutto...* [frase incomprensibile] *troppo buono, accondiscendente... non bisogna farsi prendere in giro... sapere, essere pronti, prepararsi* [parola incomprensibile] *c'è sempre chi si approfitta di noi... la punizione necessaria... scontare la pena... non è sufficiente capire le cose, a volte bisogna agire di conseguenza... sapere, essere pronti, prepararsi* [parola incomprensibile]... *anche a uccidere, uccidere, uccidere, uccidere, uccidere, uccidere, uccidere, uccidere, uccidere, uccidere, uccidere, uccidere, uccidere, uccidere.*

40

Dipartimento di scienze comportamentali.
25 febbraio.

Vincent Clarisso era *Albert.*

L'uomo era uscito di galera da meno di due mesi, dopo aver scontato un residuo di pena per rapina a mano armata.

Una volta in libertà, aveva dato inizio al suo disegno.

Nessun precedente per crimini violenti. Nessun sintomo di malattia mentale. Niente che facesse pensare a lui come a un potenziale serial killer.

La rapina a mano armata era stata un «incidente di percorso» secondo i legali che avevano difeso Vincent in quel processo. La sciocchezza di un ragazzo afflitto da una grave dipendenza dalla codeina. Clarisso veniva da una buona famiglia borghese, il padre era avvocato e la madre insegnante. Aveva studiato, diplomandosi da infermiere. Per un periodo aveva lavorato presso una clinica, come ferrista in sala operatoria. Lì, probabilmente, aveva acquisito le conoscenze necessarie a tenere in vita Sandra dopo averle amputato il braccio.

L'ipotesi della squadra di Gavila, che Albert potesse essere un medico, non era lontana dalla verità.

Vincent Clarisso aveva lasciato sedimentare tutte quelle esperienze in uno strato embrionale della sua personalità, per poi divenire un mostro.

Ma Mila non ci credeva.

"Non è lui", continuava a ripetersi mentre raggiungeva in taxi il palazzo della Polizia federale.

Dopo aver appreso la notizia dalla TV, Goran aveva parlato per una ventina di minuti al telefono con Stern, che l'aveva aggiornato sugli ultimi sviluppi. Il criminologo aveva camminato avanti e indietro per la stanza dell'hotel, sotto lo sguardo ansioso di Mila. Poi si erano separati. Lui aveva chiamato la signora Runa perché rimanesse con Tommy anche quella notte, e s'era precipitato subito sul luogo del ritrovamento di Sandra. Mila avrebbe voluto andare con lui, ma la sua presenza non sarebbe stata più giustificabile. Così s'erano dati appuntamento più tardi al Dipartimento di scienze comportamentali.

Era mezzanotte passata, ma la città era un grande ingorgo. La gente si era riversata per le strade, incurante della pioggia, per festeggiare la fine di un incubo. Sembrava di essere nel bel mezzo di un capodanno, coi clacson che suonavano e tutti che si salutavano stringendosi in grandi abbracci. A complicare la situazione del traffico c'erano i posti di blocco per intercettare eventuali complici in fuga di Clarisso, ma anche per tenere alla larga i curiosi dalla zona calda dove era avvenuto l'epilogo di quella storia.

Nel taxi che avanzava a passo d'uomo, Mila poté ascoltare un nuovo resoconto alla radio. Terence Mosca era l'uomo del giorno. Era stato un colpo di fortuna a risolvere il caso. Ma, come spesso accadeva, ne aveva direttamente beneficiato solo chi era a capo delle operazioni.

Stanca di aspettare che la fila delle auto scorresse, decise di affrontare la pioggia battente e scese dal taxi. Il palazzo della Polizia federale distava un paio di isolati, lei s'era cacciata in testa il cappuccio del parka e procedeva a piedi, presa dai suoi ragionamenti.

La figura di Vincent Clarisso non coincideva col profilo di Albert tracciato da Gavila.

Secondo il criminologo, il loro uomo aveva usato i cadaveri delle sei bambine come una sorta di indicatori. Li aveva piazzati in luoghi specifici per rivelare orrori mai venuti alla luce, di cui lui, però, era a conoscenza. Avevano ipotizzato che fosse un socio occulto di quei criminali, e che tutti loro lo avessero incontrato nel corso della loro vita.

«Sono lupi. E i lupi spesso agiscono in branco. Ogni branco ha un capo. E Albert ci sta dicendo proprio questo: è lui il loro leader», aveva affermato Goran.

La convinzione di Mila che Vincent non fosse Albert era maturata quando aveva sentito l'età del serial killer: trent'anni. Troppo giovane per conoscere Ronald Dermis bambino all'orfanotrofio e anche Joseph B. Rockford – infatti con la squadra avevano dedotto che dovesse avere fra i cinquanta e i sessant'anni. Inoltre non assomigliava affatto alla descrizione tracciata da Nicla dopo che lo aveva visto nella mente del milionario.

E, mentre camminava nella pioggia, Mila trovò anche un altro motivo che avvalorava il suo scetticismo: Clarisso era in galera mentre Feldher trucidava Yvonne Gress e i suoi figli nella villa di Capo Alto, perciò non poteva assistere al massacro lasciando la sua sagoma nel sangue sul muro!

"Non è lui, stanno commettendo un errore. Ma Goran se ne sarà accorto e glielo starà spiegando."

Arrivò alla sede della Polizia federale e notò che c'era una certa euforia nei corridoi. Gli agenti si scambiavano pacche sulle spalle, molti arrivavano dalla scena del crimine con ancora indosso la divisa delle unità d'assalto e raccontavano le ultime novità. Il resoconto, poi, passava di bocca in bocca e si arricchiva di nuovi particolari.

Mila fu intercettata da una poliziotta che la informò che l'ispettore capo Roche voleva vederla con urgenza.

«Me?» chiese, stupita.

«Sì, l'attende nel suo ufficio.»

Mentre saliva le scale, pensò che Roche l'avesse convocata perché si erano accorti che qualcosa non quadrava nella ricostruzione dei fatti. Forse tutta quell'eccitazione che vedeva in giro sarebbe stata presto smorzata o ridimensionata.

Nel Dipartimento di scienze comportamentali erano presenti solo pochi agenti in borghese, e nessuno di loro festeggiava. L'atmosfera era quella di ogni giorno lavorativo, solo che era notte e si trovavano ancora tutti in servizio.

Dovette attendere un bel po' prima che la segretaria di Roche la facesse accomodare nell'ufficio. Fuori dalla porta, Mila aveva potuto cogliere qualche parola dell'ispettore capo che probabilmente stava avendo una conversazione telefonica.

Ma quando varcò la soglia, con sua grande sorpresa, scoprì che non era solo. Con lui c'era Goran Gavila.

«Venga pure, agente Vasquez.» Roche la invitò ad avvicinarsi con un gesto della mano. Sia lui che Goran erano in piedi, ai lati opposti della scrivania.

Mila si fece avanti, avvicinandosi a Gavila. Lui si voltò appena verso di lei, con un vago cenno. L'intimità condivisa appena un'ora prima era definitivamente scomparsa.

«Stavo appunto dicendo a Goran che vorrei che presenziaste anche voi due alla conferenza stampa che si terrà domani mattina. Il capitano Mosca è d'accordo con me. Non l'avremmo mai preso senza il vostro aiuto. Dobbiamo ringraziarvi.»

Mila non riuscì a trattenere lo stupore. E vide Roche alquanto confuso dalla sua reazione.

«Signore, con tutto il rispetto... Penso che stiamo commettendo uno sbaglio.»

Roche si rivolse a Goran: «Che cazzo sta dicendo questa qui?»

«Mila, è tutto a posto», le disse calmo il criminologo.

«No, non lo è. Quello non è Albert, ci sono troppe incongruenze, io...»

«Non vorrà mica dire questo alla conferenza stampa?» protestò l'ispettore capo. «Se è così, la sua partecipazione è esclusa.»

«Anche Stern sarà d'accordo.»

Roche brandì un foglio che era sulla scrivania. «L'agente speciale Stern ha presentato le sue dimissioni irrevocabili e con effetto immediato.»

«Cosa? Ma che succede?» Mila non si capacitava. «Questo Vincent non coincide con il profilo.»

Goran provò a spiegarle, e lei per un po' rivide nei suoi occhi la stessa dolcezza con cui le aveva baciato le cicatrici. «Ci sono decine di riscontri che dicono che è lui il nostro uomo. Quaderni pieni zeppi di appunti sui rapimenti delle bambine e su come piazzare successivamente i loro cadaveri, copie dei progetti del sistema di sicurezza di Capo Alto, una piantina del collegio di Debby Gordon e manuali di elettronica e informatica che Clarisso aveva cominciato a studiare quando era ancora in carcere...»

«E avete trovato anche tutti i collegamenti con Alexander Bermann, Ronald Dermis, Feldher, Rockford e Boris?» domandò, esasperata, Mila.

«C'è un'intera squadra di investigatori al lavoro in quella casa, e continuano a trovare prove. Vedrai che anche su quei collegamenti spunterà qualcosa.»

«Non è sufficiente, io credo che...»

«Sandra l'ha identificato», la interruppe Goran. «Ci ha detto che è stato lui a rapirla.»

Mila sembrò placarsi per un attimo. «Come sta?»

«I medici sono ottimisti.»

«Contenta adesso?» intervenne Roche. «Se ha intenzione di piazzarmi qualche casino, meglio che se ne torni subito a casa.»

In quel momento, dall'interfono la segretaria informò l'ispettore capo che il sindaco lo voleva con urgenza e avrebbe fatto meglio a sbrigarsi. Roche recuperò la giacca dalla spalliera di una sedia e si avviò, non senza aver prima avvertito Goran: «Spiegaglielo tu che la versione ufficiale è questa: o la sottoscrive o si toglie dalle palle!» Poi se ne andò sbattendo la porta.

Mila sperava che, rimasti soli, Goran le avrebbe detto qualcosa di diverso. Invece lui ribadì: «Gli errori, purtroppo, sono soltanto nostri».

«Come puoi dire una cosa del genere?»

«È stato un totale fallimento, Mila. Abbiamo creato una falsa pista e l'abbiamo seguita ciecamente. E sono io il principale responsabile: erano mie tutte quelle congetture.»

«Perché non ti domandi come faceva Vincent Clarisso a sapere di quegli altri criminali? È stato lui a farceli scoprire!»

«Non è questo il punto... Il punto invece è come abbiamo fatto noi a non accorgerci di loro per così tanto tempo.»

«Io non credo che tu sia obiettivo in questo momento, e penso d'intuirne la ragione. Ai tempi del caso Wilson Pickett, Roche ti salvò la reputazione e ti diede una mano a tenere in piedi la squadra quando i suoi capi volevano che si sciogliesse. Ora tu gli stai restituendo il favore: se accetti questa versione dei fatti, toglierai un po' di meriti a Terence Mosca e gli salverai il posto d'ispettore capo!»

«È finita!» si sfogò Goran.

Per qualche secondo, nessuno disse una parola. Poi il criminologo si diresse verso la porta.

«Dimmi una cosa... Boris ha già confessato?» fece appena in tempo a chiedergli Mila.

«Non ancora», disse lui senza voltarsi.

Rimase sola nella stanza. I pugni stretti lungo i fianchi. A maledire se stessa e quel momento. L'occhio le cadde sulla lettera di dimissioni di Stern. La prese. In quelle poche righe formali non c'era traccia dei veri motivi della sua decisione. Ma per lei era palese che l'agente speciale dovesse essersi sentito in qualche modo tradito, prima da Boris e ora anche da Goran.

Quando stava per rimettere a posto la lettera sulla scrivania, Mila notò un tabulato telefonico con in cima il nome di Vincent Clarisso. Probabilmente Roche ne aveva fatto richiesta per accertare se fra le frequentazioni del maniaco ci fosse qualche pezzo grosso da tutelare. Visto che nella vicenda c'era già andato di mezzo uno come Joseph B. Rockford, non si poteva mai sapere.

Ma il serial killer non doveva avere una gran vita sociale, perché risultava una sola chiamata e risaliva soltanto al giorno prima.

Mila lesse quel numero, e le parve stranamente familiare.

Estrasse dalla tasca il cellulare, digitò e il recapito le apparve corredato di nome e cognome.

41

Il telefono squillava ma nessuno rispondeva.

"Su avanti, svegliati accidenti!"

Le ruote del taxi sollevavano l'acqua che si era accumulata sull'asfalto, ma per fortuna aveva smesso di piovere. Le strade erano scintillanti come il palcoscenico di un musical, sembrava che da un momento all'altro potessero spuntare ballerini in smoking pettinati con la brillantina.

La linea cadde e Mila ricompose il numero. Era la terza volta che provava. Al quindicesimo squillo, finalmente qualcuno rispose.

«Chi cavolo è a quest'ora?» La voce di Cinthia Pearl era impastata dal sonno.

«Sono Mila Vasquez, si ricorda? Ci siamo viste l'altro ieri...»

«Sì, mi ricordo di lei... Ma non possiamo parlare domani? Sa, ho preso un sonnifero.»

Non c'era da meravigliarsi che la sopravvissuta a un serial killer, oltre che di alcol, facesse uso di farmaci per addormentarsi. Ma Mila non poteva attendere: doveva ottenere subito le sue risposte.

«No, Cinthia, mi dispiace: ho bisogno di lei adesso. Ma non ci vorrà molto...»

«Allora va bene.»

«Ieri verso le otto del mattino ha ricevuto una telefonata...»

«Sì, stavo per andarmene al lavoro. Quel tizio mi ha fatto prendere una sgridata dal mio capo perché sono arrivata in ritardo.»

«Chi l'ha chiamata?»

«Ha detto di essere un investigatore dell'assicurazione. Sa, ho fatto richiesta di un'indennità per quello che mi è capitato...»

« Non le ha detto il suo nome? »

« Spencer, credo. Devo essermelo segnato. »

Era inutile: Vincent Clarisso si era presentato con un nome falso e aveva usato un pretesto per non insospettirla. Mila proseguì: « Lasci perdere. Cosa voleva da lei quell'uomo? »

« Che gli raccontassi per telefono la mia storia. E anche di Benjamin Gorka. »

Mila fu sorpresa: perché Vincent Clarisso voleva sapere del caso Wilson Pickett? In fondo, aveva lasciato il quinto cadavere allo Studio per svelare al mondo che era Boris e non Benjamin Gorka il vero assassino di Rebecca Springher...

« Perché voleva conoscere la sua storia? »

« Per la completezza del rapporto, mi ha detto. Quelli delle assicurazioni sono molto meticolosi. »

« E non le ha chiesto o riferito nient'altro? »

Cinthia non rispose subito, Mila temette che si fosse riaddormentata. Invece stava solo riflettendo: « No, nient'altro. È stato molto gentile, però. Alla fine mi ha confidato che la mia pratica è a uno stato piuttosto avanzato. Forse me li daranno davvero quei soldi, sa? »

« Sono contenta per lei, e mi scuso se l'ho disturbata a quest'ora. »

« Se ciò che le ho detto le servirà per ritrovare la bambina che sta cercando, allora non è stato un disturbo. »

« Veramente l'hanno già trovata. »

« Cosa? Davvero? »

« Non vede la televisione? »

« La sera vado a letto alle nove. »

La ragazza voleva sapere altro, ma Mila non aveva tempo. Finse di avere un'altra chiamata in attesa e riattaccò.

Ancor prima di parlare con Cinthia, nella sua mente aveva preso a farsi largo una nuova consapevolezza.

Forse Boris era stato incastrato.

« Guardi che da qui in poi non si può più passare », le disse il tassista voltandosi verso di lei.

« Non fa niente, sono arrivata. »

Pagò e scese dall'auto. Davanti a sé aveva un cordone di poliziotti e decine di auto coi lampeggianti accesi. I furgoni di varie emittenti televisive erano allineati lungo la strada. I cameraman avevano piazzato l'attrezzatura in modo da avere sempre sullo sfondo una buona inquadratura della casa.

Mila era giunta sul luogo dove tutto aveva avuto inizio. La scena del crimine che andava sotto il nome distintivo di *sito zero*.

La casa di Vincent Clarisso.

Ancora non sapeva come avrebbe superato i controlli per introdursi nell'abitazione. Si limitò a estrarre il tesserino di riconoscimento per appendersi al collo, nella speranza che nessuno si accorgesse che non apparteneva a quella giurisdizione.

Man mano che avanzava, riconosceva i volti di colleghi che aveva visto nei corridoi del Dipartimento. Alcuni improvvisavano riunioni intorno al cofano di un'auto. Altri si prendevano una pausa mangiando tramezzini e bevendo caffè. Individuò anche il furgone del medico legale: Chang stava scrivendo un rapporto seduto sul predellino e non alzò lo sguardo quando lei gli passò davanti.

«Ehi, dove sta andando lei?»

Si voltò e vide un poliziotto sovrappeso che la raggiungeva ansimando. Non aveva una scusa pronta, avrebbe dovuto pensarci prima ma non l'aveva fatto, e adesso probabilmente era fregata.

«Sta con me.»

Krepp procedeva verso di loro. L'esperto della scientifica aveva un cerotto sul collo da cui fuoriuscivano la testa e le picche di un drago alato, quasi certamente il suo ultimo tatuaggio. Si rivolse al poliziotto: «Lasciala entrare, è autorizzata».

L'agente prese come buona la sua assicurazione e girò sui tacchi per tornarsene da dove era venuto.

Mila guardò Krepp, non sapendo cosa dire. L'uomo le strizzò l'occhio, poi proseguì per la sua strada. In fondo non era così strano che l'avesse aiutata, pensò Mila. Entrambi – anche se in maniera diversa – portavano impressa sulla pelle e nella carne parte della loro storia personale.

Il vialetto che conduceva all'ingresso della casa era in pendenza. Sull'acciottolato c'erano ancora i bossoli della sparatoria che era costata la vita a Vincent Clarisso. La porta d'ingresso era stata sfilata dai cardini per permettere un più facile accesso.

Appena mise piede all'interno, Mila fu investita da un fortissimo odore di disinfettante.

Il soggiorno aveva mobili di formica in stile anni Sessanta. Un divano dalla tappezzeria arabescata, ma rivestito ancora dalla plastica protettiva. Un caminetto con un fuoco finto. Un mobile bar che s'intonava con la moquette gialla. La carta da parati aveva enormi fiori marroni stilizzati, simili a bocche di leone.

Al posto delle lampade alogene, gli ambienti erano illuminati da abat-jours. Anche quello era un segno del nuovo corso impresso da Terence Mosca. Niente «scena» per il capitano. Tutto doveva conservarsi sobrio. La cara vecchia scuola degli sbirri di una volta, pensò Mila. E intravide proprio Mosca che, in cucina, teneva un piccolo summit con i suoi più stretti collaboratori. Evitò di andare in quella direzione: doveva rimanere inosservata il più possibile.

Tutti portavano copriscarpe e guanti di lattice. Mila li indossò e poi iniziò a guardarsi intorno, confondendosi con i presenti.

Un detective stava estraendo i volumi da una libreria. Uno alla volta. Li prendeva, li sfogliava rapidamente e li posava per terra. Un altro stava rovistando fra i cassetti di una credenza. Un terzo classificava i soprammobili. Dove gli oggetti non erano ancora stati spostati ed esaminati, tutto sembrava così maniacalmente in ordine.

Non c'era un filo di polvere ed era possibile catalogare tutto con lo sguardo, come se il posto assegnato a ogni cosa fosse «esattamente» quello. Sembrava di stare dentro un puzzle composto.

Mila non sapeva cosa cercare. Era lì solo perché quello era il punto naturale di partenza. Ciò che la muoveva era il dubbio legato alla singolare telefonata che Vincent Clarisso aveva fatto a Cinthia Pearl.

Se aveva voluto farsi raccontare la storia dall'unica superstite, forse Clarisso non sapeva chi fosse Benjamin Gorka. E se non lo sapeva, forse il quinto cadavere trovato allo Studio non era per Boris.

Quella constatazione logica non sarebbe stata sufficiente a scagionare il collega, c'era anche un pesante indizio che Boris avesse ucciso Rebecca Springher: le mutandine della vittima sottratte al deposito giudiziario e ritrovate durante la perquisizione a casa sua.

Ma, comunque, qualcosa non quadrava.

Mila capì l'origine dell'odore di disinfettante quando vide la camera in fondo al breve corridoio.

Era un ambiente asettico, con un letto d'ospedale avvolto da una tenda a ossigeno. C'erano farmaci in grande quantità, camici sterili e attrezzature mediche. Era la sala operatoria in cui Vincent aveva praticato l'amputazione alle sue piccole pazienti, poi trasformata nella stanza per la degenza di Sandra.

Passando davanti a un'altra camera, notò un agente alle prese con un televisore al plasma in cui erano inseriti gli spinotti di una videocamera digitale. Davanti allo schermo c'era una poltrona con intorno gli altoparlanti di un sistema audio surround. Ai lati del televisore, un'intera parete di MiniDV, classificati solo con la data. Il detective li infilava uno alla volta nella videocamera per visualizzarne il contenuto.

In quel momento, stavano scorrendo le immagini di un parco giochi. Risate infantili in una giornata di sole invernale. Mila riconobbe Caroline, l'ultima bambina rapita e uccisa da Albert.

Vincent Clarisso aveva studiato meticolosamente le sue vittime.

«Ehi, mi venite a dare una mano con questo coso? Io sono negato per l'elettronica!» disse l'agente mentre cercava di fermare il filmato. Quando si accorse di lei sulla soglia, ebbe per un attimo la felice sensazione d'essere stato esaudito, salvo poi rendersi conto di non averla mai vista in precedenza. Prima che potesse dire qualcosa, Mila proseguì oltre.

La terza era la stanza più importante.

All'interno c'era un alto tavolo d'acciaio e le pareti erano ricoperte da bacheche piene di appunti, post-it di diverso colore e altro. Sembrava di trovarsi al Pensatoio. In quel materiale erano riportati, nel dettaglio, i piani di Vincent. Piantine, mappe stradali, orari e spostamenti. La planimetria del collegio di Debby Gordon, nonché quella dell'orfanotrofio. C'erano la targa dell'auto di Alexander Bermann e le tappe dei suoi viaggi di lavoro. Le foto di Yvonne Gress e dei suoi figli, e un'immagine della discarica di Feldher. C'erano ritagli di riviste di costume che parlavano delle fortune di Joseph B. Rockford. E, ovviamente, le istantanee di tutte le bambine rapite.

Sul tavolo d'acciaio c'erano altri diagrammi, accompagnati da annotazioni confuse. Come se il lavoro fosse stato interrotto all'improvviso. Probabilmente, tra quei fogli era nascosto – forse per sempre – l'epilogo che il serial killer aveva immaginato per il suo disegno.

Mila si voltò e si bloccò. La parete che aveva avuto fino a quel momento alle spalle era completamente tappezzata da foto che ritraevano i componenti dell'unità investigativa per i crimini violenti mentre erano al lavoro. C'era anche lei.

"Ecco, ora sono davvero nella pancia del mostro..."

Vincent aveva sempre seguito attentamente le loro mosse. Ma in quel luogo non c'era nulla che rimandasse al caso Wilson Pickett, e neanche a Boris.

« Cazzo! Qualcuno si decide a darmi una mano? » protestò la voce dell'agente nella stanza accanto.

« Che succede, Fred? »

Finalmente qualcuno si era mosso in suo aiuto.

« Come faccio a sapere cosa sto guardando? E, soprattutto, come lo classifico questo se non so cos'è? »

« Fa vedere... »

Mila si staccò dalla parete di foto, apprestandosi a lasciare quella casa. Si riteneva soddisfatta non tanto da ciò che aveva trovato, quanto da quello che non c'era.

Non c'era Benjamin Gorka. E non c'era Boris. Questo le bastava.

Con la quinta bambina avevano preso un abbaglio. O si era

trattato di un depistaggio in piena regola. La prova era che Vincent Clarisso, quando si era reso conto che le indagini stavano prendendo una direzione diversa da quella prevista, aveva chiamato Cinthia Pearl per saperne di più.

Mila pensava di portare anche questo in dote a Roche, ed era sicura che l'ispettore capo avrebbe trovato il modo di sfruttare quelle informazioni per scagionare Boris e ridimensionare la gloria di Terence Mosca.

Ripassando davanti alla stanza del televisore, notò qualcosa nello schermo. Un luogo che l'agente di nome Fred e il collega non riuscivano a identificare.

« È un appartamento, cos'altro ti devo dire? »

« Sì, ma io che ci scrivo nel rapporto? »

« Ci scrivi 'luogo sconosciuto'. »

« Sei sicuro? »

« Sì. Ci penserà qualcun altro a capire dove si trova quel posto. »

Ma Mila lo conosceva.

Si accorsero di lei soltanto allora e si voltarono a guardarla, mentre lei non riusciva a schiodare gli occhi dal filmato che scorreva sul televisore.

« Desidera? »

Non rispose e si allontanò. Mentre attraversava a passo spedito il soggiorno, cercò in tasca il cellulare. Richiamò dalla rubrica il numero di Goran.

Le rispose quando lei era già sul vialetto esterno.

« Che succede? »

« Dove sei adesso? » Il tono era allarmato.

Lui non se ne accorse. « Sono ancora al Dipartimento, sto cercando di organizzare una visita di Sarah Rosa a sua figlia in ospedale. »

« Chi c'è a casa tua in questo momento? »

Goran cominciò a preoccuparsi. « La signora Runa è con Tommy. Perché? »

« Devi andarci subito! »

« Perché? » ripeté in ansia.

Mila superò l'assembramento di poliziotti. «Vincent aveva un filmato del tuo appartamento!»

«Che significa che aveva un filmato?»

«Che aveva effettuato un sopralluogo... E se avesse un complice?»

Goran tacque per un istante. «Sei ancora sulla scena del crimine?»

«Sì.»

«Allora sei più vicina di me. Chiedi a Terence Mosca di darti un paio di agenti e va' a casa mia. Io intanto chiamo la signora Runa e le dico di chiudersi bene dentro.»

«D'accordo.»

Mila riattaccò, poi si voltò per tornare verso la casa e parlare con Mosca.

"E speriamo che non mi faccia troppe domande."

42

«Mila, la signora Runa non risponde al telefono!»

Albeggiava.

«Non preoccuparti, noi siamo quasi arrivati, manca poco.»

«Vi sto raggiungendo, sarò lì a minuti.»

La macchina della polizia si fermò in uno stridore di gomme nella tranquilla strada di quel bel quartiere. Gli inquilini dei palazzi dormivano ancora. Solo gli uccelli avevano preso a salutare il nuovo giorno, appollaiati fra gli alberi e sui cornicioni.

Mila corse verso il portone. Suonò il citofono più volte. Nessuno le rispose. Provò con un altro campanello.

«Sì, chi è?»

«Signore, siamo della polizia: apra subito, per favore.»

La serratura scattò elettricamente. Mila spinse il portone e si precipitò verso il terzo piano seguita dai due agenti che erano con lei. Non usarono il montacarichi che fungeva da ascensore, presero le scale per fare prima.

"Fa' che non sia successo niente... Fa' che il bambino stia bene..."

Mila invocava un'entità divina a cui aveva smesso di credere da tanto tempo. Anche se era lo stesso Dio che l'aveva liberata dal suo aguzzino servendosi del talento di Nicla Papakidis. Perché troppe volte si era trovata davanti un bambino meno fortunato di lei per poter conservare la fede.

"Ma tu fa' che non capiti di nuovo, fa' che non capiti stavolta..."

Arrivati sul pianerottolo, Mila si mise a bussare con insistenza sulla porta chiusa.

"Magari la signora Runa ha solo il sonno pesante", pensò. "Ora verrà ad aprire e sarà tutto a posto..."

Invece non accadeva nulla.

Uno dei poliziotti le si fece più vicino. «Vuole che la buttiamo giù noi?»

Le mancava il fiato per rispondere, annuì semplicemente. Li vide prendere una breve rincorsa e assestare insieme un calcio. La porta si spalancò.

Silenzio. Ma non un silenzio normale. Un silenzio vuoto, opprimente. Un silenzio senza vita.

Mila tirò fuori la pistola e precedette i poliziotti.

«Signora Runa!»

La sua voce si sparse per le stanze, ma nessuno le restituì una risposta. Fece cenno ai due agenti di dividersi. Lei andò verso le camere da letto.

Mentre s'inoltrava lentamente per il corridoio, sentiva tremare la mano destra stretta intorno all'impugnatura della pistola. Avvertiva le gambe appesantite e i muscoli del viso contratti, mentre gli occhi cominciavano a bruciarle.

Giunse alla cameretta di Tommy. L'uscio era accostato. Lo spinse con la mano aperta, finché non si svelò la stanza. Le imposte erano chiuse, ma la lampada a forma di clown sul comodino ruotava proiettando sulle pareti figure di animali del circo. Nel letto appoggiato al muro, s'intravedeva sotto le coperte un corpicino.

Era rannicchiato in posizione fetale. Mila si avvicinò a piccoli passi.

«Tommy...» disse a bassa voce. «Tommy, svegliati...»

Ma il corpicino non si muoveva.

Giunta vicino al letto, appoggiò la pistola accanto alla lampada. Si sentiva male. Non voleva spostare le coperte, non voleva scoprire ciò che già sapeva. Invece aveva voglia di mollare tutto e uscire subito da quella stanza. Di non dover affrontare anche quello, maledizione! Perché l'aveva visto succedere troppe volte, e ormai temeva che sarebbe andata così ogni volta.

Invece si costrinse a muovere la mano verso il bordo della coperta. Lo afferrò e lo tirò via in un colpo solo.

Rimase per qualche secondo con il lembo di coperta sollevato, a guardare negli occhi un vecchio orso di peluche che le sorrideva con espressione beata e immutabile.

«Mi scusi...»

Mila, inebetita, trasalì. I due agenti erano sulla porta e la osservavano.

«Di là c'è una porta chiusa a chiave.»

Mila stava per ordinare di buttarla giù, quando sentì la voce di Goran che entrava in casa e chiamava suo figlio: «Tommy! Tommy!»

Lei gli andò incontro. «Non è in camera sua.»

Goran era disperato. «Come non c'è? Allora dov'è?»

«C'è una stanza chiusa a chiave di là, ti risulta?»

Confuso e in preda all'ansia, Goran non capiva. «Cosa?»

«La camera che è chiusa a chiave...»

Il criminologo si bloccò... «Hai sentito?»

«Che cosa?»

«È lui...»

Mila non capiva. Goran la scansò e si diresse velocemente verso lo studio.

Quando vide suo figlio nascosto sotto la scrivania di mogano, non poté trattenere le lacrime. Si piegò sotto al tavolo, lo abbracciò e lo strinse forte.

«Papà, ho avuto paura...»

«Sì, lo so amore mio. Ma è tutto finito adesso.»

«La signora Runa se n'è andata. Mi sono svegliato e non c'era...»

«Ma ci sono io adesso, no?»

Mila era rimasta sulla soglia e aveva riposto la pistola nella fondina, rassicurata dalle parole di Goran accovacciato sotto la scrivania.

«Adesso ti porto a fare colazione. Cosa ti piacerebbe mangiare? Vanno bene le frittelle?»

Mila sorrise. Lo spavento era passato.

Goran disse ancora: «Vieni, ti prendo in braccio...»

Allora lo vide uscire da sotto la scrivania, facendo uno sforzo per rimettersi in piedi.

Ma non c'era alcun bambino fra le sue braccia.

« Ti presento una mia amica. Lei si chiama Mila... »

Goran sperava che a suo figlio piacesse. Di solito era sempre un po' restio con chi non conosceva. Tommy non disse nulla, si limitò a indicargli il volto di lei. Goran allora la guardò meglio: stava piangendo.

Le lacrime arrivarono da chissà dove, inaspettate. Ma, stavolta, il dolore che le aveva provocate non era di origine meccanica. La ferita che si era aperta non era sulla carne.

« Che c'è? Che succede? » le domandò Goran, comportandosi come se sostenesse davvero un peso umano fra le braccia.

Lei non sapeva che cosa rispondergli. Non sembrava che lui stesse fingendo. *Goran credeva veramente di tenere in braccio suo figlio.*

I due poliziotti, sopraggiunti nel frattempo, li guardavano stupiti, pronti a intervenire. Mila fece un cenno perché si fermassero dov'erano.

« Aspettatemi di sotto. »

« Ma noi non... »

« Andate giù e chiamate il Dipartimento, dite di mandare qui l'agente Stern. Se sentite un colpo di pistola, non preoccupatevi: sarò stata io. »

I due, riluttanti, obbedirono.

« Che sta succedendo, Mila? » Nel tono della domanda di Goran non c'erano più difese. Sembrava così impaurito dalla verità che non riusciva a reagire in alcun modo. « Perché vuoi che venga Stern? »

Mila si portò un dito alle labbra facendogli cenno di starsene in silenzio.

Poi si voltò e tornò nel corridoio. Si diresse verso la stanza dalla porta chiusa. Sparò un colpo alla serratura mandandola in frantumi, poi spinse il battente.

La stanza era buia, ma si potevano sentire ancora i residui dei gas della decomposizione. Sul grande letto matrimoniale c'erano due corpi.

Uno più grande, l'altro più piccolo.

Gli scheletri anneriti, avvolti ancora da avanzi di pelle che cadevano come stoffa, erano fusi in un solo abbraccio.

Goran entrò nella stanza. Sentì l'odore. Vide i corpi.

«Oh mio Dio...» disse, senza capire a chi appartenessero quei due cadaveri nella sua camera da letto. Si voltò verso il corridoio per impedire a Tommy di entrare... *ma non lo vide.*

Guardò di nuovo il letto. Quel corpicino. La verità gli piombò addosso con una forza spietata. E allora ricordò ogni cosa.

Mila lo trovò accanto alla finestra. Guardava fuori. Dopo giorni di neve e di pioggia, il sole era tornato a splendere.

«Era questo che voleva dirci Albert con la quinta bambina.»

Goran non disse nulla.

«E tu hai sviato le indagini su Boris. Ti è bastato suggerire a Terence Mosca in che direzione indagare: il fascicolo sul caso Wilson Pickett che ho visto nella sua borsa gliel'avevi dato tu... Ed eri sempre tu ad avere accesso alle prove del caso Gorka, così hai sottratto le mutandine di Rebecca Springher dal deposito giudiziario per piazzarle in casa di Boris durante la perquisizione.»

Goran annuì.

I respiri erano vetro, che s'infrangeva ogni volta che lei cercava di tirarne su uno dai polmoni. «Perché?» chiese Mila con quel po' di voce che le si rompeva in gola.

«Perché, dopo essersene andata, *lei* era tornata in questa casa. Perché non era tornata per restare. Perché voleva portarmi via l'unica cosa che ancora mi restava da amare. E perché *lui* voleva andare insieme a lei...»

«Perché?» ripeté Mila, senza più trattenere le lacrime che ormai sgorgavano liberamente.

«Perché un mattino mi sono svegliato e ho sentito la voce di Tommy che mi chiamava dalla cucina. Sono andato e l'ho visto seduto al suo solito posto. Mi chiedeva la colazione. E io ero così felice che ho *dimenticato* che invece lui non c'era...»

«Perché?» supplicò lei.

E lui stavolta ci pensò bene prima di risponderle: «Perché li amavo».

E, senza che lei potesse impedirglielo, aprì la finestra e si lanciò nel vuoto.

43

Aveva sempre desiderato un pony.

Ricordava di aver tormentato la madre e il padre perché gliene prendessero uno. Senza considerare che dove abitavano non c'era neanche un posto adatto per tenerlo. Il cortile posteriore era troppo stretto e accanto al garage c'era appena una striscia di terra dove suo nonno coltivava l'orto.

Eppure lei insisteva. I suoi pensavano che prima o poi si sarebbe stancata di quell'assurdo capriccio, ma a ogni compleanno e in ogni letterina a Babbo Natale c'era sempre quella richiesta.

Quando Mila uscì dalla pancia del mostro per tornare a casa, al termine dei suoi ventuno giorni di prigionia e tre mesi d'ospedale, trovò ad attenderla nel cortile un bellissimo pony bianco e marrone.

Il suo desiderio era stato esaudito. Ma lei non riuscì a gioirne.

Suo padre aveva chiesto favori, mosso le sue modeste conoscenze per spuntare un buon prezzo d'acquisto. La sua famiglia non navigava certo nell'oro e in casa avevano sempre fatto grandi sacrifici, ed era soprattutto per motivi economici che lei era rimasta figlia unica.

I suoi non potevano permettersi di darle un fratello o una sorella, invece le avevano comprato un pony. E lei non ne era felice.

Tante volte aveva fantasticato di riuscire ad avere finalmente quel regalo. Ne parlava in continuazione. Immaginava di accudirlo, di mettergli dei fiocchetti colorati sulla criniera, di spazzolarlo per bene. Spesso costringeva il suo gatto a subire i medesimi trattamenti. Forse era anche per quello che Houdini la odiava e le stava alla larga.

C'è una ragione per cui i pony piacciono tanto ai bambini.

Perché non crescono mai, rimanendo immortalati nell'incantesimo dell'infanzia. Una condizione invidiabile.

Invece, dopo la sua liberazione, Mila voleva solo diventare subito grande, per mettere una distanza fra lei e ciò che le era accaduto. E, se avesse avuto anche un po' di fortuna, forse sarebbe pure riuscita a dimenticare.

Quel pony, invece, con la sua assoluta impossibilità di crescere, rappresentava per lei un insostenibile patto con il tempo.

Quando l'avevano estratta, più morta che viva, dal fetido scantinato di Steve, per lei era iniziata una nuova vita. Dopo tre mesi d'ospedale per recuperare l'uso del braccio sinistro, aveva dovuto riprendere confidenza con le cose del mondo, non solo con la quotidianità di casa sua, ma anche con la routine degli affetti.

Graciela, la sua amica del cuore, con cui prima di scomparire nel nulla aveva celebrato il rito delle sorelle di sangue, ora si comportava in maniera strana con lei. Non era più quella con cui divideva sempre rigorosamente l'ultimo chewingum del pacchetto, quella davanti a cui non s'imbarazzava a fare pipì, quella con cui aveva scambiato un bacio «alla francese» per far pratica per quando sarebbero arrivati i ragazzi. No, Graciela era diversa. Le parlava con un sorriso fisso sulla faccia, e lei temeva che, se fosse andata avanti così, dopo un po' avrebbe sentito male alle guance. Si sforzava di essere carina e gentile, e aveva perfino smesso di dirle parolacce, quando fino a qualche tempo prima non la chiamava neanche per nome – «vacca ammorbante» e «troietta lentigginosa» erano i soprannomi che usavano sempre fra loro.

S'erano punte il polpastrello dell'indice con un chiodo arrugginito perché sarebbero rimaste per sempre amiche, perché mai nessun ragazzo o fidanzato le avrebbe divise. E invece erano bastate poche settimane a scavare un solco incolmabile.

A ben guardare, quella puntura sul polpastrello era stata la prima ferita di Mila. Ma le aveva procurato più dolore quando s'era totalmente rimarginata.

«Smettetela di trattarmi come se fossi tornata dalla luna!» avrebbe voluto gridare a tutti quanti. E quell'espressione sul volto della gente! Lei non la sopportava. Piegavano la testa da un lato e increspavano le labbra. Anche a scuola, dove non aveva mai eccelso, i suoi errori ora venivano tollerati con bonarietà.

Era stanca dell'accondiscendenza degli altri. Le sembrava di essere in un film in bianco e nero, come quelli che davano a notte fonda in TV, dove gli abitanti della terra erano stati sostituiti da cloni marziani, mentre lei s'era salvata perché era rimasta nel ventre caldo di quella tana.

Allora le possibilità erano due. O il mondo era davvero cambiato, o dopo ventuno giorni di gestazione il mostro aveva partorito una nuova Mila.

Intorno a lei nessuno menzionava più ciò che era accaduto. La facevano vivere come sospesa in una bolla, come se fosse fatta di vetro e potesse andare in pezzi da un momento all'altro. Non capivano che lei invece avrebbe solo voluto un po' di autenticità dopo tutti gli inganni che aveva dovuto subire.

Dopo undici mesi era iniziato il processo a Steve.

Aveva atteso a lungo quel momento. Ne parlavano tutti i giornali e i telegiornali che i suoi non le facevano vedere – per proteggerla, dicevano. Ma che lei guardava di nascosto appena poteva.

Sia lei sia Linda avrebbero dovuto testimoniare. Il pubblico ministero contava molto più su di lei, perché la sua compagna di prigionia continuava imperterrita a difendere il suo aguzzino. Aveva ripreso a pretendere che la chiamassero Gloria. I dottori dicevano che Linda soffriva di serie turbe mentali. Sarebbe toccato dunque a Mila il compito d'inchiodare Steve.

Nei mesi successivi alla cattura, Steve aveva fatto di tutto per apparire infermo di mente. S'era inventato assurde teorie su ipotetici complici a cui diceva di aver soltanto ubbidito. Stava cercando di rifilare anche al mondo la storia che aveva usato con Linda. Quella di Frankie, il socio malvagio. Ma era stato smentito non appena un poliziotto aveva scoperto che quello era solo il nome della tartaruga che aveva da piccolo.

Ma la gente voleva bersi lo stesso quella storia. Steve era troppo «normale» per essere un mostro. Troppo uguale a loro.

L'idea che ci fosse qualcun altro dietro, un essere ancora misterioso, un vero mostro, paradossalmente li rassicurava.

Mila era arrivata al processo determinata a restituire a Steve tutte le sue colpe, nonché un po' di quello stesso male che le aveva procurato. L'avrebbe fatto marcire in galera, e per questo era anche disposta a recitare la parte della povera vittima, che fino ad allora s'era ostinatamente rifiutata d'interpretare.

Sedette al banco dei testimoni, di fronte alla gabbia in cui Steve era tenuto in manette, con l'intenzione di raccontare ogni cosa senza staccargli mai gli occhi di dosso.

Ma quando lo vide – con quella camicia verde abbottonata fin sul colletto, troppo grande per lui che s'era ridotto pelle e ossa, con quelle mani che gli tremavano mentre cercava di prendere appunti su un blocco, con quei capelli che s'era accorciato da solo e che erano più lunghi da un lato –, provò qualcosa che non si sarebbe mai aspettata: pena, ma anche rabbia per quel miserabile, proprio perché le faceva pena.

Quella fu l'ultima volta che Mila Vasquez provò *empatia* per qualcuno.

Nel momento in cui aveva scoperto il segreto di Goran, aveva pianto.

Perché?

Una memoria sperduta dentro di lei le diceva che erano state lacrime di empatia.

All'improvviso un argine s'era rotto da qualche parte, liberando una gamma sorprendente di emozioni. Adesso le sembrava perfino di riuscire ad avvertire anche ciò che provavano gli altri.

Come quando Roche era giunto sul luogo e lei aveva percepito la sua tremenda consapevolezza di avere ormai le ore contate, perché il suo uomo migliore, la sua «punta di diamante», gli aveva servito il peggiore dei bocconi avvelenati.

Terence Mosca invece le era sembrato combattuto fra la gioia per il sicuro avanzamento di carriera e il disagio per la sua motivazione.

Scorse nitidamente lo sconcerto e la tristezza di Stern non appena questi varcò la soglia di quella casa. E capì immediatamente che si sarebbe subito rimboccato le maniche per rimettere ordine in quella brutta faccenda.

Empatia.

L'unica persona per cui non riusciva a provare nulla, era Goran.

Non era caduta come Linda nel tranello di Steve: Mila non aveva mai creduto all'esistenza di Frankie. Invece era cascata nell'inganno che in quella casa ci vivesse un bambino, Tommy. Aveva sentito parlare di lui. Ma aveva anche assistito alle telefonate che suo padre faceva alla sua tata per accertarsi che stesse bene e per raccomandarsi per lui. Aveva perfino creduto di vederlo mentre Goran lo metteva a letto. Tutte cose che non riusciva a perdonargli, perché la facevano sentire una stupida.

Goran Gavila era sopravvissuto a un volo di dodici metri, ma adesso combatteva fra la vita e la morte in un letto di terapia intensiva.

La sua casa era presidiata, ma solo esternamente. All'interno si aggiravano soltanto due persone. L'agente speciale Stern, che aveva momentaneamente congelato le sue dimissioni, e Mila.

Non cercavano niente, stavano solo provando a collocare gli eventi in ordine cronologico, per trovare le risposte alle uniche domande possibili. In che momento un essere umano equilibrato e tranquillo come Goran Gavila aveva maturato il suo progetto di morte? Quando era scattata in lui la molla della vendetta? Quando aveva iniziato a trasformare la sua rabbia in un disegno?

Mila era nello studio e sentiva Stern che ispezionava la camera accanto. Aveva eseguito molte perquisizioni nella sua carriera. Era incredibile quanto potessero essere rivelatori i dettagli della vita di qualcuno.

Mentre esplorava il rifugio in cui Gavila maturava le sue riflessioni, cercava di mantenersi distaccata, prendendo nota dei particolari, delle piccole abitudini che avrebbero potuto svelarle accidentalmente qualcosa d'importante.

Goran conservava le graffette in un posacenere di vetro.

Temperava le matite direttamente nel cestino della carta. E teneva un portafotografie senza foto sulla scrivania.

Quella cornice vuota era una finestra sull'abisso dell'uomo che Mila aveva creduto di poter amare.

Mila distolse lo sguardo, quasi per timore di esserne ingoiata. Quindi aprì un cassetto al lato del tavolo. Dentro c'era una cartellina. La prese e la mise sopra quelle che già aveva visionato. Questa era diversa, perché dalla data si trattava dell'ultimo caso di cui Gavila si era occupato prima che venisse alla luce la storia delle bambine scomparse.

Oltre ai documenti, conteneva una serie di audiocassette.

Cominciò a leggere il contenuto dei fogli; avrebbe ascoltato i nastri se ne fosse valsa la pena.

Si trattava del carteggio intercorso fra il direttore di un penitenziario – tale Alphonse Bérenger – e l'ufficio del procuratore. E riguardava il singolare comportamento di un detenuto che veniva individuato soltanto con il numero di matricola.

RK-357/9.

Il soggetto era stato trovato, mesi prima, da due poliziotti mentre vagava di notte, solo e senza vestiti, per le campagne. Aveva rifiutato sin da subito di fornire le proprie generalità ai pubblici ufficiali. Dall'esame delle sue impronte digitali era emerso soltanto che non era schedato. Ma un giudice l'aveva condannato per ostacolo alla giustizia.

Stava ancora scontando la pena.

Mila prese una delle audiocassette e la guardò, cercando d'immaginare cosa potesse contenere. Sull'etichetta erano riportate solo un'ora e una data. Poi chiamò Stern e gli riassunse rapidamente quel che aveva letto.

«Però senti cosa scrive il direttore del carcere... 'Dal momento in cui ha messo piede al Penitenziario, il detenuto RK-357/9 non ha mai dato segni d'indisciplina, dimostrandosi sempre rispettoso del regolamento carcerario. Inoltre l'individuo è di indole solitaria e poco incline a socializzare... Forse anche per questo nessuno si è mai accorto del particolare comportamento, notato solo di recente da uno dei nostri secondini. Il detenuto RK-357/9 deterge e ripassa con un panno di feltro ogni oggetto con cui entra in contatto, raccoglie tutti i peli e i capelli che perde quotidianamente, lustra alla perfezione le posate e il water ogni volta che li usa'... Che te ne sembra?»

«Mah, non lo so. Anche mia moglie ha una fissa per le pulizie.»

«Senti come continua però: 'Siamo dunque di fronte a un maniaco igienista o, molto più verosimilmente, a un individuo che vuole a tutti i costi evitare di lasciare "materiale organico". Nutriamo, di conseguenza, il serio sospetto che il detenuto RK-357/9 abbia commesso qualche crimine di particolare gravità e voglia impedirci di prelevare il suo DNA per identificarlo...' Allora?»

Stern le prese il foglio dalle mani e lo lesse. «È successo a novembre... Ma non c'è scritto se alla fine sono riusciti a scoprire qualcosa dal suo DNA?»

«A quanto pare non potevano obbligarlo a sottoporsi al test, e neanche prelevarlo arbitrariamente perché questo avrebbe leso le sue libertà costituzionali...»

«Allora cos'hanno fatto?»

«Hanno provato a recuperare qualche pelo o capello con delle ispezioni a sorpresa nella sua cella.»

«Lo tenevano in isolamento?»

Mila scorse i fogli per cercare il punto in cui aveva letto qualcosa in proposito. Lo trovò. «Ecco qui, il direttore scrive: 'Fino a oggi il soggetto ha potuto condividere la cella con un altro recluso, il che l'ha certamente favorito nell'opera di confondere le proprie tracce biologiche. Però La informo che come prima misura lo abbiamo tolto da tale condizione di promiscuità, mettendolo in isolamento'.»

«Allora, sono riusciti a prendergli il DNA o no?»

«A quanto pare il detenuto era più furbo di loro e ha fatto trovare sempre la cella perfettamente pulita. Ma poi si sono accorti che parlava da solo e gli hanno piazzato un microfono nascosto per capire cosa dicesse...»

«E il dottor Gavila che c'entrava?»

«Gli avranno domandato un parere da esperto, non so...»

Stern ci pensò un attimo. «Forse dovremmo ascoltare le cassette. »

Su un mobile dello studio c'era un vecchio registratore che probabilmente Goran usava per incidere i suoi appunti vocali. Mila passò un'audiocassetta a Stern, che si avvicinò all'apparecchio, la introdusse ed era sul punto di premere il tasto play.

«Aspetta. »

Sorpreso, Stern si voltò a guardarla: era impallidita.

«Cazzo! »

«Che succede? »

«Il nome. »

«Che nome? »

«Quello del detenuto con cui divideva la cella prima che lo mettessero in isolamento... »

«E allora? »

«Si chiamava Vincent... *Era Vincent Clarisso.* »

44

Alphonse Bérenger era un sessantenne con la faccia di bambino. Il suo viso rubicondo era come trattenuto da una fitta maglia di capillari. Ogni volta che sorrideva strizzava gli occhi fino a farli diventare due fessure. Dirigeva il penitenziario da venticinque anni e gli mancavano pochi mesi alla pensione. Aveva la passione per la pesca, in un angolo del suo ufficio c'erano una canna e una cassetta con gli ami e le esche. A breve sarebbe stata la principale occupazione delle sue giornate.

Era considerato un brav'uomo, Bérenger. Negli anni della sua gestione, nel carcere non si erano mai verificati gravi episodi di violenza. Aveva un tocco umano con i detenuti, e i suoi secondini ricorrevano raramente all'uso della forza.

Alphonse Bérenger leggeva la Bibbia ed era ateo. Però credeva nelle seconde opportunità e diceva sempre che ogni individuo, se lo vuole, ha diritto a meritarsi il perdono. Qualunque colpa abbia commesso.

Aveva fama d'essere un uomo probo e si considerava in pace con il mondo. Però da qualche tempo non riusciva più a dormire la notte. Sua moglie gli diceva che era per via dell'approssimarsi della pensione, ma non era così. Ciò che tormentava i suoi sonni era il pensiero di dover rimettere in libertà il detenuto RK-357/9 senza sapere chi fosse e se avesse commesso qualche reato atroce.

«Questo tipo è... assurdo», disse a Mila mentre varcavano uno dei cancelli di sicurezza, diretti al braccio con le celle d'isolamento.

«In che senso?»

«È assolutamente imperturbabile. Gli abbiamo tolto l'acqua corrente, sperando che la smettesse di lavare. Lui ha continuato a pulire tutto solo con gli stracci. Gli abbiamo sequestrato anche quelli. Ha iniziato a usare la divisa. L'abbiamo costretto a servirsi delle posate del carcere. Lui ha smesso di mangiare.»

«E voi?»

«Non potevamo certo affamarlo! A ogni nostro tentativo ha sempre contrapposto una tenacia disarmante... o una mite determinazione, faccia lei.»

«E la scientifica?»

«Hanno passato tre giorni in quella cella, ma non hanno trovato materiale organico sufficiente a estrarre il suo DNA. E io mi domando: com'è possibile? Tutti noi perdiamo milioni di cellule ogni giorno, sotto forma di minuscole ciglia o di scaglie di pelle...»

Bérenger aveva esercitato tutta la pazienza di provetto pescatore nella speranza che bastasse. Ma non era bastato. La sua ultima risorsa era quella poliziotta che s'era presentata a sorpresa quella mattina, raccontando una storia tanto assurda da sembrare vera.

Percorrendo il lungo corridoio, arrivarono davanti a una porta di ferro dipinta di bianco. Era la cella d'isolamento numero 15.

Il direttore guardò Mila. «Ne è sicura?»

«Fra tre giorni quest'uomo uscirà, e io ho l'impressione che non lo rivedremo più. Perciò sì, sono assolutamente sicura.»

La pesante porta fu aperta e si richiuse immediatamente alle sue spalle. Mila mosse il primo passo nel piccolo universo del detenuto RK-357/9.

Era diverso da come se l'era immaginato e dall'identikit che Nicla Papakidis aveva tracciato dopo averlo visto nei ricordi di Joseph B. Rockford. Tranne che per un particolare. Gli occhi grigi.

Era piccolo di statura. Aveva le spalle strette, con le ossa della clavicola sporgenti. La tuta arancione del carcere gli andava larga, tanto da costringerlo a rivoltare sia le maniche che l'orlo dei pantaloni. Aveva pochi capelli, concentrati ai lati della testa.

Era seduto sulla branda, e teneva sulle ginocchia una scodella d'acciaio. La stava ripassando con un panno di feltro giallo. Accanto a sé, sul letto, erano disposti ordinatamente delle posate, uno spazzolino da denti e un pettine di plastica. Probabilmente aveva appena finito di lustrarli. Sollevò appena il capo per guardare Mila, senza mai smettere di strofinare.

Mila si convinse che l'uomo sapesse perché lei era lì.

«Salve», disse. «Le dispiace se mi siedo un po'?»

Lui annuì educatamente, indicandole uno sgabello accostato alla parete. Mila lo prese e si accomodò.

Lo sfregamento insistente e regolare dello strofinaccio sul metallo era l'unico suono in quell'ambiente angusto. I rumori tipici del carcere erano stati banditi dalla sezione d'isolamento, per rendere più gravosa la solitudine della mente. Ma al detenuto RK-357/9 questo non sembrava dispiacere.

«Qui tutti si domandano chi lei sia», esordì Mila. «È diventata una specie di ossessione, credo. Lo è per il direttore di questo penitenziario. E anche per l'ufficio del procuratore. Gli altri detenuti si raccontano la sua leggenda.»

Lui continuò a guardarla, imperturbabile.

«Io non me lo domando. Io lo so. Lei è la persona che abbiamo chiamato Albert. La persona a cui diamo la caccia.»

L'uomo non reagì.

«C'era lei sulla poltrona di Alexander Bermann nella sua tana di pedofilo. E ha incontrato Ronald Dermis all'istituto religioso, quando era ancora un bambino. Era presente nella villa di Yvonne Gress mentre Feldher massacrava la donna e i suoi figli: è sua la sagoma nel sangue sul muro. Era insieme a Joseph B. Rockford quando ha ucciso la prima volta in quella casa abbandonata... Loro erano suoi *discepoli*. Ha istigato il loro abominio, ispirato le loro malvagità, standosene sempre acquattato nell'ombra...»

L'uomo strofinava, senza perdere il ritmo neanche per un istante.

«Poi, poco più di quattro mesi fa, decide di farsi arrestare. Perché l'ha fatto di proposito, non ho dubbi. In carcere incontra Vincent Clarisso, il suo compagno di cella. Ha quasi un mese per istruirlo, prima che Clarisso finisca di scontare la pena. Poi Clarisso, appena fuori, inizia a eseguire il suo piano... Rapire sei bambine, amputare loro il braccio sinistro, collocare i cadaveri per rivelare tutti quegli orrori che nessuno era mai stato in grado di scoprire... Mentre Vincent portava a termine il compito, lei era qui. Perciò nessuno può incriminarla. Queste quattro mura sono il suo alibi perfetto... Però il suo capolavoro resta Goran Gavila. »

Mila recuperò dalla tasca una delle audiocassette che aveva trovato nello studio del criminologo, e la lanciò sulla branda. L'uomo fissò la parabola che compì prima d'atterrare a pochi centimetri dalla sua gamba sinistra. Non si spostò, non fece neanche il gesto di schivarla.

« Il dottor Gavila non l'ha mai vista, non la conosceva. Ma *lei conosceva lui.* »

Mila sentiva accelerare i battiti del cuore. Era rabbia, risentimento, e qualcos'altro.

« Ha trovato il modo di entrare in contatto con lui stando qua dentro. È geniale: quando l'hanno messa in isolamento, ha iniziato a parlare da solo come un povero mentecatto, sapendo che le avrebbero piazzato un microfono, per poi far ascoltare le registrazioni a un esperto. Non uno qualsiasi, bensì il migliore nel suo campo... »

Mila indicò la cassetta.

« Le ho sentite tutte, sa? Ore e ore di intercettazioni ambientali... Quei messaggi non erano indirizzati al nulla. Erano per Goran... 'Uccidere, uccidere, uccidere'... Lui le ha dato retta e ha ucciso moglie e figlio. È stato un paziente lavoro sulla sua psiche. Mi dica una cosa: come fa? Come ci riesce? Lei è bravissimo. »

L'uomo non colse il sarcasmo, o non se ne curava. Invece sembrava curioso di scoprire il resto della storia, perché non le toglieva gli occhi di dosso.

« Ma non è l'unico che sappia entrare nella testa della gente... Ultimamente ho appreso molto sui serial killer. Ho imparato che si dividono in quattro categorie: visionari, missionari, edonisti e cercatori di potere... Ma c'è una quinta specie: li chiamano killer subliminali. »

Si frugò nelle tasche, tirò fuori un foglio ripiegato e lo aprì per bene.

« Il più celebre è Charles Manson, che spinse i membri della sua famosa 'Famiglia' a compiere il massacro di Cielo Drive. Ma penso che ci siano due casi ancora più emblematici... » Lesse: « 'Nel 2005, un giapponese di nome Fujimatzu riesce a convincere 18 persone, conosciute via chat e sparse per il mondo, a togliersi la vita il giorno di San Valentino. Diversi per età, sesso, condizione economica ed estrazione sociale, erano uomini e donne normalissimi, senza problemi apparenti' ». Alzò gli occhi sul detenuto: « Come sia riuscito a plagiarli è tuttora un mistero... Ma senta qui, questa è la mia preferita: 'Nel 1999 Roger Blest, di Akron in Ohio, ammazza sei donne. Quando lo catturano, agli inquirenti racconta che gliel'ha "suggerito" un certo Rudolf Migby. Il giudice e la giuria pensano che voglia passare per malato di mente e lo condannano lo stesso all'iniezione letale. Nel 2002 in Nuova Zelanda, un operaio analfabeta di nome Jerry Hoover uccide quattro donne e poi dichiara alla polizia che gliel'ha "suggerito" un certo Rudolf Migby. Lo psichiatra dell'accusa si ricorda del caso del '99 e – essendo improbabile che Hoover possa conoscere la vicenda – scopre che un compagno di lavoro dell'uomo si chiama in effetti Rudolf Migby, che nel 1999 risiedeva ad Akron, in Ohio' ». Guardò ancora l'uomo: « Be', che ne dice? Ci trova delle somiglianze? »

L'uomo non disse nulla. La sua scodella brillava, ma lui non era ancora del tutto soddisfatto del risultato.

« Un 'killer subliminale' non commette materialmente il crimine. Non è imputabile, non è punibile. Per processare Charles Manson ricorsero a un artificio giuridico, tant'è che la condanna a morte venne derubricata in vari ergastoli... Qualche psichiatra vi definisce *sussurratori*, per la vostra capacità d'incidere sulle personalità più deboli. Io preferisco chiamarvi lupi... I lupi agiscono in branco. Ogni branco ha un capo, e spesso gli altri lupi cacciano per lui. »

Il detenuto RK-357/9 terminò di strofinare la scodella e la ripose accanto a sé. Poi appoggiò le mani sulle ginocchia, in attesa del resto.

«Ma lei li supera tutti...» Mila si mise a ridere. «Non c'è nulla che dimostri il suo coinvolgimento nei crimini commessi dai suoi discepoli. Senza prove per inchiodarla, fra poco tornerà a essere un uomo libero... E nessuno potrà farci nulla.»

Mila trasse un profondo sospiro. Si fissarono.

«Peccato: se solo sapessimo la sua vera identità, diventerebbe celebre e passerebbe alla storia, glielo dico io.»

Si sporse verso di lui, il suo tono di voce si fece sottile e minaccioso: «Tanto scoprirò chi sei».

Rimettendosi in piedi, si pulì le mani da una polvere inesistente e si apprestò a uscire dalla cella. Prima, però, si concesse ancora qualche secondo insieme a quell'uomo.

«Il tuo ultimo allievo ha fallito: Vincent Clarisso non è riuscito a portare a termine il tuo disegno, perché la bambina numero sei è ancora viva... Questo vuol dire che *anche tu hai fallito*.»

Studiò la sua reazione e per un attimo le sembrò che qualcosa si fosse mosso su quel volto fino ad allora imperscrutabile.

«Ci rivediamo fuori.»

Gli tese la mano. Lui rimase sorpreso, come se non se l'aspettasse. La osservò per un lunghissimo istante. Poi sollevò mollemente il braccio, e gliela strinse. Al tatto di quelle dita morbide, Mila provò un senso di repulsione.

Lui lasciò scivolare la mano dalla sua.

Lei gli diede le spalle e si avviò verso la porta di ferro. Bussò tre volte e attese, sapendo che il suo sguardo era ancora su di lei, piantato fra le sue scapole. Qualcuno da fuori iniziò a dare le mandate alla serratura. Prima che l'uscio si aprisse, il detenuto RK-357/9 parlò per la prima volta.

«*È femmina*», disse.

Mila si girò verso di lui, credendo di non aver capito. Il detenuto era tornato al suo straccio, a strofinare meticolosamente un'altra scodella.

Uscì, la porta di ferro si richiuse alle sue spalle e Bérenger le venne incontro. Con lui c'era anche Krepp.

«Allora... è andata?»

Mila annuì. Gli porse la mano che aveva stretto a quella del detenuto. L'esperto della scientifica si munì di una pinzetta e le staccò delicatamente dal palmo una sottile patina trasparente in cui erano state catturate le cellule dell'epidermide dell'uomo. Per preservarla, la ripose subito in una vaschetta di soluzione alcalina.

«E adesso vediamo chi è questo figlio di puttana.»

Il cielo era attraversato da isolate nubi bianche che ne esaltavano l'azzurro purissimo. Messe tutte insieme, avrebbero coperto irrimediabilmente il sole. Invece se ne stavano lì, a farsi portare dal vento.

Era stata una stagione molto lunga. L'inverno aveva lasciato il posto all'estate, senza soluzione di continuità. Faceva ancora caldo.

Mila guidava con entrambi i finestrini aperti, godendosi la brezza fra i capelli. Li aveva fatti crescere, e quello non era che uno dei piccoli cambiamenti degli ultimi tempi. Un'altra novità era il vestito che indossava. Aveva abbandonato i jeans e adesso portava addirittura una gonna a fiori.

Sul sedile accanto c'era una scatola con un grande fiocco rosso. Aveva scelto quel regalo senza pensarci troppo, perché ormai faceva tutto soltanto affidandosi all'istinto.

Aveva scoperto la ferace imprevedibilità dell'esistenza.

Quel nuovo corso delle cose le piaceva. Ma il problema ora erano i capricci della sua sfera emotiva. Le capitava, a volte, di fermarsi nel bel mezzo di una conversazione, o mentre stava sbrigando qualche faccenda, e di mettersi a piangere. Senza ragione, una strana e piacevole nostalgia s'impossessava di lei.

Per molto tempo s'era chiesta da dove venissero quelle emozioni che la invadevano regolarmente, a ondate oppure a spasmi.

Adesso lo sapeva. Ma non aveva voluto conoscere lo stesso il sesso del bambino.

«*È femmina.*»

Ormai Mila evitava di pensarci, cercando di dimenticare

tutto di quella storia. Erano altre le sue priorità. C'era la fame
che la coglieva troppo spesso e inaspettatamente, e che aveva
restituito un po' di femminilità alle sue forme. Poi c'era il bisogno improvviso e urgente di urinare. Infine c'erano quei piccoli calci nella pancia, che aveva cominciato a sentire già da un
po' di tempo.

Grazie a loro stava imparando a guardare solo avanti.

Ma era inevitabile che, di tanto in tanto, la mente corresse
da sola verso il ricordo di quegli eventi.

Il detenuto RK-357/9 era uscito di prigione un martedì di
marzo. Senza un nome.

Il trucco di Mila, però, era riuscito.

Krepp aveva estratto il DNA dalle sue cellule epiteliali, che
era stato inserito in tutte le banche dati disponibili. Il confronto era avvenuto anche con il materiale organico non identificato che riguardava casi ancora senza soluzione.

Non era emerso nulla.

"Forse non abbiamo ancora scoperto tutto del disegno", si
diceva Mila. E aveva paura di quella previsione.

Quando l'uomo senza nome aveva riacquistato la libertà, i
primi tempi i poliziotti l'avevano tenuto costantemente sotto
controllo. Viveva in una casa messagli a disposizione dai servizi
sociali e – ironia del destino – aveva iniziato a lavorare come
addetto alle pulizie in un grande magazzino. Non lasciava tra-
sparire nulla di sé che già non conoscessero. Così, col tempo, la
sorveglianza degli agenti era andata scemando. I loro capi non
erano più disposti ad accordare il pagamento degli straordinari
e le ronde volontarie erano durate solo il tempo di qualche settimana. Alla fine, avevano mollato tutti.

Mila aveva continuato a tenerlo d'occhio, ma anche per lei
era diventato sempre più faticoso. Dopo la scoperta della gravidanza aveva diradato i controlli.

Poi, un giorno di metà maggio, lui era sparito.

Non aveva lasciato tracce dietro di sé, né si poteva immaginare la sua destinazione. Mila all'inizio s'era arrabbiata, ma poi
aveva scoperto anche un singolare sollievo.

La poliziotta che ritrovava le persone scomparse, in fondo desiderava che quell'uomo scomparisse.

Il cartello stradale alla sua destra indicava la svolta per il quartiere residenziale. Lei la imboccò.

Era un bel posto: i viali erano alberati e le piante ripetevano sempre la stessa ombra, quasi non volessero fare torto a qualcuno. I villini erano accostati l'uno all'altro, con un bel pezzo di terra davanti e tutti simili.

Le indicazioni sul foglietto che le aveva dato Stern terminavano al bivio che aveva di fronte. Rallentò, guardandosi intorno.

«Stern, accidenti, dove siete?» gli disse al telefono.

Prima che rispondesse lo vide attaccato al cellulare che le faceva segno da lontano con un braccio alzato.

Parcheggiò la macchina dove le indicò e scese.

«Come va?»

«A parte le nausee, i piedi gonfi e le continue corse al gabinetto... Direi bene.»

Lui le mise un braccio intorno alle spalle: «Vieni, sono tutti sul retro».

Faceva uno strano effetto vederlo senza giacca e cravatta, con i pantaloncini azzurri e una camicia a fiori aperta sul torace. Non fosse stato per l'immancabile mentina, sarebbe stato quasi irriconoscibile.

Mila si lasciò guidare verso il giardino posteriore, dove la moglie dell'ex agente speciale stava apparecchiando la tavola. Corse ad abbracciarla.

«Ciao Marie, ti trovo bene.»

«Per forza: ora che mi tiene a casa tutto il giorno!» esclamò Stern, ridendo.

Marie diede una pacca sulla spalla del marito. «Va' a cucinare piuttosto!»

Mentre Stern si allontanava verso il barbecue, pronto ad arrostire salsicce e pannocchie, le si avvicinò Boris con in mano una bottiglia di birra già vuota per metà. Strinse Mila con le sue possenti braccia e la sollevò. «Quanto sei ingrassata!»

«Parli tu!»

«Ma quanto ci hai messo ad arrivare?»

« Eri preoccupato per me? »

« No, avevo solo fame. »

Risero. Boris era sempre pieno d'attenzioni per lei, e non solo perché l'aveva salvato dalla galera. Negli ultimi tempi aveva messo su peso per effetto della vita sedentaria e della promozione che aveva ricevuto da Terence Mosca. Il nuovo ispettore capo aveva subito voluto cancellare quella piccola « svista » sul suo conto, e gli aveva fatto un'offerta irrinunciabile. Roche aveva presentato le dimissioni subito dopo la chiusura ufficiale del caso, non senza prima aver concordato col Dipartimento una procedura d'uscita che prevedeva una cerimonia con il conferimento di una medaglia per meriti di servizio e un encomio solenne. Si diceva che stesse valutando l'eventualità di entrare in politica.

« Che sciocca: ho dimenticato la scatola in macchina! » si ricordò improvvisamente Mila. « Me l'andresti a prendere, per favore? »

« Certo, vado subito. »

Appena Boris spostò la sua stazza, le si aprì la visuale sugli altri presenti.

Sotto un albero di ciliegie c'era Sandra su una sedia a rotelle. Non riusciva a camminare. Era accaduto dopo un mese che l'avevano dimessa dall'ospedale. I dottori dicevano che il blocco neurologico era dovuto allo shock. Ora stava seguendo un rigido programma di riabilitazione.

Una protesi aveva preso il posto del braccio sinistro mancante.

Accanto alla bambina c'era suo padre, Mike. Mila l'aveva conosciuto andando a visitare Sandra e l'aveva trovato simpatico. Nonostante la separazione dalla moglie, aveva continuato a prendersi cura di lei come della figlia, con affetto e dedizione. Sarah Rosa era con loro. Era molto cambiata. Aveva perso diversi chili in carcere e i capelli le erano diventati bianchi in pochissimo tempo. La condanna era stata pesante: sette anni con in più il congedo con disonore, che le aveva fatto perdere anche il diritto alla pensione. Era lì grazie a un permesso speciale. Poco distante c'era Doris, l'agente di sorveglianza che l'aveva accompagnata, che salutò Mila con un cenno del capo.

454

Sarah Rosa si alzò per avvicinarsi. Si sforzava di sorriderle. «Come stai? Procede bene la gravidanza?»

«L'inconveniente più grosso sono i vestiti: la mia taglia cambia in continuazione e non guadagno abbastanza per adeguare così spesso il guardaroba. Uno di questi giorni mi toccherà uscire in accappatoio!»

«Dammi retta: goditi questi momenti, perché il peggio deve ancora arrivare. Per i primi tre anni, Sandra non ci fece chiudere occhio. Vero Mike?» E Mike annuì.

Si erano già incontrati altre volte. Ma nessuno aveva mai domandato a Mila del padre del bambino. Chissà come avrebbero reagito se avessero saputo che portava dentro di sé il figlio di Goran.

Il criminologo era ancora in coma.

Mila era andata a trovarlo solo una volta. L'aveva visto da dietro un vetro, ma non aveva resistito più di qualche secondo ed era subito scappata via.

L'ultima cosa che le aveva detto, prima di gettarsi nel vuoto, era che aveva ucciso la moglie e il figlio *perché li amava*. Era la logica incontrovertibile di chi giustifica il male con l'amore. E Mila non la poteva accettare.

Un'altra volta Goran aveva affermato: «*Stiamo accanto a persone di cui pensiamo di conoscere tutto, invece non sappiamo niente di loro...*»

Pensava che si riferisse alla moglie, e si ricordava quella frase come una verità banale, non all'altezza della sua intelligenza. Finché non s'era trovata coinvolta in quel che diceva. Eppure, proprio lei avrebbe dovuto capirlo. Lei, che gli aveva detto: «*È dal buio che vengo. Ed è al buio che ogni tanto devo ritornare...*»

Anche Goran era stato tante volte in quella stessa tenebra. Ma un giorno, quando era riemerso, qualcosa doveva averlo seguito. Qualcosa che non l'aveva più abbandonato.

Boris la raggiunse con il regalo.

«Ci voleva tanto?»

«Non riuscivo a richiudere quel catorcio. Dovresti farti una macchina nuova.»

Mila gli tolse la scatola dalle mani e la portò a Sandra.

«Ehi, buon compleanno!»

Si piegò su di lei per darle un bacio. La ragazzina era sempre contenta di rivederla.

«Mamma e papà mi hanno regalato un iPod.»

Glielo mostrò. E Mila disse: «È fantastico. Ora dovremo riempirlo di un po' di sano e onestissimo rock».

Mike non era d'accordo: «Io preferirei Mozart».

«Meglio i Coldplay», disse Sandra.

Scartarono insieme il regalo di Mila. Era una giacca di velluto, con attaccati orpelli di vario genere e borchie.

«Uau!» esclamò la festeggiata quando riconobbe il marchio di un famoso stilista.

«Quel 'uau' significa che ti piace?»

Sandra annuì sorridente, senza staccare gli occhi dalla giacca.

«Si mangia!» annunciò Stern.

Si misero a tavola all'ombra di un gazebo. Mila notò che Stern e sua moglie si cercavano e si sfioravano spesso, come due freschi innamorati. Provò un po' di invidia per loro. Sarah Rosa e Mike recitavano la parte dei bravi genitori a beneficio della figlia. Ma lui era molto premuroso anche con Sarah. Boris raccontò molte barzellette, e risero così tanto che all'agente Doris andò un boccone di traverso. Era una giornata piacevole, senza pensieri. E probabilmente Sandra dimenticò per un poco la sua condizione. Ricevette molti doni e spense i suoi tredici anni su una torta al cioccolato e cocco.

Finirono di pranzare dopo le tre. S'era levato un venticello che invogliava a stendersi sul prato e dormire. Le donne sparecchiarono la tavola, ma Mila fu esonerata dalla moglie di Stern per via del pancione. Ne approfittò per stare vicina a Sandra, sotto al ciliegio. Con un po' di fatica riuscì anche a sedersi per terra, accanto alla sua carrozzella.

«È molto bello qui», disse la ragazzina. Poi guardò sua madre mentre portava dentro i piatti sporchi e le sorrise. «Vorrei che questa giornata non finisse. La mamma mi mancava molto...»

L'uso di quel verbo all'imperfetto era sintomatico: Sandra aveva evocato una nostalgia diversa da quella di quando sua madre tornava in carcere. Stava parlando di ciò che le era accaduto.

Mila sapeva bene che quei brevi accenni facevano parte dello sforzo che la ragazzina stava compiendo per mettere ordine nel passato. Doveva collocare le emozioni e fare i conti con una paura che, anche se tutto era finito, sarebbe tornata a tenderle agguati ancora per molti anni.

Un giorno loro due avrebbero affrontato l'argomento di quanto era accaduto. Mila pensava di raccontarle prima la sua storia. Forse questo l'avrebbe aiutata. Avevano così tanto in comune.

"Trova prima tutte le parole, piccola mia, abbiamo tutto il tempo..."

Mila provò una grande tenerezza per Sandra. Di lì a un'ora, Sarah Rosa sarebbe dovuta rientrare al penitenziario. E ogni volta quella separazione era una sofferenza per madre e figlia.

«Ho deciso di rivelarti un segreto», le disse per distrarla da quel pensiero. «Però lo dirò soltanto a te... Voglio dirti chi è il padre del mio bambino.»

Sandra si lasciò scappare un sorriso impertinente. «Guarda che lo sanno tutti.»

Mila rimase paralizzata dallo stupore, poi scoppiarono a ridere.

Boris da lontano le vide senza capire cosa stesse accadendo. «Donne», esclamò all'indirizzo di Stern.

Quando finalmente riuscirono a riprendersi, Mila si sentiva molto meglio. Ancora una volta aveva sottovalutato chi le voleva bene, creandosi inutili problemi. Invece spesso le cose erano così maledettamente semplici.

«*Lui* stava aspettando qualcuno...» disse Sandra, seria. E Mila capì che stava parlando di Vincent Clarisso.

«Lo so», disse semplicemente.

«Doveva arrivare per unirsi a noi.»

«Era in galera quell'uomo. Però noi non lo sapevamo. Gli avevamo scelto anche un nome, sai? Lo chiamavamo Albert.»

«No, Vincent non lo chiamava così...»

Una folata di vento caldo smosse le foglie del ciliegio, ma

questo non impedì a Mila di avvertire un gelo improvviso che si arrampicava lungo la schiena. Si girò lentamente verso Sandra e incrociò i suoi occhi grandi che la fissavano del tutto inconsapevoli di ciò che aveva appena detto.

«No...» ripeté la bambina con calma. «Lui lo chiamava *Frankie*.»

Il sole splendeva in quel pomeriggio perfetto. Gli uccelli intonavano i loro canti sugli alberi, e l'aria era invasa di pollini e di profumi. L'erba del prato era invitante. Mila non avrebbe mai dimenticato l'istante preciso in cui aveva scoperto di avere molte più cose in comune con Sandra di quante immaginasse. Eppure quelle corrispondenze erano state sempre lì, davanti ai suoi occhi.

Ha preso solo femminucce e non maschietti.

Anche a Steve piacevano le bambine.

Ha scelto le famiglie.

E anche lei come Sandra era figlia unica.

Ha tagliato a tutte il braccio sinistro.

Lei si era rotta il braccio sinistro cadendo dalle scale con Steve.

Le prime due erano sorelle di sangue.

Sandra e Debby. Come lei e Graciela molti anni prima.

«I serial killer, con ciò che fanno, cercano di raccontarci una storia», aveva detto Goran una volta.

Ma quella storia era la sua storia.

Ogni dettaglio la ricacciava a forza nel passato, costringendola a guardare in faccia la terribile verità.

«*Il tuo ultimo allievo ha fallito: Vincent Clarisso non è riuscito a portare a termine il tuo disegno, perché la bambina numero sei è ancora viva... Questo vuol dire che anche tu hai fallito.*»

Invece nulla era accaduto per caso. E quello era il vero finale di Frankie.

Tutto questo era per lei.

Un movimento dentro di sé la riportò indietro. Mila allora abbassò lo sguardo sul suo ventre ormai maturo. Si costrinse a non domandarsi se anche quello facesse parte del disegno di Frankie.

"*Dio è silenzioso*", pensò. "*Il diavolo sussurra...*"

E infatti il sole continuava a splendere in quel pomeriggio perfetto. Gli uccelli non erano stanchi d'intonare i loro canti sugli alberi, e l'aria era sempre satura di pollini e di profumi. L'erba del prato era ancora invitante.

Attorno a lei, e ovunque, il mondo recava in sé lo stesso messaggio.

Che tutto era uguale a prima.

Tutto.

Anche Frankie.

Tornato, per scomparire di nuovo nelle vaste distese dell'ombra.

Nota dell'autore

La letteratura criminologica ha cominciato a occuparsi dei
« suggeritori » in relazione all'evolversi del fenomeno delle sette. Un argomento ostico, che solleva molteplici problemi. La
difficoltà maggiore è proprio quella di fornire una definizione
di « suggeritore » che sia spendibile ai fini processuali, perché
investe direttamente le categorie dell'imputabilità e della puni-
bilità.

Infatti, laddove non esiste un nesso causale fra l'attività del
colpevole e quella del suggeritore, non è possibile ipotizzare un
qualche tipo di reato a carico di quest'ultimo. Il ricorso alla figura dell'istigazione a delinquere in molte situazioni è risultato
troppo debole per impartire una condanna. Perché nel caso dei
suggeritori si va al di là di un semplice plagio. L'attività di questi individui concerne un livello subliminale di comunicazione
che *non aggiunge* un intento criminale alla psiche dell'agente,
semmai *fa emergere* un lato oscuro – presente in maniera più
o meno latente in ognuno di noi – che poi porta il soggetto
a commettere uno o più delitti.

È emblematico, a tale proposito, il caso Offelbeck del 1986:
la casalinga che riceve chiamate da un anonimo telefonista e
che poi, di punto in bianco, un giorno stermina la famiglia
somministrando nella minestra veleno per topi.

A ciò bisogna aggiungere che chi si macchia di crimini efferati spesso tende a spartire la responsabilità morale con una voce, una visione o con personaggi di fantasia. Per cui risulta par-
ticolarmente arduo distinguere quando tali manifestazioni siano il frutto di comportamenti psicotici e quando, invece, sono
realmente riconducibili all'opera occulta di un suggeritore.

Fra le fonti utilizzate nel romanzo, oltre ai manuali di criminologia, psichiatria forense e ai testi di medicina legale, vanno

citati gli studi compiuti dall'F.B.I. a cui va il merito di aver costituito la più preziosa banca dati in materia di serial killer e crimini violenti.

Molti fra i casi citati in queste pagine sono realmente accaduti. Per alcuni, nomi e luoghi sono stati opportunamente cambiati poiché le relative vicende investigative e processuali non possono ancora dirsi del tutto concluse.

Le tecniche investigative e di polizia scientifica descritte nel romanzo sono reali, anche se in talune circostanze l'autore si è preso la libertà di adattarle alle necessità narrative.

Ringraziamenti

Molti pensano che scrivere sia un'avventura solitaria. Invece sono tante le persone che contribuiscono, anche inconsapevolmente, a creare una storia. Sono coloro che mi hanno nutrito, appoggiato e incoraggiato in tutti i mesi di gestazione del romanzo e che, in un modo o nell'altro, fanno parte della mia vita.

Con la speranza che rimangano accanto a me molto a lungo, voglio dirgli grazie.

A Luigi e Daniela Bernabò, per il tempo e la dedizione che hanno dedicato a questa storia e al suo autore. Per i loro preziosi consigli che mi hanno permesso di maturare come scrittore, aiutandomi a curare lo stile e l'efficacia di queste pagine. E per averci messo il cuore. Se queste parole hanno raggiunto i vostri occhi, lo devo soprattutto a loro. Grazie. Grazie. Grazie.

A Stefano e Cristina Mauri, che hanno investito il loro nome nel mio, credendoci fino in fondo.

A Fabrizio, il mio «suggeritore», per i suoi consigli spietati, per la gentile fermezza, per aver amato fortemente ogni pagina, ogni parola.

A Ottavio, l'amico che ci si augura di avere accanto per tutta la vita. A Valentina, che è davvero speciale. Alle piccole Clara e Gaia, per l'affetto di cui mi colmano.

A Gianmauro e Michela, con la speranza di trovarmeli vicini in tutti i momenti importanti. E a Claudia, luce mia.

A Massimo e Roberta, per il sostegno, l'appoggio e l'amicizia sincera.

A Michele. Il mio primo miglior amico. È bello sapere che ci sarà sempre quando ne avrò bisogno. Ed è bello che sappia che anch'io ci sono.

A Luisa, per i suoi contagiosi sorrisi e per le canzoni cantate ad alta voce di notte, in macchina per le strade di Roma.

462

A Daria, e al destino che me l'ha regalata. Per come vede il mondo e per come me lo fa guardare con i suoi occhi.

A Maria De Bellis, che ha custodito i miei sogni di bambino. Se sono uno scrittore lo devo anche a lei.

A Uski, la mia impareggiabile «socia».

Ad Alfredo, vulcanico compagno di mille avventure.

Ad Achille, che non c'è... ma c'è sempre.

A Pietro Valsecchi e Camilla Nesbit, e a tutta la Taodue.

Un grazie a tutte le collaboratrici dell'agenzia Bernabò che hanno seguito i primi passi di questo romanzo. E a tutti gli amici che hanno letto in anteprima questa storia e mi hanno aiutato a farla crescere con preziosi suggerimenti.

A tutta la mia grande famiglia. Quelli che ci sono, quelli che ci sono stati... e quelli che ci saranno.

A mio fratello Vito. I primi occhi che hanno incontrato questa storia e tante altre, da sempre. Anche se non potete ascoltarla, la musica che c'è in queste pagine appartiene a lui. E a Barbara, che lo rende felice.

Ai miei genitori. Per ciò che mi hanno insegnato, e per quello che mi hanno permesso d'imparare da solo. Per ciò che sono, e ciò che sarò.

A mia sorella Chiara. Che crede nei suoi sogni, e nei miei. Senza di lei la mia vita sarebbe terribilmente vuota.

A chi è arrivato in fondo a queste pagine. Con la speranza di avergli regalato un'emozione.

Una parte dei proventi di questo libro sarà devoluta a un'associazione per le adozioni a distanza. Chiunque volesse contribuire ulteriormente può farlo tramite bonifico bancario intestato a:

Associazione Famiglie Adozioni a Distanza – Martina Franca
BANCO DI NAPOLI
Filiale di Martina Franca
IBAN- IT 87 T010 1078931100000000248

Donato Carrisi

«I Grandi» TEA

Donato Carrisi, *Il suggeritore* (2ª rist.)
Jung Chang, *Cigni selvatici* (5ª rist.)
Glenn Cooper, *La Biblioteca dei Morti* (4ª rist.)
–, *Il libro delle anime* (1ª rist.)
Wulf Dorn, *La psichiatra*
Michael Ende, *La storia infinita* (4ª rist.)
Ildefonso Falcones, *La cattedrale del mare* (8ª ris
Susana Fortes, *Quattrocento* (8ª rist.)
Margaret George, *Il re e il suo giullare* (1ª rist.)
Arthur Golden, *Memorie di una geisha* (11ª rist.)
Almudena Grandes, *Le età di Lulù*
Denis Guedj, *Il teorema del pappagallo* (7ª rist.)
David Guterson, *La neve cade sui cedri*
Paul Hoffman, La mano sinistra di Dio (1ª rist.)
Lars Kepler, *L'ipnotista* (1ª rist.)
Iain Pears, *La quarta verità* (1ª rist.)
Arundhati Roy, *Il dio delle piccole cose* (2ª rist.)
Tiziano Terzani, *Un altro giro di giostra* (10ª rist.)
–, *Un indovino mi disse* (13ª rist.)
–, *Lettere contro la guerra* (8ª rist.)
–, *In Asia* (7ª rist.)
–, *Buonanotte signor Lenin* (5ª rist.)
–, *La porta proibita* (6ª rist.)
–, *Pelle di leopardo* (2ª rist.)
Frank Schätzing, *Il diavolo nella cattedrale* (15ª rist.)
–, *Il quinto giorno* (5ª rist.)
Isaac Bashevis Singer, *La famiglia Moskat* (1ª rist.)
Patrick Süskind, *Il profumo* (12ª rist.)
Marion Zimmer Bradley, *Le nebbie di Avalon* (2ª rist.)

www.tealibri.it

Visitando il sito internet della TEA potrai:

- **Scoprire subito le novità dei tuoi autori e dei tuoi generi preferiti**
- **Esplorare il catalogo on-line trovando descrizioni complete per ogni titolo**
- **Fare ricerche nel catalogo per argomento, genere, ambientazione, personaggi... e trovare il libro che fa per te**
- **Conoscere i tuoi prossimi autori preferiti**
- **Votare i libri che ti sono piaciuti di più**
- **Segnalare agli amici i libri che ti hanno colpito**
- **E molto altro ancora...**

Finito di stampare nel mese
per conto della TEA S.p.A.
dal Nuovo Istituto Italiano d
Printed in Italy